TOM CLANCY / STEVE PIECZENIK

TOM CLANCY'S OP-CENTER SPIEGELBILD

Roman

Aus dem Amerikanischen
von Bernd Schnepel

Deutsche Erstausgabe

WILHELM HEYNE VERLAG
MÜNCHEN

HEYNE ALLGEMEINE REIHE
Nr. 01/10003

Titel der Originalausgabe
TOM CLANCY'S OP-CENTER
MIRROR IMAGE

Umwelthinweis:
Dieses Buch wurde auf
chlor- und säurefreiem Papier gedruckt.

Redaktion: Dagmar Loy

Copyright © 1995 by Jack Ryan Limited Partnership
and S&R Literary Inc.
Copyright © 1996 der deutschen Ausgabe
by Wilhelm Heyne Verlag GmbH & Co. KG, München
Printed in Germany 1996
Umschlaggestaltung: Atelier Ingrid Schütz, München
Gesamtherstellung: Ebner Ulm

ISBN 3-453-11578-3

DANKSAGUNG

Unser Dank gebührt Jeff Rovin für seine kreativen Ideen und seinen unschätzbaren Beitrag zur Vorbereitung des Manuskripts. Hervorheben möchten wir auch die Mitarbeit von Martin H. Greenberg, Larry Segriff, Robert Youdelman, Esq., sowie die großartigen Mitarbeiter der Putnam Berkley Group, einschließlich Phyllis Grann, David Shanks und Elisabeth Beier. Wie immer, bedanken wir uns auch dieses Mal bei Robert Gottlieb von der William Morris Agency, unserem Agenten und Freund, ohne den dieses Buch nie entstanden wäre. Vor allem aber liegt es bei Ihnen, unseren Lesern, zu entscheiden, welches Maß an Erfolg unseren gemeinsamen Bemühungen beschieden ist.

Tom Clancy und Steve Pieczenik

PROLOG

Freitag, 17.50 Uhr, St. Petersburg

»Pawel«, begann Piotr Volodia, »das verstehe ich nicht.«

Pawel Odina hatte das Lenkrad fest im Griff. Unbehaglich blickte er zu dem Mann hinüber, der neben ihm auf dem Beifahrersitz des Kleinbusses saß. »*Was* verstehst du nicht, Piotr?«

»Du verzeihst den Franzosen«, antwortete Piotr und kratzte sich an seinen buschigen Koteletten, »warum nicht auch den Deutschen? Schließlich haben doch beide Mütterchen Rußland überfallen.«

Pawel runzelte die Stirn. »Wenn du den Unterschied nicht siehst, Piotr, bist du ein Dummkopf.«

»Das ist keine Antwort«, sagte Iwan, einer der vier Männer, die hinten saßen.

»Zufällig *stimmt's* aber«. Eduard, der Mann, der neben ihm saß, grinste. »Und trotzdem hat Iwan recht. Es ist keine Antwort.«

Pawel schaltete einen Gang tiefer. Diesen Teil ihrer nächtlichen halbstündigen Heimfahrt zu ihrer Wohnung in der Nepokorennych-Straße haßte er am meisten. Sie hatten die Eremitage noch keine zwei Minuten verlassen, und schon näherten sie sich dem Nadelöhr an der Newa und mußten ihr Tempo drosseln. Während sie im dicksten Verkehr steckten, hatten seine politischen Widersacher freie Fahrt.

Pawel zog eine sorgfältig gedrehte Zigarette aus seiner Brusttasche, die Piotr ihm anzündete.

»Danke.«

»Ich warte immer noch auf deine Antwort«, sagte Piotr.

»Immer mit der Ruhe«, erwiderte Pawel ungehalten, »erst, wenn wir auf der Brücke sind. Ich kann nicht gleichzeitig denken und fluchen.«

Abrupt wechselte Pawel von der mittleren auf die linke Spur; die Männer wurden auf die andere Seite geschleudert. Oleg und Konstantin, die beide eingenickt waren, sobald sie die Eremitage hinter sich gelassen hatten, wurden durch das plötzliche Manöver recht unsanft aus dem Schlaf gerissen.

»Ganz schön ungeduldig, Pawel«, sagte Iwan. »Warum hast du es so eilig, nach Hause zu kommen, etwa wegen deiner Frau? Das wäre ja ganz was Neues.«

»Sehr witzig«, erwiderte Pawel. In Wahrheit wollte er nicht schnell *irgendwo hin*. Er wollte so schnell wie möglich diesem Druck entfliehen, diesem Termin, der sie monatelang ununterbrochen in Atem gehalten hatte. Jetzt, wo das Ende in Sicht war, konnte er es kaum erwarten, endlich wieder für Mosfilm Computeranimations-Software zu entwickeln.

Pawel schaltete erneut und schlängelte sich durch die langen Reihen kleiner, von einem stotternden 43-PS-Motor angetriebenen Saporoschje-968 und größerer fünfsitziger Wolga M-124. Vereinzelt waren auch ausländische Marken zu sehen, die allerdings ausschließlich von Regierungsbeamten und Schwarzmarkthändlern gefahren wurden; für alle anderen waren sie schlicht unerschwinglich. Diesen Kleinbus fuhren er und seine Kollegen auch nur, weil das Fernsehstudio ihn zur Verfügung gestellt hatte. Der PS-starke Wagen aus der Schweiz wäre wohl auch das einzige, was er vermissen würde.

Nein, das stimmt nicht, dachte er, während er den Blick nach Westen schweifen ließ. Er genoß den Anblick der Peter- und Pauls-Festung am gegenüber liegenden Ufer der Newa, wo die untergehende Sonne sich an den schlanken, eleganten Turmspitzen spiegelte.

Auch St. Petersburg würde er vermissen: die überwältigenden leuchtenden Sonnenuntergänge über dem Finnischen Meerbusen, die ruhig dahinfließenden, tiefblauen Wasser der Newa, der Fontanka und des Jekateringofki, und die erhabene Schlichtheit der zahllosen Kanäle. Obwohl die Verschmutzung dieser Gewässer aus der Zeit der kommunistischen Schlamperei immer noch sichtbar war, führten die Flüsse und Kanäle auf ihrem Weg durch die Altstadt, dem russischen Venedig, nicht mehr in diesem

Ausmaß stinkende Industrieabfälle mit sich. Vermissen würde er auch den eindrucksvollen, rubinroten Beloserski-Palast, die goldverzierten Gewölbe der Alexander-Newski-Kathedrale, in die er sich bisweilen zur Andacht zurückzog, die mächtigen goldenen Zwiebeltürme des Palastes von Katharina der Großen und die idyllischen Gärten und sprudelnden Fontänen im Petrodworez, dem Palast Peter des Großen. Vermissen würde er auch die schnittigen weißen Tragflächenboote, die auf der Newa entlangglitten und einem Science-Fiction-Roman von Stanislaw Lem zu entstammen schienen – und nicht zu vergessen die großartigen Schlachtschiffe, die die auf der Aptekarski-Insel mitten in der Newa gelegenen Nachimow-Marineakademie ansteuerten und verließen, und neben denen die Tragflächenboote geradezu wie Spielzeug wirkten.

Natürlich – er würde auch die unvergleichliche Eremitage vermissen. Obwohl es nicht gern gesehen wurde, wenn sie in dem Museum herumschlenderten, tat er genau das, sobald Colonel Rosski beschäftigt war. Selbst wenn jemand ihn Tag für Tag dabei sehen würde, hielte er ihn sicher für einen Angestellten; es würde nicht weiter auffallen. Außerdem konnte man einem religiösen Menschen unmöglich derart viele Bilder im Rang von Rembrandts *Kreuzabnahme*, Carraccis *Beweinung Christi* oder seinem Lieblingsbild, *Der hl. Vinzenz im Kerker* aus der Schule von Ribalta vor die Nase setzen und dann erwarten, daß er sie keines Blickes würdigte. Vor allem, da er mit dem gefangenen, aber entschlossenen Heiligen Vinzenz doch eine ausgeprägte Seelenverwandtschaft empfand.

Und dennoch: Lieber heute als morgen würde er der Arbeit selbst entfliehen, dem Streß, der Sieben-Tage-Woche und vor allen Dingen den Argusaugen eines Colonel Rosski. Unter dem Bastard hatte er in Afghanistan gedient; er konnte das Schicksal nur verfluchen, das sie beide für die vergangenen anderthalb Jahre wieder zusammengeführt hatte.

Wie immer, wenn er die Brücke an der Kirowski-Straße erreichte, wechselte er auf die von einer niedrigen Betonmauer begrenzte äußere Fahrspur, wo die wagemutigeren

Autofahrer sich tummelten. Als er sich in den schnelleren Verkehr einreihte, wurde sein Atem ruhiger.

»Du willst eine Antwort?« Pawel sog heftig an seiner Zigarette.

»Worauf?« spottete Iwan. »Auf die Frage nach deiner Frau?«

Pawel blickte finster drein. »Ich sag' dir den Unterschied zwischen den Deutschen und den Franzosen. Die Franzosen sind Napoleon gefolgt, weil sie Hunger hatten. Bequemlichkeit ging bei denen immer über Anstand.«

»Und die Resistance?« warf Piotr ein.

»Einfach läppisch. Eine Art Reflex. Wenn der Widerstand in Frankreich auch nur halb so entschlossen gewesen wäre wie der russische Widerstand in Stalingrad, wäre Paris niemals gefallen.«

Pawel verstärkte den Druck aufs Gaspedal, um einen Volkswagen davon abzuhalten, ihn zu schneiden und vor ihm einzuscheren. Nach dem selbstgefälligen Blick der Fahrerin zu urteilen, konnte es eigentlich nur eine Schwarzmarkthändlerin sein. Im Rückspiegel sah Pawel, daß ein Lastwagen von der mittleren Spur sich hinter ihn setzte.

»Die Franzosen sind nicht bösartig«, fuhr Pawel fort, »aber die Deutschen sind Hitler gefolgt, weil sie im tiefsten Inneren Vandalen geblieben sind. Es dauert nicht mehr lange, und sie produzieren in ihren Fabriken wieder Panzer und Bomber, das garantier' ich dir.«

Piotr schüttelte den Kopf. »Und die Japaner?«

»Das sind auch Bastarde«, gab Pawel zurück. »Wenn Dogin die Wahl gewinnt, wird er sie ebenfalls im Auge behalten.«

»Ist Verfolgungswahn ein vernünftiger Grund, um einen Mann zum Präsidenten zu wählen?«

»Wenn man Angst vor alten Feinden hat, ist das noch lange kein Verfolgungswahn. Es ist einfach Vorsicht.«

»Es ist eine Provokation!« sagte Piotr. »Man kann doch nicht einen Mann unterstützen, nur weil der geschworen hat, beim ersten Zeichen einer Remilitarisierung den Deutschen eins auf die Rübe zu geben.«

»Das war ja nur ein Grund.« Sobald sie den breiten, dunklen Fluß überqueren, beschleunigte Pawel, weil die Straße vor ihnen frei war. Die Männer schlossen die Fenster, um sich den scharfen Wind vom Leib zu halten. »Dogin hat versprochen, das Raumfahrtprogramm wieder anzukurbeln; das bringt auch die Wirtschaft wieder auf die Beine. Er will mehr Studios wie das unsere einrichten, und die neuen Fabriken entlang der Transsibirischen Eisenbahn, die er bauen will, werden billige Waren und neue Wohnungen mit sich bringen.«

»Und das Geld für diese Wundertaten, wo nimmt er das her?« fragte Piotr. »Unser gemütliches Nest dahinten hat fünfundzwanzig *Milliarden* Rubel gekostet! Glaubst du im Ernst, wenn Dogin die Wahl gewinnt, verordnet er der Regierung und ihren Eskapaden im Ausland eine radikale Diät?«

Pawel blies eine Rauchwolke aus und nickte.

Piotr runzelte die Stirn. Mit dem Daumen wies er nach hinten. »Was ich da mitgekriegt hab', klingt aber ganz anders. Nummer Zwei hat sich mit einem Assistenten über die staatlichen Abzocker unterhalten. *Da* will er das Geld beschaffen; wenn einer dann so naiv ist und glaubt…«

Pawel reagierte instinktiv, als auf einmal der Volkswagen scharf vor ihm einbog. Er trat voll auf die Bremse und riß das Lenkrad nach rechts. Augenblicklich gab es einen Knall, und dichter grünlicher Rauch stieg unter dem Armaturenbrett auf.

»*Was ist los?*« Piotr hustete.

»*Mach' das Fenster auf!*« schrie einer der Männer von hinten; genau wie die anderen, bekam auch er keine Luft mehr.

Aber Pawel war bereits gegen das Lenkrad geschlagen, der Bewußtlosigkeit nahe. Der Kleinbus war praktisch führerlos, als der Lastwagen von hinten aufprallte.

Der Volkswagen war schon halb auf der rechten Spur, als der Kleinbus von dem Lastwagen auf den VW geschoben wurde. Der linke vordere Kotflügel des LKW schrammte funkensprühend an der rechten Seite des Busses entlang. Der Wagen schoß in Richtung des Brückenrands, prallte auf die niedrige Betonmauer, wurde durch den Lastwagen auf die Mauer und über sie hinweg geschoben. Der rechte Reifen platzte, die Achse blieb an der Mauerkrone hängen, und dann stürzte der Kleinbus vornüber in den unruhigen Fluß.

Der Aufprall war weithin hörbar. Einen endlosen Augenblick lang ragte der Wagen aufrecht aus dem Wasser, bevor er nach hinten umkippte. Dampf und Luftblasen schossen seitlich an die Wasseroberfläche, vermischten sich mit dem immer noch entweichenden grünlichen Rauch. Kopfüber trieb der Kleinbus schaukelnd den Fluß hinunter, bis auf die Unterseite verschwand er in den Fluten.

Der stämmige Lastwagenfahrer und die junge blonde Fahrerin des Volkswagens erreichten die zertrümmerte Mauer als erste. Andere Autofahrer hielten an und hasteten aus ihren Wagen zur Unfallstelle.

Der Mann und die Frau vermieden es, auch nur ein Wort zu wechseln. Schweigend sahen sie dem Kleinbus nach, wie er nach Südwesten trieb, sich träge in der Strömung drehte. Luft und Rauch entwichen kaum noch. Nach Überlebenden zu suchen, lohnte nicht mehr, dazu war der Wagen schon zu weit entfernt.

Der Fahrer und die Fahrerin versicherten den Umstehenden, daß ihnen nichts passiert sei. Dann gingen sie zu ihren Autos zurück, um auf die bereits alarmierte Polizei zu warten.

Niemandem war aufgefallen, daß der Lastwagenfahrer einen kleinen rechteckigen Kasten in den Fluß geworfen hatte, bevor er den Ort des Geschehens verließ.

1

Sonnabend, 10.00 Uhr, Moskau

Nikolai Dogin, der hochgewachsene, stattliche Innenminister, saß in seinem Büro im Kreml hinter dem uralten Eichenholz-Schreibtisch. Mitten auf dem schweren, abgenutzten Tisch stand ein Computer, rechts davon ein schwarzes Telefon, links eine kleine gerahmte Fotografie seiner Eltern. Man konnte sehen, daß die Aufnahme einmal waagerecht in der Mitte gefaltet war, so konnte sein Vater das Bild während des Krieges in seiner Brusttasche immer mit sich führen.

Dogins silbergraues Haar war straff nach hinten gekämmt. Seine Wangen waren eingefallen, seine dunklen Augen verrieten Erschöpfung. Sein einfacher brauner Anzug von der Stange war zerknittert, seine hellbraunen Schuhe abgenutzt – mit dieser wohlüberlegten und wohldosierten Nachlässigkeit war er so viele Jahre sehr gut gefahren.

Diese Woche leider nicht, dachte er bitter.

Das erste Mal in seinem nun dreißigjährigen Dienst an der Allgemeinheit war sein Image als Mann des Volkes nicht angekommen. In seiner bekannt eindringlichen Art hatte er seinem Volk genau den Nationalismus präsentiert, den es ja offenbar wollte. Er hatte öffentlich einen neuen Stolz auf das Militär propagiert und das Mißtrauen gegen alte Feinde angeheizt. Und dennoch hatten die Menschen sich von ihm abgewandt.

Natürlich kannte Dogin den Grund dafür. Kiril Zhanin, sein Rivale, hatte unter Aufbietung aller noch zur Verfügung stehenden Kräfte ein letztes Mal die Segnungen des neuen Zeitalters gepriesen – fast schon wie in dem Märchen vom Fischer und seiner Frau, wo dieser seltsame Fisch alle nur erdenklichen Wünsche postwendend erfüllte.

Kapitalismus.

Während Dogin auf seinen Mitarbeiter wartete, blickte er an den Männern vorbei, die vor ihm saßen, und heftete seine

13

Augen auf die Wände, auf eine Erfolgsgeschichte des Totalitarismus.

Wie sein Schreibtisch, so beschworen auch die Wände die Vergangenheit herauf: Sie waren übersät mit prachtvoll eingefaßten Landkarten, darunter einige uralte Exemplare; Karten von Rußland unter den verschiedenen Zaren bis zurück zur Zeit Iwans. Dogins müde Augen nahmen sie alle in sich auf, von einer Karte aus verblaßtem Pergament, die, so erzählte man sich, mit dem Blut gefangener teutonischer Ritter gemalt worden war, bis zu dem aus Stoff gefertigten Lageplan des Kreml, den man in das Hosenbein eines getöteten deutschen Attentäters eingenäht gefunden hatte.

Die Welt, wie sie einmal war, dachte er, während er eine Karte der Sowjetunion betrachtete, die German S. Titow 1961 in den Weltraum mitgenommen hatte. *Die Welt, wie sie wieder sein wird.*

Die sieben auf Sofas und Sesseln sitzenden Männer waren auch bereits vom Alter gezeichnet; kaum einer von ihnen war unter fünfzig, einige schon über sechzig. Die meisten trugen Anzüge, einige Uniformen. Niemand sprach ein Wort. Die Stille wurde nur durch das Summen der hinten im Computer eingebauten Belüftung durchschnitten – und schließlich durch das Klopfen an der Tür.

»Herein.«

Dogin fühlte einen Kloß in seinem Hals aufsteigen, als sich die Tür öffnete und ein junger Mann mit rosigem Gesicht eintrat. Aus seinen Augen sprach tiefe Trauer; Dogin wußte, was das zu bedeuten hatte.

»Und?« forschte Dogin.

»Es tut mir leid«, sagte der junge Mann sanft, »aber es ist offiziell. Ich habe die Zahlen selbst überprüft.«

Dogin nickte. »Vielen Dank.«

»Soll ich die Vorkehrungen treffen?«

Wieder nickte Dogin. Der junge Mann zog sich zurück; lautlos schloß er die Tür hinter sich.

Nun sah Dogin die Männer an. Auch die Mienen der anderen waren unverändert. »Das kam ja nicht ganz unerwartet«, sagte der Innenminister. Er rückte die Fotografie seiner

Eltern näher zu sich heran, mit der Außenseite seiner Finger strich er darüber. Anscheinend sprach er zu ihnen. »Außenminister Zhanin hat die Wahl gewonnen. Naja, es liegt im Trend. Alle berauschen sich an der Freiheit, aber es ist eine Freiheit ohne Verantwortung, eine Freizügigkeit ohne Vernunft, ein Experimentieren ohne Vorsicht. Rußland hat einen Präsidenten gewählt, der eine neue Währung einführen und unsere Wirtschaft zum Sklaven der Exporte machen will. Den Schwarzmarkt will er aushebeln, indem er den Rubel und die dahinter stehenden Waren komplett entwertet. Seine politischen Rivalen will er mundtot machen, indem er dafür sorgt, daß er nicht aus seinem Amt gedrängt werden kann – es könnte ja die ausländischen Märkte irritieren. Das Militär als Gegenpol will er ausschalten, indem er die Generäle besser bezahlt, damit sie mehr seiner Politik dienen als Mütterchen Rußland zu verteidigen. ›Genauso wie Deutschland und Japan‹, so will er uns weismachen, ›muß auch ein wirtschaftlich starkes Rußland keinen Feind fürchten.‹« Mit zusammengekniffenen Augen blickte Dogin das Abbild seines Vaters an. »Seit siebzig Jahren haben wir keinen Feind zu fürchten. Stalin, dein Held, hat nicht Rußland, sondern die Welt regiert! Sein Name kommt von *stal* – Stahl. Damals bestand unser Volks daraus. Unsere Leute hatten einen gesunden Machtinstinkt. Heute wollen sie ihre Ruhe und lassen sich von unverschämten leeren Versprechungen einwickeln.«

»Willkommen in der Demokratie, mein lieber Nikolai«, sagte General Viktor Mawik, ein gestandener Mann, mit seiner Reibeisenstimme. »Willkommen in einer Welt, in der die NATO die Tschechische Republik, Ungarn, Polen, früher allesamt im Warschauer Pakt, einlädt, sich der westlichen Allianz anzuschließen, ohne uns auch nur zu fragen.«

Jewgenij Growlew, der stellvertretende Finanzminister, beugte sich nach vorn; sein spitzes Kinn ruhte auf den Daumen, seine Hakennase auf seinen schmalen Fingern. »Wir sollten aufpassen, daß wir nicht übertrieben reagieren«, gab er zu bedenken. »So reibungslos werden Zhanins Reformen gar nicht greifen. Die Leute werden sich noch schneller von ihm abwenden als seinerzeit von Gorbatschow und Jelzin.«

»Mein Gegenspieler ist jung, aber noch lange nicht dumm«, erwiderte Dogin. »Er hätte diese Versprechungen nicht verkündet, wenn überhaupt nichts dran wäre. Wenn die Reformen erst einmal greifen, werden die Deutschen und die Japaner genau das haben, was sie im Zweiten Weltkrieg nicht gekriegt haben. Die Vereinigten Staaten werden schließlich doch noch besitzen, was sie sich selbst während des Kalten Krieges nicht unter den Nagel reißen konnten. So oder so werden sie sich alle Mütterchen Rußland einverleiben.«

Dogin richtete den Blick auf eine weitere Landkarte: die Karte auf dem Schirm seines Computers, die Rußland und Osteuropa darstellte. Auf einen Tastendruck von ihm wurde Osteuropa größer. Rußland verschwand.

»Die Geschichte schnippst mit dem Finger, und wir sind in der Versenkung verschwunden«, sagte er.

»Aber doch nur durch unser Nichtstun«, entgegnete der hochaufgeschossene Growlew.

»Ja.« Da stimmte Dogin zu. »Nur durch unser Nichtstun.« Langsam wurde die Luft in dem Raum stickig. Mit einem Papiertaschentuch tupfte Dogin sich den Schweiß von seiner Oberlippe. »Die Leute rennen dem Mammon hinterher und haben dabei ihr Mißtrauen gegenüber Fremden abgelegt. Aber wir werden ihnen vor Augen führen, daß das der falsche Weg ist.« Er sah die Männer in dem Raum an. »Die Tatsache, daß Sie oder Ihre Kandidaten die Wahlen verloren haben, zeigt nur, wie durcheinander unsere Landsleute inzwischen sind. Aber daß Sie heute morgen hierher gekommen sind, ist ein Zeichen dafür, daß Sie nicht untätig herumsitzen wollen.«

»Das ist wohl wahr.« General Mawik fuhr sich mit einem Finger in seinen Kragen. »Und wir haben auch volles Vertrauen in Ihre Fähigkeiten. In Moskau waren Sie ein starker Bürgermeister und im Politbüro ein loyaler Kommunist. Aber bei unserem ersten Treffen haben Sie uns noch nicht verraten, was Sie tun würden, wenn die alte Garde nicht wieder in den Kreml einziehen sollte. Nun, sie steht immer noch vor der Tür. Jetzt würde ich es schon gern genauer wissen.«

»Ich auch.« Luftwaffengeneral Dhaka schaltete sich ein. Unter den buschigen Brauen blickten seine grauen Augen hervor. »Jeder von uns würde einen prächtigen Oppositionsführer abgeben. Warum sollten wir gerade Sie unterstützen? Sie haben uns ein gemeinsames Vorgehen mit der Ukraine versprochen. Bis jetzt gab es nicht mehr als ein paar russische Infanteriemanöver an der Grenze, und die hat Zhanin sofort gebilligt. Selbst wenn gemeinsame Manöver stattfinden, wie hilft uns das weiter? Alte Genossen aus sowjetischen Zeiten verbrüdern sich wieder, und der Westen kommt ein bißchen ins Zittern. Aber was bringt uns das beim Wiederaufbau des alten Rußland? Wenn wir Ihnen den Steigbügel halten sollen, müssen Sie uns schon Genaueres verraten.«

Dogin sah den General an. Dhakas füllige Wangen waren rot angelaufen, sein Doppelkinn scheuerte auf seiner straff gebundenen Krawatte. Soviel war dem Minister klar: Wenn er ihnen Genaueres verraten würde, wäre er umgehend allein auf weiter Flur; die meisten würden dann Mawik unterstützen oder gar zu Zhanin überlaufen.

Dogin blickte in die Runde. Einige Gesichter strahlten Überzeugung und Stärke aus; andere dagegen – vor allem Mawik und Growlew – schauten interessiert, aber gleichzeitig argwöhnisch. Ihr Zaudern verärgerte ihn, denn wer, außer ihm, bot Rußland die Erlösung? Er beschloß, Ruhe zu bewahren.

»Sie wollen Genaueres wissen?« fragte Dogin. Er tippte einen Befehl in die Computertastatur ein und drehte dann den Bildschirm herum, so daß die sieben Männer ihn sehen konnten. Während die Festplatte surrte, betrachtete der Innenminister das Abbild seines Vaters. Hochdekoriert war der alte Dogin aus dem Krieg gekommen; später wurde er einer von Stalins vertrauenswürdigsten Leibwächter. Einmal hatte er seinem Sohn erzählt, daß er im Krieg gelernt hatte, nur eines immer bei sich zu führen: die Nationalflagge. Wo

17

immer er war, egal in welcher Situation, in welcher Gefahr, sie hatte ihn stets zu einem Freund oder Verbündeten geführt.

Sobald die Festplatte verstummte, erhoben Dogin und fünf der Männer sich sofort. Mawik und Growlew tauschten zweifelnde Blicke aus, bevor sie zögernd dem Beispiel der anderen folgten. Beide salutierten.

»So will ich Rußland wiedererstehen lassen«, verkündete Dogin. Er ging um den Schreibtisch herum und deutete auf das Bild, das den gesamten Bildschirm ausfüllte: ein Stern, ein Hammer und eine Sichel, alle in gelb, vor rotem Hintergrund – die alte sowjetische Fahne. »Indem ich die Menschen an ihre Pflichten erinnerte. Wahre Patrioten werden keine Sekunde zögern, das zu tun, was getan werden muß, egal wie die Einzelheiten aussehen und wie hoch der Preis auch sein mag.«

Abgesehen von Growlew nahmen alle Männer wieder Platz.

»Wir sind doch wohl alle Patrioten«, sagte der Finanzminister, »und diesen Theaterdonner kann ich nicht ausstehen. Wenn ich schon meine Ressourcen in Ihre Hände legen soll, will ich wenigstens wissen, was damit passiert. Ein Staatsstreich? Eine zweite Revolution? Oder denken Sie, Herr Minister, Sie können uns diese Informationen nicht anvertrauen?«

Dogin sah Growlew an. Er konnte ihm nicht alles erzählen. Nicht über seine Pläne mit dem Militär, nicht über seine Verwicklungen in die russische Mafia. Die meisten Russen hielten sich immer noch für ein provinzielles Bauernvolk ohne jeden Bezug zum Rest der Welt. Wenn Growlew alles erführe, würde er vielleicht einen Rückzieher machen oder gar in Zhanins Lager wechseln.

Dogin sagte. »Herr Minister, ich vertraue Ihnen nicht.«

Growlew erstarrte.

»Und nach Ihren Fragen zu urteilen«, fuhr Dogin fort, »Sie mir offensichtlich auch nicht. Ich werde mir das Vertrauen durch Taten erwerben, und das sollten Sie auch tun. Zhanin kennt seine Feinde, und jetzt hat er durch sein Präsidentenamt Macht genug. Er wird Ihnen möglicherweise Ämter oder Posten anbieten, bei denen Sie nicht nein sagen können. Und das würde vielleicht heißen, daß Sie dann auch gegen mich arbeiten müßten. Ich muß Sie bitten, sich für die nächsten zweiundsiebzig Stunden in Geduld zu üben.«

»Warum für die nächsten zweiundsiebzig Stunden?« fragte der junge blauäugige Stellvertretende Direktor im Sicherheitsministerium, Skule.

»So lange werde ich brauchen, bis meine Kommandozentrale ihre Arbeit aufnehmen kann.«

Skule beschlich ein Unbehagen. »Zweiundsiebzig Stunden? Sie meinen doch nicht etwa St. Petersburg?«

Dogin nickte knapp.

»*Da* sind Sie der Chef?«

Wieder nickte Dogin.

Skule atmete hörbar aus. Die anderen Männer blickten zu ihm hinüber. »Meinen aufrichtigen Glückwunsch, Herr Minister. Damit liegt ja praktisch die ganze Welt in Ihren Händen.«

»So gut wie«, grinste Dogin. »Wie bei Generalsekretär Stalin.«

»Verzeihung.« Growlew mischte sich ein. »Aber ich verstehe überhaupt nichts mehr. Minister Dogin, was genau leiten Sie da?«

»Das Operations Center in St. Petersburg«, antwortete Dogin, »die raffinierteste Aufklärungs- und Fernmeldeeinrichtung in ganz Rußland. Damit haben wir Zugriff auf sämtliche Medien, von der Satellitenüberwachung bis zu elektronischen Nachrichtenverbindungen. Das Center verfügt auch über eine eigene Eingreiftruppe für punktgenaue Einsätze.«

Growlew wirkte verwirrt. »Sie sprechen nicht zufällig von dem Fernsehsender in der Eremitage?«

»Doch«, sagte Dogin. »Den brauchen wir zur Tarnung, Minister Growlew. Ihr Ministerium hat die Mittel für eine Scheineinrichtung bewilligt, ein funktionsfähiges Fernsehstudio. Aber das Geld für den Geheimkomplex kam aus

19

meiner Abteilung. Und die weitere Finanzierung ist durch das Innenministerium gesichert.« Dogin deutete mit dem Daumen auf sich. »Durch mich.«

Growlew mußte sich erst einmal wieder setzen. »Das heißt, Sie planen diese Operation schon seit einer ganzen Weile.«

»Seit mehr als zwei Jahren«, erwiderte Dogin. »Montag abend geht's los.«

»Also dieses Center«, sagte Dhaka, »von dieser Kommandozentrale werden Sie vermutlich die nächsten zweiundsiebzig Stunden nicht nur Zhanin ausspionieren?«

»Garantiert nicht nur!« sagte Dogin.

»Aber was es ist, wollen Sie uns nicht sagen!« schnaubte Growlew. »Sie wollen unsere Mitarbeit, aber *Sie selbst* schweigen sich aus!«

Dogins Stimme klang unheilverkündend. »Sie hätten von mir gern Klartext, Herr Minister? Ganz wie Sie wollen. Während des letzten halben Jahres hat mein Mann im Operations Center mit allen personellen und technischen Mitteln, die dort momentan zur Verfügung stehen, meine potentiellen Verbündeten und Rivalen observiert. Wir haben eine Menge Informationen zusammengetragen, über Fälle von Bestechung, Affären, und...« er warf einen vielsagenden Seitenblick auf Growlew »... über ungewöhnliche persönliche Vorlieben. Ich würde mich glücklich schätzen, diese Informationen mit Ihnen zu teilen, zusammen oder einzeln, sofort oder später.«

Einige der Männer rutschten unbehaglich auf ihren Sesseln hin und her.

Growlew rührte sich nicht.

»Sie Bastard«, stieß er unvermittelt hervor.

»Sie haben recht«, gab Dogin zurück, »genau das bin ich. Ein Bastard, der seine Arbeit erledigen wird.« Der Innenminister warf einen Blick auf seine Uhr, dann ging er zu Growlew hinüber und sah zu dessen zusammengekniffenen Augen hinunter. »Sie entschuldigen mich jetzt, Herr Minister. Ich habe einen Termin bei dem neuen Präsidenten. Ich habe ihm noch meine Glückwünsche zu überbringen und einige

Papiere zur Unterschrift vorzulegen. Aber ich garantiere Ihnen: Innerhalb von zwölf Stunden werden Sie selbst beurteilen können, ob meine Arbeit umsonst war, oder...« er wies auf die Flagge, die immer noch den Bildschirm ausfüllte »...dafür.«

Ein letztes Mal nickte Minister Dogin der schweigenden Versammlung zu, dann verließ er das Büro. Mit seinem Mitarbeiter im Schlepptau hetzte er zu dem Wagen, der ihn zu Zhanin und wieder zurück bringen würde. Und dann, allein hinter verschlossenen Türen, würde er mit Hilfe des bewußten Telefonats eine Lawine ins Rollen bringen, die die Welt in Atem halten würde.

2

Sonnabend, 10.30 Uhr, Moskau

Keith Fields-Hutton stürmte in sein Zimmer im frisch renovierten Rossija-Hotel, schleuderte seinen Schlüssel auf die Kommode und rannte ins Badezimmer. Unterwegs bückte er sich und griff nach den beiden eingerollten Faxblättern, die aus dem Gerät auf der Kommode heruntergefallen waren.

Das war der Teil seiner Arbeit, den er am meisten verabscheute. Nicht die Gefahr, obwohl die ihn manchmal gehörig ins Schwitzen brachte; nicht die endlosen Stunden, die verstrichen, während er auf irgendwelchen Flughäfen auf Aeroflot-Flüge wartete, die – wie so oft – nie ankamen; nicht die wochenlange Trennung von Peggy, obwohl dies am schwersten zu ertragen war.

Nein, was er am meisten haßte, waren all diese verdammten Tassen Tee, die er zu sich nehmen mußte.

Bei seinen allmonatlichen Aufenthalten in Moskau wohnte er regelmäßig im östlich des Kreml gelegenen Rossija und nahm im eleganten Café des Hotels jedes Mal ein ausge-

21

dehntes Frühstück ein. Bei dieser Gelegenheit durchforstete er immer die Zeitungen von der ersten bis zur letzten Seite. Wichtiger war aber, daß, sobald seine Teetasse wieder einmal leer war, Andrej, der Kellner, einen Grund hatte, zu ihm herüberzukommen, nachzuschenken und ihm drei, vier oder bisweilen auch fünf neue Teebeutel zu bringen. An jedem Teebeutel hing ein zusammengefaltetes Etikett, das außen den Namen *Tschaska Tschai* trug. Innen war aber ein winziger Mikrofilm befestigt, den Fields-Hutton in seiner Tasche verschwinden ließ, sobald er unbeobachtet war. Meistens hatte der Oberkellner ihn leider im Auge, so daß Fields-Hutton den Film erst verschwinden lassen konnte, sobald andere Stammgäste eintrafen und seinen Beobachter ablenkten.

Andrej war eine von Peggys Entdeckungen. Früher war er Soldat gewesen; später hatte sie erfahren, daß er eigentlich sein Geld bei einer westsibirischen Ölfördergesellschaft verdienen wollte. Leider war er in Afghanistan verwundet worden, und nach einer Rückenoperation konnte er nichts Schweres mehr heben. Nach der Gorbatschow-Ära wurde es für ihn immer schwieriger, das nötige Kleingeld zusammenzubekommen. Er war der ideale Kandidat für die Übermittlung von Daten zwischen höchstgeheimen Spitzeln, deren Namen er nie erfahren und deren Gesichter er nie sehen würde, und Fields-Hutton. Sollte Andrej jemals geschnappt werden, würde es nur für Fields-Hutton ungemütlich – und das lag nun einmal in der Natur der Sache.

Im Gegensatz zu dem weitverbreiteten Irrglauben, dem viele Menschen außerhalb der Geheimdienste anhingen, war der KGB mit dem Zusammenbruch des Kommunismus keineswegs in der Versenkung verschwunden. Ganz im Gegenteil, er war aktiver als jemals zuvor; allerdings nannte sich das Ganze nunmehr Sicherheitsministerium. Aus der Heerschar von militärischen Profis war einfach eine noch größere Schar von spionierenden Zivilisten geworden. Bezahlt wurden diese Spitzel für jede ernstzunehmende Spur, die sie ablieferten. Kein Wunder, daß die Veteranen ebenso wie die

Amateure die ganze Welt nach Spionen abgrasten. Peggy sprach immer von der russischen Version von *Entertainment Tonight*; die Informanten saßen überall. Und damit hatte sie völlig recht. In der Schußlinie waren nicht mehr Prominente, sondern vor allem Ausländer, aber im Grunde lief es auf dasselbe hinaus: Es ging um verdächtige Aktivitäten, die das Licht der Öffentlichkeit scheuten. Allzuviele Geschäftsleute fühlten sich jetzt unbeobachtet, weswegen sie sich schon mal einigen Ärger einhandelten, wenn sie für russische Geschäftspartner Rubel in Dollar oder D-Mark eintauschten, Schmuck oder Designerkleidung für den Schwarzmarkt einschmuggelten oder in Rußland tätige Konkurrenzunternehmen aus dem Ausland ausspionierten. Um einer Verurteilung zu entgehen, konnten ausländische Gefangene sich üblicherweise aus dem Schlamassel freikaufen. Fields-Hutton ulkte immer, das Ministerium verwende weniger Zeit auf die Erhaltung der nationalen Sicherheit als auf die Überwachung des Handels. Allein japanische Unternehmen zahlten russischen Agenten jährlich Hunderte Millionen Rubel, um nach Mitbewerbern Ausschau zu halten, die sich allzusehr für ihre Aktivitäten in Rußland interessieren könnten. Angeblich hatten die Japaner sogar mehr als fünfzig Millionen Rubel in den gescheiterten Präsidentschafts-Wahlkampf von Innenminister Nikolai Dogin gesteckt, um ihren Beitrag zum Schutz des Landes vor einer Überflutung durch ausländische Investoren zu leisten.

Das Spionagegeschäft gedieh also genauso prächtig wie eh und je; nach sieben Jahren war der britische Agent Fields-Hutton noch immer mitten drin.

Fields-Hutton hatte Cambridge mit einem Abschluß in russischer Literatur verlassen, und mit dem festen Ziel, Schriftsteller zu werden. Am Sonntag nach seinem Examen hatte er in einem Café in Kensington gesessen und Dostojewskis *Aufzeichnungen aus einem Kellerloch* gelesen (was für ein Zufall!), als eine Frau an einem der Nachbartische sich ihm zuwandte und fragte: »Was halten Sie davon, Rußland besser kennenzulernen?« Mit einem Lachen fügte sie hinzu: »Und zwar viel besser!«

So ergab sich seine Bekanntschaft mit dem britischen Geheimdienst, und mit Peggy. Später erfuhr er, daß das DI6 schon lange mit Cambridge in Verbindung stand; der Grundstein war während des Zweiten Weltkriegs mit Ultra gelegt worden, dem Top-Secret-Projekt zur Entschlüsselung des legendären deutschen Enigma-Codes.

Fields-Hutton ging mit Peggy spazieren und stimmte einem Treffen mit ihren Vorgesetzten zu. Innerhalb eines Jahres hatten die Leute von DI6 ihn zu einem Comic-Verleger aufgebaut, der Geschichten und Zeichnungen von russischen Cartoonisten ankaufte, um sie dann im Westen herauszubringen. Das war eine hinreichende Begründung für seine häufigen Reisen mit großformatigen, prallgefüllten Mappen und Stapeln von Zeitschriften, mit Videokassetten und Spielzeug, auf dem von russischen Künstlern entworfene Figuren abgebildet waren. Von Anfang an verblüffte es Fields-Hutton, wie leicht er Mitarbeiter von Fluggesellschaften, Hotelangestellte und sogar Polizisten für sich einnehmen konnte, einfach, indem er ihnen einen Becher, ein Badehandtuch oder ein Sweatshirt überließ, auf dem das Abbild eines dieser Superhelden prangte. Ob sie diese Artikel nun auf dem Schwarzmarkt weiter verschacherten oder sie ihren Kindern schenkten, der Tauschhandel war in Rußland ein machtvolles Instrument.

Es war ein leichtes, inmitten all dieser Zeitschriften und Spielzeuge den Mikrofilm zu verstecken – mal im Bund eines Comics, mal zusammengerollt in der hohlen Pranke einer Tigerman-Actionfigur. Die Geschichte mit den Comic-Heften hatte übrigens einen ironischen Beigeschmack: Der britische Geheimdienst kassierte doch wahrhaftig einen nicht unerheblichen Anteil der Lizenzgebühren. Eigentlich verbot die Charta der Organisation ja kommerzielle Unternehmungen – »Schließlich gehört der Laden zur Regierung«, hatte Winston Churchill einst einen Agenten ermahnt, der ein Spielzeug verkaufen wollte, mit dem man Codes knakken konnte. Jedenfalls kamen der damalige Premierminister John Major und das Parlament überein, die Gewinne aus dem Comic-Deal an Sozialprogramme zu überweisen, mit denen die Familien getöteter oder verletzter britischer Agenten unterstützt wurden.

Sicher hatte Fields-Hutton inzwischen das Comicgeschäft lieben gelernt, und nach seiner Pensionierung würde er auf jeden Fall Schriftsteller werden (Material für realistische Thriller hatte er zur Genüge angesammelt), aber seine eigentliche Aufgabe beim britischen Geheimdienst bestand doch in der Überwachung ausländischer wie auch einheimischer Bauvorhaben in Ostrußland. Verborgene Räume, Abhöranlagen, unterkellerte Tiefgeschosse, all das wurde auch weiterhin gebaut; gelang es, diese aufzuspüren und anzuzapfen, erwiesen sie sich oft als wahre Fundgruben. Seine augenblickliche Gewährsleute – Andrej und Leon, ein Zeichner, der in St. Petersburg lebte – beschafften ihm Blaupausen und Vor-Ort-Fotografien aller Neubauten und Renovierungsprojekte in seinem Einzugsbereich.

Nachdem Fields-Hutton das Bad verlassen hatte, setzte er sich auf die Bettkante, nahm die Etiketten der Teebeutel aus seiner Tasche und riß sie auf. Behutsam entfernte er jeden einzelnen der kreisförmigen Mikrofilm-Abschnitte und legte sie in ein Hochleistungs-Vergrößerungsgerät – beim Zoll hatte er erzählt, er benötige es, um Dias von Gemälden für die Gestaltung von Einbänden zu sichten. (»*Ja, Sir, ich habe noch jede Menge von diesen Grim-Ghost-Baseballmützen übrig. Sie hätten gern eine für Ihren Sohn? Nehmen Sie doch gleich ein paar für seine Freunde mit.*«)

Was er auf einer dieser Aufnahmen zu Gesicht bekam, erinnerte ihn irgendwie an einen kleinen Artikel, den er am selben Tag in der Zeitung gelesen hatte. Auf dem Bild war zu sehen, wie in der Eremitage Planen in einen Lastenaufzug verladen wurden. Andere Fotos, die an den folgenden Tagen aufgenommen worden waren, zeigten, daß auch große Kisten mit Kunstwerken hereingeschafft wurden.

Eigentlich waren diese Aktivitäten nichts außergewöhnliches. Mit Blick auf die 2003 anstehende Dreihundertjahrfeier der Stadt waren Bauarbeiten zur Modernisierung und Erweiterung im gesamten Museum durchaus an der Tagesordnung. Und immerhin befand sich das Museum auch unmittelbar neben der Newa; möglicherweise wurden die Wände zum Schutz der Kunstwerke gegen Feuchtigkeit gerade mit Planen ausgekleidet.

Aber Leon hatte ihm zwei Seiten herübergefaxt. Aus dem symbolisch angelegten Captain-Legend-Comic-Strip auf der ersten Seiten ging hervor, daß der Superheld in die Welt des Hermes geflogen war – das bedeutete, daß Leon der Eremitage einen Besuch abgestattet hatte, und zwar eine Woche, nachdem die Fotos geschossen worden waren. Nach seinen Beobachtungen gab es auf keinem der drei Etagen in keinem der drei Gebäude irgendwelche Bauarbeiten, bei denen Planen verwendet wurden. Und was die Kisten betraf: Natürlich erhielt das Museum regelmäßig Leihgaben, aber es gab keine neuen Exponate, und neue Ausstellungen waren auch nicht angekündigt; angesichts der umbaubedingten Schließung einiger Abteilungen war Ausstellungsraum ohnehin Mangelware. Da würde Fields-Hutton eben den DI6 darauf ansetzen, ob in letzter Zeit ein Museum oder Privatsammler Kunstwerke in die Eremitage verlegt hatte; die Wahrscheinlichkeit schätzte er aber eher gering ein.

Dann war da noch die Arbeitszeit der Handwerker, die die Planen und Kisten zu den Aufzügen brachen. Nach dem, was Leon durch seinen Comic-Strip übermittelte, gingen die Männer – die Sklaven in Heras Welt, die Waffen und Nahrungsmittel zu einem geheimen Stützpunkt schafften – morgens hinunter und kamen erst am frühen Abend zurück. Zwei der Männer waren ihm besonders aufgefallen; die beiden waren dort täglich, und falls der DI6 es sinnvoll fände, würde er sie beschatten. Es gab zwei Möglichkeiten: Entweder sie arbeiteten regulär bei der Renovierung mit, oder sie benutzten diese Arbeiten nur als Tarnung für andere, geheime Aktivitäten.

Das alles paßte exakt zu dem Unfall, von dem er an diesem Morgen in der Zeitung gelesen hatte, und den auch Leon auf seiner zweiten Faxseite beschrieb. Gestern waren sechs Angestellte des Museums während ihrer Heimfahrt von der Kirowski-Straße aus in die Newa gestürzt und ertrunken. Leon hatte die Unglückstelle besichtigt; seine Skizze für das Titelblatt von *Captain Legend* verriet ihm mehr als der knappe Zeitungsartikel. Fields-Hutton sah den Helden, wie er einigen Sklaven aus einer Rakete heraushalf, die im Treibsand abgestürzt war. Die Anweisung für die Farbe des Rauches, der aus dem Treibsand aufstieg, lautete »Grün«. *Chlor.*

Waren die Männer mit Gas vergiftet worden? Sollte der Lastwagen, der ihren Wagen von der Brücke geschoben hatte, einen mehrfachen Mord vertuschen?

Der Unfall konnte natürlich auch purer Zufall sein, aber kein Geheimdienstler konnte es sich leisten, auch nur die geringste Spur zu ignorieren. Alles deutete darauf hin, daß in St. Petersburg etwas Außergewöhnliches im Gang war. Er würde das Geheimnis lüften.

Fields-Hutton faxte Leons Meisterwerk an sein Londoner Büro, einschließlich der Bitte um einen Vorschuß von siebenundzwanzig Pfund – das hieß, sie sollten sich einmal die Seite sieben in der aktuellen *Dien* zu Gemüte führen – und dem Hinweis, daß er nach St. Petersburg fahren und dann dort mit dem Künstler über diesen Titelentwurf verhandeln würde.

»Ich glaube, wir haben hier etwas an der Angel«, schrieb er. »Mein Eindruck ist, wenn der Texter eine Verbindung herstellen kann zwischen dem Treibsand und dem unterirdischen Stützpunkt in Heras Welt, hätten wir die Grundlage für eine hervorragende Story. Ich gebe Ihnen Bescheid, was Leon davon hält.«

Nach der Bestätigung aus London verstaute Fields-Hutton seine Kamera, seine Toilettentasche, seinen Walkman und einige Zeichnungen und Spielzeuge in einer Umhängetasche, lief hinunter ins Foyer und nahm ein Taxi, das ihn etwa zwei Meilen in Richtung Nordosten brachte. In dem am Krasnoprudnaja gelegenen St. Petersburger Bahnhof holte er das Ticket für die Fahrt. Dann ließ er sich auf einer harten Bank nieder, um auf den nächsten Zug zu warten, der ihn in die altehrwürdige Stadt am Finnischen Meerbusen bringen sollte.

3

Sonnabend, 00.20 Uhr, Washington, D. C.

Während des Kalten Krieges diente das in der Nähe des Wartungsfeldes der Naval Reserve gelegene unscheinbare zweistöckige Gebäude auf der Andrews Air Force Base als Bereitschaftsraum zur Einweisung von Elite-Besatzungen. Im Fall eines Angriffs mit Atomwaffen wäre es ihre Aufgabe gewesen, Beamte in Schlüsselpositionen aus Washington, D. C., zu evakuieren.

Das elfenbeinfarbene Gebäude war aber keineswegs ein Relikt aus den längst vergangenen Tagen des Kalten Krieges. Die Rasenflächen waren nun etwas gepflegter, und wo früher Soldaten gedrillt worden waren, hatte man Gärten angelegt. Das Areal war inzwischen mit Blumenkästen aus Beton eingefaßt worden, um mögliche Attentäter mit Autobomben auf Distanz zu halten. Und die Menschen, die hier arbeiteten, kamen nicht mehr in Jeeps und gepanzerten Fahrzeugen, sondern in Kombis und Volvos, manche auch in Saabs und BMWs.

Die achtundsiebzig Vollzeit-Mitarbeiter, die hier im Moment tätig waren, waren beim National Crisis Management Center angestellt. Sie bestanden aus handverlesenen Strategen, Generälen, Diplomaten, Geheimdienst-Analytikern, Computerexperten, Psychologen, Aufklärungsspezialisten, Umweltfachleuten, Anwälten und sogar Medienexperten, auch Verwandlungskünstler genannt. Weitere zweiundvierzig Mitarbeiter teilte das NCMC mit dem Verteidigungsministerium und dem CIA; darüber hinaus unterstand dem Center eine zwölf Mann starke, als »Striker« bekannte Eingreiftruppe, die in der nahegelegenen FBI-Akademie in Quantico stationiert war.

Die Charta des NCMC unterschied sich grundlegend von der aller früheren Organisationen in den Vereinigten Staaten. Innerhalb von zwei Jahren hatte das Team über 100 Millionen Dollar für die Verbesserung der Ausrüstung speziell im High-Tech-Bereich aufgewendet und die ehemaligen Bereitschaftsräume in eine Kommandozentrale umgewandelt, von der aus eine Zusammenarbeit mit dem CIA, der National Security Agency, dem Weißen Haus, dem Außenministerium, dem Verteidigungsministerium, der Defense Intelligence Agency, dem National Reconnaissance Office und dem Intelligence und Threat Analysis Center problemlos über Computer möglich war. Nach einer halbjährigen Testphase, während der das »OP-Center«, wie es allgemein genannt wurde, sowohl innen- als auch außenpolitische Krisen erfolgreich gemeistert hatte, war es nunmehr ein ebenbürtiger Partner für die genannten Einrichtungen geworden – mindestens ein ebenbürtiger, denn Direktor Paul Hood erstattete dem Präsidenten Michael Lawrence unmittelbar Bericht. Die reine Informationsbörse, die anderen Organisationen zuarbeitete, hatte sich nun zu einer Einrichtung gemausert, die als einzige die Fähigkeit besaß, weltweite Operationen einzuleiten, zu überwachen und auch zu koordinieren.

Das Team war eine einzigartige Mischung aus alten Hasen, die an ihre geheimdienstliche Arbeit systematisch und mit dem Blick für das Wesentliche herangingen, und jungen Hüpfern, die von High-Tech und wagemutigen Einsätzen fasziniert waren. Über diesem zusammengewürfelten Haufen thronte Paul Hood. Ihn einen Heiligen zu nennen, wäre gewiß leicht übertrieben gewesen, aber seine selbstlose Art hatte ihm bei seinen genervten Mitstreitern doch den Spitznamen »Papst« Paul eingetragen. Er war kompromißlos aufrichtig; trotzdem hatte er in der Reagan-Ära im Bankgeschäft beachtliches erreicht. Auch war er ein extrem zurückhaltender Mensch, was ihn aber nicht daran gehindert hatte, in Los Angeles zwei Jahre lang den Posten des Bürgermeisters zu bekleiden. Mit bemerkenswerter Ausdauer trainierte Hood sein Team in der neuartigen Kunst des Krisenmanagements. Für ihn war das eine Alternative zu den traditionellen Handlungsmustern, die bis dahin in Washington gang und gäbe waren; dort kannte man nur die totale Passivität oder den totalen Krieg. In Los

Angeles hatte er als erster damit gearbeitet, Probleme in überschaubare Bereiche aufzuteilen und jeden Bereich den zuständigen Fachleuten zu überlassen, wobei er auf eine enge Kooperation zwischen den Abteilungen größten Wert legte. Es hatte in Los Angeles funktioniert, und es funktionierte auch hier, wenn es auch gegen die in Washington vorherrschende Ich-bin-hier-der-Boß-Devise verstieß. Mike Rodgers, sein zweiter Mann, hatte ihm einmal gesagt, daß sie aller Wahrscheinlichkeit nach mehr Gegner in ihrer Hauptstadt als auf der restlichen Welt antreffen würden, denn viele Amtsvorsteher, Behördenchefs und andere Beamte bewerteten die im OP-Center gepflegten Management-Methoden sicherlich als Angriff auf ihre althergebrachten Pfründe. Weswegen so mancher unter ihnen auch nicht müde wurde, die effektive Arbeit dieser Einrichtung zu sabotieren, wo er nur konnte.

»Die Leute in Washington sind wie Zombies«, hatte Rodgers gesagt, »die erheben sich aus ihren politischen Gräbern, sobald die Zeiten sich ändern – siehe Nixon oder Jimmy Carter. Deswegen versuchen Politiker nicht nur, die Karriere ihres Rivalen zu zerstören, sondern gleich auch noch sein Leben. Und wenn das immer noch nicht reicht, müssen auch noch Familie und Freunde dran glauben.«

Hood war es einerlei. Es war nicht ihre Aufgabe, den guten Ruf des OP-Centers oder seiner Mitarbeiter zu fördern, sondern sich um die Sicherheit der Vereinigten Staaten zu kümmern, und diese Pflicht nahm er sehr, sehr ernst. Auch war er überzeugt, daß kein »Rivale« ihnen am Zeug flicken konnte, wenn sie nur ihre Arbeit so ausführten, wie es von ihnen erwartet wurde.

In diesem Augenblick sah Ann Farris auf dem Stuhl des Direktors allerdings nicht das As, den Politiker oder den »Papst« sitzen. Hinter dem Mann sahen ihre tiefbraunen Augen den linkischen Jungen. Trotz seiner kantigen Gesichtszüge, seiner lockigen schwarzen Haare und seiner hellbraunen, ausdrucksvoll schimmernden Augen wirkte Hood wie ein kleiner Junge, der am liebsten in Washington bleiben und mit seinen Freunden, seinen Spionagesatelliten und seinen Geheimagenten spielen würde, anstatt mit der Familie in Urlaub zu fahren. Ann wußte sehr genau: Würden seine Kinder ihre alten Freunde nicht so schmerzlich vermissen, und hätte der Umzug an die Ostküste die Beziehung zu seiner Frau nicht auf eine so harte Probe gestellt, würde Paul nicht wegfahren.

Der dreiundvierzigjährige Direktor des OP-Centers saß in seinem geräumigen Büro, das im Hochsicherheitsgebäude untergebracht war. General Mike Rodgers, der stellvertretende Direktor, hatte sich in dem Sessel links neben dem Schreibtisch und Ann Farris, die Pressesprecherin, auf dem Sofa auf der rechten Seite niedergelassen. Seine Reiseroute nach Kalifornien hatte Hood sich auf den Bildschirm seines Computers geholt.

»Sharon hat ihrem Chef, Andy McDonnell, mühsam eine Woche abgeluchst; er sagt, seine Show im Kabelfernsehen läuft nicht ohne ihre Gesundheitsküche«, sagte Hood, »und wir werden am Ende wohl bei Bloopers landen; das ist ja das genaue Gegenteil von ›gesünder essen‹. Am ersten Abend werden wir da jedenfalls speisen. Die Kinder haben es auf MTV gesehen; wenn ihr mich da anpiepsen wollt, werde ich es vielleicht nicht mal hören.«

Ann beugte sich vor und tätschelte seinen Handrücken. Ihr blendend schneeweißes Lächeln überstrahlte noch das topmoderne gelbe Tuch, mit dem sie ihr langes braunes Haar gebunden hatte.

»Ich gehe jede Wette ein, wenn Sie ganz locker sind, könnte es ein netter Abend werden«, sagte Ann. »Ich habe im *Spin* über Bloopers gelesen. Bestellen Sie doch saure Hotdogs und Kartoffelpastete. Sie werden begeistert sein.«

Hood grinste. »Wie wär's, damit könnten wir doch Werbung machen. ›OP-Center – mehr Sicherheit für Ihre sauren Hotdogs‹«.

»Da werde ich Lowell fragen müssen, wie das auf Lateinisch heißt«, grinste Ann. »Es soll doch zumindest edel *klingen*.«

Rodgers seufzte; gleichzeitig blickten Hood und Ann zu ihm hinüber. Der Zwei-Sterne-General hatte seine Beine übereinander geschlagen und wippte heftig mit dem oberen.

»Tut mir leid, Mike«, sagte Hood, »bin ich ein bißchen früh dran mit meinen Albernheiten?«

»Das meine ich nicht«, antwortete Rodgers. »Sie sprechen einfach nicht meine Sprache.«

Als Pressesprecherin hatte Ann sich angewöhnt, aus dezent gewählten Worten die Wahrheit herauszufiltern. In Rodgers Worten entdeckte sie gleichzeitig Kritik und Neid.

»Meine Sprache ist das auch nicht«, gab Hood zu. »Aber eins lernt man schnell, wenn man Kinder hat (und Ann wird mir da zustimmen): Man muß sich anpassen. Verdammt noch mal, am liebsten würde ich dieselben Sachen über Rap und Heavy Metal sagen, die meine Eltern über die Young Rascals gesagt haben. Aber man muß schon mit der Zeit gehen.«

Dem Gesicht nach zu urteilen, war Rodgers nicht restlos überzeugt. »Wissen Sie, was George Bernhard Shaw über Anpassung gesagt hat?«

»Da muß ich passen.«

»Er hat gesagt: ›Der vernünftige Mann paßt sich der Welt an; der unvernünftige versucht unermüdlich, die Welt ihm anzupassen. Daher rührt ein jeglicher Fortschritt von dem unvernünftigen Manne her.‹ Ich kann Rap nicht ausstehen, und daran wird sich auch nichts ändern. Da werde ich doch nicht so tun, als ob.«

Hood konterte: »Und was machen Sie, wenn Lieutenant Colonel Squires Rap hört?«

Rodgers wurde ungehalten. »Der hat dieses Zeug sofort abzustellen. Da werde ich wohl unvernünftig sein müssen.«

»Aber Sie zitieren Shaw«, warf Ann ein.

Rodgers sah sie an und nickte.

Hood blickte skeptisch. »Sehr interessant. Vielleicht sehen wir jetzt doch mal, ob wir uns mindestens einigen können, was die nächsten paar Tage ansteht. Zuerst meine Termine.«

Hood entledigte sich seines jungenhaften Lächelns; konzentriert widmete er sich seinem Computer. Augenzwinkernd versuchte Ann, dem stellvertretenden Direktor ein Lächeln zu entlocken, doch ohne Erfolg. Tatsächlich lächelte Rodgers so gut wie nie; rundum zufrieden war er anscheinend nur, wenn er auf Jagd war, egal, ob seine Beute Keiler, Diktatoren oder Leute waren, die ihre Karriere über das Leben kämpfender Männer und Frauen stellten.

»Montag die Magna-Studio-Tour«, zählte Hood auf, »Dienstag ist der Wallace World Amusement Park dran. Mittwoch verbringen wir am Strand, die Kinder wollen surfen. Und so weiter. Wenn ihr mich braucht, das Handy hab' ich immer dabei. Ein Polizeiposten oder FBI-Büro ist auch immer in der Nähe, falls wir dringend über eine sichere Leitung sprechen müssen.«

»Es wird wohl eine ruhige Woche werden«, sagte Ann. Vor der Sitzung hatte sie Intelligence Officer Bob Herberts aktuellen Lagebericht auf ihr Laptop geladen; nun öffnete sie schwungvoll den Deckel. »An den Grenzen in Osteuropa und im Mittleren Osten ist es halbwegs ruhig. Mit Hilfe des CIA konnten die mexikanischen Behörden den Rebellenstützpunkt in Jalapa ohne Blutvergießen ausheben. In Asien hat sich die Lage entspannt, nachdem Korea kurz vor einem Krieg gestanden hatte. Und die Ukraine und Rußland verhandeln zumindest wieder über ihre Besitzansprüche auf der Krim.«

»Mike, wird das Wahlergebnis in Rußland da irgendeinen Einfluß haben?« wollte Hood wissen.

»Kaum«, sagte Rodgers. »Sicher, Kiril Zhanin, der neue russische Präsident, hat sich schon mal mit Vesnik, dem Präsidenten der Ukraine, angelegt, aber er ist auf unserer Seite; er wird die Friedenspfeife anbieten. Unsere Einschätzung für die kommende Woche geht jedenfalls nicht in Richtung Alarmstufe Rot.«

Hood nickte. Ann wußte, daß er nicht viel von dem hielt, was er das große AUS nannte – nämlich Aussichten, Umfragen, Seelenkram); nichtsdestoweniger vermittelte er tapfer den Eindruck gespannter Aufmerksamkeit. Als Paul seinen Dienst im OP-Center angetreten hatte, hatten er und die Betriebspsychologin Liz Gordon ein ähnlich kratzbürstiges

Verhältnis gehabt wie Clarence Darrow und William Jennings Bryan.

»Hoffen wir mal, daß Sie recht behalten«, sagte Hood, »sollte aber trotzdem bei Alarmstufe Blau unsere Unterstützung angefordert werden, möchte ich bitte meine Unterschrift unter unsere Operationen setzen.«

Auf einmal wippte Rodgers nicht mehr mit den Beinen. Die hellbraunen Augen, die gewöhnlich golden schimmerten, wirkten plötzlich dunkel. »Ich denke, ich komme damit auch ganz gut zurecht, Paul.«

»Ich habe nie was anderes behauptet. Sie haben gezeigt, was in Ihnen steckt, als Sie diese Raketen in Nordkorea unschädlich gemacht haben.«

»Also, wo liegt das Problem?«

»Nirgends«, versetzte Hood. »Hier geht's nicht um die Fähigkeiten, Mike. Es geht um die Verantwortung.«

»Ich habe verstanden.« Rodgers blieb verbindlich. »Aber es ist durch die Vorschriften gedeckt. Der stellvertretende Direktor kann Operationen absegnen, wenn der Direktor abwesend ist.«

»Es heißt nicht ›abwesend‹, sondern ›indisponiert‹«, erläuterte Hood. »Ich werde auf keinen Fall indisponiert sein; außerdem wissen Sie genauso gut wie ich, was der Kongreß von diesen Eskapaden im Ausland hält. Wenn irgendwas schief geht, werden sie mich vor den zuständigen Senatsausschuß schleppen und mir ziemlich ungemütliche Fragen stellen. Wenn ich darauf schon antworten muß, dann will ich wenigstens dabei gewesen sein, und nicht die Antworten aus Ihrem Bericht zusammensuchen müssen.«

Rodgers beim Unisport viermal gebrochene Adlernase schien er nun nicht mehr ganz so hoch zutragen wie sonst. »Ich verstehe.«

»Aber Sie sind immer noch anderer Meinung«, sagte Hood.

»Ja, allerdings. Ehrlich gesagt, ich würde es *liebend gern* mit diesem Kongreß aufnehmen. Diesen Trauerklößen würde ich zeigen, was regieren heißt – handeln, nicht abstimmen.«

Hood erwiderte: »Genau deswegen möchte *ich* lieber der Gesprächspartner für sie sein, Mike. Immerhin bezahlen sie unsere Rechnungen.«

»Auf die Tour bringt man Leute wie Ollie North dazu, es anders zu versuchen«, sagte Rodgers. »Um die Koordinierungsausschüsse des stellvertretenden Direktors zu umgehen. Diese Milchbubis, die alle Vorschläge einer eingehenden Beratung zuführen und monatelang auf ihnen herumbrüten. Das Ergebnis ist dann so verwässert, daß es keinen Pfifferling mehr wert ist.«

Hood sah aus, als wollte er etwas sagen; Rodgers sah aus, als wollte er eben das hören, nur um es postwendend zu parieren. Statt dessen zogen beide Männer es vor, sich schweigend anzugiften.

»Also«, Ann versuchte es auf die ungezwungene Art, »dann kümmern *wir* uns eben um die kitzlige Alarmstufe Grün mit ein paar Geiseln und um Blau mit einem ganzen Haufen Geiseln bei uns im Land, und Sie sind zuständig für die Alarmstufen Gelb mit diesen paar popeligen Geiseln im Ausland und Rot, wo der Krieg so richtig losgeht.« Sie schloß den Deckel ihres Laptops, warf einen Blick auf ihre Uhr und erhob sich. »Paul, sind Sie so nett und schicken Ihre Termine zu unseren Computern 'rüber?«

Hood wandte sich seiner Tastatur zu. Er tippte Alt/F6, dann PB/Enter und MR/Enter ein. »Schon erledigt«, sagte er.

»Na prima. Tun Sie mir einen Gefallen und spannen Sie mal gründlich aus in Ihrem Urlaub.«

Hood nickte. Dann blickte er wieder zu Rodgers hinüber. »Vielen Dank für Ihre Mitarbeit.« Er stand auf und reichte Rodgers über den Schreibtisch hinweg die Hand. »Wenn ich Ihnen in dieser Sache hier weiterhelfen könnte, würde ich's tun, Mike.«

»Also dann: bis in einer Woche.« Rodgers wandte sich um und ging an Ann vorbei.

»Bis in einer Woche.« Zum Abschied winkte ihm Ann zu und lächelte ihn ermutigend an. »Lassen Sie von sich hören… und vergessen Sie die Entspannung nicht.«

»Ich schick' Ihnen eine Ansichtskarte von Bloopers«, sagte Hood.

Ann schloß die Tür und folgte Rodgers den Korridor entlang. Sie bahnte sich ihren Weg durch die Mitarbeiter und eilte vorbei an offenen Bürotüren und den geschlossenen Türen der nachrichtendienstlichen Abteilungen des OP-Center.

»Geht's Ihnen gut?« Ann hatte zu Rodgers aufgeschlossen.

Der nickte.

»Sie sehen aber nicht so aus.«

»Ich hab' einfach so meine Schwierigkeiten mit ihm.«

»Versteh' ich gut«, sagte Ann. »Manchmal könnte man glauben, seine Sicht der Dinge ist umfassender als die anderer, und dann kommt er einem wieder wie ein richtiger Oberlehrer vor.«

Rodgers sah sie an. »Das sehen Sie sehr richtig, Ann. Sie haben darüber – über ihn – wohl eine Menge nachgedacht...«

Ann errötete. »Meistens reduziere ich die Leute auf eine griffige Formel. Schlechte Angewohnheit von mir.«

Ann legte die Betonung auf »die Leute«, um das Thema zu wechseln. Sofort war ihr klar, daß sie damit haargenau das Falsche getan hatte.

»Und wie lautet *meine* griffige Formel?« forschte Rodgers nach.

Ann sah ihm direkt ins Gesicht. »Sie sind ein ehrlicher, entschlossener Mann in einer Welt, die für diese Eigenschaften zu kompliziert geworden ist.«

Sie waren vor seinem Büro angekommen. »Und ist das gut oder schlecht?« wollte Rodgers wissen.

»Es ist problematisch«, antwortete Ann. »Wenn Sie ein bißchen flexibler wären, könnten Sie vielleicht mehr erreichen.«

Unverwandt blickte Rodgers Ann an, während er seinen Code in die im Türrahmen integrierte Eingabeleiste tippte. »Aber wenn etwas nicht das Richtige ist, lohnt sich dann der Aufwand?«

»Ich bin immer der Meinung, lieber der Spatz in der Hand als die Taube auf dem Dach«, sagte Ann.

»Das verstehe ich schon, nur sehe ich das leider anders.« Nun lächelte Rodgers. »Ach ja, Ann... Wenn Sie wieder mal andeuten wollen, daß ich ein Dickkopf bin, sagen Sie's doch am besten ohne drum herum zu reden.«

Rodgers salutierte andeutungsweise vor ihr, trat in sein Büro und schloß die Tür hinter sich.

Einen Augenblick lang blieb Ann noch stehen, bevor sie sich nachdenklich auf den Weg zu ihrem Büro machte. Mike tat ihr leid. Er war ein guter Mann, und ein klarer Kopf dazu. Sein großer Fehler war dummerweise die Neigung, das Handeln über die Diplomatie zu stellen, auch wenn dabei so überflüssige Kleinigkeiten wie nationale Souveränität oder die Zustimmung des Kongresses auf der Strecke blieben. Genau wegen dieses Rambo-Images war er bei der Nominierung des stellvertretenden Außenministers übergangen und mit diesem Trostpreis abgespeist worden. Er hatte diesen Posten angenommen, weil er in allererster Linie ein guter Soldat war; glücklich war er damit aber auf keinen Fall... auch nicht darüber, daß er einem zivilen Vorgesetzten unterstellt war.

Naja, dachte sie bei sich, *so hat eben jeder seine Problemchen.* Sie zum Beispiel. Und zwar das Problemchen, auf das Rodgers so indiskret angespielt hatte.

Sie würde Paul vermissen, ihren untadeligen Kavalier, den Ritter, der seine Frau auf keinen Fall verlassen würde, wie sehr er auch ein fester Bestandteil von Anns Leben geworden war. Schlimmer, in lebhaften Bildern malte sie sich immer wieder aus, wie sie ihrem Paul Entspannung verschaffen würde, wenn nicht Sharon und die Kinder, sondern sie und ihr Sohn mit ihm nach Südkalifornien fahren würden...

4

Sonnabend, 14.00 Uhr, Brighton Beach

Seit der gutaussehende, dunkelhaarige Hermann Josef mit Hilfe von Schleppern aus Rußland nach Amerika geflohen war, arbeitete er im Bezirk Brighton Beach, Brooklyn, im Bestonia Bagel Shop. Seine Aufgabe war es, das dort hergestellte, noch ofenfrische Gebäck mit Salz, Sesam, Knoblauch, Zwiebeln, Mohn und allen möglichen Kombinationen daraus zu überziehen. Im Sommer war die Arbeit in der Nähe der Backöfen schweißtreibend, im Winter angenehm und den Rest des Jahres erfreulich anspruchslos. Im allgemeinen ließ es sich hier jedenfalls besser arbeiten als in Moskau.

Die Sprechanlage summte; Arnold Belnick, der Besitzer des Ladens, war dran.

»Hermann, kommen Sie doch mal in mein Büro«, sagte er. »Ich hab' eine Sonderaufgabe für Sie.«

Wann immer der schlanke, siebenunddreißigjährige Moskauer das hörte, war es aus mit der Geruhsamkeit. Alte Instinkte und Gefühle kamen hoch: der unbedingte Wille zu überleben, sich durchzusetzen, seinem Land zu dienen – alles Eigenschaften, die während seiner zehnjährigen Arbeit für den KGB gefestigt worden waren, und die ihm auch jetzt zugute kamen.

Nachdem Hermann seine Schürze hinter den Tresen geschleudert und seine verantwortungsvolle Tätigkeit Belnicks kleinem Sohn übergeben hatte, rannte er mit Riesensätzen die altersschwache, ächzende Treppe hinauf. Zielstrebig betrat er das Büro, das von einer auf dem Schreibtisch stehenden Neonröhre und dem trüben Licht eines fast blinden Dachfensters erhellt wurde. Hermann schloß die Tür hinter sich und verharrte vor dem alten Mann, der rauchend am Schreibtisch saß.

Aus einer Qualmwolke heraus sah Belnick ihn an. »Hier.« Er übergab ihm ein Blatt Papier.

Hermann überflog es und gab es dem rundlichen, schon

etwas ergrauten Mann zurück. Der legte es in den Aschenbecher und zündete es mit seiner glimmenden Zigaretten-
spitze an, um dann die Asche auf dem Fußboden zu zerstreuen und die letzten Reste mit den Füßen zu grauem
Staub zu zermahlen.

»Noch Fragen?«

»Ja. Gehe ich danach in unseren Unterschlupf?«

»Nein«, sagte Belnick. »Selbst wenn irgend jemand Sie beobachten sollte, wird er Sie kaum mit dem Ereignis in Verbindung bringen.«

Hermann nickte. Den Unterschlupf in Valley Stream an
der Forest Road hatte er schon einmal genutzt, nachdem er einen tschetschenischen Rebellen getötet hatte, der sich erdrei-
stet hatte, für die Abspaltung seines Landes zu sammeln. Die
russische Mafia stellte dieses Haus für ihre Agenten zur Verfügung; die Autofahrt von dort zum John-F.-Kennedy-Flug-
hafen dauerte nur eine Viertelstunde, zur Jamaica-Bay gerade
mal zwanzig Minuten. Egal welchen Weg man nahm, es war
ein Kinderspiel, Agenten außer Landes zu bringen, sollte das
Pflaster zu heiß werden. Wenn dann Entwarnung gegeben
wurde, konnte er nach Brighton Beach und ins Bestonia zurückkehren.

Hermann ging zu einem Spind, der in der Ecke des Zim-
mers stand, öffnete ein verborgenes Fach und langte hinein.
Ebenso beiläufig, wie er sonst mit Salz oder Mohn hantierte,
entnahm er ihm die benötigten Gegenstände.

5

Sonntag, 12.00 Uhr, St. Petersburg

Mit seiner altbewährten Bolsey-35mm-Kamera um den Hals
erwarb Fields-Hutton an einem Kiosk an der Newa, außerhalb der Eremitage, eine Eintrittskarte und ging die kurze
Strecke bis zu dem weitläufigen Museum mit seinen golde-

nen Kuppeln. Wie immer, so empfand er auch dieses Mal eine tiefe Ehrfurcht, als er die weißen Marmorsäulen im Erdgeschoß passierte; schließlich betrat er ein Gebäude, das man wahrlich als geschichtsträchtig bezeichnen durfte.

Die staatlich verwaltete Eremitage ist das größte Museum Rußlands. Katharina die Große hatte es 1764 innerhalb des zwei Jahre zuvor erbauten Winterpalastes eingerichtet. Seine Bestände wuchsen rasant: Aus den ursprünglich erworbenen 225 Kunstgegenständen entwickelte sich eine Sammlung, die bis zum heutigen Tag drei Millionen Exponate umfaßt. Neben Werken von Leonardo da Vinci, Rembrandt, El Greco, Monet und zahllosen anderen Meistern beherbergt das Museum auch Gebrauchsgegenstände aus der Alt-, Mittel- und Jungsteinzeit sowie aus der Bronze- und Eisenzeit.

Heutzutage besteht das Museum aus drei beieinander liegenden Gebäuden: dem Winterpalast, der genau nordöstlich davon gelegenen Kleinen Eremitage und in derselben Richtung der Großen Eremitage. Bis 1917 war die Eremitage nur für Mitglieder und Freunde der königlichen Familie und für Aristokraten zugänglich; erst nach der Revolution hatte auch das gemeine Volk Zutritt.

Als Fields-Hutton die riesige Eingangshalle mit ihren Kontrolleuren und Souvenirständen betrat, wurde ihm bewußt, daß für historische Ehrfurcht eigentlich kein Raum war. Bei der Gründung des Museums hatte Katharina die Große ihren Gästen einige sehr vernünftige Verhaltensmaßregeln ans Herz gelegt. Artikel Eins war der wichtigste: *»Jeglicher Titel oder Rang ist beim Eintritt abzulegen, ebenso wie Hut und Degen.«*

Damit hatte sie recht. Das Kunsterlebnis sollte persönliche und politische Konflikte eigentlich entschärfen, nicht sie verhüllen. Fields-Hutton teilte Leons Ansicht, daß die Russen diese Übereinkunft wohl zu den Akten gelegt hatten. Nicht nur, daß sechs Arbeiter ums Leben gekommen waren; nicht nur, daß Mengen von Material herangekarrt wurden; im Museum war auch ein erhöhtes Maß an Mikrowellen festzustellen. Leon war schon vor seinem Auftraggeber hier gewesen und hatte an verschiedenen Stellen überall im Museum sein Handy getestet: Je mehr er sich dem Fluß näherte, umso schlechter wurde der Empfang. Möglicherweise war das die Erklärung für die Planen; hätten die Russen in diesem Gebäude unterhalb der Wasseroberfläche so etwas wie eine Nachrichtenzentrale eingerichtet, so müßte die technische Anlage natürlich vor der Feuchtigkeit geschützt werden.

Unter strategischen Gesichtspunkten war eine Nachrichtenzentrale hier in der Eremitage durchaus ein guter Wurf. In Kriegszeiten blieben Museen von Bombardements meistens verschont, Kunstwerke als Verhandlungsgegenstand waren von nicht zu unterschätzender Bedeutung. Hitler war der einzige gewesen, der die Unverfrorenheit besessen hatte, dieses Museum zu bombardieren. Glücklicherweise hatten die Bürger des damaligen Leningrad ihre Schätze in weiser Voraussicht in den Ural nach Swerdlowsk ausgelagert.

Haben die Russen die Zentrale ausgerechnet hier eingerichtet, weil sie einen Krieg erwarten?« fragte sich Fields-Hutton.

Er studierte in dem *Blauen Führer* den Grundriß der Eremitage. Das hatte er während der Zugfahrt auch schon getan; nur hatte er es nicht übertreiben wollen, aus Angst, sein Ziel könnte allzu offensichtlich werden. Schließlich war jeder Schaffner ein potentieller Spitzel des Sicherheitsministeriums.

Nach einem eher flüchtigen Blick auf die Karte wandte Fields-Hutton sich nach rechts, in Richtung der ausgedehnten, von Säulen gesäumten Rastrelli-Galerie. Jeder Zentimeter des Fußbodens lag offen zutage; da gab es garantiert keine Möglichkeit, einen geheimen oberirdischen Raum oder ein nach unten führendes Treppenhaus neugierigen Blicken zu entziehen. Fields-Hutton schlenderte um die Wand herum, die die Rastrelli-Galerie vom Ostflügel trennte. Auf einmal fiel sein Blick auf etwas, das früher ein Personalraum gewesen sein mochte; neben der Tür befand sich eine Eingabeleiste. Er lächelte, als er das Schild auf der links aufgestellten Staffelei las. Dort stand in kyrillischer Schrift:

41

*Hier entsteht »Kunst für die Jugend«, ein Fernsehsender,
mit dessen Hilfe Schülern und Studenten im ganzen Land
die Schätze der Eremitage nähergebracht werden sollen.*

Vielleicht, dachte Fields-Hutton, *aber wer weiß...*

Scheinbar in seinen *Blauen Führer* vertieft, beobachtete er
die Aufsicht. Sobald der Mann vorbeigegangen war, huschte er zu der Tür. Darüber entdeckte er eine Überwachungs-
kamera, deshalb vermied er es, von seinem Reiseführer auf-
zuschauen oder sein Gesicht zu zeigen. Er täuschte ein
Niesen vor; hinter den vor das Gesicht gehaltenen Händen
riskierte er einen verstohlenen Blick auf das Objektiv der
Kamera. Es war keine zwanzig Millimeter lang, also ein
Weitwinkelobjektiv, das die Tür mitsamt dem links und
rechts anschließenden Bereich, nicht aber den Fußboden
überwachte.

Fields-Hutton langte in seine Hosentasche und holte sein
Taschentuch heraus. Darin eingewickelt war ein mexikani-
scher Peso, eine der wenigen Münzen, die in Rußland nichts
wert waren. Schlimmstenfalls würde jemand sie aufheben
und als Andenken behalten – idealerweise ein hochrangiger
Beamter, der im stillen Kämmerlein Wesentliches mitzuteilen hatte.

Erneut nieste Fields-Hutton; dabei bückte er sich tief und
schob den Peso unter der Tür hindurch. Er konnte eigentlich
davon ausgehen, daß auf der anderen Seite der Tür ein Bewegungsmelder installiert war, der aber für so eine Münze
nicht empfindlich genug wäre. Sonst würde jede Maus und
jede Küchenschabe dieses Ding auslösen. Mit dem Taschentuch vor der Nase erhob er sich und ging weiter.

Gemächlich schlenderte er zum Haupteingang zurück,
ließ sich von einer Aufsicht seine Umhängetasche kontrollie-
ren und verließ die Eremitage. Unter einem Baum am Fluß
blickte er sich nach allen Seiten um, bevor er seinen Discman
aus der Tasche zog. Er schaltete nacheinander auf verschiedene Lieder; die jeweiligen Nummern beschrieben verschlüsselt seine Entdeckung im Museum und wurden aufgezeichnet. Später, weit genug entfernt von möglichen

Empfängern im Museum, würde er diese Nachricht mit dem Discman an das britische Konsulat in Helsinki senden, von wo aus es nach London weitergeschickt würde.

Nachdem Fields-Hutton seine Nachricht gespeichert hatte, lehnte er sich zurück, um zu lauschen, was sein kleiner Peso ihm übermittelte – hoffentlich waren es auch die konspirativen Botschaften, die er sich erhoffte...

6

Sonntag, 12.50 Uhr, St. Petersburg

Als die Münze unter der Tür des Empfangsraum hindurchglitt, passierte sie einen elektromagnetischen Bewegungsmelder, der imstande war, jedes noch so schwache Signal zu registrieren; selbst die für den Betrieb von Digitaluhren verwendeten Cadmium-Batterien verrieten sich unfehlbar.

Durch die Unterbrechung ertönte ein Signalton, der alle anderen Meldungen überlagere, die den Sicherheitschef im OP-Center, Glinka, über Kopfhörer erreichten. Er selbst war alles andere als ein Panikmacher, was man von Colonel Rosski nicht behaupten konnte – vor allem, da es nicht viel mehr als ein Tag bis zur Stunde Null sein sollte und Gerüchte umgingen, daß in den vergangenen Tagen jemand von außerhalb ihre Aktivitäten beobachtet hatte.

Seine Rückfrage bei der Rezeption ergab, daß niemand gekommen oder gegangen war. Der gedrungene, muskulöse Mann bedankte sich und übergab den Kopfhörer seinem Mitarbeiter. Dann stand er auf und lief den engen Korridor hinunter zu Colonel Rosskis Büro.

Jeder Vorwand war Glinka recht, um sich ein wenig die Beine zu vertreten; die letzten neun Stunden hatte er mit nichts weiter zugebracht, als Dutzende von Botschaftsgebäuden in aller Welt über dort installierte Wanzen abzuhorchen. Davor hatte er bereits geschlagene vier Stunden lang zwei der Telefonleitungen des OP-Centers den sich endlos hinziehenden Testreihen unterzogen, die vor der Inbetriebnahme leider nicht zu umgehen waren.

Der zentrale Korridor besaß etwa die Ausmaße der Mittelgänge zweier hintereinander aufgestellter Busse. Als Beleuchtung dienten drei 25-Watt-Glühbirnen, die in schwarzen Fassungen von der Decke hingen. Die Räume waren so perfekt abgeschottet, daß es schon einer Bombe oder eines Preßlufthammers bedurft hätte, um von der Existenz dieser Einrichtung draußen etwas wahrzunehmen. Die inneren und äußeren Wände bestanden ausnahmslos aus Ziegelstein und trugen einen Überzug aus Flüssigschaum und je drei einander abwechselnden Schichten aus verschmolzenem Fiberglas und zentimeterdickem schwarzen Hartgummi. Darüber spannten sich noch Planen zum Schutz der Anlage vor Feuchtigkeit sowie eine Lage Pappe. Die mattschwarze Lackierung schließlich, die alles überzog, sollte eventuell durch Ritzen nach oben austretendes Licht absorbieren.

Wie ein Baum verzweigte sich der Korridor in mehrere Äste, die zu den verschiedenen Abteilungen führten: Computerraum, Audio-Überwachung, Luftaufklärung, Fernmeldeeinrichtungen, Archiv, Ausgang, um nur die wichtigsten zu nennen. An dem einen Ende des Korridors lag das Büro von General Orlow, gegenüber das von Colonel Rosski.

Glinka hatte das Büro des Colonel erreicht und bearbeitete nun heftig den roten Knopf an der neben der Tür angebrachten Sprechanlage.

»Was gibt's?« krächzte die hohe Stimme über den Lautsprecher.

»Colonel, hier ist Glinka. Ich habe ein Störsignal von 0,98 Sekunden im Eingangsbereich aufgeschnappt. Rein gekommen ist sicher keiner, dazu war das Signal zu kurz, aber ich sollte Ihnen doch alles Verdächtige…«

»Wo steckt der Hausmeister?«

»Der ist gerade im Kurgan-Flügel beschäftigt…«

»Danke«, sagte Rosski, »ich sehe mir die Sache selber mal an.«

»Sir, das könnte ich auch...«

»Das ist alles«, erwiderte Rosski barsch.

Mit einer Hand fuhr Glinka sich durch sein kurz geschorenes blondes Haar. »Ja, Sir.« Er wandte sich von der Tür ab und machte sich auf den Weg zurück zu seinem Posten.

Dann wird's halt nichts mit dem kleinen Ausflug nach oben, dachte er. Aber so war es immer noch besser, als den gnadenlosen Colonel Rosski vor den Kopf zu stoßen. Genau das hatte der bedauernswerte Pawel Odina getan, indem er Geräte aus dem Center hatte mitgehen lassen. Eigentlich hatte Glinka den Diebstahl ja dem Colonel nur gemeldet, damit die Sache nicht an ihm selbst hängenblieb. Er hätte es nicht für möglich gehalten, daß der Software-Entwickler so grausam dafür würde büßen müssen; allen im Center war klar, daß Rosski die Strafaktion eingefädelt hatte.

Glinka schlurfte zurück an seinen Platz und stülpte sich den Kopfhörer wieder über. Dann würde er eben weitere fünf oder mehr Stunden auf seinem Posten absitzen.

Genüßlich erwog er alle nur denkbaren Möglichkeiten, diesem großspurigen Hurensohn eins reinzuwürgen, wenn er nur den Mut dafür aufbrächte...

In seiner alten, steifen gebügelten schwarzen Uniform mit ihren charakteristischen roten Abzeichen am Jackenaufschlag und korrekt ausgestülpter Mütze verließ Colonel Leonid Rosski sein Büro und strebte mit weit ausholenden Schritten der Brandschutztür zu, die ins Treppenhaus führte. Wie alle Soldaten, die der Speznas angehörten – eine Abkürzung für *spezialnoje nashachenije*, »Sondereinsatzkommando« –, bestanden bei Rosski Nerven und Charakter gleichermaßen aus Granit; seine harten Gesichtszüge ließen daran keinen Zweifel aufkommen. Seine dunklen Augenbrauen hingen bedrohlich über der langen, geraden Nase, seine schmalen Lippen waren an den Enden nach unten gekrümmt, wo sie sich mit den von der Nase abwärts verlaufenden tiefen Furchen trafen. Er hatte einen dichten Schnurrbart, ungewöhnlich für einen Menschen seines Schlages.

Dagegen war sein Gang typisch für einen Angehörigen der Spezialeinheiten: schnell und bestimmt, als hielte ihn nur eine unsichtbare Leine davon ab, auf ein Ziel loszustürmen, das er als einziger erkennen konnte.

Nachdem er die Tür mit Nachdruck hinter sich geschlossen und per eingetipptem Code gesichert hatte, drückte er einen Knopf an der neben der Tür angebrachten Sprechanlage.

»Raisa, schließen Sie bitte die Außentür ab.«

»Ja, Sir«, bestätigte sie.

Er rannte einen düsteren Korridor entlang, dann noch eine Treppe hoch, um durch eine weitere code-gesicherte Tür in das TV-Studio zu gelangen. Normalerweise hätte er vorher seine Uniform durch Zivilkleidung ersetzt, aber dazu war jetzt keine Zeit mehr.

Im Studio waren Arbeiter dabei, Scheinwerfer, Monitore und Kameras aufzubauen; von Rosski nahmen sie keine Notiz, als der sich einen Weg durch das Wirrwarr aus Kabeln, Kisten und Geräten bahnte. Jenseits der verglasten Regiekabine befand sich ein enger, grell erleuchteter Treppenschacht. Rosski erklomm die Stufen und erreichte oben den recht klein dimensionierten Eingangsbereich. Raisa erhob sich hinter ihrer Theke und nickte grüßend. Bevor sie etwas sagen konnte, legte Rosski einen Finger auf seine Lippen und blickte sich forschend um.

Der Peso lag unscheinbar unter der Empfangstheke in der rechten Hälfte des Raumes; trotzdem entdeckte Rosski ihn sofort. Die beiden Angestellten, die gerade Geräte auspackten, unterbrachen ihre Arbeit und warfen ihm einen fragenden Blick zu. Auf einen Wink von ihm diskutierten sie weiter über ihr Fußballspiel, während Rosski die Münze in Augenschein nahm. Er schlich um sie herum wie eine Schlange um ihre Beute, er vermied peinlichst, sie zu berühren oder auch nur anzuhauchen. Natürlich konnte der Alarm, den Glinka über seinen Kopfhörer empfangen hatte, auch irrtümlich ausgelöst worden sein, und der Peso wäre dann vielleicht absolut harmlos. Aber wenn irgend etwas ihm während seines zwanzigjährigen Dienstes in den Spezialeinheiten das Leben erhalten hatte, dann sein permanentes Mißtrauen gegen alles und jeden.

Nach der Abnutzung zu urteilen, mußte der Peso schon jahrelang im Umlauf gewesen sein; er war 1982 geprägt worden, das paßte zu seinem Zustand. Er begutachtete die abgewetzte seitliche Riffelung, den Schmutz, der sich dort festgesetzt hatte; alles schien mit rechten Dingen zuzugehen. Und doch war eine Täuschung nicht auszuschließen. Rosski zupfte ein langes schwarzes Haar von seinem Hinterkopf und hielt es über die Münze. Das Haar schlug nach unten aus wie eine Wünschelrute. Dann führte er seinen Zeigefinger an die Zungenspitze, um die Oberseite der Münze mit Speichel zu benetzen. Wenn er genau hinsah, konnte er an seinem Finger Spuren von Staub erkennen; dagegen war die Oberseite des Peso staubfrei.

Staub und Haar waren gleichermaßen von irgendeiner statischen Aufladung angezogen worden; das konnte nur bedeuten, daß im Inneren der Münze ein elektrostatisches Feld erzeugt wurde. Brüsk erhob Rosski sich und hastete zurück ins Operations Center. Da der in der Münze eingebaute Sender keine große Reichweite haben konnte, mußte der ungebetene Zuhörer sich in einem Umkreis von wenigen hundert Metern um das Museum aufhalten. Die Überwachungskameras würden Rosski darüber Aufschluß geben, und dann wäre es an der Zeit, sich um diesen Spion zu kümmern.

7

Sonntag, 9.00 Uhr, Washington, D. C.

Federnden Schrittes passierte Mike Rodgers den code-gesicherten Eingang, der ins Erdgeschoß des OP-Centers führte. Nachdem er die bewaffneten Posten hinter der kugelsicheren Glasscheibe begrüßt hatte, die ihm das Kennwort des

Tages mitteilten, durchquerte er im Laufschritt die Verwaltungsetage; hier, im ehemaligen Hauptquartier des Evakuierungsteams, hatten die Spitzenbeamten ihre Büros. Wie Paul Hood hielt auch Rodgers sich lieber unten auf, im neuen Kellergeschoß, wo eigentlich die Fäden zusammenliefen.

Am Fahrstuhl war eine weitere Wache postiert; erst nachdem Rodgers der Frau das Kennwort gesagt hatte, durfte er den Aufzug benutzen. Im OP-Center hatte man sich für die altmodische und weniger aufwendige »Wer da?«-Methode entschieden. Die raffinierten High-Tech-Systeme, die in praktisch allen anderen Behörden im Gebrauch waren, hatten sich nicht nur einmal als unzuverlässig erwiesen: Fingerabdruck-Kontrollen waren mit Hilfe von täuschend echt präparierten Handschuhen umgangen und Stimmenerkennungssysteme durch den Einsatz von Synthesizern in die Irre geführt worden. Obwohl Rodgers die Frau neben dem Aufzug seit einem halben Jahr nahezu täglich gesehen hatte und die Namen ihres Mannes und ihrer Kinder kannte, wäre ihm ohne das Kennwort der Zutritt verwehrt geblieben. Jeder Versuch würde sofort mit seiner Festnahme beantwortet, jeder Widerstand den Gebrauch der Schußwaffe provozieren. Genauigkeit, Tüchtigkeit und Patriotismus gingen im OP-Center vor möglichen Freundschaften.

Im Herzen des OP-Centers, einer Art Großraumbüro, schlängelte Rodgers sich durch das Labyrinth der diversen Kabinen zu den Räumen der Abteilungsleiter, die ringförmig um das Zentrum gruppiert waren. Im Gegensatz zu den Büros im Erdgeschoß waren hier alle nur erdenklichen geheimdienstlichen Nachrichtenquellen verfügbar, von Satellitenaufnahmen über direkte Verbindungen zu Agenten in aller Welt bis hin zu dem Zugriff auf Computer und Datenbanken, die eine präzise Vorhersage etwa der Reisernte in Rangun auf Jahre hinaus erlaubten.

Während Hoods Abwesenheit hatte Rodgers sich im Büro des Chefs eingerichtet. Es lag unmittelbar neben dem Konferenzraum, der charmanterweise »Bunker«, genannt wurde. Der Bunker war zum Schutz vor elektronischen Abhörmaßnahmen von einem elektromagnetischen Feld umgeben, von

48

dem es hieß, daß es unter anderem Impotenz und psychische Störungen hervorrufen konnte. Liz Gordon, die Betriebspsychologin, flachste manchmal, diese Wellen wären doch eine einleuchtende Erklärung für so manche Merkwürdigkeit in diesem Etablissement.

Obwohl Rodgers ziemlich spät (oder früh, je nach Sichtweise) ins Bett gekommen war, fühlte er sich hellwach und voller Energie, als er den Code in die Eingabeleiste neben Hoods Bürotür eintippte. Die Tür schnellte auf, die Raumbeleuchtung schaltete sich ein. Das erste Mal seit einem halben Jahr erhellte ein zufriedenes Lächeln Rodgers Gesicht; endlich stand er einmal an der Spitze des OP-Centers.

Und doch war es Hood gegenüber nicht ganz fair, das wußte er sehr genau. Sicher führte Hood sich manchmal wie ein Übervater auf, wie Ann es einmal beschrieben hatte. Das änderte aber nichts an Hoods Qualitäten: Er war hochmotiviert und vor allem ein begnadeter Manager. Es war durchaus sinnvoll, intern Verantwortung an relativ unabhängige Experten wie Martha Mackall, Lowell Coffey der Zweiten, Matt Stoll oder Ann Farris zu delegieren. Dennoch gelangte Rodgers immer mehr zu der Überzeugung, daß im OP-Center mehr das Wort des Mannes an der Spitze, etwa im Stil von Hoovers FBI, gelten müsse. Es mußte jemand sein, der nicht lang und breit beim CIA oder beim National Security Council nachfragen würde, bevor er überhaupt einen Finger rührte, sondern der die anderen Organisationen davon in Kenntnis setzte, was er nach Lage der Dinge zu tun gedachte. Nachdem Rodgers einen Krieg in Korea und eine mögliche Bombardierung Japans abgewendet hatte, war es für ihn eine ausgemachte Sache, daß das OP-Center in der Weltpolitik aggressiver mitmischen mußte, anstatt immer nur den Entwicklungen hinterherzulaufen.

Auch deswegen könnten wir auf Dauer nicht im Hintergrund bleiben, dachte Rodgers. Aber diesem Mißstand konnten sie später immer noch abhelfen – sei es durch unauffällig lancierte Presseinformationen, sei es durch dramatische Einsätze der Striker-Truppe von der Art, durch die israelische Einheiten sich den gebührenden Respekt verschafft hatten.

Einsätze, die sich nicht andere Dienste auf ihre Fahnen schreiben durften, wie zum Beispiel vor kurzem ihr Angriff auf den nordkoreanischen Raketenstandort, der offiziell auf das Konto Südkoreas ging.

Diese Debatte hatten Rodgers und Hood schon ungezählte Male geführt. Am Ende kam unausweichlich der Hinweis des Direktors, daß derartige Eskapaden durch ihre Charta nicht gedeckt seien; schließlich sollten sie sich nicht wie Untergrundkämpfer, sondern wie Polizisten verhalten. Rodgers dagegen verglich ihre Charta mit einer Partitur: Der Musiker konnte das Stück spielen, wie es auf dem Blatt stand, er konnte die Anweisungen des Komponisten genauestens befolgen und hatte immer noch einen erheblichen Spielraum für die eigene Interpretation. In Vietnam hatte Rodgers Edward Gibbons *Geschichte des Verfalls und Untergangs des Römischen Reiches* wieder und wieder gelesen; besonders zu Herzen genommen hatte er sich die Überzeugung des Autors, daß die größte Gnade auf Erden die Unabhängigkeit sei.

Angespannt durch dieses Buch und durch ein zerlesenes Exemplar von George Pattons *Krieg, wie ich ihn erlebte,* das sein Vater ihm zugesteckt hatte, war Rodgers zweimal in Vietnam stationiert gewesen. Nach seiner Rückkehr in die Vereinigten Staaten erwarb er an der Temple University seinen Abschluß in Geschichte, um dann in Deutschland und Japan Dienst zu tun. Im Golfkrieg befehligte er eine motorisierte Brigade, verbrachte dann noch einige Zeit in Saudi-Arabien, bevor er erneut in die USA zurückkehrte und sich dort um eine Stelle im Außenministerium bewarb. Statt dessen bot ihm der Präsident den Posten des stellvertretenden Direktors im OP-Center an. Auf keinen Fall bereute er es, daß er diese Stelle angenommen hatte. Das weltweite Krisenmanagement war eine aufregende Sache; sein von Erfolg gekrönter Einfall in Nordkorea war ihm noch in angenehmer und frischer Erinnerung. Weniger begeisternd fand er es, nur die rechte Hand spielen zu dürfen, besonders unter Paul Hood.

Der Computer meldete sich. Rodgers ging zum Schreibtisch und schaltete mit Strg/A auf Empfang. Bob Herberts rundes Gesicht wurde von einer auf dem Bildschirm montierten Faseroptikkamera auf den Schirm übertragen. Der achtunddreißigjährige National Intelligence Officer wirkte erschöpft.

»Morgen, Mike.«

»Morgen, Bob«, erwiderte Rodgers. »Was machen Sie denn an 'nem Sonntag bei uns?«

»War die ganze Nacht hier. Stephen Viens vom NRO hat mich zu Hause angerufen, da bin ich hergekommen. Haben Sie mein Memo nicht gelesen?«

»Noch nicht«, sagte Mike. »Was gibt's denn?«

»Wie wär's, wenn Sie erstmal in Ihrer Mailbox nachsehen und dann zurückrufen«, sagte Herbert. »In meinem Memo finden Sie alle Einzelheiten, auch die Satellitenfotos und…«

»Wie wär's, wenn Sie's mir einfach direkt sagen?« Mike fuhr sich mit einer Hand über sein Gesicht. *E-Mail, Signaltöne, Videokonferenzen. Was, zum Teufel, war nur aus dem guten alten Spionagehandwerk geworden?* Vom Haudegen alter Schule geradewegs zu Matt Stolls aberwitzigen Bildschirmschonern. Geheimdienstarbeit sollte körperlich anstrengen, wie die Liebe, und nicht zu elektronischem Voyeurismus verkommen.

»Kein Problem, Mike, machen wir doch glatt.« In Herberts Stimme schwang eine gewisse Besorgnis. »Geht's Ihnen gut?«

»Prächtig. Komme nur nicht so ganz klar mit dem späten zwanzigsten Jahrhundert.«

»Was Sie nicht sagen«, versetzte Herbert.

Rodgers versuchte gar nicht erst, es zu erklären. Bob Herbert war absolut integer; außerdem hatte er bereits bitter dafür bezahlt, daß er diesen Job tat. Während des Anschlags auf die amerikanische Botschaft in Beirut 1983 hatte er seine Frau verloren und war obendrein seither querschnittsgelähmt. Nach anfänglichem Widerwillen geriet auch Herbert in den Bann dieser Computer, Satelliten und Glasfaserkabel. Diese technologische Dreifaltigkeit nannte er den »göttlichen Blick auf die Welt«.

»Also«, führte Herbert aus, »wir haben da zwei Geschichten, die vielleicht zusammenhängen, vielleicht auch nicht. Sie wissen doch, daß wir an der Newa in der Nähe der Eremitage in St. Petersburg verstärkt Mikrowellen registriert haben…«

»Ich hab' davon gehört«, sagte Rodgers.

»Zuerst dachten wir, die Strahlung käme aus diesem Fernsehstudio, das die Russen in der Eremitage einrichten, um von dort Kunstprogramme für Schulen zu senden. Mein Medienexperte hat sich ihre Testsendungen angesehen; sie werden allesamt im Bereich zwischen 153 und 11950 Kilohertz ausgestrahlt, und das sind nicht die Frequenzen, die wir von der Newa empfangen.«

»Das heißt also, das Studio ist nur eine Tarnung für irgendwelche andere Aktivitäten«, sagte Rodgers.

»Sieht ganz so aus. Wir haben auf eine neue Alarmanlage getippt, wegen der vielen Touristen, die zur Dreihundertjahrfeier der Stadt zusätzlich erwartet werden. Aber das haut nicht hin.«

»Und warum nicht?«

»Martha Mackall hat mir den Haushaltsplan des russischen Kulturministeriums und des Erziehungsministeriums besorgt«, erläuterte Herbert. »In keinem von beiden ist auch nur ein müder Rubel dafür ausgewiesen; dabei sollten es für so ein Projekt eigentlich fünf bis sieben Millionen Dollar sein. Da haben wir halt ein bißchen Hacker gespielt, und wo werden wir fündig? Im Etat des Innenministeriums.«

»Das besagt noch gar nichts«, wandte Rodgers ein. »Unsere Regierung verschiebt andauernd Gelder in alle Richtungen.«

»Schon«, sagte Herbert, »aber das Innenministerium hat *zwanzig* Millionen Dollar für das Projekt bereitgestellt.«

»Dieses Ministerium untersteht doch Dogin, diesem Hardliner, der gerade erst die Präsidentschaftswahl verloren hat«, sagte Rodgers. »Einen Teil des Geldes hat er wahrscheinlich für seine Wahlkampagne abgezweigt.«

»Gut möglich«, gab Herbert zu. »Aber wir haben noch ein Indiz, daß dieses Studio nicht nur ein Studio ist. Gestern nachmittag gegen halb zwei haben wir eine Botschaft abgefangen, aus dem Norden von St. Petersburg. Eine Imbiß-Bestellung.«

»Was??«

»Ganz recht – eine Imbiß-Bestellung, per Fax von St. Petersburg an den Bestonia Bagel Shop, Brighton Beach: ein Zwiebelbrötchen mit Rahmkäse, ein Laugenbrötchen mit Butter, ein Brötchen ohne Belag und zwei Knoblauchbrötchen mit Räucherlachs.«

»Eine Außer-Haus-Bestellung von der anderen Seite der Erde.« Rodgers konnte es nicht fassen. »Und wenn es ein Jux war?«

»War es nicht. Aus dem Bestonia haben wir die Bestätigung aufgeschnappt. Reichlich merkwürdig, das Ganze.«

»Allerdings. Schon Ideen, was dahinterstecken könnte?«

»Wir haben's in die Entschlüsselung rübergeschickt«, fuhr Herbert fort. »Die sind baff. Lynne Dominick meint, die verschiedenen Brötchensorten stehen vielleicht für verschiedene Bezirke der Stadt, oder für verschiedene Gegenden der Welt. Oder für Agenten. Die unterschiedlichen Beläge könnten diverse Ziele meinen. Sie sagt, sie bleibt am Ball. Allerdings hat sie im Bestonia angerufen, sie haben dort Dutzende verschiedener Brötchen und noch mal zwanzig verschiedene Aufstriche. Es wird schon ein Weilchen dauern.«

»Und der Laden selbst?« fragte Rodgers.

»Bis jetzt nichts Illegales. Betreiber sind die Belnicks, eine Familie, die 1961 über Montreal von Kiew eingewandert ist.«

»Demnach nicht ganz koscher.«

»So ist es.« Herbert stimmte zu. »Darrell hat den FBI informiert; die haben ein Team zur Observation auf den Laden angesetzt. Abgesehen von den normalen Imbiß-Lieferungen – bisher Fehlanzeige.«

Darrell McCaskey war im OP-Center der Verbindungsmann zum FBI und zur Interpol. Er sorgte dafür, daß die Arbeit aller drei Behörden zum Nutzen aller Beteiligten effektiv koordiniert wurde.

»Und waren es auch bestimmt Brötchen?« fragte Rodgers.

»Unsere Leute haben die offenen Tüten gefilmt, von einem Dach aus«, sagte Herbert. »Wir haben jeden Zentimeter des Bands genauestens überprüft, anscheinend waren es wirklich Brötchen. Der Auslieferungsfahrer kassierte wohl für jede Bestellung den korrekten Betrag. Und von den Kunden ging keiner auswärts zum Essen; also haben sie wahrscheinlich auch verdrückt, was in den Tüten war.«

Rodgers nickte. »Damit sind wir wieder in St. Petersburg, da braut sich was zusammen. Hat sich der DI6 schon dahintergeklemmt?«

»Sie haben einen Mann vor Ort«, antwortete Herbert. »Commander Hubbard will uns auf dem laufenden halten.«

»Wunderbar. Und was halten Sie von der Sache?«

»Es erinnert mich unangenehm an die sechziger Jahre, Kalter Krieg und so«, sagte Herbert. »Immer wenn die Russen für irgendwas das große Geld ausgeben, mach' ich mir Sorgen.«

Damit ging Bob Herbert aus der Leitung. Rodgers nickte, er konnte ihm nur zustimmen. Die Russen waren noch nie gute Verlierer gewesen; jetzt mußten sie sogar mit dem Verlierer einer Wahl rechnen, der mit seinen eigenen Agenten vor Ort in geheime Operationen in den USA verwickelt war.

Allerdings, auch Rodgers machte sich Sorgen.

8

Sonntag, 16.35 Uhr, St. Petersburg

In St. Petersburg läßt die Temperatur am späten Nachmittag schlagartig nach, egal welche Jahreszeit gerade vorherrscht; dafür sorgt der Wind, der dann vom Meer her aufkommt. Die kühlere Luft verbreitet sich durch das Gewirr von Flüssen und Kanälen noch in die letzten Winkel der Stadt, weswegen der warme Schimmer der Lampen in den Häusern hier früher am Tag zu sehen ist als anderswo. Passanten, die dem oftmals scharfen Wind und der schneidenden Kälte trotzen, empfinden aus demselben Grund nach Sonnenuntergang eine gewisse Nähe zueinander.

Die untergehende Sonne hatte hier wirklich etwas Entrücktes, fand Fields-Hutton. Seit fast zwei Stunden saß er nun schon unter einem Baum am Ufer der Newa und studierte die in seinem Toshiba-Laptop gespeicherten Manuskripte. Gleichzeitig widmete er seine Aufmerksamkeit dem Discman, in Wahrheit ein Funkempfänger, der auf die Frequenz des hinter der Tür liegenden Pesos eingestellt war. Nun, da die Sonne allmählich unterging, die Straßen sich nach und nach leerten und die Uferpromenade praktisch verwaist dalag, wuchs in ihm das Gefühl, daß die Leute lieber in ihren Wohnungen sein wollten, bevor die Vampire und Geister draußen ihre Beutezüge begannen.

Vielleicht gebe ich aber auch schon zu lange Horrorgeschichten und Comic-Hefte heraus, sinnierte er.

Er begann zu frieren. Und das, obwohl er durch das rauhe Londoner Klima eigentlich abgehärtet sein sollte. Schlimmer noch, er hatte langsam den Eindruck, daß der Nachmittag nicht besonders viel gebracht hatte. Das einzige, was er mit Hilfe der Wanze mitbekommen hatte, war oberflächliches Geschwätz über Sport, Frauen und despotische Chefs, das Geräusch Kisten aufstemmender Brecheisen und das Kommen und Gehen der Mitarbeiter des Fernsehsenders. Das waren nicht gerade die bahnbrechenden Erkenntnisse, die beim DI6 hemmungslose Begeisterung auslösen würden.

Er ließ seinen Blick über den Fluß schweifen, dann blickte er zurück zur Eremitage. Der Anblick war wirklich atemberaubend, mit den Dutzenden jetzt rötlich schimmernden weißen Säulen und dem in der untergehenden Sonne funkelnden Kuppeldach. Die Ausflugsbusse begannen, ihre Reisegesellschaften wieder einzusammeln; die Einheimischen, die den Sonntag im Museum verbracht hatten, strömten ins

Freie, um einen der öffentlichen Busse zu besteigen oder den viertelstündigen Fußmarsch zur nächstgelegenen U-Bahn-Station an der Newski-Straße anzutreten. Bald wäre das berühmte Museum ebenso menschenleer wie die Straßen in der Umgebung.

Hoffentlich hatte Leon ihm ein Hotelzimmer besorgen können, denn ihm würde wohl nichts übrigbleiben, als am nächsten Tag wiederzukommen und seine Überwachung fortzusetzen. Eines stand für ihn fest: Wenn in St. Petersburg irgend etwas Unheilvolles ausgeheckt wurde, konnte es nur von diesem Studio ausgehen.

Fields-Hutton beschloß, noch einmal hineinzugehen und die bewußte Tür ein paar Minuten lang in Augenschein zu nehmen; jetzt, kurz vor der Schließung des Museums, würden sich ja vielleicht nicht nur die Mitarbeiter des Senders in dem Raum zu schaffen machen. Mit etwas Glück würde ihm jemand über den Weg laufen, der für den Erkennungsdienst des DI6 kein Unbekannter wäre – ein Offizier in Zivil, ein Regierungsbeamter, ein ausländischer Spion. Überhaupt ging es doch am Anfang einer neuen Operation immer ein wenig drunter und drüber, und vielleicht konnte er von irgend jemandem, der den Raum verließ, etwas aufschnappen, das ihn auf die richtige Fährte bringen würde.

Nachdem er sein Laptop abgeschaltet und verschlossen hatte, streckte er seine steifgewordenen Beine aus und stand auf. Er strich noch seine Hose glatt, bevor er mit aufgesetztem Discman auf die Eremitage zuging.

Zu seiner Rechten bemerkte er ein Paar, das eben das Museum verlassen hatte und nun Hand in Hand den Fluß entlang schlenderte. Dieser Anblick erinnerte ihn an Peggy; allerdings nicht an die entscheidende Verabredung, bei der sie ihn ins Spionagegeschäft eingeführt hatte, sondern an ihren Spaziergang entlang der Themse fünf Tage zuvor. Bei der Gelegenheit hatten sie auch über eine mögliche Heirat gesprochen; Peggy hatte ihm gestanden, daß sie nicht abgeneigt war. Zwar bewegte Peggy sich in solchen Dingen etwa so schnell wie der Schiefe Turm von Pisa, es konnte eine halbe Ewigkeit dauern, bis sie nachgab – aber das Risiko wollte

Fields-Hutton gerne eingehen. Nun war sie ja nicht so ganz das zurückhaltende Geschöpf, das er sich immer als Ehefrau ausgemalt hatte, aber ihre energische Art gefiel ihm. Sie hatte ein Engelsgesicht, und vor allem: Sie war seine Geduld wert.

Unvermittelt mußte Fields-Hutton lächeln, als er eine junge Frau sah, die mit ihrem Jack-Russell-Terrier auf den Fluß zu joggte. Er hatte gar nicht gewußt, daß es diese englische Hunderasse in Rußland gab. Aber ein Wunder war es auch wieder nicht; schließlich wurde auf dem Schwarzmarkt so ziemlich alles verhökert, was das Herz begehrte, bis hin zu westlichen Modehunden.

Die Frau trug Sportkleidung und eine Baseballmütze und hatte eine kleine Wasserflasche aus Plastik dabei. Als sie näherkam, bemerkte er, daß sie nicht schwitzte. Das war schon merkwürdig, denn die nächsten Wohnungen lagen mindestens eine halbe Meile entfernt; diese Distanz sollte einen Läufer schon gehörig ins Schwitzen bringen. Sie lächelte ihn an. Er erwiderte ihr Lächeln. Urplötzlich riß sich ihr Hund los, schoß geradewegs auf ihn zu und verbiß sich in sein Schienbein, bevor die Joggerin den Hund wegzerren konnte.

»Oh, das tut mir aber leid!« Die Frau zog den jaulenden Hund zu sich hoch.

»Schon gut, halb so wild.« Mit verzerrtem Gesicht stützte er sich auf seinem rechten Knie auf, um die schmerzende Wunde zu untersuchen. Er stellte seinen Computer beiseite und wischte mit seinem Taschentuch das Blut ab, das aus den beiden halbkreisförmigen Bißmalen austrat.

Mit allzu besorgtem Blick kniete die Frau neben ihm nieder. Ihre rechte Hand umklammerte den wildgewordenen Hund, mit der linken bot sie ihm die Wasserflasche an.

»Das wird Ihnen guttun.«

»Nein, vielen Dank.« Die Bißwunde in Fields-Huttons Schienbein füllte sich erneut mit Blut. Irgend etwas stimmte bei der Sache nicht. Diese Frau war zu besorgt, zu hilfsbereit. So kannte er die Russen gar nicht. So bald wie möglich mußte er von diesem Ort verschwinden.

Noch bevor Fields-Hutton etwas dagegen tun konnte, goß die Frau Wasser aus der Flasche auf seine Verletzung. Das Blut schoß in Strömen sein Bein hinunter in seine Socke. Mit einer heftigen Handbewegung versuchte er, die Frau zu stoppen.

»He, was soll das?« Unbeeindruckt goß die Frau auch das restliche Wasser in seine Wunde. »Bitte, lassen Sie das...«

Er stand auf. Die Frau erhob sich ebenfalls, trat aber einen Schritt zurück. Die Besorgnis in ihrem Gesicht war einer völligen Ausdruckslosigkeit gewichen. Selbst der Hund gab keinen Ton mehr von sich. Die schlimmsten Ahnungen Fields-Huttons bewahrheiteten sich, als das stechende Gefühl in seinem Bein allmählich nachließ – und mit ihm jede Empfindung in seinen Füßen.

»Wer sind Sie eigentlich?« Das Gefühl der Taubheit kroch sein Bein hoch, ihm wurde schwindlig. »Was haben Sie mit mir gemacht?«

Die Frau antwortete nicht. Das war auch nicht mehr nötig. Fields-Hutton wurde klar, daß sie ihn mit einem schnellwirkenden Mittel vergiftet hatte. Er dachte an Leon, als die Welt sich zu drehen begann. Bei dem Versuch, den Computer an sich zu nehmen, verlor er das Gleichgewicht. Er erwischte den Griff und kroch mit dem Laptop in Richtung des Flusses. Bald hatte er in seinen Beinen jedes Gefühl verloren; er versuchte, sich mit den Armen vorwärtszuziehen, nur um bei Bewußtsein zu bleiben. Wenigstens wollte er noch den Computer in die Newa werfen. Doch vorher erreichte die Gefühllosigkeit seine Schultern; seine Arme versagten ihren Dienst, er sackte vornüber.

Das letzte, was Fields-Hutton sah, war der goldschimmernde Fluß wenige Meter entfernt. Das letzte, was er hörte, war das »Auf Wiedersehen« der Joggerin. Und sein letzter Gedanke galt Peggy – wie sehr würde sie weinen, wenn Commander Hubbard ihr beibringen mußte, daß ihr Liebhaber während eines Auftrags in St. Petersburg getötet worden war.

Sein Kopf sank zur Seite, als das Nervengift VX Fields-Huttons Herz erreichte und zum Stillstand brachte.

9

Sonntag, 21.00 Uhr, Belgorod,
an der Grenze zwischen Rußland und der Ukraine

Der von einem Sternmotor angetriebene Kamow-Ka-26-
Hubschrauber setzte auf dem grellausgeleuchteten Platz auf;
sein Zwillingsrotor verwirbelte den aufgewühlten Staub zu
bizarren Spiralen. Während die Soldaten sofort anfingen, die
in der Ladebucht hinter der Pilotenkabine verstauten Kisten
mit Fernmeldeausrüstung auszuladen, stieg Innenminister
Dogin aus dem Helikopter. Mit der einen Hand hielt er den
Filzhut an seinem Platz, mit der anderen versuchte er, seinen Mantel geschlossen zu halten; geduckt und mit schnel-
lem Schritt verließ er den Landeplatz.

Diese Art von Behelfsstützpunkten hatten schon immer
Dogins Herz höher schlagen lassen – öde Flächen, die über
Nacht in pulsierende Kommandozentralen verwandelt wurden, Fußabdrücke in der vom Wind glattgefegten Erde, der
satte Geruch von Dieseltreibstoff in staubiger Luft.

Der Stützpunkt entsprach allen Erfordernissen der Ge-
birgskriegsführung, wie sie noch in den letzten Tagen des
Afghanistan-Krieges entwickelt worden war. Zu seiner
Rechten, knappe hundert Meter entfernt, standen unzählige
Reihen von jeweils zwanzig geräumigen Zelten, jedes für die
Unterbringung von einem Dutzend Soldaten. Teilweise
standen die Zeltreihen weit außerhalb des Flutlichtbereichs,
fast bis an die ersten Ausläufer der Berge heran. Hinter ihnen, an der nördlichen und südlichen Grenze des Lagers,
schlossen sich Schützenlöcher und überdachte Unterstände
an. Im Kriegsfall dienten diese Stellungen der Abwehr von
Guerilla-Überfällen. Auf dem flachen Gelände zur Linken
befanden sich die abgestellten Panzer, andere gepanzerte
Fahrzeuge und Hubschrauber sowie der Kantinenbereich
mit den sanitären Einrichtungen, die Müllgrube, die Sani-
Zelte und die Versorgungsdepots. Zu jeder Tages- und
Nachtzeit herrschte hier ein reges Treiben.

In der Ferne sah Dogin den betagten, aber tadellos gepflegten zweimotorigen PS-89-Eindecker von Dmitrij Schowitsch. Zwei mit automatischen Schnellfeuer-Gewehren bewaffnete Posten bewachten die Menschen; der Pilot saß jederzeit startbereit hinter seinem Steuerknüppel.

Der Anblick des Flugzeugs ließ den Innenminister frösteln. Was bis dahin pure Theorie gewesen war, sollte nun in die Tat umgesetzt werden. Selbst die Soldaten und die bereits vorhandene Ausrüstung zusammen mit dem Material, das noch unterwegs war, waren absolut keine Erfolgsgarantie. Die Finanzmittel, die er benötigte, um das katastrophale Wahlergebnis wieder gutzumachen, würde er nur mit Hilfe des Leibhaftigen höchstpersönlich herbeischaffen können. Hoffentlich war Kosigans Optimismus gerechtfertigt, daß der Rückzug zu gegebener Zeit auch so klappte, wie sie es geplant hatten.

Jenseits des Versorgungsdepots standen drei weitere Zelte: die Wetterstation mit ihren außen auf Stativen montierten und an die Computer angeschlossenen Sensoren, die Fernmeldestelle mit einer nach Nordwesten und einer nach Südosten ausgerichteten Satellitenschüssel sowie das Kommandozelt.

Vor letzterem stand General Michail Kosigan, breitbeinig, die Hände hinter dem Rücken verschränkt und mit hocherhobenem Kopf. Rechts hinter ihm war sein Adjutant postiert; er hatte alle Mühe, seine Mütze auf dem Kopf zu behalten.

Der General schien nicht zu bemerken, daß seine Jacke, seine Hosenbeine und die Zeltklappe im Sog der Rotorblätter heftig flatterten. Von den tiefschwarzen Augen zum zerfurchten Kinn über die rötliche Narbe, die beide in diagonalem Verlauf voneinander trennte: Der hochgewachsene General war ein Musterexemplar seines starken und selbstbewußten Volkes, der Kosaken.

»Willkommen, Nikolai!« sagte der General. »Ich freue mich, Sie zu sehen!« Obwohl Kosigan mit leiser Stimme sprach, gelang es ihm doch, den Lärm des Hubschraubers zu übertönen.

Dogin schüttelte Kosigans Hand. »Ich freue mich auch, Michail.«

»Wirklich? Aber warum schaun Sie dann so finster?«

»Ich schaute nicht finster«, erwiderte Dogin abwehrend. »Ich bin nur sehr beschäftigt.«

»Soso, der Geist, der unermüdlich schaltet und waltet. Wie Trotzki im Exil.«

Dogin starrte ihn an. »Ich kann nicht behaupten, daß mir der Vergleich gefällt. Ich hätte mich niemals gegen Stalin gestellt, und ich hoffe nicht, daß man mich demnächst so auseinandernimmt.«

Unverwandt blickte Dogin den General an. Kosigan besaß durchaus Charme, seine Haltung war bewundernswert. Er war zweifacher Weltmeister im Pistolenschießen, hatte sogar einmal in dieser Disziplin an den Olympischen Spielen teilgenommen. Diese Qualifikation hatte er sich als Jugendlicher in der paramilitärischen DOSAAF erworben, der Freien Gesellschaft für die Zusammenarbeit mit der Armee, den Luftstreitkräften und der Flotte, in der junge Leute in allen militärisch relevanten Sportarten ausgebildet werden. Von dort war sein Aufstieg steil und brillant gewesen – allerdings für eine derart ehrgeizige Persönlichkeit nicht steil und brillant genug. Dogin war überzeugt, daß er dem General inzwischen vertrauen konnte. Immerhin brauchte Kosigan den Minister, um in der sich abzeichnenden neuen Ordnung seine bisherigen Vorgesetzten rechts zu überholen. Und danach? Genau das war immer die bange Frage bei Leuten wie Kosigan.

Der General lächelte. »Da machen Sie sich mal keine Sorgen. Hier gibt's keine Attentäter, nur Verbündete. Verbündete, die diese ewigen Manöver gründlich satt haben, die darauf brennen, aktiv zu werden, aber auch…« das Lächeln wurde breiter »… Verbündete, die wie gehabt dem Minister behilflich sein wollen.«

»Und seinem General«, ergänzte Dogin.

»Aber selbstverständlich.« Immer noch lächelnd wandte Kosigan sich um und machte eine einladende Handbewegung in Richtung des Kommandozeltes.

Im Zelt traf Dogin den dritten Mitverschworenen dieses eigenartigen Triumvirats: Dimitrij Schowitsch. Der Erzhalunke saß auf einem der drei Klappstühle, die um einen kleinen, grünen Metalltisch gruppiert waren.

Als Dogin eintrat, erhob Schowitsch sich. »Mein lieber Freund«, sagte er sanft.

Dogin konnte sich nicht überwinden, diesen sauberen Herrn »Freund« zu nennen. »Dimitrij«. Er nickte ihm zu und verbeugte sich kaum merklich, während er in die hellbraunen Augen des schmächtigen Mannes blickte. Die verströmten eine gewisse Kälte, diese Augen, und das erst recht zusammen mit den kurzgeschorenen, schlohweißen Haaren und den ebenso weißen Brauen. Schowitschs längliches Gesicht verriet keine Emotionen, seine Gesichtshaut war unnatürlich glatt. Irgendwo hatte Dogin gelesen, daß Schowitsch sich hatte liften lassen, um die harte, zerfurchte Haut loszuwerden, die er den neun Jahren in einem sibirischen Lager zu verdanken hatte.

Schowitsch setzte sich wieder; den Neuankömmling behielt er ständig im Auge. »Besonders zufrieden sehen Sie aber nicht aus, Herr Minister.«

»Was hab' ich Ihnen gesagt, Nikolai?« sagte General Kosigan auftrumpfend, »er sieht es auch.« Er drehte seinen Stuhl um und setzte sich rittlings darauf. Mit dem Zeigefinger deutete er auf Dogin; den Daumen hielt er aufrecht, als wäre seine Hand eine Pistole. »Wenn Sie nur nicht so bierernst wären, säßen wir jetzt vielleicht nicht hier. Das neue Rußland sucht nach Staatsmännern, die mit den Leuten auch lachen und trinken können, und nicht jemanden, der anscheinend die ganze Last der Welt auf seinen Schultern trägt.«

Dogin knöpfte seinen Mantel auf und ließ sich auf dem noch verbleibenden Stuhl nieder. Auf einem Tablett fand er Tassen, eine Teekanne und eine Flasche Wodka. Er goß sich einen Tee ein. »Das neue Rußland rennt einem Rattenfänger hinterher, der sie lachend und trinkend ins Verderben stürzen wird.«

»Da ist schon was dran.« Kosigan mußte ihm zustimmen.

»Aber die Russen haben noch nie gewußt, was für sie das beste ist. Gut, daß wir es ihnen zeigen werden. Was für ein großmütiger Verein wir doch sind.«

Schowitsch legte seine Hände gefaltet auf den Tisch. »General, mein Großmut hält sich in Grenzen, und ich habe auch nicht vor, Rußland zu erretten. Dieses Land hat mich für neun Jahre direkt in die Hölle geschickt, bevor Gorbatschow seine Amnestie erließ und ich freikam. Ich mache nur mit zu den Bedingungen, die wir schon diskutiert haben. Gelten die für Sie beide immer noch?«

»Ja, absolut«, antwortete der General.

Die kalten Augen hefteten sich auf Dogin. »Spricht er auch für Sie, Herr Minister?«

Der Innenminister löste ein Stück Zucker in seinem Tee auf. In den fünf Jahren seit seiner Freilassung hatte Schowitsch es fertiggebracht, sich vom abgeurteilten Dieb zum Chef eines weltweit operierenden Verbrecher-Syndikats aufzuschwingen, dem gut und gern 100.000 Menschen in Rußland, Europa, den Vereinigten Staaten, Japan und weiteren Ländern angehörten – die meisten hatten sich das Recht auf Eintritt in diese Gesellschaft erworben, indem sie einen Freund oder Verwandten töteten.

Bin ich übergeschnappt, wenn ich mich auf diesen Mann einlasse? fragte sich Dogin. Loyalität war von Schowitsch nur zu erwarten, wenn sie ihm auch tatsächlich die versprochenen zwanzig Prozent der Gesamtressourcen der ehemaligen Sowjetrepubliken überlassen würden, und die umfaßten immerhin die weltweit größten Erdölvorkommen, Holzbestände, die doppelt so groß waren wie die des Amazonasgebiets, nahezu ein Viertel der noch unerschlossenen Diamant- und Goldvorkommen und einige der größten Uran-, Plutonium-, Blei-, Eisen-, Kohle-, Kupfer-, Nickel-, Silber- und Platinlager der Erde. Der Mann war durchaus kein Patriot; sein Ziel war es, die Rohstoffvorkommen einer auferstandenen Sowjetunion auszubeuten und diese legalen Unternehmen als Geldwaschanlage zu nutzen.

Wenn Dogin sich das alles vor Augen führte, wurde ihm regelrecht schlecht. Kosigan hielt dagegen, daß sie von Schowitsch nichts zu befürchten hätten, solange er und die anderen Offiziere die größte Berufsarmee der Welt befehligten und Dogin die neue Geheimdienstzentrale in St. Petersburg unter sich hatte. Später könnten sie ihn immer noch austricksen, ihn zum Rückzug in einer seiner Wohnsitze in New York, London, Mexico City, Hongkong oder Buenos Aires zwingen. Und wenn er sich weigern würde, müßten sie eben zu härteren Methoden greifen.

Dogin hegte da so seine Zweifel, aber was blieb ihm schon anderes übrig? Er brauchte nun einmal viel Geld, um Politiker und Offiziere zu kaufen, um einen halsbrecherischen Krieg ohne die Zustimmung des Kreml vom Zaun zu brechen. Im Gegensatz zu Afghanistan hatten die Russen dieses Mal eine reelle Chance, aus dem Krieg als Sieger hervorzugehen. Aber ohne Geld lief rein gar nichts. Marx würde sich im Grabe umdrehen.

»Ich kann selbst für mich sprechen.« Dogin wandte sich an Schowitsch. »Ich bin mit Ihren Bedingungen einverstanden. Sobald Zhanin mit seiner Regierung abgesetzt ist und ich zum Präsidenten ernannt werde, wird ein Kandidat Ihrer Wahl Innenminister.«

Schowitschs Lächeln verbreitete eine Eiseskälte. »Und wenn ich selbst der Kandidat meiner Wahl bin?«

Dogin erschrak; er wäre aber nicht der mit allen Wassern gewaschene Politiker gewesen, wenn er sich etwas hätte anmerken lassen. »Wie gesagt, das ist allein Ihre Sache.«

Die Atmosphäre gegenseitigen Mißtrauens war unerträglich geworden. Kosigan versuchte, die Lage zu retten; lautstark meldete er sich zu Wort. »Und die Ukraine? Und dieser Vesnik?«

Dogin wich Schowitschs Blick aus. »Der Präsident der Ukraine ist auf unserer Seite.«

»Wie kommen Sie denn darauf?« warf Schowitsch ein. »Die Ukrainer haben doch endlich die Unabhängigkeit erreicht, von der sie seit Jahrzehnten geträumt haben.«

»Vesnik ist mit seinen sozialen und ethnischen Problemen restlos überfordert, auch mit der Armee schafft er es nicht«, sagte Dogin. »Er will seinen Leuten ihre Grenzen zeigen, bevor sie endgültig außer Kontrolle geraten. Wir werden ihm dabei helfen. Und außerdem will er auch die alten glorreichen Zeiten wieder auferstehen lassen, ganz wie Kosigan und ich.« Er warf einen Seitenblick auf den gefühllosen Unhold, der neben ihm saß. »Meine polnischen Verbündeten haben vor, in ihrem Land am Dienstag um 12.30 Uhr Ortszeit einen kleinen Zwischenfall zu inszenieren.«

»Was für einen Zwischenfall?« fragte Schowitsch.

»Mein Speznas-Mann in St. Petersburg hat bereits ein Geheimkommando in die polnische Grenzstadt Przemysl geschickt«, erläuterte Dogin. »Sie werden im Büro der Kommunistischen Partei Polens eine Bombe hochgehen lassen. Die Kommunisten werden diesen Anschlag natürlich nicht hinnehmen; meine Leute werden dafür sorgen, daß die Proteste gewalttätig verlaufen. Dann kommen polnische Truppen dazu, und die Auseinandersetzungen werden sich bis zur ukrainischen Grenze sechs Meilen entfernt ausweiten. Im Lauf der Nacht werden dann Vesniks Truppen in der allgemeinen Verwirrung auf die polnischen Einheiten feuern.«

»Danach«, Kosigan schaltete sich ein, »wird Vesnik mich um militärische Unterstützung bitten. Zu dem Zeitpunkt dürfte Zhanin schon klar geworden sein, daß er im Grunde nicht mehr viel zu melden hat. Er wird einigermaßen ins Schwitzen kommen, wenn er noch den einen oder anderen General auf seine Seite ziehen will, wie seinerzeit Jelzin, nachdem seine Offiziere sich gestattet hatten, über Tschetschenien herzufallen. Er wird fast allein dastehen, und die Politiker, die wir gekauft haben, werden ihn auch im Regen stehen lassen. Polen ukrainischer und belorussischer Herkunft können sich auf einiges gefaßt machen. Sobald die Ukraine und meine Truppen zum Gegenangriff übergehen, wird Weißrußland an unserer Seite mitkämpfen; damit verschiebt sich die Front bis etwa hundert Meilen vor Warschau. Die Russen werden in einen nationalistischen Taumel ausbrechen, und die ausländischen Banker und Geschäftsleute werden Zhanin fallenlassen wie eine heiße Kartoffel. Dann ist er endgültig erledigt.«

»Entscheidend für den Erfolg«, fuhr Dogin fort, »ist, daß die Vereinigten Staaten und Europa von einer militärischen Intervention abgehalten werden.« Er sah Schowitsch an. »Zu diesem Zweck werden wir alle diplomatischen Hebel in Bewegung setzen; wir werden argumentieren, daß dies kein imperialistischer Akt, sondern ein Angriff auf die Förderation war. Sollte es damit Probleme geben, hatten wir ursprünglich daran gedacht, auf Spitzenbeamte Druck auszuüben. Aber das hat Ihnen der General ja schon auseinandergesetzt...«

»Genau«, sagte Kosigan, »allerdings hat Dimitrij einen besseren Vorschlag. Erzählen Sie's ihm doch selbst, Dimitrij...«

Demonstrativ suchte Schowitsch erst einmal eine bequemere Sitzposition. Dogin spürte, daß dieser Halunke ihn noch ein bißchen schmoren lassen wollte: Er lehnte sich zurück, schlug die Beine übereinander, streifte den Schmutz vom Schaft seiner schwarzen Stiefel.

»Wie meine Leute in Amerika mir berichtet haben, ist der FBI inzwischen ganz schön fix, wenn's ums Kontern geht«, erklärte Schowitsch. »Solange wir uns auf illegale Glücksspiele oder Drogengeschichten beschränken, versuchen sie nur, uns in Schach zu halten. Wenn wir uns aber an ihre Leute heranmachen, werden sie ziemlich ungemütlich. Auf die Art sorgen sie dafür, daß die Straßen keine Schlachtfelder werden. Die meisten unserer Mitarbeiter tun ihren Job für Geld und nicht aus politischer Überzeugung; also werden sie sich hüten, öffentliche Einrichtungen anzugreifen.«

»Also, was schlagen Sie vor?« fragte Dogin.

»Ein Exempel statuieren, und zwar an einem zivilen Ziel«, erwiderte Schowitsch.

»Und was versprechen Sie sich davon?«

Wieder ergriff Kosigan das Wort. »So wecken wir die ungeteilte Aufmerksamkeit der Amerikaner. Nach der Aktion teilen wir ihnen mit, daß sie keine weiteren terroristischen Akte zu befürchten haben, wenn sie sich in Osteuropa nicht einmischen. Wir werden ihnen sogar den Attentäter ans

Messer liefern, damit Präsident Lawrence sich als der entschlossene Retter präsentieren kann.«

»Selbstverständlich«, fügte Schowitsch hinzu, »werden Sie meine Kollegen in den Staaten für den Verlust eines Mannes entschädigen müssen. Aber nach Ihrer kleinen Schatzsuche wird das den Kohl auch nicht fett machen.«

»Selbstverständlich«. Kosigan war derselben Meinung. Er langte nach der Wodkaflasche und betrachtete Dogin. »Um es nochmal zusammenzufassen, Herr Minister, das einzige, was wir tun müssen, ist, die Amerikaner zumindest so lange hinzuhalten, bis die Abendnachrichten Bilder verwundeter oder getöteter Soldaten zeigen. Verluste in den eigenen Reihen werden die Amerikaner nicht hinnehmen. Und Präsident Lawrence ist noch nicht lange genug im Amt, daß er etwas gegen diese Einstellung tun könnte.«

Dogin blickte Schowitsch an. »Und welche Art von zivilem Ziel soll es treffen?«

»Das interessiert mich herzlich wenig.« Schowitsch setzte eine gleichgültige Miene auf. »Meine Leute vor Ort kennen das Land besser als ich. Einige tun's für Geld, einige aus Patriotismus. Aber egal, wer den Job ausführen wird, er wird genau wissen, wie er die amerikanische Seele am effektivsten treffen kann. Die Einzelheiten habe ich völlig ihnen überlassen.« Ein humorloses Lächeln huschte über sein Gesicht. »Morgen um diese Zeit werden wir es aus den Nachrichten erfahren haben.«

»Erst morgen!« sagte Kosigan. »Ich bin jetzt schon ungeduldig!« Er füllte seine und Schowitschs Tasse mit Wodka. »Unser Freund Nikolai trinkt ja nicht; da lassen wir ihn halt mit seinem Tee anstoßen.« Er hob die Tasse. »Auf unser Bündnis.«

Als die drei Männer sich zuprosteten, fühlte Dogin eine Übelkeit aufsteigen. Dies war nichts weniger als ein Staatsstreich, eine zweite Revolution. Ein neues Reich sollte aufgebaut werden, und dafür würden auch Menschen sterben. Das konnte er noch akzeptieren, nicht aber Schowitschs Gleichgültigkeit. Anscheinend fand dieser Halunke rein gar nichts dabei, Entführungen durch Morde zu ersetzen.

Dogin nippte von seinem Tee; wieder und wieder mußte er sich vor Augen halten, daß diese unheilige Allianz zwingend notwendig war. Staatsmänner mußten schon immer Kompromisse eingehen, um den Fortschritt voranzubringen. Peter der Große reformierte in Rußland Kunst und Wirtschaft mit Hilfe von Anregungen, die er aus Europa mitgebracht hatte. Nur mit deutscher Unterstützung konnte Lenin den Zar entthronen und sich aus dem ersten Weltkrieg zurückziehen. Stalin festigte sein Regime durch die Ermordung Trotzkis und hunderttausender anderer. Jelzin schmiedete Bündnisse mit den Größen des Schwarzmarktes, um sein Land vor dem völligen Zusammenbruch zu bewahren.

Und jetzt kollaborierte *er* mit einem Verbrecher. Immerhin, Schowitsch war Russe. Besser so, als mit dem Klingelbeutel in Amerika kleinlaut um finanzielle und moralische Unterstützung zu betteln, wie es zuerst Gorbatschow und dann Zhanin getan hatten.

Die anderen leerten ihre Tassen; Dogin wich Schowitschs Blick aus. Er versuchte, über dem Zweck die Mittel ein wenig zu verdrängen. Statt dessen stellte er sich eine neue Landkarte an der Wand seines Büros vor: eine Karte der in Ehren wiedererstandenen Sowjetunion.

10

Sonntag, 20.00 Uhr, New York City

Sobald Hermann Josef die Imbiß-Bestellung aus St. Petersburg erhalten hatte, packte er zehn Pfund Plastiksprengstoff in eine Einkaufstasche. Obendrauf kam eine Lage Brötchen. Dann ging er zum drei Häuserblocks entfernten *Everything Russian*, einem Geschäft, in dem Bücher, Videobänder und andere Waren aus der Heimat erhältlich waren. Eine Stunde später hatte er weitere zehn Pfund Sprengstoff ausgeliefert, dieses Mal an den *Mickey's Pawn Shop*, ebenfalls in Brighton Beach.

Über den Tag verteilt hatte Hermann fünfzehn Kunden beliefert und damit insgesamt 150 Pfund Sprengstoff zu verschiedenen Orten transportiert. Er war sich nicht sicher, ob er beschattet wurde, ging aber davon aus. Sicherheitshalber kassierte er für jede Lieferung den korrekten Betrag; fiel das Trinkgeld allzu bescheiden aus, ließ er seiner schlechten Laune demonstrativ freien Lauf.

Andere Kuriere beförderten dann den Sprengstoff zum Nicholas-Altenheim, wo er in einen Leichensack gepackt, zur im Bezirk St. Marks gelegenen Tscherkassow-Leichenhalle gebracht und dort in einen Sarg geladen wurde. Die Beschaffung von Waffen und Sprengstoff überließen die Tschaikows den Belnicks; ihr Spezialgebiet war die Planung und Durchführung von Kommandounternehmen.

Der Queens-Midtown-Tunnel führt in New York unter dem East River hindurch, auf der Höhe der 36. Straße zwischen der Zweiten und Dritten Avenue. Er verbindet Manhattan Island mit der Long-Island-Schnellstraße im Bezirk Queens. Der fünfzig Jahre alte Tunnel ist eine der wichtigsten Verkehrsadern der ganzen Stadt; rund um die Uhr herrscht in der über zwei Kilometer langen Röhre reger Betrieb.

An diesem warmen Sonntagnachmittag durchquerten nicht Pendler den Tunnel, sondern Familien, die den Tag in der Stadt verbracht hatten, oder Reisende auf dem Weg zu einem der beiden großen Flughäfen New Yorks.

Eival Ekdol kurbelte das Seitenfenster des Leichenwagens herunter. Der hochgewachsene, weißhaarige und weißbärtige Russe sog die abgasschwere Luft ein; er fühlte sich an Moskau erinnert. Er verschwendete keinen einzigen Gedanken an die Menschen um ihn herum – wer sie waren und was sie taten, es spielte keine Rolle. Ihr Tod war eben der Tribut an die kommende neue Ordnung, für die er kämpfte.

In der Nähe des Tunnelausgangs schob Ekdol den Zigarettenanzünder an seinen Platz im Armaturenbrett. Der linke Vorderreifen platzte, und der Russe steuerte den schleudernden Wagen gegen den Straßenrand. Die Flüche der Autofahrer, die hinter ihm die Spur wechseln mußten, um einen Aufprall zu verhindern, ließen ihn kalt. Diese Amerikaner fluchten ohnehin den lieben langen Tag, als ob Unangenehmes einfach nicht vorkommen durfte, und vor allem, als ob es persönlich gegen sie gerichtet wäre.

Ekdol schaltete die Warnblinkanlage ein, stieg aus dem Leichenwagen und ging zum Ende des Tunnels. Draußen zog er ein Handy aus der Tasche; während er zu den Mautautomaten schlenderte, täuschte er ein Gespräch vor.

Er kam an einem Polizeiwagen vorbei, der neben den Automaten geparkt war. Der junge Beamte bot ihm seine Hilfe an.

»Nein, vielen Dank.« Ekdol sprach mit betont breitem Akzent. »Die Hilfe ist schon bestellt.«

»Ist es nur der Reifen?« erkundigte sich der Beamte.

»Nein, die Achse.«

»Mensch, da drin ist es ja stockdunkel. Da fährt garantiert einer auf. Haben Sie Warnlampen dabei?«

»Nein, Sir.«

Der Polizist entriegelte den Kofferraum. »Da stelle ich lieber ein paar davon auf.«

»Danke, sehr nett«, sagte Ekdol. »Ich komme gleich nach. Erst muß ich noch die Hinterbliebenen verständigen.«

»Klar.« Der Beamte grinste. »Is' ja auch 'n starkes Stück, so'n Begräbnis ohne Leiche.«

»Genau so ist es, Sir.«

Der Beamte stieg aus dem Wagen und ging zum Kofferraum. Er klemmte sich einen Kasten mit Warnlampen unter den Arm und ging pfeifend auf den Tunnel zu.

Ekdol führte sein Scheingespräch weiter und ging dabei um den Automaten herum. Einen Augenblick später passierte eine Limousine einen der Schlagbäume und bremste neben ihm. Vor dem Einsteigen drückte Ekdol auf seinem Handy die #-Taste.

Als die Limousine mit quietschenden Reifen beschleunigte, brach ein gelber Feuerball aus der Tunnelmündung her-

70

aus; Rauchschwaden, Steinbrocken und Metallfetzen wurden in alle Richtungen geschleudert. Die Autos, die sich gerade am Tunnelende befunden hatten, wurden ineinandergeschoben. Ein Wagen überschlug sich mehrmals und prallte auf einen Lieferwagen, der gerade an einem der Automaten gehalten hatte; beide Fahrzeuge explodierten und ließen den Automaten in Flammen aufgehen. Andere Wagen, die auf der Zufahrt warteten, wurden durch herabstürzende Trümmer plattgewalzt, während im Inneren des Tunnels brennende Autos in die Luft gingen. In kürzester Zeit legte sich dichter weißer Rauch und eine gespenstische Stille über den Parkplatz an der Zahlstelle.

Wenig später durchschnitt das durchdringende Geräusch nachgebender Eisenträger und bröckelnden Betons die Grabesstille. Eine Viertelmeile der Schnellstraße mitsamt den angrenzenden Gebäuden erbebten, als die Tunneldecke einstürzte. Gurgelnd schwappten die Wassermassen durch die Spalte; die Tunnelwände konnten dem ungeheuren Wasserdruck nicht mehr standhalten, herausgerissene Betonbrocken trieben durch die Tunnelmündung ins Freie. Dort schleuderten die Wassermassen alles beiseite, was sich ihnen in den Weg stellte. Der schäumende Strom übertönte das Zischen erstickter Brände und riß, als er den Highway erreichte, auch noch die letzten Autos und Straßenlaternen mit sich, die bis dahin dem Inferno getrotzt hatten. In dichten Schwaden quoll Dampf aus der eingestürzten Tunnelöffnung, um sich mit dem dunkleren, bereits höher gestiegenen Rauch zu vermischen.

Irgendwann legte sich wieder diese Stille über den Ort des Unglücks. Jetzt waren in der Entfernung auch Sirenen zu hören, und Polizeihubschrauber rasten knapp über der Schnellstraße entlang, um den stehenden Verkehr zu filmen.

Das störte Ekdol nicht im geringsten. In einer knappen halben Stunde hätte er den Unterschlupf erreicht. Das Auto würde in der Garage auseinandergenommen, seinen falschen Bart, die Sonnenbrille und die Baseballmütze würde er verbrennen.

Für den Augenblick hatte er seine Schuldigkeit getan. Arnold Belnick und seine »Brötchenbrigade« würde man für ihren Part in dieser Operation ganz anständig entlohnen – und dann würden andere Mitkämpfer der *Grosny*-Zelle fortführen, was er in die Wege geleitet hatte.

Sein eigenes Leben ging ja nun bald dem Ende zu. Aber er war doch stolz, es der neuen Sowjetunion opfern zu dürfen.

11

Sonntag, 21.05 Uhr, Washington, D. C.

Mike Rodgers liebte *Khartum*.

Zwar klang es nicht so warm und weich wie Elisabeth oder Linde oder Kate oder Ruthie, aber immerhin mußte er deswegen nicht mitten in der Nacht aus dem Haus. Der Film war direkt vor seiner Nase in seiner Video-Sammlung, zusammen mit weiteren Highlights wie *El Cid, Lawrence von Arabien, Der Thronfolger* und praktisch allen Streifen, in denen John Wayne jemals mitgespielt hatte. Besonders wußte er es zu schätzen, daß er nicht den interessanten Gesellschafter vorgaukeln mußte; es reichte, wenn er das Video einschob, sich zurücklehnte und sich einen schönen Abend machte.

Den ganzen Tag hatte Rodgers sich schon auf *Khartum* gefreut. Da hätte er sich fast denken können, daß irgend etwas dazwischenkommen mußte.

Sonntag morgen hatte er zunächst einen täglichen Fünf-Meilen-Dauerlauf absolviert. Danach hatte er sich mit einem Kaffee – schwarz, ohne Zucker – und dem Laptop am Eßzimmertisch niedergelassen und Paul Hoods Terminplan für die kommende Woche – der jetzt auch seiner war – studiert. Vorgesehen waren Sitzungen mit den Leitern der anderen amerikanischen Geheimdienste über einen effektiveren Informationsaustausch, eine Haushaltsanhörung und ein Essen mit M. Benjamin, dem Präsidenten der französischen *Gendarmerie Nationale.* Wenn er an das viele Geschwätz auch nur dachte, wurde ihm flau im Magen. Aber es gab auch einige richtige Herausforderungen: Er würde zusammen mit Bob Herbert und Matt Stoll, ihrem Computergenie, Programme zur Auswertung der von dem neuentwickelten ED-Satelliten zu erwartenden Daten entwerfen. Momentan wurde der ED-Satellit gerade über Japan getestet; er war in der Lage, sich selbst bei so kleinen Geräten wie Heimcomputern elektronisch einzuklinken. Weiterhin erwartete Rodgers neue Erkenntnisse von Mitarbeitern im Mittleren Osten, in Südamerika und anderen Gebieten. Schließlich waren neue Berichte von amerikanischen Agenten in der russischen Armee hereingekommen: Mit Interesse erwartete er die aktuellen Zahlen über die Versorgung durch die Mineralölindustrie, und schließlich war er gespannt, wie der neue russische Präsident die vorgenommenen Personaleinsparungen sowohl bei der Armee als auch in der Verwaltung zu kompensieren gedachte.

Ganz besonders freute Rodgers sich aber auf die ersten Brain-Stormings mit Fachleuten seines Hauses über den möglichen Aufbau regionaler OP-Centers. Nach dem Einsatz in Korea war ihm der Gedanke gekommen, daß eine oder mehrere mobile Einrichtungen dieser Art ihre geheimdienstliche Arbeit weiter optimieren könnten.

Nach dem Mittagessen hatte Rodgers dem Schießstand auf der Air Base einen Besuch abgestattet. An manchen Tagen konnte er mit einer 45er M3 zielen, wie er wollte, und setzte doch jeden einzelnen Schuß daneben; bei anderen Gelegenheiten konnte er mit einem 22er Woodsman-Revolver wild in die Gegend ballern und traf mit traumwandlerischer Sicherheit. Dieser Sonntag war eindeutig einer der guten Tage gewesen. Nach dieser zweistündigen Schießübung, bei der die Kameraden von der Air Force ganz schön ins Staunen kamen, besuchte Rodgers im Van-Gelder-Pflegeheim seine Mutter. Von ihrem Schlaganfall vor zwei Jahren hatte sie sich psychisch leider nur wenig erholt, aber es reichte immer noch für ihre Lieblingsgedichte von Walt Whitman und ein bißchen Händchenhalten. Zum Abendessen traf er sich mit einem alten Kameraden aus seiner Zeit in Vietnam. Andrew Porter besaß eine Reihe von Varietés entlang der Ostküste; wenn jemand ihn so richtig zum Lachen bringen konnte, dann er.

Noch während sie beim Kaffee saßen und allmählich ans Aufbrechen dachten, meldete sich über Rodgers Piepser Assistant National Security Director Tobey Grumet. Rodgers rief sie mit seinem Handy zurück.

Die Direktorin informierte ihn über den Bombenanschlag in New York und die vom Präsidenten einberufene Dringlichkeitssitzung im Weißen Haus. Rodgers entschuldigte sich bei Porter und brach sofort auf.

Während der halsbrecherischen Fahrt auf dem Highway mußte Rodgers unwillkürlich an General Charles »Chinese« Gordon denken. Gordons Versuch, das nicht zu haltende Khartum vor den fanatischen Al-Mahdi-Horden zu schützen, war natürlich eines der kühnsten und verrücktesten Abenteuer der Militärgeschichte. Natürlich bezahlte er für seinen Heldenmut auch mit seinem Leben: Er endete mit einem Speer in der Brust; sein Kopf wurde später aufgespießt der Menge präsentiert. Aber Rodgers wußte, daß Gordon genau so und nicht anders hatte sterben wollen. Er hatte sein Leben eingesetzt, um einmal einem Tyrannen ins Gesicht sagen zu können: »Nein! Kampflos werden wir diesen Ort nicht übergeben.«

Das war auch Rodgers Credo. Niemand sollte seinem Land so etwas antun. Jedenfalls nicht kampflos.

Während der Fahrt zum Weißen Haus hörte er im Radio die Nachrichten und führte ein Telefonat. Er war heilfroh, daß er sich beschäftigen konnte; auf diese Weise mußte er den Schrecken nicht an sich heranlassen. Immerhin hatte es mehr als zweihundert Tote gegeben. Der East River war für den Verkehr gesperrt, die Zufahrt zu Manhattans East Side blieb während der Untersuchung auf versteckte Schäden voraussichtlich tagelang unpassierbar. Andere lebenswichtige Teile des Nahverkehrsnetzes wie etwa Brücken, Bahnstrecken, Flughäfen, Highways und U-Bahnhöfe würden in den nächsten Tagen ebenfalls auf Sprengstoff durchsucht – kurz gesagt, Montag morgen wäre die Schaltzentrale der Weltwirtschaft praktisch außer Betrieb.

Darrell McCaskey, ihr Verbindungsmann zum FBI, teilte Rodgers telefonisch mit, daß das FBI die Untersuchung leiten und Direktor Egenes an der Sitzung teilnehmen werde. Laut McCaskey hatten die altbekannten extremistischen Gruppierungen die Verantwortung für den Anschlag übernommen. Dennoch waren alle der Ansicht, daß die tatsächlichen Attentäter nicht dabei waren, und McCaskey tappte da noch völlig im Dunkeln.

Der nächste Anruf kam von Assistant Deputy Director Karen Wong, die das OP-Center Samstag und Sonntag abends leitete.

»General«, sagte sie, »Sie sind doch unterwegs zu der Dringlichkeitssitzung.«

»Ja, genau.«

»Dann habe ich hier ein paar Einzelheiten, die Sie dabeihaben sollten. Als Lynne Dominick aus der Entschlüsselung von der Explosion erfahren hat, hat sie diese ausländische Imbiß-Bestellung noch mal unter die Lupe genommen. Der Zeitpunkt und der Adressat haben ihr doch zu denken gegeben.«

»Und was ist dabei rausgekommen?«

»Mit dem Ergebnis im Hinterkopf konnte sie die Sache auf einmal zurückverfolgen«, sagte Wong, »auch wenn's ein Weilchen gedauert hat. Anscheinend paßt alles haargenau zusammen. Sie ist davon ausgegangen, daß das letzte Brötchen den Tunnel darstellt, und hat danach eine Karte gezeichnet. Die anderen Posten der Bestellung müssen demnach bestimmte Punkte in Manhattan sein – an die zum Beispiel die verschiedenen Bestandteile der Bombe geliefert wurden.«

Dann geht's also wieder gegen die Russen, dachte Rodgers und schüttelte sich innerlich. Wenn sie wirklich hinter der Sache stecken sollten, hatte das nichts mehr mit Terrorismus zu tun. Es wäre eine Kriegserklärung.

»Richten Sie Lynne aus, daß sie ganze Arbeit geleistet

hat«, sagte Rodgers. »Fassen Sie Ihre Ergebnisse zusammen und faxen Sie das Ganze verschlüsselt ans Oval Office.«

»Schon unterwegs. Ach ja, da ist noch was, obwohl das in St. Petersburg passiert ist«, fügte sie hinzu. »Commander Hubbard vom Londoner DI6 hat uns gerade wissen lassen, daß er dort zwei seiner Leute verloren hat. Der erste ist ein gewisser Keith Fields-Hutton, ein alter Hase; den hat's gestern nachmittag erwischt. Er war gerade vor der Eremitage, an der Newa, und hat einen sogenannten Herzanfall erlitten.«

»Eine nette Art zu sagen ›Der geht auf unser Konto‹. War er auf das Studio angesetzt?«

»Erraten. Er ist aber nicht mehr dazu gekommen, auch nur ein Sterbenswörtchen nach London zu senden, so schnell haben die ihn festgenagelt und eliminiert.«

Rodgers bedankte sich. »Weiß Paul schon Bescheid?«

»Ja«, sagte Wong. »Nach der Explosion hat er sofort angerufen. Nach der Sitzung würde er Sie gerne sprechen.«

»Ich melde mich bei ihm.« Rodgers bremste vor dem Posten an dem Tor, hinter dem die gewundene Auffahrt zum Weißen Haus führte.

12

Montag, 6.00 Uhr, St. Petersburg

Als Sergej Orlow in den frühen fünfziger Jahren in einem verschlafenen Ort namens Naryan-Mar am Nordpolarmeer aufwuchs, hätte der kleine Junge, der er damals war, nie gedacht, daß jemals ein Anblick für ihn kostbarer sein konnte als das orangefarbene Herdfeuer im Haus seiner Eltern. Er sah es, während er mit zwei oder drei Fischen in seinem Segeltuchbeutel, die er in dem nahegelegenen kleinen See gefangen hatte, durch den Schnee auf das Haus zustapfte. Für Orlow war die glimmende Feuerstelle nicht einfach nur ein

Lichtzeichen in der kalten, dunklen Nacht, sondern ein Symbol der Hoffnung und der Zuversicht inmitten einer eisigen und menschenfeindlichen Wildnis.

In den späten siebziger Jahren, als General Orlow an einigen zwischen acht und achtzehn Tagen dauernden Sojus-Raumflügen teilnahm, bei den letzten drei Missionen sogar als Kommandant, und dabei viele Male die Erde umkreiste, bot sich ihm ein weitaus eindrucksvollerer Anblick. Nicht, daß Orlow der erste gewesen wäre; Dutzende Kosmonauten hatten die Erde bereits aus dem Weltraum erlebt. Aber gleichgültig, wie sie unsere Welt beschrieben hatten, ob nun als blaue Seifenblase, als wunderschöne Murmel oder als Christbaumkugel, alle waren sich einig, daß dieser Anblick ihnen das Leben in einem ganz anderen Licht erscheinen ließ. Politische Ideologien versanken in der Bedeutungslosigkeit angesichts des unauslöschlichen Eindrucks, den dieses so zerbrechlich wirkende Gebilde in ihnen auslöste. Die Eroberer des Weltalls erkannten auf einmal, daß das Schicksal des Menschen nicht darin bestehen konnte, sich die Erde untertan zu machen, sondern sich ihres Friedens und ihrer Geborgenheit hinzugeben.

Und wenn man dann wieder auf der Erde ist..., dachte Orlow, als er aus dem Bus Nr. 44 stieg und auf der Newski-Straße stand. Die energische Entschlossenheit läßt doch rapide nach, sobald wieder die Pflichten auf einen warten, denen man sich im Interesse seines Vaterlands nicht entziehen kann. Und ein Russe verweigert sich nicht. Obwohl Orlows Großvater ein Anhänger des Zaren gewesen war, kämpfte er während der Revolution gegen Weißrußland. Auch sein Vater hatte sich nicht verweigert, als er im Zweiten Weltkrieg an der Zweiten Ukrainischen Front kämpfte. Für seine Landsleute und eben nicht für Breschnew hatte er einer neuen Generation von Kosmonauten beigebracht, wie man aus dem Weltraum Spionage gegen die Vereinigten Staaten und die Streitkräfte der NATO betreibt und an der Entwicklung neuartiger Giftstoffe unter den Bedingungen der Schwerelosigkeit arbeitet. Ihm war eingebläut worden, die Welt nicht als Heimat aller Menschen zu betrachten, son-

dern als Ware, die im Namen eines gewissen Lenin ausge-
packt, aufgeteilt und verschlungen werden durfte.

*Und dann waren da noch Männer wie Minister Dogin mit ih-
ren verqueren Ansprüchen*, überlegte Orlow, während er
energisch die Straße entlangeilte. Trotz der frühen Stunde
trudelten bereits die ersten Angestellten des Museums ein,
um die Eremitage für den täglichen Touristenansturm zu
öffnen.

Sicherlich gab sich der Minister durchaus leutselig, und
sobald er auf die russische Geschichte, speziell auf die Zeit
unter Stalin, zu sprechen kam, schwelgte er in einer fast
schon penetranten Zufriedenheit, aber seine Weltsicht konnte mit den heutigen Umständen doch nicht so ganz mithal-
ten. Dogins monatliche Dienstreisen nach St. Petersburg of-
fenbarten zunehmend, daß seine Erinnerungen an die alte
Sowjetunion mit der damaligen Realität immer weniger zu
tun hatten.

Schließlich gab es noch Männer wie diesen Rosski, die
anscheinend ohne jede Weltsicht auskamen; diese Leute
wollten ganz einfach Macht und Einfluß und sonst gar
nichts. Der heimliche Anruf des stellvertretenden Sicher-
heitschefs Glinka in seiner Privatwohnung hatte ihn aufhorchen lassen. Natürlich wußte Glinka, je nach Lage der Dinge, sich auf die eine oder andere Seite zu schlagen, aber in
diesem Fall glaubte Orlow ihm, daß Rosski sich in den vergangenen vierundzwanzig Stunden so verhalten hatte, als
ob er etwas zu verbergen hätte. Zuerst hatte Rosski darauf
bestanden, sich selbst um die Aufklärung eines vergleichs-
weise harmlosen Vorfalls, der Auslösung einer Alarmanlage, zu kümmern. Danach folgte eine unprotokollierte und
verschlüsselte Kontaktaufnahme via Computer mit einem
im Einsatz befindlichen Agenten, wobei unklar blieb, wo
dieser Einsatz stattfand und wozu dabei ein Bestatter gebraucht wurde.

Na gut, jetzt muß ich halt mit Rosski zusammenarbeiten,
dachte Orlow, *aber irgendwelche Schweinereien werde ich nicht
durchgehen lassen.* Ob es Rosski gefiel oder nicht, er hatte sich
an die Vorschriften zu halten, oder er würde mit einem

Schreibtischjob vorliebnehmen müssen. Allerdings: Solange Rosski sich der Protektion durch Innenminister Dogin sicher sein konnte, waren Drohungen egal welcher Art eine heikle Angelegenheit. Aber Orlow war schon mit ganz anderen Widrigkeiten fertiggeworden. Seine Narben waren der beste Beweis dafür, und wenn es sein mußte, würde er noch mehr in Kauf nehmen. Da er Englisch sprach, hatte er stets reisen und sich als Botschafter seines Landes verkaufen können, während er gleichzeitig alle möglichen Bücher nach Hause schmuggelte, um zu erfahren, was die übrige Welt dachte.

Orlow schlug den Kragen seines hellgrauen Trenchcoats hoch, um den schneidenden Wind abzuhalten. Seine schwarzgeränderte Brille steckte er in die Tasche; sie war beschlagen, wie immer, wenn er aus zu stark oder zu schwach beheizten Bussen ausstieg. Aber mit diesem Ärgernis wollte er nicht seine Zeit vergeuden; es reichte, daß seine Augen nicht ohne diese Hilfe auskamen, diese Augen, die immerhin einmal scharf genug gewesen waren, um aus mehr als vierhundert Kilometern Höhe über der Erde die Chinesische Mauer auszumachen.

Trotz der Schwierigkeiten mit Rosski fühlte Orlow sich entspannt, kräuselte keine Falte die hohe Stirn unter seinem grauen Filzhut. Seine ausdrucksvollen braunen Augen, die hochliegenden Wangenknochen und sein dunkler Teint zeugten, ebenso wie sein Abenteurergeist, von seiner asiatischen Herkunft – er stammte aus der Mandschurei. Einst hatte sein Großvater ihm erzählt, daß seine Familie im siebzehnten Jahrhundert unter den ersten Kriegern gewesen sei, die nach China und Rußland eingedrungen waren. Woher der alte Mann diese Gewißheit nahm, war Orlow schleierhaft, aber der Gedanke gefiel ihm, von einem Volk von Pionieren abzustammen, einem Volk von Eroberern, die den Ureinwohnern dennoch wohlgesonnen gewesen waren.

Mit seinen 1,67 m und seiner insgesamt schmalen Statur war Orlow der ideale Kosmonaut, klein, aber nicht kleinzukriegen. Obwohl er eine tadellose Laufbahn als Bomberpilot hinter sich hatte, war die Zeit seiner Raumflüge nicht ohne physische und psychische Blessuren an ihm vorübergegangen. Aufgrund eines komplizierten Bein- und Hüftbruchs, den er sich zugezogen hatte, als sich bei seiner letzten Mission der Fallschirm nicht öffnete, hinkte er noch heute. Die deutliche Vernarbung seines rechten Arms war nach der Rettung eines zukünftigen Kosmonauten aus dem Wrack einer MiG-27 zurückgeblieben. Die Stifte, die er sich in die Hüfte hatte einsetzen lassen, ermöglichten ihm das Gehen; kosmetische Operationen an seinem vernarbten Arm hatte er jedoch stets abgelehnt – dann hätte seine Frau ihren armen, geschundenen Sergej ja nicht mehr bemitleiden können, und das war ihm durchaus nicht unsympathisch.

Überhaupt, seine liebe Mascha! Unwillkürlich mußte Orlow lächeln. So kurz ihr gemeinsames Frühstück durch Glinkas Anruf auch gewesen war, die Gedanken daran waren angenehm, vor allem, da dieses Gefühl bis zum nächsten Tag vorhalten mußte; früher konnten sie sich nicht wiedersehen. Seit seinem ersten Start in den Weltraum war es zur unentbehrlichen Gewohnheit geworden, dieses Ritual, das sie auch dieses Mal, wie vor jeder seiner Missionen, durchlebten: Fest umschlungen entledigten sie sich möglichst aller unausgesprochenen Gedanken oder Mißverständnisse, damit zwischen ihnen nichts ungeklärt geblieben war, sollte er nicht zurückkommen. Und er käme nicht zurück, wenn sie mit dieser Tradition brechen würden, davon war Mascha felsenfest überzeugt.

Lächelnd erinnerte Orlow sich an die Zeit der Mir- und Salut-Raumstationen. An die Jahre der Zusammenarbeit mit Kisim, Solowjew, Manarew und den anderen Kosmonauten, die gemeinsamen Wochen und Monate im All, an den spröden Charme des Wostok- und des Woschod-Raumschiffs und der Kwant-Raumkapsel zur Erforschung des Universums aus dem All, an die mächtigen Ernergia-Raketen, die fauchend ihre Last in den Weltraum schossen: All das fehlte ihm jetzt doch sehr. Vor knapp einem Jahr hatte man das Raumfahrtprogramm auf Eis gelegt, und es war wohl nur eine Frage der Zeit, bis es endgültig eingestellt würde; da hatte der neunundvierzigjährige Offizier eben das Kommando dieser Einrichtung übernommen, ein mit allen Finessen modernster Technik ausgestattetes Operations-Center zur Observierung von Freund und Feind im In- und Ausland, das demnächst seinen Betrieb aufnehmen sollte. Zwar hatte Sicherheitsminister Tscherkassow ihm versichert, mit seiner ruhigen und gewissenhaften Art sei er genau der richtige Mann für eine aufreibende Geheimdiensteinrichtung wie diese – doch Orlow wurde das Gefühl einfach nicht los, daß er degradiert worden war; im Grunde hatte man ihn doch von den schwindelnden Höhen des Himmels in die finsteren Tiefen der Hölle heruntergezerrt. Schließlich hatten ihn die zahlreichen humanistisch gesinnten Wissenschaftler des Juri-Gagarin-Weltraumzentrums vor den Toren Moskaus gelehrt, daß mit Hilfe von Macht und Fortschritt die Menschen geadelt und nicht überwacht und gegängelt werden sollten.

Mascha hatte sich ganz auf die Seite Tscherkassows gestellt; es sei auf jeden Fall besser, so gab sie ihrem Mann zu bedenken, jemand mit Orlows Natur werde mit der Leitung des Operations-Centers betraut als ein Mensch wie Rosski, womit sie absolut recht hatte. Weder der Colonel selbst noch sein neuer Intimus, Innenminister Dogin, konnten allem Anschein nach zwischen den Interessen Rußlands und ihren eigenen Ambitionen klar unterscheiden.

Während Orlow mit dem von seiner Frau zubereiteten und verpackten Mittag- und Abendessen unter dem Arm energischen Schrittes den breiten Boulevard entlangeilte, fiel sein Blick auf das Frunze-Marine-Kolleg jenseits des Flusses, dem Standort des aus zwölf Soldaten bestehenden *Molot* (Hammer), wie das dem Operations-Center angegliederte Sondereinsatzkommando getauft worden war.

Maschas Einschätzung Colonel Rosskis hatte den Nagel ebenfalls auf den Kopf getroffen. Nachdem sie von ihrem Mann erfahren hatte, wer sein Stellvertreter sein sollte (der Mann, der in Moskau in den Zwischenfall mit Nikita, ihrem Sohn, verwickelt gewesen war), beschwor Mascha ihn, sich Rosski auf keinen Fall von Dogin vor die Nase setzen zu lassen. Sie wußte, daß Reibereien praktisch vorprogrammiert waren, während Orlow der Meinung war, daß die gemeinsame Arbeit an diesem Projekt, und dann auch noch in derart beengten Verhältnissen, sie zu einem gewissen Grad von Vertrauen, vielleicht sogar Respekt, nötigen würde.

Er mußte sich die Sache noch einmal durch den Kopf gehen lassen: Wie konnte seine Frau so sicher sein – und er so naiv?

Orlow betrachtete die am gegenüberliegenden Ufer der Newa aufragenden Gebäude. Die mächtige Akademie der Wissenschaften und das Anthropologische Museum wurden von der aufgehenden Sonne in ein gelbliches Licht getaucht und warfen hinter sich dunkle Schatten. Einen Augenblick lang genoß er die Schönheit dieses Anblicks, bevor er die Eremitage mit ihrem geheimen unterirdischen Komplex betrat. Aus der Raumfahrer-Perspektive sah er die Erde zwar nicht mehr, aber es gab auch hier unten so manches zu genießen. Es störte ihn, daß Rosski und der Minister sich unaufhörlich für den Fluß, die Gebäude und vor allem die hier gesammelten Kunstwerke interessierten; dabei taugte ihre Schönheit für sie zu nichts anderem als zur Tarnung.

Im Museum ging Orlow direkt zum Treppenhaus und von dort zu der Tür, die in die neue geheime Institution des Kreml führte, dieser so praktischen und zugleich so eigenartigen Einrichtung.

Praktisch war zweifellos die Lage im Museum, die andere potentielle Standorte in Moskau oder Wolgograd um Längen ausgestochen hatte: Agenten konnten in einer Touristengruppe unauffällig hinein- und hinausgeschleust werden, St. Petersburg war von Skandinavien und Europa gleichermaßen bequem erreichbar, die Newa würde den größten Teil der von den Geräten ausgehenden Radiowellen absorbieren, das voll ausgerüstete Fernsehstudio ermöglichte ihnen den Zugriff auf Nachrichtensatelliten, und vor allem würde niemand auf die Idee kommen, die Eremitage anzugreifen.

Die Eigenart des Centers rührte von Dogins Verehrung der Vergangenheit her. Der Minister sammelte alte Karten; darunter befanden sich auch Zeichnungen von Stalins unter dem Kreml gelegenen Hauptquartier während des Krieges. Dieser Komplex war nicht nur sprichwörtlich bombensicher, sondern besaß auch einen unterirdischen Ausgang, durch den Stalin im Fall eines Angriffs aus Moskau hinausgeschmuggelt worden wäre. Dogin war ein glühender Verehrer Stalins; während der Planung, die noch unter Jelzin zusammen mit dem derzeitigen Präsidenten Zhanin und dem Sicherheitsminister erfolgt war, hatte er darauf bestanden, daß der Entwurf zugrunde gelegt wurde, der sich unter Stalin bewährt hatte. Tatsächlich fand Orlow, daß der Grundriß unverändert seinen Zweck erfüllte: Wie in einem U-Boot sorgte auch hier die geradezu Platzangst hervorrufende Enge überall dafür, daß die Mitarbeiter sich auf die jeweils anstehenden Aufgaben konzentrierten.

Im Vorbeigehen erwiderte Orlow den Gruß des Wachpostens. An der Tür tippte er seinen Code ein; drinnen hatte er sich auszuweisen, obwohl die Frau hinter der Theke Maschas Cousine war und beide sich gut kannten. Dann durchquerte er den Empfangsbereich und stieg die Treppe zum Fernsehstudio hinab. Die Tür am gegenüberliegenden Ende des Studios öffnete sich erst, nachdem er den vierstelligen Tagescode eingegeben hatte. Die einzige, über ihm baumelnde Glühbirne des Treppenschachts schaltete sich automatisch ein. Unten angekommen, verschaffte ihm die letzte codegesicherte Tür den Zugang zum Center. Von dem spärlich beleuchteten zentralen Korridor aus wandte er sich nach rechts, um Colonel Rosskis Büro zu erreichen.

13

Sonntag, 21.40 Uhr, Washington, D. C.

Ohne Verzögerung wurde Rodgers durch das äußere und innere Tor geschleust; vor dem Weißen Haus erwartete ihn Assistant National Security Director Grumet. Die fast 1,80 m große, fünfzigjährige Frau hatte langes, glattes, blondes Haar und war dezent geschminkt. Während des Vietnamkriegs hatte sie bei einem Hubschrauberabsturz ihren linken Arm verloren, weswegen Rodgers tiefen Respekt für sie empfand.

»Sie erwarten mich schon«, sagte Rodgers. »Bin ich zu spät?«

»Keineswegs, Sir«. Grumet salutierte vor dem General. »Wir anderen haben zufällig zu Hause vorm Fernseher gesessen, wie das bei alten Ehepaaren so üblich ist, als der Knall passierte, da hatten wir einen kleinen Vorsprung. Ich schwör's Ihnen, da glaubt man, die Welt könnte eigentlich nicht noch mehr aus der Bahn geraten…«

»Oh, ich interessiere mich für Geschichte«, sagte Rodgers, »das würde ich *nie* sagen.«

Vor dem Eingang zog der General seine Uniformjacke aus und reichte sie dem bewaffneten Posten, da die Messingknöpfe sonst den im Türpfosten verborgenen Metalldetektor ausgelöst hätten. Der Wachtposten kontrollierte noch die Jacke mit Hilfe eines Hand-Detektors, gab sie dann salutierend an Rodgers zurück.

»Was ist bisher passiert?« fragte der General Grumet, während sie über den kurzen Korridor dem Oval Office zustrebten.

»Die Standard-Maßnahmen. Wir haben die Grenzen geschlossen und die üblichen Verdächtigen in Gewahrsam genommen. Das FBI hat verschiedene Bundesbehörden alarmiert; sie haben auch selbst einige Leute vor Ort. Direktor Rachlin hat beklagt, daß der CIA zu viel Geld für politisches Sensibilisierungstraining ausgibt, anstatt die Soziopathen, verrückten Wissenschaftler und ideologischen Widersacher im Auge zu behalten.«

»Das ist typisch Larry«, sagte Rodgers. »Nimmt kein Blatt vor den Mund, im Gegensatz zu Mr. Kidd. Was, zum Teufel, wollen diese Leute eigentlich, Tobey?«

»Bis wir näheres herausgefunden haben, behandeln wir die Sache wie einen gewöhnlichen Terroranschlag. Vielleicht war es ja schlicht und einfach ein krimineller Akt; wenn ja, dürfen wir wohl eine Lösegeldforderung erwarten. Oder der Anschlag geht auf das Konto eines psychopathischen Einzeltäters oder einer Gruppe aus den Staaten.«

»Wie das Attentat in Oklahoma City.«

»Genau. Eine Gruppe, die ihre persönliche Frustration und ihre Entfremdung von der Gesellschaft abreagiert.«

»Aber Sie glauben das nicht?«

»Nein, Mike, allerdings nicht. Wir gehen davon aus, daß eine ausländische Terrorgruppe dahintersteckt.«

»Terroristen?«

»Haargenau. In dem Fall wollen sie vielleicht einfach die öffentliche Aufmerksamkeit auf ihre Sache ziehen. Im allgemeinen sind Terroranschläge Mittel zum Zweck – mit anderen Worten, sie sind Teil eines Plans zur Erreichung eines weitergesteckten Ziels.«

»Dann geht's wohl um die Frage, was diese Leute vorhaben.«

»Das werden wir eher wissen, als uns lieb ist«, sagte Grumet. »Vor fünf Minuten bekam der FBI in New York einen Anruf; demnach wird der Terrorist sich mit dem Präsidenten in Verbindung setzen. Der Anrufer hat dem FBI genaue Einzelheiten über die Explosion, den Ort und die Art des verwendeten Sprengstoffs genannt. Es stimmt alles.«

»Wird der Präsident selbst den Anruf annehmen?« fragte Rodgers.

»Nicht direkt«, sagte Grumet, »aber er wird anwesend sein. Das wird diese Leute... Moment mal!« Ihr Piepser meldete sich. »Wir werden drinnen verlangt.«

Beide eilten den Korridor hinunter. Im Vorzimmer winkte der Sekretär sie herein und öffnete ihnen die innere Tür.

Mit seinen eindrucksvollen 1,90 m stand Präsident Lawrence hinter seinem Schreibtisch. Seine Hände hatte er in die Hüften gestemmt, die Ärmel hochgekrempelt. Gegenüber saß Außenminister Av Lincoln. Er hatte früher in der Baseball-Bundesliga gespielt; über seinem runden Gesicht begann sein Haar sich bereits deutlich zu lichten.

Anwesend waren außerdem vier weitere Staatsdiener: FBI-Direktor Griffen Egenes, CIA-Direktor Larry Rachlin,

85

Generalstabschef Melvin Parker sowie der Nationale Sicherheitschef Steve Burkow.

Mit grimmigem Blick hörten die vier Männer die Stimme aus der Gegensprechanlage des Präsidenten.

»... erspare Ihnen die Mühe, diesen Anruf zu lokalisieren«, sagte die Stimme mit dem leichten russischen Akzent gerade. »Ich heiße Eival Ekdol. Ich befinde mich in Valley Stream, Long Island, an der 1016 Forest Road, in einem *Grosny*-Unterschlupf. Sie können ihn haben, und mich dazu. Wenn Sie mich vor Gericht stellen wollen – bitte sehr, ich werde die Beamten auffliegen lassen, die mich eingeschmuggelt haben. Das wird ein Heidenspaß.«

Grosny. Rodgers setzte sich neben den schneidigen, jungen Nationalen Sicherheitschef. *Das hat gerade noch gefehlt.*

Der asketisch wirkende FBI-Direktor Egenes hielt seinen gelben Notizblock hoch, auf den er gekritzelt hatte: »*Ich würde gern meine Leute hinschicken.*«

Auf ein Kopfnicken des Präsidenten verließ Egenes den Raum.

»Sobald Sie mich geschnappt haben«, schloß Ekdol, »werden keine weiteren Terroranschläge nachfolgen.«

»Aber warum jagen Sie den Tunnel in die Luft und ergeben sich danach?« fragte Burkow. »Was erwarten Sie dafür von uns?«

»Nichts. Das heißt, wir erwarten, daß die Vereinigten Staaten nichts tun.«

»Wo, wann, und wobei?« fragte Burkow.

»In Osteuropa«, antwortete Ekdol. »Dort wird bald ein Zwischenfall zu einer militärischen Eskalation führen; wir verlangen, daß weder die USA noch einer ihrer Verbündeten sich engagieren.«

Generalstabschef Parker nahm den Hörer eines vor ihm stehenden Telefons ab; er setzte sich so, daß seine Stimme nicht zu hören war.

Burkow sagte: »Das können wir nicht garantieren. Schließlich haben die Vereinigten Staaten überall Interessen, in Polen, Ungarn...«

»In Ihrem eigenen Land haben Sie auch Interessen, Mr. Burkow.«

Burkow schien überrascht. Rodgers hielt sich zurück, hörte lediglich aufmerksam zu.

»Wollen Sie uns noch weitere Terroranschläge androhen?« fragte Burkow.

»In der Tat. Im Klartext: Um Viertel nach zehn wird in einer anderen amerikanischen Stadt eine stark befahrene Hängebrücke in die Luft gehen. Sofern wir bis dahin nicht zu einer Übereinkunft gelangt sind.«

Alle Teilnehmer der Sitzung starrten auf ihre Uhren.

»Wie Sie zweifellos gerade feststellen«, sagte Ekdol, »bleiben Ihnen noch nicht einmal vier Minuten.«

Der Präsident schaltete sich ein. »Mr. Ekdol, hier spricht Präsident Lawrence. Wir brauchen mehr Zeit.«

»Nehmen Sie sich Zeit, soviel Sie wollen, Mr. President. Aber Sie werden dafür mit Blut bezahlen. Sie können mich nicht rechtzeitig schnappen, nicht mal, wenn Sie sofort Leute losgeschickt haben, als ich Ihnen die Adresse gab. Und auch dann haben Sie nur mich – *Grosny* werden Sie nicht aufhalten.«

Der Präsident wurde sichtlich nervös. Burkow schaltete das Mikrofon ab.

»Sagen Sie mir, daß ich träume«, stammelte Lawrence. »Schnell.«

»Wir können nicht mit Terroristen verhandeln«, sagte Burkow. »Basta.«

»Aber natürlich.« Lincoln meldete sich zu Wort. »Nur halt nicht vor den Augen der Öffentlichkeit. Uns bleibt keine Wahl, als mit diesem Mann zu reden.«

»Und was tun wir beim nächsten Möchtegern-Revoluzzer mit einer Bombe im Gepäck?« Burkow war empört. »Oder wenn Saddam wieder mal zuschlägt? Oder am Ende versucht's ein Neonazi aus unserer eigenen Szene?«

»Wir *sorgen* dafür, daß sowas nie wieder vorkommt«, sagte CIA-Direktor Rachlin. »Wir werden unsere Lehren daraus ziehen müssen, richten uns darauf ein. Im Moment gilt nur eines: Es darf kein zweites New York geben. Zuerst wird die

Bombe entschärft, dann kümmern wir uns um die Attentäter.«

»Und wenn es nun ein Bluff ist.« Burkow wirkte nicht überzeugt. »Vielleicht ist das ein Irrer, der seine Ladung unter dem East River hochgejagt hat.«

»Mr. President«, sagte Rodgers. »Verhandeln Sie mit dem Kerl dieses eine Mal. Ich weiß ein paar Kleinigkeiten über diese *Grosny*-Fanatiker. Sie bluffen nicht, und Sie sehen, wie gnadenlos sie zuschlagen. Geben Sie Ihnen dieses Mal, was sie wollen; am Ende kriegen wir sie doch.«

»Sie haben eine Idee?«

»Allerdings.«

»Das ist ja besser als gar nichts«, sagte der Präsident.

»Im Moment wäre ein Papierkügelchen in einem Katapult auch besser als gar nichts«, warf Burkow ein. »Die Frage ist nur: Reicht's?«

Lawrence vergrub sein Gesicht in den Händen, während Burkow Rodgers mit finsteren Blicken traktierte. Der Nationale Sicherheitschef schätzte es ganz und gar nicht, klein beizugeben; offenbar hatte er von Rodgers in dieser Hinsicht mehr Solidarität erwartet. Normalerweise zu Recht. Aber das, was sie jetzt erlebten, war nur die Spitze des Eisbergs; sie brauchten Zeit und vor allem klarere Köpfe für diese Geschichte.

»Tut mir leid, Steve.« Der Präsident hatte sich zu einem Entschluß durchgerungen. »Im Prinzip sehe ich es genauso wie Sie. Sie glauben ja gar nicht, wie sehr... Aber diesem Schweinehund muß ich wohl geben, was er haben will. Schalten Sie ihn wieder auf Leitung.«

Mit einer etwas zu heftigen Bewegung schaltete Burkow das Mikrofon wieder ein.

»Sind Sie noch dran?« fragte der Präsident.

»Ja.«

»Wenn wir Ihre Bedingungen akzeptieren, gibt es keine weiteren Anschläge?«

»Nur wenn Sie sofort akzeptieren«, erwiderte Ekdol. »Sie haben weniger als eine Minute.«

»Gut, wir sind einverstanden. Zum Teufel mit Ihnen, wir sind einverstanden.«

»Ich bedanke mich.«

Einem Moment war es am anderen Ende der Leitung still.

»Wo ist der Sprengstoff versteckt?« fragte Burkow.

»Auf der Ladefläche eines anderen Lastwagens auf einer Brücke«, sagte Ekdol. »Ich habe gerade telefoniert, damit der Fahrer ihn nicht an Ort und Stelle bringt. Jetzt können Sie kommen und mich abholen, wie ich versprochen habe. Aber ich rate Ihnen eines, Mr. President: Halten Sie sich an unsere Abmachung, oder ich kann Ihnen für nichts garantieren. Habe ich mich klar ausgedrückt?«

»Absolut klar« antwortete der Präsident.

Dann knackte es, die Leitung war tot.

14

Montag, 6.45 Uhr, St. Petersburg

Orlow betätigte die Sprechanlage vor Rosskis Tür.

»Ja?« Die Stimme des Colonels klang schneidend.

»Colonel, hier ist General Orlow.«

Die Tür öffnete sich, Orlow trat ein. Rosski saß hinter einem kleinen Schreibtisch links vom Eingang. Auf seiner metallenen Oberfläche standen ein Computer, ein Telefon, eine Kaffeekanne, ein Faxgerät und eine Flagge. Rechts befand sich der mit Akten völlig zugestellte Schreibtisch von Corporal Valentina Beljew, seiner Assistentin und Sekretärin. Als der General eintrat, salutierten beide, Beljew recht schneidig, Rosski eher zurückhaltend.

Orlow erwiderte den Gruß und bat Valentina, sie einen Moment allein zu lassen. Sobald die Tür ins Schloß fiel, betrachtete Orlow den Colonel.

»Ist gestern irgend etwas vorgefallen, wovon ich wissen sollte?« fragte Orlow.

Rosski setzte sich langsam. »Vorgefallen ist eine Menge. Ob Sie davon wissen sollten – General, noch heute werden die Satelliten, Agenten, Entschlüsselungsexperten und die Funküberwachung der Nation in Ihre Verantwortung übergehen. Sie haben sicher viel zu tun.«

»Ich bin hier der General«, sagte Orlow. »Die Arbeit tun meine Mitarbeiter. Ich meine damit, Colonel, ob Sie mehr Arbeit geleistet haben, als Ihnen zusteht.«

»Was genau, Sir?«

»Wozu brauchten Sie einen Bestatter?«

»Wir hatten eine Leiche zu beseitigen. Ein britischer Agent. Tapferer Junge – wir hatten ihn tagelang im Visier. Als unsere Leute ihn umzingelten, hat er sich das Leben genommen.«

»Wann war das?« fragte Orlow.

»Gestern.«

»Warum wurde das nicht festgehalten?«

»Es wurde«, erwiderte Rosski, »für Minister Dogin.«

Orlows Gesichtszüge verfinsterten sich. »Alle Berichte werden über den Computer ins Netz eingegeben, eine Kopie geht an mein Büro...«

»Das stimmt schon, Sir«, versetzte Rosski, »im laufenden Betrieb. Aber so weit sind wir ja noch gar nicht. Die Leitung von Ihrem Büro zum Minister wird noch die nächsten vier Stunden ungesichert bleiben. *Meine* ist bereits überprüft worden; deswegen konnte ich sie schon benutzen.«

»Und die Leitung von Ihrem zu meinem Büro?« Orlow bohrte nach. »Ist die schon gesichert?«

»Sie haben den Bericht nicht erhalten?«

»Sie wissen, daß nichts angekommen ist...«

»Ein Versehen.« Rosski grinste breit. »Ich werde Corporal Beljew zur Verantwortung ziehen. Wenn ich sie wieder hereinholen darf – in ein paar Minuten haben Sie Ihren ausführlichen Bericht.«

Lange ließ Orlow seinen Blick auf dem Colonel ruhen. »Sind Sie nicht mit knapp vierzehn in die Gesellschaft für die Zusammenarbeit mit der Armee, den Luftstreitkräften und der Flotte eingetreten?«

»Das ist richtig«, sagte Rosski.

»Mit sechzehn waren Sie ein ausgezeichneter Scharfschütze, und während andere junge Männer am Teufelsgraben in Trainingsanzug und Sportschuhen zum Joggen gingen, haben Sie ihn an der schwierigsten und breitesten Stelle mit Kampfstiefeln und schwerem Gepäck überwunden. Colonel Odinstew persönlich hat Sie und eine ausgewählte Gruppe im Untergrundkampf ausgebildet. Soweit ich noch weiß, haben Sie einmal in Afghanistan einen Spion aus fünfzig Metern Entfernung mit einem Spaten eliminiert.«

»Zweiundfünfzig Meter, um genau zu sein.« Rosski blickte vage in Richtung seines Vorgesetzten. »In der Speznas ein Rekord in dieser Disziplin.«

Orlow umrundete den Schreibtisch und ließ sich auf der Kante nieder.

»Drei Jahre waren Sie in Afghanistan, bis ein Mann Ihrer Einheit bei einem Auftrag zur Verhaftung eines afghanischen Anführers verwundet wurde. Ihr Zugführer entschloß sich, den Verwundeten mitzunehmen, anstatt ihm die vorgeschriebene Todesspitze zu verpassen. Als sein Stellvertreter haben Sie Ihren Vorgesetzten daran erinnert, daß er die Spritze verabreichen mußte – und als er sich weigerte, haben Sie ihm die Kehle durchgeschnitten. Dann kam der Verwundete dran.«

»Wenn ich anders gehandelt hätte«, sagte Rosski, »wären alle Männer dieses Zugs als Verräter hingerichtet worden.«

»Selbstverständlich. Und doch gab es hinterher eine Untersuchung, in der es um die Frage ging, ob die Verletzung des Soldaten den Tod erforderte.«

»Es war am Bein verletzt«, sagte Rosski, »da hätte er uns nur aufgehalten. In dieser Hinsicht sind die Vorschriften klar genug. Die Untersuchung war eine reine Formsache.«

Orlow insistierte. »Trotzdem waren ein paar Ihrer Männer alles andere als glücklich damit. Übertriebener Ehrgeiz, Sucht nach Beförderung – das waren nur einige der Vorwürfe, an die ich mich erinnere. Aus Besorgnis um Ihre Sicherheit wurden Sie abberufen und lehrten danach an der Militärdiplomatischen Akademie. Sie bildeten meinen Sohn aus und lernten Minister Dogin kennen, der damals Bürgermeister von Moskau war. Ist das soweit korrekt?«

»Ja, Sir.«

Orlow rückte noch näher, seine Stimme war nahezu tonlos. »Seit mehr als zwanzig Jahren dienen Sie nun schon Ihrem Land und der Armee, riskieren entschlossen Leib und Leben. Mit Ihrer langen Erfahrung, Colonel, sagen Sie mir nur eines: Haben Sie nicht gelernt, in Gegenwart eines Vorgesetzten stehenzubleiben, bis Sie die Erlaubnis zum Sitzen erhalten?«

Rosski wurde feuerrot im Gesicht. Augenblicklich erhob er sich; seine Bewegungen waren ungelenk, seine Haltung angespannt. »Doch, Sir.«

Orlow selbst blieb auf der Schreibtischkante sitzen. »*Meine* Laufbahn ist etwas anderes verlaufen, Colonel. Mein Vater hat noch mit eigenen Augen erlebt, was die Luftwaffe während des Krieges der Roten Armee angetan hat. Seinen Respekt vor den Luftstreitkräften hat er mir praktisch in die Wiege gelegt. Acht Jahre habe ich in der Luftwaffe gedient; die ersten vier Jahre als Pilot bei Aufklärungseinsätzen, dann bei der Ausbildung der Piloten – ich habe ihnen beigebracht, wie sie einem Hinterhalt entgehen und Feindmaschinen in unser Flakfeuer locken können.« Orlow erhob sich und blickte direkt in Rosskis wutsprühende Augen. »Haben Sie das alles gewußt, Colonel? Haben Sie meine Akte sorgfältig genug studiert?«

»Allerdings, Sir.«

»Dann wissen Sie ja auch, daß ich noch nie auch nur einen meiner Untergebenen formell maßregeln mußte. Die meisten der Männer sind anständig. Sie wollen einfach ihre Arbeit tun und dafür ihren Sold in Empfang nehmen. Entschuldbare Fehler kommen natürlich vor, aber damit wird man normalerweise ihre Akten nicht belasten. Einem Soldaten und Patrioten werde ich zunächst mal immer glauben. Auch Ihnen, Colonel.« Orlow rückte so nahe heran, daß beide Gesichter sich fast berührten. »Aber wenn Sie noch einmal versuchen sollten, mich zu umgehen, werde ich Sie umgehend zur Akademie zurückbefördern – *mit* einer Verewigung Ihrer Gehorsamsverweigerung in Ihrer Personalakte! Haben wir uns da richtig verstanden, Colonel?«

»Ja – Sir.« Die Worte schossen wie Giftpfeile aus Rosskis Mund.

»Ausgezeichnet.«

Die beiden Männer salutierten; dann wandte sich der General zum Gehen.

»Sir?«

Erstaunt blickte Orlow zurück. Der Colonel stand immer noch in Hab-acht-Stellung hinter seinem Schreibtisch.

»Ja?«

»Was Ihr Sohn in Moskau getan hat – war das einer dieser entschuldbaren Fehler?«

»Es war dumm und unverantwortlich«, sagte Orlow. »Sie und der Minister haben ihn mehr als fair behandelt.«

»Aus Respekt vor Ihren Verdiensten, Sir«, erwiderte Rosski.« Und weil er am Anfang einer großen Laufbahn steht. Haben Sie jemals den Untersuchungsbericht gelesen?«

Orlows Augen verengten sich. »Nein, das hat mich nie interessiert.«

»Ich verfüge über eine Kopie – aus den Akten des Generalstabs. Am Ende wird eine Empfehlung ausgesprochen. Wußten Sie das?«

Orlow schwieg.

»Nikitas Kompaniechef empfahl die Entlassung wegen *guliganstvo*. Nicht wegen der Kompromittierung der Griechisch-Orthodoxen Kirche am Ulisa Archipowa, nicht wegen der Schlägerei mit dem Priester, sondern wegen des Einbruchs in das Versorgungslager der Akademie, und wegen seines Widerstands gegen den Posten, der ihn festnehmen wollte.« Rosski lächelte. »Fast glaube ich, Ihr Sohn war frustriert nach meiner Vorlesung über die Waffenverkäufe der griechischen Streitkräfte an Afghanistan.«

»Worauf wollen Sie eigentlich raus?« fragte Orlow. »Daß Sie Nikita beibringen durften, wie man hilflose Bürger angreift?«

»Zivilisten gehören ebenso zum Spiel wie die Armee; nur sind sie verwundbarer, Sir«, sagte Rosski, »in den Augen der Speznas ein absolut legitimes Ziel. Aber Sie wollen doch sicher nicht die gültige Militärdoktrin mit mir diskutieren.«

»Mit Ihnen diskutiere ich rein gar nichts, Colonel. Wir haben ein Operations-Center auf die Beine zu stellen.« Erneut wandte er sich zum Gehen, doch Rosski kam ihm wieder zuvor.

»Selbstverständlich, Sir. Da Sie aber über meine gesamte Tätigkeit auf dem laufenden gehalten werden wollen, erlaube ich mir, diese Unterredung komplett zu protokollieren – auch das folgende: Die Anklage gegen Ihren Sohn wurde nicht fallengelassen. Die Empfehlung des Kompaniechefs wurde nur nicht in die Tat umgesetzt, was nicht dasselbe ist. Sollte sich die Personaldienststelle damit befassen, wären Konsequenzen wohl unvermeidlich.«

Orlow sah sich nicht um; seine Hand lag bereits auf dem Türknauf. »Dann wird mein Sohn die Folgen seines Handelns schon allein tragen müssen – obwohl ich sicher bin, daß jeder Militärrichter die Zeit, die er inzwischen gedient hat, berücksichtigen wird, und auch die interessante Art, in der die Akte verschwand und wieder auftauchte.«

»Ab und zu finden Ordner sich eben auf irgendwelchen Schreibtischen, Sir…«

Orlow öffnete die Tür. Draußen stand Corporal Beljew und salutierte schneidig. »Ich werde Ihre Unverfrorenheit in *meinem* Protokoll festhalten, Colonel.« Er blickt von Beljew zu Rosski. »Möchten Sie dem Eintrag etwas hinzufügen?«

Stocksteif stand Rosski neben seinem Schreibtisch. »Nein, Sir – momentan nicht.«

Nachdem Orlow gegangen war, betrat Beljew das Büro. Was hinter der schalldichten Tür nun vorgehen mochte, der General konnte es nur ahnen.

Nicht daß es so wichtig war. Rosski hatte seine Verwarnung kassiert, er würde sich wohl oder übel bis ins Kleinste an die Vorschriften halten müssen… Allerdings wurde Orlow das Gefühl nicht los, daß die Vorschriften nach und nach umgeschrieben werden könnten, sobald der Colonel Innenminister Dogin am Telefon hatte.

15

Sonntag, 22.15 Uhr, Washington, D. C.

Griff Egenes kehrte ins Oval Office zurück.

»Bundespolizisten sind auf dem Weg zur Forest Road; aus New York wird eines meiner Teams zuschlagen. Sie werden keine halbe Stunde brauchen, um diesen Verrückten zu schnappen.«

»Er wird sich nicht wehren«, sagte Burkow.

Egenes ließ sich in seinen Sessel fallen. »Was soll das heißen?«

»Das soll heißen, wir haben ihm gegeben, was er verlangt hat. Er wird wohl noch ein paar radikale Sprüche loslassen, bevor er mitgeht.«

»Mist«, sagte Egenes. »Ich hätte ihm allzu gern eine verpaßt.«

»Und ich erst«, sagte Burkow.

Der Nationale Sicherheitschef wandte sich an Mike Rodgers. Selbst in der düsteren Stimmung, die im Oval Office spürbar war, fiel Burkows grimmige Miene noch auf.

»Also, Mike? Wer sind diese Gestalten, und wie werden wir mit dem Rest von ihnen fertig?«

»Bevor Sie antworten«, warf der Präsident ein, »kann einer der Herren mir sagen, ob bei den Russen militärische Operationen im Gang sind, die sich zu einer Invasion aufschaukeln könnten? Ist es nicht unsere Aufgabe, diese Dinge im Auge zu behalten?«

Generalstabschef Mel Parker, der in Regierungskreisen für seine Einsilbigkeit bekannte Mann, sagte: »Während Ekdol uns eifrig unsere bedingungslose Kapitulation anempfohlen hat, habe ich mit Verteidigungsminister Colon telefoniert. Er hat sich im Pentagon erkundigt: Mehrere russische Divisionen absolvieren zur Zeit Manöver direkt an der Grenze zur Ukraine. Im Vergleich zu ihrer üblichen Präsenz dort sind das ganz hübsche Größenordnungen, aber trotzdem kein Grund zur Beunruhigung.«

»Und anderswo – irgendwelche Truppenbewegungen?«
fragte Rodgers.

»Das NRO tut gerade sein Möglichstes, um die Frage zu
klären«, antwortete Parker.

»Aber die Grenze könnte doch als Aufmarschgebiet dienen«, sagte der Präsident.

»Durchaus denkbar.«

»Wir haben da noch ein nettes Problemchen«, warf FBI-
Chef Egenes ein. »Überall diese Kürzungen. Wir haben entschieden zu wenige Leute vor Ort. Ein Satellit verrät uns
nun mal nicht, wie Infanteristen unter sich über den bevorstehenden Marsch meckern, oder was auf einer Karte steht,
die in einem Stabszelt aushängt. Da ist die gute alte Handar-
beit gefragt.«

»Das ist schon ein Problem.« Rodgers stimmte zu. »Aber
mit unserer Lage hat es herzlich wenig zu tun.«

»Und warum nicht?« fragte Rachlin.

»Die Wahrheit ist doch«, erläuterte Rodgers, »daß dieser
Grosny-Fanatiker nicht halb so viel gewonnen hat, wie er
glaubt.«

»Das müssen Sie uns erklären!« Überrascht sah Tobey
von ihren Notizen für Burkow auf.

»Angenommen, es kommt zu einer Invasion, Rußland
marschiert in der Ukraine ein – wir würden uns hüten, ein-
zugreifen.«

»Und warum?«

»Weil wir dann einen Krieg mit Rußland am Hals hätten,
und was machen wir dann? Für einen konventionellen Krieg
fehlen uns die Kapazitäten; spätestens seit Haiti und Soma-
lia ist das sonnenklar. Wenn wir es trotzdem riskieren würden, gäbe es im Fernsehen nur noch ein Thema: unsere mas-
siven Verluste. Von der Öffentlichkeit und dem Kongreß
würden wir schneller zum Teufel gejagt als Glücksspieler
aus der Kirche. Dagegen großangelegte Operationen mit allen unseren Mitteln verbieten sich von selbst wegen der un-
vermeidlichen Zerstörungen und der Verluste unter der Zi-
vilbevölkerung.«

»Jetzt kommen mir aber wirklich gleich die ganz dicken

Tränen«, sagte Burkow. »Es gibt Krieg. Menschen werden verletzt. Wenn ich das richtig sehe, haben die Russen doch wohl angefangen, mit ihrer ersten Salve gegen einen ganzen Haufen Zivilisten in New York.«

Egenes meldete sich zu Wort. »Wir wissen noch lange nicht, ob die russische Regierung diese Tat unterstützt.«

»Genau«, sagte Minister Lincoln. »Und ehrlich gesagt, ich weiß nicht, ob wir einen Krieg für Osteuropa führen sollten, nicht mal einen gerechten, so unpopulär das auch klingen mag. Die Deutschen und die Franzosen würden da nicht mitmachen, vielleicht hätten wir nicht mal ihre Unterstützung. Die NATO könnte sich gegen uns stellen. Zuerst müßten wir die Russen schlagen, dann all diese Länder wieder aufbauen – es wäre absolut unbezahlbar.«

»Nein.« In Burkows Stimme schwang eine Andeutung von Abscheu. »Wir sollen eine zweite Maginotlinie hochziehen, um den Feind aus dem Land zu halten? Das wäre ja wie bei den drei kleinen Schweinchen mit ihrer Strohhütte – das ist der reinste Schwachsinn. Ich sehe es so: Man marschiert zur Höhle des großen bösen Wolfs, deckt ihn mit Napalm ein, und macht einen Mantel aus dem, was von ihm übrigbleibt. Ich weiß, politisch sensibel ist das nicht gerade, aber schließlich haben wir die Sache nicht vom Zaun gebrochen.«

»Sagen Sie mal«, fragte Lincoln Rodgers, »haben die Japaner Ihnen eigentlich eine Schachtel Pralinen und eine Glückwunschkarte geschickt, nachdem Sie Tokio vor der Ausradierung durch diese nordkoreanischen Nodong-Raketen bewahrt haben?«

»Ich hab's nicht für ein Schulterklopfen getan«, antwortete Rodgers, »sondern, weil es getan werden mußte.«

»Und deswegen sind wir auch alle sehr stolz auf Sie«, sagte Lincoln. »Aber ich zähle immer noch zwei Tote bei den Amerikanern und keine bei den Japanern.«

Der Präsident ergriff das Wort. »In diesem Punkt stehe ich auf Mels Seite, aber im Augenblick geht es doch mehr um die Frage: Wer sind die Attentäter, und was wollen sie?« Er warf einen Blick auf die Uhr. »Um zehn nach elf werde ich im Fernsehen meine Erklärung zum Anschlag abgeben. Tobey, würden Sie die Ansprache bitte aktualisieren? Fügen Sie hinzu, daß dank der reibungslosen Arbeit des FBI, des CIA und anderer Behörden der Bombenleger inzwischen gefaßt werden konnte.«

Die stellvertretende Sicherheitschefin nickte und ging zum nächsterreichbaren Telefon.

Der Präsident betrachtete Rodgers. »General, haben Sie mir deswegen geraten, dem Attentäter nachzugeben? Weil wir so oder so in seinem Sinn handeln würden?«

»Nein, Sir«, sagte Rodgers. »In Wirklichkeit haben wir ja gar nicht nachgegeben. Wir haben ihn abgelenkt.«

»Wovon?« Lawrence verschränkte seine Hände hinter dem Kopf und lehnte sich zurück.

»Von unserem Gegenangriff.«

»Aber gegen wen denn?« Burkow war mehr als skeptisch. »Dieser Halunke hat sich doch selbst ausgeliefert.«

»Sie sollten mal den Faden zurückverfolgen«, sagte Rodgers.

»Da sind wir aber gespannt«, sagte der Präsident.

Rodgers beugte sich vor und stützte seine Ellbogen auf den Knien ab. »Sir, die *Grosny* hat ihren Namen von Iwan Grosny, bekannt als Iwan der Schreckliche...«

»Darauf wäre ich jetzt nicht gekommen«, murmelte Rachlin.

»Bis zurück zu den Zeiten der Revolution haben sie keine finanziellen, sondern politische Ziele verfolgt. Während des zweiten Weltkriegs waren sie in Deutschland sowas wie eine fünfte Kolonne, während des kalten Krieges waren sie für ein paar kleinere Probleme verantwortlich. Einige Fehlstarts der unbemannten Redstone-Rakete aus den Anfängen unserer Raumfahrt gehen auf ihr Konto, das haben wir inzwischen herausgefunden.«

»Wer sind die Geldgeber?« fragte Parker.

»Bis vor kurzem«, fuhr Rodgers fort, »waren das extrem nationalistische Kräfte, die terroristische Handlanger brauchten. Mitte der achtziger Jahre hat Gorbatschow ihre Strukturen zerschlagen; Grund genug für sie, im Ausland unterzutauchen, speziell in den USA und Südamerika, und sich der immer mächtigeren russischen Mafia anzuschließen, um ihre am Westen orientierte Führung zu stürzen.«

»Da können sie Zhanin ja wirklich nur hassen«, sagte Lincoln.

»Das kann man laut sagen«, erwiderte Rodgers.

»Wenn sie aber nicht im Auftrag der Regierung handeln«, bemerkte der Präsident, »was können sie in Osteuropa im Schilde führen? Eine militärische Operation, egal in welcher Größenordnung, ohne die Zustimmung aus dem Kreml? Undenkbar! Das läuft doch nicht wie in Tschetschenien, wo eine Handvoll Generäle Präsident Jelzin vom Schlachtfeld aus die Militärpolitik diktiert haben.«

»Himmel noch mal«, sagte Rachlin, »ich hätte nie gedacht, daß er nicht hinter jedem einzelnen Schuß gestanden hat.«

»Das ist es ja gerade«, sagte Rodgers, »es ist eben nicht *völlig* auszuschließen, daß vielleicht doch eine größere Sache läuft, von der im Kreml nichts bekannt ist. Mit dem Krieg in Tschetschenien 1994 begann in Rußland eine Phase der Dezentralisierung. Immerhin ist es ein riesiges Land mit allein acht Zeitzonen. Stellen Sie sich vor, irgend jemand wacht einmal auf und sagt: ›Das ist ja ein Dinosaurier. Das Land braucht ein paar fähige Köpfe, die es auf Trab bringen.‹«

Der Präsident sah Rodgers an. »Hat das tatsächlich jemand getan?«

»Vor dem Anschlag, Mr. President, haben wir eine Imbiß-Bestellung abgefangen – aus St. Petersburg an einen New Yorker Laden.«

»Eine *Imbißbestellung*?« sagte Burkow. »Jetzt kommen Sie aber mal langsam auf den Teppich zurück!«

»Das habe ich spontan auch gedacht«, erwiderte Rodgers.

»Wir haben daran herumgetüftelt, aber erst nach dem Anschlag bekam die Sache Sinn. Eine unserer Entschlüsselungsexpertinnen hat den Midtown-Tunnel als einen Punkt in einem Raster dechiffriert. So kam sie drauf, daß es sich bei der Nachricht um eine Karte von New York handelt; der Tunnel ist dabei einer der neuralgischen Punkte.«

»Und die anderen Punkte, waren das Sekundärziele?« fragte Egenes. »Schließlich hatten auch die Attentäter des World Trade Center sich Alternativen ausgesucht, unter anderem den Lincoln-Tunnel.«

»Das glaube ich kaum«, sagte Rodgers. »Unsere Fachleute sehen darin sowas wie Zwischenstationen vor dem eigentlichen Anschlag. – Das folgende können Sie wohl bestätigen, Larry. Seit ein paar Monaten fangen wir aus der Newa in St. Petersburg nun schon Mikrowellen auf.«

Rachlin nickte. »Da drüben kocht's regelrecht über.«

»Zuerst dachten wir, sie kämen vielleicht aus dem Fernsehstudio, das momentan in der Eremitage eingerichtet wird. Inzwischen gehen wir davon aus, daß das Studio in Wahrheit irgendwelche Geheimaktivitäten decken soll.«

»Ein zweites ›Gehirn‹ für den Dinosaurier«, sagte Lincoln.

»Genau«, sagte Rodgers. »Dem Anschein nach wird es aus Mitteln finanziert, die Innenminister Dogin bewilligt hat.«

»Der Wahlverlierer«, sagte der Präsident.

»Eben der. Und noch was fällt auf: Als ein britischer Agent sich das Museum ein bißchen näher ansehen wollte, wurde er getötet. Also – irgendwas braut sich da zusammen. Was immer es auch ist, vielleicht eine Kommandozentrale oder ein Militärstützpunkt, über diese Imbißbestellung gibt es wahrscheinlich eine Verbindung zum Attentat in New York.«

»Demnach«, Lincoln faßte zusammen, »haben wir es mit der russischen Regierung zu tun, Hand in Hand mit einer terroristischen Vereinigung und, aller Wahrscheinlichkeit nach, mit der russischen Mafia. So wie es aussieht, verfügen sie über ausreichendes militärisches Potential, um in Osteuropa größere Erschütterungen auslösen zu können.«

»Das trifft's genau«, sagte Rodgers.

»Herrgott, wie gern würde ich diese miese kleine *Grosny*-Ratte mit eigenen Augen am Spieß brutzeln sehen, sobald wir sie erwischt haben«, entfuhr es Rachlin.

»Aus dem kriegen wir garantiert kein Sterbenswörtchen raus«, sagte Egenes. »Den hätten sie uns nicht auf dem Silbertablett serviert, wenn er tatsächlich irgend etwas von Belang wüßte.«

»Das wäre nicht das Allergeschickteste gewesen.« Rachlin stimmte zu. »Sie haben ihn uns überlassen, damit wir nach außen eine gute Figur abgeben – als ob wir das kühne und flinke Schwert der Gerechtigkeit geschwungen hätten.«

»Wir sollten nicht zu abfällig darüber herziehen«, sagte der Präsident. »Wir wissen doch alle, daß John F. Kennedy Chruschtschows Raketen erst aus Kuba herausbekam, nachdem er in der Türkei militärische Zugeständnisse gemacht hatte. Selbst dieser halbe Erfolg ließ ihn wie ein Held aussehen und Chruschtschow wie einen Trottel. Also, gehen wir mal davon aus, daß ein Regierungsmitglied über St. Petersburg den New Yorker Anschlag veranlaßt hat. Könnte es Präsident Zhanin gewesen sein?«

»Das bezweifle ich«, sagte Minister Lincoln, »er will eine Partnerschaft mit dem Westen, keinen Krieg.«

»Wissen wir das so sicher?« fragte Burkow. »Ich sage nur: Jelzin – da sind wir auch schon perfekt eingewickelt worden.«

»Zhanin kann damit keine Vorteile herausschinden«, sagte Lincoln. »Er selbst hat den Verteidigungshaushalt gekürzt. Außerdem sind die *Grosny*-Anhänger seine natürlichen Feinde.«

»Und Dogin?« fragte der Präsident. »Könnte das seine Handschrift sein?«

»Schon eher möglich«, sagte Rodgers. »Er hat die Mittel für diese Einrichtung in St. Petersburg beschafft und hat wahrscheinlich auch die Belegschaft unter sich.«

»Gibt es eine Möglichkeit, mit Zhanin darüber zu reden?« fragte Tobey.

»Das wäre wohl zu riskant«, antwortete Rodgers. »Selbst wenn er persönlich nichts mit der Sache zu tun hat, müssen noch lange nicht alle Leute seiner Umgebung vertrauenswürdig sein.«

»Was schlagen Sie also vor, Mike?« Burkow wirkte ungehalten. »Soweit ich erkennen kann, hat diese Bombe die Vereinigten Staaten praktisch ins Abseits befördert. Mein Gott, ich erinnere mich an Zeiten, da solche Ereignisse die Leute angespornt haben; zum Krieg hat dann nicht mehr viel gefehlt.«

Rodgers sagte: »Steve, die Bombe hat uns nicht aufgehalten. Strategisch gesehen hat sie uns vielleicht sogar weitergebracht.«

»Wie kommen Sie darauf?« fragte Burkow.

»Die Hintermänner glauben jetzt wahrscheinlich, sie müßten uns nicht mehr so scharf im Auge behalten. Dasselbe dachten ja auch die Russen über Hitler, nachdem sie den Nichtangriffspakt unterzeichnet hatten.«

»Da haben sie sich definitiv geirrt«, sagte Lincoln. »Er hat sie dann später trotzdem überrannt.«

»Das ist es.« Rodgers blickte den Präsidenten an.

»Sir, lassen Sie uns dasselbe tun. Lassen Sie mich die Striker-Truppe nach St. Petersburg schicken. In Osteuropa rühren wir keinen Finger, wie abgemacht. Tatsächlich darf Europa ein bißchen zittern vor unserem Isolationismus.«

»Das paßt ja auch zu dem, was viele Amerikaner heutzutage denken«, ergänzte Lincoln.

»Inzwischen«, Rodgers spann den Faden weiter, »wird die Striker-Truppe sich die Leute in diesem ›Gehirn‹ mal so richtig vornehmen.«

Langsam wanderte der Blick des Präsidenten durch die Runde. Rodgers fühlte, wie die Stimmung im Raum kippte.

»Gefällt mir«, sagte Burkow. »Sehr sogar.«

Der Präsident war bei Rodgers angelangt. »Sie haben freie Hand«, verkündete er schließlich. »Bringen Sie mir den Kopf des großen bösen Wolfs.«

16

Sonntag, 20.00 Uhr, Los Angeles

Paul Hood saß auf einer Bank neben dem hoteleigenen Swimmingpool. Sein Piepser und sein Handy lagen griffbereit neben ihm, seinen Panama-Hut hatte er tief ins Gesicht gezogen, um nicht erkannt zu werden; nach einem Schwätzchen mit ehemaligen Anhängern war ihm gerade nicht zumute. Abgesehen von seiner auffallend blassen Haut wirkte er wahrscheinlich wie einer dieser modernen, egozentrischen und unabhängigen Filmproduzenten.

Obwohl ein paar Meter entfernt Sharon mit den Kindern ausgelassen im tiefen Teil des Schwimmbeckens herumtobte, fühlte Paul sich seltsam melancholisch und einsam. Über seinen Walkman empfing er einen Nachrichtenkanal; demnächst mußte die Ansprache des Präsidenten an die Nation übertragen werden. Es war schon eine Ewigkeit her, daß er eine so brisante Geschichte nicht beruflich, sondern als Privatperson verfolgte – und es gefiel ihm absolut nicht, dieses Gefühl der Hilflosigkeit. Er wollte seine Besorgnis mit der Presse, mit seinen Kollegen teilen, er wollte seinen Teil beitragen zur Lösung des Problems, zur Kanalisierung der allgemeinen Empörung, und wenn es sein mußte, auch zu den möglichen Vergeltungsmaßnahmen.

Statt dessen saß er an seinem Urlaubsort und wartete auf Neuigkeiten wie jeder andere auch.

Nein, nicht ganz wie jeder andere auch. Er wartete auf den Anruf von Mike Rodgers. Zwar war die Leitung nicht abhörsicher, aber Rodgers würde schon wissen, wie er ihm alles Notwendige mitteilen konnte. Vorausgesetzt, es gab etwas mitzuteilen.

Seine Gedanken kreisten um das Attentat. Daß es den Tunnel erwischt hatte, war reiner Zufall; ebenso gut hätte es dieses Hotel treffen können, mit seinen Touristen und Geschäftsleuten aus Asien, den Filmemachern aus Italien, Spanien, Südamerika und sogar aus Rußland. So ein Anschlag

103

war die effektivste Methode, um die Besucher zu vertreiben und die örtliche Wirtschaft, von den Mietwagenfirmen bis zur Gastronomie, empfindlich zu schädigen. Während seiner Zeit als Bürgermeister von Los Angeles hatte Hood an einigen Seminaren über Terrorismus teilgenommen. Bei aller Verschiedenheit der Methoden und ideologischen Hintergründe hatten diese Terrorgruppen doch eines gemeinsam: Ihre bevorzugten Ziele waren belebte Örtlichkeiten wie zum Beispiel militärische Kommandozentralen, öffentliche Transportmittel oder Bürogebäude. So brachten sie Regierungen an den Verhandlungstisch, auch wenn nach außen eine harte Haltung herausgekehrt wurde.

Er mußte auch an Bob Herbert denken, der seine Frau während so eines Anschlags verloren und selbst nur mit einer Querschnittslähmung davongekommen war. Wie er sich momentan fühlen mußte, konnte Hood sich kaum vorstellen.

Ein junger Kellner mit blondierten Haaren erkundigte sich nach Hoods Wünschen. Als er mit dem bestellten Mineralwasser zurückkam, sah er Hood forschend an.

»Sie sind es doch, oder?«

Hood nahm den Kopfhörer seines Walkmans ab. »Bitte?«

»Sind Sie nicht Bürgermeister Hood?«

»Ja, ganz recht.« Lächelnd nickte Hood.

»Stark. Gestern war die Tochter von Boris Karloff hier.« Der Kellner stellte das Glas auf einem wackligen Metalltisch ab. »Unfaßbar, diese Sache in New York, was? Am liebsten würde man nicht darüber nachdenken, aber was soll man machen?«

»Das ist wahr«, sagte Hood.

Der Kellner beugte sich näher heran, als er das Wasser eingoß. »Hoffentlich ist Ihnen der Durst nicht vergangen. Ich habe mitgekriegt, wie Mr. Monsura, unser Manager, dem Hoteldetektiv erzählt hat, daß die Versicherungsgesellschaft täglich Evakuierungsübungen von uns verlangt, wie auf Luxuslinern. Damit die Gäste keine Ansprüche gegen die Versicherung stellen, wenn hier alles in die Luft geht.«

»Schützen Sie Ihre Gäste und Ihren Besitz.«

»*Exactamundo.*«

Kaum hatte Hood bezahlt und sich beim Kellner bedankt, summte sein Telefon. Sofort war er hellwach.

»Wie geht's, Mike?« Er stand auf und schlenderte in eine ruhigere Ecke, wo er vor ungebetenen Mithörern einigermaßen sicher war.

»Wie allen anderen auch«, antwortete Rodgers. »Ich kann's einfach nicht fassen.«

»Was haben Sie mir zu berichten?«

»Ich hatte gerade einen Termin beim Chef und bin jetzt auf dem Weg ins Büro. Passiert ist eine Menge. Erstens, der Täter hat bei uns angerufen und sich ergeben. Wir haben ihn.«

»Einfach so?« fragte Hood verwundert.

»Nicht ganz. Wir sollen uns aus einer Sache raushalten, die demnächst im Ausland steigt. Ehemaliger Bereich der Roten. Sonst dürfen wir nochmal dasselbe erwarten.«

»Ist es was Größeres?«

»Wissen wir noch nicht. Auf jeden Fall was Militärisches, so wie es aussieht.«

»Steckt der neue Präsident dahinter?« fragte Hood.

»Glauben wir weniger. Anscheinend ist es eine Reaktion auf ihn, nicht von ihm.«

»Ich verstehe.«

»Tatsächlich glauben wir, daß alles von dem Fernsehsender ausgeht, den wir die ganze Zeit drin hatten. Jede Menge Indizien. Der Chef hat uns ermächtigt, uns dort mal ein bißchen umzusehen. Gibt auch ziemlich viel Papierkram; ich hab' Lowell darauf angesetzt.«

Unter einer Palme verweilte Hood einen Moment. Der Präsident hatte die Striker-Truppe nach St. Petersburg geschickt, und Lowell Coffey II., der für das OP-Center tätige Anwalt, sollte im Kongreß die Zustimmung des Geheimdienstausschusses erwirken. Da stand ihm einiges bevor...

Hood sah auf seine Uhr. »Mike, ich will mal sehen, daß ich noch eine Spätmaschine erwische.«

»Nicht nötig. Die Sache ist noch nicht akut. Wenn's brenzlig wird, schicke ich Ihnen einen Hubschrauber, der Sie nach Sacramento bringt; von da ist es fast ein Katzensprung.«

Hood blickte zu den Kindern hinüber. Für den nächsten Tag war die Magna-Studio-Tour eingeplant. Und Rodgers hatte auch nicht ganz unrecht: Bis zur Air Force Base wäre es mit dem Helikopter wirklich nur eine halbe Stunde, und von dort weniger als fünf Stunden bis Washington. Aber er hatte auf seine Arbeit einen Eid geleistet; es war nicht eine x-beliebige Arbeit, es war eine verantwortungsvolle Aufgabe, die er keinem anderen überlassen wollte.

Sein Herz schlug heftig. Am liebsten hätte er sofort das nächste Flugzeug bestiegen, soviel war sicher.

»Ich muß erst noch mit Sharon reden«, sagte er in den Hörer.

»Sie wird Sie steinigen«, sagte Rodgers. »Am besten, Sie schnappen mal ein bißchen frische Luft und machen einen kleinen Lauf um den Parkplatz herum. Das kriegen wir schon hin.«

»Danke«, sagte Hood, »aber ich gebe Ihnen noch Bescheid, was ich tun werde. Erstmal vielen Dank für die Informationen. Ich rufe Sie später nochmal an.«

»Gut.« Rodgers klang alles andere als begeistert.

Nachdenklich legte Hood auf und klappte das Mini-Telefon zusammen.

Natürlich würde Sharon ihn steinigen, und die Kinder würden es ihm nie verzeihen. Alexander hatte sich unbändig darauf gefreut, in dem Vergnügungspark mit ihm zusammen diese ultramodernen Computerspiele auszuprobieren.

Herrgott, warum ist alles nur immer so kompliziert? fragte er sich auf dem Weg zurück zum Schwimmbecken. *Weil sonst zwischen den Leuten rein gar nichts ablaufen würde; da wäre das Leben ja sterbenslangweilig.*

Obwohl er zugeben mußte, daß in diesem Augenblick ein bißchen Langeweile nicht das Schlechteste wäre; genau deswegen war er ja eigentlich nach Los Angeles gefahren.

»Dad, kommst du auch rein?« brüllte Harleigh, seine Tochter, ihm entgegen.

»Nein, du dumme Kuh«, sagte Alexander. »Du siehst doch, daß er das Telefon dabei hat.«

»Ohne meine Brille kann ich soweit nicht gucken, du Blödmann«, konterte Harleigh.

Sharon hatte die Wasserpistole beiseite gelegt, mit der sie ihren Sohn bespritzt hatte, und schwamm eine Runde. Ihr Gesichtsausdruck verriet, daß sie wußte, was nun kommen würde.

»Kommt mal her, ihr beiden«, rief Sharon den Kindern zu, als ihr Mann am Rand des Schwimmbeckens in die Hocke ging. »Ich glaube, Dad hat uns was zu sagen.«

Hood machte nicht viele Worte. »Ich muß zurück. Was heute passiert ist – wir müssen da was tun.«

»Dad soll wieder richtig draufhauen«, sagte Alexander.

»Bist du wohl still«, sagte Hood. »Denk' dran, wer nicht hören will…«

»…muß fühlen. Ich will's nie wieder tun.« Alexander tauchte unter.

Seine Schwester, mit ihren zwölf Jahren gerade einmal zwei Jahre älter, versuchte ihn festzuhalten, aber er entwischte ihr.

Wortlos blickte Sharon ihren Mann an. Schließlich sagte sie ruhig: »Was ihr da tun müßt, geht nicht ohne dich?«

»Doch.«

»Dann laß es doch einfach.«

»Das kann ich nicht.« Er sah zu Boden, dann an ihr vorbei. Um keinen Preis konnte er ihr jetzt in die Augen sehen. »Es tut mir leid. Ich ruf' dich dann an.«

Hood erhob sich. »Bringt mir ein T-Shirt mit« rief er zu den Kindern hinüber. Die unterbrachen ihre Verfolgungsjagd nur kurz, um ihm zuzuwinken.

»Machen wir, Dad!« rief Alexander.

Hood wandte sich zum Gehen.

»Paul?« sagte Sharon.

Er drehte sich noch einmal um.

»Ich weiß, es ist nicht leicht für dich«, sagte sie, »und ich mache es dir ja nicht gerade leichter. Aber wir brauchen dich doch auch, besonders Alexander. Ich sehe ihn morgen schon vor mir: ›Oh, das hätte Dad aber gefallen‹, so wird's den lieben langen Tag gehen. Es dauert nicht mehr lange, und du wirst dir eine Erklärung einfallen lassen müssen, warum du so selten da bist.«

»Aber du glaubst doch nicht, daß mir die Sache nichts ausmacht?« fragte Hood.

»Nicht genügend.« Sharon stieß sich vom Beckenrand ab. »Jedenfalls macht es dir anscheinend mehr aus, wenn du ohne deine Modelleisenbahn in Washington auskommen mußt. Denk' mal drüber nach, Paul.«

Das würde er tun, da war er fest entschlossen.

Im Moment aber wartete ein Flugzeug auf ihn.

17

Montag, 3.35 Uhr, Washington D. C.

Lieutenant Colonel W. Charles Squires stand in der Dunkelheit auf dem Flugfeld in Quantico. Über seiner Zivilkleidung trug er eine Lederjacke, sein Laptop stand zwischen seinen Beinen auf der Rollbahn, während er die sechs anderen Männer der Striker-Truppe zur Eile antrieb, die gerade die beiden Bell Jetrangers bestiegen. Die Hubschrauber würden sie zur Andrews Air Force Base befördern, wo bereits der eigens für sie reservierte C-141 B Starlifter auf sie wartete, mit dem sie elf Stunden später in Helsinki eintreffen würden.

Die frische Nachtluft belebte seinen Geist, und doch war es im Grunde, wie immer, die vor ihnen liegende Aufgabe, die seinen Adrenalinspiegel erst richtig ansteigen ließ. In seinen Kindertagen in Jamaica hatte es für ihn nie etwas Aufregenderes gegeben, als vor dem Fußballspiel auf dem Platz einzulaufen, besonders wenn es um die Chancen für die eigene Mannschaft nicht allzu gut bestellt zu sein schien. Das war genau das Gefühl, das ihn jedes Mal wieder ergriff, sobald das Striker-Team zu einer neuen Mission aufbrach. Squires hatte seinerzeit als Stürmer gespielt; Hood hatte nichts dagegen einzuwenden gehabt, daß ihre Truppe nach dieser Position benannt worden war.

Rodgers hatte Squires mit seinen telefonisch durchgegebenen Anweisungen für den Flug nach Finnland aus dem Schlaf gerissen. Er entschuldigte sich dafür, daß der Kongreß ihnen lediglich ein siebenköpfiges anstelle des üblichen zwölfköpfigen Teams bewilligt hatte. Diese Fachleute mußten sich einfach in alles einmischen, wovon sie keinen blassen Dunst hatten; dieses Mal wurde ihnen eben die Personalliste zusammengestrichen. Sollten sie geschnappt werden, so die Argumentation, könnten sie gegenüber den Russen immer noch darauf verweisen, daß sie ja keine *volle* Einheit losgeschickt hatten. In der hohen Weltpolitik schienen derartig feinsinnige Erwägungen durchaus bedenkenswert zu sein. Glücklicherweise hatte Squires nach ihrem letzten Einsatz ihre Strategie so verändert, daß sie mit nahezu jeder Anzahl von Männern einen Auftrag angehen konnten.

Den förmlichen Abschied von seiner Frau vermied Squires lieber, für beide war es besser so. Statt dessen nahm er das abhörsichere Telefon mit ins Badezimmer und besprach mit Rodgers die Einzelheiten, während er sich fertigmachte. Vorläufig planten sie, sich in St. Petersburg als Touristen auszugeben. Sobald sie in der Luft waren, würde Rodgers Funkkontakt mit Squires halten, für den Fall, daß der Plan geändert werden mußte. Drei Männer würden nach St. Petersburg fliegen, die vier anderen sollten sich in Helsinki als Verstärkung bereithalten.

Die Männer, die zurückbleiben mußten, wären mit Sicherheit enttäuscht. Das war nur allzu verständlich, denn wann konnten sie ihre unter Squires Leitung trainierten Fähigkeiten schon einmal in die Praxis umsetzen? Die vier in Helsinki verbleibenden Männer der Truppe wären ganz dicht am Ort des Geschehens und doch nur Zaungäste; größer könnte die Enttäuschung für sie kaum ausfallen. Aber als erfahrener Soldat bestand Rodgers darauf, daß für einen eventuell erforderlichen Rückzug Verstärkung bereitstehen mußte.

Nachdem das Team seine Plätze eingenommen hatte, stieg Squires in den zweiten der beiden Helikopter. Noch vor dem Start legte er die Diskette, die der Pilot ihm übergeben hatte, in sein Laptop ein und begann, die bereits an Bord des Starlifter befindliche Ausrüstung zu überprüfen, von den Waffen bis hin zu den Uniformen der Länder, in denen möglicherweise kurzfristig Aufklärungsarbeit vonnöten wäre: In Frage kamen dabei China, Rußland und verschiedene Staaten des Mittleren Ostens und Lateinamerikas. Auch Unterwasser- und Allwetter-Ausrüstung war ausreichend an Bord; was noch fehlte, waren die Fotoapparate, Videokameras, Reiseführer, Wörterbücher und Flugtickets, ohne die sie kaum als Touristen durchgehen würden. Aber Rodgers dachte grundsätzlich an alles; bei ihrer Ankunft auf der Air Base wäre mit Sicherheit alles Notwendige an Bord des Starlifter.

Er sah sich seine Truppe noch einmal genau an: von dem blonden David George, der seine Freude darüber kaum verbergen konnte, daß er dieses Mal mit von der Partie war, nachdem bei ihrem letzten Auftrag Mike Rodgers seinen Platz eingenommen hatte, bis zu Sondra De Vonne, die erst vor kurzem für den Kameraden eingesprungen war, den sie in Nordkorea verloren hatten.

Wie immer fühlte er einen gewissen Stolz in sich aufsteigen… aber auch die Last der Verantwortung, wenn er sich vergegenwärtigte, daß vielleicht nicht alle Männer heil zurückkommen würden. Obwohl er natürlich sein Bestes gab, prägte ihn doch eher eine fatalistische Grundhaltung, im Gegensatz zu Rodgers, dessen Motto lautete: »*Solange ich eine Waffe in meiner Hand habe, liegt mein Schicksal nicht in Gottes Hand*«.

Squires richtete den Blick auf seinen Computer; er mußte lächeln bei dem Gedanken, daß seine Frau und Billy, ihr kleiner Junge, wahrscheinlich noch in den Federn lagen. Wieder stieg der Stolz in ihm auf; schließlich konnten beide den Schlaf der Gerechten schlafen, weil seit mehr als zweihundert Jahren immer wieder Männer und Frauen mit den gleichen Gedanken und Ängsten zu kämpfen gehabt hatten, während sie loszogen, um die Demokratie zu verteidigen, an die sie alle so glühend glaubten...

18

Montag, 8.20 Uhr, Washington, D. C.

Die kleine Cafeteria für die Führungskräfte lag unmittelbar hinter dem Mitarbeiter-Café. Die Wände waren schalldicht, die Rollos ständig heruntergelassen, und der Mikrowellensender draußen auf einer ungenutzten Landebahn sorgte dafür, daß jeder ungebetene Zuhörer nichts als ein ohrenbetäubendes Dröhnen mitbekommen würde.

Bei Antritt seines Postens hatte Paul Hood darauf bestanden, daß beide Cafeterias komplette Fast-Food-Menüs im Angebot hatten, von hartgekochten Eiern auf Muffins bis zu individuell zusammengestellten Pizzas. Dieser Service diente nicht nur der Bequemlichkeit des OP-Center-Personals, sondern vor allem auch der nationalen Sicherheit: Während der Operation Wüstensturm hatten feindliche Spione nur darauf zu achten, wieviele Essen von italienischen und chinesischen Restaurants gerade ans Pentagon geliefert wurden, um herauszufinden, daß dort gerade etwas ausgebrütet wurde. Sollte das OP-Center aus irgendeinem Grund in Alarmbereitschaft versetzt werden, wollte Hood auf jeden Fall verhindern, daß diese Nachricht ausgerechnet durch einen Jungen an die Öffentlichkeit gelangte, der auf einem Motorrad Big Macs auslieferte.

Morgens zwischen acht und neun Uhr war in der Cafeteria für die Chefetage immer am meisten Betrieb. Um sechs Uhr lösten die Mitarbeiter der Tagschicht die Nachtschichtler ab, und die nächsten zwei Stunden waren für die Auswertung der aktuellen Neuigkeiten reserviert, die von überall her eingetroffen waren. Nachdem die Daten durchgearbeitet und entweder archiviert oder verworfen worden waren, und vorausgesetzt, es gab keine krisenhafte Zuspitzung der Lage, trafen sich hier die Abteilungsleiter, um beim Frühstück ihre Berichte abzugleichen. An diesem Tag hatte Rodgers per E-Mail ein Treffen sämtlicher Ressortchefs anberaumt; kurz vor neun würden alle nach und nach den Raum verlassen, um sich in den Bunker zu begeben.

Als Ann Farris, die Pressesprecherin, dort eintraf, zog ihr tadellos geschnittener roter Hosenanzug sofort den bewundernden Blick Lowell Coffeys II. auf sich. Auf der Stelle war ihr klar, daß er eine anstrengende Nacht hinter sich gehabt haben mußte; wenn er in so einer aufgekratzten Stimmung war, durfte sie sich auf jede Menge konstruktive Kritik gefaßt machen, und zwar über alles von der Mode bis zur Literatur.

»War viel los vergangene Nacht?« fragte sie.

»Ich hab' mich mit dem Geheimdienstausschuß des Kongresses herumgeschlagen.« Lowell wandte sich wieder seiner akkurat gefalteten *Washington Post* zu.

»Also eine *lange* Nacht. Was ist inzwischen passiert?«

»Mike glaubt, daß er den Russen auf der Spur ist, die hinter dem Anschlag stecken. Er hat die Striker-Truppe losgeschickt, um sie zu schnappen.«

»Das heißt, dieser Eival Ekdol, den sie verhaftet haben, ist kein Einzeltäter.«

»Absolut nicht«.

Ann warf einen Dollar in den Kaffeeautomaten. »Weiß Paul schon Bescheid?«

»Er ist wieder hier.«

Anns Gesicht hellte sich auf. »Wirklich?«

»Wirklich und wahrhaftig«, erwiderte Lowell. »Hat noch die letzte Maschine aus Los Angeles erwischt und will im Lauf des Morgens bei uns eintrudeln. Um neun hält Mike im Bunker die Lagebesprechung.«

Armer Paul. Ann nahm ihren doppelten Espresso und das Wechselgeld aus dem Automaten. *Keine vierundzwanzig*

Stunden, und der Urlaub ist schon zuende. Sharon wird Luft-
sprünge vollführt haben vor Begeisterung.

Sämtliche Plätze an den sechs runden Tischen waren von
Führungskräften besetzt, die erstaunlich ruhig dasaßen. Liz
Gordon, die Betriebspsychologin, saß in der Nichtraucher-
zone, kaute auf einem Nikotinkaugummi herum, nahm ab
und zu einen Schluck ihres stark gesüßten schwarzen Kaffees, spielte nervös mit einer Locke ihres kurzgeschnittenen
braunen Haares und blätterte in den aktuellen Sonderange-
boten der diversen Supermärkte.

Matt Stoll, ihr EDV-Experte, spielte eine Runde Poker
mit Phil Katzen, dem Umweltfachmann des OP-Centers.
Beide hatten einen kleinen Haufen 25-Cent-Münzen zwischen sich aufgebaut; anstatt Karten benutzten sie ihre Laptops, die mit einem Kabel miteinander verbunden waren.
Als Ann an den beiden Männern vorbeikam, hätte sie
schwören können daß Stoll am verlieren war. Wie er selbst
unumwunden zugab, war er mit dem schlechtesten Pokerface aller Zeiten gesegnet; egal ob er gerade Pech beim Kar-
tenspiel hatte oder einen Computer wieder flottmachen
sollte, der für die Verteidigung der freien Welt lebensnot-
wendig war, immer war sein rundes, engelhaftes Gesicht
schweißgebadet.

Stoll legte eine Pik-Sechs und eine Kreuz-Vier ab. Dafür
teilte Phil ihm eine Pik-Fünf und eine Herz-Sieben aus.

»Na, jedenfalls hab' ich jetzt 'ne höhere Karte.« Matt mußte passen. »Noch ein Spiel! Zu dumm, daß Poker nicht wie
ein Quantencomputer funktioniert. Man fixiert Ionen in einem elektromagnetischen Feld, beschießt diese Partikel mit
einem Laserstrahl, um sie in einen höheren Energiezustand
zu versetzen; wenn man diese Prozedur wiederholt, ist der
alte Zustand wiederhergestellt. Das funktioniert praktisch
wie ein Schalter. Diese Ionen in ganzen Reihen, und man hat
den kleinsten und schnellsten Computer der Welt. Raffi-
niert, sauber, perfekt.«

»Klar, was denn sonst«, sagte Phil, »zu dumm, daß es so
nicht läuft.«

»Den Spott will ich nicht gehört haben.« Stoll schob sich

das letzte Stück von seinem Schokocroissant in den Mund und spülte es mit reichlich schwarzem Kaffee herunter. »Nächstes Mal spielen wir Bakkarat, dann sieht alles ganz anders aus.«

»Das glaube ich weniger.« In aller Gemütsruhe kassierte Phil den Einsatz. »Da verlieren Sie doch auch immer.«

»Ich weiß, aber beim Poker fühle ich mich regelmäßig hundeelend, wenn ich geschlagen werde. Ich weiß auch nicht, warum.«

»Ich tippe auf einen gewissen Verlust an Männlichkeit.« Ungerührt blätterte Liz Gordon weiter in ihrem *National Enquirer*.

Stoll starrte zu ihr hinüber. »Bitte, wie war das?«

»Wenn man sich das Spiel mal genauer ansieht…«, erläuterte Liz. »Starke Blätter, Bluffs, ohne mit der Wimper zu zucken, die Höhe der Einsätze… diese Wild-West-Manieren, diese verräucherten Hinterzimmer, dieses ganze Wir-Männer-unter-uns-Gehabe.«

Nun sah auch Katzen zu ihr hinüber.

»So wahr ich hier sitze.« Ann blätterte weiter. »Ich weiß, wovon ich rede.«

»Sie wissen, wovon Sie reden, wenn Sie Ihre Informationen aus diesen Schundblättern beziehen?« wagte Katzen einzuwenden.

»Nicht meine Infos«, sagte Liz. »Meine Rezepte. Berühmtheiten umgeben sich halt mit einer hochgeistigen Aura, die sie als Studienobjekt interessant macht. In Atlantic City hatte ich übrigens chronische Spieler in Behandlung. Beim Pokern und beim Billard sind Männer die schlechtesten Verlierer. Ping-Pong dagegen kratzt nicht so sehr am Ego.«

Ann setzte sich an Liz Tisch. »Und wie sieht's aus bei intellektuellen Spielen wie Schach oder Scrabble?«

»Auf ihre Art haben die auch was machohaftes«, sagte Liz. »Da verlieren Männer auch nicht gern, aber es macht ihnen weniger aus, gegen einen Mann zu verlieren als gegen eine Frau.«

Lowell Coffey mußte lachen. »Das konnte jetzt nur von einer Frau kommen. Wissen Sie, Senatorin Barbara Fox hat mich gestern abend härter 'rangenommen als jeder Mann vorher.«

»Vielleicht hat sie ihre Sache einfach nur besser gemacht als jeder Mann vorher«, bemerkte Liz.

»Stimmt nicht. Ich konnte mit ihr nur nicht auf dieselbe Art Klartext reden wie mit den Männern im Ausschuß. Fragen Sie doch Martha, sie war dabei.«

Ann warf ein: »Senatorin Fox vertritt einen radikal isolationistischen Standpunkt, seit vor ein paar Jahren ihre Tochter in Frankreich umgebracht wurde.«

»Hört mal her«, sagte Liz, »so habe ich das nicht gemeint. Über dieses Thema gibt es jede Menge Veröffentlichungen.«

»Über UFOs gibt es auch jede Menge Veröffentlichungen«, sagte Coffey, »und trotzdem glaube ich, es ist alles ein grandioser Quatsch. Menschen reagieren auf Menschen unabhängig vom Geschlecht.«

Liz schenkte ihm ein charmantes Lächeln. »Darf ich Sie an Carol Laning erinnern, Coffey?«

»Bitte?«

»Ich darf darüber nichts sagen – aber Sie! Das heißt, wenn Sie sich trauen…«

»Sie meinen Staatsanwältin Laning? Im Fall Fraser gegen Maryland? Steht das etwa in meinem Psychologischen Profil?«

Liz schwieg vielsagend.

Coffey wurde feuerrot im Gesicht; verlegen senkte er den Blick. »Da sind Sie aber total auf dem falschen Dampfer, Elizabeth. Dieser Zusammenstoß mit ihrem Wagen nach dem Verfahren, das war reiner Zufall. Immerhin war es mein erster Prozeß, ich war einfach nervös – es hat nichts damit zu tun, daß ich gegen eine Frau verloren habe.«

»Natürlich nicht.«

»Wenn ich's doch sage!« Coffeys Piepser meldete sich. Nach einem Blick auf das Nummerndisplay warf er die Zeitung auf den Tisch und erhob sich. »Tut mir leid, Kinder, aber mein Schlußplädoyer müssen wir leider auf später vertagen. Ich muß mich mit einer Führungspersönlichkeit kurzschließen.«

115

»Männlichen oder weiblichen Geschlechts?« fragte Phil.

Die Grimasse, mit der Coffey den Raum verließ, war durchaus sehenswert.

Als er die Tür hinter sich geschlossen hatte, sagte Ann: »War das nicht ein bißchen hart, Liz?«

Liz beendete ihre Lektüre des *National Enquirer* und sammelte den *Star* und den *Globe* ein. Sie stand auf und warf der Pressesprecherin einen Blick zu. »Ein bißchen schon, Ann, aber es kann ihm nur gut tun. Er ist ja reichlich aufgeblasen, aber dafür hört er anderen Leuten zu, und manchmal bleibt sogar was hängen. Das ist nicht bei allen so.«

»Danke für die Blumen«. Stoll fuhr seinen Computer herunter und zog das Verbindungskabel heraus. »Bevor Sie dazu gekommen sind, Ann, haben wir ›diskutiert‹, ob Ihre Ungeschicklichkeit mit Computern ein körperlicher Mangel oder ein unbewußtes Vorurteil gegen Männer ist.«

»Es ist natürlich ein Mangel«, konterte Ann. »Genauso gut könnte ich behaupten, daß Ihre EDV-Qualifikation Sie schon zum Mann macht.«

»Noch so ein Sträußchen«, sagte Stoll.

»Meine Güte – hiermit beantrage ich, daß wir unsere morgendliche Koffein- und Zuckerration drastisch reduzieren.«

»Das ist es ja gar nicht«, sagte Stoll, nachdem Liz gegangen war. »Es ist der blaue Montag nach diesem schrecklichen Anschlag. Wir sind wohl alle ein bißchen fertig mit den Nerven, weil keiner von uns damit gerechnet hat, was diese Woche hier in unserem Laden auf uns zukommt.«

Katzen klemmte sich sein Laptop unter den Arm. »Ich muß noch ein paar Informationen für die Besprechung zusammensuchen. Also, Herrschaften, bis in einer Viertelstunde.«

»Und von da an alle fünfzehn Minuten.« Stoll folgte ihm. »Bis wir auf dem Zahnfleisch daher kommen.«

Allein an ihrem Tisch nippte die Pressesprecherin von ihrem Espresso und dachte über die Kernmannschaft des OP-Centers nach. Es war schon ein bunt zusammengewürfelter Haufen; Matt Stoll war dabei der größte Kindskopf und Liz Gordon das größte Schlachtschiff. Aber die besten Leute, gleich auf welchem Gebiet, waren nun einmal häufig Exzentriker; sie zur Zusammenarbeit zu bewegen, und das in diesen beengten Verhältnissen, war ein undankbarer Job. Das Beste, was Paul Hood von seinen so grundverschiedenen Mitarbeitern erwarten konnte, war eine friedliche Koexistenz, die Ausrichtung auf das gemeinsame Ziel und ein Minimum an Respekt für die berufliche Qualifikation des anderen. Das konnte er nur erreichen, indem er selbst überall mit von der Partie war und sich um alles persönlich kümmerte – auch wenn sein Privatleben zweifellos erheblich darunter zu leiden hatte.

Auf dem Weg zur Besprechung traf Ann zufällig Martha Mackall. Die neunundvierzigjährige Sprachenexpertin und Leiterin des Ressorts Politik eilte ebenfalls gerade zu der Sitzung, obwohl sie es meistens verstand, ihre Hast geschickt zu überspielen. Sie war die Tochter des verstorbenen Soulsängers Mack Mackall; von ihm hatte sie auch das entwaffnende Lächeln, die rauchige Stimme und die lockere Art mitbekommen – unter dieser Schale besaß sie allerdings einen eisernen Kern. Sie gab sich immer gelassen; denn die Quintessenz ihrer Kindheit, die sie mit ihrem Vater auf dessen zahlreichen Tourneen verbracht hatte, war, daß ausgerechnet Trinker, einfache Landarbeiter und Moralapostel leichter durch geistige als durch körperliche Schlagfertigkeit zu beeindrucken waren. Nachdem ihr Vater bei einem Autounfall ums Leben gekommen war, war Martha zu einer Tante gezogen, die ihr eine Collegeausbildung ermöglicht hatte, sie zu hartem Einsatz anspornte und auf jeden Fall ihren Aufstieg aus dem Musikermilieu des Vaters ins Außenministerium miterleben wollte.

»Guten Morgen, meine Liebe«, sagte Martha, als Ann ihren Schritt beschleunigte, um zu der größeren Frau aufzuschließen.

Ann erwiderte den Gruß. »Ich hab' gehört, Sie hatten gestern abend 'ne Menge um die Ohren.«

»Lowell und ich haben alle unsere Überredungskünste mobilisiert – diese Leute im Kongreß lassen sich aber auch sehr lange bitten…«

117

Den Rest des Weges gingen beide Frauen schweigend. Konversation gewährte Martha durchaus nicht jedem, sondern vorzugsweise den Einflußreichen und Mächtigen. Und überhaupt: Wenn jemand Ambitionen auf Hoods Posten hegte, war es anscheinend doch nicht Mike Rodgers allein.

Als Ann und Martha ankamen, saßen Liz Gordon, Phil Katzen, Matt Stoll, Bob Herbert und Mike Rodgers bereits um den großen ovalen Konferenztisch des Bunkers. Ann fiel auf, daß Bob Herbert erschöpft aussah. Vermutlich hatte er zusammen mit seinem alten Freund Rodgers die ganze Nacht über der Strategie für den Striker-Einsatz gebrütet – ganz abgesehen von den Emotionen, die das Attentat in ihm aufgewühlt haben mußte, war er selbst doch seit einem ähnlichen Attentat an den Rollstuhl gefesselt.

Nach den beiden Frauen betrat noch Paul Hood den Raum; als die schwere Tür auf Rodgers Knopfdruck hin sich zu schließen begann, schlüpfte gerade noch ein fahriger Lowell Coffey herein.

Der enge Raum wurde durch Neonlampen beleuchtet; an der Wand gegenüber von Rodgers Platz hing unübersehbar die digitale Countdown-Uhr, die bis jetzt noch auf Null stand. Bei einer Krise, für die ein Zeitplan festgelegt wurde, wurde diese Uhr in Betrieb genommen; in jedes Büro wurde dann diese Zeit übertragen, um jeden Irrtum auszuschließen.

Die Wände, der Fußboden, die Tür und die Decke des Bunkers waren mit schallschluckendem Acoustix ausgekleidet; hinter den grau-schwarz gesprenkelten Bahnen lagen mehrere Korkschichten, ein Betonsockel und eine weitere Acoustix-Schicht. In den Beton jeder der sechs Wände waren Drahtgitter eingelassen, die oszillierende Schwingungen erzeugten, so daß eventuell ein- oder austretende elektrische Wellen vollkommen verzerrt wurden.

Hood saß an der einen Schmalseite des Tisches. Rechts von ihm waren ein Bildschirm, eine Computer-Tastatur und ein Telefon seitlich am Tisch befestigt. Auf der Oberseite des Bildschirms war eine winzige Faseroptikkamera montiert, so daß Hood mit jedem Teilnehmer per Monitor konferieren konnte, der über eine ähnliche Ausstattung verfügte.

Nachdem die Tür geschlossen war, ergriff Paul das Wort. »Mir ist klar, daß wir alle entsetzt über die gestrigen Vorkommnisse sind, darüber brauchen wir also kein Wort mehr verlieren. Ich möchte Mike für seine hervorragenden Arbeit meinen Dank aussprechen; dazu wird er selbst nachher Näheres sagen. Falls Sie noch nicht informiert sein sollten: Die Sache ist brisanter, als man aus den Nachrichten schließen könnte. Ich selbst komme praktisch direkt aus dem Flugzeug, es hat vorher gerade noch für eine schnelle Dusche gereicht; ich bin also genauso neugierig, was er uns zu sagen hat, wie Sie. Ich muß noch darauf hinweisen, daß alles, was hier erörtert wird, unter die Dringlichkeitsstufe Eins fällt. Das heißt, daß entweder Mike und ich oder Mike und Martha ab sofort alle Aktivitäten gegenzeichnen müssen.« Hood übergab das Wort an Rodgers.

Der General dankte Hood und faßte dann kurz seine Sitzung beim Präsidenten zusammen. Er teilte der Runde mit, daß die Striker-Truppe um 4.47 Uhr von der Andrews Air Base abgeflogen war und gegen 20.50 Uhr Ortszeit in Helsinki eintreffen werde.

Er wandte sich an Lowell. »Wie weit sind wir mit dem finnischen Botschafter?«

»Er hat mir seine vorläufige Einwilligung erteilt. Er braucht nur noch die offizielle Bestätigung seines Präsidenten.«

»Wann ist die zu erwarten?«

»Noch im Lauf des Morgens.«

Rodgers warf einen Blick auf seine Uhr. »Da drüben ist es schon vier Uhr nachmittags. Sind Sie sicher?«

»Ganz sicher. Die fangen dort spät an und arbeiten dafür länger – vor der Mittagspause trifft dort niemand weitreichende Entscheidungen.«

Rodgers blickte von Coffey zu Darrell McCaskey. »Nehmen wir mal an, die finnische Regierung unterstützt uns, kann Interpol uns irgendwie bei unseren Nachforschungen in St. Petersburg unter die Arme greifen?«

»Kommt drauf an. Meinen Sie in der Eremitage?«

Rodgers nickte.

»Soll ich ihnen erzählen, daß dieser britische Agent dort neulich umgekommen ist?«

Rodgers wandte sich an Hood. »Der DI6 hat dort einen seiner Mitarbeiter verloren, der versucht hatte, den Fernsehsender unter die Lupe zu nehmen.«

»Soll Interpol für uns dieselbe Art von Erkundigungen einziehen?« erkundigte sich Hood.

Wieder nickte Rodgers.

»Dann sollten sie auch die Geschichte mit dem Engländer wissen. Sie werden schon einen Clown finden, der diesen Job übernimmt.«

»Und wie kommen wir über die Grenze?« fragte Rodgers. »Falls wir den Landweg nehmen müssen, können die Finnen unser Team irgendwie 'rüberschmuggeln?«

»Ich kenne jemand im Verteidigungsministerium«, sagte McCaskey, »ich will mal sehen, wie ich es hinkriege. Sie sollten das klar sehen, Mike, die Finnen haben an der Grenze effektiv nur viertausend Mann stationiert, da sind die nicht gerade wild darauf, sich mit den Russen anzulegen.«

»Ich verstehe.« Rodgers wandte sich an Matt Stoll. Der vollschlanke EDV-Experte trommelte mit seinen Fingern auf die Tischplatte.

»Matt, lassen Sie mal Ihre Kontakte in den Computernetzen spielen und finden Sie raus, ob die Russen in letzter Zeit Ausrüstungen beschafft haben, die aus dem Rahmen fallen. Und ob im vergangenen Jahr einige ihrer High-Tech-Fachleute nach St. Petersburg umgezogen sind.«

»Aus diesen Leuten ist nur schwer was rauszukriegen. Ist ja auch verständlich – sobald sie einmal das Vertrauen der Regierung verspielt haben, finden sie in der freien Wirtschaft so leicht keine neue Stelle. Aber ich versuch's auf jeden Fall.«

»Sie sollen es nicht versuchen, Sie sollen es tun!« Sofort bedauerte Rodgers seinen scharfen Tonfall. »Tut mir leid, es war eine lange Nacht. Matt, ich werde mein Team vielleicht nach Rußland einschleusen müssen, und das wird kein

Sonntagsspaziergang. Je mehr Informationen sie über ihr Ziel und über die Leute haben, die sie dort antreffen werden, um so besser. Und wenn sie einiges über die elektronische Ausstattung wissen, schadet das auch nichts.«

»Schon verstanden.« Stoll war doch etwas verschnupft. »Ich werde mal ein bißchen den Hacker spielen und im Internet stöbern, vielleicht findet sich ja was Brauchbares.«

»Vielen Dank, Matt.«

Zu Anns Verblüffung wandte Rodgers sich nun an Liz Gordon. Im Gegensatz zu Hood hatte der stellvertretende Direktor eine hohe Meinung von der psychologischen Beurteilung ausländischer Staatsmänner.

»Liz, jagen Sie doch mal die Akte des russischen Innenministers Dogin durch Ihren Computer. Berücksichtigen Sie dabei, daß er die Präsidentschaftswahl gegen Zhanin verloren hat, und welchen Einfluß General Michail Kosigan auf ihn ausüben könnte. Wenn Sie über den General Genaueres wissen wollen, Bob kann Ihnen da weiterhelfen.«

»Bei dem Namen schrillt bei mir die Alarmglocke«, warf Martha ein. »Den hab' ich garantiert in meinen Unterlagen.«

Nun war Phil Katzen, ihr Umweltfachmann, an der Reihe; sein Laptop stand schon betriebsbereit vor ihm. »Phil, von Ihnen hätte ich gern eine umfassende Analyse des Finnischen Meerbusens bis in die Newamündung hinein, und der Newa auf der Höhe der Eremitage. Temperatur, Fließgeschwindigkeit, Windverhältnisse...«

Hoods Computer meldete sich. Er drückte F6, um den Gesprächspartner hereinzunehmen, dann Strg, um ihn in die Warteschleife zu legen.

Rodgers fuhr fort. »Wichtig ist auch die Bodenbeschaffenheit unterhalb des Museums; daraus können wir schließen, wie tief die Russen da eventuell gebuddelt haben.«

Katzen gab sofort die entsprechenden Kommandos in Laptop ein.

Hood drückte erneut Strg; auf dem Schirm erschien nun das Gesicht von Stephen »Bugs« Benet, seines Assistenten.

»Sir, eben kommt ein dringender Anruf von Commander

Hubbard vom DI6. Es hat mit dem aktuellen Thema zu tun, da dachte ich...«

»Danke, stellen Sie's durch.«

Hood tippte auf die Lautsprechertaste des Telefons; einen Augenblick später hatte er auch schon das etwas grobschlächtige Gesicht auf dem Monitor.

»Guten Morgen, Commander. Ich halte gerade eine Besprechung mit meinen Abteilungsleitern ab; da habe ich mir gestattet, unser Gespräch auf den Lautsprecher zu legen.«

»Gern«, sagte Hubbard mit seiner tiefen, rauhen Stimme. »Ich werde dasselbe tun. Mr. Hood, lassen Sie mich gleich zur Sache kommen. Einer unserer Leute würde gern in dem Team mitarbeiten, das Sie nach Helsinki geschickt haben.«

Rodgers schüttelte mit Nachdruck den Kopf.

Hood sagte: »Commander, unsere Männer sind perfekt aufeinander eingespielt...«

»Das glaube ich Ihnen sofort, aber lassen Sie mich doch bitte ausreden. Zwei Leute haben wir verloren, ein dritter ist untergetaucht. Meine Mitarbeiter drängen mich, unsere eigene Eingreiftruppe loszuschicken, aber es wäre doch nicht sehr effektiv, wenn unsere beiden Teams sich gegenseitig auf die Füße treten.«

»Kann mir Ihre Einheit den Kopf dieser Organisation in St. Petersburg ans Telefon holen?«

»Wie bitte?«

»Nun, ich will damit sagen: Eigentlich haben Sie uns nichts anzubieten, das wir uns nicht selbst verschaffen könnten. Selbstverständlich werden wir Ihnen unsere Erkenntnisse zugänglich machen, wie üblich.«

»Vielen Dank«, sagte Hubbard. »Aber ich muß Ihnen widersprechen, wir haben Ihnen durchaus etwas anzubieten: Miss Peggy James.«

Hood gab Strg/F5 ein, um die Liste der Personalakten auf den Schirm zu holen. Er wählte DI6, dann *James*; die entsprechende Akte war augenblicklich auf dem Monitor.

Rodgers blickte Hood über die Schulter und überflog die Details; die Informationen stammten teils vom DI6, teils von unabhängigen Quellen wie dem OP-Center selbst, dem CIA oder anderen US-amerikanischen Behörden.

»Ihr Lebenslauf ist ganz eindrucksvoll«, sagte Hood. »Enkelin eines Lords, drei Jahre als Agentin in Südafrika, zwei in Syrien, sieben Jahre in der Zentrale. Spezialausbildung, beherrscht sechs Sprachen, bis jetzt vier Auszeichnungen. Repariert und fährt Oldtimer-Motorräder.«

Rodgers deutete auf einen Querverweis.

»Commander Hubbard, hier ist Mike Rodgers. Ich sehe gerade, daß Ms. James auch Mr. Fields-Hutton angeworben hat.«

»ln der Tat, General, die beiden haben sich recht nahe gestanden.«

»Passen Sie auf, daß es nicht persönlich wird«, murmelte Liz und schüttelte den Kopf.

»Haben Sie das gehört, Commander?« fragte Hood. »Das war unsere Psychologin.«

»Wir haben's gehört.« Es war die Stimme einer Frau, die recht scharf ausfiel. »Sie können sicher sein, es geht mir nicht um Rache. Aber die Aufgabe, die Keith angefangen hat, soll auch zu Ende geführt werden.«

»Niemand hat Ihre Qualifikation in Frage gestellt, Agentin James.« Liz sprach in einem starken, unerbittlichen Tonfall, der jede Diskussion von vornherein ausschloß. »Aber in unserer Einheit brauchen wir emotionale Distanz und…«

»Das interessiert mich nicht!« Peggy fuhr wütend dazwischen. »Ich gehe auf jeden Fall, egal, ob mit Ihnen oder auf eigene Faust.«

»Ich denke, das reicht«, sagte Hubbard mit Nachdruck.

Coffey räusperte sich und faltete seine Hände. »Commander Hubbard, Ms. James, hier spricht Lowell Coffey II., der Rechtsberater des OP-Centers.« Er sah Hood an. »Paul, auch wenn Sie mich deswegen zum Teufel jagen, aber ich meine, Sie sollten sich das Angebot durch den Kopf gehen lassen.«

Hood ließ sich nichts anmerken; Rodgers dagegen war offensichtlich stocksauer. Coffey wich seinem Blick geflissentlich aus.

»Martha und ich müssen noch ein paar Einzelheiten mit

123

dem Ausschuß abklären; wenn ich dort mitteilen kann, daß wir ein international besetztes Team haben, können wir vielleicht noch einiges heraushandeln, zum Beispiel mehr Zeit und einen vergrößerten Einsatzradius, um nur zwei Punkte zu nennen.«

»Sie werden mich kräftig durchschütteln wollen, Mike«, sagte McCaskey, »aber mir wäre es auch sehr recht, wenn Ms. James mitgeht. Der finnische Verteidigungsminister unterhält enge Kontakte zu Admiral Marrow von den Royal Marines; sollten wir im weiteren Verlauf noch mehr Unterstützung brauchen, ist er der Mann, an den wir uns wenden können.«

Rodgers dachte nach. Das Schweigen aus London hatte einen provokativen Beigeschmack. Hilfesuchend blickte Hood schließlich zu Bob Herbert hinüber. Dessen Gesicht verriet Skepsis, mit den Händen bearbeitete er die lederüberzogenen Seitenlehnen seines Rollstuhls.

»Bob«, fragte Hood, »was halten Sie davon?«

Mit seiner leisen Stimme, aus der seine Jugend am Mississippi noch etwas herauszuhören war, sagte Herbert: »Ich meine, wir können die Mission auch ganz gut allein durchziehen. Wenn die Dame auf eigene Faust mitmischen will, ist das Commander Hubbards Angelegenheit. Ich sehe keinen Grund, warum wir unser eingespieltes Team erweitern sollten.«

Martha Mackall meldete sich zu Wort. »Ich hab' das Gefühl, wir geraten hier in ein gefährlich nationalistisches Fahrwasser. Agentin James ist ein Profi, sie wird sich in Ihr eingespieltes Team nahtlos einfügen.«

»Unbekannterweise vielen Dank«, sagte Peggy.

»Martha Mackall, vom Ressort Politik. Wegen mir sind Sie jedenfalls herzlich willkommen. Ich weiß, wie es ist, wenn die Jungens einen nicht reinlassen wollen.«

»Ausgemachter Quatsch.« Herbert vollführte eine wegwerfende Handbewegung. »Es geht hier nicht um schwarz oder weiß, Mann oder Frau, oder was Ihnen sonst noch einfallen könnte. Einen Neuling haben wir ja schon dabei: Sondra De Vonne, die *Dame*, die für Bass Moore eingesprungen ist. Ich sage doch nur, daß wir komplett verrückt wären, wenn wir noch eine reinnehmen würden.«

»Sie meinen, noch eine Dame«, sagte Martha.

»Ich meine, noch eine Anfängerin!« schnaubte Herbert. »Herrgott noch mal, seit wann ist eine Entscheidung von oben eine Entscheidung *gegen* jemand?«

Hood versuchte sich in Schadensbegrenzung. »Im Moment erst mal vielen Dank an Sie alle, für Ihre Vorschläge. Commander, hoffentlich entschuldigen Sie, daß wir in Gegenwart von Ms. James über Sie gesprochen haben.«

»Ich weiß es zu schätzen«, sagte Peggy, »ich weiß immer gern, woran ich bin.«

Hood sagte: »Meine Zweifel sind nicht völlig ausgeräumt, aber Lowell hat schon recht. Ein internationales Team hat durchaus seine Vorteile, und Peggy ist wohl die richtige Kandidatin.«

Herbert preßte seine Hände an die Tischkante, bis die Knöchel hervortraten, und pfiff den Anfang von »It's a Small World«. Rodgers setzte sich wieder. Sein Hals war über dem Uniformkragen rot angelaufen, seine schwarzen Augenbrauen erschienen noch dunkler als ohnehin schon.

»Ich gebe Ihnen noch rechtzeitig die Einzelheiten durch«, sagte Hood, »damit Ihre Agentin zu unserer Truppe stoßen kann. Ich muß Sie wohl nicht darauf hinweisen, Commander, daß unser Einsatzleiter, Lieutenant Colonel Squires, unser volles Vertrauen genießt; seine Anordnungen gelten natürlich auch für Agentin James.«

»Das versteht sich von selbst, General. Und vielen Dank.«

Als der Bildschirm dunkel wurde, sah Hood Rodgers an.

»Mike, er hätte sie so oder so losgeschickt. Jetzt wissen wir wenigstens, wo sie sich herumtreibt.«

»Der Anruf war für Sie«, erwiderte Rodgers. »Ich hätte die Sache anders geregelt.« Er sah Hood an. »Dies ist nicht die Invasion in der Normandie oder die Operation Wüstensturm. Die internationale Abstimmung war vollkommen überflüssig. Die Vereinigten Staaten sind angegriffen worden, und die Vereinigten Staaten reagieren darauf militärisch. Punkt.«

»Semikolon«, korrigierte Hood. »Der DI6 hat auch Verluste erlitten. Ihre Erkenntnisse haben unseren Verdacht gegen das Ziel bestätigt; da haben sie das Recht auf den ersten Schuß.«

»Wie gesagt, das sehe ich nun mal anders. Ms. James hätte schon von ihrem eigenen Vorgesetzten zurückgepfiffen werden müssen. Sie wird sich von Squires erst recht nichts sagen lassen. Aber Sie sind wieder hier, und Sie sind der Boß.« Er blickte in die Runde. »Ich für meinen Teil habe gesagt, was ich zu sagen hatte. Vielen Dank für Ihre Aufmerksamkeit.«

Auch Hood sah in die Runde. »Noch Fragen?«

»Ja.« Herbert meldete sich. »Ich finde, Mike Rodgers, Lynne Dominick und Karen Wong verdienen ein dickes Lob für ihren Einsatz gestern abend. Während die Leute überall im Land wegen dem Attentat die Hände über dem Kopf zusammengeschlagen haben, haben die drei sich über die Hintermänner und Hintergründe das Hirn zermartert. Anstatt daß wir ihnen dafür auf die Schulter klopfen, haben wir eben gerade Mike eine reingehauen. Das geht in meinen Kopf nicht rein.«

»In einem Punkt sind wir einfach anderer Meinung«, sagte Lowell Coffey, »aber das heißt noch lange nicht, daß wir nicht sehen, was er geleistet hat.«

»Sie sind fix und fertig, Bob«, sagte Liz Gordon. »Es ging überhaupt nicht um Mike, sondern darum, daß wir heute in einer anderen Welt leben.«

Herbert brummelte seinen Mißmut über diese andere Welt in sich hinein, als er die Versammlung verließ.

Hood erhob sich. »Ich werde mich im Lauf des Morgens noch bei jedem einzelnen von Ihnen melden, um zu sehen, wie weit Sie sind.« Sein Blick fiel auf Rodgers. »Um es noch mal klar zu sagen: Niemand in diesem Raum hätte letzte Nacht die Arbeit so gut erledigen können wie Mike.«

Mit einem knappen Nicken öffnete Rodgers die Tür und verließ den Bunker.

19

Montag, 20.00 Uhr, St. Petersburg

Sobald die Anzeige der Digitaluhr auf 20.00 Uhr vorrückte, vollzog sich im Operations Center schlagartig ein erstaunlicher Wechsel. Der bläuliche Schimmer von mehr als zwei Dutzend Computermonitoren, der bis dahin den Raum in ein fahles Licht getaucht hatte, wich auf einmal einer Flut ständig changierender Farben, die sich auf den Gesichtern und der Kleidung aller Anwesenden widerspiegelte. Auch die Stimmung wechselte von einem Augenblick auf den anderen: Zwar applaudierte niemand, aber das große Aufatmen war doch spürbar, als das Center in Betrieb ging.

Von seinem vorne rechts im Raum separat installierten Schaltpult aus blickte Operations Support Officer Fjodor Buriba zu General Orlow hinüber. Seine dunklen Augen leuchteten, ein breites Lächeln erschien auf seinem bärtigen Gesicht. »Alle Systeme sind hochgefahren, Sir.«

Mit hinter dem Rücken verschränkten Händen stand Sergej Orlow in der Mitte des großen, niedrigen Raumes und nahm jeden einzelnen Monitor in Augenschein. »Vielen Dank, Mr. Buriba – und ein großes Lob Ihnen allen. An alle Abteilungen: Überprüfen Sie Ihre Daten genauestens, bevor wir Moskau mitteilen, daß der Countdown angelaufen ist.«

Langsam ging Orlow von Terminal zu Terminal, um die einzelnen Arbeitsplätze zu inspizieren. Die vierundzwanzig Computer und die dazugehörigen Bildschirme waren in einem Halbkreis auf einem nahezu hufeisenförmigen Tisch angeordnet; an jedem Monitor saß ein Mitarbeiter. Um 20.00 Uhr entspannte Orlow sich ein wenig, als das bläuliche Licht der Bildschirme sich in ein Tohuwabohu aus Daten, Fotografien, Karten und Tabellen verwandelte. Zehn Monitore waren für die Satellitenüberwachung reserviert, vier waren in ein weltweites geheimdienstliches Datennetz eingebunden, aus dem sowohl offizielle als auch am Rand der Legalität gewonnene Informationen aus Polizei-Dienststellen, Botschaften und Behörden abgeschöpft wurden. Neun Computerplätze waren mit Funkgeräten und Mini-Telefonen verbunden und sammelten die Erkenntnisse der vor Ort tätigen Agenten, und der letzte Computer schließlich war der »heiße Draht« zu den Ministerbüros im Kreml, unter anderem zu Innenminister Dogin. An diesem Terminal saß Korporal Iwaschin, den Colonel Rosski persönlich für diese Aufgabe ausgesucht hatte, und der ihm auch unmittelbar unterstand. Auf allen Bildschirmen, abgesehen von denen, die Karten anzeigten, waren verschlüsselte Mitteilungen zu sehen, die nur für den verständlich waren, der diesen Computer bediente. Jeder Arbeitsplatz verfügte über seinen eigenen Code, so daß die Gefahr, die von Doppelagenten ausging, möglichst gering gehalten wurde. Bei Ausfall eines Mitarbeiters konnten Orlow und Rosski gemeinsam ein Entschlüsselungsprogramm aktivieren; beide kannten jeweils die eine Hälfte des hierzu notwendigen Paßworts.

Als nach wochenlangen Testreihen und Verbesserungen das Center endlich zum Leben erwachte, hatte Orlow dasselbe Gefühl wie seinerzeit bei jedem neuen Start in den Weltraum: Vor allem empfand er eine grenzenlose Erleichterung, daß alles nach Plan verlief. Natürlich stand jetzt sein Leben nicht in derselben Art auf dem Spiel wie bei einem Raketenstart, aber selbst damals hatte er nie auch nur einen Gedanken an den Tod verschwendet; das war einfach nicht seine Art, egal ob er gerade eine wichtige Mission zu erfüllen hatte oder in den Tag hineinlebte. Wichtiger als sein Leben war ihm sein tadelloser Ruf: Er war durchdrungen von seinem Pflichtbewußtsein, nichts wäre schlimmer für ihn gewesen, als zu versagen.

Die Stirnseite des Raumes war von einer riesigen Weltkarte bedeckt. Mit einem unter der Decke aufgehängten Projektor konnten bei Bedarf Dias auf der Karte eingeblendet werden. Die an den Seitenwänden aufgestellten Regale waren vollgestopft mit Disketten und geheimen Akten und Unterlagen über die wichtigsten Regierungen, Armeen und Behörden der Welt. Die Tür in der Rückwand führte zum

Korridor und von dort zur Entschlüsselungsabteilung, dem abhörsicheren Konferenzraum, der Kantine, den sanitären Einrichtungen und dem Ausgang. Links ging es zu Rosskis, rechts zu Orlows Büro.

An seinem Platz im Herzstück des Operations Center fühlt Orlow sich wie der Kommandant eines Traumschiffs aus zukünftigen Zeiten – ohne Ziel trieb es dahin, war aber in der Lage, noch den letzten verborgenen Winkel auszukundschaften, konnte in kürzester Zeit über jede beliebige Person noch das letzte Geheimnis in Erfahrung bringen. Nicht einmal während seiner Raumflüge, als sich unter ihm die Erde majestätisch um ihre Achse drehte, hatte er sich so allwissend gefühlt. Jede Regierung war ja auf präzise und aktuelle Informationen angewiesen; kein Wunder, daß die Finanzierung und der Aufbau des Centers weit abseits des sonst in Rußland herrschenden Chaos hatte vor sich gehen können. Fast konnte er nachempfinden, wie Zar Nicholas II. gelebt haben mußte: bis zum Schluß in völliger Isolation. An einem Ort wie diesem konnte man leicht die alltäglichen Probleme anderer ignorieren; deshalb legte Orlow auch größten Wert auf die Lektüre von drei oder vier verschiedenen Tageszeitungen, um die Wirklichkeit draußen nicht aus den Augen zu verlieren.

Auf einmal schnellte Korporal Iwaschin von seinem Platz hoch, salutierte vor dem General und hielt ihm seinen Kopfhörer hin. »Sir, aus dem Funkraum liegt eine private Mitteilung für Sie vor.«

»Danke. Den Kopfhörer brauche ich nicht, ich nehme das Gespräch in meinem Büro entgegen.« Er hastete den Korridor entlang.

Nach der Eingabe des Codes betrat er den Raum. Neugierig blickte Nina Terowa, seine Assistentin, hinter der Trennwand im hinteren Teil des Büros hervor. Die fünfunddreißigjährige stattliche Frau trug ein dunkelblaues, enggeschnittenes Kostüm. Ihr kastanienbraunes Haar hatte sie zu einem Knoten gebunden, ihre ausdrucksvollen Augen und ihre hübsch geformte Nase standen in einem befremdlichen Kontrast zu der schräg über ihrer Stirn verlau-

129

fenden tiefen Narbe, die von einem Streifschuß herrührte. Weitere Verletzungen an der Brust und am rechten Arm hatte sie in ihrer Zeit als Polizistin in St. Petersburg erlitten, als sie einmal ihren Teil zur Überwältigung zweier Bankräuber beigetragen hatte.

»Meinen herzlichen Glückwunsch, General«, sagte Nina Terowa.

»Vielen Dank.« Orlow schloß die Tür hinter sich. »Aber wir sind mit unseren Tests noch lange nicht fertig...«

»Ich weiß. Und wenn wir die erledigt haben, werden Sie immer noch nicht zufrieden sein – erst müssen wir noch einen Tag erfolgreich hinter uns bringen, und dann noch eine Woche, und dann noch ein Jahr.«

»Wenn man sich nicht dauernd neue Ziele setzt, ist das Leben keinen Pfifferling wert.« Der General nahm hinter seinem Schreibtisch Platz, einer schwarzen Acrylplatte auf vier dünnen weißen Stützen, die aus den Überresten der ersten Antriebsstufe einer jener Wostok-Raketen gefertigt waren, die ihn früher in den Weltraum befördert hatte. Ansonsten schmückten den Raum Fotografien, Modelle, Auszeichnungen und Erinnerungsstücke aus seiner Zeit als Kosmonaut. Besonders stolz war er auf das in einer Vitrine ausgestellte Schaltpult aus der heute eher primitiv anmutenden Raumkapsel, mit der Juri Gagarin einst zum ersten bemannten Raumflug aufgebrochen war.

Er plazierte seinen lederbezogenen Schalensitz vor dem Computer, um seinen Zugangscode einzugeben. Sofort erschien Innenminister Dogin auf dem Schirm, allerdings von der Kamera abgewandt.

»Herr Minister.« Orlow sprach in das Kondensatormikrofon, das links unten im Monitor integriert war.

Der Minister drehte sich nicht sofort um. Ob Dogin seine Gesprächspartner gern warten ließ, oder ob er den Eindruck vermeiden wollte, daß *er* wartete, Orlow war sich nicht sicher. Auf jeden Fall war es ein Spielchen, das er nicht ausstehen konnte.

Dogin lächelte. »Wie ich von Korporal Iwaschin erfahren habe, läuft alles wie am Schnürchen.«

»Das war reichlich voreilig von ihm. Wir haben die Überprüfung der Daten überhaupt noch nicht abgeschlossen.«

»Ich bin sicher, es wird klappen. Und seien Sie mal nicht allzu streng mit dem Korporal, wegen seiner Begeisterung, meine ich. Das ist für das ganze Team ein großer Tag.«

Das ganze Team. Orlow ließ sich diese Floskel noch einmal durch den Kopf gehen. Während der Zeit seiner Mitarbeit an dem Raumfahrtprogramm war ein Team eine Gruppe von Fachleuten gewesen, die engagiert ihr gemeinsames Ziel anstrebten, nämlich den Weltraum mehr und mehr für den Menschen zu erschließen. Sicher spielten auch politische Erwägungen eine Rolle, aber die eigentliche Arbeit war doch das Wesentliche. In dieser Einrichtung hatte Orlow kein Team hinter sich. Genau betrachtet gab es mehrere Teams, die alle unterschiedliche Ziele verfolgten. Eine Gruppe fühlte sich für die Inbetriebnahme des Centers zuständig, eine andere spielte Dogin Informationen zu, und schließlich war da noch eine dritte Gruppierung, angeführt von Sicherheitschef Glinka, die sich auf eine schizophrene Art nicht entscheiden mochte, welcher der anderen beiden Gruppen sie zuarbeiten sollte. Orlow schwor sich, daß er aus diesen diversen Grüppchen *ein* Team zusammenschweißen würde, wenn es ihn auch seine Führungsposition kosten konnte.

»Rein zufällig hätten wir keine günstigere Zeit für den Countdown erwischen können«, sagte Dogin. »Eine Maschine vom Typ Gulfstream bewegt sich über dem Südpazifik auf Japan zu. Nach dem Auftanken in Tokio wird das Ziel Wladiwostok sein. Mein Assistent wird Ihnen die Route übermitteln; bitte überwachen Sie mit Ihren Leuten den weiteren Flug der Maschine. Der Pilot hat Anweisung, nach der Landung gegen fünf Uhr Ortszeit in Wladiwostok mit Ihnen Kontakt aufzunehmen. Sobald das geschehen ist, melden Sie sich bitte bei mir; Sie erhalten dann genauere Instruktionen, die Sie an den Piloten weitergeben werden.«

»Darf ich das als Test unserer Einrichtung auffassen, Herr Minister?« fragte Orlow.

»Keineswegs, General. Die Ladung an Bord der Maschine ist für mein Ministerium von größter Wichtigkeit.«

»Wir sind aber noch nicht durch mit unseren Testreihen. In diesem Fall wäre es geschickter, wenn die Luftraumüberwachung diese Aufgabe übernimmt. Ich bin sicher, sie würde…«

»… ihre Nase in Sachen stecken, die sie nichts angeht.«

Dogin lächelte. »Überwachen Sie den Flug, General; das Center wird schon damit fertig werden, da habe ich keine Bedenken. Sämtliche Meldungen aus der Maschine, die Ihre Funker auffangen werden, sind selbstverständlich verschlüsselt; Sie oder Colonel Rosski werden mir eventuelle Probleme oder Verzögerungen umgehend mitteilen. Sind noch Fragen offen?«

»Ehrlich gesagt, nicht nur eine, Herr Minister – aber ich werde eine Notiz ins Protokoll aufnehmen und Ihre Anweisung ausführen.« Auf einen von ihm eingetippten Befehl hin wurde Datum und Uhrzeit registriert und ein Fenster am unteren Bildschirmrand geöffnet. Orlow tippte weiter: *Auf Anordnung von Minister Dogin wird die Maschine vom Typ Gulfstream mit dem Bestimmungsort Wladiwostok von uns überwacht.* Er überflog die Notiz nochmals und speicherte sie ab.

»Vielen Dank General«, sagte Dogin. »Zu gegebener Zeit werden Sie die Antworten auf alle ihre Fragen bekommen. Jetzt wünsche ich Ihnen erstmal viel Glück für Ihren Countdown. Ich freue mich, wenn in knapp drei Stunden das Schmuckstück unseres Geheimdienstes voll betriebsbereit sein wird.«

»Ja, Sir«, sagte Orlow. »Ich frage mich nur: Wer trägt das Schmuckstück?«

Dogin lächelte immer noch. »Jetzt enttäuschen Sie mich aber, General. Diese Unverschämtheit paßt gar nicht zu Ihnen.«

»Ich bitte um Entschuldigung, ich wundere mich selbst. Aber ich habe noch nie die Leitung einer Mission übernommen, bei der ich nur unvollständig informiert war und mit ungeprüfter Ausrüstung arbeiten mußte, und bei der Mitarbeiter es für nötig hielten, den Dienstweg zu umgehen.«

»Wir lernen doch immer wieder etwas dazu. Wie sagte Stalin im Juli 1941 in seiner Ansprache an das russische Volk? ›In unseren Reihen darf kein Platz sein für Weichlinge und Feiglinge, für Panikmacher und Deserteure; unser Volk kennt keine Furcht.‹ Sie sind ein mutiger und vernünftiger Mann, General. Vertrauen Sie mir; ich garantiere Ihnen, Sie werden nicht enttäuscht sein.«

Auf einen Knopfdruck von Dogin wurde der Bildschirm dunkel. Orlow starrte auf den leeren Monitor. Die Zurechtweisung hatte ihn in keiner Weise überrascht – allerdings war Dogins Antwort alles andere als zufriedenstellend. Allmählich fragte Orlow sich, ob er dem Minister möglicherweise zu blind vertraut hatte. Er grübelte über den Zusammenhang von Stalins Rede und dem Kriegseintritt der Sowjetunion... Mit allen Mitteln versuchte er, die Panik nicht hochkommen zu lassen, wenn er sich vorstellte, daß Minister Dogin am Ende gar Kriegspläne schmieden mochte – und wer der Feind sein könnte.

20

Dienstag, 3.05 Uhr, Tokio

Am 24. August 1967 beschloß der in Honolulu geborene und aufgewachsene Simon »Pechvogel« Lee, sein berufliches Leben der Polizei zu widmen. Genau an diesem Tag, er war gerade einmal sieben Jahre alt, sah er nämlich seinen Vater, der als Statist arbeitete und ein respektables Gewicht auf die Waage brachte, in einer Szene der Fernsehserie *Hawaii Fünf-0* zusammen mit den beiden Hauptakteuren Jack Lord und James MacArthur. Er war sich nicht sicher, was ihm den Floh mit der Polizeilaufbahn ins Ohr gesetzt hatte, Lords eindrucksvolles Spiel oder die Tatsache, daß der Schauspieler seinen Vater scheinbar mühelos hochstemmen konnte – sein Spitzname rührte jedenfalls von seiner Angewohnheit

133

her, sich sein Haar wie sein Idol Lord pechschwarz zu färben.

Wie auch immer, 1983 wurde Lee in die FBI-Akademie aufgenommen, bestand die Prüfung in seinem Jahrgang als drittbester und kehrte als frischgebackener FBI-Agent nach Honolulu zurück. Zweimal hatte er Angebote zur Weiterbildung abgelehnt, um im täglichen Leben seiner Leidenschaft zu frönen, nämlich finstere Gestalten zu jagen und die Welt ein kleines bißchen moralischer zu machen.

Aus eben diesem Grund war er auch in Tokio; zur Tarnung hatte er bei einer Fluggesellschaft eine Stelle als Mechaniker angenommen. Es ging um den Drogenschmuggel von Südamerika über Hawaii nach Japan; gemeinsam mit seinem Partner in Honolulu nahm Lee verdächtige Privatflugzeuge unter die Lupe, die in Tokio zwischenlandeten.

Die Gulfstream III war in höchstem Maß verdächtig. Die Nachforschungen von Lees Partner in Hawaii hatten ergeben, daß die Maschine in Kolumbien gestartet war; registriert war sie unter dem Namen des Inhabers einer New Yorker Backwaren-Großhandlung. Angeblich bestand die Ladung aus Zutaten, die für die Spezialität des Hauses, ausgefallenen Brötchensorten, benötigt wurden. Noch aus seinem Zimmer im fünf Autominuten vom Flughafen entfernten Hotel hatte Lee seinen Partner, Sergeant Ken Sawara, angerufen, bevor er die kurze Fahrt absolvierte.

Während Lee an einem JT3D-7-Triebwerk herumbastelte, das in einer Ecke des am Rand des Rollfeldes gelegenen Hangars zur Wartung anstand, hörte er über seinen Kopfhörer den Funkverkehr des Towers mit. Nachdem er sich volle zwei Wochen mit demselben Aggregat vergnügt hatte, kannte er es wohl inzwischen besser als die Mechaniker der Herstellerfirma. Nach der Landung der Gulfstream war ein kurzer Zwischenstop eingeplant, bevor die Maschine Richtung Wladiwostok abheben würde.

Damit war das Flugzeug in Lees Einschätzung umso verdächtiger, da man dem Großhändler Verbindungen zur russischen Mafia nachsagte.

Etwas schwerfällig (denn die kugelsichere Weste, die er

unter seinem weißen Overall trug, und die im Schulterhalfter steckende 38er Smith & Wesson schränkten seine Bewegungsfreiheit doch ziemlich ein) legte Lee den Schraubenschlüssel ab und ging zu dem Telefon an der einen Wand des Hangars. Er tippte die Nummer von Kens Mobiltelefon ein.

»Ken, die Gulfstream ist gerade gelandet und steht vor Hangar zwei. Wir treffen uns da.«

»Laß' mich die Sache überprüfen.«

»Nein...«

»Aber dein Japanisch ist einfach grauenhaft...«

»Dein Kolumbianisch ist noch schlimmer«, sagte Lee. »Bis gleich.«

Um diese Zeit, kurz vor Sonnenaufgang, gab es auf dem Flughafen in Tokio natürlich längst nicht soviel Betrieb wie in Honolulu vor mehr als sechs Stunden, um 14.35 Uhr Ortszeit, aber immerhin traf sich hier der Flugverkehr aus östlicher und westlicher Richtung, der auch nachts für ein erhebliches Verkehrsaufkommen sorgte. Lee wußte, daß viele zweifelhafte Gestalten wie Aram Wonjew oder Dimitrij Schowitsch ihre Flugzeuge am liebsten auf großen öffentlichen Flughäfen landen ließen, anstatt auf kleinen Flugplätzen, die für Fahndungsbeamte wesentlich leichter zu überwachen waren. Diese beiden Verbrecher machten geradezu einen Sport daraus, ihre Maschinen am hellichten Tag abfertigen zu lassen, wenn die Polizei und ihre Rivalen aus dem Milieu es am allerwenigsten erwarteten. Bei diesem Flug hatte diese Unverfrorenheit jedenfalls in Honolulu ebenso reibungslos funktioniert wie zuvor in Mexico City und in Bogota, Kolumbien.

Unverzüglich rollte die Gulfstream zu dem Tankwagen, der bereits neben dem direkt an der Startbahn gelegenen Hangar wartete. Wie bei den anderen Zwischenlandungen wurde die Maschine auch in Tokio von einem eigenen Fahrzeug betankt. Bei aller Unverschämtheit, mit der diese Gangster ihre Ware vor den Augen der Öffentlichkeit verschoben, versuchten sie doch, ihre Zwischenstops so kurz wie nur irgend möglich zu halten.

Wenn es bei dieser Maschine so lief wie immer (und für Lee sprach nichts dagegen), würden nach einer guten Dreiviertelstunde die beiden schubstarken Rolls-Royce-Triebwerke sie wieder in den dunklen, bewölkten Himmel aufsteigen lassen, in nordwestlicher Richtung über das japanische Meer mit dem Ziel Rußland.

Lee strich sich seine langen Haare aus der Stirn, dann zog er eine Ersatzteilbestellung aus der Tasche, in die er sich scheinbar vertiefte. Als er das Rollfeld erreicht hatte, pfiff er kaum hörbar durch die Zähne. Er sah die kleine Maschine mit blinkenden Positionslichtern auf den Hangar zurollen, wo die nach dem über 7 000 Kilometer langen Flug nahezu leeren Tanks aufgefüllt werden sollten. Sobald Lee verfolgte, wie die Bodenmannschaft den Schlauch ausrollte, war ihm klar, daß die Maschine Schmuggelware an Bord haben mußte; sonst würden die Mechaniker nicht so schnell und konzentriert arbeiten. Mit Sicherheit hatten sie das entsprechende Schmiergeld kassiert.

Aus den Augenwinkeln bemerkte Lee Scheinwerfer; das mußte Sawaras Wagen sein. Er würde am Rand des Rollfeldes die Szene im Auge behalten – für den Notfall, wie vereinbart. Lee hatte vor, zu der Maschine zu gehen, dem Chef der Bodencrew zu erklären, daß eine Überprüfung der Tankanzeige angesetzt worden war; bei der Gelegenheit wollte er unauffällig die Ladung in Augenschein nehmen.

Der Toyota bremste neben Lee und fuhr neben ihm her. Vor Überraschung blieb Lee stehen, verwirrt starrte er auf das Fenster der Fahrerseite. Die Scheibe glitt herunter, Sawaras ausdrucksloses Gesicht kam zum Vorschein.

»Gibt's Probleme?« Lee sprach Sawara auf japanisch an, obwohl seine weitaufgerissenen Augen und seine in Falten gelegte Stirn eigentlich fragten: *Was, zum Teufel, hast du vor?*

Die Antwort kam postwendend. Sawara hob seine 38er von seinem Schoß und richtete sie auf Lee. Instinktiv, ohne auch nur eine Sekunde zu überlegen, ließ Lee sich rücklings auf den Asphalt fallen, gerade noch rechtzeitig, um dem Schuß zu entgehen.

Lee riß seinen eigenen Revolver aus dem Halfter und zerschoß den rechten Vorderreifen. Als er sah, daß Sawara den Wagen in eine günstigere Schußposition bringen wollte, wälzte er sich auf die rechte Seite. Die Felge schrammte jetzt funkensprühend am Boden entlang, als Sawara den Wagen zurückstieß, in der einen Hand das Lenkrad, in der anderen die Waffe, die unverändert aus dem Fenster zielte. Der nächste Schuß traf Lee am Oberschenkel.

Dieser elende Verräter! Lee schoß dreimal, mit einem dumpfen Schlag drangen die Kugeln durch die Wagentür. Sawaras dritter und vierter Schuß verfehlten ihr Ziel; mit einem Stöhnen krümmte sich der Körper des Japaners, sackte nach links gegen das Fenster, bevor die Stirn auf dem Lenkrad aufschlug. Sein Fuß verkrampfte sich auf dem Gaspedal, in irrwitzigen Schlenkern beschleunigte der Toyota. Wenigstens entfernte der Wagen sich nun von Lee. Weiter hinten prallte er auf einen leeren Gepäckkarren, begrub ihn scheppernd unter sich. Aufgebockt, drehten sich die Räder des Wagens ins Leere.

Lees Wunde schmerzte so abscheulich wie ein ständiger Muskelkrampf, es brannte bis auf den Knochen hinunter; am schlimmsten war die Qual zwischen Oberschenkel und Knie. Bei jeder noch so zaghaften Bewegung des Beins durchzuckte der Schmerz wie ein Blitz den gesamten Körper. Mühsam drehte Lee den Kopf in Richtung des keine zweihundert Meter entfernt stehenden Flugzeugs. Die Unterseite des Rumpfes schimmerte im taghellen Licht der Scheinwerfer, die Bodenmannschaft war weiter mit dem Betanken beschäftigt. Nun erschienen allerdings zwei Männer in der geöffneten Einstiegsluke, beide in Arbeitshosen und Sweatshirts und unbewaffnet. War es möglich, daß sie noch nichts bemerkt hatten?

Auf einmal zogen die beiden Männer sich heftig gestikulierend in die Maschine zurück.

Sie würden schneller wieder herauskommen, als Lee lieb sein konnte. Unter Aufbietung seiner letzten Kräfte ließ er sich auf den Bauch fallen, stemmte sich mit dem linken Knie hoch und hielt sich auf den Beinen. Mit schmerzverzerrtem Gesicht humpelte er auf das Flugzeug zu, jede Be-

137

lastung des rechten Beins jagte wieder diesen grauenhaften Blitz durch seinen Körper. Die Mechaniker arbeiteten zügig weiter, versuchten aber offenbar den Eindruck zu vermeiden, daß sie sich wegen Lee besonders beeilten; sie hatten sich kaufen lassen und wollten einfach ihren Job zu Ende führen, aber mit diesem tödlichen Kampf hatten sie nichts zu tun.

Lee umso mehr. Das war genau eine der Situationen, für die er ausgebildet worden war, kneifen würde er jetzt nicht. Erst recht nicht, da seine Beute zum Greifen nahe in einem Flugzeug lag, das bewegungsunfähig an einem Tankschlauch hing.

Als er den Bug der Maschine fast erreicht hatte, erschien einer der beiden Männer in der Einstiegsluke, in der Hand eine MP des deutschen Typs Walther MP-K. Sofort feuerte er die erste Salve. Als ob der FBI-Agent es bereits geahnt hätte, hechtete Lee mit Hilfe seines unverletzten Beins hinter den Rumpf; nun lag der Bug der Maschine zwischen ihm und dem Schützen. Er fragte sich, warum nicht schon längst Sicherheitsbeamte des Flughafens aufgetaucht waren, der Schußwechsel konnte ihnen unmöglich entgangen sein. Sie standen doch nicht etwa allesamt auf derselben Seite wie die Bodenmannschaft und dieser dreimal verfluchte Sawara...

Rechts von ihm rissen die Kugeln eine gezackte Linie in den Asphalt, glücklicherweise ein oder zwei Meter entfernt von der Stelle, wo Lee am Boden lag. Mit den Ellbogen zog er sich ein Stück vorwärts, um dann seinen Revolver auf das Bugrad zu richten; vielleicht konnte er ja den Start der Maschine so lange verzögern, bis jemand nach dem Rechten geschaut hatte. Aber am Ende waren ja wirklich alle, bis zu den Sicherheitsbeamten, geschmiert.

Bevor Lee abdrückte, knallte hinter ihm ein Schuß – die Kugel durchschlug seine Schulter.

Damit hatte er nicht gerechnet. Sein Arm wurde in die Luft gerissen, seine vier Schüsse landeten im Rumpf und in einem der beiden Flügel. Der nächste Treffer riß seinen rechten Oberschenkel auf.

Er wandte sich um und sah die blutüberströmte Gestalt Ken Sawaras über sich.

»Warum hast du es nicht... mir überlassen?« Keuchend sank Sawara auf die Knie. »Warum hast du nicht *mich* gehen lassen?«

Lee versammelte seine allerletzten Kräfte in seinem Arm und richtete die 38er auf den Japaner. »Du willst gehen?« Seine Kugel traf direkt in die Stirn. »Nur zu!«

Sawara sank zur Seite; Lees Augen suchten wieder das Flugzeug. Er rang nach Luft, während die Mechaniker unbeirrt ihrer Arbeit nachgingen. *Das durfte einfach nicht wahr sein.* Verraten von seinem Partner, sollte er nun auf diesem ölverschmierten Asphalt sterben? Weit und breit niemand in Sicht, keine sich nähernden Sirenen, keine Polizisten, die den Verbrechern das Handwerk legten, keiner, der sich um ihn kümmerte... und keine Spur von Mitgefühl bei den Mechanikern?

Simon Lee starb in dem Bewußtsein völligen Versagens.

Eine halbe Stunde später setzte die Gulfstream ihren Flug mit Kurs auf Rußland fort. In der Dunkelheit bemerkte niemand am Boden oder von der Besatzung die dünne schwarze Rauchfahne, die aus dem linken Triebwerk entwich, während die Maschine an Höhe gewann.

21

Montag, 12.30 Uhr, Washington, D. C.

Beim Mittagessen, das sie sich aus der Cafeteria hatten kommen lassen, arbeiteten Lowell Coffey und Martha Mackall sich mit ihren Mitarbeitern im holzgetäfelten Büro des Anwalts durch das juristische Gestrüpp, das unvermeidlich zu jeder Striker-Mission gehörte.

Der finnische Präsident hatte den Einsatz einer multinationalen Striker-Truppe zur Überprüfung der gemessenen Strahlenwerte gebilligt, und Andrea Stempel, Coffeys Stellvertreterin, telefonierte gerade mit dem Interpol-Büro in Helsinki, um für drei Mitglieder des Teams einen Wagen und falsche Visa für die Einreise nach Rußland zu beschaffen. Stempels Assistent, der Anwaltsgehilfe Jeffrey Dryfoos, saß auf der Ledercouch und beschäftigte sich mit den Testamenten der Striker-Männer. Sollten sich Unstimmigkeiten mit dem derzeitigen Familienstand, der Anzahl der Kinder oder den Vermögensverhältnissen ergeben, würden die entsprechenden Unterlagen per Fax zum Flugzeug übermittelt und unterwegs unterschrieben und beglaubigt werden.

Coffey und Mackall selbst arbeiteten an ihren Computern, die auf dem Schreibtisch standen, an der umfangreichen Endfassung des Dokuments, das Coffey dem aus acht Personen bestehenden gemeinsamen Geheimdienstausschuß von Senat und Kongreß noch vor der Landung der Striker-Truppe vorzulegen hatte. Bereits festgelegt hatten sie die Art der erlaubten Waffen, die zu ergreifenden Maßnahmen, die Einsatzdauer und weitere Einschränkungen. Coffey mußte sich sogar mit der Frage herumschlagen, welche Funkfrequenzen zu verwenden waren und wann auf die Minute genau die Truppe eintreffen und wieder abfliegen würde. Nach langwierigen Verhandlungen und vielen Änderungen hatten sie eine Zustimmung des Ausschusses zur Einreise in Rußland erreicht, die zwar nach internationalem Recht eigentlich nicht gültig war. Ohne diese informelle Einwilligung würde die amerikanische Regierung aber bei einer Festnahme des Teams seine Existenz schlichtweg bestreiten und so die Männer im Regen stehen lassen; mit der Übereinkunft, die sie jetzt erzielt hatten, würden die Vereinigten Staaten auf diplomatischen Kanälen hinter den Kulissen auf ihre Freilassung hinarbeiten können.

Jenseits der Büros von Mike Rodgers und Ann Farris befand sich der blitzsaubere Kommandostand von Bob Herbert. Der winzige rechteckige Raum war vollgestopft mit Computern, die auf einem eigentlich viel zu kleinen Tisch aufgebaut waren. Großformatige Weltkarten bedeckten drei Wände des Raumes, während an der gegenüberliegenden Wand ein Dutzend Monitore installiert waren. Meistens waren diese Bildschirme unbenutzt; im Moment aber zeigten fünf von ihnen Satellitenaufnahmen von Rußland, der Ukraine und Polen. Alle 0,89 Sekunes wurden diese Fotos jeweils aktualisiert.

Seit langem schon wurde in Geheimdienstkreisen die Frage diskutiert, welchen Stellenwert man den durch Spionagesatelliten gewonnenen Daten und den von Agenten vor Ort gelieferten Berichten zubilligen sollte. Im Idealfall wollten die Geheimdienste natürlich über beides verfügen; sie schätzten die Fähigkeit eines Satelliten, aus seiner Umlaufbahn heraus den Tacho eines Jeeps auszumachen, wie auch die Fähigkeit eines Agenten, direkt an den Brennpunkten des Geschehens vertrauliche Gespräche oder Konferenzen auszuspionieren. Die Satellitenaufklärung war eine saubere Sache: Niemand konnte verhaftet und verhört werden, niemand konnte als Doppelagent falsche Informationen verbreiten. Nur konnte ein Satellit natürlich nicht zwischen echten und falschen Zielen unterscheiden, das war dem Agenten im Einsatz vorbehalten.

Die Satellitenaufklärung für das Pentagon, den CIA, das FBI und das OP-Center lag in den Händen des im Pentagon angesiedelten und unter höchster Geheimhaltung arbeitenden National Reconnaissance Office. Geleitet wurde es von Stephen Viens, einem ehemaligen Studienkollegen von Matt Stoll, der als akribischer Arbeiter bekannt war. Sein Herzstück waren die zehn Reihen von jeweils zehn Kontrollschirmen, mit denen verschiedene Abschnitte der Erdoberfläche überwacht wurden, und die in Abständen von 0,89 Sekunden insgesamt siebenundsechzig aktuelle Schwarzweißaufnahmen pro Minute in unterschiedlichen Vergrößerungen lieferten. Zu den Aufgaben des NRO gehörte auch die Erprobung des neuartigen AIM-Satelliten, dem Prototyp der auf einer Erdumlaufbahn stationierten audiovisuellen Überwachungseinrichtung, die detailgenau die Raumverhältnisse in U-Booten und Flugzeugen ermitteln sollte, indem sie die durch die Besatzung und die Instrumente erzeugten Geräusche und Echos auswertete.

Drei der NRO-Satelliten überwachten die Truppenbewegungen an der russisch-ukrainischen Grenze, zwei die polnischen Streitkräfte. Von einem Gewährsmann bei den Vereinten Nationen hatte Bob Herbert in Erfahrung gebracht, daß der russische Aufmarsch die Polen allmählich nervös werden ließ. Zwar gab es noch keine offizielle Mobilmachung, aber Urlaubssperren waren bereits verhängt worden, und die Regierung in Warschau ließ die Aktivitäten der in Polen in der Nähe der Grenze lebenden und arbeitenden Ukrainer beobachten. Ebenso wie Herbert fand auch Viens, daß sie Polen im Auge behalten sollten; er veranlaßte die direkte Übermittlung der Aufnahmen an Herberts Abteilung, wo die Aufklärungsspezialisten des OP-Centers sie sofort analysierten.

Der Tagesablauf der in Belgorod stationierten Soldaten enthüllte für Herbert und seine Experten nichts Außergewöhnliches; seit zwei Tagen galt nun schon dieser Stundenplan:

Zeit	Tätigkeit
05.50	Wecken
06.00	Morgenappell
06.10 – 07.10	Morgentraining
07.10 – 07.15	Bettenmachen
07.15 – 07.20	Inspektion
07.20 – 07.40	Ausgabe des Tagesbefehls
07.40 – 07.45	Waschen
07.45 – 08.15	Frühstück
08.15 – 08.30	Saubermachen
08.30 – 09.00	Dienstvorbereitung
09.00 – 14.50	Dienst
14.50 – 15.00	Vorbereitung zum Essenfassen
15.00 – 15.30	Mittagessen
15.30 – 15.40	Tee
15.40 – 16.10	Freizeit
16.10 – 16.50	Waffen- und Ausrüstungspflege

16.50 – 18.40	Reinigung des Lagers und der sanitären Einrichtungen
18.40 – 19.20	Kontrollgang
19.20 – 19.30	Händewaschen
19.30 – 20.00	Abendessen
20.00 – 20.30	Fernsehnachrichten
20.30 – 21.30	Freizeit
21.30 – 21.45	Abendappell
21.45 – 21.55	Abendinspektion
22.00	Zapfenstreich

Neben der Beobachtung der militärischen Lage versuchten Herbert und seine Leute auch, für Charlie Squires und sein Team möglichst viele Informationen über die augenblickliche Situation um die Eremitage herum zu sammeln. Verkehr über das übliche Maß hinaus wurde von den Satelliten nicht registriert; außerdem hatten Matt Stoll und seine Fachleute nicht besonders viel Glück bei der Klärung der Raumverhältnisse innerhalb der Eremitage mit Hilfe des AIM-Satelliten. Zu allem Überfluß machte ihnen auch noch der chronische Personalmangel vor Ort zu schaffen: Ägypten, Japan und Kolumbien hatten zwar Agenten in Moskau, aber keine in St. Petersburg – davon abgesehen, legte Herbert auch keinen allzu großen Wert darauf, diesen Ländern unter die Nase zu reiben, daß sich in der Eremitage etwas zusammenbraute; woher sollte er wissen, daß sie sich letztendlich nicht auf die Seite Rußlands schlagen würden? Alte Anhänglichkeiten wurden in dieser Zeit nach dem Kalten Krieg keineswegs automatisch zu den Akten gelegt, neue wurden dagegen am laufenden Band geknüpft. Herbert würde sich hüten, dabei den Geburtshelfer zu spielen, auch wenn deswegen die Strikers mehr Zeit benötigten, um zur Festlegung des weiteren Vorgehens das Museum selbst auszukundschaften.

Um zehn nach zwölf (in Moskau 20.00 Uhr Ortszeit) veränderte sich die Lage schlagartig.

Bob Herbert wurde in den im nordwestlichen Teil des Untergeschosses eingerichteten Funkraum des OP-Centers gerufen. Dort rollte er direkt zu Radio Reconnaissance Director John Quirk, einem einsilbigen Riesen mit einem weichen Gesicht, einer sanften Stimme und einer schier endlosen Geduld. Quirk saß gerade an dem UTHER (Universal Translation and Heuristic Enharmonic Reporter). Diese Kombination aus Funkgerät und Computer war in der Lage, praktisch simultan eine schriftliche Übersetzung von Äußerungen in mehr als zweihundert Sprachen und Dialekten herzustellen, wobei über fünfhundert verschiedenartige Stimmen unterschieden werden konnten.

Als Herbert eintraf, setzte Quirk den Kopfhörer ab. Seine drei Mitarbeiter widmeten sich weiter ihren Aufgaben an ihren Kontrollmonitoren, die auf Moskau und St. Petersburg ausgerichtet waren.

»Bob«, sagte Quirk, »wir haben Funksprüche abgefangen, nach denen auf Luftwaffenstützpunkten von Riasan bis Wladiwostok Ausrüstung für den Transport nach Belgorod bereitgestellt wird.«

»Belgorod? Da halten doch die Russen im Moment Manöver ab... Welche Art von Ausrüstung verschicken sie denn?«

Quirks blaue Augen wandten sich dem Schirm zu. »Worauf es rausläuft, werden Sie mir eher sagen können. Auf jeden Fall Fernmeldefahrzeuge, motorisierte Funkrelaisstationen, einen Hubschrauber mit Funkverstärkern an Bord, Tanklastzüge mit Treibstoff und Schmieröl, und dann noch komplette Wartungskompanien und Feldküchen.«

»Das klingt ganz nach einer Nachrichten- und Nachschubeinheit. Vielleicht eine Übung oder sowas.«

»So von jetzt auf nachher hab' ich das aber noch nie erlebt.«

»Was meinen Sie damit?« erkundigte sich Herbert.

»Nun ja, wir haben hier eindeutig die Vorbereitung eines Kampfeinsatzes, nur: Normalerweise würden wir vorher jede Menge Funkverkehr über den Zeitpunkt der zu erwartenden Feindberührung und die Stärke der feindlichen Einheiten abfangen, ihre Schätzung der Vormarschgeschwindigkeit, Abstimmung der Fronteinheiten mit dem Hauptquartier über Fragen der Taktik, und so weiter.«

»Und das kam in den Meldungen nicht vor.«

»Absolute Fehlanzeige. So plötzlich hab' ich das wirklich noch nie erlebt.«

»Und trotzdem haben sie nach dem Aufmarsch wahrscheinlich was Größeres vor«, sagte Herbert, »einen Einfall in die Ukraine, beispielsweise.«

»Das denke ich auch.«

»Komischerweise verhalten die Ukrainer sich mucksmäuschenstill.«

»Vielleicht haben sie von der Sache noch keinen Wind gekriegt«, sagte Quirk.

»Oder sie nehmen es nicht weiter ernst. Die Aufnahmen, die das NRO uns überspielt hat, zeigen schon ukrainische Aufklärungseinheiten direkt an der Grenze, aber für Einsätze hinter den feindlichen Linien sind sie nicht geeignet, also rechnen sie wohl auch nicht mit der Möglichkeit.« Ungeduldig trommelte Herbert auf die lederüberzogenen Armlehnen seines Rollstuhls. »Wann sind die Russen einsatzbereit?«

»Der Aufmarsch wird im Lauf des Abends abgeschlossen sein. Mit dem Flugzeug ist es ja bis Belgorod ein Katzensprung.«

»Und wenn die Russen uns zum Narren halten wollen?«

»Ausgeschlossen, diese Funksprüche sind garantiert echt. Immer wenn die Russen uns in die Irre führen wollen, benutzen sie eine Kombination aus lateinischen und kyrillischen Buchstaben. Die gemeinsamen Zeichen sollen uns auf eine falsche Fährte locken, weil sie ja aus beiden Alphabeten kommen könnten.« Quirk tätschelte seinen Computer. »Aber Uther läßt sich so leicht nicht abschütteln.«

Herbert drückte Quirks Schulter. »Gute Arbeit. Wenn Sie noch was aufschnappen, geben Sie mir Bescheid.«

22

Montag, 21.30 Uhr, St. Petersburg

»Sir«, sagte Juri Marew mit jugendlichem Schwung, »die Funker haben über das Hauptquartier der Pazifikflotte in Wladiwostok eine verschlüsselte Meldung aufgefangen, und zwar von dem Flugzeug, das ich mit dem Hawk-Satelliten überwachen sollte.«

General Orlow unterbrach seinen Kontrollgang und ging zu dem jungen Mann hinüber, der am linken hinteren Teil des Computertisches arbeitete.

»Sind Sie sicher?«

»Absolut, Sir, es ist die Gulfstream.«

Orlow warf einen Blick auf die Computeruhr. Laut Plan stand die Landung eigentlich frühestens in einer halben Stunde an; so wie er die Gegend kannte, war in dieser Jahreszeit eher noch mit Gegenwind zu rechnen, so daß die Ankunft sich eher verzögern konnte.

»Sagen Sie Silasch, ich komme sofort.« Hastig ging Orlow zu der Tür, die zum Korridor führte. Die Tür gegenüber, die er durch die Eingabe des Tagescodes öffnete, führte ihn in den viel zu kleinen, verqualmten Funkraum, der unmittelbar neben Glinkas Sicherheitsabteilung lag.

Arkadij Silasch und seine beiden Mitarbeiter verschwanden geradezu inmitten der chaotisch gestapelten Funkausrüstung, die kaum ein freies Fleckchen ließ. Die Tür war nur einen Spalt breit zu öffnen, denn einer der beiden Funker machte sich gerade an einem Gerät zu schaffen, das er bis fast an den Eingang geschoben hatte. Alle drei Männer hatten sich ihre Kopfhörer übergestülpt; Silasch bemerkte Orlow erst, als der ihm auf die linke Ohrmuschel klopfte.

Der hagere Cheffunker zuckte zusammen, legte seinen Kopfhörer ab und drückte die Zigarette im Aschenbecher aus.

»Entschuldigung, Sir«, sagte Silasch mit seiner tiefen, rauhen Stimme.

146

Erst jetzt wurde ihm bewußt, daß er ja eigentlich Haltung anzunehmen hatte. Orlow winkte ab. Ganz ohne Absicht hatte Silasch schon immer die Grenzen der militärischen Vorschriften ausgelotet. Ihm wurde es nachgesehen, weil er auf seinem Gebiet wirklich ein Genie war; vor allem aber kannte Orlow ihn aus seinen Raumfahrer-Zeiten als hundertprozentig integren Adjutanten – der General würde sich glücklich preisen, wenn er in seinem Team mehr Mitarbeiter vom Schlag Silaschs hätte.

»Schon gut«, sagte Orlow.

»Danke, Sir.«

»Was besagt denn nun diese Meldung aus der Gulfstream?«

Silasch schaltete seinen DAT-Rekorder ein. »Ich hab' den Funkspruch entschlüsselt und ein bißchen glattgebügelt. Jede Menge atmosphärische Störungen – ein scheußliches Wetter haben die im Augenblick da draußen.«

Die Stimme, die aus dem Lautsprecher des Geräts kam, war schwach, aber gut zu verstehen. »Hallo, Wladiwostok, wir verlieren Schub in unserem Backbord-Triebwerk. Wie schlimm der Schaden ist, wissen wir nicht, aber ein Teil der Elektrik ist ausgefallen. Wir landen voraussichtlich eine halbe Stunde später als geplant; Weiterflug unmöglich. Erwarten weitere Instruktionen.«

Fragend blickten Silaschs großen Hundeaugen durch den Zigarettenrauch nach oben. »Soll ich eine Antwort durchgeben, Sir?«

Orlow dachte einen Moment nach. »Noch nicht. Verbinden Sie mich mit Konteradmiral Pasenko vom Hauptquartier der Pazifikflotte.«

Silasch sah auf die Computeruhr. »Da drüben ist es jetzt vier Uhr morgens, Sir…«

»Ich weiß.« Orlow war ungerührt. »Tun Sie's trotzdem.«

»Ja, Sir.« Silasch tippte den Namen ein, aktivierte die Verschlüsselung und setzte die Meldung ab. Sobald der Konteradmiral dran war, übergab er Orlow seinen Kopfhörer.

»Sergej Orlow?« sagte Pasenko. »Der Kosmonaut, Bomberpilot und menschenscheue Stubenhocker? Sie sind einer der wenigen, die mich aus dem Bett werfen dürfen.«

»Es tut mir leid wegen der Tageszeit, Ilija. Wie geht's Ihnen inzwischen?«

»Oh, wunderbar! Und wo haben *Sie* sich die letzten zwei Jahre herumgetrieben? Seit unserem Offizierstreffen in Odessa habe ich Sie total aus den Augen verloren.«

»Ich hab's mir gut gehen lassen...«

»Was denn sonst, ihr Kosmonauten strotzt ja nur so vor Vitalität. Und Mascha? Wie geht's Ihrer so bedauernswerten Frau?«

»Auch prima«, sagte Orlow. »Über das Private können wir vielleicht nachher noch sprechen. Ich wollte Sie um einen Gefallen bitten, Ilija.«

»Alles, was Sie wollen. Der Mann, der Breschnew warten ließ, um meiner Tochter ein Autogramm zu geben, hat sich meine ewige Freundschaft verdient.«

»Danke.«

Orlow erinnerte sich, wie wütend Breschnew gewesen war. Aber Kinder waren die Zukunft des Landes, da hatte Orlow keinen Moment gezögert. »Ilija, auf dem Flugplatz von Wladiwostok wird demnächst ein defektes Flugzeug landen...«

»Die Gulfstream? Die habe ich hier gerade auf meinem Monitor.«

»Genau die. Ich muß die Ladung unbedingt nach Moskau schaffen. Können Sie mir eine Ersatzmaschine besorgen?«

»Vielleicht habe ich den Mund doch ein bißchen zu voll genommen«, sagte Pasenko. »Jedes Flugzeug, das ich entbehren kann, brauchen wir für die Materialtransporte nach Westen.«

Orlow stutzte. *Was haben die im Westen vor?*

»Natürlich lasse ich Ihre Ladung gern in einer meiner Maschinen mitnehmen, wenn noch genug Platz da ist«, fuhr Pasenko fort. »Nur wann das sein wird, kann ich Ihnen leider noch nicht sagen. Wir sitzen auch auf heißen Kohlen, weil in den kommenden Tagen über dem Beringmeer schlechtes Wetter zu erwarten ist. Alles, was nicht im Lauf dieser Nacht rübergeschafft wird, bleibt voraussichtlich die nächsten sechsundneunzig Stunden zurück.«

»Dann bleibt wohl auch keine Zeit, aus Moskau eine Maschine zu schicken?«

»Kaum. Was ist denn überhaupt so dringend?«

»Das weiß ich selbst nicht«, erwiderte Orlow. »Aber es geht wohl vom Kreml aus.«

»Ich verstehe. Wissen Sie was, Sergej, bevor Ihre Ladung hier festsitzt, versuche ich doch lieber, für Sie einen Zug zu organisieren. Die Bahnstrecke verläuft nördlich von Wladiwostok, sobald das Wetter besser wird, können Sie Ihre Ladung dann wieder übernehmen.«

»Die Transsibirische Eisenbahn – wieviele Waggons können Sie denn auftreiben?«

»Auf jeden Fall genügend für Ihr bißchen Gepäck aus dem Flugzeug. Nur um das Personal müßten Sie sich schon selbst kümmern, dafür brauche ich nämlich die Einwilligung von Admiral Warschuk, und der nimmt gerade an der Sitzung mit dem neuen Präsidenten teil. Wenn's nicht gerade um die nationale Sicherheit geht, kann er bei ungebetenen Störungen ziemlich ungemütlich werden.«

»Das ist schon in Ordnung«, sagte Orlow. »Besorgen Sie mir den Zug, ich kümmere mich um das Personal. Geben Sie mir so bald wie möglich Bescheid?«

»Bleiben Sie, wo Sie sind. Innerhalb der nächsten halben Stunde melde ich mich wieder bei Ihnen.«

Orlow beendete das Gespräch und gab den Kopfhörer an Silasch zurück. »Stellen Sie eine Verbindung zum Stützpunkt auf Sachalin her. Sagen Sie dem Funker, daß ich mit einem Mitglied der Sonderabteilung Speznas sprechen will – ich bleibe solange dran.«

»Ja, Sir. Wer ist es denn?«

»Unteroffizier Nikita Orlow, mein Sohn.«

Montag, 13.45 Uhr, Washington, D. C.

Paul Hood und Mike Rodgers saßen hinter dem Schreibtisch in Hoods Büro und studierten die psychologischen Profile, die Liz Gordon ihnen gerade herübergeschickt hatte.

Die Unstimmigkeiten zwischen den beiden Männern wegen der unerfreulichen Sitzung im Bunker waren zwar noch nicht restlos ausgeräumt, aber im Augenblick gab es Wichtigeres zu erledigen. Sein ausgeprägter Drang nach Unabhängigkeit hinderte Rodgers nicht daran, auch unliebsame Weisungen zu befolgen. Hood seinerseits überging seinen Stellvertreter höchst selten, und in militärischen Fragen so gut wie nie. Wenn es doch einmal vorkam, standen die meisten seiner Abteilungsleiter hinter ihm.

Der Anruf wegen Peggy James war schon eine harte Nuß gewesen, aber im Grunde war alles sehr einfach: Die Geheimdienst-Familie war doch recht klein, *zu* klein, als daß ein Mitglied die beleidigte Leberwurst spielen könnte. Eine erfahrene, mit allen Wassern gewaschene Agentin konnte die Striker-Truppe ohne allzu große Probleme integrieren; die Brüskierung von Commander Hubbard und des DI6 im allgemeinen konnte dagegen unabsehbare Folgen nach sich ziehen.

Hood bemühte sich, Rodgers nach ihrem kleinen Schlagabtausch nicht zu offensichtlich mit Samthandschuhen anzufassen, das hätte der General ihm übelgenommen. Trotzdem ging Hood mehr als sonst auf Rodgers Ideen ein, besonders auf dessen Begeisterung für die von Liz Gordon erstellten psychologischen Profile. Der Chef des OP-Centers maß der Psychoanalyse ungefähr so viel Bedeutung bei wie etwa der Astrologie oder der Phrenologie. Träume aus seinen Kindertagen über seine Mutter waren für ihn etwa genauso entscheidend für das Verständnis des erwachsenen Bewußtseins wie die Gravitation des Saturn oder Ausbuchtungen der Schädeldecke für die Vorhersage der Zukunft.

Mike Rodgers sah das ganz anders; zumindest war es eine nützliche Sache, sich die persönliche Vorgeschichte ihrer möglichen Gegner einmal zu Gemüte zu führen.

Hood stöberte ausgiebig in der ausführlichen Biographie des neuen russischen Präsidenten, die sie nun auf dem Bildschirm hatten; bei Bedarf hatten sie auch Zugriff auf das Fotoarchiv, die Sammlung von Zeitungsausschnitten und eine größere Anzahl von Videobändern. Präsident Zhanin war in Machatschkala am Kaspischen Meer geboren und in Moskau aufgewachsen. Dann folgte eine steile Karriere von der Mitgliedschaft im Politbüro über den Posten eines Attachés in der sowjetischen Botschaft in London bis hin zum stellvertretenden Botschafter in Washington.

Auf diesen biographischen Abriß folgte Liz' psychologische Einschätzung. Hood las vor: »»Er sieht sich selbst als einen modernen Nachfolger Peter des Großen. Er propagiert den unbeschränkten Handel mit dem Westen und den kulturellen Einfluß der Vereinigten Staaten, damit seine Landsleute auch weiterhin das kaufen wollen, was wir ihnen anzubieten haben.‹«

»Klingt doch ganz vernünftig«, warf Rodgers ein. »Wenn sie amerikanische Filme sehen wollen, müssen sie russische Videorecorder kaufen. Wenn die Nachfrage nach Chicago-Bull-Jacken oder Janet-Jackson-T-Shirts nur groß genug ist, werden dafür bald in Rußland selbst die nötigen Fabriken errichtet.«

»Aber Liz schreibt hier noch: ›Allerdings glaube ich nicht, daß er denselben Sinn für Ästhetik hat wie seinerzeit Peter der Große.‹«

»Das sieht sie sehr richtig. Der Zar hatte ein echtes Interesse an der westlichen Kultur, Zhanin dagegen will die Wirtschaft auf Touren bringen und außerdem an der Macht bleiben. Die Frage, die wir gestern abend mit dem Präsidenten auch diskutiert haben, war, wie weit wir uns auf seine antimilitaristische Haltung verlassen können.«

»Auf militärischem Gebiet ist er ein unbeschriebenes Blatt.« Hood überflog nochmals den biographischen Abriß.

»Kann schon sein, aber das sind genau die Staatsmänner,

die ihre Ziele lieber heute als morgen mit militärischer Gewalt durchsetzen wollen, das zeigt die Geschichte. Jeder, der schon mal selbst auf dem Schlachtfeld war, weiß aus eigener Erfahrung, welchen Preis man dort zahlt. Das sind normalerweise diejenigen, die zu allerletzt zu den Waffen greifen.«

Hood las weiter. »›Angesichts der militärischen Drohung, von der General Rodgers gestern abend im Weißen Haus erfahren hat‹, so schreibt Liz weiter, ›gehe ich nicht davon aus, daß Zhanin sich irgendwo auf ein militärisches Abenteuer einlassen würde, nur um sich als starken Mann zu präsentieren oder die Gunst des Militärs zu gewinnen. Er stellt seine rhetorische Gewandtheit und seine bahnbrechenden Ideen heraus, nicht aber das militärische Potential seines Landes. In der kurzen Zeit seit dem Regierungsantritt bemüht er sich vor allem, den Westen nicht vor den Kopf zu stoßen.‹«

Hood lehnte sich zurück; mit geschlossenen Augen strich er sich über den Nasenrücken.

»Wollen Sie einen Kaffee?« Rodgers stöberte weiter in dem Bericht.

»Nein, danke. Auf dem Rückflug hab' ich mich damit regelrecht vollaufen lassen.«

»Warum haben Sie nicht versucht, ein kleines Nickerchen zu machen?«

Hood lachte matt. »Weil ich ziemlich genau den miesesten Platz erwischt habe, den die Touristenklasse zu bieten hat. Und dann war ich auch noch eingequetscht zwischen den größten Schnarchern vor dem Herrn, die mir jemals über den Weg gelaufen sind. Kaum hatten die beiden ihre Schuhe ausgezogen, waren sie auch schon weggetreten. Und diese gekürzten und zurechtgeschnippelten Filme in den Bordkinos kann ich auch nicht ausstehen, also hab' ich einfach nur vor mich hin gestarrt und zwischendurch einen dreißigseitigen Entschuldigungsbrief an meine Familie geschrieben.«

»War Sharon rasend oder einfach nur enttäuscht?«

»Beides, und auch sonst noch einiges.« Hood richtete sich

wieder auf. »Zum Teufel, wir sollten uns eigentlich mit den Russen beschäftigen. Vielleicht kriege ich ja noch raus, was in ihnen vorgeht.«

Rodgers klopfte ihm auf die Schulter; gemeinsam konzentrierten sie sich wieder auf den Bildschirm.

»Nach dem, was Liz hier schreibt, ist Zhanin nicht besonders impulsiv«, sagte Hood. »»Was er einmal beschlossen hat, führt er auch zu Ende; dabei läßt er sich von seinen moralischen Überzeugungen leiten, unabhängig davon, ob sie dem gesunden Menschenverstand widersprechen oder nicht. Siehe auch die Meldungen Z-17A und Z-27C aus der *Prawda*.‹«

Hood holte sich die genannten Zeitungsausschnitte auf den Schirm: 1986 hatte Zhanin engagiert den Vorstoß des stellvertretenden Innenministers Abalija unterstützt, mit aller Härte gegen Kriminelle vorzugehen, die in Georgien ausländische Geschäftsleute entführten; selbst nach der Ermordung Abalijas hielt er an seiner Haltung fest. 1987 hatte er die Hardliner vergrätzt, weil er sich kategorisch geweigert hatte, ein Gesetz zu unterschreiben, mit dem das Auftreten von Lenin-Imitatoren unterbunden werden sollte; die Befürworter des Gesetzes nannten diese Vorstellungen verächtlich ›Schmierentheater‹.

»»Ein absolut integrer Mann‹«, so schloß Liz ihre Bemerkungen, »»der allerdings durch eine außergewöhnliche Risikobereitschaft aufgefallen ist.‹«

Rodgers legte die Stirn in Falten. »Da frage ich mich schon, ob diese Risikobereitschaft sich eventuell auch auf militärische Abenteuer erstrecken könnte.«

»Das sehe ich genauso«, sagte Hood. »Immerhin hat er keine Sekunde gezögert, gegen die Verbrecherbanden in Georgien die Miliz einzusetzen.«

»Eben – obwohl man sagen könnte, daß das nicht ganz dasselbe ist.«

»Wieso?«

»Gewalt für die Aufrechterhaltung des Friedens ist doch was anderes als Gewalt zur Durchsetzung des eigenen Willens. Zumindest gibt es da immer noch den Anschein der

153

Legalität; psychologisch wäre diese feine Unterscheidung für jemand wie Zhanin sicher von größter Bedeutung.«

»Na, das paßt ja perfekt zu Ihren Überlegungen, die Sie gestern abend im Oval Office angestellt haben. Zhanin ist wirklich nicht der Kern des Problems; da müssen wir mal sehen, wer es sonst sein könnte.«

Hood ging zum nächsten Abschnitt von Liz' Bericht über, den sie mit einem Augenzwinkern *Revolverhelden* betitelt hatte. Er durchforstete die Liste.

»Als ersten haben wir hier General Viktor Mawik.«

»Er war einer der Offiziere, die 1993 den Anschlag auf das Sendezentrum in Ostankino geplant haben«, sagte Rodgers. »Er hat sich gegen Jelzin gestellt und trotzdem überlebt: der hat immer noch seine mächtigen Freunde innerhalb und außerhalb der Regierung.«

»»Allerdings handelt er nicht gern isoliert'«, las Hood laut vor. »Dann haben wir hier unseren alten Freund General Michail Kosigan, den sie recht direkt als ›komplett durchgeknallt‹ beschreibt. Er hat sich offen auf die Seite von zwei Offizieren gestellt, die in Afghanistan Selbstmordkommandos angeordnet hatten und dafür von Gorbatschow einen deftigen Rüffel einstecken mußten.«

»»Gorbatschow hat ihn kurzerhand degradiert; das ist so ziemlich die schlimmste Bestrafung unterhalb des Standgerichts. Daraufhin ging Kosigan selbst nach Afghanistan und kommandierte vergleichbare Einsätze. Dieses Mal gingen sie allerdings anders aus: Er hat so lange Soldaten und Material gegen die Rebellennester in den Kampf geworfen, bis er sein Ziel erreicht hat.'«

»Den sollten wir wirklich im Auge behalten.« Hood scrollte den Bericht ein kleines Stück weiter.

Den nächsten Namen auf der Liste hatte die Betriebspsychologin erst vor kurzem hinzugefügt.

»Innenminister Nikolai Dogin.« Hood zitierte wieder aus dem Bericht. »»Dieser Mann hat noch jeden Kapitalisten verachtet, dem er jemals begegnet ist. Sehen Sie sich bitte einmal Bild Z/D-1 an; der CIA hat ihn während seines heimlichen Besuchs in Peking fotografiert, zu der Zeit, als

Gorbatschow an die Macht kam. Damals war Dogin Bürgermeister von Moskau, hinter den Kulissen versuchte er, weltweit die Kommunisten gegen den neuen Präsidenten aufzubringen.‹«

»Irgendwas an euch ehemaligen Bürgermeistern gefällt mir überhaupt nicht«, sagte Rodgers, während Hood die Aufnahme auf den Monitor holte.

Der trockene Humor dieser Bemerkung entlockte Hood ein kleines Lächeln.

Die beiden Männer gingen näher an den Bildschirm heran, um den Vermerk »Persönlich« auf dem Foto entziffern zu können. Der amerikanische Botschafter hatte die Aufnahme also selbst an Gorbatschow weitergegeben.

Rodgers lehnte sich zurück. »Da muß dieser Dogin aber eine enorme Unterstützung gehabt haben, wenn er sich nach dieser Enthüllung weiter im Amt halten konnte.«

»Das kann man wohl sagen – bevor man sich so ein Netzwerk von Anhängern aufgebaut hat, muß man schon Jahre darauf hinarbeiten. Damit kriegt man es auch hin, hinter dem Rücken des rechtmäßig gewählten Präsidenten die Regierung auszuhebeln.«

Die Gegensprechanlage am Eingang summte. »Chef, ich bin' s, Bob Herbert.«

Hood betätigte den seitlich am Schreibtisch angebrachten Türöffner. Ein sichtlich aufgeregter Bob Herbert fuhr in seinem Rollstuhl herein und schleuderte eine Diskette auf Hoods Schreibtisch. Immer wenn Herbert aufgebracht oder verwirrt war, kam sein Mississippi-Dialekt wieder zum Vorschein. Im Moment war er unüberhörbar.

»Um 20.00 Uhr Ortszeit is' was passiert, 'ne große Sache.«

Hood starrte auf Herberts Diskette. »Was denn?«

»Auf einmal sind diese Russen überall.« Er zeigte auf die Diskette. »Da drauf sehen Sie's. Ich halt' s im Kopf nich' aus.«

Sobald Hood die Daten auf dem Schirm hatte, sah er, daß Herbert nicht übertrieben hatte. Aus Orenburg wurden Kampfflugzeuge mit ihren Piloten an die ukrainische Grenze verlegt. Die Ostseeflotte operierte unter der niedrigsten

155

Alarmstufe, wahrscheinlich sollte es wie eine Übung aussehen. Die vier Hawk-Satelliten, die normalerweise die Staaten
des Westens überwachten, waren nun auf mögliche russische Ziele in Polen gerichtet.

»Vor allem Kiew und Warschau haben die Russen im Visier«, stellte Rodgers nach einem Blick auf die Satellitenkoor-
dinaten fest.

»Bei den Hawk-Satelliten fällt auf«, erläuterte Herbert,
»daß Punkt acht Uhr Ortszeit die Bodenstation in Baikonur
ihren Betrieb eingestellt hat.«

»Nur die Station selbst?« fragte Rodgers. »Nicht die Satel-
litenschüsseln?«

»Nein, die nicht.«

»Aber wo verschwinden dann die Daten?« fragte Hood.

Herbert seufzte. »Da sind wir eben nicht sicher – obwohl
es schon komisch ist: Genau um 20.00 Uhr Ortszeit konnten
wir in St. Petersburg einen Anstieg des Stromverbrauchs
feststellen. Rein zufällig hat zur selben Zeit der Fernsehsender in der Eremitage den Betrieb aufgenommen, das könnte
also der Grund sein.«

»Aber Sie würden nicht Ihr letztes Hemd darauf verwetten.«

Herbert schüttelte den Kopf.

»Genau das hat uns dieser Eival Ekdol ja versprochen.«
Rodgers studierte am Bildschirm weiter den russischen Aufmarsch. »Eine Militäraktion. Und geschickt stellen sie's an,
das muß man ihnen lassen. Wenn man jedes dieser Manöver
für sich allein sieht, könnte man es für Routine-Operationen
halten, mal abgesehen von den neuen Zielen für die Satelliten. Materialtransporte vom Hafen in Wladiwostok aus sind
nichts Ungewöhnliches, Manöver an der Grenze zur Ukraine finden zweimal im Jahr statt, und im Moment sind sie
wieder mal fällig. Die Ostseeflotte operiert häufiger in Kü-
stennähe, also wäre das eigentlich auch kein Grund zur Beunruhigung.«

»Mit anderen Worten«, sagte Hood, »wenn nicht irgend-
wer den großen Überblick hat, sieht alles so aus wie immer.«

Rodgers nickte.

»Eins verstehe ich nicht: Wenn doch Zhanin nichts mit dieser ominösen Geschichte zu tun hat, wie konnte eine Operation dieser Größenordnung vor ihm geheimgehalten werden? Er mußte doch sehen, daß da irgendwas am Kochen war.«

»Sie wissen selbst am besten, daß ein Staatsmann nur so gut sein kann wie seine Informanten«, sagte Rodgers.

»Ich weiß aber auch, daß ein Geheimnis keines mehr ist, sobald ich es auch nur zwei Leuten erzähle – das dürfte im Kreml nicht anders sein.«

»Stimmt nicht ganz«, warf Herbert ein. »Wenn Sie es auch nur *einer* Person erzählen, ist es schon keines mehr.«

»Wir übersehen gerade jemanden«, sagte Rodgers, »nämlich Schowitsch. Wenn ein Mann wie er Erpressungen und Schmiergelder gezielt einsetzt, fließt kein Tropfen mehr durch die Informations-Pipeline. Und außerdem: Zhanin hat vielleicht nicht den großen Überblick, aber einiges wird er schon wissen. Dogin oder Kosigan könnten direkt nach der Wahl seine Zustimmung zu einigen der Manöver und Truppenverlegungen erlangt haben, unter dem Vorwand, die Militärs bei Laune zu halten.«

»Dogin würde davon auch profitieren.« Herbert spann den Faden weiter. »Sollte irgendwann doch etwas schiefgehen, prangt Zhanins Unterschrift unter jeder dieser Anordnungen. Da haben wirklich alle Dreck am Stecken.«

Hood nickte und schloß die Dateien auf dem Monitor. »Also ist Dogin höchstwahrscheinlich der Bauherr, und St. Petersburg sein Sandkasten.«

»Genau.« Herbert stimmte zu. »Und unsere Jungs von der Striker-Truppe dürfen sich mit ihm balgen.«

Hood starrte immer noch auf den dunklen Schirm. »Um drei erwarten wir den Bericht von Interpol. Dann könnt ihr euch ja den Kopf zerbrechen, wie wir am geschicktesten in die Eremitage 'reinkommen.«

Rodgers nickte.

Herbert sagte: »Unser Strategieteam prüft gerade die Möglichkeiten, die wir für die Überquerung der Newa haben. In Frage kommt eine Luftlandung, ein Übersetzen mit

Motor-Schlauchbooten oder ein Mini-U-Boot. Dafür ist Dom Limbros zuständig, er hat schon mal ähnliche Pläne ausgearbeitet. Georgia Mosley von der Abteilung Versorgung wird dann schon wissen, welche Ausrüstung sie in Helsinki noch auftreiben muß.«

»Demnach sollen die Männer also doch nicht als Touristen einreisen?« fragte Hood.

»Nein, die Idee ist so gut wie vom Tisch. Die Russen haben ja weiterhin ein Auge auf Touristengruppen; da werden alle verdächtigen Personen sofort fotografiert, egal ob in Hotels, in Bussen, im Museum oder wo auch immer. Selbst wenn der erste Besuch in St. Petersburg für unsere Leute auch der letzte bleiben wird, wir wollen auf keinen Fall, daß sie in irgendeiner Akte verewigt werden.«

Rodgers warf einen Blick auf seine Uhr. »Paul, ich denke, ich schaue mal bei dem Strategieteam vorbei. Ich habe Squires versprochen, daß er noch vor der Landung um sechzehn Uhr den Einsatzplan zur Verfügung hat.«

Hood nickte. »Vielen Dank für Ihre Mitarbeit, Mike.«

»Nichts zu danken.« Beim Aufstehen fiel Rodgers Blick auf den alten Briefbeschwerer in Form einer Weltkugel, der auf Hoods Schreibtisch stand. »Ändern werden die sich nie...«

»Wer?« fragte Hood verwundert.

»Die Tyrannen. Klar, für Churchill war Rußland vielleicht ein Buch mit sieben Siegeln, aber was im Moment abläuft, ist das alte Spielchen – ein Haufen machtgeiler Verrückter, die sich wieder mal einbilden, daß sie besser als die Wähler wissen, was für ihr Land gut ist.«

»Deswegen sind wir ja da. Wir werden ihnen klarmachen, daß wir das nicht tatenlos zulassen werden.«

Lächelnd sah Rodgers Hood an. »Gefällt mir, Ihr Stil, Mr. Director – mir und General Gordon.«

Zusammen mit Bob Herbert verließ Rodgers das Büro. Zurück blieb ein verwirrter Paul Hood; fast schien es ihm, als hätte er gerade sein Leben an seinen General verpfändet – woher diese merkwürdige Eingebung kam, war ihm allerdings vollkommen schleierhaft.

24

Dienstag, 5.51 Uhr, auf Sachalin

Sachalin ist eine über 900 Kilometer lange Insel im Ochotskischen Meer, mit Fischerdörfern an den Küsten und Kiefernwäldern und Kohlebergwerken im Landesinneren, mit ausgefahrenen Straßen und einigen wenigen moderneren Highways, mit den Überresten der Gefangenenlager aus der Zeit des Zaren Romanow und alten Grabstätten – der am weitesten verbreitete Nachname ist hier *Nepomniaschki*, was soviel wie »der Vergessene« bedeutet. Die Insel liegt von der Linie des Datumswechsels aus gesehen eine Zeitzone weiter westlich; tatsächlich ist die Golden Gate Bridge näher als der Kreml. Zur Mittagszeit in Moskau ist es auf Sachalin bereits 20.00 Uhr. Viele Staatsmänner hatten hier ihre Datschas, ihre komfortablen Landhäuser in den Bergen, und so mancher Einsiedler verlor sich in der unberührten Wildnis von Sachalin, um dem inneren Frieden ein Stück näherzukommen.

Seit langem schon hatten die Russen in Korsakow militärische Präsenz gezeigt, einem Ort am südöstlichen Zipfel der Insel, direkt gegenüber den Kurillen, einer Inselgruppe, die sich über 1100 Kilometer von der Nordspitze von Hokkaido bis zur Südspitze von Kamtschatka erstreckt. 1945 hatte die Sowjetunion die von Japan beanspruchten Kurillen besetzt; bis heute konnte dieser Streit zwischen den beiden Staaten nicht beigelegt werden.

Mit seinem Flugfeld, dem kleinen Hafen und den gerade einmal vier Kasernengebäuden ist der russische Stützpunkt in Korsakow eher spartanisch. Fünfhundert Marinesoldaten sowie zwei Regimenter der Speznas-Sondereinheiten versehen hier ihren Dienst, der aus täglichen Luft- und Seepatrouillen zur visuellen und elektronischen Überwachung der japanischen Schiffe besteht.

Der dreiundzwanzigjährige Junior Lieutenant Nikita Orlow saß an seinem Schreibtisch in dem Befehlsstand, von

159

dem aus man einen ausgezeichneten Überblick über das Meer und den Stützpunkt hatte. Von den über seine Stirn fallenden Strähnen einmal abgesehen, war sein Haar kurzgeschnitten, seine vollen Lippen paßten zu dem kantigen Gesicht. Seine braunen Augen strahlten lebhafte Wachsamkeit aus, während er die Berichte der örtlichen Agenten durchging und relevante Vorkommnisse der vergangenen Nacht weiterfaxte. Zwischendurch wanderte sein Blick immer wieder zum offenen Fenster hinaus.

Am liebsten stand der junge Offizier noch vor der Dämmerung auf, las die eingegangenen Berichte, um dann zu beobachten, wie die Sonne hinter dem Horizont aufstieg und ihre Gluthitze über das Meer zum Stützpunkt schickte. Der Tagesanbruch war für ihn einfach die schönste Zeit, wenn auch kein Tag mehr das Versprechen seiner Jungen- und Kadettenzeit einlöste, daß die Sowjetunion einmal als das am längsten bestehende Imperium in die Weltgeschichte eingehen werde.

Trotz dieser schmerzhaften Enttäuschung war die Liebe Nikitas zu seinem Land und zu dieser Insel ungebrochen. Direkt nach Beendigung seiner Ausbildung an der Speznas-Akademie war er hierher versetzt worden, hauptsächlich, weil seine Anwesenheit in Moskau nach dem Zwischenfall vor der Griechisch-Orthodoxen Kirche nicht mehr erwünscht war, aber wohl auch, damit er den guten Ruf seines Vaters nicht in den Schmutz ziehen konnte. Sergej Orlow war ein Held, ein hervorragender Fluglehrer für junge, noch leicht zu beeindruckende Pilotenanwärter, ein ideales Aushängeschild für den sowjetischen Staat auf internationalen Symposien und Tagungen. Nikita dagegen war ein Radikaler, ein Reaktionär, der sich nach den Zeiten zurücksehnte, als Afghanistan noch nicht die Moral der größten Streitmacht der Welt untergraben hatte, als Tschernobyl noch nicht den Stolz der Nation erschüttert hatte, als *Glasnost* und *Perestroika* noch nicht die Wirtschaft und schließlich die politische Einheit des Landes zerstört hatten.

Aber das war ja Schnee von gestern. Hier hatte er wenigstens noch das Gefühl, gebraucht zu werden, hier gab es noch einen Feind. Den größten Teil seiner Zeit verbrachte Captain Leschew mit der Organisation von Schießwettbewerben, die seine große Leidenschaft waren. Das mochte daran liegen, daß er nach den drei Jahren, die er als Kommandant der Speznas-Einheiten auf Sachalin verbracht hatte, eine Art Platzangst kaum noch unterdrücken konnte; auf jeden Fall überließ er Nikita Orlow die meisten militärischen Angelegenheiten von Belang. Der junge Offizier hatte eine unbestimmte Ahnung, daß den Russen irgendwann doch wieder eine militärische Auseinandersetzung mit Japan bevorstand, daß die Japaner versuchen könnten, auf Sachalin einen Stützpunkt zu errichten, und daß ihm dann die ehrenvolle Aufgabe übertragen würde, die Stoßtruppen gegen die Eindringlinge anzuführen.

Auch fühlte er im tiefsten Inneren, daß zwischen Rußland und den Vereinigten Staaten noch nicht das letzte Wort gesprochen war. Die Sowjetunion hatte Japan auf dem Schlachtfeld bezwungen und dafür die Inseln in Besitz genommen; aber der Gedanke, daß die Russen im Grunde einen Krieg gegen die Amerikaner verloren hatten, ließ die russische Seele, und mit Sicherheit Nikitas Seele, einfach nicht zur Ruhe kommen. Die Ausbildung in der Speznas-Akademie hatte ihn in seiner Überzeugung bestärkt, daß Feinde nicht verhätschelt, sondern getötet werden mußten, und daß ethische, diplomatische oder moralische Erwägungen bei ihm und seinen Männern keine Rolle spielen durften. Nach seiner felsenfesten Meinung waren Zhanins Bestrebungen, Rußland in eine Konsum-Nation zu verwandeln, ebenso zum Scheitern verurteilt wie die Gorbatschows; früher oder später wäre die Abrechnung mit den Finanzhaien und ihren Marionetten in Washington, London und Berlin unvermeidlich.

Am Vortag war frischer Tabak eingetroffen; Orlow rollte sich eine Zigarette, während die ersten Sonnenstrahlen sich in der dunklen See spiegelten. Dieses Land, ja jeder Sonnenaufgang war ihm so vertraut, daß es möglich schien, den Tabak allein durch die Hitze der Sonne anzuzünden. Doch er griff zu dem Feuerzeug, das sein Vater ihm zu seinem Eintritt in die Akademie geschenkt hatte. Die orangefarbene Flamme warf einen flackernden Schein auf die seitlich eingravierte Widmung: *Für Nikita, Dein Dich liebender und stolzer Vater.* Nikita nahm einen Zug und steckte das Feuerzeug zurück in die Brusttasche seines frisch gebügelten Hemds.

Dein Dich liebender und stolzer Vater. Wie hätte die Widmung wohl nach seiner Beförderung zum Offizier gelautet? *Dein beschämter und peinlich berührter Vater?* Oder nachdem Nikita nach seiner Ausbildung an der Akademie diesen Außenposten beantragt hatte, getrennt von seiner Familie und in größerer Nähe zu einem sehr realen Feind seines Landes? *Dein enttäuschter und verwirrter Vater?*

Das Telefon, eine Nebenstelle der Funkbaracke am Fuß des Berges, klingelte. Da Orlows Adjutant noch nicht eingetroffen war, nahm er selbst den schwarzen Hörer ab.

»Sachalin Posten Eins, Orlow.«

»Guten Morgen«, sagte der Anrufer.

Nikita brauchte einen Augenblick, um zu begreifen. »Vater?«

»Ja, Nikki. Wie geht's dir?«

»Gut, aber ich bin doch ein bißchen überrascht.« Nikita legte die Stirn in Falten. »Es ist doch nicht etwa Mutter…«

»Ihr geht's prächtig – und mir auch.«

»Das freut mich«, sagte Nikita etwas lahm. »Nach so vielen Monaten von dir zu hören – naja, du kannst dir denken, daß ich einen Schreck bekommen habe.«

Beide schwiegen einen Moment. Auf einmal konnte Nikita sich nicht mehr am Sonnenaufgang erfreuen, die Bitterkeit ergriff langsam von ihm Besitz. Er nahm einen tiefen Zug von seiner Zigarette und dachte zurück – an das zunehmend schwieriger werdende Verhältnis zu seinem Vater, dann noch weiter zurück, an seine Verhaftung, die nun schon vier Jahre her war. Nur zu gut erinnerte er sich daran, wie beschämt und wütend der General über das unmögliche Benehmen seines Sohnes vor dieser Kirche gewesen war, wie peinlich es für den berühmten Kosmonauten war, überhaupt in der Öffentlichkeit aufzutreten. Und wie, nachdem Colonel Rosski, und nicht etwa sein einflußreicher Vater, die Angelegenheit mit der Akademie bereinigt hatte und Nikita nach nur einer Woche verschärften Disziplinardienstes wieder aufgenommen wurde, sein Vater persönlich in der Kaserne erschienen war und ihm lang und breit erklärt hatte, wie schändlich jede Form des Hasses sei, und wieviele große Nationen und deren berühmte Bürger schon darin untergegangen seien. Die anderen Kadetten hatten schweigend zugehört; nachdem der General den Raum verlassen hatte, war jemand auf die Idee mit dem Nikita-und-Sergej-Spiel gekommen, das die angehenden Soldaten noch tagelang wiederholten; »Sergej« mußte herausfinden, wo in Moskau sein Sohn wieder einmal die Hauswände mit Haßparolen besudelte, während Nikita nur mit ja oder nein antworten durfte.

Ihre Stimmen, ihr Gelächter klangen ihm noch in den Ohren.

»Die amerikanische Botschaft?«

»Kalt.«

»Das Terminal der Japan Air Lines auf dem Scheremet'jewo-Flughafen?«

»Ganz kalt.«

»Die Männerumkleidekabine im Kirow?«

»Schon wärmer!«

»Nikki«, sagte Sergej Orlow, »ich wollte dich nur mal wieder anrufen, aber anscheinend verärgert dich das nur. Ich hatte gehofft, daß deine Bitterkeit mit der Zeit nachläßt…«

»Hat etwa deine Arroganz mit der Zeit nachgelassen?« fragte Nikita, »dieser himmlische Schwachsinn, daß alles, was wir erbärmlichen Wichte hier tun, unbedeutend, schmutzig oder falsch ist?«

»Meine Ausflüge in den Weltraum haben mir leider nicht gezeigt, daß eine Nation nicht nur von außen, sondern auch von innen heraus zugrunde gehen kann, das mußten mir erst ehrgeizige Männer beibringen.«

»Du bist immer noch voll naiver Frömmelei.«

»Und du bist immer noch frech und respektlos!«

163

»Jetzt hast du also angerufen, und was hat sich geändert zwischen uns? Rein gar nichts.«

»Ich habe nicht angerufen, um mich mit dir zu streiten.«

»Nicht? Warum dann?« fragte Nikita aufgebracht. »Willst du 'rausfinden, wie groß die Reichweite des Senders in eurem neuen Fernsehstudio ist?«

»Auch nicht, Nikki. Ich brauche einen fähigen Offizier, der seine Einheit in einen Einsatz führt.«

Nikita holte tief Luft.

»Hast du Interesse?« fragte der General.

»Wenn es um Rußland geht und nicht um dein Gewissen – ja!«

»Ich habe angerufen, weil du für diese Aufgabe der richtige Mann bist, das ist alles.«

»Dann interessiert es mich.«

»Innerhalb der nächsten Stunde wird Captain Leschew dir die Instruktionen übermitteln. Du bist für drei Tage zu mir abkommandiert. Um 11.00 Uhr erwarte ich dich mit deiner Einheit in Wladiwostok.«

»Wir werden da sein.« Nikita stand auf. »Heißt das, du bist wieder im aktiven Dienst?«

»Für den Augenblick weißt du jetzt alles, was du wissen mußt.«

»Gut.« Hektisch stieß er den Rauch seiner Zigarette aus.

»Und, Nikki – paß' auf dich auf! Wenn wir die Sache hinter uns haben, kannst du dir ja überlegen, ob du nicht doch wieder nach Moskau kommst, dann werden wir weitersehen.«

»Wenn das keine tolle Idee ist. Ich könnte auch meine früheren Kameraden von der Akademie einladen; ohne sie wäre es nur halb so schön.«

»Nikki – wenn wir unter uns gewesen wären, hättest du mich nicht ausreden lassen.«

»Und du hast wohl Öffentlichkeit gebraucht, um den Namen Orlow zu rehabilitieren, was?« schnaubte Nikita.

»Das habe ich nur getan, damit anderen so ein Fehler nicht passiert.«

»Aber auf meine Kosten; vielen Dank dafür, Vater.« Nikita drückte seine Zigarette aus. »Du entschuldigst mich jetzt, ich muß mich beeilen, wenn ich Punkt elf da sein will. Einen schönen Gruß an Mutter und an Colonel Rosski.«

»Ich werde es ausrichten«, sagte General Orlow. »Halt' die Ohren steif.«

Nachdem Nikita aufgelegt hatte, betrachtete er einen Moment die aufgehende Sonne. Es ärgerte ihn, daß sein Vater einfach nicht verstehen konnte, was so viele andere Menschen längst begriffen hatten: daß die Größe Rußlands in seiner Einheit und nicht in seiner Verschiedenheit lag; daß, wie Colonel Rosski einmal so treffend ausgeführt hatte, der Chirurg krankes Gewebe herausschneidet, um den Patienten zu heilen, nicht, um ihm Schmerzen zuzufügen. Sein Vater war wegen seiner Ausgeglichenheit, seines Mutes und seiner Güte als Kosmonaut ausgewählt worden; damit war er ein ideales Vorbild gegenüber Schülern, ausländischen Journalisten und Nachwuchspiloten, die einmal als Helden dastehen wollten. Aber die harte Arbeit, die für das Wohl Rußlands getan werden mußte, der Wiederaufbau, die Läuterung, die Wiedergutmachung der Fehler, die im vergangenen Jahrzehnt begangen worden waren, all das blieb am Ende doch Frontkämpfern wie ihm vorbehalten.

Nikita verständigte den Wachoffizier von seinem Vorhaben, bevor er seine Mütze aufsetzte und den Außenposten verließ. Eigentlich konnte sein Vater ihm nur leid tun... und doch war er gespannt, was der General mit ihm vorhatte.

25

Montag, 14.53 Uhr, über dem Atlantik,
nordwestlich von Madrid

Komfort spielte an Bord der C-141B-Starlifter eher eine untergeordnete Rolle. Auf Verlangen der Auftraggeber hatten die Konstrukteure das Gewicht der Maschine so gering wie möglich gehalten, um die maximale Reichweite herauszuholen. Die mit Segeltuch ausgekleideten Wände ließen das gewaltige Dröhnen der Triebwerke ungedämpft herein, die nackten Verstrebungen des Rumpfes waren unter dem fahlen Licht der schlichten Glühbirnen, die von der Decke baumelten, kaum wahrnehmbar. Die Soldaten saßen auf Holzbänken, die durch Kissen mehr schlecht als recht gepolstert waren. Geriet die Maschine in Turbulenzen, war es schon mehr als nur einmal vorgekommen, daß die Kissen seitlich wegrutschten, während die Schultergurte die Männer auf ihren Plätzen hielten.

Bis zu neunzig Soldaten konnten auf den Bänken einigermaßen bequem untergebracht werden, bei dreihundert Soldaten war die Kapazität der Starlifter ausgereizt. Mit ihren acht Mann und dem Piloten, dem Co-Piloten und dem Navigator im Cockpit fühlte Colonel Squires sich fast wie in der ersten Klasse. Seine langen Beine konnte er ungehindert ausstrecken, zwei der dünnen Kissen hatte er auf seine Bank gelegt, ein weiteres zwischen seinen Rücken und das kalte Metall geschoben. Vor allem aber war die Luft in der Kabine erträglich. Wenn die Kernmannschaft der Striker-Truppe dagegen zusammen mit Verstärkungseinheiten aus anderen Truppenteilen und den fünf Schäferhunden des K-9-Corps in der engen Kabine eingepfercht war, wurde die Luft durch die Ausdünstungen der Männer schnell unangenehm stickig.

Nach mehreren Flugstunden wußte Squires diesen ungewohnten Komfort zu schätzen. Während der ersten Stunde hatte er mit Sergeant Chick Grey und David George die Ausrüstung zusammengestellt, die sie in Helsinki voraussichtlich benötigen würden; in den nächsten beiden Stunden hatten er und Sondra DeVonne auf seinem Laptop Karten von Helsinki und St. Petersburg studiert; dann hatte er sich vier Stunden Schlaf gegönnt.

Als Squires erwachte, stand George mit einer Mahlzeit aus der Mikrowelle und einer Tasse schwarzem Kaffee vor ihm. Die anderen hatten schon vor einer Stunde gegessen.

»Ich muß General Rodgers endlich mal dazu bringen, daß er uns besseres Essen spendiert.« Squires riß den Plastik-

deckel des Einwegtabletts auf und inspizierte die Truthahnschnitzel, das Kartoffelpüree, die Stangenbohnen und den
Maismuffin. »Da haben wir inzwischen Raketen, die um
Bäume und über Berge fliegen können, und wenn's sein
muß, auch den Schornstein 'runter, aber zu futtern gibt's
denselben Fraß, der einem auch auf Linienflügen vor den
Latz geknallt wird.«

»Es soll immer noch besser sein als die Rationen, die sie in
Vietnam serviert haben, sagt Dad jedenfalls«, bemerkte
George.

»Kann schon sein, aber der Laden geht nicht übermorgen
bankrott, wenn sie uns wenigstens eine anständige Kaffeemaschine hinstellen würden. Mensch, ich bezahle sie sogar
selber, wenn's daran hängt. Nimmt nicht viel Platz weg, und
idiotensicher wäre sie auch; nicht mal die Army könnte sowas kaputtkriegen.«

»Sie haben noch nie meinen Kaffee probiert, Sir«. Sondra
vertiefte sich weiter in ihr Exemplar von *Sturmhöhe*. »Wenn
ich zu Hause bin, halten meine Eltern die Kaffeemaschine
immer unter Verschluß.«

Squires zerschnitt eines der Truthahnschnitzel. »Was für
einen Kaffee nehmen Sie denn?«

Sondra sah zu ihm herüber. Ihre großen braunen Augen
kamen in ihrem runden Gesicht perfekt zur Geltung, ihre
Stimme verriet noch immer ihre lebhafte Jugend in ihrem
Heimatland Algerien. »Welchen Kaffee? Weiß ich nicht –
was gerade im Angebot ist.«

»Soso. Meine Frau kauft immer Bohnenkaffee, der wird
im Kühlschrank aufbewahrt und morgens immer frisch ge-
mahlen. Meist nimmt sie was Festliches, zum Beispiel Pekan-
nuß oder Schokolade-Himbeer.«

»Schokolade-Himbeer-*Kaffee*?« Sondra war fassungslos.

»Genau das. Wir filtern den Kaffee; wenn er durchgelau-
fen ist, nehmen wir ihn sofort von der Warmhalteplatte und
gießen ihn in eine Kanne um. Milch oder Zucker ist bei uns
tabu, damit schmeckt ja jede Sorte gleich.«

»Klingt für mich wie ein Haufen Arbeit vor dem Morgen-
appell, Sir.«

Squires zeigte mit seinem Messer auf Sondras Buch. »Warum lesen Sie eigentlich Brontë und nicht mal was anderes, abseits der Romantik-Schiene?«

»Das hier ist Literatur – alles andere können Sie getrost vergessen!«

»So denke ich auch über Kaffee.« Squires spießte unermüdlich Truthahnstücke auf seine Plastikgabel. »Wenn es sowieso irgendein müder Aufguß ist, wozu die Aufregung?«

»Die Antwort darauf ist ganz einfach, Sir: Koffein. Als ich früher bis vier Uhr morgens Thomas Mann oder James Joyce geschmökert habe, brauchte ich schon eine anständige Dosis, wenn ich um neun in der Schule fit sein wollte.«

Squires nickte. »Haben Sie's schon mal mit Liegestützen versucht? Hundert auf nüchternen Magen, und Sie sind schneller wach als mit Koffein. Außerdem, wenn Sie sich dazu aufraffen, gleich morgens, kommt Ihnen der restliche Tag wie ein gemütlicher Spaziergang vor.«

Ihr Gespräch wurde unterbrochen, als Ishi Honda, ihr Funker, vom hinteren Teil der Kabine zu ihnen kam. Hondas Mutter stammte aus Hawaii, sein Vater aus Japan, er war Träger des schwarzen Judogürtels und in ihrem Team ein alter Hase. Solange Johnny Puckett seine Verletzung noch nicht auskuriert hatte, die er sich bei ihrem letzten Einsatz in Nord Korea zugezogen hatte, war er für die Nachrichtentechnik zuständig.

Honda salutierte und übergab Squires den Hörer des TAC-Sat-Funkgeräts aus seinem Rucksack, das Nachrichten verschlüsselt weitergab. »Sir, General Rodgers ist dran.«

»Danke.« Squires schluckte das Truthahnstück herunter, an dem er gerade gekaut hatte, und übernahm das Gespräch. »Hier Colonel Squires, General.«

»Lieutenant Colonel, so wie es aussieht, werden Sie mit Ihren Leuten direkt ins Zielgebiet marschieren, und zwar nicht als Touristen.«

»Verstanden.«

»Die Einzelheiten bezüglich Abmarschzeit, Transportmittel, Ankunft und genauem Zeitplan erfahren Sie rechtzeitig vor der Landung – allerdings können wir Ihnen nicht besonders genau sagen, *was* Sie suchen sollen. Die Informationen, die uns zur Verfügung stehen, finden Sie alle in dem Dossier, einschließlich Meldungen zu der Stelle, wo der DI6-Agent, der auf das Objekt angesetzt war, ermordet wurde. Auch einen seiner Informanten haben die Russen eliminiert, ein dritter ist untergetaucht.«

»Nach dem Motto: Keine Gefangenen.«

»Sie sagen es. Also, ganz wohl ist mir bei der Geschichte nicht, aber immerhin kriegen Sie Verstärkung – von den Briten, muß ein As sein.«

»Kenne ich ihn?« fragte Squires.

»Nicht, daß ich wüßte – nebenbei, es ist eine Frau. Auf jeden Fall bringt sie jede Menge Erfahrung mit; Bob Herbert wird mit dem Einsatzplan auch ihre Akte 'rüberschicken. Inzwischen geben Sie McCaskey doch eine Aufstellung der Marineausrüstung durch, die Sie an Bord haben. Wenn wir glauben, daß Ihnen noch was fehlt, wird er es in Helsinki bereitstellen. Ach ja, Charlie...«

»Sir?«

»Ich drücke Ihnen allen die Daumen.«

»Roger.« Squires gab den Hörer an seinen Funker zurück.

26

Montag, 23.00 Uhr, St. Petersburg

»Drei... zwei... eins. Wir sind... *dran.*«

Es gab keinen Applaus, als Juri Marew sprach, keine gelösten Gesichter, als General Orlow seinen Kontrollgang hinter den halbkreisförmig angeordneten Computern nur kurz unterbrach, um mit einem Nicken zu bestätigen, daß das russische Operations Center seinen Betrieb aufgenommen hatte. Der Countdown war reibungslos verlaufen; während der lange Arbeitstag für die meisten Techniker nun seinem

Ende zuging, hatte Orlow das Gefühl, daß er für ihn gerade erst begann. Er hatte angeordnet, daß ihm alle Daten zugänglich gemacht würden, die im Verlauf der nächsten Stunde hereinkämen, um sie zusammen mit den Führungskräften der Abteilungen Satellitenüberwachung, Wetterdienst, Telekommunikation, Agenteneinsatz, Verschlüsselung, Computeranalyse und Abhördienst einer eingehenden Prüfung zu unterziehen. Das waren zum einen die von 16.00 Uhr bis Mitternacht arbeitenden Abteilungsleiter; diese Kernmannschaft kümmerte sich um die Datenflut, die anfiel, während es in Washington heller Tag war. Dazu kamen die stellvertretenden Abteilungsleiter, die während der beiden Schichten von Mitternacht bis 8.00 Uhr und von 8.00 bis 16.00 Uhr die Verantwortung trugen. Auch Rosski würde an der Besprechung teilnehmen, nicht nur in seiner Eigenschaft als Orlows Vize, sondern auch als Verbindungsoffizier zu den Streitkräften. Rosski war nicht nur zuständig für die Analyse der ihm zugänglichen Ergebnisse der militärischen Aufklärung, ihm unterstand darüber hinaus noch das Speznas-Sondereinsatzkommando, das dem Center für Spezialeinsätze zur Verfügung stand.

Orlow blickte zu Rosski hinüber, der hinter Corporal Iwaschin stand. Der Colonel hatte die Hände hinter seinem Rücken verschränkt, offenbar genoß er das rege Treiben um ihn herum. Irgendwie erinnerte er Orlow an seinen Sohn, als der General ihn zum ersten Mal nach Star City mitgenommen hatte, um ihm die verschiedenen Raketentypen zu zeigen: Der Junge war dermaßen aufgeregt gewesen, daß er gar nicht gewußt hatte, wo er zuerst hinschauen sollte. Orlow hatte natürlich gewußt, daß sich das schon sehr bald ändern würde.

Sobald das Center in Betrieb war, ging Orlow zu Rosski, hinüber. Erst nach einem Augenblick drehte der Colonel sich um und salutierte zögernd.

»Colonel Rosski«, sagte Orlow, »bitte stellen Sie für mich fest, wo genau mein Sohn Nikita sich momentan befindet. Alles unter Verschlüsselung, ein Eintrag ins Protokoll ist überflüssig.«

Rosski zögerte einen Moment; vergeblich hatte er wohl versucht, Orlows Motive für diese Anweisung zu ergründen. »Ja, Sir«, sagte er schließlich.

Auf einen Befehl von Rosski ließ Iwaschin vom Funkraum aus eine Verbindung mit dem Stützpunkt auf Sachalin herstellen und dort bei Sergeant Nogowin nachfragen. Alle Funksprüche wurden in Code Zwei/Fünf/Drei abgesetzt: Bestimmte Buchstaben mußten gelöscht werden, bevor die Meldung decodiert werden konnte. In diesem Fall war jeder zweite Buchstabe jedes Wortes falsch, ebenso jedes fünfte Wort – abgesehen vom dritten Buchstabe jedes falschen Wortes, der seinerseits den ersten Buchstaben des folgenden Wortes bildete.

Kaum zwei Minuten später hatte Iwaschin die Antwort; die Entschlüsselung durch den Computer war dann nur noch eine Sache von Sekunden.

Mit weiterhin hinter dem Rücken verschränkten Händen beugte Rosski sich über den Monitor und las: »Junior Lieutenant Orlow ist mit seiner aus neun Speznas-Soldaten zusammengesetzten Einheit in Wladiwostok eingetroffen und erwartet weitere Instruktionen.« Rosski warf Orlow einen wütenden Blick zu. »General, veranstalten Sie da irgendein Manöver?«

»Keineswegs, Colonel.«

Rosski hatte Mühe, die Fassung zu wahren. Orlow wartete einige Augenblicke, um zu sehen, ob Rosski ungeschickt genug sein würde, seinem Vorgesetzten zu widersprechen, sich zu beklagen, daß er in diese Aktion nicht eingeweiht gewesen sei. Der Colonel mußte sich ja wirklich gedemütigt fühlen, und das auch noch vor versammelter Mannschaft; trotzdem blieb er nach außen ruhig.

»Kommen Sie mit in mein Büro, Colonel.« Orlow wandte sich zum Gehen. »Ich werde Ihnen den geplanten Einsatz der Speznas-Truppe von Sachalin kurz erläutern.«

Rosski folgte dem General mit weitausholenden Schritten. Nachdem Orlow die Tür hinter sich geschlossen hatte, setzte er sich an seinen Schreibtisch und sah den vor ihm stehenden Rosski an.

»Sie wissen, daß Minister Dogin die Verschickung einer bestimmten Fracht an Bord eines Privatflugzeugs veranlaßt hat?«

»Ja, Sir, das ist mir bekannt.«

»Es gibt da ein Problem mit den Triebwerken; damit ist der Weitertransport in dieser Maschine unmöglich. Weil das Wetter katastrophal ist und keine Ersatzmaschine aufzutreiben ist, habe ich angeordnet, daß die Fracht per Bahn weiter transportiert wird. Konteradmiral Pasenko hat mich informiert, daß ein Zug bereit steht.«

»Mit dem Zug von Wladiwostok nach Moskau – das dauert aber vier bis fünf Tage!«

»Dahin geht die Reise ja auch nicht«, erklärte Orlow. »Ich will die Fracht einfach aus Wladiwostok 'rausschaffen; an einem geeigneten Ort kann die Ladung dann wieder von einem Flugzeug übernommen werden. Wir müßten von dem Fliegerhorst in Bada einen Hubschrauber organisieren und damit in Bira den Zug treffen. Von Wladiwostok aus sind das gut neunhundert Kilometer; das dürfte weit genug westlich liegen, daß von dem Sturm keine Gefahr mehr ausgeht.«

»Sie haben deswegen aber eine Menge Arbeit investiert, Sir«, sagte Rosski. »Kann ich Ihnen in dieser Angelegenheit irgendwie weiterhelfen?«

»Allerdings, das können Sie«, erwiderte Orlow. »Vorher hätte ich gern noch von Ihnen gewußt, wie Sie eigentlich von diesem Transport erfahren haben.«

Sachlich sagte Rosski: »Vom Minister selbst, Sir.«

»Er hat es Ihnen persönlich mitgeteilt?«

»Genau, Sir. Soweit ich mich erinnere, waren Sie zu der Zeit gerade zu Hause beim Essen.«

Der General öffnete über die Tastatur die Protokolldatei. »Ich verstehe. Aber Sie haben für mich natürlich eine Protokollnotiz aufgenommen...«

»Nein, Sir.«

»Und warum nicht? Hatten Sie zu viel zu tun?«

»Sir – der Minister wollte die Angelegenheit nicht in die Akten des Centers aufnehmen.«

»Der *Minister* wollte es nicht.« Orlow hatte Mühe, sich zu beherrschen. »Sie wissen sehr genau, daß jede von einem Vorgesetzten erteilte Anweisung ins Protokoll aufzunehmen ist!«

»Schon, Sir…«

»Und Sie finden es normal, zivile über militärische Befehle zu stellen?«

»Nein, Sir.«

»Ich kann für das Center sprechen, wir arbeiten als autonomer Stützpunkt für alle zivilen und militärischen Dienststellen. Und Sie, Colonel? Sind Sie dem Innenminister etwa in besonderem Maß verpflichtet?«

Dieses Mal brauchte Rosski für seine Antwort etwas länger. »Nein, Sir, absolut nicht.«

»Gut – beim nächsten Vorfall dieser Art werde ich dafür sorgen, daß Sie versetzt werden. Habe ich mich klar ausgedrückt?«

Rosski holte tief Luft. »Ja – Sir.«

Orlow atmete ebenfalls tief durch und begann, das Tagesprotokoll durchzusehen. Offenen Widerstand erwartete er von Rosski eigentlich nicht, und der Colonel hatte ja auch gerade klein beigegeben. Aber Rosski mußte sich zweifellos in die Enge getrieben fühlen, da war in nächster Zeit schon eine Reaktion zu befürchten.

»Hat der Minister Ihnen weitere Einzelheiten mitgeteilt, Colonel, über den Inhalt der Fracht beispielsweise?«

»Nein, Sir.«

»Würden Sie mir diese Informationen vorenthalten, wenn der Minister es angeordnet hätte?«

Rosski sah seinen Vorgesetzten an. »Nicht, wenn diese Informationen für das Center von Belang wären.«

Orlow wurde sehr einsilbig, als er die Aufzeichnung seines Gesprächs mit Dogin nicht finden konnte. Nach seiner Erinnerung hatte er den Eintrag um 8.11 Uhr abgespeichert; die Stelle im Protokoll war aber leer.

»Stimmt etwas nicht, Sir?« fragte Rosski.

Zur Sicherheit ging Orlow das alphabetische Verzeichnis durch, vielleicht hatte er das Gespräch ja an der falschen

Stelle gespeichert. Nach außen war er die Ruhe selbst, innerlich kochte er jedoch; *Gulfstream* tauchte im ganzen Verzeichnis nirgends auf.

Wieder sah der General Rosski an. Der wirkte jetzt wesentlich entspannter als vorher, der sicherste Beweis dafür, daß er die Anweisung entfernt hatte.

»Nein, alles in Ordnung. Ich habe eine Notiz falsch einsortiert. Nach unserem Gespräch kümmere ich mich darum.« Als Orlow sich wieder zurücklehnte, bemerkte er, daß Rosski zufrieden die Mundwinkel verzog. »Ich habe mich jetzt lange genug mit dieser Sache herumgeärgert – Sie wissen, was ich von Ihnen erwarte.«

»Absolut, Sir.«

»Informieren Sie Minister Dogin von meiner Absicht, und übernehmen Sie persönlich die Operation. Mein Sohn hat großen Respekt vor Ihnen, ich bin sicher, Sie beide werden genauso gut zusammenarbeiten wie schon in der Vergangenheit.«

»Ja, Sir, er ist ein guter Offizier.«

Als das Telefon summte, bedeutete Orlow Rosski mit einer Handbewegung, daß die Unterredung beendet war. Der Colonel warf noch einen Blick zurück, bevor er die Tür hinter sich schloß.

»Ja?« sagte Orlow in die Muschel.

»Sir, hier ist Silasch. Bitte kommen Sie sofort in den Funkraum.«

»Was gibt's denn?«

»Wir fangen gerade sehr dicht verschlüsselte Meldungen auf. Unsere Experten sind schon am Ball, aber langsam fragen wir uns, ob wir sie rechtzeitig entschlüsseln können, bevor irgendwas passiert.«

»Ich bin schon unterwegs.«

Orlow verließ sein Büro, ohne die Gulfstream-Notiz zu erneuern; sie würde sich ohnehin wieder auf wundersame Weise in Luft auflösen, darauf konnte er Gift nehmen! Außerdem ärgerte es ihn, daß das Gespräch, in dem er eigentlich Rosski in seine Schranken weisen wollte, seine Befürchtung nur verstärkt hatte, daß Dogin zusammen mit der

Speznas das Center für ihre Zwecke einzusetzen gedachten und ihn nur als Galionsfigur benutzen wollten.

Rosskis Worte gingen ihm einfach nicht aus dem Kopf. *Nicht, wenn diese Informationen für das Center von Belang wären.* Innerhalb weniger Stunden waren ihm der Tod eines feindlichen Agenten und die Informationen über die Gulfstream vorenthalten worden. Immerhin war das Center eine der mächtigsten Aufklärungseinrichtungen der ganzen Welt, da würde Orlow es unter keinen Umständen zulassen, daß Rosski und Dogin daraus ihre private Informationsquelle machten. Im Augenblick war es allerdings für konkrete Maßnahmen noch zu früh; seine Zeit als Raumfahrer hatte ihn gelehrt, daß er vor allen Dingen einen kühlen Kopf bewahren mußte, wenn der Boden unter seinen Füßen immer heißer wurde, und gezündelt hatten die beiden ja bislang noch nicht.

Auf alle Fälle hatte er seine Aufgabe als Leiter des Operations Center zu erfüllen, und davon würden ihn weder der Colonel noch dieser größenwahnsinnige Minister abhalten.

Im Funkraum schlängelte Orlow sich durch das Chaos, der Zigarettenrauch schien noch undurchdringlicher zu sein als vorher. Silasch starrte an die Decke und widmete sich angestrengt den eingehenden Meldungen. Schließlich zog er den Kopfhörer von seinen Ohren und sah Orlow an.

»Sir.« Er schob die Zigarette in den Mundwinkel. »Bis jetzt haben wir zwei Serien verschlüsselter Meldungen aufgefangen; wir gehen davon aus, daß beide zusammengehören. Die erste Serie kam aus Washington und ging an ein Flugzeug über dem Atlantik, die andere war für Helsinki bestimmt.« Nach zwei nervösen Zügen drückte er seine Zigarette im Aschenbecher aus. »Die Kollegen von der Satellitenüberwachung haben sich die Maschine mal genauer angesehen: Sie hat keine Hoheitszeichen, aber nach ihrer Analyse ist es eine C-141-B-Starlifter.«

»Ein geräumiger Truppentransporter«, sagte Orlow nachdenklich, »eine modifizierte Version der C-141A. Die kenne ich wie meine Westentasche.«

»Das dachte ich mir.« Mit einem Lächeln zündete Silasch

sich eine neue Zigarette an. »Das Ziel der Starlifter ist eindeutig Helsinki! Wir haben den Funkverkehr zwischen dem Piloten und dem Tower abgehört: Ankunft voraussichtlich gegen 23.00 Uhr Ortszeit.«

Orlow sah auf seine Armbanduhr. »In weniger als einer Stunde. Wer oder was könnte an Bord sein?«

Silasch zuckte mit den Schultern. »Keine Ahnung. Wir haben über die Swetlana im Nordatlantik versucht, die Gespräche im Cockpit abzuhören, aber der Kapitän sagt, daß sie das Flugzeug elektronisch abschirmen.«

»Also ganz klar ein Geheimdienst-Auftrag.« Überrascht war Orlow eigentlich nicht. Er dachte an den britischen Agenten, der auf die Eremitage angesetzt gewesen war, und verfluchte Rosski für dessen stümperhafte Handhabung des Falls. Die Beschattung des Mannes wäre das Richtige gewesen, aber ihn in den Selbstmord zu treiben... wenn er sich überhaupt umgebracht hatte! »Informieren Sie das Sicherheitsministerium in Moskau; sie sollen jemand nach Helsinki schicken, der das Flugzeug in Augenschein nimmt. Vielleicht haben die Amerikaner ja was Größeres vor.«

»Ja, Sir«, erwiderte Silasch.

Orlow bedankte sich und rief dann Rosski und Sicherheitschef Glinka in sein Büro, um zu erörtern, welche Maßnahmen zu ergreifen seien, falls ungebetene Besucher auftauchen sollten.

27

Dienstag, 6.08 Uhr, Wladiwostok

Lenin hatte einmal von Wladiwostok gesagt: »Es ist weit weg. Aber es gehört uns.«

In zwei Weltkriegen war die auf der Halbinsel Murawjew am Japanischen Meer gelegene Hafenstadt ein wichtiger

Umschlagplatz für den Nachschub und Truppenverstärkungen aus den Vereinigten Staaten und anderen Ländern gewesen. Obwohl die militärische Führung die Stadt während des Kalten Krieges von der Welt abschottete, blühte und gedieh Wladiwostok in demselben Maß, wie der Hafen und die Pazifikflotte ausgebaut wurden; der militärische wie auch der zivile Schiffbau brachten Arbeitskräfte und Geld in die Stadt. 1986 schließlich rief Michail Gorbatschow die »Initiative für Wladiwostok« ins Leben, mit der die Stadt wieder geöffnet wurde und von da an nach seinen Worten ein »weit offenes Fenster nach Osten« darstellte.

Mehrere russische Staatsmänner haben seitdem viel Energie investiert, um der Stadt den Zugang zum Handel im pazifischen Raum zu ermöglichen. Die Schattenseiten dieser neuen Offenheit ließen nicht lange auf sich warten: Durch die harte Währung und den regen Warenverkehr, der im Hafen mehr oder weniger legal abgewickelt wurde, fühlten zwielichtige Elemente aus Rußland und aller Herren Länder sich magisch angezogen.

Der Flugplatz liegt fast dreißig Kilometer nördlich der Stadt; von dort fährt man etwa eine Stunde bis zum Hauptbahnhof, der im Zentrum von Wladiwostok liegt, östlich der stark befahrenen Uliza Oktijabra.

Bei ihrer Ankunft auf dem Flughafen wurden Lieutenant Orlow und seine Einheit bereits von einem Kurier des Konteradmirals erwartet. Der junge Mann übergab dem Offizier versiegelte Instruktionen, denen zufolge er sich wegen der genauen Befehle bei Colonel Rosski zu melden hatte. Unter dem einsetzenden Schneefall lief Nikita zu seiner Truppe, die bereits an der MG-Kanzel des Mi-6 Aufstellung genommen hatte. Dieser größte Hubschrauber der Welt konnte über eine Distanz von etwas mehr als 1000 Kilometern maximal 70 Mann befördern. Die Soldaten trugen weiße Tarnanzüge, ihre Rucksäcke standen vor ihnen auf dem Boden. Sie führten die Standardbewaffnung der Speznas mit sich: eine Maschinenpistole mit vierhundert Schuß Munition, ein Messer, sechs Handgranaten und eine schallgedämpfte Pistole des Typs P-6. Nikita selbst hatte eine kurzläufige AKR mit nur 160 Schuß Munition, die übliche Bewaffnung für Offiziere.

Auf Orlows Anweisung baute der Funker seine Parabolantenne auf; kaum eine Minute später hatten sie eine gesicherte Verbindung zu Colonel Rosski.

»Sir, hier ist Lieutenant Orlow, wie befohlen.«

»Lieutenant, es ist schön, nach so vielen Jahren wieder von Ihnen zu hören. Ich freue mich auf die Zusammenarbeit mit Ihnen.«

»Danke, Sir, ganz meinerseits.«

»Ausgezeichnet. Nun, was wissen Sie bis jetzt über Ihren Auftrag?«

»Nichts, Sir.«

»Auch gut. Sehen Sie die Gulfstream auf der Landebahn?«

Nikita wandte sich nach Westen. Durch das Schneegestöber hindurch entdeckte er die Maschine auf dem Rollfeld. »Ja, Sir, ich erkenne sie.«

»Welche Nummer?«

»N2692A.«

»Korrekt. Ich habe Konteradmiral Pasenko gebeten, einen Transportkonvoi zu schicken. Ist er schon da?«

»Ich erkenne vier LKW, die hinter der Maschine warten.«

»Wunderbar«, sagte Rosski. »Ihre Aufgabe ist es, die Fracht aus der Gulfstream in die Lastwagen zu verladen und sich zum Bahnhof im Zentrum zu begeben; dort kommt die Ladung in den Zug, der dort bereitsteht. Außer Ihnen und Ihren Leuten ist nur noch der Lokführer in dem Zug. Ihr vorläufiges Ziel ist Bira; die endgültige Bestätigung erhalten Sie allerdings erst während der Fahrt. Sie haben das Kommando, und Sie werden alle Maßnahmen ergreifen, die Sie für nötig halten, damit die Fracht ihr Ziel erreicht.«

»Verstanden, Sir, und vielen Dank.« Nikita fragte nicht, was es mit der Ladung auf sich hatte, es interessierte ihn auch nicht weiter. Auf jeden Fall würde er sie so vorsichtig behandeln, als ob es nukleare Sprengköpfe wären; ausgeschlossen war das ja auch nicht. Nachdem, was er gehört hatte, strebte die Primorski-Region, zu der Wladiwostok gehörte, die politische und wirtschaftliche Unabhängigkeit von Rußland an. Möglicherweise wollte der neugewählte Präsident Zhanin noch rechtzeitig vorher die hier stationierten Waffen abziehen.

»Auf jedem Bahnhof der Strecke werden Sie sich mit mir in Verbindung setzen«, sagte Rosski, »aber, wie gesagt, Lieutenant: Sie allein ergreifen die nötigen Maßnahmen zum Schutz Ihrer Fracht.«

»Verstanden, Sir.«

Orlow gab das Feldtelefon an seinen Funker zurück; ein Befehl genügte, und seine Männer schnappten sich ihre Ausrüstung und liefen im Sturmschritt quer über die Rollbahn auf die Gulfstream zu, die inmitten des immer dichter werdenden Schneetreibens kaum noch auszumachen war.

28

Dienstag, 23.09 Uhr, Moskau

Noch nie in seinem Leben hatte Andrej Wolko sich so mutterseelenallein gefühlt, noch nie so eine Angst verspürt. In Afghanistan waren selbst in den schlimmsten Zeiten immer Kameraden um ihn gewesen, denen es auch nicht besser ging als ihm. Als »P« zum ersten Mal an ihn herangetreten war, um ihn zur Mitarbeit beim DI6 zu bewegen, war ihm regelrecht schlecht geworden bei dem Gedanken, sein Vaterland zu verraten. Aber er sagte sich schließlich, daß sein Rußland ihn nach dem Krieg fallengelassen hatte wie eine heiße Kartoffel, und daß er nun in Großbritannien und in Rußland neue Freunde hatte – wenn er sie auch nicht persönlich kannte. Niemand hätte etwas davon, wenn er nach seiner nie auszuschließenden Festnahme eine lange Agentenliste preisgeben würde. Es mußte genügen zu wissen, daß er irgendwo hingehörte; dieses Wissen hatte ihm in den bitteren Jahren weitergeholfen, in denen er mit der schweren Rückenverletzung fertig werden mußte, die er sich bei einem Sturz in einen Schützengraben zugezogen hatte.

Als der hochgewachsene, leicht korpulente junge Mann nun auf dem Weg zum Bahnhof war, konnte rein gar nichts seine trübe Stimmung aufhellen. Während des Abendessens hatte ihn das Summen des Telefons aufgeschreckt, das Fields-Hutton ihm überlassen hatte. Es war in einem Walkman verborgen, einem Gerät, das in Rußland so heiß begehrt war, daß er es den ganzen Tag dabeihaben konnte, ohne aufzufallen. Seine namenlose Kontaktperson hatte ihm mitgeteilt, daß Fields-Hutton und ein weiterer Agent umgekommen waren und daß er innerhalb der nächsten vierundzwanzig Stunden versuchen sollte, sich nach St. Petersburg durchzuschlagen, wo er weitere Instruktionen bekommen würde. Während er sich hastig anzog und seine Wohnung verließ, mit nichts bei sich als der Kleidung, die er am Leib trug, dem Walkman und dem amerikanischen und deutschen Geld, das Fields-Hutton ihm für genau diesen Fall besorgt hatte, konnte Wolko nicht mehr so recht glauben, daß Großbritannien hinter ihm stand. Die Reise nach St. Petersburg würde ein schwieriges Unternehmen werden, bei dem er ganz auf sich allein gestellt war; daß er es schaffen würde, war alles andere als sicher. Einen Wagen besaß er nicht, und selbst der Abflug von einem der kleineren Flughäfen, wie etwa dem bei Bikowo, war eine riskante Sache. Sein Name war sicher schon an allen Abfertigungsschaltern bekannt; am Ende würden die Angestellten gar zwei verschiedene Ausweispapiere von ihm verlangen, da käme er mit dem gefälschten Paß, den er bekommen hatte, nicht besonders weit. Es gab nur eine Möglichkeit: Er mußte mit der Bahn nach St. Petersburg fahren.

Fields-Hutton hatte ihm einmal eingeschärft, daß er einen Flughafen oder Bahnhof nie sofort ansteuern durfte, falls er die Stadt tatsächlich würde verlassen müssen; die Arbeitswut der meisten Angestellten ließ nämlich rapide nach, sobald die Mittagspause oder der Feierabend näherrückte. So war er eben noch eine Zeitlang durch die Straßen geschlendert, hatte vorgegeben, ein bestimmtes Ziel zu haben, wo in Wirklichkeit keines war, hatte sich unter die Leute gemischt, die auf dem Weg von der Arbeit nach Hause waren oder vor einem Geschäft nach Lebensmitteln anstanden, war von seiner Wohnung an der Wernazkowo-Straße kreuz und quer durch die Seitenstraßen gewandert, wo Schwarzmarktwaren von Lastwagen zur nahegelegenen Metrostation gebracht und dort verkauft wurden. Er stieg in die hoffnungslos überfüllte U-Bahn und fuhr bis zur Haltestelle Komsomol'skaja, die im Nordosten der Stadt lag und durch ihren Säulengang, das Kuppeldach und die unübersehbare Turmspitze beeindruckte. Hier schlenderte er eine weitere Stunde herum, bevor er sich zum St. Petersburger Bahnhof begab, von wo aus die Züge nach St. Petersburg, Tallinn oder anderen Orten des nördlichen Rußland abfuhren.

Die über 600 Kilometer lange Bahnstrecke zwischen Moskau und St. Petersburg war von dem amerikanischen Pionier-Leutnant George Washington Whistler, dem Vater des Malers James McNeill Whistler, geplant worden. Die bei der Erstellung der Strecke eingesetzten Bauern und Sträflinge wurden vom Aufsichtspersonal der Bahngesellschaft unbarmherzig angetrieben und mußten oft unter menschenunwürdigen Bedingungen bis zur totalen Erschöpfung schuften. 1851 wurde schließlich die Nikolajewski-Station, der spätere St. Petersburger Bahnhof, errichtet, die älteste Bahnstation in Moskau und einer der drei Bahnhöfe, die an dem belebten Komsomol'skaja-Platz liegen. Zur Linken befindet sich die im Jugendstil gehaltene und 1904 erbaute Jaroslaw-Station, der Endpunkt der Transsibirischen Eisenbahn. Zur Rechten liegt die 1926 vollendete Kasan-Station, ein seltsam anmutendes Gebäude-Ensemble; hier beginnen die Züge in den Ural, nach Westsibirien und in den mittelasiatischen Raum.

Der St. Petersburger Bahnhof lag direkt neben dem Pavillon des Komsomol'skaja, nordwestlich der Jaroslaw-Station. Wolko wischte sich mit dem Ärmel den Schweiß von der Stirn und strich sich sein dunkelblondes Haar aus dem Gesicht. *Ganz ruhig,* dachte er. *Vor allem mußt du die Ruhe bewah-*

ren. Er setzte die freundlichste Miene auf, zu der er jetzt noch imstande war, als ob er zu seiner Liebsten reisen wollte. Allerdings wußte er sehr genau, daß seine Augen eine andere Botschaft vermittelten; er konnte nur hoffen, daß niemand diesen Widerspruch bemerken würde.

Mit seinen großen, traurigen braunen Augen blickte er zu der beleuchteten Turmuhr empor: Es war kurz nach elf. Die Züge fuhren vier Mal täglich ab, der erste um acht Uhr morgens, der letzte um Mitternacht. Wolko würde für den letzten Zug eine Fahrkarte kaufen und dann beobachten, ob Polizeikontrollen durchgeführt wurden. Wenn ja, hatte er zwei Möglichkeiten: Entweder er verwickelte einen anderen Reisenden in ein Gespräch, denn die Polizei würde sicher nach Einzelreisenden Ausschau halten. Oder er ging geradewegs auf einen der Beamten zu und erkundigte sich nach seiner Zugverbindung. Fields-Hutton hatte ihm auch beigebracht, daß ein Agent, der sich in einer belebten Umgebung schuldbewußt herumdrückt, todsicher die Aufmerksamkeit auf sich zieht. Er mußte jeden Eindruck vermeiden, daß er etwas zu verbergen hatte, dann würden die Leute ihn schon ignorieren.

Selbst um diese Zeit herrschte vor den Fahrkartenschaltern ein reger Andrang; Wolko stellte sich in der mittleren Schlange an. Er blätterte in der Zeitung, die er sich gekauft hatte, ohne wirklich irgend etwas aufzunehmen. Die Abfertigung am Schalter kam nur schleppend voran. Normalerweise wurde Wolko leicht ungeduldig, aber dieses Mal machte ihm die Wartezeit nichts aus; mit jeder Minute, die er unbehelligt blieb, wuchs sein Selbstvertrauen, und er würde vor der Abfahrt weniger Zeit im Zug verbringen müssen, wo die Fluchtmöglichkeiten begrenzter waren.

Ohne Probleme erstand er die Fahrkarte. Zwar beobachteten die Polizeibeamten die kommenden und gehenden Fahrgäste, einige Einzelreisende wurden auch befragt, aber Wolko war nicht darunter.

Es wird schon klappen, dachte er. Er ging durch den reich verzierten Torbogen, der zu dem Gleis führte, auf dem der Red Arrow Expreß bereitstand. Die zehn Waggons stammten noch aus der Zeit vor dem Ersten Weltkrieg; drei waren offenbar erst vor kurzem hellrot, einer war grün lackiert worden, was ihrem betagten Charme aber keinen Abbruch tat. Neben dem zweitletzten Waggon stand eine Touristengruppe, ihr Gepäck war von Trägern nachlässig gestapelt worden. Milizsoldaten kontrollierten ihre Ausweise.

Die suchen mich, wen sonst. Wolko ging dicht an ihnen vorbei, stieg in den drittletzten Wagen und ließ sich auf einer der spärlich gepolsterten Bänke nieder. Erst jetzt fiel ihm auf, daß es geschickt gewesen wäre, einen Koffer mitzunehmen; bei diesem entfernten Reiseziel war es verdächtig, wenn er nicht mindestens Kleidung zum Wechseln dabeihatte. Langsam füllte sich der Zug mit Fahrgästen. Ein Passagier fiel Wolko auf, der mehrere Reisetaschen in dem Gepäcknetz oberhalb der Sitzplätze verstaute, bevor er sich auf den Fensterplatz darunter setzte.

Schließlich war Wolko doch in der Lage, sich ein bißchen zu entspannen, mit der Zeitung auf dem Schoß und dem Walkman in seiner Jackentasche. Plötzlich verstummten die Gespräche im Abteil. Der kalte metallische Lauf einer Makarow bohrte sich in seinen Nacken.

29

Montag, 15.10 Uhr, Washington, D. C.

Bob Herbert war gern ausgelastet. Aber nicht so sehr, daß er am liebsten auf der Stelle das OP-Center verlassen und auf dem kürzesten Weg in seinem Rollstuhl seine Heimatstadt (»Nein, nicht *das* Philadelphia!«) im Neshoba County nahe der Grenze zu Alabama ansteuern würde. Seit seiner Kindheit hatte sich in Philadelphia nicht besonders viel verändert, aber vielleicht konnte er genau deswegen dort so gut von den alten glücklicheren Zeiten träumen. Dabei waren es nicht unbedingt unschuldigere Zeiten gewesen; zu gut erinnerte er sich an das Chaos der Gefühle, das alle möglichen Leute von den Kommunisten bis zu Elvis Presley damals in ihm angerichtet hatten. Aber diese Probleme lösten sich von jetzt auf nachher in Wohlgefallen auf, sobald er sich in ein Comic-Heft vertiefte, sich mit seinem Kleinkalibergewehr beschäftigte oder an dem kleinen See angeln ging.

Jetzt teilte Stephen Viens ihm über seinen Piepser mit, daß es im National Reconnaissance Office für ihn interessante Neuigkeiten gab. Die Besprechung mit Ann Farris vertagte er kurzerhand, bevor er in sein Büro zurückrollte, die Tür hinter sich schloß und die Nummer des NRO wählte.

»Jetzt sagen Sie bloß, Sie haben endlich die Fotos von dem Nacktbadesee drüben in Renowa«, sagte Herbert ins Mikrofon.

»Da machen uns leider die Bäume einen Strich durch die Rechnung«, erwiderte Viens. »Aber dafür hab' ich ein Flugzeug, das wir für das Drogendezernat im Auge behalten haben. Gestartet ist es in Kolumbien, und von dort ging's weiter über Mexico City, Honolulu und Tokio nach Wladiwostok.«

»Die Drogenkartelle arbeiten jetzt auch in Rußland, wenn das alles ist...«

»Ist es ja nicht. Nach der Landung in Wladiwostok haben wir einen unserer Satelliten auf die Maschine gerichtet; es war mir neu, daß Speznas-Einheiten auch Flugzeuge entladen.«

Herbert spitzte die Ohren. »Wie viele?«

»Etwa zehn Mann, alle in weißen Tarnanzügen. Aufgefallen ist uns noch, daß die Kisten sofort auf Lastwagen der Pazifikflotte verladen wurden. Wer weiß, vielleicht mischen jetzt schon die Streitkräfte beim Drogenhandel kräftig mit.«

Herbert dachte an das Treffen von Schowitsch, General Kosigan und Minister Dogin. »Am Ende steckt mehr dahinter als nur ein Pakt des Militärs mit irgendwelchen Gangsterbanden. Sind die LKW noch auf dem Rollfeld?«

»Ja, die Kisten werden gleich dutzendweise umgeladen. Ein Lastwagen ist schon fast voll.«

»Wie sieht es mit der Gewichtsverteilung in den Kisten aus?«

»Absolut ausgeglichen«, sagte Viens. »Es sind rechteckige Kisten, aber anscheinend sind durchgehend gleichmäßig beladen.«

»Versuchen Sie die akustische Überwachung mit dem AIM-Satelliten, und geben Sie mir Bescheid, wenn Sie was Verdächtiges klappern hören.«

»Wird erledigt.«

»Ach ja, Steve, sobald Sie wissen, wohin der Konvoi fährt, geben Sie's mir durch.« Herbert beendete das Gespräch und rief Mike Rodgers an.

Der hatte gerade sein Büro verlassen, als sein Piepser sich meldete. Sofort ging er zu Herbert hinüber.

Nachdem Rodgers die Neuigkeiten erfahren hatte, sagte er: »Soso, die Russen arbeiten jetzt also offen mit den Drogenbaronen zusammen. Da müssen sie sich auf irgendwelchen Kanälen harte Währung beschafft haben. Ich frage mich nur...«

»Moment Mal, bitte.« Das Telefon klingelte. Herbert drückte die in einer Armlehne seines Rollstuhls eingebaute Lautsprechertaste. »Ja?«

»Bob, hier ist Darrell. Das FBI hat seinen Mann in Tokio verloren.«

»Wie ist denn das passiert?«

»Von der Besatzung der Gulfstream erschossen«, sagte McCaskey grimmig. »Ein japanischer Sergeant ist bei dem Schußwechsel auch umgekommen.«

»Darrell, hier ist Mike. Gab es an Bord der Flugzeugs Verletzte?«

»Soweit wir wissen, nein. Allerdings war die Bodenmannschaft ziemlich einsilbig, die hatten die Hosen voll.«

»Oder sie haben sich ein paar Scheinchen dazuverdient.« Herbert schaltete sich wieder ein. »Entschuldigung, Darrell. Hatte er Familie?«

»Der Vater lebt noch, ich will mal sehen, ob wir ihm irgendwie unter die Arme greifen können.«

»Tun Sie das«, sagte Herbert.

»Ich denke, dieser Vorfall bestätigt die Verbindung zwischen dem Flugzeug und der russischen Drogenmafia«, sagte McCaskey. »Nicht mal die Kolumbianer wären so beknackt, auf einem internationalen Flughafen ein Feuergefecht zu riskieren.«

»Da haben Sie recht, die beseitigen Leute, die sie für Verräter halten, unauffälliger. Ich hätte größte Lust, diesem Pack mal unsere Striker-Meute auf den Hals zu hetzen. Bis später, Darrell.«

Herbert brauchte einen Augenblick, um sich zu beruhigen; diese Vorfälle lagen dem Intelligence Officer immer schwer im Magen, erst recht, wenn es Angehörige gab, die mit dem Verlust fertigwerden mußten.

Er sah Rodgers an. »Was haben Sie sich eben überlegt, General?«

Rodgers Stimmung war noch weiter in den Keller gerutscht. »Ob das zu dem paßt, was Matt 'rausgefunden hat. Unser Wunderknabe hatte gerade eine Konferenz mit Paul und mir. Er hat über eine Bank in Riad die Gehaltsliste des Kreml angezapft. Dabei hat sich 'rausgestellt, daß in dem neuen Fernsehstudio in der Eremitage und im Innenministerium einige hochbezahlte Mitarbeiter beschäftigt werden – der Witz ist, daß die vorher nirgendwo in den Akten aufgetaucht sind.«

»Das kann nur heißen, daß in St. Petersburg ein paar Leute unter der Hand arbeiten; für die Gehaltsliste brauchte man natürlich falsche Namen.«

»Genau. Aus derselben Quelle wurden wahrscheinlich auch die High-Tech-Lieferungen bezahlt, die in Japan, Deutschland und den USA bestellt und an das Innenministerium geschickt wurden. So langsam glaube ich, Dogin hat da drüben eine perfekte Geheimdienstzentrale aufgebaut. Vielleicht ist auch Orlow mit von der Partie, er kann ihnen sicher bei der Satellitenüberwachung den einen oder anderen Rat geben.«

Herbert tippte sich an die Stirn. »Wenn also Dogin der große Boß ist und mit der russischen Mafia zusammenarbeitet, wird er höchstwahrscheinlich eine größere Aktion planen. Die nötigen Waffen kriegt er von Kosigan.«

»Genau, das habe ich Paul vorhin auch schon gesagt. Dogin braucht Geld, um Politiker und Journalisten zu schmieren und Unterstützung aus dem Ausland zu bekommen. Die Mittel könnte er sich durchaus bei Schowitsch beschafft haben, gegen Zugeständnisse für die Zukunft.«

»Klingt plausibel. Vielleicht will Dogin aber auch das nötige Kleingeld zusammenkratzen, indem er die Drogen verkauft, die Schowitsch ihm liefert. Das wäre ja nicht das erste Mal, daß ein Staatsmann zu diesen Mitteln greift, die anderen waren nur nicht ganz so hohe Tiere. Er könnte das Zeug ohne weiteres von loyalen Beamten in Diplomatenkoffern verschieben lassen.«

»Gut möglich«, sagte Rodgers. »Und auf der Rückfahrt haben die Diplomaten statt der Drogen dann harte Währungen im Gepäck.«

»Demnach sind die Kisten in Wladiwostok ein Teil dieses Deals – vollgepackt mit Geld, Drogen oder mit beidem.«

»Das Beste kommt erst noch: Selbst wenn Zhanin inzwischen weiß, was läuft, kann er trotzdem rein gar nichts tun, weil sonst eine von zwei denkbaren Entwicklungen eintreten würden.

Erstens: Er legt Dogin das Handwerk. Die nachfolgende Säuberungsaktion dürfte dann aber so verheerend ausfallen, daß die ausländischen Investoren, ohne die er den Wiederaufbau des Landes vergessen kann, endgültig abgeschreckt werden.

Zweitens: Zhanin zwingt seine Feinde zu einem verfrühten Angriff. Das wäre der Anfang einer langen und blutigen Revolte; welche Seite dann auch Atomwaffen einsetzen würde, steht in den Sternen. Unsere Maxime wäre in dem Fall dieselbe wie in Panama unter Noriega und im Iran unter dem Schah: Stabilität statt Legalität.«

»Da ist was dran«, sagte Herbert. »Also, was wird der Präsident Ihrer Meinung nach tun?«

»Dasselbe wie gestern abend – überhaupt nichts. Zhanin kann er nicht informieren, weil etwas durchsickern könnte. Militärisch eingreifen kann er auch nicht, diese Möglichkeit haben wir ja ausdrücklich ausgeschlossen; außerdem wäre

187

irgendeine Art von Erstschlag sowieso eine heikle Angelegenheit. In den Untergrund sollten wir Dogin und seine Spezies auch nicht jagen, da sind sie immer noch eine enorme Bedrohung.«

»Und wie erklärt der Präsident gegenüber der NATO seine Passivität? In diesem Verein laufen ja jede Menge Feiglinge 'rum, aber das Säbelrasseln werden sie sich nicht nehmen lassen.«

»Er kann ja kräftig mitrasseln«, sagte Rodgers. »Aber wie ich ihn kenne, wird er wohl eher die isolationistische Schiene fahren und die NATO sich selbst überlassen; das paßt ja auch zu der momentanen Stimmung in der amerikanischen Öffentlichkeit, vor allem nach dem Anschlag auf den Tunnel.«

Das Telefon auf dem Schreibtisch klingelte. Nach dem Nummerndisplay war es das NRO. Herbert legte das Gespräch auf den Lautsprecher.

»Hallo, Bob.« Stephen Viens war am anderen Ende der Leitung. »Die Meßwerte der akustischen Überwachung liegen uns noch nicht vor, aber die ersten Lastwagen haben den Flughafen verlassen und sind direkt zum Bahnhof in Wladiwostok gefahren.«

»Wie ist momentan das Wetter da drüben?« fragte Herbert.

»Scheußlich – deswegen wahrscheinlich auch dieser Aufwand. Schwere Schneestürme in der ganzen Region, und die nächsten achtundvierzig Stunden soll es so bleiben.«

»Dogin oder Kosigan hat also beschlossen, die Fracht aus dem Flugzeug mit der Bahn weiterzubefördern. Können Sie sehen, was im Bahnhof vor sich geht?«

»Leider nicht, der Zug steht in der Bahnhofshalle. Aber wir haben den Fahrplan; einen außerplanmäßigen Zug werden wir natürlich unter Beobachtung halten.«

»Danke, geben Sie mir Bescheid, wenn's was Neues gibt.«

Als Viens aus der Leitung gegangen war, stellte Herbert sich die geheimnisvolle Ladung als eines ihrer potentiellen militärischen Ziele vor…

»… muß wichtig sein«, murmelte er.

»Wie bitte?« fragte Rodgers.

»Ich sagte, diese Fracht muß wirklich wichtig sein, sonst hätten sie den Sturm abgewartet.«

»Sie haben recht. Und nicht nur das – sie wird uns auch praktisch auf dem Silbertablett serviert.«

Als Herbert begriffen hatte, worauf Rodgers hinauswollte, runzelte er unwillig die Stirn. »So ganz stimmt das aber nicht, Mike. Die Reise geht weit nach Rußland 'rein, tausende Kilometer von jedem befreundeten Staat entfernt. Das wäre keine kurze Spritztour wie von Helsinki aus.«

»Schon, aber es wäre die effektivste Methode, Dogin auszubooten. Das große Blutvergießen könnten wir uns dann sparen.«

»Um Gottes Willen, Mike, überlegen Sie doch mal! Paul setzt auf diplomatische und nicht auf militärische Mittel, das wird er nie mitmachen…«

»Warten Sie's ab.« Unter Herberts skeptischem Blick ging Rodgers zum Schreibtisch und rief Hoods Assistenten an.

»Bugs? Ist Paul noch in der Sitzung des Strategieteams?«

»Soweit ich weiß, ja«, antwortete Bugs Benet.

»Bitten Sie ihn doch, in Bob Herberts Büro vorbeizukommen, es gibt was zu besprechen.«

»Mach' ich.«

Rodgers wandte sich wieder Herbert zu. »Wir werden gleich sehen, ob er mitmacht.«

»Selbst wenn Sie ihn 'rumkriegen, der Geheimdienstausschuß wird da nie im Leben mitspielen.«

»Einen Einsatz der Striker-Truppe in Rußland haben sie schon gebilligt«, sagte Rodgers ungerührt, »da müssen Darrell und Martha diese Herren eben ein zweites Mal überzeugen.«

»Und wenn sie's nicht schaffen?«

»Was würden *Sie* dann tun, Bob?«

Herbert schwieg einen langen Moment. »Herrgott, Mike – Sie wissen ganz genau, was ich tun würde.«

»Sie würden das Team losschicken, weil Sie einfach wissen, daß es der richtige Auftrag für die richtigen Leute ist. Sehen Sie mal, Bob, nach der Mission in Nordkorea haben wir gemeinsam Erde auf Bass Moores Sarg geschaufelt. Ich war dabei, und auch bei anderen Einsätzen, wo wir Männer verloren haben. Aber deswegen dürfen wir uns von solchen Aktionen nicht abhalten lassen, wozu ist die Truppe denn sonst da?«

Der Summer kündigte Paul Hood an, Herbert öffnete ihm die Tür.

Als der Chef Herbert sah, verdüsterte sich sein Gesicht. »Sie sehen nicht gerade glücklich aus, Bob, wie kommt's?«

Rodgers klärte ihn auf. Auf der Schreibtischkante sitzend hörte Hood sich kommentarlos an, was Rodgers ihm über die Lage in Rußland und seine Pläne mit der Striker-Truppe zu sagen hatte.

Schließlich sagte Hood: »Wie würden Ihrer Meinung nach unsere Terroristen darauf reagieren? Könnten sie es als Bruch der Vereinbarung betrachten?«

»Nein – wir sollen uns aus Osteuropa 'raushalten, von Zentralrußland war nicht die Rede. Außerdem sind wir längst wieder draußen, bevor sie irgendwas bemerkt haben.«

»Sehr beruhigend. Kommen wir jetzt mal auf wesentliche Frage. Sie wissen, wie ich über die Frage ›Gewalt contra Verhandlungen‹ denke.«

»Genau wie ich, besser Wortsalven verballern als MG-Salven. Aber mit schönen Worten werden wir den Zug nicht nach Wladiwostok zurücklotsen.«

»Das wohl nicht, aber das bringt uns zu einem anderen Punkt. Angenommen, Sie erreichen die Ermächtigung für einen Aufklärungseinsatz, und unsere Männer finden 'raus, was in dem Zug ist, meinetwegen Heroin. Und dann? Schnappen Sie sich das Zeug, verbrennen Sie's, oder bitten Sie Zhanin, russische Verbände zu schicken, um russische Verbände zu bekämpfen?«

Ruhig erwiderte Rodgers: »Wenn Sie einen Fuchs im Visier haben, legen Sie auch nicht das Gewehr beiseite und holen erstmal die Jagdhunde. Auf die Tour kamen die Nazis nach Polen, die Kommunisten nach Vietnam und Castro nach Kuba.«

Energisch schüttelte Hood den Kopf. »Im Klartext: Sie sprechen von einem Angriff auf Rußland.«

»Ja, allerdings. Haben die Russen nicht gerade erst uns angegriffen?«

»Das war was anderes.«

»Das können Sie meinetwegen den Angehörigen der Toten erzählen.« Rodgers baute sich vor Hood auf. »Paul, wir sind doch nicht noch eine von diesen trägen Regierungsbehörden, die sich um jede Entscheidung drücken. Die Charta des OP-Centers erteilt uns ausdrücklich die Zuständigkeit für bestimmte Aufgaben, wo die anderen passen müssen, vom CIA über das Außenministerium bis hin zu den Streitkräften. Jetzt haben wir die Gelegenheit zu beweisen, was in uns steckt. Als Charlie Squires die Truppe zusammengestellt hat, wußte er verdammt genau, daß sie ihre Zeit nicht nur mit Trockenschwimmen verbringen würde, genau wie andere Eliteeinheiten auch. Wichtig ist nur eines: Wenn wir alle unsere Arbeit tun und dabei einen klaren Kopf bewahren, können wir diese Sache schon geheimhalten und erfolgreich durchziehen.«

Ratsuchend blickte Hood Herbert an. »Was meinen Sie?«

Herbert schloß die Augen und rieb seine Lider. »Je älter ich werde, umso ekelhafter finde ich den Gedanken, daß junge Menschen für die hohe Politik ihren Kopf hinhalten sollen. Aber das Trio Dogin – Schowitsch – Kosigan ist ein einziger Alptraum, und das OP-Center steht an vorderster Front, ob es mir nun gefällt oder nicht.«

»Und St. Petersburg?« fragte Hood. »Wir hatten doch beschlossen, daß wir nur das Gehirn aus dem Körper schneiden müssen.«

»Dieser Drache ist größer, als wir dachten«, sagte Rodgers. »Auch ohne Gehirn kann der Körper noch lange genug zucken, um eine Menge Schaden anzurichten. Was auch immer in diesem Zug ist, es kann dazu beitragen.«

Herbert rollte zu Hood hinüber und klopfte mit der Hand auf dessen Knie. »Sie sehen genauso unglücklich aus wie ich vorhin, Boß.«

»Jetzt kann ich's Ihnen nachfühlen, Bob.« Hood sah Rodgers an. »Ich weiß, daß Sie ihr Team nur aufs Spiel setzen, wenn der Einsatz sich lohnt. Wenn Darrell den Geheimdienstausschuß überzeugen kann, tun Sie, was Sie für richtig halten.«

Rodgers wandte sich an Herbert. »Verstärken Sie mal das Strategieteam, die sollen sich überlegen, wie viele Männer unbedingt in Helsinki bleiben müssen, und wie die anderen möglichst reibungslos zu dem Zug gelangen können. Sprechen Sie alle Schritte mit Charlie ab, nicht, daß er sich übergangen fühlt.«

»Ach, Sie kennen doch Charlie.« Herbert rollte zur Tür. »Wenn's irgendwo so richtig losgeht, ist er sofort dabei.«

»Ich weiß«, sagte Rodgers, »dem reicht keiner von uns so leicht das Wasser.«

»Mike«, sagte Hood, »ich werde den Präsidenten informieren. Nur damit Sie's wissen: So ganz überzeugt bin ich immer noch nicht, aber ich stehe voll hinter Ihnen.«

»Danke, mehr erwarte ich auch nicht.«

Beide verließen Herberts Büro.

Während der Intelligence Officer allein zu der Sitzung des Strategieteams rollte, meditierte er über die Frage, warum zwischen den Menschen anscheinend nichts ohne Kampf zu erreichen war, sei es die Eroberung einer Nation, die Werbung um einen Liebespartner oder auch nur die Überzeugung eines widerspenstigen Geistes.

Es hieß ja immer, man könne einen Sieg erst richtig schätzen, wenn der Weg dorthin steinig genug war. Nach seinen leidvollen Erfahrungen konnte Herbert diesen ergreifenden Spruch nicht bestätigen…

30

Dienstag, 21.20 Uhr, Moskau

Die nackten Betonwände des kleinen, fensterlosen Raums wurden durch die Neonlampe an der Decke mehr schlecht als recht beleuchtet. Das Mobiliar bestand lediglich aus einem Holztisch und einem einzigen Hocker. Der schwarz gekachelte Fußboden war ausgeblichen und stark abgenutzt.

Andrej Wolko wußte genau, weswegen er hier war, und was mit ihm geschehen würde, konnte er sich auch recht gut vorstellen. Der Milizsoldat, der ihm die Pistole in den Nacken gedrückt hatte, hatte ihn wortlos aus dem Zug und zu zwei wartenden bewaffneten Wachleuten geführt; zu viert waren sie in einen Polizeiwagen gestiegen und zu dem Posten an der Tschersinski-Straße gefahren, der ganz in der Nähe des ehemaligen KGB-Hauptquartiers lag. Als er in Handschellen auf dem Hocker saß, wurde ihm die Aussichtslosigkeit seiner Lage bewußt, er fragte sich, wie sie ihm wohl auf die Schliche gekommen sein mochten; vermutlich hatte Fields-Hutton irgendwelche verräterischen Spuren hinterlassen. Aber darauf kam es nun ja nicht mehr an. Er versuchte, den Gedanken zu verdrängen, welche Torturen ihm nun bevorstanden, bis seine Bewacher zur Kenntnis nehmen würden, daß er wirklich rein gar nichts über andere Agenten wußte, abgesehen von denen, die sie ohnehin bereits geschnappt hatten. Wie lange würde er wohl in diesem elenden Rattenloch zubringen müssen, bevor sie ihn aburteilen, einkerkern und eines Morgens erschießen würden? Die noch vor ihm liegende Zeit erschien ihm seltsam unwirklich.

Sein dumpf in den Ohren pochender Herzschlag war das einzige Geräusch, das er wahrnahm. Ab und zu überkam ihn ein Anfall von Panik, eine Mischung aus Angst und Verzweiflung, wenn er sich fragte: *Wie konnte es mit mir soweit kommen?* Ein hochdekorierter Soldat, ein guter Sohn, ein Mann, der immer nur das beansprucht hatte, was ihm auch zustand...

Ein Schlüssel drehte sich im Schloß, die Metalltür wurde aufgestoßen. Zwei der drei Wachleute, die den Raum betraten, waren uniformiert und trugen Schlagstöcke bei sich. Der dritte war ein junger Mann, eher schmächtig geraten, in einer frisch gebügelten braunen Hose und weißem Hemd ohne Krawatte. Aus seinem runden Gesicht blickten den Gefangenen sanfte Augen an, er rauchte eine Zigarette, die ein intensives Aroma verbreitete. Die beiden Uniformierten bauten sich breitbeinig vor der offenen Tür auf.

»Mein Name ist Pogodin.« Der junge Mann sprach mit Nachdruck, als er näherkam. »Sie stecken ganz schön im Schlamassel. Wir haben das Telefon in Ihrem Cassettengerät gefunden; Ihr sauberer Kollege in St. Petersburg besaß auch eines. Im Gegensatz zu Ihnen hatte er allerdings das Pech, einem Speznas-Offizier in die Hände zu fallen, der mit ihm nicht besonders zimperlich umgesprungen ist. Wir haben auch die Etiketten der Teebeutel, die Sie dem britischen Spion immer gebracht haben. Wirklich genial. Wahrscheinlich haben Sie die Informationen im Inneren versteckt und danach den Tisch aufgeräumt, so daß niemand das Fehlen der Etiketten bemerkt hat. Spuren davon haben wir in seiner Brieftasche gefunden. Ohne diesen Hinweis wären Sie wohl nicht aufgeflogen. Geben Sie das alles zu?«

Wolko schwieg. Nicht, daß er sich besonders mutig fühlte, aber die Selbstachtung war das einzige, was ihm noch geblieben war; die würde er sich um keinen Preis nehmen lassen.

Pogodin stand dicht neben Wolko und sah auf ihn hinab. »Tapfer, das muß ich schon sagen. Die meisten Leute in Ihrer Lage brüllen wie am Spieß. Sie wissen doch sicher, wie wir die Informationen aus Ihnen 'rausholen können?«

»Ich weiß.«

Pogodin betrachtete Wolko einen Moment lang; anscheinend konnte er sich nicht entscheiden, ob er ihn für todesmutig oder einfach nur für dumm halten sollte. »Wollen Sie eine Zigarette?«

Wolko schüttelte den Kopf.

»Wollen Sie ihr Leben retten, indem Sie einen Teil der Schuld wiedergutmachen, die Sie sich gegenüber Ihrem Land aufgeladen haben?«

Wolko blickte zu dem jungen Mann auf.

»Ich sehe, Sie sind interessiert.« Mit der Zigarette deutete Pogodin zu den beiden Männern vor der Tür. »Soll ich sie wegschicken, damit wir ungestört reden können?«

Einen Augenblick dachte Wolko nach, dann nickte er.

Auf einen Wink von Pogodin verließen die Wachleute den Raum und schlossen die Tür hinter sich. Der junge Mann ging um den Tisch herum und setzte sich vor Wolko auf die Tischkante.

»Ich nehme an, Sie haben eine etwas andere Behandlung erwartet, oder?«

»Wann? Heute, oder nach meiner Rückkehr aus Afghanistan – mit einem gebrochenen Rückgrat und einer Rente, mit der sogar ein Hund krepiert wäre?«

»Also Verbitterung ist es. Treibt einen stärker an als Wut, weil sie so schnell nicht vergeht. Sie haben also Rußland verraten, weil Ihre Rente Ihnen nicht reichte?«

»Nein«, erwiderte Wolko, »weil *ich* mich verraten fühlte. Es gab für mich keine Sekunde ohne Schmerzen mehr, egal, was ich gerade tat.«

Pogodin deutete mit dem Daumen auf sich. »Und bei mir kommt der Schmerz regelmäßig hoch, wenn ich an meinen Großvater denke, der in Stalingrad von einem Panzer zermalmt wurde, und an meine beiden älteren Brüder, die in Afghanistan von Heckenschützen abgeknallt worden sind – und wenn ich daran denke, daß Männer wie Sie die Ehre dieser Toten in den Schmutz ziehen, nur weil sie sich ungemütlich fühlen. Mehr Vaterlandsliebe können Sie nicht aufbringen?«

Wolko sah durch Pogodin hindurch. »Jeder Mensch muß sich irgendwie ernähren, und dafür muß er arbeiten. Wenn der Engländer sich in dem Hotel nicht für mich eingesetzt hätte, wäre ich 'rausgeflogen. Er hat eine Menge Geld dort gelassen.«

Pogodin schüttelte den Kopf. »Eigentlich sollte ich meinen Vorgesetzten im Sicherheitsministerium mitteilen, daß Sie uneinsichtig sind und Ihr Land jederzeit wieder für ein Taschengeld verkaufen würden.«

»Das ist nicht wahr, das wollte ich nie, auch jetzt nicht.«

»Natürlich nicht.« Pogodin nahm einen Zug von seiner Zigarette. »Weil Ihre Freunde tot sind und Sie Ihren eigenen Tod vor Augen haben.« Er blies den Rauch durch die Nase aus und ging dicht an Wolko heran. »Hier läuft alles ein bißchen anders, Andrej Wolko. Warum wollten Sie nach St. Petersburg?«

»Ich wollte jemanden treffen. Ich wußte nicht, daß er schon tot war.«

Pogodin schlug ihn hart ins Gesicht. »Sie wollten dort nicht den Russen oder den Engländer treffen – die Identität des Russen hätten Sie sowieso nicht erfahren; außerdem waren die beiden schon tot, und der DI6 hat es gewußt. Als der Speznas-Offizier ihre versteckten Telefone in Betrieb nehmen wollte, waren die Verbindungen tot. Er war wohl ein bißchen zu ungeduldig. Sie müssen vorher einen persönlichen Code eingeben, stimmt's?«

Wolko schwieg.

»Natürlich stimmt's. Also wollten Sie in St. Petersburg jemand anderen treffen. Wen?«

Wolko starrte immer noch ins Leere, seine Panik wurde von einer aufkommenden Scham überlagert. Er wußte, was jetzt kommen würde, was Pogodin im Schilde führte; die beiden Möglichkeiten, zwischen denen er sich würde entscheiden müssen, waren schrecklich, eine wie die andere.

»Ich weiß es nicht«, sagte Wolko schließlich, »ich sollte...«

»Ja?«

Wolko holte tief Luft, das Gefühl der Ohnmacht war unerträglich. »Ich sollte nach St. Petersburg fahren, dort Kontakt mit London aufnehmen und weitere Instruktionen abwarten.«

»Sollten Sie versuchen, nach Finnland durchzukommen?«

»Das... war jedenfalls mein Eindruck.«

Nachdenklich sog Pogodin an seiner Zigarette, dann stand er auf und sah auf Wolko herab. »Ich nehme kein Blatt vor den Mund, Andrej. Sie können Ihr Leben nur retten, wenn Sie uns helfen, mehr über die britische Operation in Erfahrung zu bringen. Sind Sie bereit, wie geplant nach St. Petersburg zu fahren und dort für uns zu arbeiten anstatt für den Feind?«

»Ob ich bereit bin? Wo unsere Bekanntschaft doch mit einer Pistole in meinem Nacken angefangen hat?«

Kalt sagte Pogodin: »Und so wird sie auch enden, wenn Sie nicht mitspielen.«

Wolko blickte zu der qualmverhangenen Decke des Verhörraums hoch. Vergeblich versuchte er sich einzureden, daß er aus Patriotismus handeln würde. Es war die nackte Angst.

»Ja.« Wolkos Worte kamen tonlos heraus. »Ich fahre nach St. Petersburg…« Er sah Pogodin direkt in die Augen. »Freiwillig.«

Pogodin warf einen schnellen Blick auf seine Armbanduhr. »Wir haben schon ein Abteil für Sie reserviert, wir werden den Zug nicht mal aufhalten müssen.« Zum ersten Mal lächelte Pogodin, als er Wolko ansah. »Ich begleite Sie natürlich. Auch wenn ich keine Waffe bei mir haben werde, bin ich überzeugt, daß Ihre Bereitschaft zur Zusammenarbeit nicht nachlassen wird.«

Der drohende Unterton war nicht zu überhören, aber Wolko war ohnehin zu mitgenommen, um zu antworten. Natürlich wollte er nicht, daß andere Menschen durch seine Schuld umkamen, aber andererseits kannte jeder, der beim Geheimdienst mitmischte, sehr genau das Risiko – er selbst am allerbesten.

Während Pogodin ihn aus dem Verhörraum zurück zum Wagen führte, wurde Wolko klar, daß ihm nicht mehr und nicht weniger als zwei Möglichkeiten blieben: Entweder er akzeptierte die Bedingungen, die ihm diktiert wurden – dann war ein schneller Tod für ihn reserviert. Oder es gelang ihm doch noch, zurückzuschlagen und seine Ehre wiederherzustellen, die soeben besudelt worden war…

31

Montag, 22.05 Uhr, Berlin

Die breite, schwere Iljuschin Il-76T war ein russisches Hochleistungs-Transportflugzeug; ihre Länge betrug, ebenso wie ihre Spannweite, knapp über 50 Meter. 1971 fanden die ersten Testflüge und 1974 die ersten regelmäßigen Einsätze in der sowjetischen Luftwaffe statt. Die Il-76T konnte auch auf kürzeren unbefestigten Behelfspisten starten und landen, was sie für den Einsatz unter Bedingungen, wie sie zum Beispiel in Sibirien anzutreffen waren, geradezu prädestinierte. In einer modifizierten Version war die Maschine auch als Tankflugzeug für strategische Überschallbomber verwendbar; zu den Käufern gehörten der Irak, die Tschechoslowakei und Polen. Die vier mächtigen Solowjew-D-30KP-Triebwerke ermöglichten der Iljuschin bei einer Zuladung von vierzig Tonnen eine Reisegeschwindigkeit von nahezu 800 Kilometern pro Stunde und eine Reichweite von etwa 6 400 Kilometern. Bei fast leerer Ladebucht und statt dessen eingebauten Zusatztanks aus relativ leichtem Kunststoff ließ die Reichweite sich noch einmal um mehr als siebzig Prozent erhöhen.

Die zuständigen Herren im Pentagon, denen Bob Herbert den bevorstehenden Einsatz der Striker-Truppe auf russischem Hoheitsgebiet erklärt hatte, verwiesen ihn an General David »Sturzflieger« Perel in Berlin, der die bullige Maschine aus dem geheimen Hangar einer amerikanischen Luftwaffenbasis holen ließ. Seit 1976, als der persische Schah die Il-76T gekauft und unter der Hand an die Vereinigten Staaten weiterveräußert hatte, war sie dort stationiert gewesen. Nach ausgiebigen Untersuchungen war sie für Spionagezwecke umgerüstet worden. Tatsächlich eingesetzt wurde sie aber relativ selten; ihre Aufgabe war dann die exakte Vermessung von Orientierungspunkten für die Eichung von Satelliten sowie die Vermessung unterirdischer Einrichtungen per Radar und Infrarot. Für sämtliche Flüge hatte ein

Doppelagent in der russischen Luftwaffe fingierte Flugpläne eingeschmuggelt und so einen bei den Militärs möglicherweise aufkommenden Verdacht erst gar nicht entstehen lassen. Auch dieses Mal erhielt er über Funk die entsprechende Anweisung.

In gewisser Weise war dieser Einsatz eine doppelte Premiere: Zum ersten Mal sollten amerikanische Truppen mit der Maschine befördert werden, und zum ersten Mal würde sie sich volle acht Stunden über dem russischen Luftraum befinden, solange dauerte nämlich der Flug von Helsinki zum Absprungpunkt und weiter nach Japan. Bei den vergangenen Einsätzen war die Zeit für die Russen immer zu knapp gewesen, um die Il-76T anzupeilen, die fehlende Registrierung festzustellen und Maßnahmen zu ergreifen.

Herbert und Perel waren sich einig über die Gefahr, der die Besatzung und das Striker-Team ausgesetzt sein würden; in der Telefonkonferenz mit Mike Rodgers brachten beide auch ihre erheblichen Vorbehalte gegen diesen Plan zum Ausdruck.

Rodgers teilte ihre Befürchtungen, fragte aber nach Gegenvorschlägen. Perel und Herbert stimmten darin überein, daß die Operation zwar durch die Charta des OP-Centers gedeckt sei, politische Fragen aber in die Kompetenz des Außenministeriums und des Weißen Hauses fielen. Rodgers rief Herbert und dem General in Erinnerung, daß es sich eindeutig um einen Aufklärungseinsatz handelte, bis sie herausgefunden hätten, welche Art von Fracht in dem besagten Zug transportiert wurde. Bis auf weiteres bliebe ihm nichts anderes übrig, als diesen Plan zu verfolgen, trotz der offensichtlichen Gefahr für die Männer des Kommandos. Derartige Unternehmungen brächten immer ein gewisses Risiko mit sich und seien unter bestimmten Umständen leider unvermeidlich.

Also wurde die Il-76T durchgecheckt und die notwendige Fallschirmspringer- und Winterausrüstung an Bord gebracht; mit einer Sondererlaubnis des finnischen Verteidigungsministers Kalle Niskanen startete die Maschine schließlich mit Kurs auf Helsinki. Dem Minister hatte man allerdings erklärt, daß der Flug Aufklärungszwecken diente; verschwiegen hatte man ihm, daß höchstwahrscheinlich Soldaten über Rußland abspringen würden. Mit diesem Problem durfte Lowell Coffey sich dann während des Fluges herumschlagen, wenn auch der für seine radikal antirussische Haltung bekannte Minister sich wahrscheinlich nicht lange zieren würde, egal, was sie dort genau vorhatten. Inzwischen meldete Herbert sich in der Funkzentrale des OP-Centers und ließ sich zu Lieutenant Colonel Squires durchstellen.

32

Dienstag, 23.27 Uhr, südlich von Finnland

»Ach so, das ist ganz was anderes?« fauchte Squires Sondra an, als der Starlifter mit dem Landeanflug auf den Flughafen von Helsinki begann. Das Team hatte inzwischen Zivilkleidung angezogen und konnte in dieser Aufmachung fast mit einer Touristengruppe verwechselt werden. »Zugegeben, Kaffee putscht auf, und wenn man ihn literweise 'runterstürzen würde, könnte er im Magen einiges anrichten. Aber Wein ist schlecht für die Leber *und* für den Geist.«

»Nicht, wenn man weiß, wann man aufhören muß.« Ein letztes Mal überprüfte Sondra ihre Ausrüstung. »Und Weintrinker dürfen ja wohl mindestens soviel Theater über Jahrgang, Blume und Körper veranstalten wie Kaffeetrinker.«

»Ich veranstalte kein Theater! Ich schwenke meinen Kaffee nicht in einer Edelkaraffe hin und her, um die Blume zu goutieren; ich trinke ihn ganz einfach, und basta. Ich tue auch nicht so, als ob es besonders nobel wäre, sich in einer edlen Umgebung schlückchenweise einen Kaffeerausch anzuschlürfen.« Squires vollführte eine energische Handbewegung. »Ende der Durchsage.«

Sondra schmollte, während sie den Reißverschluß ihres zivilen Rucksacks zuzog, in dem sich ein Kompaß, ein Neun-Zoll-Jagdmesser, eine 45er des Typs M9, tausend Dollar in bar und Computerausdrucke von Karten der Region befanden, die Squires noch während des Fluges mit seinem Laptop angefertigt hatte. Es war wirklich nicht fair von ihm, seinen höheren militärischen Rang ihr gegenüber so auszuspielen, aber schließlich hatte ihr auch niemand versprochen, daß es beim Militär fair zugehen würde und Vorgesetzte ihre Position nicht ausnutzten. Und überhaupt: Ihre Eltern hatten sie ja ausdrücklich gewarnt, als sie ihnen eröffnet hatte, daß sie nach dem College schnurstracks zum Militär gehen werde.

»Du willst sicher noch ein bißchen 'rumkommen? Warum nicht«, hatte ihr Vater gesagt. *»Wir können es uns ja leisten, laß dir ruhig ein Jahr Zeit.«*

Aber darum ging es gar nicht. Carl DeVonne war ein Musterbeispiel für den Aufstieg vom Tellerwäscher zum Millionär: In Neu-England hatte er sich in der Softeis-Branche ein Vermögen verdient, da konnte es ihm nur ein Rätsel sein, warum seine einzige Tochter, die doch alles hatte, was ihr Herz begehrte, nach ihrem Abschluß in Literatur es sich in den Kopf gesetzt hatte, zur Navy zu gehen. Und es durfte auch nicht irgendeine Einheit sein, sie wollte sich den Weg in ein Sondereinsatzkommando freikämpfen. Vielleicht war sie ja als Kind zu sehr verwöhnt worden und brauchte jetzt eine Herausforderung, und das anscheinend auf einem Gebiet, auf dem ihr übermächtiger Vater nichts Vergleichbares vorzuweisen hatte. Mit Sicherheit wurde ihr bei den Strikers das Letzte abverlangt.

Sondra konnte nicht begreifen, wie ein so intelligenter Mann wie Squires sich so dämlich verhalten konnte. Ein Funkspruch aus dem OP-Center riß sie aus ihren Gedanken. Wie immer hörte Squires mit gespannter Aufmerksamkeit zu, ohne selbst viel zu sagen; schließlich übergab er das Gerät wieder seinem Funker.

»Also, meine Dame, meine Herren, alles mal herhören.« Er beugte sich zu seinen Leuten hinüber wie ein Stürmer beim

Football vor dem Angriff. »Hier ist das Neueste vom Tage. George, Sie werden in Helsinki aussteigen; Darrell McCaskey hat für Sie ein Treffen mit einem gewissen Major Aho vom finnischen Verteidigungsministerium arrangiert. Der Major wird Ihnen die britische Agentin Peggy James vorstellen; Sie beide werden sich ganz allein um die Eremitage kümmern. Tut mir leid, aber wir anderen haben anderswo noch was zu erledigen. Sie werden eine kleine Spazierfahrt in einem Kleinst-U-Boot durch den Finnischen Meerbusen in die Newa-Mündung unternehmen. Der finnische Verteidigungsminister ist von der hartgesottenen Art, in seiner Amtszeit haben die Finnen schon mehrere ähnliche Erkundungsfahrten durchgeführt. Die Russen sehen nicht allzu genau hin, sie haben dafür einfach zu wenig Personal, und außerdem erwarten sie Überfälle von überall her, aber nicht gerade aus Finnland.«

»Ganz schön schlampig«, bemerkte Sondra.

»Sie werden in ein Schlauchboot umsteigen, mit dem Sie und Ihre Kollegin bei Tageslicht nach St. Petersburg 'reinfahren werden. General Rodgers hätte es lieber gesehen, wenn Sie bis zum Einbruch der Nacht warten könnten, aber die Finnen fahren nun mal immer tagsüber. Glücklicherweise unterhält die russische Marine in der Koporski-Saliw-Bucht, in der Nähe der Stadt, einen Stützpunkt für Kleinst-U-Boote; Sie werden in Helsinki deshalb mit russischen Marineuniformen versorgt. Wenn Sie von irgend jemandem behelligt werden: Ms. James spricht fließend russisch, und Sie haben auch alle nötigen Dokumente an Bord; im Augenblick werden in der Sonderabteilung des finnischen Sicherheitsministeriums gerade die entsprechenden russischen Papiere angefertigt. Major Aho wird Ihnen neben den notwendigen Visa und sonstigen Ausweispapieren auch Ihre persönlichen Daten übermitteln, so daß Sie im Notfall das Land als russische Soldaten auf Urlaub verlassen können. Sobald Sie dort sind, sammeln Sie so viele Informationen wie möglich über die Nachrichtenzentrale, die anscheinend im Untergeschoß der Eremitage eingerichtet wurde. Wenn Sie die Anlage ohne Blutvergießen lahmlegen können, tun Sie es. Noch Fragen?«

»Ja, Sir. Ich nehme mal an, daß Major Aho das Kommando hat, solange wir auf finnischem Boden operieren. Wie ist das in Rußland?«

Auf einmal schien Squires sich nicht mehr ganz wohl zu fühlen. »Darauf wollte ich gerade zu sprechen kommen. Die Neue, die uns vom OP-Center vor die Nase gesetzt worden ist, also diese Ms. James, sollte ursprünglich dem Offizier vom Dienst unterstehen. Während Ihres Abstechers nach St. Petersburg gibt es aber keinen Offizier vom Dienst; mit anderen Worten: Sie ist nicht verpflichtet, von Ihnen Befehle entgegenzunehmen.«

»Wie bitte?«

»Ich weiß, George, mir schmeckt die Sache auch nicht. Ich kann Ihnen nur einen Rat geben: Tun Sie Ihre Arbeit. Wenn sie mit Vorschlägen kommt, denken Sie drüber nach. Wenn Ihre Ideen ihr nicht gefallen, versuchen Sie, das Beste 'rauszuhandeln. Auf jeden Fall ist sie mit allen Wassern gewaschen, eigentlich sollte alles gut gehen. Weitere Fragen?«

George salutierte. »Nein, Sir.« Sein rosiges, jugendlich frisches Gesicht verriet nicht, ob er noch Bedenken hegte oder langsam nervös wurde.

»Okay.« Squires blickte in die Runde. »Wir anderen unternehmen einen netten kleinen Ausflug. Wir werden in ein russisches Transportflugzeug umsteigen, das wir für diesen Zweck wieder auf Vordermann gebracht haben, und mit unbekanntem Ziel verreisen. Den Rest erfahren wir unterwegs.«

»Haben Sie eine Ahnung, wo's hingeht, Sir?« fragte Sondra.

Kühl heftete Squires seinen Blick auf sie. »Wenn ich eine Ahnung hätte, wüßten Sie's längst. Sobald *ich* was erfahre, erfahren *Sie* es auch.«

Standhaft erwiderte Sondra seinen Blick; ihr Überschwang schmolz allerdings dahin wie Butter an der Sonne. Vorhin ihr Gespräch, jetzt diese Abfuhr, sie erkannte auf einmal Seiten an Squires, die sie während ihres ersten Monats im Striker-Team bis dahin nicht wahrgenommen hatte: Auf einmal war da nicht mehr der fordernde, unnachsichtige,

203

cholerische Ausbilder, sondern der herrische Kommandant. Der Übergang vom Aufseher zum Chef war fließend, aber dennoch gewöhnungsbedürftig. Und auch faszinierend, das mußte sie sich eingestehen.

Als Squires die Lagebesprechung beendet hatte, schloß Sondra auf ihrem Platz die Augen, um ihre Motivation wieder auf Trab zu bringen, wie es ihr während der Ausbildung beigebracht worden war; sie vergegenwärtigte sich, daß sie für sich selbst und ihr Land und nicht wegen Squires an der Mission teilnahm.

»DeVonne.«

Sondra öffnete die Augen. Der Leutnant Colonel lehnte sich zu ihr herüber, so daß das Dröhnen der Triebwerke ihn nicht übertönte. Seine Miene schien weniger abweisend als noch wenige Augenblicke zuvor.

»Ein kleiner Rat von mir... Unten im Stützpunkt hatten Sie die dickste Wut im Bauch, die mir jemals untergekommen ist. Ich weiß ja nicht, wen Sie da in Gedanken massakriert haben, oder wen Sie beeindrucken wollten. Mich haben Sie auf jeden Fall beeindruckt; wenn Sie keinen Grips und zwei linke Hände hätten, wären Sie nicht hier. Der Rest des Teams, Miss DeVonne, hat schon zur Kenntnis genommen, daß während eines Einsatzes die wichtigsten Tugenden immer dieselben sind: Vorsicht, Selbstbeherrschung, innere Stärke und Gerechtigkeitssinn. Verstehen Sie, was ich meine?«

»Ich denke schon, Sir.«

»Ich kann es auch anders ausdrücken.« Squires richtete sich auf, um sich für die Landung anzuschnallen. »Bleiben Sie überall am Ball, nur nicht mit dem Mundwerk, dann können Sie nichts falsch machen.«

Sondra schloß ihren eigenen Schultergurt und lehnte sich zurück. Sie fühlte sich derbe vor den Kopf gestoßen; aber vor allem fand sie es unmöglich, daß Squires ihr ausgerechnet zu diesem Zeitpunkt und auf diese Art seine Philosophie unter die Nase reiben mußte. Gleichzeitig war sie sich auf einmal sehr sicher, daß sie diesem Mann ohne Bedenken in jede Schlacht folgen konnte...

33

Montag, 16.30 Uhr, Washington, D. C.

Während Rodgers in seinem Büro die aktualisierten Pläne des Strategieteams für die bevorstehende Striker-Mission durchging, erreichte ihn per E-Mail Stephen Viens Bericht über die Untersuchung der Fracht mit Hilfe des AIM-Satelliten:

Inhalt aller Kisten scheint von fester Beschaffenheit zu sein, wahrscheinlich aber keine Maschinen oder Maschinenteile. Sind von zwei Männern leicht zu heben. Fotomaterial ging zwecks Analyse an Matt Stoll.

»Kokainblöcke oder Heroinpäckchen, aber garantiert«, murmelte Rodgers. »Am liebsten würde ich diesen Banditen jedes Paket einzeln ins Maul stopfen.«

Es klopfte an der Tür. Rodgers betätigte den elektrischen Öffner, und Lowell Coffey trat ein.

»Sie wollten mich sprechen?«

Rodgers bedeutete ihm, Platz zu nehmen. Coffey legte seinen schwarzen Trenchcoat ab und ließ sich in den Ledersessel fallen. Er hatte Ringe unter den Augen, sein Haar war nicht halb so sorgfältig gekämmt, wie man es von ihm gewohnt war. Zweifellos hatte er einen harten Tag hinter sich.

»Jetzt erzählen Sie mal, wie war's denn beim Geheimdienstausschuß?« erkundigte sich Rodgers.

Coffey zupfte seine Designer-Manschettenknöpfe unter den Ärmeln seiner Anzugjacke hervor. »Ich habe den Senatoren Fox und Karlin unsere revidierte Planung erläutert. Sie haben uns für verrückt erklärt, Senatorin Fox sogar zweimal; kein Komma wollen sie an dem ursprünglichen Auftrag ändern. Ich habe den Eindruck, es gefällt ihnen überhaupt nicht, daß wir es eventuell mit russischen Einheiten zu tun kriegen, Mike.«

»Um deren Probleme kann ich mich nicht auch noch

kümmern, ich muß meine Leute da 'reinkriegen. Gehen Sie nochmal hin, Lowell, und sagen Sie ihnen, daß es nicht um Kampfhandlungen geht, sondern nur um einen Aufklärungseinsatz.«

»Nur ein Aufklärungseinsatz.« In Coffeys Stimme schwang einiger Zweifel mit. »Das werden sie uns nie abnehmen, ich kann es ja selbst nicht glauben. Ich meine, was soll denn aufgeklärt werden?«

»Die genaue Position der Soldaten und die Art der Ladung.«

»Dafür müssen unsere Leute sich den Zug aber von innen ansehen – wenn das keine hautnahe Aufklärung ist... Und wenn unser Team enttarnt wird? Was soll ich für den Fall den Damen und Herren Senatoren erzählen? Kampf oder Kapitulation?«

Unverblümt sagte Rodgers: »Kapituliert wird nicht!«

»Dann brauche ich gar nicht erst hinzugehen.«

»Meinetwegen – sagen Sie ihnen, es wird keine Kampfhandlungen geben, wir verwenden maximal Blendgranaten und Tränengas. Wir werden alle nur ein bißchen einschläfern, verletzt wird niemand.«

»Trotzdem, damit brauche ich mich vor dem Ausschuß nicht blicken lassen.«

»Dann erzählen Sie denen doch, was Sie wollen!« sagte Rodgers aufgebracht. »Zum Teufel, auch *mit* der Ermächtigung brechen wir internationales Recht.«

»Stimmt, aber wenn wir auffliegen, liegt der schwarze Peter beim Kongreß, und wir werden mit einem blauen Auge davonkommen. Haben Sie überhaupt die leiseste Ahnung, wie viele nationale und internationale Gesetze und Verträge Sie möglicherweise mit Ihrer Mission brechen? Ich kann Sie beruhigen, in den Knast wandern Sie deswegen garantiert nicht, aber dafür werden Sie die nächsten vierzig Jahre einen Prozeß nach dem anderen am Hals haben, in denen sie Ihre Unschuld beweisen dürfen.«

Rodgers dachte einen Augenblick nach. »Wie wär's, wenn Sie dem Ausschuß erklären, daß wir ja gar nicht gegen die russische Regierung vorgehen werden?«

»Mitten in Rußland? Aber gegen wen denn sonst?«

»Wir gehen davor aus, daß ein hochrangiger Beamter verbrecherische Absichten verfolgt und mit der Drogenmafia gemeinsame Sache macht.«

»Warum haben wir dann nicht den russischen Präsidenten informiert? Wenn er unsere Unterstützung...«

»Das kann er nicht. Nach dem Wahlergebnis ist Zhanin nicht stark genug, um gegen die Rebellen in den eigenen Reihen vorzugehen.«

Coffey versuchte, die neuen Informationen zu sortieren. »Verbrecherische Beamte. Am Ende noch gewählt...«

Rodgers schüttelte den Kopf. »Vom letzten Präsidenten ernannt. Wenn Zhanin endlich mal anständig aufräumen würde, wären sie die ersten, die von der Bildfläche verschwinden.«

Coffey kaute auf seinen Backen herum. »Zusammen mit der Drogengeschichte könnte es klappen. Besonders gern versohlen diese Senatoren unartigen Jungs den Hintern, die für ihre Wähler als Sündenbock herhalten können. Und der Präsident? Haben wir ihn auf unserer Seite, oder sind wir auf uns gestellt?«

»Paul hat ihm unsere Vorschläge schon erläutert. Die Risiken gefallen ihm gar nicht, aber es juckt ihn in den Fingern, irgendwem für den New Yorker Anschlag eins auszuwischen.«

»Und Paul steht hinter Ihnen, nehme ich an?«

»Ja, jedenfalls wenn Sie mir die Ermächtigung des Ausschusses beschaffen können.«

Coffey schlug die Beine übereinander, nervös rieb er seinen Fuß am Knie. »Sie werden wohl nicht gerade mit der Starlifter 'reinfliegen wollen?«

»Nein, wir haben in einer Il-76T, die in Berlin stationiert ist, ein bißchen Staub gewischt und sie Richtung Helsinki losgeschickt.«

»Moment mal – Botschafter Filminor hat die finnische Regierung dazu gebracht, einen Einfall in Rußland abzusegnen?«

»Nein, Bob ist damit zum Verteidigungsminister gegangen.«

»Etwa zu diesem Niskanen?« Coffey konnte es nicht fassen. »Der ist total überdreht, das habe ich Ihnen doch heute morgen schon gesagt! Aber genau deswegen ist er immer noch im Amt, er treibt den Russen den Angstschweiß auf die Stirn. Trotzdem kann er unmöglich die endgültige Zustimmung für so eine Sache erteilen, da muß Präsident Jarva *zusammen mit* Premierminister Lumirae unterschreiben.«

»Von Niskanen brauchte ich ja nur die Einflugerlaubnis. Sobald unser Team in der Luft ist, können Sie oder Niskanen oder der Botschafter mit dem Präsidenten und dem Premierminister verhandeln.«

Mißbilligend schüttelte Coffey den Kopf. »Jetzt muß ich's Ihnen doch mal sagen, Mike – dieses Mal gehen Sie entschieden zu weit! Sie sind gerade dabei, sich auf das größte Pulverfaß zu setzen, das Sie entdecken konnten.«

Es klopfte, Darrell McCaskey trat ein. »Störe ich bei einer wichtigen Besprechung?«

»Eigentlich schon«, sagte Coffey, »aber das ist in Ordnung.«

Rodgers sagte: »Ich hab' von dem Verlust des Agenten in Tokio gehört. Das tut mir leid.«

Der gedrungene FBI-Verbindungsmann und Fachmann für Krisenmanagement strich sich über sein schütteres Haar und übergab Rodgers einige Dokumente. »Er starb im Einsatz – wenn das nichts ist.«

Coffey schloß die Augen, während Rodgers sich in die Papiere vertiefte.

»Die hat Interpol uns 'rübergefaxt«, erklärte McCaskey. »Diese Pläne vom Kellergeschoß der Eremitage wurden kurz nach dem Fall Polens erstellt. Die Russen wußten, daß es zum Krieg kommen würde, also haben sie das Untergeschoß ausgeräumt, die Wände bunkertauglich verstärkt und Pläne für die Unterbringung des Stadtrats und der militärischen Führung für den Fall eines Angriffs ausgearbeitet. Sehen Sie selbst: Wände und Decken aus fünfundvierzig Zentimeter dicken Blöcken aus Schlacke, Belüftung, sanitäre Einrichtungen – viel fehlt da nicht, um diese Räume für geheimdienstliche Arbeit einzurichten.«

Rodgers studierte die Pläne. »Genau das hätte ich auch getan. Ich kann mich nur wundern, daß sie solange damit gewartet haben.«

»Die Kollegen von Interpol sagen, daß sie die Kellerräume tatsächlich immer mal wieder für die Funküberwachung genutzt haben. Aber Sie kennen ja die Russen; die verlassen sich so weit wie möglich lieber auf die Aufklärung vor Ort.«

»Die alte Bauernmentalität. Was man hat, das hat man.«

»Im Prinzip haben Sie recht«, sagte McCaskey, »aber jetzt, da immer mehr Doppelagenten auffliegen und der KGB zusammengebrochen ist, könnte sich das schnell ändern.«

»Vielen Dank, Darrell. Schicken Sie die Pläne zu Squires 'rüber, er soll sie mit dem Mann besprechen, der nach St. Petersburg geht.« Rodgers sah Coffey an. »Dafür, daß wir auf dem Pulverfaß sitzen, leisten wir aber anscheinend ganz gute Spionagearbeit. Wie wär's, wenn Sie sich schon mal um diese Genehmigungen kümmern, die wir brauchen, sobald die Truppe wieder unterwegs ist, und das ist...« – er sah auf die Computeruhr – »...in ungefähr einer Stunde.«

Coffey wirkte wie gelähmt. Beim Aufstehen nickte er. Wieder zupfte er seine Manschettenknöpfe zurecht und warf Rodgers einen Blick zu. »Noch eine Kleinigkeit, Mike. Als Anwalt und als Ihr Freund muß ich Sie noch auf einen Punkt aufmerksam machen: Laut Abschnitt sieben, ›Verantwortung des militärischen Personals gegenüber zivilen Führungskräften‹, Unterabschnitt b, Paragraph zwei untersteht die Striker-Truppe dem Offizier mit dem höchsten Rang, also Ihnen. Der Direktor kann keinen Befehl zurücknehmen, den Sie erteilt haben.«

»Die Charta kenne ich fast so gut wie *Cäsars Reden über den gallischen Krieg*. Also, worauf wollen Sie 'raus, Lowell?«

»Wenn ich die Zustimmung des Kongresses nicht erreiche und Paul diese Entscheidung wörtlich nimmt, kann er das Team nur zurückpfeifen, indem er Sie Ihres Postens enthebt und einen neuen stellvertretenden Direktor ernennt. Wenn diese Entscheidung sofort fällig wäre, würde er damit zu den diensthabenden Abteilungsleitern gehen.«

»Soweit würde ich es nicht kommen lassen; wenn er mich darum bittet, rufe ich die Truppe selbst zurück. Aber ich bin sicher, daß Paul das nie und nimmer tun wird. Unsere Aufgabe ist das Krisenmanagement; solange wir alles tun, was in unserer Macht steht, um die Sicherheit unserer Leute zu garantieren, werden wir das Kind schon schaukeln.«

»Ich sag's Ihnen, irgendwann könnten Sie sich mit diesem Einsatz verdammt allein fühlen.«

»Nur wenn's schiefgeht«, warf Darrell McCaskey ein. »Nach dem Job in Nordkorea hatten manche uns ja auch schon abgeschrieben, aber wir haben's geschafft, und keiner hat sich beschwert.«

Rodgers klopfte Coffey auf die Schulter und ging zu seinem Schreibtisch zurück. »Jetzt lassen Sie unsere Grabinschrift mal in der Schublade, Lowell. Vor kurzem habe ich Churchill gelesen; da fällt mir jetzt eine Stelle aus einer Rede ein, die er im Dezember 1941 vor dem kanadischen Parlament gehalten hat. Er schreibt: ›Als ich ihnen eröffnete, daß Großbritannien auf jeden Fall weiterkämpfen werde, egal, was Kanada zu tun gedachte, sagten die Generäle ihrem Premierminister und seinem in dieser Frage gespaltenen Kabinett: Binnen drei Wochen werden die Kriegsgegner England den Hals umgedreht haben wie einem Huhn.‹« Rodgers lächelte. »Meine Herren, abgewandelt könnte Churchills Antwort ebenso gut unser neues Motto werden: ›Wo ein Huhn ist, ist auch ein Hals.‹«

34

Montag, 23.44 Uhr, Helsinki

Der Starlifter landete auf einer etwas abgelegenen Rollbahn des Flughafens von Helsinki. Major Aho, der sie dort bereits erwartet hatte, stellte sich Lieutenant Colonel Squires in fließendem Englisch als »waschechter schwarzhaariger Lappländer« vor, der in der Armee diente. Als Vertreter von Verteidigungsminister Niskanen sei er ermächtigt, ihnen in jeder erdenklichen Weise behilflich zu sein.

Der eisige Nachtwind, der durch die geöffnete Einstiegsluke der Maschine hereinfegte, ließ das Team frösteln. Squires äußerte nur den einen Wunsch, die Luke zu schließen und drinnen auf die Il-76T zu warten.

»Aber selbstverständlich.« Ebenso wie seine Haltung zeugte auch Major Ahos sonore Stimme von großer Würde.

Der Major stellte einen Adjutanten als Ansprechpartner für die Bodenmannschaft ab, wartete geduldig, bis George die guten Wünsche aller anderen entgegengenommen und erwidert hatte, und begleitete ihn dann zu dem bereits wartenden Auto. Beide nahmen auf der Rückbank Platz.

»Waren Sie schon einmal in Finnland, George?«

»Sir, bis ich in die Armee eingetreten bin, war ich noch nie außerhalb von Lubbock, Texas. Danach war ich immer nur in Virginia. Zu dem ersten anstehenden Einsatz wurde ich noch nicht eingeteilt. Bei der zweiten Mission, in Philadelphia, war ich krank. Beim dritten Mal, in Korea, hat mir ein General meinen Platz weggeschnappt.«

»König schlägt Bauer, das gilt im Leben genauso wie beim Schach.« Major Aho schmunzelte. »Naja, dieses Mal werden Sie dafür mehr als entschädigt, Sie werden gleich zwei Ländern einen Besuch abstatten.«

George erwiderte das Lächeln. Der Major verbreitete eine Aura geradezu himmlischen Wohlwollens um sich, seine Augen waren die Sanftheit selbst; beides hatte George bei einem Offizier noch nie zuvor erlebt. Aber unter Ahos gutgeschnittener brauner Uniform konnte George gleichzeitig Muskelpakete erahnen, wie er nie, wenn überhaupt, nur in den im Fernsehen veranstalteten Bodybuilding-Wettbewerben gesehen hatte.

»Sie haben Glück«, fuhr Aho fort. »Die Vikinger waren überzeugt, daß ein Krieger, der in Friedenszeiten nach Finnland kam, in der Schlacht unbesiegbar war.«

»Und was glaubten die Vikingerinnen, Sir?«

Der Major seufzte. »Das war eben noch eine ganz andere

Welt. A propos – Ihre Kollegin haben Sie noch nicht getroffen?«

»Bis jetzt nicht, Sir, aber ich freue mich schon drauf.«

George verhielt sich zunächst diplomatisch; in Wahrheit bereitete diese Ms. James ihm schon jetzt einiges Kopfzerbrechen. Er hatte sich die Akte, die ins Flugzeug hochgefaxt worden war, gründlich zu Gemüte geführt und war sich alles andere als sicher, daß er mit einem zivilen Hans-Dampf-in-allen-Gassen, und dann auch noch mit einem weiblichen, zurechtkommen würde.

Verschwörerisch beugte sich Aho zu George hinüber. »Was jetzt kommt, würde ich ihr nicht direkt auf die Nase binden – aber in der Gesellschaft der Vikinger ging es nur um die männlichen Krieger. Jeder Mann hatte stets eine Axt, einen Dolch und ein Schwert dabei, und trug Kleidung aus Fuchs-, Biber- oder sogar Eichhörnchenfellen, die aber immer seinen Kampfarm freiließ. Die Frauen trugen über jeder Brust je ein Kästchen aus Eisen, Kupfer, Silber oder Gold, was etwas über den Wohlstand ihres Mannes aussagte. Der Ring um ihren Hals war ein Zeichen ihrer Unterordnung. Vor Jahren gab es in den Schulen unseres Landes einigen Wirbel um die Frage, wie die Geschichte dieser Leute im Unterricht darzustellen sei.« Der Major lehnte sich wieder zurück. »Wen man alles nicht beleidigen darf! Nicht die Frauen, nicht die Briten, die unter den Vikingern schwer zu leiden hatten, nicht die Christen, die von den Heiden abgeschlachtet wurden – dabei wollten diese sogenannten Heiden einfach ihre Kultur nicht genauso gnadenlos zerstören lassen wie die Westgoten, die Ostgoten, die Burgunder, die Lombarden und die Alemannen. Können Sie sich vorstellen, daß manche meiner Landsleute sich einer solchen Geschichte schämen?«

»Absolut nicht, Sir.« George blickte zu dem sternenklaren Nachthimmel hinauf. Denselben Himmel hatten auch die Vikinger schon über sich gesehen – ob sie wohl bei diesem Anblick Ehrfurcht oder gar Angst empfunden hatten? George konnte sich kaum vorstellen, daß die Vikinger vor etwas anderem Angst gehabt haben konnten als vor dem Verlust ihrer Ehre. Wie in praktisch allen Eliteeinheiten hatte auch in seiner Ausbildung neben der körperlichen Ertüchtigung die Vermittlung einer ganz bestimmten Einstellung eine entscheidende Rolle gespielt: Genauso wichtig wie der Vierundzwanzig-Stunden-Marsch mit schwerem Gepäck war also die Überzeugung, daß der Tod eine Sache des Augenblicks ist, das Versagen aber einen Menschen das ganze Leben lang begleitet. George hatte diesen Leitsatz total verinnerlicht.

Und doch, besser fühlte er sich auf jeden Fall in »großer Garderobe«: mit einem Hüftbeutel voller Blendgranaten, einer kugelsicheren Weste, mit dem in der Reverstasche verstauten Messer für den Kampf Mann gegen Mann, seiner Gasmaske und den Ersatzmagazinen mit 9mm-Munition. Statt dessen befanden sich in seinem Rucksack eine AN/PVS-7A-Nachtsichtbrille, ein Infrarotdetektor zum Aufspüren versteckter Objekte durch deren Wärmeabstrahlung, und schließlich seine MP5-SD3 von Heckler & Koch mit zusammenklappbarer Schulterstütze und eingebautem Schalldämpfer. Selbst das durch den Bolzen verursachte Geräusch wurde durch Gummimanschetten gedämpft; wenn man dann noch eine Spezialmunition verwendete, war der Schuß im Umkreis von fünf Metern unhörbar. Und dann war noch ein Paß in seinem Gepäck. Diesen Trick zum Verlassen des Landes hatte Darrell McCaskey sich einfallen lassen.

»Eigentlich glaube ich aber nicht, daß man die Kämpfe Ihrer Vorfahren mit unserer Mission vergleichen kann, Sir.« George versuchte, sich durch die Konversation nicht zu sehr von seinen eigenen Gedankenspielereien ablenken zu lassen. Er riß sich erst von der überwältigenden Schönheit der Milchstraße ab, als der Wagen die Stadt erreichte und auf die Pohjoiseplanadi einbog, eine Hauptverkehrsstraße, die das Stadtzentrum in öst-westlicher Richtung durchkreuzt. »Ich meine, es wäre doch nicht ganz so einfach gewesen, einen schwerbewaffneten Vikinger mitsamt seinem gehörnten Helm unbemerkt in ein fremdes Land zu schmuggeln.«

213

»Das ist wahr. Außerdem war das auch gar nicht ihre Art. Wenn sie auf ihr Ziel losstürmten, versetzten sie die Bewohner in Angst und Schrecken, damit sich die gegnerischen Anführer nicht nur mit den Eindringlingen, sondern auch noch mit der Panik ihrer eigenen Leute herumschlagen mußten.«

»Und da kommen wir in einem Kleinst-U-Boot daher, Sir.«

»Für uns ist es der ›Kleine Krieger‹«, sagte Aho. »Klingt ein bißchen reißerischer, finden Sie nicht auch?«

»Ganz Ihrer Meinung, Sir«, erwiderte George höflich. Sie stoppten vor dem großartigen, weitläufigen Präsidentenpalast, der für die von 1812 an die Stadt regierenden russischen Zaren errichtet worden war. Die Holzgebäude, die bis dahin auf dem Areal zwei Jahrhunderte lang gestanden hatten, waren zuvor einer verheerenden Brandkatastrophe zum Opfer gefallen. Aho führte George durch einen Seiteneingang in den Palast.

Zu dieser späten Stunde war hier nicht besonders viel Betrieb. Nachdem Aho sich der Wache gegenüber ausgewiesen hatte, begrüßte er einige Mitarbeiter der Nachtschicht, bevor er George in ein kleines Büro am Ende des engen, nur spärlich beleuchteten Korridors brachte. Neben der holzgetäfelten Tür befand sich eine Bronzeplatte mit der Aufschrift *Verteidigungsminister*. Mit zwei Schlüsseln öffnete der Major die Tür.

»Minister Niskanen hat in der Stadt mehrere Büros. In diesem hier residiert er, wenn er gerade gut mit dem Präsidenten steht. Im Moment benutzt er ein anderes.« Der Major gestattete sich den Anflug eines indiskreten Lächelns; vertraulich fügte er hinzu: »Noch etwas hat sich geändert. In den alten Zeiten der Generäle und Monarchen haben Staatsmänner ihre Streitigkeiten nicht dem Parlament, dem Kongreß oder gar der Presse vorgetragen. Sie stellten eine Sklavin an die Wand, schleuderten Äxte auf sie, und wer sie traf, hatte verloren. Dann kehrten sie zu ihren geistigen Getränken zurück, und die Angelegenheit war vergessen.«

»Ich kann Ihnen jetzt schon sagen, wo das garantiert nicht funktionieren wird, Sir.«

»Oh, funktionieren würde es schon – nur wäre das die beste Methode, sich unbeliebt zu machen.«

Im Zimmer brannte schon Licht. Eine Frau stand hinter dem Schreibtisch und studierte mit aufgestützten Händen eine Karte. Sie war eher von schmaler Gestalt, ihre großen blauen Augen wurden von einer dunkelblonden Kurzhaarfrisur eingerahmt. Ihre Lippen waren schmal und trotzdem rosig frisch, ihre recht kräftige Nase war an der Spitze ein wenig aufwärts gebogen, ihre blasse Gesichtshaut wies in der Wangengegend einige wenige Sommersprossen auf. Bekleidet war sie mit einem schwarzen Overall.

»Ms. James.« Aho schloß die Tür und nahm seinen Hut ab. »Mr. George.«

»Ich freue mich, Sie zu sehen, Madam.« Lächelnd setzte George seinen Rucksack ab.

Nur kurz sah Peggy auf, um sich sofort wieder ihrer Karte zu widmen. »Guten Abend. Sieht fast so aus, als ob Sie schon über fünfzehn wären.«

Ihre abgehackte Sprechweise und ihre brüske Art erinnerte George an Bette Davis in ihren jungen Jahren. »Fünfzehneinhalb.« Er näherte sich dem Schreibtisch. »Sie meinen sicher meine Kragenweite.«

Sie blickte auf. »Auch noch ein Komiker.«

»Ich bin vielseitig begabt, Madam.« Blitzschnell sprang George, immer noch lächelnd, auf den Schreibtisch, seine Füße standen links und rechts von der Karte. Bevor Peggy reagieren konnte, schnappte er sich einen Brieföffner und drückte die Klinge an ihre Kehle. »Das Töten habe ich auch gelernt, schnell und ohne Aufsehen.«

Ihre Blicke trafen sich. Das war ein Fehler gewesen, auf die Art hatte sie ihn abgelenkt. Energisch schlug sie ihm den Brieföffner aus der Hand, mit ihrem rechten Bein trat sie ihm die Füße unter seinem Körper weg. Als er seitlich wegrutschte, packte sie ihn vorn am Hemd, stieß ihn rücklings zu Boden und stellte ihren Fuß auf seinen Hals.

»Kleiner Tip – wenn Sie das nächste Mal jemand um die Ecke bringen wollten, quatschen Sie nicht so viel. Alles klar?«

»Alles klar.« Er schleuderte seine Füße hoch, so daß er für den Bruchteil einer Sekunde auf seinen Schulterblättern zu stehen schien. Mit den Knöcheln umklammerte er ihren Hals, zerrte sie zu Boden und warf sie auf den Rücken. »Das eine Mal mach' ich 'ne Ausnahme.«

George hielt die Agentin im Würgegriff, um ihr eine Lektion zu erteilen; schließlich ließ er von ihr ab. Sie rang nach Luft, so daß er ihr auf die Beine helfen mußte.

»Nicht von schlechten Eltern.« Immer noch keuchend tastete sie mit der linken Hand ihre Kehle ab. »Aber eines haben Sie übersehen.«

»Und was, wenn ich fragen darf?«

Sie zeigte ihm den Brieföffner, den sie in ihrer rechten Hand verborgen hatte. »Den konnte ich gerade noch erwischen, bevor Sie mich zu Boden zogen. So wie Sie mich festgehalten haben, hätte ich überall hinstechen können.«

Mit der Linken an ihrer schmerzenden Kehle kehrte Peggy zu ihrer Karte zurück. Verdutzt blickte George auf den Öffner; langsam kam der Ärger über ihn selbst hoch. Daß eine Frau ihn besiegt hatte, machte ihm nichts aus; in der Ausbildung hatte er sich mit Sondra gnadenlose Gefechte geliefert. Aber während eines Einsatzes einen Brieföffner zu übersehen, konnte durchaus bedeuten, umgehend ins Reich der Toten befördert zu werden.

Major Aho hatte die Szene von der Tür aus beobachtet, ohne sich einzumischen. Jetzt sagte er: »Nachdem die Herrschaften einander vorgestellt sind, können wir jetzt bitte zur Arbeit übergehen?«

Peggy nickte.

»Wenn Sie im Hafen das Boot erreicht haben«, sagte Aho, »lautet Ihre Losung ›wunderbarer Schachtelhalm‹, die Antwort ist ›entzückender Drachenkopf‹; das weitere Vorgehen habe ich Ms. James schon erklärt. Sie hat von mir auch bereits das Geld und die russischen Uniformen erhalten, die Sie beide tragen werden.« Ein Lächeln huschte über sein Gesicht. »Wir haben hier mehr und besser geschnittene Uniformen als die Russen selbst.« Aus der Innentasche seiner Jacke zog er ein versiegeltes Päckchen und händigte es George aus. »Hier sind die Papiere von Kapitän Starschina Jewgenij Glebow und Obermaat Ada Lundver der russischen Marine. Ms. James, Sie sind zuständig für Küstenkartographie und Bojeninstandhaltung; sobald Sie beobachtet werden, folgen Sie nach außen Georges' Anweisungen.«

»Aber er spricht doch kein Wort Russisch – wie soll das gutgehen?«

»Sie haben eine anderthalbstündige Bootsfahrt und einen zehnstündigen Tauchgang mit dem U-Boot vor sich – Zeit genug für einen Grundkurs.« Aho setzte seine Uniformmütze wieder auf. »Damit hätten wir wohl das Wesentliche besprochen, denke ich. Oder gibt es noch Fragen?«

»Nein, Sir«, sagte George.

Peggy schüttelte den Kopf.

»Ausgezeichnet – Ihnen beiden viel Glück!«

George lud sich seinen schweren Rucksack mit seiner Ausrüstung auf und rannte hinter Major Aho her, der in den Korridor hinaustrat und die Tür hinter sich wieder schloß.

George konnte gerade noch vermeiden, sich seinen Kopf aufzuschlagen. »Diese Offiziere!« Angeekelt langte er nach dem Türknauf.

»Halt!« rief Peggy hinter ihm her.

Erstaunt drehte er sich um. »Bitte?«

»Jetzt schalten Sie doch mal 'nen Gang zurück, wir sind noch nicht so weit.«

»Was soll das heißen?«

Sie nahm eine Sofortbildkamera von einem Aktenschrank.

»Wo ist das Vögelchen?«

Als Major Aho den Palast verließ, wurde er von einer Frau beobachtet, die mit ihrem Hund an einem der Becken des Südhafens stand. Das Fahrrad, mit dem Walja von der Wohnung ihres langjährigen Agenten in Helsinki, einem pensionierten Polizisten, hergefahren war, hatte sie gegen einen hohen Laternenmast gelehnt. Nachdem sie aus dem Lichtkegel der Lampe in die schützende Dunkelheit getreten war, gönnte sie ihrem Hund eine Verschnaufpause – anstatt des ungestümen Jack-Russell-Terriers, den sie in St. Petersburg gegen den britischen Agenten eingesetzt hatte, war nun ein knuffiger, weniger aggressiver Springerspaniel ihr Begleiter. Dieses Mal war niemand zu eliminieren; sie sollte nur beobachten und später Colonel Rosski Bericht erstatten.

Für das Operations Center war es ein Leichtes gewesen, das Flugzeug aus den Vereinigten Staaten zu verfolgen, und noch leichter für sie, den Major mit seinem amerikanischen Freund nach dem Verlassen des Flughafens zu beschatten. Jetzt parkte ihr Fahrer außer Sichtweite in der Nähe der großen, eindrucksvollen Uspensky-Kathedrale; sie selbst war gespannt, was der finnische Offizier und sein Spion tun würden.

Seine *beiden* Spione! Sie mußte sich korrigieren, als auf Ahos Weg zum Wagen zwei Personen dazustießen.

Sobald Walja sich sicher war, daß die drei in das Auto steigen würden, zerrte sie am Halsband des Hundes, der sofort laut zu bellen anfing, anscheinend in einer bestimmten Abfolge.

»Ruthie!« rief die Frau und zog ein zweites Mal an der Leine; der Hund verstummte, perfekt trainiert, wie er war.

Major Aho schreckte auf; da er in der Dunkelheit offenbar niemanden entdecken konnte, glitt er auf den Beifahrersitz seines Wagens. Seine beiden Begleiter nahmen auf der Rückbank Platz. Hinter ihnen erkannte Walja den Volvo ihres Partners, den das Hundegebell alarmiert hatte, und der nun auf die Pohjoisesplanadi einbog. Vorher hatten sie ausgemacht, daß er das Auto verfolgen würde, bis klar war, wohin die Fahrt ging; dann würde er sie abholen. Sie selbst wollte noch eine Weile bleiben, um sicher zu gehen, daß niemand aus diesem Teil des Palastes kommen und sich unerkannt aus dem Staub machen würde. Ihre Gegner hatten ja inzwischen den Verlust zweier Agenten zu beklagen, da würden sie möglicherweise zum Schutz der übrigen ungewöhnliche Vorsichtsmaßnahmen treffen. Einige Länder taten das ganz selbstverständlich: Vor fünf Jahren, als sie in die Aufklärungsabteilung der Speznas eingetreten war, hatte sich ihr damaliger Vorgesetzter durch ein Ablenkungsmanöver der

Briten foppen lassen, das von der eigentlichen Operation abgelenkt hatte. Nach seiner unehrenhaften Entlassung hatte
dieser Offizier sich das Leben genommen. Walja Saparow be-
absichtigte nicht, dieses Schicksal zu teilen.

Sie schlenderte weiter den Damm hin und her, lauschte
dem Wasser nach, das leise plätschernd gegen die Steine
und die Abwasserrohre schlug, sah die wenigen Autos und
noch weniger Fußgänger die Straße passieren.

Was sie dann beobachtete, entlockte ihr ein fast unmerkli-
ches Lächeln: Zwei Personen verließen den Präsidentenpalast, die seltsamerweise den beiden Gestalten, die eben erst
mit dem Offizier in dessen Wagen weggefahren waren, ver-
blüffend ähnlich sahen...

35

Dienstag, 1.08 Uhr, St. Petersburg

Bei seinen Raumflügen war General Orlow es gewöhnt gewesen, pedantisch nach der Uhr zu leben; in seinem Zeitplan war genauestens festgelegt, wann gegessen, geschlafen,
gearbeitet, geduscht und trainiert wurde. Als er später selbst
andere Menschen ausbildete, behielt er diese Gewohnheit
bei – schließlich hatte sie sich bewährt.

Während der zweijährigen Aufbauphase des Operations
Center hatte seine Disziplin aus chronischem Zeitmangel
merklich nachgelassen. Er trainierte nicht mehr so regelmäßig wie vorher, und das schlug sich bei ihm auf die Stimmung nieder. Auch hatte er in den Wochen, die der Inbetriebnahme vorangegangen waren, zu wenig Schlaf gehabt,
was seine schlechte Laune eher noch verstärkte.

An diesem Tag hatte er schon damit gerechnet, länger
aufzubleiben, um bei der Bewältigung eventueller Anlauf-
schwierigkeiten helfen zu können, obwohl alles erstaunlicherweise relativ reibungslos lief. Notfalls hätte er sogar mit

Hilfe von Rosskis im nahegelegenen Puschkin stationierten Speznas-Einheit eine dringende Operation zur Spionageabwehr geleitet. Glücklicherweise hatte der Colonel erfahren, daß Agenten des Sicherheitsministeriums den Kellner aufgespürt und festgenommen hatten, der mit dem britischen Spion zusammengearbeitet hatte, und mit ihm auf dem Weg nach St. Petersburg waren. Sicher hatten sie ihn von der Notwendigkeit überzeugen können, ihnen bei der Enttarnung weiterer Agenten behilflich zu sein – dieses Vorgehen war doch erheblich effektiver als Rosskis plumper Umgang mit den beiden eliminierten Spionen. Orlow glaubte auf gar keinen Fall, daß der Brite sich das Leben genommen hatte, es war jammerschade, daß sie die Gelegenheit verpaßt hatten, ihn zu vernehmen.

Eine gewisse Frustrationstoleranz und ein bestimmtes Maß an Flexibilität waren in jedem Beruf unverzichtbar; Orlow ließ sich durch diese Fehlschläge nicht von der weiteren Verfolgung seiner Ziele abhalten. Aber er haßte es, tatenlos auf etwas zu warten, besonders auf die noch fehlenden Teile eines Puzzles. In seiner Raumkapsel hatte er bei technischen Pannen zwar keinen Techniker, aber dafür immerhin eine Checkliste zur Verfügung gehabt; im Operations Center blieb ihm nichts übrig, als dazuhocken und sich einigermaßen sinnvoll zu beschäftigen, während er auf wichtige Informationen wartete.

Die wichtige Meldung kam um 1.09 Uhr (in Helsinki war es kurz nach Mitternacht) von Walja Saparow. Da sie kein abhörsicheres Funkgerät hatte mitnehmen wollen, hatte sie tollkühn aus einer Telefonzelle in Helsinki eine bestimmte Nummer im St. Petersburger Fernsprechamt angerufen. Von dort wurde das Gespräch durch einen ihrer Agenten, der dort als Telefonist arbeitete, in das Operations Center durchgestellt, wo es im Fernmelderaum aufgefangen wurde. So blieben im Center ein- oder ausgehende Gespräche unbehelligt von ungebetenen Mithörern.

Anrufe von Agenten über ungesicherte Leitungen erfolgten grundsätzlich in Form von privaten Mitteilungen an Freunde, Verwandte oder Mitbewohner. Wenn der Mitarbeiter nicht am Anfang ausdrücklich eine bestimmte Person verlangte, wurde der Inhalt des Gesprächs im Center stillschweigend ignoriert. Manchmal wurden solche Meldungen bewußt übermittelt, um Lauscher von der anderen Seite, die einem ihrer Agenten auf der Spur war, in die Irre zu leiten; in einem solchen Fall würde der feindliche Spion sich an dem Telefonat vergeblich die Zähne ausbeißen. Wenn dann der Anrufer begann, über das Wetter zu plaudern, war das für den Zuhörer im Center der Hinweis, daß nun die eigentliche Meldung anfing.

Walja verlangte Onkel Boris, ihr Deckname für Colonel Rosski. Ein Techniker an einem der neun Computer, die den Telefon- und Funkverkehr überwachten, verständigte Rosski. Der griff zu einem der Kopfhörer und übernahm das Gespräch. General Orlow lieh sich den Ersatz-Kopfhörer des Technikers aus und preßte eine der Muscheln an sein Ohr. Ein DAT-Rekorder zeichnete das Gespräch auf.

»Meine kleine *ptitsa*«, sagte Rosski in das Mikrofon, »mein Täubchen. Wie steht's mit dem Besuch bei deinem *karol*?« Er benutzte einen Decknamen, »König«, damit jede Identitätsüberprüfung unmöglich war.

»Sehr gut«, antwortete sie. »Es tut mir leid, daß ich so spät anrufe, aber das Wetter ist für einen Stadtbummel einfach ideal.«

»Wunderbar.«

»Im Moment bin ich gerade mit dem Hund unterwegs. *Karol* ist mit zwei Freunden zum Flughafen gefahren. Dazu hatte ich keine Lust, ich habe lieber eine kleine Radtour zum Hafen unternommen.«

»Das war ja abzusehen gewesen. Gefällt's dir da?«

»Sehr«, sagte Walja. »Ich hab' zwei Leute gesehen, die einen Ausflug über's Meer vorhaben.«

Sie sagte bewußt »über« anstatt »auf«. Das war für Orlow der Hinweis, daß sie mit einem normalen Schiff und nicht mit einem U-Boot losfahren würden.

»Wann brechen die beiden auf – nach Anbruch der Dunkelheit?« fragte Rosski.

»Genau. Für eine Reise eine merkwürdige Zeit, aber sie

haben ein sehr schnelles Boot und wissen anscheinend, wo sie hinwollen. Außerdem, Onkel Boris, nehme ich an, daß sie an einem idyllischen Ort den Sonnenaufgang erleben wollen. Ein Mann und eine Frau – sehr romantisch, findest du nicht?«

»Oh ja, sehr. Mein Täubchen, es gefällt mir überhaupt nicht, daß du so spät noch draußen bist. Am besten, du gehst jetzt nach Hause, morgen können wir uns weiter unterhalten.«

»Mach' ich. Eine gute Nacht wünsche ich dir.«

Ein nachdenklicher Orlow gab seinen Kopfhörer an den Techniker zurück und bedankte sich bei ihm. Rosski tat dasselbe; er wirkte angespannt, während er dem General zu dessen Büro folgte. Zwar war die Meldung für jeden im Center frei zugänglich, doch wollte Orlow die möglichen Konsequenzen nicht in aller Öffentlichkeit erörtern. Man wußte nie, wer für beide Seiten arbeitete.

»Die haben Nerven, das muß ich schon sagen!« Wütend knallte Rosski die Tür hinter sich zu. »Kommen seelenruhig per Boot.«

»Wir hätten die Finnen wohl doch ernster nehmen sollen.« Orlow setzte sich auf die Schreibtischkante. »Jetzt ist die Frage: Lassen wir die beiden 'rein, oder fangen wir sie vorher ab?«

»Wir sollen zulassen, daß sie russischen Boden betreten? Niemals! Ich schlage vor, wir setzen einen Satelliten auf sie an; sobald sie in russische Gewässer eindringen, schlagen wir zu.« Sein Blick ging an Orlow vorbei, als ob er nur laut denken und nicht einen Vorgesetzten anreden würde. »Das übliche Verfahren wäre, von Fischerbooten aus Minen zu legen, aber so direkt möchte ich Minister Niskanen nicht an der Nase kitzeln... Nein, ich werde veranlassen, daß die Marine von ihrem Stützpunkt auf Gogland das ferngesteuerte Mini-U-Boot losschickt. So eine Kollision kann immer mal passieren. Wir geben den Zwischenfall selbst bekannt, die Finnen sind natürlich die Schuldigen.«

»Das übliche Verfahren... Ich frage nochmal: Und wenn wir sie doch 'reinlassen?«

Jetzt sah Rosski dem General direkt ins Gesicht. Die gespannte Erwartung in seinen Augen war einer erheblichen Verärgerung gewichen. »General, darf ich mir eine Frage erlauben?«

»Bitte.«

»Haben Sie die Absicht, mir jedes Mal in die Parade zu fahren?«

»Allerdings, Colonel – zumindest, wenn Ihre Ideen und taktischen Überlegungen dem Mandat dieser Zentrale entgegenstehen. Unser Auftrag ist es, Aufklärungsarbeit zu leisten; dazu gehört nicht, diese beiden Agenten zu töten und Niskanen daran zu hindern, weitere einzuschleusen. Das sind sowieso nicht die letzten Spione gewesen, die es versuchen, und wenn nicht aus Finnland, dann eben aus der Türkei oder aus Polen. Wäre es nicht sinnvoller, mehr über ihre Arbeitsweise herauszufinden und sie vielleicht für unsere Zwecke einzuspannen?«

Während Orlow sprach, hatte Rosskis Verärgerung sich offensichtlich in Wut verwandelt. Nachdem der General fertig war, schob Rosski seinen Ärmel zurück und warf einen Blick auf seine Armbanduhr. »Die beiden Agenten wollen anscheinend noch vor Sonnenaufgang ihr Ziel erreicht haben, also in gut vier Stunden. Bitte teilen Sie mir Ihre Entscheidung so bald wie möglich mit.«

»Vorher sollte ich wissen, wieviele Leute Sie zur Beschattung abstellen können.« Das Telefon auf dem Schreibtisch klingelte. »Stellen Sie auch fest, inwieweit der Mann, den Pogodin in Moskau geschnappt hat, uns helfen kann.« Er drehte sich um und schaltete das Gespräch auf den Lautsprecher, um Rosski etwas milder zu stimmen. Wenn der Colonel diese Geste des Vertrauens zu schätzen wußte, zeigte er es jedenfalls nicht. »Ja?« fragte Orlow.

»Silasch am Apparat, Sir. Vor fast anderthalb Stunden haben wir aus Washington eine ziemlich merkwürdige Meldung abgehört.«

»Inwiefern merkwürdig?«

»Es war eine extrem zerhackte Mitteilung an ein Flugzeug, das von Berlin nach Helsinki unterwegs ist. Daraufhin hat

Corporal Iwaschin die Satellitenüberwachung der Maschine angefordert. Obwohl dichte Wolken uns die Sicht erschweren – diese Route fliegen sie wahrscheinlich mit Absicht –, hatten wir doch ein paarmal Glück. Es ist eine Il-76T.«

Orlow und Rosski tauschten erstaunte Blicke aus. Stillschweigend vertagten beide ihre Privatfehde.

»Wo befindet sich die Maschine im Augenblick?« fragte Orlow.

»Auf dem Flugplatz in Helsinki, Sir.«

Nervös beugte Rosski sich zum Lautsprecher vor. »Hören Sie, Silasch, konnten Sie die Nummer ausmachen?«

»Nein, Sir, aber es ist auf jeden Fall eine Il-76T, da gibt es keinen Zweifel.«

»Heutzutage werden eine Menge Flugzeuge in alle Richtungen verschoben«, sagte Orlow zu Rosski, »am Ende will da einer desertieren.«

»Mir fallen noch zwei andere Möglichkeiten ein«, antwortete Rosski. »Die Leute, die Walja beobachtet hat, könnten die Aufgabe haben, uns von einem anderen Einsatz abzulenken – oder die Amerikaner lassen zwei ganz verschiedene Operationen steigen.«

Orlow nickte zustimmend. »Das werden wir wissen, sobald wir das Ziel der Iljuschin kennen. Hallo, Silasch – behalten Sie das Flugzeug im Auge und geben Sie Bescheid, wenn's was Neues gibt.«

»Ja, Sir.«

Als Orlow wieder die Lautsprechertaste gedrückt hatte, trat Rosski einen Schritt auf ihn zu. »General…«

Orlow sah auf. »Ja?«

»Sobald die Maschine russischen Luftraum verletzt hat, wird die Luftwaffe versuchen, sie 'runterzuholen, wie seinerzeit bei dem koreanischen Linienflugzeug. Wir sollten Meldung machen.«

»Da haben Sie recht. Aber bei unserer lückenlosen Radarüberwachung und den anderen Frühwarnsystemen wäre es ein Selbstmordkommando, wenn sie den Einflug riskieren würden.«

»Normalerweise schon. Aber in den letzten Tagen hatten

wir so dichten militärischen Flugverkehr, daß sie vielleicht versuchen werden, irgendwie durchzurutschen.«

»Nicht von der Hand zu weisen.«

»Und das Boot?« fragte Rosski. »Es ist unsere Pflicht, die Marine zu informieren...«

»Ich kenne unsere Pflichten, Colonel; aber diesen Fall überlassen Sie doch am besten mir. Lassen Sie die beiden an Land gehen, setzen Sie ein paar Ihrer Leute auf sie an und finden Sie für mich heraus, was genau sie vorhaben.«

Es zuckte in Rosskis Gesicht. »Ja, Sir.« Er salutierte ohne übertriebene Begeisterung.

»Ach ja, Colonel...«

»Ja, Sir?«

»Tun Sie alles, was in Ihren Kräften steht, damit der Besatzung nichts passiert. Aber wirklich alles. Ich will nicht, daß uns noch mehr ausländische Agenten durch die Lappen gehen.«

»Das tue ich sowieso immer, Sir.« Rosski salutierte ein letztes Mal und verließ das Büro.

36

Dienstag, 12.26 Uhr, Helsinki

Der Südhafen-Bezirk in Helsinki ist nicht nur wegen seines an den Präsidentenpalast angrenzenden, belebten Marktplatzes bekannt, sondern darüber hinaus auch wegen der mehrmals täglich stattfindenden Bootsfahrten zur Insel Suomenlinna unmittelbar vor der Hafeneinfahrt. Dieses »Gibraltar des Nordens«, beherbergt ein Freilufttheater, ein Militärmuseum und ein eindrucksvolles Schloß aus dem achtzehnten Jahrhundert. Die benachbarte Insel Seurasaari ist über eine Brücke mit dem Festland verbunden; die Olympischen Spiele von 1952 wurden im dortigen Stadion ausgetragen.

Major Aho hatte Ms. James einen Wagen zur Verfügung gestellt und ihr detaillierte Anweisungen mit auf den Weg gegeben. Eine Viertelstunde nachdem er, begleitet von zwei Lockvögeln, zum Flughafen abgefahren war, waren Peggy James und David George zum Hafen aufgebrochen, wo sie die Jacht fanden, mit der sie nach Kotka fahren und dort in das Kleinst-U-Boot umsteigen würden. Peggy hatte weder Zeit noch das Interesse, die Schönheiten der Gegend zu genießen, ihre Gedanken waren in diesem Moment von einem einzigen Ziel beherrscht: St. Petersburg einen Besuch abzustatten. Vor allem gedachte sie, die Aufgabe zu Ende zu führen, die Keith Fields-Hutton begonnen hatte. Im Vergleich dazu war es nicht so wesentlich, die Verantwortlichen für seinen Tod ausfindig zu machen und zu töten, obwohl sie dazu durchaus bereit war, sollte die Gelegenheit sich bieten.

Die Jacht war eine elegante Larson Cabrio 280; nach dem Austausch der Losungen gingen die beiden Agenten an Bord des 8,50 Meter langen Bootes, das kurz darauf in See stach. In der querschiffs angeordneten Kajüte setzte sich Peggy neben George, ihren Rucksack hatte sie sorgfältig zwischen ihren Füßen verstaut. Den größten Teil der anderthalb Stunden dauernden Fahrt verbrachten beide mit dem Studium des Grundrisses der Eremitage und einer Karte, die das Stadtgebiet zwischen ihrem Landungspunkt und dem Museum darstellte. Nach dem Plan, den sie zusammen mit Major Aho schon vor Georges Ankunft ausgearbeitet hatte, würde das U-Boot sie nur in die Nähe des Südlichen Küstenparks bringen, wo sie in einem Schlauchboot an Land gehen sollten; von da aus war ihr Ziel mit dem Bus günstig zu erreichen. Eigentlich bevorzugte sie dieses harmlos-alltägliche Auftreten gegenüber einer Nacht-und-Nebel-Aktion quasi im Taucheranzug. Ausländischen Behörden konnte man die abenteuerlichsten Ausreden auftischen, wenn man sich verdächtig gemacht hatte, nur besaßen die meisten Agenten nicht die nötige Unverfrorenheit, diese trotzdem riskante Methode auch zu nutzen.

Das Kleinst-U-Boot befand sich in einem fensterlosen

Schuppen. Peggy wäre lieber hergeflogen und nach dem Abwurf eines Schlauchboots möglichst dicht am Ziel abgesprungen. Aber nächtliche Absprünge in eiskaltes Wasser waren einfach zu gefährlich; wenn sie und George nicht dicht genug am Schlauchboot landen würden, konnten sie an Unterkühlung sterben, bevor sie es erreichten. Außerdem durfte auf gar keinen Fall ihre empfindliche Ausrüstung beschädigt werden, und die Gefahr war bei einem Absprung doch beträchtlich.

Ms. James und David George präsentierten die Fotos, die sie von sich im Palast angefertigt hatten, einem jungen Mann in dunkelblauem Pullover und ebensolcher Hose; die blonden Haare über seinem breiten Gesicht waren extrem kurzgeschoren. Hastig schloß er hinter ihnen die Tür. Ein zweiter Mann trat aus dem Dunkel auf sie zu und richtete den Lichtkegel seiner Taschenlampe und den Lauf einer Pistole auf sie; Peggy mußte ihre Augen gegen das blendende Licht abschirmen. Inzwischen verglich der erste Mann ihre Fotos mit den Abzügen, die sie aus dem Präsidentenpalast herübergefaxt hatte und am oberen Rand dessen Kennummer aufwies.

»Wir sind's wirklich«, sagte Peggy. »Wer sonst könnte so dämlich in die Gegend schauen?«

Der Mann gab seinem Kollegen die Fotos und die Faxe, der seine Taschenlampe darauf richtete. Erst jetzt sah Peggy sein hageres Gesicht; die harten Konturen wirkten wie aus Holz geschnitzt. Er nickte.

»Ich bin Captain Rydman, und das ist Steuermann Osipow. Wenn Sie mir bitte folgen wollen…«

Sie passierten mehrere neue, schnittige Patrouillenboote, bevor sie in der Ecke des Schuppens eine Rampe erreichten. Dahinter schaukelte neben einer Aluminiumleiter das dunkelgraue Kleinst-U-Boot im Wasser. Die Luke war geöffnet, aber noch drang kein Licht nach draußen. Aus dem Dossier, das sie während des Fluges nach Finnland studiert hatte, wußte Peggy, daß diese U-Boote zweimal im Jahr im Trockendock generalüberholt wurden. Zu diesem Zweck wurden sie mit Hilfe von Tauen an Land gezogen, die durch am Rumpf angeschweißte Ringbolzen geführt werden konnten. Danach wurden sie regelrecht wie ein Ei geköpft, indem man den Maschinenraum von dem vorderen Teil des Bootes nahm. Der fünfzehn Meter lange Stahlzylinder konnte bei einer Maximalgeschwindigkeit von neun Knoten vier Personen befördern. Die Fahrt nach St. Petersburg würde bis zwei Uhr Ortszeit dauern; nach sechs Stunden mußten sie auftauchen und das Dieselaggregat eine halbe Stunde lang laufen lassen, um die Batterien wieder aufzuladen und Luftvorräte zu erneuern.

Normalerweise litt Peggy nicht unter Platzangst. Als sie aber durch die Luke ins Innere des Bootes spähte, fühlte sie sich an eine überdimensionale Thermosflasche mit seitlich angebrachtem Verschluß erinnert; spätestens jetzt wurde ihr schlagartig klar, daß zehn recht ungemütliche Stunden vor ihnen lagen. Peggy entdeckte drei Sitzplätze, eine vierte Person konnte achtern kaum noch sitzen, geschweige denn stehen. Sie fragte sich, wo der Kapitän unterkommen würde.

Osipow kletterte die Leiter hinunter in die Dunkelheit und legte einen Schalter um. Die trübe Innenbeleuchtung des Bootes sprang an, und der Steuermann setzte sich vor einen auf einer niedrigen Säule montierten Joystick für die Manövrierung und einen zuschaltbaren Autopiloten zur selbsttätigen Korrektur des eingestellten Kurses. Daneben befand sich die Pumpe zur Absaugung des Kondensats, das sich in der Kabine unvermeidlich niederschlagen würde, und das Handrad für den Backbord angebrachten Minenwerfer. Nachdem Osipow die Steuerung, die Maschine und die Luftversorgung überprüft hatte, bat Rydman George, einzusteigen.

»Da wird man direkt zum Schifferknoten.« Es bedurfte einiger abstruser Verrenkungen, bevor George sich aufatmend bis zu seinem schmalen Sitz durchgekämpft hatte.

»Ah, Sie sind vom Fach?« Osipows Stimme klang nasal und gleichzeitig seltsam melodisch.

»Mehr als Hobby, Sir.« George streckte eine Hand aus, um Peggy ins Boot zu helfen. »Immerhin war ich einmal Sieger im örtlichen Schifferknoten-Wettbewerb.« Er warf Peggy einen Seitenblick zu, die sich inzwischen auf ihren Platz gequetscht hatte. »Die diversen Knoten auseinanderzuhalten, ist wirklich eine Wissenschaft für sich.«

»An einem Taljereep sind bestimmte Arten wegen zu geringer Taulänge im allgemeinen nicht verwendbar.« Peggy sah George ins Gesicht, das im Schein der trüben Beleuchtung ein wenig blasser als ihres wirkte. »Sie unterschätzen mich systematisch. Geht Ihnen das bei allen Frauen so?«

George lehnte sich in seinem Kunststoffsitz zurück; er zuckte mit den Schultern, als wollte er die Schwere des Vorwurfs wenigstens etwas entschärfen. »Sie sind aber reichlich überempfindlich, Ms. James. Wenn der Captain es nicht verstanden hätte, hätte ich's ihm auch erklärt.«

Ungeduldig sagte Rydman: »Bitte nehmen Sie doch beide zur Kenntnis, daß wir ein bißchen an Personalmangel leiden. Normalerweise hätten wir noch einen Techniker an Bord gehabt, der die Maschine und die Elektrik im Auge behält. Ich wäre Ihnen also dankbar, wenn Sie jede Ablenkung möglichst vermeiden könnten.«

George entschuldigte sich beim Captain.

Anstatt herunterzukommen, postierte Rydman sich auf dem ringförmig an der Innenseite des Turms verlaufenden Trittrost und schloß die Luke über sich. Nachdem eine rote Kontrolllampe neben dem Autopiloten dem Steuermann das Einrasten der Luke bestätigt hatte, überprüfte Rydman das Periskop, indem er es langsam um 360 Grad drehte.

Währenddessen gab der Captain noch einige notwendige Erläuterungen. »Die ersten beiden Stunden werden wir mit acht Knoten schnorcheln. Tauchen werden wir, sobald wir die Moschtschnij-Insel erreichen, die gehört schon zu Rußland. Von da an sind Gespräche nur im Flüsterton zu führen; die Russen haben nämlich da und entlang der Küste mobile passive Sonargeräte stationiert, die selbst keine Signale ausstrahlen, sondern nur Geräusche registrieren. Das hat für uns leider den Nachteil, daß wir nie wissen, ob und wo sie uns gerade belauschen. Wir sind zwar schon ein paar Mal durchgeschlüpft, aber je weniger Geräusche wir verursachen, umso besser.«

»Woran sehen Sie, daß sie uns geortet haben?« fragte Peggy.

»Die Wasserbomben, die sie von ihren Küstenwachboo-
ten abwerfen, kann man schlecht ignorieren. In dem Fall
bleibt uns nichts übrig, als wegzutauchen und den Einsatz
abzubrechen.«

»Und wie oft passiert sowas?« Wenn Peggy etwas haßte,
war es diese Art von Ungewißheit. Eigentlich sollten Geheimagenten ihre Ausrüstung und ihr Ziel so genau kennen
wie ihre eigene Westentasche. Dummerweise war der DI6
Hals über Kopf in diesen Fall hineingeraten, so daß für in-
tensivere Vorbereitungen keine Zeit mehr geblieben war;
Peggy hatte während des Fluges gerade noch das Dossier
überfliegen können, und über die finnischen Seeoperationen
stand dort nichts Näheres. Außerdem kamen die Agenten
üblicherweise ohnehin mit Reisegruppen ins Land.

Rydman sagte: »Das Pech haben wir auf drei von zehn
Fahrten, und das, obwohl ich noch nie besonders tief in russische Hoheitsgewässer eingedrungen bin. Das ist dieses
Mal ja anders. Aber ganz ohne Schutz sind wir trotzdem
nicht: Major Aho dürfte in diesem Augenblick schon einen
Hubschrauber losgeschickt haben, der entlang unserer Route Sonarbojen aussetzen wird. Die Signale werden in Helsinki aufgefangen; jedes russische Schiff wird auf Mr. Osipows
Schirm als Echoimpuls erscheinen.«

Osipow deutete auf einen rechts vom Steuer installierten,
etwa untertassengroßen Monitor, auf den der Bordcomputer
eine Seekarte projizierte.

Nachdem die Überprüfung des Periskops abgeschlossen
war, klappte Rydman auf der Vorderseite des Turms einen
Sitz herunter und setzte sich rittlings darauf. Dann beugte er
sich näher an das Ansaugrohr heran, das auch als Schallrohr
zwischen ihm und dem Mann am Steuerpult diente.

»Fertig zum Ablegen, Mr. Osipow«, sagte der Captain.

Der Steuermann startete die Maschine; sie verursachte
nicht halb so viel Lärm und Vibrationen, wie man hätte erwarten können. Sobald auch die Beleuchtung abgeschaltet
war, durchbrachen nur die beiden achtern angebrachten, ab-
geblendeten Lampen die fast totale Dunkelheit.

Peggy drehte sich zur Wand und spähte durch das kleine, runde Bullauge auf ihrer Seite hinaus. Vereinzelt trieben Luftblasen vorbei, die von der Schraube aufgewirbelt worden waren, während das Boot auf das unter der Wasseroberfläche befindliche Tor zusteuerte. Die Dunkelheit dort draußen fiel sie an wie ein Tier, ihre Augen wurden feucht.

Damit muß ich jetzt fertig werden, dachte sie. Mit dieser Unzufriedenheit, dieser Frustration, dieser Wut.

Wenn es nur um Keith ginge. Sie könnte ja ihr Leben fortführen wie bisher, mit einer großen Trauer im Herzen, aber immerhin mit einem Ziel vor Augen. Doch nun, da er nicht mehr war, mußte sie erkennen, daß sie im Grunde kein Ziel hatte. Unterschwellig war dieser nagende Zweifel schon seit Jahren da gewesen, aber sie hatte ihn die ganze Zeit nicht bewußt zugelassen. Mit ihren sechsunddreißig Jahren wurde ihr auf einmal klar, daß sie eigentlich am Leben vorbeigelebt hatte, daß unter ihren Augen ihr Land den Biß und die Unabhängigkeit eingebüßt hatte, die sie ihm unter Margeret Thatcher nach attestieren konnte, daß diese abgewirtschaftete Monarchie dem Land auch noch den letzten Rest seiner Würde genommen hatte. Wozu hatte sie all die Jahre der Plackerei und des Verzichts ertragen, wenn sie jetzt auch noch ihren Partner verloren hatte? Ihre Beziehung zu Keith war eben doch ihre wichtigste Triebfeder gewesen, das wurde ihr erst jetzt schmerzhaft klar.

Und wenn Großbritannien demnächst auch noch zu einem Anhängsel der Europäischen Gemeinschaft verkommen würde? Besonders viel Respekt würde man ihrem Land dort nicht entgegenbringen, da die Briten sich bei den Deutschen auf keinen Fall so einschmeicheln würden, wie es die Franzosen getan hatten, da sie angesichts des wirtschaftlichen Niedergangs ihren Glauben an die Zukunft nicht so unerschütterlich aufrechterhalten konnten wie die Spanier, da sie nicht eine Regierung nach der anderen absetzen wollten, wie es in Italien gängige Praxis war. *Wofür habe ich eigentlich die ganze Zeit gelebt – und welchen Sinn kann mein weiteres Leben noch haben?*

»Ms. James?«

Georges geflüsterte Frage schien aus einer anderen Welt zu ihr herüberzukommen. Auf einmal war sie mit ihren Gedanken wieder in diesem U-Boot.

»Ja?«

»Wir haben eine zehnstündige Fahrt vor uns, und zum Kartenlesen ist es zu dunkel. Würde es Ihnen viel ausmachen, mir ein paar Brocken Russisch beizubringen?«

Der ungewohnte Eifer in Georges jungem Gesicht brachte sie ins Staunen, woher kam diese Begeisterung nur so plötzlich? Zum ersten Mal lächelte sie ihn an. »Es macht mir absolut nichts aus. Am besten, wir fangen mit den wesentlichen Fragen an.«

»Und die wären?«

Sie bemühte sich um eine deutliche Aussprache. »*Kak, schtaw* und *putschemu*.«

»Das bedeutet…«

Peggy lächelte immer noch. »…*wie, was,* und vielleicht die wichtigste Frage: *warum*?«

37

Dienstag, 2.30 Uhr, an der Grenze zwischen Rußland und der Ukraine

Das Unternehmen Barbarossa war die größte Offensive in der Geschichte der Kriegsführung. Am 22. Juni 1941 marschierten die Deutschen in die damalige Sowjetunion ein und brachen damit den von Hitler und Stalin abgeschlossenen Nichtangriffspakt. Noch vor dem Einbruch des Winters sollte Moskau eigentlich fallen. Die Nazis führten 120 Divisionen mit insgesamt 3,2 Millionen Mann gegen 170 sowjetische Divisionen ins Feld, die von der Ostsee bis zum Schwarzen Meer über eine sich 2.300 Kilometer erstreckende Front verteilt waren.

Wie die Panzerdivisionen der Deutschen mit unvorstellbarer Geschwindigkeit die russischen Landstreitkräfte in die Zange nahmen, so hatte auch die deutsche Luftwaffe mit den unerfahrenen und schlecht ausgebildeten Gegnern leichtes Spiel. Im Zuge dieses Blitzkrieges wurden die Staaten des Baltikums in kürzester Zeit überrannt. Die Deutschen richteten katastrophale Schäden an: Bis November hatten sie lebenswichtige landwirtschaftliche Betriebe, Industriezentren, Verkehrsknotenpunkte und Fernmeldeeinrichtungen praktisch dem Erdboden gleichgemacht. Über zwei Millionen russische Soldaten waren in Gefangenschaft geraten, 350.000 Russen waren bei den Gefechten umgekommen, 378.000 galten als vermißt, eine Million war im Lazarett gelandet. Allein während der deutschen Belagerung von Leningrad starben 900.000 Zivilisten. Erst in den letzten Dezembertagen, unterstützt durch eine klirrende Kälte, die bei den Eindringlingen die Sohlen der Stiefel unbrauchbar machte, ihre Ausrüstung vereisen ließ und ihre Moral nachhaltig untergrub, waren die schwer angeschlagenen, aber unverwüstlichen sowjetischen Verbände in der Lage, ihren ersten erfolgreichen Gegenangriff zu starten; so konnte gerade noch verhindert werden, daß Moskau in die Hände des Feindes fiel.

Letzten Endes war das Unternehmen Barbarossa für die Deutschen ein Fiasko. Aber die Sowjets zogen daraus eine wichtige Lehre: Angriff ist die beste Verteidigung. Folgerichtig setzten die sowjetischen Militärs die nächsten vierzig Jahre mit einer geradezu fanatischen Besessenheit alles daran, eine Armee aufzubauen, die einen Angriffskrieg beginnen und vor allem auch durchhalten konnte. General Kosigan hatte es bei einem Truppenbesuch einmal auf den Punkt gebracht: »Notfalls müssen wir in der Lage sein, den nächsten Weltkrieg überall zu führen, nur nicht auf unserem eigenen Territorium.« Zu diesem Zweck wurden die Kampfaufträge für die Kommandeure der taktischen Einheiten der ersten Staffel in drei Komponenten gegliedert, die der Ausschaltung oder Gefangennahme der feindlichen Truppen mitsamt ihrem Material und zur Einnahme und Verteidigung wichtiger Schlüsselstellungen dienten: dem Erstschlag (*blisaiascht-*

scha sadatscha), der Truppenverstärkung *(posledjuschtschaia sadatscha)* und der Sicherung der Nachhut *(naprawlenie dal'neischego nastuplenija)*. Innerhalb dieser drei weitgefaßten Kampfaufträge wurden bestimmte Regimenter jeweils noch zu Schlüsselaufträgen des Tages *(sadatscha dnja)* abkommandiert, die unter allen Umständen in einem gewissen Zeitrahmen ausgeführt werden mußten.

Ob nun 1956 in Ungarn, 1968 in der Tschechoslowakei, 1979 in Afghanistan oder 1994 in Tschetschenien, die russische Führung verließ sich zur Lösung interner Probleme immer mehr auf militärische Überlegenheit als auf diplomatisches Geschick. Die drei Grundprinzipien lauteten dabei *supris, neosadennost'* und *wnesapnost'*: Überraschung, Voraussicht des Unerwarteten und Herbeiführung des Unerwarteten. Oft waren ihre Bemühungen von Erfolg gekrönt, manchmal aber eben auch nicht; die Grundeinstellung war jedenfalls unangetastet geblieben, das wußte Innenminister Dogin sehr genau. Er wußte aber auch, daß viele Kommandeure ihre nach neun blutigen Jahren in Afghanistan und dem langen und verlustreichen Kampf gegen die tschetschenischen Rebellen befleckte Ehre endlich wiederherstellen wollten.

Nun sollten sie dazu bald die Gelegenheit haben. Viele dieser Kommandeure waren an die russisch-ukrainische Grenze verlegt worden, wo sie im Gegensatz zu Afghanistan oder Tschetschenien, nicht gegen Rebellen und Partisanen kämpfen mußten. Dieser Krieg, dieser *aktivnost*, würde ein anderes Gesicht haben.

Um 00.30 Uhr Ortszeit explodierte in Przemsysl in Polen etwa fünfzehn Kilometer von der Grenze zur Ukraine entfernt in dem zweistöckigen Ziegelsteingebäude, das die Zentrale der Polnischen Kommunistischen Partei beherbergte, eine Rohrbombe, die es in sich hatte. Zwei Redakteure, die gerade an der neuesten Ausgabe der zweimal wöchentlich erscheinenden Zeitung *Obywatel* – »Der Bürger« – gearbeitet hatten, wurden von der Wucht der Explosion aus dem Gebäude in die umliegenden Bäume geschleudert. Blut und Tinte vermischten sich auf den beiden Wänden, die der

Druckwelle standgehalten hatten, Zeitungspapier und menschliches Fleisch wurden durch die Hitze auf Stühlen und Aktenschränken eingebrannt. Es dauerte nur wenige Minuten, und Anhänger der Kommunistischen Partei versammelten sich zu einer Protestdemonstration auf der Straße; die aufgebrachte Menge stürmte schließlich das Postamt und die Polizeiwache. Danach wurde ein örtliches Munitionsdepot mit Molotow-Cocktails bombardiert und ging in Flammen auf; dabei fand ein Soldat den Tod. Um 00.46 Uhr forderte der diensthabende Wachtmeister in Warschau telefonisch militärische Unterstützung zur Niederschlagung des Aufstands an. Der Anruf wurde abgefangen und sofort durch eine Aufklärungseinheit in Kiew niedergeschrieben und an Präsident Vesnik weitergeleitet.

Exakt um 2.49 Uhr rief der Präsident der Ukraine General Kosigan an, um dessen Hilfe bei der Eindämmung einer möglicherweise sich abzeichnenden »Besonderen Lage« an der Grenze zwischen Polen und der Ukraine zu erbitten. Um 2.50 Uhr drangen 150.000 russische Soldaten in die Ukraine ein, von dem altehrwürdigen Nowgorod im Norden bis zu dem im Süden gelegenen Verwaltungszentrum Woroschilowgrad. Infanterie, motorisierte Sturmregimenter, Panzerdivisionen, Artillerie-Bataillone und Flugzeugstaffeln bewegten sich mit einer erschreckenden Präzision, die nichts mehr von der chaotischen Nachlässigkeit ahnen ließ, die während der Kämpfe in Tschetschenien oder während des Rückzugs aus Afghanistan so typisch gewesen war.

Um genau 2.50 Uhr 30 Sekunden ging im Kreml in Moskau ein dringender Funkspruch aus Kiew ein, in dem Präsident Vesnik militärische Unterstützung für die ukrainischen Streitkräfte zum Schutz der gut 450 Kilometer langen Grenze zwischen Polen und der Ukraine anforderte.

Den russischen Präsidenten Zhanin weckte diese Meldung aus dem Schlaf, sie traf ihn aus heiterem Himmel. Noch während der eiligen Fahrt zu seinem Büro im Kreml erreichte ihn über das Autotelefon eine zweite Mitteilung des ukrainischen Präsidenten, die ihn noch ungleich stärker überraschte:

*»Ich danke Ihnen für Ihre schnelle Reaktion. Das rechtzeitige
Eintreffen von General Kosigans Einheiten wird nicht nur
die Bevölkerung vor einer Panik bewahren, es bekräftigt
auch die gewachsenen Bindungen zwischen Rußland und
der Ukraine. Ich habe Botschafter Rosewna angewiesen, die
Vereinten Nationen und Generalsekretär Brophy davon in
Kenntnis zu setzen, daß der Einmarsch auf ausdrücklichen
Wunsch erfolgte.«*

Im allgemeinen verliehen Zhanins buschiger Schnurrbart
und zottige Augenbrauen seinem Gesicht einen väterlichen,
ja jovialen Ausdruck. Jetzt aber sprühten seine dunkelbrau-
nen Augen vor Wut, seine schmalen Lippen zitterten sichtbar, obwohl sie fest aufeinander gepreßt waren.

Er bat seine Sekretärin Larissa Schatschtur, eine Frau
mittleren Alters in einem schicken Kostüm westlichen Zu-
schnitts, eine Verbindung zu General Kosigan herzustellen.
Sie kam nur bis General Leonid Sarik durch, dem Verbindungsoffizier der taktischen Luftstreitkräfte und der Panzer-
truppen. Mawik teilte ihr mit, daß General Kosigan für die
Dauer des Aufmarsches eine strikte Funkstille angeordnet
hatte, die erst nach der vollständigen Formierung der Einheiten aufgehoben werde.

»General Mawik«, sagte die Sekretärin, »dieser Anruf
kommt aus dem Büro des Präsidenten.«

»Dann wird der Präsident wohl verstehen, daß in Erfül-
lung unseres Beistandspakts mit einer befreundeten Republik das Sicherheitsbedürfnis momentan Vorrang hat.«

Der General entschuldigte sich wegen seiner Arbeit und
hängte auf; der Präsident war sprachlos.

Zhanin blickte durch die getönten kugelsicheren Scheiben
nach draußen. Gegen den von dunkelgrauen Wolken überzo-
genen Nachthimmel kamen allmählich die düsteren Turmspitzen des Kreml zum Vorschein.

Der Präsident holte tief Luft. »Als junger Mann habe ich
mir einmal das Buch von Swetlana Stalin über ihren Vater
organisiert. Erinnern Sie sich daran?«

»Ja, sicher, es stand jahrelang auf dem Index.«

»Genau. Und das, obwohl sie kritische Worte fand für einen Mann, der in Ungnade gefallen war, eine persona non grata. Eines ist mir besonders ins Auge gesprungen: Sie schrieb, daß gegen Ende der dreißiger Jahre sein ›Verfolgungswahn‹, wie sie es nannte, seinen Höhepunkt erreicht hatte. Überall lauerten Feinde. Fünfzigtausend seiner eigenen Offiziere fielen seiner Säuberung zum Opfer; tatsächlich ließ er mehr russische Offiziere vom Oberst an aufwärts ermorden, als die Deutschen während des ganzen Krieges umgebracht haben.« Wieder holte er tief Luft. »Der Gedanke macht mir angst, Larissa, daß er vielleicht doch nicht so verrückt oder paranoid gewesen sein könnte, wie alle geglaubt haben.«

Beruhigend drückte die Frau die Hand des Präsidenten, während der schwarze BMW von der Kalinina-Straße abbog und das an der Nordwest-Seite des Kreml gelegene Dreifaltigkeitstor ansteuerte.

38

Dienstag, 3.05 Uhr, über der Barentssee

Kurz vor Mitternacht landete die Il-76-T in Helsinki; zehn Minuten später war die Striker-Truppe mitsamt ihrer Winter- und Kampfausrüstung an Bord. In vier Kisten, jede 1,50 m lang, 1,20 m breit und 90 Zentimeter hoch, lagerten Pistolen und Sprengstoff, Seile und Haken, Gasmasken und Verbandszeug. Eine weitere halbe Stunde später, nach dem Auftanken, war die Maschine bereits wieder in der Luft.

Zunächst überquerten sie in nordöstlicher Richtung Finnland, dann weiter nach Osten die Barentssee, wechselten dabei in eine andere Zeitzone, ließen das Polarmeer nördlich liegen und flogen nun an der russischen Nordküste entlang.

Lieutenant Colonel Squires Augen waren geschlossen,

aber an Schlaf war nicht zu denken. Gewiß, das war schon eine ärgerliche Angewohnheit, nur schlafen zu können, wenn er wußte, wohin die Reise ging und welchen Zweck sie hatte. Natürlich mußten demnächst aus dem OP-Center weitere Instruktionen übermittelt werden, denn sie näherten sich rapide dem Zielpunkt ihres bisherigen Flugplans, dem Übergang zwischen der Barentssee und der Petschorasee. Aber es war schon frustrierend, wenn man sein Ziel nicht einfach ausmachen und im Visier behalten konnte. Während der Überquerung des Atlantiks hatte er sich wenigstens auf St. Petersburg und den vor ihnen liegenden Einsatz konzentrieren können. Nun trug George hierfür die Verantwortung, und ihm selbst war rein gar nichts geblieben. In diesen Situationen spielte Squires immer ein kleines Spiel, das ihn davor bewahrte, an seine Frau und seinen Sohn zu denken und sich auszumalen, wie sie wohl damit fertig würden, wenn er nicht zurückkommen würde.

Es war das Was-tue-ich-hier-Spiel: Er ließ sich ein oder zwei Aussagen einfallen, ging dann tief in sich und versuchte herauszufinden, warum er so wahnsinnig gern mit dieser Truppe in der Weltgeschichte herumflog.

Das erste Mal hatte er es auf dem Weg nach Cape Canaveral gespielt, als er zu untersuchen hatte, wer Bombe an Bord der Space Shuttle geschmuggelt haben könnte. Damals war die Antwort auf seine selbstgestellte Frage, daß er dort war, um Amerika zu verteidigen, nicht nur, weil es sich in diesem Land zu leben lohnte, sondern auch, weil die Ideale und die Tatkraft dieser Nation ein Vorbild für die ganze Welt darstellten. Wenn die Vereinigten Staaten von heute auf morgen nicht mehr auf der Landkarte zu finden wären, das war Squires Überzeugung, würde sich dieser Planet Erde zu einem Schlachtfeld für machthungrige Diktatoren entwickeln; autonome Staaten, die den lebendigen Wettbewerb bejahten, würden dabei auf der Strecke bleiben.

Beim zweiten Mal hatte er sich gefragt, wie sehr er sein augenblickliches Leben genoß, das durch seine ständigen Herausforderungen seine Vitalität stärkte. Er hing sehr daran, wie er zugeben mußte, denn für ihn selbst und für die

Nation stand dabei so vieles auf dem Spiel. Es ging eben nichts über das Gefühl, sein Selbstvertrauen, seine Fertigkeiten und seine Selbstüberwindung gegen Umstände zu mobilisieren, vor denen andere Menschen zurückschrecken oder sich zurückziehen oder zumindest sich die Sache noch einmal durch den Kopf gehen lassen würden.

Während er nun mit wachsender Ungeduld auf den Funkspruch von Mike Rodgers oder Bob Herbert wartete, fiel ihm ein, was Liz Gordon, die Betriebspsychologin des OP-Centers, ihn während des Auswahlgesprächs gefragt hatte.

«Wie denken Sie über gemeinsam erlebte Angst?»

Darauf hatte er geantwortet, daß Angst und Stärke in jedem Menschen in unterschiedlichem Ausmaß vorhanden waren, und daß jedes gute Team, und vor allem jeder gute Kommandeur, in der Lage sein mußte, die individuelle Konstitution jedes einzelnen optimal einzusetzen.

«Da beschreiben Sie die Angst», hatte Liz angemerkt, *«aber ich habe Sie nach gemeinsam erlebter Angst gefragt. Überlegen Sie noch mal, lassen Sie sich ruhig Zeit.»*

Nach einigem Nachdenken hatte Squires gesagt: *«Wahrscheinlich erleben wir Angst gemeinsam, weil sie eben uns alle bedroht; dagegen wächst Mut in jedem einzelnen.»*

Er war ziemlich naiv gewesen, und Liz hatte auch nicht weiter nachgehakt. Nach drei Einsätzen verstand Squires allmählich, daß man gemeinsam erlebte Angst gar nicht überwinden mußte, denn sie sorgte dafür, daß nach ihrer Herkunft, ihrem Charakter und ihren Interessen vollkommen verschiedene Menschen zu einem einzigen Organismus zusammengeschweißt wurden. Sie ließ eine Bomberbesatzung im Zweiten Weltkrieg, die Polizisten in einem Streifenwagen oder die Mitglieder eines Sondereinsatzkommandos enger zusammenwachsen als ein viele Jahre verheiratetes Ehepaar. Sie verlieh einem Ganzen mehr Effektivität als die Summe seiner Einzelteile.

Neben dem Patriotismus und der Tapferkeit war die gemeinsam erlebte Angst der Kitt, der die Striker-Truppe zusammenhielt.

Gerade hatte Squires beschlossen, daß auch Reisefreudigkeit ein Motiv sein konnte, dabei zu sein, als Mike Rodgers sich über das gesicherte Satellitentelefon meldete. Sofort war er wieder in der Gegenwart und, wie es sein ehemaliger Fußballtrainer immer so treffend formuliert hatte, »voll am Ball«.

»Hallo, Charlie, tut mir leid, daß wir uns so lange Zeit gelassen haben. Wir sind Ihren Einsatzplan noch mal durchgegangen; dieses Mal müssen Sie Ihre Sache verdammt gut machen. Ihre Maschine wird noch so lange wie möglich den russischen Luftraum vermeiden. In gut elf Stunden werden Sie mit Ihrem Team über einem Punkt in Rußland westlich von Kabarowsk abspringen. Bob wird Ihrem Piloten den Flugplan mit den genauen Koordinaten durchgeben; wir hoffen, daß er die Maschine schnell genug nach Rußland 'rein- und wieder 'rausbringt, bevor die russische Flugabwehr darauf kommt, daß die Iljuschin nicht eins ihrer Flugzeuge ist. Ihr Ziel ist ein aus vier Waggons und der Lok bestehender Zug der Transsibirischen Eisenbahn. Falls die Ladung aus Drogen, Devisen, Gold oder Waffen besteht: Eliminieren! Wenn es sich um Atomwaffen handelt, übermitteln Sie uns Nachweise und entschärfen die Bomben, soweit möglich; Sergeant Grey hat dafür die nötige Ausbildung. Bis jetzt noch Fragen?«

»Ja, Sir. Sollte die Eremitage damit zu tun haben, transportieren sie vielleicht Kunstwerke. Sollen wir auch Renoirs und Van Goghs in die Luft jagen?«

Einen Moment mußte Rodgers überlegen. »Nein, dann machen Sie ein paar Schnappschüsse und setzen sich ab.«

»Verstanden, Sir.«

»Das genaue Absprungziel ist ein gut dreißig Meter hoher Felsen, von dem aus Sie die Bahnstrecke überblicken können; das passende Kartenmaterial werden wir noch in Ihren Computer eingeben. Sie werden sich abseilen und dann auf den Zug warten. Wir haben uns für die Gegend entschieden, weil Sie am Fuß des Felsens Bäume und Gesteinsbrocken finden werden, mit denen Sie den Zug anhalten können. Das wäre uns lieber als der Einsatz von

Sprengstoff, wegen der zu erwartenden Verluste. Sofern der Zug den Fahrplan einhält, haben Sie gerade mal eine Stunde Zeit. Bei Verspätung müssen Sie sich eben in Geduld üben. Auf keinen Fall dürfen Sie den Zug passieren lassen; das Leben der russischen Soldaten ist aber möglichst zu schonen.«

Die Warnung überraschte Squires keineswegs; für einen Botschafter war es eben kein Vergnügen, illegale Grenzübertritte zu erklären, erst recht nicht, wenn es dabei zu dem kam, was beim CIA »maximale Degradierung« genannt wurde. Natürlich hatte Squires während seiner Ausbildung gelernt, mit so ziemlich jedem Gegenstand zu töten, der gerade in Reichweite war, doch die Praxis war ihm bisher glücklicherweise erspart geblieben – und er konnte nur hoffen, daß sich daran nichts ändern würde.

»In der Zwischenzeit wird die Il-76-T zum Auftanken nach Hokkaido und dann wieder zurückfliegen«, fuhr Rodgers fort. »Allerdings werden Sie damit nicht den Rückflug antreten. Sobald Sie Ihren Auftrag ausgeführt haben, werden Sie der Il-76T ein Zeichen geben und sich zu dem Sammelplatz begeben, dem Südende einer Brücke zwei Kilometer westlich des Ziels.«

Squires horchte auf. Rodgers wollte ihnen also nicht verraten, womit das Team wieder außer Landes gebracht werden sollte… Rechnete er mit einer Festnahme? In dem Fall war es nämlich geschickter, gegenüber den Russen mit Unwissenheit zu glänzen. Als wäre der Einsatz nicht schon spannend genug, löste diese Geheimniskrämerei in Squires einen weiteren Motiviationsschub aus. Immerhin hatten ja die weitaus meisten Männer, die er bis jetzt kennengelernt hatte, diese typische Schwäche für hochgeheime, phantastische, hypermoderne Technik.

»Charlie, mit Nordkorea ist dieser Job nicht zu vergleichen.« Aus Rodgers sprach mehr der Freund als der General. Die Erklärung der Einzelheiten hatte ihm Squires ungeteilte Aufmerksamkeit gesichert, jetzt konnte er ihm auch die Hintergründe auseinandersetzen. »Wir haben allen Grund zu der Annahme, daß gewisse Elemente in Rußland im Schnellverfahren die alte Sowjetunion wieder hochziehen wollen. St. Petersburg spielt dabei auch eine Rolle, aber Sie haben es in der Hand, diese Verrückten noch zu stoppen.«

»Ich verstehe.«

»Der Plan ist so perfekt, wie er sein kann, wenn man so wenige Informationen hat wie wir, obwohl wir bis zur Stunde X noch ein paar Neuigkeiten erwarten. Tut mir leid, daß wir nicht mehr für Sie tun können.«

»Halb so wild, Sir. Ich hab's schon George erzählt, als ich mich in Helsinki von ihm verabschiedet habe: Man muß gar nicht Tacitus zitieren, für gepfefferte Situationen wie diese hat schon dieser Cartoonheld Super Chicken das passende Zitat parat: ›Als du den Job übernommen hast, war klar, daß es kein Zuckerschlecken sein wird.‹ Wir haben's gewußt, General, und wir sind trotzdem froh, daß wir dabei sein können.«

Rodgers lachte. »Ich überlasse das Schicksal der Welt einem Mann, der aus Comic-Heftchen zitiert. Aber ich mache Ihnen einen Vorschlag: Sie kommen heil wieder zurück, und ich bringe Ihnen zu Ihren Comics Popcorn vorbei.«

»Abgemacht.« Squires schaltete das Satellitentelefon ab und entspannte sich eine Weile, bevor er das Team informierte.

39

Dienstag, 3.08 Uhr, St. Petersburg

Eine Stunde lang hatte Sergej Orlow auf seinem Schreibtischstuhl sitzend geschlafen – mit den Ellbogen auf den Seitenlehnen, auf dem Schoß gefalteten Händen und leicht nach links geneigtem Kopf. Seine Frau glaubte ihm zwar nicht, daß er sich durch hartnäckiges Training dazu gebracht hatte, praktisch überall einschlafen zu können, aber er legte großen Wert darauf, daß diese Fähigkeit bei ihm nicht angeboren war. Bei seiner Ausbildung zum Kosmonauten, so gab er vor, hatte er während der stundenlangen Trainingszeiten immer wieder halbstündige Schlafpausen eingelegt. Nach und nach empfand er diese über Tag verteilten »Schlafhäppchen«, wie er sie nannte, sogar erholsamer als die normalen acht Stunden Nachtruhe. Außerdem ließen auf diese Weise seine Energie und Aufnahmefähigkeit im Lauf des Tages nicht nach, sondern blieben auf einem gleichbleibend hohen Niveau.

Um nichts in der Welt hätte er sich den Arbeitsstil Rosskis zu eigen machen können; der Colonel mußte sich anscheinend immer solange mit seinen Problemen herumschlagen, bis er sie komplett durchdrungen hatte.

Auch fand Orlow, daß beängstigende Schwierigkeiten nach einem kurzen Nickerchen leichter zu meistern waren. Während seines letzten Raumflugs, einer gemeinsam mit Bulgarien ausgeführten Mission – und dem ersten Flug mit drei Kosmonauten, seit die Besatzung von Sojus 11 in ihrer Kapsel erstickt war – hatten Orlow und seine beiden Kameraden versucht, ihre Sojus-Kapsel an die Raumstation Saljut 6 anzudocken. Als infolge eines Triebwerkschadens beide Flugkörper auf Kollisionskurs gerieten, ordnete die Bodenkontrolle an, daß Orlow durch die Zündung des Reservetriebwerks die sofortige Rückkehr zur Erde einleiten sollte. Statt dessen sorgte er mit Hilfe des Triebwerks nur für einen ausreichenden Sicherheitsabstand zu der Raumstation, bevor er das Funkgerät abschaltete und sich zum Entsetzen seiner Kameraden erst einmal eine Viertelstunde aufs Ohr legte. Wie vorgesehen dockte er danach unter Einsatz des Reservetriebwerks doch noch an der Raumstation an. Durch die außerplanmäßigen Manöver befand sich in den Tanks des Reservetriebwerks nun allerdings nicht mehr ausreichend Treibstoff für die Rückkehr zur Erde. Orlow konnte aber den Defekt im Haupttriebwerk ausfindig machen und die fehlerhaften Teile reparieren; auf die Weise rettete er nicht nur die Mission, sondern auch gleich noch die Selbstachtung des Bodenteams im Weltraumbahnhof Baikonur. Nach der Landung erfuhr Orlow, daß der zur Bordausrüstung gehörende Kardiograph während seines Schlafs eine Verlangsamung des Herzschlags registriert hatte, die auch nach dem Aufwachen unverändert anhielt. Seitdem gehörten solche »Fitneß-Nickerchen« zur regulären Ausbildung der Kosmonauten; allerdings schienen andere Kollegen nicht in demselben Maß davon zu profitieren wie Orlow.

Eigentlich hatte der General nie versucht, sich vor aktuellen Problemen in den Schlaf zu flüchten, aber als er gegen 1.45 Uhr endlich die Augen schließen konnte, war er doch froh, wenigstens für kurze Zeit die Ereignisse des Tages einmal hinter sich lassen zu können. Um 2.51 Uhr weckte Nina, seine Mitarbeiterin, ihn mit der Mitteilung, daß ein Anruf aus dem Verteidigungsministerium für ihn vorliege. General David Ergaschew, Chef der Fernmeldetruppe, informierte ihn über den Einmarsch in die Ukraine und bat ihn, mit Hilfe seiner neueingerichteten Geheimdienstzentrale die Reaktionen der europäischen Staaten auf diese Entwicklung zu verfolgen. Orlow fühlte sich wie vor den Kopf gestoßen; wenn dies kein großangelegter Test des Centers war, warum erfuhr er diese brisante Neuigkeit erst jetzt? Kopfschüttelnd gab er die Anweisung an Juri Marew, seinen Fernmeldeoffizier, weiter.

Die Satelliten-Bodenstationen außerhalb von St. Petersburg, mit denen die Zentrale über Glasfaserkabel verbunden war, sowie die für sie reservierten Leitungen im Telefonnetz der Stadt ermöglichten die lückenlose Überwachung aller ein- und ausgehenden Meldungen des Verteidigungsministeriums und der obersten Dienststellen der drei Teilstreitkräfte. Das Center hatte dafür zu sorgen, daß diese Fernmeldeeinrichtungen nicht von außen angezapft wurden; auch sollten von dieser zentralen Verteilerstelle aus Informationen an andere Behörden weitergeleitet werden.

Man konnte natürlich auch einfach seine Neugier befriedigen.

Orlow bat Marew noch, die Daten, die beim Verteidigungsministeriums und bei den Chefs der Teilstreitkräfte eingingen, abzuhören. Marews Antwort verblüffte ihn doch einigermaßen.

»Das tun wir bereits. Colonel Rosski hat uns angewiesen, die Truppenbewegungen zu verfolgen.«

»Und wo werden die Daten gespeichert?«

»Im Zentralrechner.«

»Sehr gut.« Orlow fiel ein Stein vom Herzen. »Bitte sorgen Sie dafür, daß die Informationen auch direkt auf mein Terminal überspielt werden.«

»Ja, Sir.«

Orlow wandte sich seinem Bildschirm zu und wartete auf die Überspielung. *Dieser verdammte Rosski.* Entweder war dies die Rache für ihre Auseinandersetzung, oder Rosski steckte irgendwie in dieser Sache drin, am Ende gar zusammen mit Dogin, seinem Gönner. Dummerweise waren Orlow die Hände gebunden; solange alle Informationen im Zentralrechner aufgezeichnet wurden und so für die Weitergabe an ihr Personal oder an andere Behörden zur Verfügung standen, war Rosski nicht verpflichtet, ihm Bericht zu erstatten – nicht einmal bei einem Ereignis dieser Größenordnung.

Orlow versuchte, die Fäden dieser Entwicklung für sich ein wenig zu entwirren. Es fing schon an mit der vollkommen unerwarteten Anforderung von militärischer Unterstützung durch die Ukraine. Wie zahlreiche andere hohe Beamte war auch er davon ausgegangen, daß Präsident Zhanin durch die diversen Manöver der Welt auf seine Art hatte demonstrieren wollen, daß er über den geschäftlichen Beziehungen zum Westen die Interessen des russischen Militärs keineswegs vernachlässigen werde. Doch der Einmarsch in die ehemalige Sowjetrepublik war ein abgekartetes Spiel, soviel stand jetzt fest, und deswegen waren auch soviele Einheiten in die Nähe der Grenze verlegt worden oder auf dem Weg dorthin. Aber wer steckte dahinter? Vielleicht Dogin? Und was sollte das Ganze? Anscheinend handelte es sich weder um einen Staatsstreich noch um einen Krieg.

Der Bildschirm zeigte die ersten Daten. Die russische Infanterie traf alle Vorbereitungen, um sich bei Charkow und Woroschilowgrad ukrainischen Truppen anzuschließen. Offensichtlich waren dies alles andere als gemeinsame Manöver, Präsident Vesniks über Funk geäußerten Dankesbezeugungen ließen ja an Deutlichkeit nichts zu wünschen übrig.

Überraschend war für Orlow auch, daß der Kreml zu alledem beharrlich schwieg. In den achtzehn Minuten, die vergangen waren, seit die Truppen die Grenze überschritten hatten, war von Zhanin kein einziges öffentliches Wort in dieser Angelegenheit zu hören gewesen. Dabei würde inzwischen wohl jede westliche Botschaft in Moskau ihre Besorgnis über die neueste Entwicklung zum Ausdruck bringen.

Unermüdlich filterte Marew mit seinem kleinen Team für sie brauchbare Daten aus der Informationsflut heraus, die auf sie einprasselte. Das Ausmaß der Truppenbewegungen war nicht ganz konstant; erstaunlicher waren aber einige Details des Aufmarsches. Westlich von Nowgorod, in der Nähe der ukrainischen Verwaltungsmetropole Tschernigow, hatte Generalmajor Andrassij eine zehn Kilometer lange Linie von Artilleriebataillonen in gestaffelter Formation aufgebaut: Im Abstand von jeweils einem Kilometer waren zweihundert Meter lange Stellungen mit Haubitzen der Typen M-1973 und M-1974 plaziert; fast ein Kilometer dahinter, auf der Höhe der vordersten Lücke, lag noch einmal eine ähnliche Haubitzenstellung. Die Geschütze waren auf die weißrussische Grenze ausgerichtet; sie befanden sich so dicht an ihrem Ziel, daß sie möglicherweise mit einer Zieloptik für den Direktbeschuß ausgestattet waren.

Dies war wirklich kein Manöver, sondern die Vorbereitung auf einen Krieg. Orlow fragte sich, wie weit Rosski, und damit im Grunde auch er selbst, darin verwickelt war.

Orlow ließ Nina eine Verbindung zu Rolan Mikijan, dem Chef des Sicherheitsministeriums, herstellen. Er kannte ihn noch aus seiner Zeit als Kosmonaut, als der studierte Politologe aus Aserbeidschan von dem GRU, dem militärischen Abschirmdienst, für den Posten des Sicherheitschef in Baikonur vorgeschlagen worden war. Im vergangenen Jahr hatten die beiden sich mehrmals getroffen, um die Informationsbeschaffung der verschiedenen zuständigen Behörden zu koordinieren und effektiver zu gestalten. Dabei war Orlow aufgefallen, daß Mikijans Treue zu Rußland zwar unverändert weiterbestand, die Aufstände der letzten Zeit ihn aber zu einem Zyniker hatten werden lassen – vermutlich wegen seiner spät erwachten Liebe zu seiner eigentlichen Heimat.

Nina erreichte den Direktor in seiner Wohnung; geschlafen hatte er allerdings nicht.

»Sergej«, sagte Mikijan, »gerade wollte ich Sie anrufen.«

»Wissen Sie schon, was in der Ukraine los ist?«

»Wir sitzen beim Geheimdienst auf den Chefsesseln, da wissen wir doch wohl alles, oder?«

»Haben Sie's nun gewußt oder nicht?«

»Anscheinend gab es für diesen Bereich ein Informationsdefizit – ein weißer Fleck, an dem gewisse Elemente in der Armee wohl nicht ganz unschuldig sein dürften.«

»Wissen Sie schon, daß hundertfünfzig Haubitzen auf Minsk gerichtet sind?«

»Der Chef der Nachtschicht hat es mir mitgeteilt«, erwiderte Mikijan müde. »Außerdem sind Maschinen des Flugzeugträgers *Muromets,* der vor Odessa kreuzt, die Grenze zu Moldavien entlanggeflogen; eine Verletzung des fremden Luftraums haben sie dabei peinlichst vermieden.«

»Sie sind schon länger in diesem Geschäft, was halten Sie von der ganzen Geschichte?«

»Irgendein sehr hohes Tier hält die Fäden bei einer äußerst geheimen Operation in seiner Hand. Aber Sie brauchen sich deswegen nicht schämen, Sergej, eine ganze Menge Leute sind davon genauso böse überrascht worden, bis 'rauf zu unserem neugewählten Präsidenten, so wie es aussieht.«

»Hat schon jemand mit ihm gesprochen?«

»Im Moment tagt er gerade hinter verschlossenen Türen mit seinen engsten Beratern – nur Innenminister Dogin fehlt in der Runde.«

»Und warum ist der nicht dabei?«

»Wegen Krankheit«, sagte Mikijan. »Er hält sich in seiner Datscha in den Bergen vor Moskau auf.«

»Vor ein paar Stunden habe ich noch mit ihm geredet«, sagte Orlow angewidert, »der ist kerngesund.«

247

»Davon gehe ich auch aus. Jetzt ahnen Sie sicher, wer der Drahtzieher sein könnte.«

Orlows Telefon klingelte. »Entschuldigen Sie mich bitte.«

»Einen Moment noch. Ich muß gleich ins Ministerium, aber vorher wollte ich Sie noch anrufen, weil es etwas gibt, das Sie wissen sollten. Dogin hat im Kreml für Ihre Zentrale Mittel abgezweigt, und Sie haben kurz vor dem Einmarsch den Betrieb aufgenommen. Falls der Minister Ihre Einrichtung für seine Zwecke mißbraucht und die Sache schiefgeht, müssen Sie damit rechnen, an die Wand gestellt zu werden. Untergrabung des Staates, Unterstützung einer fremden Macht…«

»Daran hatte ich auch gerade gedacht. Erstmal vielen Dank, Rolan. Wir unterhalten uns später weiter.«

Kaum hatte Mikijan aufgelegt, kam ein Anruf von Silasch. Orlow wechselte auf die hausinterne Leitung.

»Was gibt's, Arkadij?«

»General, die Luftabwehr auf der Kolgujew-Insel meldet, daß die Il-76T Finnland überquert hat und über der Barentssee Richtung Osten weiterfliegt.«

»Gibt es Anhaltspunkte für das genaue Ziel?«

»Keine, Sir.«

»Nicht die leiseste Vermutung?«

»Kurs Osten, das ist alles, was wir wissen. Aber es heißt, es könnte ein Versorgungsflugzeug sein; wir benutzen die Maschinen dieses Typs für Frachttransporte aus Deutschland, Frankreich und Skandinavien.«

»Hat die Luftabwehr versucht, das Flugzeug zu identifizieren?« fragte Orlow.

»Natürlich, Sir. Das ausgesendete Signal ist korrekt.«

Das besagte überhaupt nichts, soviel war Orlow klar. Der im Bug eingebaute Infrarotsender war mit Leichtigkeit nachzubauen, zu kaufen oder zu entwenden.

»Gab es bis jetzt Funkkontakt zu der Maschine?«

»Nein, Sir. Aus Sicherheitsgründen gilt bei den meisten dieser Transporte eine absolute Funkstille.«

»Hat die Luftabwehr irgendeinen Funkverkehr mit anderen russischen Flugzeugen festgestellt?«

»Nicht daß ich wüßte, Sir.«

»Danke. Bitte melden Sie sich jede halbe Stunde, auch wenn sich inzwischen nicht Neues ergeben hat. Und noch eins, Silasch…«

»Ja, Sir?«

»Ich wünsche die Überwachung und Aufzeichnung sämtlicher Gespräche zwischen General Kosigan und dem Innenministerium, sowohl über die normalen Leitungen als auch die persönliche Verbindung des Generals.«

Sprachlosigkeit am anderen Ende.

»Ich soll General Kosigan ausspionieren?«

»Sie sollen meine Anweisungen befolgen! Ich gehe mal davon aus, daß Sie den Befehl eben wiederholt haben und ihn nicht in Frage stellen wollten.«

»Natürlich, Sir, vielen Dank.«

Orlow legte auf. Er versuchte sich selbst zu beruhigen: Natürlich konnten seine Befürchtungen wegen der Iljuschin nur grundlos sein, dies war sicher eine der Übungen, die der CIA gelegentlich veranstaltete, um zu testen, wie die Russen reagieren würden, wenn sie dachten, daß die Besatzung eines ihrer Flugzeuge im eigenen Land für die andere Seite spionieren würden. Im Verlauf einer militärischen Auseinandersetzung gab es nichts Schlimmeres, als wenn ein Kommandeur anfing, an der Loyalität seiner eigenen Soldaten zu zweifeln.

Aber sein Instinkt und sein gesundes Mißtrauen waren mit dieser rationalen Argumentation nicht einverstanden. Wenn er einmal davon ausging, daß es eine amerikanische oder eine NATO-Maschine war, waren theoretisch verschiedene Ziele in Betracht zu ziehen. Wenn das Flugzeug die Vereinigten Staaten ansteuern würde, hätte es das Polarmeer oder den Atlantik überqueren müssen; der Ferne Osten wäre nur über weiter südlich gelegene Flugrouten zu erreichen. Das letzte Gespräch mit Rosski fiel ihm ein; auf die entscheidende Frage in dieser Unterredung hatte es ja anscheinend nur eine plausible Antwort gegeben. Und jetzt dieses russische Flugzeug… woher die Besatzung auch immer kommen mochte, sie konnten eigentlich nur ein Ziel in Ostrußland anfliegen – die Frage war nur, welches genau?

249

Auch auf diese Frage drängte sich eine ganz bestimmte Antwort, und die gefiel Orlow überhaupt nicht.

Er tippte die 22 ein, eine tiefe Stimme polterte aus dem Lautsprecher.

»Operations Support Officer Fjodor Buriba.«

»Fjodor, General Orlow am Apparat. Bitte nehmen Sie mit Dr. Sagdew vom Russischen Institut für Weltraumforschung Kontakt auf und verlangen Sie eine Aufstellung aller Aktivitäten der Satelliten der USA und der NATO von 21.00 Uhr bis 1.00 Uhr heute morgen, und zwar über Ostrußland zwischen dem Ochotskischen Meer und dem Aldan-Hochland, und südlich bis zum Japanischen Meer.«

»Sofort. Wollen Sie nur die Grunddaten, also die Positionsangaben und Aufzeichnungszeiten, oder auch die Sensormessungen, die iso-elektrischen...«

»Nur die Grunddaten. Danach stellen Sie bitte fest, wann die Fracht der Gulfstream in Wladiwostok in den Zug umgeladen wurde, und ob eventuell einer der Satelliten diesen Vorgang beobachtet haben könnte.«

»Verstanden, Sir.«

Nach dem Gespräch lehnte Orlow sich zurück und starrte Löcher in die schwarze Decke. Die von Dr. Albert Sagdew geleitete Abteilung für die Registrierung von Raumfahrttrümmern am Russischen Institut für Weltraumforschung kümmerte sich um die Aufspürung abgebrannter Raketenstufen, aufgelassener Raumschiffe und außer Dienst gestellter Satelliten, die in zunehmender Anzahl die Erde umkreisten und inzwischen eine wachsende Gefahr für neue Weltraummissionen bildeten. 1982 wurde jedoch das Personal verdoppelt; seitdem überwachte die Abteilung inoffiziell auch die amerikanischen, europäischen und chinesischen Spionagesatelliten. Sagdews Computer waren mit einem Netz von über das ganze Land verteilten Bodenstationen verbunden, die sämtliche Datenübertragungen anzapfen konnten. Wenn die meisten Daten auch digital verstümmelt ankamen, so daß sie nicht rekonstruiert werden konnten, waren die Russen doch wenigstens über die Ziele und Zeiten der orbitalen Spionageaktivitäten informiert.

Je mehr Orlow darüber nachdachte, um so wahrscheinlicher erschien es ihm, daß die verstärkten Verlegungen russischer Truppen in den vergangenen Tagen die Vereinigten Staaten und die europäischen Länder veranlaßt hatten, militärische Einrichtungen wie den Marinestützpunkt in Wladiwostok genauer im Auge zu behalten. Dabei konnten ihnen die Verladung der Kisten aus dem Flugzeug in den Zug kaum entgangen sein.

Aber konnte dieser schlichte Vorgang für sie so bedeutend sein, daß sie gleich ein Flugzeug hinterherschickten? Schließlich konnten sie den Transport ja mit ihren Satelliten beobachten; die entscheidende Frage schien also zu sein, ob sie sich mit der Überwachung begnügen würden.

Wenn die Besatzung der Maschine den Zug abfangen wollte, würde sie die Zeit, die sie über russischem Territorium fliegen mußte, so kurz wie möglich halten. In dem Fall kam nur ein Anflug aus östlicher Richtung in Betracht, was seinem Sohn noch eine Vorbereitungszeit von zehn bis maximal vierzehn Stunden lassen würde.

Und doch blieb diese Unternehmung reichlich riskant, wer auch immer an Bord der Iljuschin war. Auch nach seinen Überlegungen konnte Orlow sich immer noch nicht vorstellen, wer dieses Risiko eingehen würde.

Auf jeden Fall mußte Orlow herausfinden, was an dieser Fracht eigentlich so brisant war. Und dafür gab es nur eine Möglichkeit.

40

Dienstag, 10.09 Uhr, Ussurisk

Das Kesselblech der aus der Vorkriegszeit stammenden Dampflok hatte schon einigen Rost angesetzt, der Schienenräumer war ziemlich verbeult, und die jahrzehntelangen Rußablagerungen hatten den Schornstein pechschwarz gefärbt. Der Tender war bis über den Rand mit Kohle gefüllt. Der Führerstand war nicht nur mit Kohlenstaub verschmutzt, sondern ihn zierten auch die Überbleibsel früherer Fahrten durch die endlosen Weiten Rußlands: vertrocknete Blätter aus den Wäldern bei Irkutsk, Sand aus den Ebenen Turkistans, Ölflecken von den Förderanlagen in der Nähe von Usinsk.

Und dann die Geister. Die Schatten der zahllosen Lokomotivführer, die den Regler bedient und Kohle auf den Rost geschaufelt hatten; Junior Lieutenant Nikita Orlow sah sie vor seinem geistigen Auge, nach langen Dienstjahren müde geworden, die Hand am Holzgriff der Dampfpfeife, wie sie auf der mit Nägeln beschlagenen Bodenplatte standen, deren Oberfläche im Lauf der Jahre von ungezählten Schuhen und Stiefeln glattgescheuert worden war. Wenn er aus dem Fenster blickte, konnte er sich lebhaft vorstellen, wie die Bauern beim Anblick dieses Ungetüms ehrfürchtig dachten: *»Endlich hat die Eisenbahn auch Sibirien erreicht!«* Die endlosen Trecks zu Pferd oder mit dem Ochsenkarren hatten endgültig der Vergangenheit angehört; Hunderte winziger Marktflecken waren jetzt nicht mehr über Schlammwege, sondern über einen Eisenstrang miteinander verbunden.

Aber was damals ein Riesenfortschritt gewesen war, bildete nun eher das Schlußlicht in Sachen Transportmittel, vor allem was die Geschwindigkeit betraf. Eine Diesellok hätte Orlow entschieden vorgezogen, aber dieses Relikt längst vergangener Zeiten war die einzige Maschine, die der Chef der Abteilung Logistik in Wladiwostok hatte erübrigen können. Eine der wichtigsten Erfahrungen, die Orlow über Regierungs- und Militärdienststellen gewonnen hatte, war, daß jedes Fahrzeug, das man organisieren konnte, wie schrottreif es auch sein mochte, auf jeden Fall besser als gar nichts war; man konnte ja immer noch sehen, ob man etwas Besseres auftreiben würde.

Das hieß nicht, daß diese Dampflok rein gar nichts taugte. Die sechzig Betriebsjahre waren an der Maschine natürlich nicht spurlos vorübergegangen, aber dafür war sie noch in einem einigermaßen akzeptablen Zustand. Die Treibstangen, die Treibräder, die Zylinder, alles war äußerst solide gearbeitet. Hinter dem Tender waren noch zwei gedeckte Güterwagen und ein Dienstwagen angehängt. Mit etwa siebzig Stundenkilometern durchschnitt der Zug das dichte Schneetreiben. Wenn sie diese Geschwindigkeit halten konnten – und zu diesem Zweck wechselten sich zwei Soldaten beim Beheizen ab –, schätzte Lieutenant Orlow, daß sie in sechzehn bis siebzehn Stunden den Sturm hinter sich lassen würden; sie wären dann irgendwo zwischen Kabarowsk und Bira, hatte ihm Corporal Fodor, sein Adjutant und Funker, vorgerechnet.

Nikita saß in dem ersten Güterwagen an einem Holztisch, ihm gegenüber der noch etwas naiv wirkende Fodor. In diesem Waggon hatten die Männer ein Drittel der Kisten verstaut, sechs Reihen tief waren sie am gegenüberliegenden Ende pyramidenförmig gestapelt. Das rechte Schiebefenster war offen, an der überragenden Dachkante hatten sie eine Parabolantenne festgeklemmt, von der zwei Kabel zu dem aktenkoffergroßen Satellitentelefon führten, das auf einem auf dem Waggonboden ausgebreiteten Tuch stand. Fodor hatte als Schutz gegen das Schneegestöber ein Stück Segeltuch über das Fenster gespannt. Alle paar Minuten mußte er aufstehen, um von der Satellitenschüssel selbst den nassen Schnee abzuwischen.

Beide Männer trugen dicke, weiße, pelzgesäumte Wintermäntel und Winterstiefel, neben der Laterne auf dem Tisch lagen ihre Handschuhe. Mit einer selbstgedrehten Zigarette im Mundwinkel versuchte Lieutenant Orlow mehr schlecht als recht, seine Hände an der Laterne aufzuwärmen, während Fodor an seinem batteriebetriebenen Laptop arbeitete. Verständigen konnten beide sich nur schreiend, so laut heulte der Wind und ratterten die Räder.

»Der nächste geeignete Landeplatz liegt von da aus ungefähr achtzig Kilometer entfernt, Sir; man müßte dreimal hin- und zurückfahren, um die gesamte Ladung hinzubringen.« Fodor deutete auf die grünschwarze Karte auf seinem Bildschirm. »Das ist genau hier, Sir, nordwestlich des Amur.«

Was Nikita auf dem Monitor sah, ließ ihn besorgt die Stirn runzeln. »Sie meinen, falls wir ein Flugzeug auftreiben können. Dieses ganze Theater in Wladiwostok verstehe ich immer noch nicht, die hätten doch wirklich was anderes 'rausrücken können als ausgerechnet diese Schrottmühle von Lok.«

»Vielleicht ist ja schon ein netter, kleiner Krieg ausgebrochen, Sir«, scherzte Fodor, »und keiner hat es für nötig gehalten, uns Bescheid zu sagen.«

Das Telefon summte. Fodor lehnte sich zurück und nahm das Gespräch an, das freie Ohr hielt er sich mit der anderen Hand zu, um in dem Höllenlärm überhaupt etwas zu verstehen. Dann räumte er die Laterne beiseite und gab seinem Vorgesetzten den schwarzen Hörer.

»Von der Vermittlung in Korsakow, General Orlow ist dran.« Fodors Stimme klang respektvoll.

Mit versteinerter Miene stand der Lieutenant auf und brüllte in die Muschel: »Ja, Sir?«

»Kannst du mich verstehen?«

»Nur schlecht, Sir, wenn Sie vielleicht etwas lauter sprechen könnten...«

Langsam und deutlich antwortete der General: »Nikita, wir haben Grund zu der Annahme, daß eine Il-76T mit einer ausländischen Besatzung versuchen wird, Euren Zug abzufangen. Wir bemühen uns, herauszufinden, wer oder was an Bord ist; das können wir aber nur, wenn ich weiß, was in den Kisten transportiert wird.«

Nikitas Blick wanderte zu der Fracht hinüber, es war ihm ein Rätsel, warum sein Vater nicht einfach den für diese Operation verantwortlichen Offizier fragte. »Sir – das hat Captain Leschew mir nicht mitgeteilt.«

»Dann würde ich dich bitten, eine dieser Kisten zu öffnen. Ich selbst werde diese Anweisung ins Protokoll aufnehmen, so daß du deswegen keine Scherereien kriegst.«

Nikita konnte seinen Blick nicht von der Ladung abwenden; natürlich hatte er sich auch schon gefragt, was er da eigentlich die ganze Zeit bewachte. Er bestätigte den Befehl und bat seinen Vater, am Apparat zu bleiben.

Der Junior Lieutenant übergab Fodor den Hörer, streifte seine Handschuhe über und ging zu der Kistenpyramide hinüber. Von einem Haken an der Wand nahm er eine Schaufel, trieb das Blatt unter den hölzernen Deckel und stemmte seinen Fuß gegen den Stiel. Quietschend öffnete sich der Deckel einen Spalt breit. »Corporal, bringen Sie die Laterne her.«

Fodor rannte hinüber. In schwaches, orangefarbenes Licht getaucht, sahen sie die mit weißen Papierbanderolen gebündelten, sauber gestapelten Hundert-Dollar-Noten.

Mit seinem Stiefel schloß Leutnant Orlow den Deckel wieder. Während er Fodor eine weitere Kiste öffnen ließ, durchquerte er selbst den dröhnenden Waggon und nahm den Hörer auf.

»In den Kisten liegt Geld, Vater – amerikanische Devisen.«

»In dieser Kiste auch, Sir!« brüllte Fodor von der anderen Seite des Waggons. »Amerikanische Dollars.«

»Wahrscheinlich wie in allen anderen Kisten auch«, sagte Nikita.

»Geld für die nächste Revolution«, erwiderte General Orlow.

Nikita hielt seine Hand gegen das freie Ohr. »Bitte um Wiederholung, Sir!«

Der General sprach lauter. »Hat dein Vorgesetzter in Korsakow dir schon mitgeteilt, was zur Zeit in der Ukraine abläuft?«

»Nein, Sir, bis jetzt nicht.«

Je mehr Einzelheiten sein Vater ihm über die von General Kosigan veranlaßten Truppenverlegungen berichtete, um so wütender wurde Nikita. Nicht nur, daß er sich von den tatsächlichen Brennpunkten des militärischen Geschehens abgeschnitten fühlte, er wußte auch nicht, wie gut sein Vater und Kosigan sich kannten. Auf eines würde er aber seinen Sold verwetten: Über diesen Einmarsch waren die beiden Männer unter Garantie genau entgegengesetzter Meinung. Und da lag auch schon das Problem. Lieber würde er mit dem dynamischen, ehrgeizigen General Kosigan zusammenarbeiten als mit einem hochdekorierten Testpiloten… der sich an seinen Sohn nur erinnerte, wenn der ihn vor aller Öffentlichkeit in Verlegenheit brachte.

Der junge Offizier raffte sich auf. »Darf ich offen sprechen, Sir?«

Diese Bitte widersprach eklatant allen militärischen Gepflogenheiten. Jede informelle Äußerung gegenüber einem Vorgesetzten war streng verpönt; die Antwort auf eine Frage lautete grundsätzlich nie *da* oder *njet*, also ja oder nein, sondern *tak totschno* oder *nikak njet* – jawohl oder keineswegs.

»Ja, natürlich«, antwortete der General.

»Läßt du mich deswegen diesen Transport begleiten? Damit ich nicht an die Front komme?«

»Bei meinem ersten Anruf, mein Junge, gab es noch gar keine Front.«

»Aber du hast die Glocken läuten hören, es konnte gar nicht anders sein. Im Stützpunkt haben sie uns beigebracht, daß auf deinem jetzigen Posten keine Überraschungen möglich sind.«

»Alles Propaganda. Viele hochrangige Offiziere, auch mich selbst, hat die Operation völlig unvorbereitet getroffen. Bis ich Näheres weiß, möchte ich jedenfalls nicht, daß die Devisen den Zug verlassen.«

»Und wenn General Kosigan mit dem Geld in der Ukraine die zuständigen Beamten bestechen will? Wenn das Geld nicht rechtzeitig ankommt, könnte es vielen Russen an den Kragen gehen.«

»Oder sie kommen mit dem Leben davon! Jeder Krieg verschlingt Unsummen.«

»Aber haben wir gegen Kosigan überhaupt eine Chance? Soweit ich weiß, ist er praktisch seit seiner Jugend Soldat…«

»… und ein dummer Junge ist er in mancher Hinsicht bis heute geblieben!« sagte Orlow grimmig. »Du wirst deine Männer rund um die Uhr Wache schieben lassen, so daß niemand an den Zug 'rankommt; ohne meine Zustimmung wird auch niemand 'reingelassen.«

»Verstanden, Sir. Wann werden Sie sich wieder melden?«

»Sobald ich Näheres über die Devisen oder die Iljuschin weiß, gebe ich es durch«, sagte Orlow. »Nikki, ich habe das dumme Gefühl, daß du dichter an der Front bist, als wir beide wahrhaben wollen. Paß' auf dich auf!

»Zu Befehl, Sir.«

Der Lieutenant schaltete das Satellitentelefon ab. Er ließ Fodor den Schnee von der Antenne wischen, während er selbst sich auf die Karte konzentrierte. Seine Augen folgten der Route, von Ippolitowka über Sibirtschewo und weiter in nördlicher Richtung. Er überprüfte die Uhrzeit.

»Corporal Fodor, in etwa einer halben Stunde werden wir Osernaja Pad erreichen. Sagen Sie dem Lokführer, er soll dort einen Zwischenhalt einlegen.«

»Ja, Sir.« Fodor ging nach vorn und gab die Anweisung über die Sprechanlage weiter, die er behelfsmäßig zwischen Lok und Waggon installiert hatte.

Nikita Orlow würde für die Sicherheit des Zuges sorgen. Hier ging es um das zukünftige Rußland. Niemand, nicht einmal sein Vater, auch wenn er ein General war, würde den Zug aufhalten.

41

Montag, 19.10 Uhr, Washington, D. C.

»Wir haben's durch!«

Hood hatte gerade auf seiner Couch ein Nickerchen gehalten, froh, einige Routineaufgaben an die Nachtschicht unter der Leitung von Curt Hardaway delegieren zu können, als Lowell Coffey schwungvoll die Tür seines Büros aufriß.

»Unterschrieben, versiegelt und – ein Tusch' – durchgeboxt.«

Mit einem breiten Lächeln richtete Hood sich auf. »Der Ausschuß hat sich nicht quergelegt?«

»Nein, und ich mußte gar nicht so viel dafür tun. Die Russen selbst haben uns da Schützenhilfe geleistet – im wahrsten Sinn des Wortes, denn sie haben hunderttausend Mann in die Ukraine verlegt.«

»Nicht zu fassen – weiß Mike schon Bescheid?«

»Ich war eben bei ihm, er müßte jeden Augenblick hier sein.«

Hood betrachtete das Dokument. Ganz oben prangte die Unterschrift von Senatorin Fox, nicht einmal die Hardliner unter den Konservativen konnten sie an dieser Stelle übersehen. Er war aber auch erleichtert, daß die Sache für das OP-Center gut ausgegangen war; während seiner Ruhepause hatte er nämlich bereits beschlossen, Rodgers Pläne für die Striker-Mission zu unterstützen. Parlamentarische Kontrollen mußten schon sein, aber manchmal war entschiedenes Handeln doch vorzuziehen.

Nachdem Lowell gegangen war, um Martha Mackall zu informieren, setzte Hood sich wieder auf seine Couch und unterrichtete Hardaway per E-Mail. Dann fand er noch ein wenig Zeit, richtig wach zu werden und sich durch den Kopf gehen zu lassen, warum er eigentlich diesen Posten als Leiter des Centers übernommen hatte.

Genau wie alle anderen Leute, die er kannte – einschließlich des Präsidenten, mit dem er selten genug einer Meinung war –, tat auch Hood seine Arbeit in allererster Linie, weil er überzeugt war, daß es nicht ausreichte, vor der Flagge zu salutieren und ein Lippenbekenntnis abzugeben; er fand es zwingend notwendig, sein Leben voll und ganz dieser Aufgabe zu widmen. Rodgers hatte ihm einmal eine Bronzetafel geschenkt, die seitdem auf seinem Schreibtisch stand; die eingravierte Inschrift war eine Äußerung von Thomas Jefferson: »Der Baum der Freiheit muß von Zeit zu Zeit mit dem Blut von Patrioten und Tyrannen gegossen werden.« Schon seit seiner College-Zeit wollte er an dieser Aufgabe teilhaben.

Dieser heiligen Aufgabe, korrigierte er sich.

Mike Rodgers und Bob Herbert rissen ihn aus seinen Träumereien. Die Männer schüttelten sich die Hände und umarmten sich.

»Vielen Dank, Paul«, sagte Rodgers, »Charlie kann's kaum noch erwarten, daß es losgeht.«

Hood sagte zwar nichts, aber er erriet Herberts und Rodgers Gedanken: Jetzt, da sie endlich bekommen hatten, was sie wollten, beteten sie inständig, daß nichts schiefgehen würde.

Hood ließ sich in seinen Schreibtischsessel fallen. »Unsere Leute dürfen also nach Rußland 'rein – wie kriegen wir sie da wieder 'raus?«

Rodgers erwiderte: »Egal, wie der Ausschuß entschieden hätte, meine Freunde im Pentagon hätten uns so oder so den Moskito zur Verfügung gestellt.«

»Muß ich den kennen?«

»Nein, es ist ein Tarnkappenflugzeug, Geheimhaltungsstufe Eins. Die Testphase ist eigentlich noch gar nicht abgeschlossen, aber das Pentagon hat während der Korea-Krise die Maschine trotzdem nach Seoul verlegt, um sie dort notfalls einzusetzen. Anders kommen wir nicht nach Rußland 'rein und wieder 'raus, ohne daß die Russen uns sehen, hören oder riechen können, also, was bleibt uns anderes übrig?«

»Was sagt Charlie dazu?«

»Er freut sich wie ein Kind.« Rodgers mußte lachen. »Dem muß man nur einen funkelnagelneuen Baukasten vor die Nase setzen, dann schwebt er im siebten Himmel.«

»Und wie sieht der Zeitplan aus?«

»Der Moskito soll in Japan gegen 10.00 Uhr Ortszeit landen, die Überführung zur Il-76T wird noch mal eine Dreiviertelstunde dauern. Dort werden sie erst starten, wenn wir die Anweisung durchgeben.«

Ruhig fragte Hood: »Und wenn der Moskito 'runterkommt?«

Rodgers holte tief Luft. »Dann muß die Maschine zerstört werden, so weit wie möglich. An Bord kann man mit einem einzigen Knopfdruck eine Autosprengeinrichtung auslösen, die verdammt gute Arbeit leistet. Wenn die Besatzung aus irgendeinem Grund nicht dazu kommt, muß das Striker-Team diesen Job übernehmen. Auf gar keinen Fall darf die Maschine den Russen in die Hände fallen.«

»Und womit bringen wir unsere Leute dann außer Landes?«

»Die Truppe hat dann noch ein bißchen mehr als sechs Stunden bis Sonnenaufgang, um die knapp zwanzig Kilometer bis zur Iljuschin hinter sich zu bringen. Sie müßten durch hügeliges Gelände, aber es ist erträglich. Selbst im schlimmsten Fall, wenn die Temperaturen unter minus fünfzehn Grad sinken würden, müßte es zu schaffen sein, mit ihrer winterfesten Kleidung und ihren Nachtsichtbrillen.«

»Wie wird die 76T mit den niedrigen Temperaturen fertig?« wollte Hood wissen.

Herbert mischte sich ein. »Die ist für dieses Klima konzipiert; nur wenn minus fünfundzwanzig Grad unterschritten werden, könnten bestimmte Aggregate einfrieren, aber wir glauben nicht, daß es soweit kommt.«

»Und wenn doch?«

»Sobald ein Temperatursturz absehbar ist, lassen wir den Moskito starten, benachrichtigen das Team, und dann dürfen sie sich in Gottes Namen halt eingraben, bis wir sie 'rausholen können. Überlebenstraining war ja ein Teil der Ausbildung, sie werden schon damit zurechtkommen. Nach Katzens geographischen Studien gibt es westlich des Sichote-Alin-Höhenzugs viel Kleinwild, und außerdem genügend Höhlen, wo sie sich verstecken können.«

»Also, wenn wir soweit kommen, könnte es gut gehen«, sagte Hood. »Was machen wir aber, wenn die Russen drauf kommen, daß die Iljuschin keine von ihren Maschinen ist?«

»Sehr unwahrscheinlich«, erläuterte Rodgers. »Aus einer der 76Ts, die die Russen in Afghanistan verloren haben, konnten wir einen Infrarotsender organisieren. Seit Jahren hat sich bei der russischen Technologie zur Freund-Feind-Erkennung nichts geändert, da kann uns eigentlich nichts passieren. Bei unseren Maschinen funktioniert das ja anders, da werden Signale im Millimeter-Bereich ausgesendet und von anderen Flugzeugen oder auch Überwachungsstationen entsprechend beantwortet.«

»Und wie läuft der Funkverkehr?«

»Unser bisher einziger Kontakt lief verschlüsselt ab. Die Russen sind daran gewöhnt, daß wir sie mit gefälschten Meldungen eindecken, um sie zu beschäftigen; im allgemeinen ignorieren sie Funksprüche, die bei ihren eigenen Flugzeugen eingehen. Während der nächsten Stunden werden wir verstärkt Funksprüche an ihre Maschinen geben, dann glauben sie hoffentlich, daß wir sie wegen ihres Truppenaufmarsches stören. Zur selben Zeit wird die 76T strikte Funkstille bewahren, wie es bei russischen Transportflügen meistens üblich ist. Wenn die russische Flugabwehr trotzdem nervös wird, werden wir Kontakt aufnehmen. Der Pilot wird in dem Fall angeben, daß er aus Berlin Ersatzteile für militärisches Gerät und aus Helsinki Kunststoff-Reservetanks geladen hat. Gerade im Moment ist Kunststoff in Rußland kaum aufzutreiben. Wenn aus irgendeinem Grund die Iljuschin doch früher angepeilt wird, wäre das auch die Erklärung dafür, daß sie in Deutschland und Finnland war.«

»Gefällt mir«, sagte Hood, »ehrlich. Ich nehme an, sie werden Rußland umfliegen und sich aus den Hauptflugrouten 'raushalten?«

Rodgers nickte. »Im Moment ist in diesen Flugschneisen die Hölle los. Wenn die Besatzung unserer Iljuschin wirklich mit den Russen reden muß, werden sie mit ihrer Ausrede schon durchkommen, denn ihre angebliche Zuladung ist für die Russen genauso lebenswichtig wie Soldaten, Verpflegung oder Waffen.«

»Aber wenn diese Story nun doch auffliegt? Wie ziehen wir uns dann aus der Affäre?«

»Angenommen, wir müssen doch Hals über Kopf den Rückzug antreten«, sagte Herbert, »dann wird die Besatzung als erstes ihr Funkgerät ausschalten – und dann nichts wie raus aus dem russischen Luftraum! Den einen oder anderen Trick haben wir schon noch im Ärmel. Die russische Abwehr wird auch nur feuern, wenn für sie völlig klar ist, daß es keine eigene Maschine ist, und es wird eben nicht völlig klar sein.«

»Klingt wirklich gut«, sagte Hood abschließend. »Richten

Sie dem Strategieteam aus, daß sie alle phantastisch gearbeitet haben.«

»Danke, mach' ich.« Er schnappte sich die kleine Weltkugel, die als Briefbeschwerer diente, und spielte mit ihr etwas herum. »Ehe ich's vergesse, Paul, da ist noch was passiert. Deswegen wollte der Pentagon auch eine kleine Vorstellung mit dem Moskito veranstalten.«

Hood sah zu Rodgers auf. »Eine kleine Vorstellung?«

»Zwei der vier russischen motorisierten Sturmbrigaden, die bisher an der Grenze zu Turkestan stationiert waren, sind in die Ukraine verlegt worden. Kosigan hat eine Panzerdivision von der Neunten Armee aus dem Baikalgebiet und eine Helikopter-Brigade aus dem Fernen Osten abgezogen. Sollten Kämpfe mit Polen ausbrechen und deswegen weitere Kräfte aus dem Grenzgebiet zu China abgezogen werden, ist es leider nicht auszuschließen, daß die Chinesen übermütig werden. Erst vor kurzem haben sie General Wu De das Kommando über die Elfte Armee in Lantschou übertragen. Lesen Sie mal den Bericht unserer Betriebspsychologin, da läuft es Ihnen eiskalt den Rücken 'runter, so durchgeknallt ist der Knabe.«

»Hab' ich schon getan. Er war einer ihrer Astronauten, bevor sie das Weltraumprogramm auf Eis gelegt haben.«

»Haargenau. Wir haben mal unsere Kriegssimulationen durch den Computer geschickt, so ganz daneben liegen wir danach nicht mit dem, was ich Ihnen jetzt vorsetzen werde; übrigens interessiert sich auch der Präsident dafür. Sollten die Chinesen ihre fünf Grenzschutzdivisionen in Alarmbereitschaft versetzen und so den Russen mit einer zweiten Front drohen, wird Rußland nicht klein beigeben. Das haben sie früher nicht getan, das kommt auch dieses Mal nicht in Frage. Es wird zu kleineren Gefechten kommen, und wenn dann kein kühler Kopf die Oberhand behält, in dem Fall Zhanin, ist der Krieg unvermeidlich. In einer solchen Situation würden wir natürlich die besonnenen Kräfte unterstützen, aber das heißt eben auch, daß wir uns hinter Zhanin stellen und ihm vielleicht sogar militärisch beistehen müßten...«

»Und schon hätten wir unsere Vereinbarung mit den Grosny-Zellen gebrochen«, sagte Hood entnervt, »das ist ja eine schöne Bescherung! Wir sorgen dafür, daß die Chinesen und die Russen nicht aneinandergeraten, und was ist der Dank? Ein Terroranschlag nach dem anderen.«

»So könnte es tatsächlich kommen«, gab Rodgers zu. »Das ist auch der Punkt, an dem unser kleiner ›Überraschungsangriff‹ mit dem Tarnkappenflugzeug auf einmal so enorm wichtig wird: Je länger die Grosny nicht mitkriegt, daß wir mit von der Partie sind, um so besser für uns.«

Das Telefon summte. Hood spähte nach dem Erkennungscode, der auf der LED-Anzeige sichtbar war. Der Anrufer war Stephen Viens vom NRO.

Hood nahm ab. »Was ist denn los, Stephen?«

»Paul? Ich dachte, Sie wären im Urlaub.«

»Bin wieder da, wie Sie hören können. Ihren Aufklärungs-Saftladen hätte ich mir aber effektiver vorgestellt...«

Viens ging darauf nicht ein. »Ich hab' hier eine komische Sache. Bob hatte uns ja gesagt, wir sollten diesen Zug der Transsibirischen Eisenbahn im Auge behalten. Tja, und jetzt tut sich da was.«

»Verraten Sie mir auch, was genau?«

»Nichts Erbauliches. Aber sehen Sie doch selbst, ich schikke Ihnen die Aufnahme auf Ihren Schirm 'rüber.«

42

Dienstag, 9.13 Uhr, Seoul

Der Hangar auf dem Stützpunkt vor den Toren Seouls besaß kugelsichere und schwarz eingefärbte Fenster. Die streng bewachten Tore waren verschlossen, und abgesehen von dem M-Team der Luftwaffe hatte niemand Zutritt. Die Moskito-Einheit unterstand dem Kommando von General Donald Robinson, der sich mit seinen vierundsechzig Jahren seine dynamische, energische Natur weitgehend bewahrt hatte. Erst mit sechzig hatte er das Bungee-Springen für sich entdeckt; jeden Morgen war ein Sprung fällig – auf nüchternen Magen.

Die zwanzig Soldaten im Hangar hatten jeden Handgriff ungezählte Male an einem Prototyp aus Kunststoff und Holz eingeübt. Nun, da die Situation und die Fracht echt waren, taten sie ihre Arbeit noch schneller und präziser. Die Notwendigkeit dieser Aktion beflügelte sie, sie gingen mit den erstaunlich leichten, mattschwarz lackierten Einzelteilen absolut routiniert um, viele Worte waren dabei nicht mehr notwendig. Sie hatten die Verladung in verschiedene Flugzeuge und Hubschrauber geübt, von der Sikorsky S-64 für Einsätze unter 400 Kilometern bis zu Frachtflugzeugen wie der Starlifter oder der alten britischen Short Belfast für Missionen, bei denen Reichweiten von 8.000 Kilometern oder mehr benötigt wurden. Für den 1.200-Kilometer-Flug nach Hokkaido hatte General Milton A. Warden den Einsatz einer Lockheed C-130E genehmigt. Von allen Flugzeugen, die derzeit in Südkorea verfügbar waren, besaß diese Maschine die größte Ladefläche. Die Be- und Entladung wurde durch die riesige, hydraulisch bediente Heckklappe spürbar erleichtert. Mike Rodgers hatte Warden darauf hingewiesen, daß es nach der Landung der Hercules in Japan vor allem auf Geschwindigkeit ankommen würde.

Während das M-Team die Maschine belud, machten der Pilot, der Kopilot und der Navigator sich mit dem Flugplan vertraut, überprüften die vier Allison-T-56-A-1A-Turboprop-Triebwerke und holten sich die Startgenehmigung vom Tower der auf halbem Weg zwischen der Küstenstadt Otaru und der Bezirkshauptstadt Sapporo gelegenen geheimen amerikanischen Luftwaffenbasis. Der Stützpunkt war noch zu Zeiten des Kalten Krieges als Ausgangspunkt für Missionen ins östliche Rußland eingerichtet worden; zwischen zehn und fünfzehn amerikanische Spionageflugzeuge waren dort stationiert gewesen, bis in den frühen achtziger Jahren ihre Aufgaben weitestgehend von Satelliten übernommen wurden. Die noch verbliebenen Soldaten hatten sich selbst den Spitznamen »Vogelfreunde« zugelegt; sie waren für die Radar- und Funküberwachung der russischen Aktivitäten zuständig.

Dieser gewichtige Transport benötigte exakte Wettervorhersagen und geographische Informationen und brachte daher die Vogelfreunde nach längerer Zeit einmal wieder gehörig ins Schwitzen. Während die Hercules auf der Basis in Seoul aus ihrem Hangar rollte, trafen die Einheiten in Hokkaido schon alle Vorbereitungen, um ein Fluggerät in die Luft und auf den richtigen Kurs zu bringen, das die Russen noch das Fürchten lehren würde.

43

Dienstag, 4.05 Uhr, im Finnischen Meerbusen

Die schlechte Luft an Bord des Kleinst-U-Boots war nur schwer zu ertragen, trotz der Belüftungsanlage war sie trocken und verbraucht. Aber mit Abstand das Schlimmste war für Peggy James dieses Gefühl völliger Orientierungslosigkeit. Ständig geriet das Boot in Strömungen, die es heftig hin und her stießen. Wenn der Steuermann es dann noch mit Hilfe der Ruder wieder auf Kurs brachte, verwandelte sich das zahme Schaukelpferd in einen sich aufbäumenden Mustang.

Es fiel ihr auch schwer, ihre Augen und Ohren auf die ungewohnten Raumverhältnisse einzustellen: Sie durften sich nur flüsternd unterhalten, der massive Rumpf und die sie umgebenden Wassermassen dämpften jeden Laut noch mehr. Abgesehen von dem schwachen Schein, den das Kontrollpult abstrahlte, war ihre abgeblendete Taschenlampe die einzige erlaubte Lichtquelle. Diese Schummerbeleuchtung war nicht gerade dazu angetan, sie wach zu halten, ebenso wenig wie die dumpfe Atmosphäre in der Kabine und der Schlafmangel der letzten Stunden. Leider hatten sie noch volle vier Stunden Fahrt vor sich, bevor sie, wie vorgesehen, für eine halbe Stunde auftauchen würden.

Immerhin, es gab für Peggy auch eine gute Nachricht: Die paar Brocken Russisch, die David George für ihre Mission brauchte, hatte er doch recht schnell verinnerlicht; man sollte eben einen Menschen nie nach seiner schleppenden Art zu sprechen beurteilen oder seinen frischen Eifer für Naivität halten. George hatte durchaus Grips im Kopf; gleichzeitig war bei allem, was er tat, eine jungenhafte Begeisterung spürbar. Obwohl er genauso eine hundertprozentige Landratte wie Peggy war, schien ihm diese Tauchfahrt nichts auszumachen.

Einige Zeit verbrachten die beiden Agenten mit dem Studium ihrer Karten von St. Petersburg und dem Grundriß der Eremitage. Ebenso wie die Fachleute des DI6 nahm Peggy an, daß alle Spionageaktivitäten irgendwie mit dem neueingerichteten Fernsehstudio zusammenhängen mußten, und daß Fields-Hutton wahrscheinlich recht gehabt hatte, wenn er das Studio im Untergeschoß vermutete. Zum einen war es die perfekte Tarnung für die notwendige Ausrüstung und den Funkverkehr der Russen, zum anderen lagen die Kellerräume weit genug von dem westlichen Teil der zweiten Etage entfernt. Dort war nämlich die Münzsammlung des Museums ausgestellt; das Metall hätte die Funktion besonders empfindlicher Geräte beeinträchtigen können.

Gleichgültig, in welcher Ecke des Museums das Fernsehstudio nun untergebracht war, überall wurden für die Aufklärungszentrale Fernmeldekabel benötigt; die mußten sie ausfindig machen, um herauszufinden, welches Spielchen dort getrieben wurde. Sollte sich die Zentrale wirklich unter der Erde befinden, waren die Kabel höchstwahrscheinlich in oder neben Luftschächten verlegt worden, denn das war natürlich der geringste Aufwand, auch bei eventuell anfallenden Wartungs- oder Modernisierungarbeiten. Blieb die Frage, ob sie in der Eremitage ein ruhiges Plätzchen finden würden, damit sie noch tagsüber ihre elektronischen Spürgeräte einsetzen konnten, oder ob sie bis zum Einbruch der Dunkelheit würden warten müssen.

Peggy bat George, den Russischunterricht im Augenblick zu verschieben, da ihre Augen in dem trüben Licht allmählich schwer wurden. George hatte nichts dagegen, da auch er müde geworden war und eine Pause vertragen konnte Sie machte es sich auf ihrem Sitz gemütlich, so gut es eben ging, und verdrängte die unwirtliche Umgebung, in der sie sich momentan befand, indem sie sich in Gedanken an den Ort ihrer Kindheit zurückversetzte: Sie stellte sich vor, wie sie auf der Schaukel vor dem Haus ihrer Eltern in Tregaron, Wales, saß, dort hatte sie mit Keith oft genug ihren Urlaub verbracht. Eigentümlicherweise erschien ihr die Welt während des Kalten Krieges auf einmal weniger bedrohlich als diese neue Weltordnung nach dem Fall des Kommunismus...

44

Dienstag, 6.30 Uhr, St. Petersburg

»General,« Funkoffizier Titew war am Telefon. »Silasch hat mir mitgeteilt, daß Sie über alle Gespräche zwischen General Kosigan und Minister Dogin informiert werden wollen. Im Augenblick läuft gerade eins. Es ist verschlüsselt, Code Milchstraße.«

Augenblicklich war General Orlow hellwach. »Vielen Dank, Titew, übertragen Sie's auf meinen Bildschirm.«

Milchstraße war der mit Abstand komplizierteste Code, der von den russischen Militärs verwendet wurde. Er wurde auf ungesicherten Leitungen eingesetzt und verschlüsselte nicht nur die Meldung selbst, sondern verstreute sie zusätzlich über zahlreiche unterschiedliche Wellenlängen – gewissermaßen in alle Himmelsrichtungen –, so daß sie ohne einen Decoder nur zu entziffern war, wenn man sie mit Hilfe von Dutzenden von Empfängern abhörte, von denen jeder auf einen anderen Kanal eingestellt werden mußte. Ein solcher Decoder war sowohl im Büro des Innenministers als auch in Kosigans Kommandozentrale vorhanden. Allerdings besaß auch Titew einen.

Während Orlow auf das decodierte Gespräch wartete, aß er sein Thunfischbrot, das Mascha ihm mitgegeben hatte, und ließ noch einmal die letzten drei Stunden Revue passieren. Gegen 4.30 Uhr hatte Rosski sich in sein Büro zurückgezogen. Es hatte doch etwas Beruhigendes, daß sogar ein Speznas-Mann mit einer so eisernen Verfassung nicht völlig ohne Ruhepausen auskam. Orlow war sich darüber im klaren, daß er noch eine Weile brauchen würde, bis er gegenüber Rosski den richtigen Ton gefunden hatte. Trotz seiner unübersehbaren Fehler gab der Colonel im Grunde doch einen prächtigen Soldaten ab, am Ende würde sich die Geduld mit diesem Mann sicher auszahlen.

Orlow hatte es sich nicht nehmen lassen, die Mitarbeiter der Nachtschicht anläßlich der Aufnahme des Betriebs persönlich zu begrüßen. Bei dieser Gelegenheit hatte er Colonel Oleg Dal, der Rosskis Aufgaben während der Nachtschicht wahrnahm, zu sich in sein Büro gebeten. Dal konnte Rosskis schroffe Art noch weniger ertragen als Orlow. Der sechzigjährige Luftwaffen-Veteran war einer der Ausbilder des Generals gewesen; er gehörte zu den zahllosen Offizieren, deren Aufstieg auf der Karriereleiter von einem Tag auf den anderen zu Ende war, als ein gewisser Matthias Rust, ein junger Deutscher, es 1987 fertigbrachte, die russische Flugabwehr auszutricksen und mit seinem kleinen Sportflugzeug mitten auf dem Roten Platz in Moskau zu landen. Dal war es unbegreiflich, wie starrsinnig Rosski seine Kommandogewalt verteidigte, selbst in Fällen, wo seine fachliche Kompetenz eigentlich nicht ausreichend war. Das war wohl typisch für die Speznas, aber es machte diesen Menschen nicht sympathischer.

General Orlow informierte Dal über den Flug der 76T Richtung Osten – augenblicklich befand sie sich südöstlich des Franz-Josef-Lands über dem Nordpolarmeer – sowie über die Versuche der US-amerikanischen Aufklärung, mit anderen russischen Transportflugzeugen Kontakt aufzunehmen. Auch Dal war der Meinung, daß die Iljuschin nicht ganz koscher zu sein schien, da sie nach Osten, also nicht in Richtung des Truppenaufmarsches flog; vor allem aber gab es keine Unterlagen über aktuelle Lieferungen aus Berlin und Helsinki. Natürlich konnten die Papiere irgendwo in den Mühlen der Bürokratie hängengeblieben sein, aber für alle Fälle schlug Dal vor, von einem zweiten Flugzeug aus den Piloten zur Aufgabe der Funkstille und zur Erläuterung seines Auftrags aufzufordern. Orlow stimmte zu und bat ihn, die Angelegenheit Generalmajor Petrow vorzulegen, der die vier am Polarkreis operierenden Luftabwehr-Divisionen befehligte.

Die Devisen in dem Zug der Transsibirischen Eisenbahn hatte Orlow vorsichtshalber nicht erwähnt. Vor der Einleitung weiterer Schritte wollte er erst herausfinden, was Dogin und Kosigan im Schilde führten; dieses Telefongespräch würde ihm darüber hoffentlich Aufschluß geben.

Orlow war mit seinem Sandwich fast fertig, als die Entschlüsselung hereinkam. Aus der Papiertüte, in die seine Frau das Brot gewickelt hatte, zog er ein Taschentuch und tupfte sich den Mund ab. Er lächelte, als er darin einen Hauch von Maschas Parfüms wahrnahm.

Titew hatte die Stimmen elektronisch markiert, so daß auf dem Bildschirm jeweils die Namen der beiden Gesprächsteilnehmer eingeblendet wurden. Der Text erschien auf dem Monitor fortlaufend; er wurde umbrochen, wenn der Sprecher wechselte, und die Sprachmelodie wurde durch die Zeichensetzung angedeutet. Mit wachsender Besorgnis las Orlow die Aufzeichnung. Er fürchtete nicht nur einen immer wahrscheinlicher werdenden Krieg, sondern er fragte sich auch, welcher der beiden Männer eigentlich den anderen um den Finger wickelte.

Dogin: General, unsere Aktion hat den Kreml und die übrige Welt wohl aus heiterem Himmel getroffen.
Kosigan: Ja, das war meine *sadatscha dnja*... meine Mission des Tages.
Dogin: Zhanin versucht immer noch unermüdlich herauszufinden, was eigentlich vor sich geht...

269

Kosigan: Das habe ich Ihnen ja gesagt, sobald man ihn zwingt zu reagieren anstatt selbst zu handeln, ist er hilflos.

Dogin: Das ist auch der einzige Grund dafür, daß ich Ihre Truppen schon so weit vorrücken ließ, obwohl die Devisen noch gar nicht da waren.

Kosigan: ›Vorrücken ließ‹?

Dogin: Ich habe zugestimmt, wo ist da der Unterschied? Auf jeden Fall war es goldrichtig, daß Sie Zhanin so frühzeitig in die Defensive gedrängt haben.

Kosigan: Wir dürfen uns das Heft nicht aus der Hand nehmen lassen...

Dogin: Keine Sorge, das wird uns nicht passieren. Wie weit sind Sie mit dem Aufmarsch?

Kosigan: Fünfzig Kilometer westlich von Lvov in Polen. Sämtliche Frontregimenter haben ihre Stellungen bezogen, von meinem Kommandostand aus reicht der Blick schon bis hinter die Grenze. Eigentlich warten wir nur noch auf die groß angelegten Terrormaßnahmen, die Schowitsch uns mit seinem Geld inszenieren wollte. Wo bleiben die so lange? Langsam werde ich ungeduldig.

Dogin: Eventuell müssen Sie ein bißchen länger warten, als wir eingeplant hatten.

Kosigan: Noch länger? Was soll das heißen?

Dogin: Wegen des Schneesturms. General Orlow hat die Kisten in einen Zug umladen lassen.

Kosigan: Sechs Milliarden Dollar in einem Zug! Meinen Sie vielleicht, er könnte mißtrauisch werden?

Dogin: Nein, nein, wo denken Sie hin! Er hatte keine Wahl, anders wäre der Transport bei diesem Sauwetter nicht möglich gewesen.

Kosigan: Aber ausgerechnet in einem Zug, Herr Minister? Da kann eine Menge passieren...

Dogin: Die Einheit von Orlows Sohn ist zur Bewachung abgestellt. Rosski hat mir versichert, daß der Junge ein richtiger Soldat ist, nicht so ein dressierter Weltraumaffe.

Kosigan: Aber wenn er mit seinem Vater unter einer Decke steckt...

Dogin: Sie können sicher sein, General, es gibt keinen Grund zur Beunruhigung. Wenn alles gelaufen ist, wird sowieso keine Menschenseele von dem Geld erfahren. Sobald wir die Sache durchgezogen haben, versetzen wir Orlow senior in den Ruhestand, und Orlow junior darf wieder auf seinen gottverlassenen Posten zurück, wo niemand irgendwas erfährt. Also bitte keine Panik. Westlich von Bira, außerhalb der Schlechtwetterzone, wird die Fracht wieder in ein Flugzeug verladen und auf direktem Weg zu Ihnen geschafft.

Kosigan: Da können wir aber fünfzehn bis sechzehn Stunden buchstäblich in den Wind schreiben! Um die Zeit sollte eigentlich der erste größere Zwischenfall schon passiert sein! Wenn's so weiter geht, wird Zhanin am Ende doch noch Herr der Lage.

Dogin: Ausgeschlossen. Ich habe mit unseren Verbündeten in der Regierung gesprochen, sie haben volles Verständnis für die Verzögerung...

Kosigan: Verbündete? Das sind Trittbrettfahrer, sonst nichts. Wenn Zhanin herausfindet, daß wir die Sache ins Rollen gebracht haben, und bis dahin Ihre sogenannten Verbündeten immer noch keine Scheinchen in ihren Jackentaschen vorfinden...

Dogin: So weit wird's nicht kommen, der Präsident rührt im Augenblick keinen Finger. Und unsere polnischen Gehilfen hocken in den Startlöchern; sobald das Geld da ist, werden sie loslegen.

Kosigan: Die Regierung! Die Polen! Die brauchen wir beide nicht! Das Beste ist, die Männer meiner Speznas-Einheiten verkleiden sich als Werft- oder Fabrikarbeiter und greifen die Polizeiwache und den Fernsehsender an.

Dogin: Das kann ich leider nicht zulassen.

Kosigan: Sie können es nicht zulassen?

Dogin: ...weil es Profis sind; wir brauchen aber Amateure. Es muß aussehen wie eine Revolte, die sich über das ganze Land ausbreitet, und nicht wie eine Invasion.

Kosigan: Aber warum denn? Wem müssen wir Honig ums Maul schmieren, etwa der UNO? Die Hälfte der sowjetischen Armee und Luftwaffe und zwei Drittel der Marine sind in russischer Hand. Wir verfügen über 520.000 Mann in der Armee, 30.000 in den Raketenstellungen, 110.000 in der Luftwaffe und 200.000 Marinesoldaten...

Dogin: Wir können es uns unmöglich mit der ganzen Welt verderben!

Kosigan Und warum nicht, wenn ich fragen darf? Ich kann problemlos Polen überrennen und dann im Kreml einmarschieren. Wir haben die nötigen Kräfte hinter uns, da kann es uns ziemlich egal sein, was man in Washington oder sonstwo von uns hält.

Dogin: Und wie wollen Sie die Lage in Polen unter Kontrolle halten, sobald Sie wieder abziehen müssen? Mit dem Kriegsrecht? Selbst Ihre Truppen könnten nicht überall sein.

Kosigan: Hitler hat an einzelnen Dörfern ein Exempel statuiert – und es hat funktioniert.

Dogin: Das war vor fünfzig Jahren, heute geht das nicht mehr. Wir leben im Zeitalter der Satelliten, Handys und Faxgeräte, da isoliert man ein Land nicht mehr so einfach und bricht seinen Widerstand. Ich hab's Ihnen gerade erklärt, die Sache muß von der Basis ausgehen und von Beamten und Politikern kontrolliert werden, die ihre Leute kennen, die wir kaufen können *und* denen die Polen trauen. Ein allgemeines Chaos können wir uns nicht leisten.

Kosigan: Hatten wir ihnen nicht größere Befugnisse versprochen, falls sie die Wahlen in zwei Monaten gewinnen? Reicht das nicht, um die Wachtmeister und Bürgermeister zu motivieren?

Dogin: Doch, aber sie wollen ihr Geld auch dann, wenn sie verlieren.

Kosigan: Banditen.

Dogin: Jetzt lügen Sie sich mal nicht in die eigene Tasche, General, das sind wir doch wohl alle mehr oder weniger. Beruhigen Sie sich doch! Ich habe Schowitsch mitgeteilt, daß die Fracht Verspätung hat; er hat es an seine Agenten weitergegeben.

Kosigan: Und wie hat er's aufgenommen?

Dogin: Er sagte, er hätte immer Striche in die Wände seiner Zelle geritzt, um die Uhrzeit nicht zu vergessen, da würden ein paar Striche mehr den Kohl auch nicht fett machen.

Kosigan: Das hoffe ich in Ihrem eigenen Interesse.

Dogin: Alles läuft weiter nach Plan – nur eben mit einer gewissen Verspätung. Da werden wir eben nicht in vierundzwanzig, sondern erst in vierzig Stunden auf die neue Revolution anstoßen.

Kosigan: Ich hoffe, Herr Minister, Sie behalten recht. So oder so, eines verspreche ich Ihnen: Nach Polen gehe ich auf jeden Fall. Einen schönen Abend noch, Herr Minister.

Dogin: Ihnen auch, General, und regen Sie sich nicht unnötig auf, ich werde Sie nicht enttäuschen.

Als die Übertragung beendet war, fühlte Orlow sich wie an dem Tag während seiner Kosmonauten-Ausbildung, als er zum ersten Mal in der Zentrifuge herumgewirbelt worden war: schwindlig und hundeelend.

Diese Halunken wollten also Osteuropa unter ihre Fuchtel zwingen, Zhanin aus dem Präsidentenamt drängen und ein neues Sowjetimperium aufbauen; bei aller Niedertracht, die darin steckte, mußte man den Plan sogar genial nennen. In einem verschlafenen polnischen Ort werden die Redaktionsräume eines kommunistischen Blattes in die Luft gejagt. In vielen Städten von Warschau bis zur ukrainischen Grenze schlagen die Kommunisten hart zurück, viel zu hart für den Anschlag – und schon hat Dogin seinen Volksaufstand. Manche Alt-Kommunisten fühlen sich auf einmal ermutigt, insgeheim sympathisierten eben doch noch viele von ihnen mit Wladislaw Gomulka, der 1956 ja die Stalinisten aus der

Regierung vertrieben und einen an die polnischen Verhältnisse angepaßten Kommunismus ins Leben gerufen hatte, mit seiner verqueren Mischung aus Sozialismus und Kapitalismus. Polen spaltet sich in zwei Lager auf, sobald die alten Solidarnosc-Seilschaften aus der Versenkung auftauchen und zusammen mit der Kirche über die Kommunisten herziehen, so wie sie es auch schon getan hatten, als Papst Johannes Paul II, ein Pole, die Katholiken bedrängte, Lech Walesas Wahl zum Präsidenten zu unterstützen. Verkappte Kommunisten bekennen sich wieder zu ihrer Überzeugung und tragen dazu bei, daß die Streiks, die Knappheit von Lebensmitteln und anderen Gütern schließlich die Unruhen, die Polen 1980 bereits erschüttert hatten, nun eine zweite Auflage erleben. Um dem Hungertod zu entgehen, strömen Flüchtlinge in Massen in den reichen Westen der Ukraine, traditionelle Spannungen zwischen den Katholiken und der Orthodoxen Kirche der Ukraine verschärfen sich wieder, polnische Soldaten und Panzer werden zu Hilfe gerufen, um die Auswanderung einzudämmen, und Kosigans Truppen begleiten die Flüchtlinge zurück in ihre polnische Heimat. Diese Armee bleibt aber gleich im Land, und dann ergeht es den Tschechen oder Rumänen genauso.

Das alles konnte doch nur ein gräßlicher Alptraum sein, so kam es Orlow vor, nicht allein wegen der schrecklichen Ereignisse, die über diese Region hereinbrechen würden, sondern auch weil er seinen Sohn in eine äußerst prekäre Lage gebracht hatte. Wenn er Dogin noch aufhalten wollte, mußte er Nikita den Befehl erteilen, die Ladung des Zuges unter keinen Umständen herauszugeben und notfalls auch mit Waffengewalt zu verteidigen. Sollte Dogin mit seinem Plan Erfolg haben, war seinem Sohn das Todesurteil eines Militärgerichts sicher. Für den Fall dagegen, daß Dogin scheiterte, kannte Orlow seinen Sohn nur zu gut: Nikita würde sich gegenüber den Militärs als Verräter fühlen. Schließlich lag es auch im Bereich des Möglichen, daß der junge Offizier sich den Anordnungen des Vaters widersetzen würde. In dem Fall bliebe dem General keine andere Wahl, als seinen eigenen Sohn aus dem Zug heraus zu verhaften, auch wenn die Kisten dann wahrscheinlich schon ihr Ziel erreicht hätten. Aufsässigkeit oder Gehorsamsverweigerung zogen unweigerlich Haftstrafen von einem bis zu fünf Jahren nach sich. Das würde dann auch zum endgültigen Bruch zwischen ihnen führen, unter dem seine Frau wesentlich mehr leiden würde als seinerzeit unter Nikitas Schwierigkeiten mit der Akademie.

Da die Niederschrift und selbst das Gespräch direkt im Center gefälscht worden sein konnte – aus früheren Aufnahmen digital zusammengeschustert –, sah Orlow sich noch nicht einmal in der Lage, Präsident Zhanin Beweise für diesen Hochverrat vorzulegen. Aber die Kisten durften ihren Bestimmungsort auf gar keinen Fall erreichen, das konnte er der Regierung immerhin nahelegen. Inzwischen mußte der General wohl oder übel versuchen, seinen Sohn zu überzeugen, daß Innenminister Dogin jetzt zu einem Feind Rußlands geworden war, obwohl er seinem Land lange Zeit selbstlos gedient und mit dafür gesorgt hatte, daß Nikita Orlow nicht von der Akademie gewiesen worden war.

Colonel Rosski hatte kein Auge zugemacht.

Corporal Valentina Beljew war nach Hause gegangen, so daß Rosski allein in seinem Büro zurückgeblieben war. Er hatte verschiedene interne und externe Gespräche abgehört, wobei er sich einer Vorrichtung bediente, die der verstorbene Pawel Odina noch für ihn installiert hatte. Genau deswegen mußte der Fernmeldetechniker auf der Brücke sterben – nur so würde dieses Geheimnis mit Sicherheit ein Geheimnis bleiben. Dabei war Pawel ja kein Soldat gewesen, aber was spielte das schon für eine Rolle, ab und zu mußte eben auch ein Zivilist seine treuen Dienste mit dem Tod bezahlen. Rosski fielen die Grabstätten der alten Ägypter ein: Deren Sicherheit war ja auch erst mit dem Tod ihrer Erbauer besiegelt worden. Wenn es um die nationale Sicherheit ging, war für rührselige Regungen nun einmal kein Platz. Von Speznas-Offizieren erwartete man, daß sie jeden ihrer Männer töteten, der verwundet worden war oder Feigheit vor dem Feind an den Tag legte. Die stellvertretenden Kommandanten hatten ihren eigenen Vorgesetzten zu eliminieren, wenn er dieser Pflicht nicht nachkam. Notfalls würde Rosski auch sich selbst das Leben nehmen, wenn dadurch ein Staatsgeheimnis vor dem Verrat bewahrt werden konnte.

Sowohl die internen als auch die externen Nachrichtenverbindungen waren mit Rosskis Computer verbunden. Darüber hinaus waren aber auch zahlreiche Wanzen installiert, nicht größer als ein menschliches Haar, in Steckdosen, an Ventilatoren oder unter Teppichen verborgen. Jedes der Mikrophone war über die Tastatur einzeln anzusteuern, so daß Rosski die Gespräche entweder über Kopfhörer direkt mithören, zur späteren Wiedergabe digital aufzeichnen oder elektronisch an Minister Dogin weiterleiten konnte.

Mit zusammengepreßten Lippen hatte der Colonel die Unterhaltung zwischen Orlow und seinem Sohn abgehört, danach hatte er sich anhören müssen, wie General Orlow Titew angewiesen hatte, das Gespräch von Innenminister Dogin mit General Kosigan anzuzapfen.

Wie kann er es wagen! Rosski war hellauf empört.

Orlow genoß großes öffentliches Ansehen, er war einzig engagiert worden, um seinen guten Ruf und seine Ausstrahlung zur Beschaffung der für das Center benötigten staatlichen Gelder nutzen zu können. Was bildete er sich ein, daß er es wagte, das Vorgehen Minister Dogins und General Kosigans in Zweifel zu ziehen?

Und nun befahl dieser hochdekorierte Held der Sowjetunion seinem Sohn auch noch, daß er am Bestimmungsort die besagten Kisten nicht Minister Dogins Vertretern übergeben dürfe, und daß seine eigenen Leute von der Marineakademie die Ladung beschlagnahmen würden.

Nikita bestätigte zwar den Empfang der Anweisung, aber es war nicht zu überhören, daß er mit dem Herzen nicht dabei war. Das war auch gut so – dann müßte er nicht zusammen mit seinem Vater wegen Hochverrats hingerichtet werden.

Liebend gern hätte Rosski selbst die Exekution vorgenommen, doch Minister Dogin duldete unter seinen Offizieren keine Umgehung der Vorschriften. Vor der Inbetriebnahme des Centers hatte der Minister den Colonel angewiesen, sofort Kontakt mit ihm aufzunehmen, falls einer von Orlows Befehlen widerrufen werden mußten; für die formelle Zurücknahme wäre dann General Mawik zuständig.

Als General Orlow über Funk das zwölfköpfige *Molot*-Team unter Leitung von Major Lewski nach Bira beorderte, wußte Rosski genug. Über die Tastatur seines Computers aktivierte er seine persönliche Direktleitung ins Innenministerium und informierte Dogin über die veränderte Lage. Dogin versprach, auf der Stelle mit General Mawik Kontakt aufzunehmen, der die sofortige Absetzung Orlows veranlassen würde; Rosski selbst sollte alle nötigen Vorbereitungen für die Übernahme des Operations Centers treffen.

45

Dienstag, 8.35 Uhr, südlich des Polarkreises

Zerstreut sah Colonel Squires zu, wie Ishi Honda die Funkausrüstung in seinem Rucksack überprüfte. In der Iljuschin bedienten sie sich des Bordfunks; nach dem Absprung über dem Zielgebiet wären sie aber auf das tragbare Gerät angewiesen, dessen schwarze Miniaturantenne seitlich aus dem Rucksack herausragte.

Gewissenhaft klappte Honda die Elemente der vierzig Zentimeter durchmessenden Antenne zusammen und wieder auseinander, jedes einzelne mußte zu seiner vollen Länge ausgefahren sein. Dann schraubte er das schwarze Koaxialkabel in die dafür vorgesehene Buchse des Funkgerätes, stülpte sich seinen Kopfhörer über und verfolgte die automatische Feinjustierung. Er zählte rückwärts von zehn bis null, um das Mikrofon zu testen, und nickte schließlich Colonel Squires zu.

Als nächstes war die Überprüfung des satellitengestützten Positionsmelders fällig, einer mit einer digitalen Leuchtanzeige ausgestatteten Vorrichtung in der Größe einer Fernsteuerung, die in einer der Seitentaschen des Rucksacks verstaut war. Honda sendete eine Viertelsekunde lang ein Signal aus, mit dem er die Funktionstüchtigkeit des Gerätes feststellen konnte, ohne daß den Russen Zeit genug für eine Peilung blieb. DeVonne hatte in ihrem Gepäck auch den Kompaß und den Höhenmesser und würde das Team nach Abschluß des Auftrags zu seinem Sammelpunkt führen.

Sergeant Chick Grey hatte gerade sein Nickerchen beendet und prüfte nun den Inhalt der Taschen seiner Kampfanzugjacke. Anstatt der Gasmaske und der 9mm-MP-Ersatzmagazine enthielten sie den C-4, den sie für diesen Einsatz benötigten. Vor dem Absprung über Rußland würden alle Mitglieder des Teams ihre warmen, dicken Handschuhe, Kopfschützer, Overalls und Schutzbrillen mit bruchsicheren Gläsern, kugelsicheren Westen und Sturmstiefeln ergänzen und die Ausstattung in ihren Kampfanzugjacken, ihre Abseilgurte, ihre Blendgranaten, ihre H&K-9mm-MP5A2-Maschinenpistolen und ihre 9mm-Berettas mit übergroßen Magazinen nochmals überprüfen.

Nach Squires Geschmack fehlte eigentlich nur noch eines: ein paar wendige, schnelle Sturmfahrzeuge; dafür würde er sogar alle ihre High-Tech-Spielzeuge hergeben. Nach der Landung konnte nämlich vom OP-Center aus praktisch nichts mehr für sie getan werden, weder bei der Erstürmung des Zuges noch bei dem anschließenden Rückzug. Wenn sie aber mit 120 Stundenkilometern über die vereisten Felsen jagen könnten, mit einem vorn aufgebauten M60E3-Maschinengewehr und einem rückwärtigen Posten mit seinem MG im Anschlag – das wäre schon eine tolle Sache. Auch wenn es die Hölle wäre, ein solches Teil abzuwerfen...

Squires ging ins Cockpit hinüber, um sich ein bißchen die Beine zu vertreten und nach dem Rechten zu sehen. Die ganze Besatzung war heilfroh, daß die Russen bis jetzt noch nicht versucht hatten, mit ihnen Kontakt aufzunehmen. Matt

Mazer, ihr Pilot, bemerkte sarkastisch, daß dies nicht an ihrer sagenhaften Cleverness, sondern schlicht und ergreifend an der enormen Dichte des augenblicklichen Flugverkehrs lag. Zwischendurch ging Squires zu seinem Laptop zurück und prüfte anhand der Karte, wie lange sie für den Flug über das Nordpolarmeer und das Beringmeer und dann weiter nach Südwesten Richtung Japan noch brauchen würden. Gerade als er wieder im Cockpit war, meldete Mike Rodgers sich über Funk. Da die Iljuschin nun in Reichweite der russischen Funkaufklärung war, wurde das Gespräch über eine Relaisstation umgeleitet, die Verteidigungsminister Niskanen im Tower in Helsinki hatte einrichten lassen, damit es nicht nach Washington zurückverfolgt werden konnte.

»Hier ist Squires, Sir.«

»Colonel«, sagte Rodgers, »Es gibt was Neues: Der bewußte Zug hat unterwegs angehalten, und ein paar Leute sind eingestiegen – Zivilisten. In jedem Waggon sind jetzt nach unseren Erkenntnissen etwa fünf bis zehn Männer und Frauen.«

Squires schluckte heftig. Bei ihren Übungen zur Erstürmung von Zügen waren sie immer von einer Geiselnahme ausgegangen, bei der die Zahl der Terroristen sich in Grenzen hielt und die Geiseln nichts lieber wollten, als der Gewalt ihrer Entführer zu entkommen. Jetzt sah die Sache ganz anders aus.

»Verstanden, Sir.«

»In jedem der Waggons befinden sich Soldaten.« Rodgers Stimme klang müde, fast abgekämpft. »Ich habe mir die Fotos vom Zug noch mal angesehen. Das beste wird sein, Sie werfen Blendgranaten durch die Fenster, entwaffnen die Soldaten und werfen sie 'raus, zusammen mit den Zivilisten. Danach werden wir nach Wladiwostok durchgeben, wo sie die Leute aufsammeln dürfen. Lassen Sie ihnen soviel Winterkleidung da, wie Sie entbehren können.«

»Verstanden.«

»Sammelpunkt ist die erwähnte Brücke, Abflug genau um Mitternacht. Sie haben zum Einsteigen nicht mehr als acht Minuten, also seien Sie rechtzeitig da. Mehr Zeit gibt uns der Geheimdienstausschuß leider nicht.«

»Wir werden uns Mühe geben, Sir.«

»Dieses Mal hab' ich ein ziemlich mulmiges Gefühl in der Magengegend, Charlie, aber ich sehe keine andere Möglichkeit. Wenn's nach mir ginge, hätten wir den Zug aus der Luft angegriffen – aber komischerweise riskieren die Damen und Herren Senatoren lieber unser Leben als das unserer Gegner.«

»Für solche Jobs sind wir ausgebildet, Sir«, sagte Squires. »Sie kennen mich doch, General, mir gefällt's.«

»Ich weiß, aber der verantwortliche Offizier an Bord des Zuges ist ein gewisser Junior Lieutenant Nikita Orlow; das ist keiner von denen, die nur in die Armee eingetreten sind, damit sie was zu beißen haben! Nach dem bißchen, was wir über ihn wissen, ist er eine echte Kämpfernatur – Sohn eines hockdekorierten Kosmonauten, der sich wohl irgendwas beweisen muß.«

»Um so besser. Ich hatte schon befürchtet, wir hätten den weiten Weg hinter uns gebracht, nur um mit den Russen Kaffee zu trinken.«

»Jetzt hören Sie mal gut zu, Colonel«, sagte Rodgers streng. »Sparen Sie sich Ihren Heldenmut für Ihre Leute. Natürlich sollen Sie den Zug aufhalten, aber vor allem will ich meine Einheit wohlbehalten wiedersehen. Ist das klar?«

»Vollkommen, Sir.«

Rodgers wünschte Squires noch alles Gute und schaltete ab. Der Colonel gab den Hörer seinem Funker zurück, der wieder seinen Platz einnahm. Erst jetzt fiel Squires auf, daß er seine Armbanduhr noch nicht auf die aktuelle Zeitzone umgestellt hatte.

Noch acht Stunden. Mit gefalteten Händen streckte Squires seine Beine aus und schloß die Augen. Bevor er zur Striker-Truppe gestoßen war, hatte er einige Zeit am Forschungs- und Entwicklungszentrum der Army in Natick bei Boston gearbeitet. Dort hatte er an einer Versuchsreihe zur Entwicklung einer Uniform teilgenommen, deren Farbe sich wie die eines Chamäleons automatisch der jeweiligen Umgebung anpaßt. Er hatte Uniformen getragen, deren lichtempfindliche Sensoren die Reflexion des Stoffes regelten. Er hatte Däumchen gedreht, während die dortigen Chemiker sich bemühten, die Struktur der Uniformstoffe bis ins kleinste zu ergründen, um danach eine synthetische Faser zu entwickeln, die ihre Farbe automatisch anpassen konnte. Schließlich war er in einem relativ ausgebeulten, aber dafür einfach genialen EPA – einem elektrophoretischen Anzug – mehr oder weniger elegant herumgestakst, in dem zwischen diversen Schichten aus Plastikfaser Flüssigfarbstoffe eingeschlossen waren, deren elektrisch aufladbare Partikel jeweils eine dieser Faserschichten einfärbten, je nachdem, wo und in welcher Stärke eine Spannung angelegt wurde. Damals hatte er sich überlegt, daß wahrscheinlich noch vor dem Ende dieses Jahrhunderts die Vereinigten Staaten in der Lage sein würden, unter Einsatz von Tarnanzügen, nicht zu ortenden Panzern und vollautomatischen Kampfrobotern Kriege fast ohne Blutvergießen zu führen. Eines nicht zu fernen Tages wären nicht mehr die Soldaten, sondern die Wissenschaftler die wahren Helden.

Zu seiner eigenen Überraschung hatte dieser Gedanke ihm überhaupt nicht behagt, denn natürlich legte es kein Soldat der Welt darauf an, den Heldentod zu sterben. Und doch wurden alle Kämpfer, die er bis dahin kennengelernt hatte, von dem Gedanken angetrieben, die eigenen Grenzen auszuloten und ihr Leben für ihr Land und ihre Kameraden einzusetzen. Ohne diese Gefahr, diesen Einsatz, diese hart erkämpften Siege wüßten die meisten von ihnen ihre Freiheit wohl kaum richtig zu schätzen.

Mit diesen Überlegungen und Rodgers Warnung, die in ihm noch nachklang, glitt Squires unmerklich in den Schlaf hinüber. Die Schwimmbadkämpfe mit seinem Sohn auf den Schultern würde jedenfalls kein noch so findiger Wissenschaftler wegrationalisieren – und das entgeisterte Gesicht von George, wenn er mit dem Rücken ins Wasser klatschte, auch nicht…

46

Dienstag, 14.06 Uhr, St. Petersburg

Einige Stunden, bevor Peggy James und David George die russische Küste zu Gesicht bekamen, hatten sie siebenundzwanzig Minuten lang die unvergleichliche Gelegenheit, mitten auf dem Meer frische Morgenluft zu schnuppern, bevor sie sich wieder in ihr enges Kleinst-U-Boot hinabzwängten, um den zweiten Teil ihrer Tauchfahrt hinter sich zu bringen. Peggy hätte es über Wasser ohne weiteres noch etwas länger ausgehalten, aber immerhin war ihre bleierne Müdigkeit halbwegs verflogen.

Eine Stunde vor Erreichen der Küste begab Captain Rydman sich von seinem Hochsitz zu seinen Passagieren hinab und kauerte sich in die schmale Lücke, die zwischen ihnen und dem Rumpf noch verblieben war. Die beiden Agenten hatten ihre wasserdichten Rucksäcke bereits überprüft und streiften sich nun die russischen Uniformen über, was sich in der drangvollen Enge der Kabine als recht mühsam erwies. George blickte taktvoll beiseite, als Peggy sich trickreich in ihr blaues Hemd manövrierte; Rydman befand das nicht für nötig.

Der Captain öffnete einen dreißig auf fünfunddreißig auf fünfzehn Zentimeter großen schwarzen Metallkasten, der links neben ihm an der Wand stand, und flüsterte: »Nach dem Auftauchen gebe ich Ihnen sechzig Sekunden zum Aussetzen des Schlauchboots; Sie ziehen einfach an diesem Auslöser.« Zur Demonstration fuhr er mit dem Finger durch einen Ring, der an einer Nylonschnur befestigt war, und deutete dann auf die Paddel, von denen je eines auf der Ober- und der Unterseite des zusammengefalteten Bootes festgezurrt war. »Die Paddel sind in der Mitte ausklappbar. Das Schlauchboot ist mit einem russischen Hoheitszeichen versehen, das mit Ihren Papieren übereinstimmt. Danach sind Sie Angehörige der von Korporskij Saliw aus operierenden U-Boot-Flotte der *Argus*-Klasse. Sie wissen darüber schon Bescheid?«

»Ungefähr«, sagte George.

»Wie heißt das auf Russisch?« fragte Peggy.

Mit gespielter Anstrengung dachte George einen Moment nach. »*Mjedljenna*«, sagte er schließlich triumphierend.

»Das bedeutet *langsam*, aber es ist ja schon dicht dran. Captain, warum haben wir nur sechzig Sekunden? Müssen Sie nicht die Luft erneuern und die Batterien aufladen?«

»Unsere Vorräte reichen von da für eine weitere Stunde, Zeit genug, um die russischen Hoheitsgewässer hinter uns zu lassen. – Haben Sie sich den Weg durch die Stadt auch gut eingeprägt?«

»Hinter dem Park verläuft die Petergofskoje-Chaussee. Wir folgen ihr in östlicher Richtung bis zur Statschek-Straße, biegen dann nach Norden ab, bis wir den Fluß erreichen. Die Eremitage liegt von da aus östlich.«

»Hervorragend. Über die Arbeiter wissen Sie auch schon Bescheid?«

Fragend sah Peggy den Captain an. »Welche Arbeiter?«

»Hören Sie, es ging doch durch sämtliche Zeitungen! Mehrere tausend Arbeiter werden sich heute Abend auf dem Schloßplatz versammeln; das ist der Anfang eines vierundzwanzigstündigen Generalstreiks. Angekündigt wurde die Versammlung gestern, und veranstaltet wird sie vom Dachverband der russischen Gewerkschaften. Die Leute wollen die Zahlung der ausstehenden Löhne, Gehälter und Renten durchsetzen. Sie versammeln sich abends, um die Touristen nicht zu vergraulen.«

»Nein, davon wußten wir noch nichts. Weitblick ist nicht gerade eine Stärke unserer Aufklärungsabteilung; die können uns jederzeit sagen, was Präsident Zhanin auf dem gewissen Örtchen gelesen hat, aber Tageszeitungen sind unter ihrer Würde.«

»Außer, Zhanin hat sie auf dem Klo studiert«, bemerkte George süffisant.

Diese Bemerkung überhörte Peggy taktvoll. »Vielen Dank, Captain, Sie haben uns sehr geholfen.«

Rydman nickte knapp, bevor er wieder auf seinen Kommandostand kletterte, von dem aus er das U-Boot an sein Ziel bringen würde.

Das eintönige Summen der Maschine ließ Peggy und George erneut in die Einsilbigkeit von vorher verfallen. Ms. James versuchte zu ergründen, ob die Anwesenheit Tausender Zivilisten und Polizisten in der Nähe ihres Zieles ihnen den Zutritt ins Museum erleichtern oder erschweren würde. Vermutlich war es doch eher ein Vorteil, denn die Polizei hatte sicher alle Hände voll zu tun, um die aufgebrachten russischen Arbeiter im Zaum zu halten, als daß zwei Angehörige der russischen Marine allzusehr auffallen würden.

Ihr Ausstieg aus dem Boot war eine Sache von Sekunden. Vor dem Auftauchen suchte Rydman durch das Periskop die Wasseroberfläche nach Booten ab. Wortlos schraubte der Captain die Luke auf, und Peggy kletterte als erste nach oben. Sie waren etwa einen Dreiviertelkilometer von der Küste entfernt, der dichte Smog, der sie draußen empfing, erschwerte das Atmen; selbst wenn die Russen die Bucht absuchten, würden sie das Boot kaum entdecken. George reichte ihr von unten das erstaunlich leichte Gummipaket herauf. Sie lehnte sich aus der Luke, zog die Reißleine und schleuderte das Schlauchboot über Bord. Schon als es auf der Wasseroberfläche aufschlug, hatte es seine volle Größe erreicht. Peggy stützte sich links und rechts mit den Armen auf, stemmte sich hoch, zog die Knie so hoch wie möglich und schwang ihre Beine nach draußen. Schwankend balancierte sie einen Augenblick auf der geneigten Seitenwand und stieg dann ins Schlauchboot. Einen Moment später kletterte George heraus. Die Paddel und die Rucksäcke reichte er seiner Kollegin, um dann selbst zu ihr ins Boot zu steigen.

»Viel Glück.« Rydman steckte noch kurz den Kopf aus dem Turm und schloß dann die Luke.

Weniger als zwei Minuten nach dem Auftauchen war das U-Boot bereits wieder unter Wasser verschwunden, die beiden Agenten waren nun allein auf dem ruhigen Fluß.

Schweigend paddelten sie dem Ufer entgegen. Peggy hielt nach der markanten langgezogenen Landzunge Ausschau, die den nördlichsten Punkt der ausgedehnten Bucht bildete, an die der Park angrenzte.

Nach einer guten Dreiviertelstunde konnten sie an Land gehen. Der Teil des Parks, der bis an das windige Ufer heranreichte, war fast menschenleer. Mit der Schleppleine vertäute George das Schlauchboot an einem Pfeiler. Beim Aufsetzen des Rucksacks beklagte Peggy sich in Russisch lauthals, daß sie bei diesem ekelhaften Wetter Marinebojen inspizieren mußte. Verstohlen sah sie sich dabei um; der nächste Parkbesucher war etwa zweihundert Meter entfernt – ein Künstler, der unter einem Baum auf einem Klappstuhl saß und von einer blonden Touristin eine Kohlezeichnung anfertigte, während ihr Freund bewundernd zusah. Die Frau blickte in ihre Richtung; sie schien die beiden Neuankömmlinge nicht wahrzunehmen, jedenfalls zeigte sie keine Reaktion. Einige Meter weiter schlenderte ein Milizsoldat einen schattigen Fußweg entlang. Mit einem Walkman auf seiner Brust döste ein bärtiger Mann auf einer Bank vor sich hin, sein Bernhardiner lag neben ihm auf dem Rasen. Hinter dem Künstler drehte ein Jogger seine Runde. Peggy hatte sich überhaupt nicht vorstellen können, daß in Rußland so viele Leute ihre Freizeit genossen, es war für sie ein unerwarteter Anblick.

Drei Kilometer südlich des Parks lag der Flughafen von St. Petersburg. In regelmäßigen Abständen durchbrach das Dröhnen der Triebwerke die Parkidylle. Aber das war der überall zu erkennende Widerspruch in diesem Land: Die rücksichtslose Geschäftigkeit des modernen Lebens ließ der Schönheit längst vergangener Tage einfach keine Chance. Peggy richtete ihren Blick nach Norden, zum Stadtzentrum. Trotz des verschleierten Himmels genoß sie die Vielfalt der blauen, goldenen und weißen Kuppeln, gotischen Türme, Bronzestatuen, gewundenen Flüsse und Kanäle und der vielen braunen Dächer. Eigentlich erinnerte dieser Anblick ungleich mehr an Venedig oder Florenz als an London oder Paris – Keith mußte diese Stadt geliebt haben.

Nachdem das Schlauchboot gesichert war, nahm auch George seinen Rucksack auf und kam zu ihr herüber. »Fertig«, sagte er sanft.

Gut einen halben Kilometer von ihnen entfernt war die

Petergowskoje Chaussee zu erkennen. Um die U-Bahn-Station zu erreichen, mußten sie dieser Straße nach ihrer Karte in östlicher Richtung folgen. An der Station »Technologisches Institut« würden sie umsteigen und dann direkt bei der Eremitage ankommen.

Sie machten sich auf den Weg. Auf Russisch wetterte Peggy James über den Zustand der Bojen und über die Seekarten, auf denen die Meeresströmungen schon lange nicht mehr korrekt verzeichnet seien.

Der Mann auf der Bank sah ihnen nach. Seine auf dem Bauch gefalteten Hände rührte er nicht, als er in das winzige, in seinem struppigen Bart versteckte Mikrofon sprach.

»Hier Ronasch. Zwei Seeleute sind eben an Land gegangen; Ihr Schlauchboot haben sie zurückgelassen. Beide tragen Rucksäcke und gehen Richtung Osten.«

Seufzend richtete Rosskis Agent seinen Blick wieder auf das bildschöne finnische Mädchen. Bei seiner nächsten Beschattungsaktion, das schwor er sich, würde er sich auf jeden Fall als Künstler ausgeben.

47

Dienstag, 6.09 Uhr, Washington, D. C.

Der letzte Abend war für Paul Hood absolut ohne Ereignisse verlaufen.

Er hatte es sogar geschafft, seine Frau und die Kinder im Bloopers ans Telefon zu bekommen. Nachdem er sich mit einem flauen Gefühl in der Magengegend die doch etwas eigensinnigen kulinarischen Köstlichkeiten dieses Schnellrestaurants hatte beschreiben lassen, hatte er sich in seinem Büro auf der Couch ausgestreckt; die Spätschicht wußte er bei Curt Hardaway in den besten Händen. Hardaway war früher in leitender Position bei SeanCorp tätig gewesen, ei-

286

nem Armeelieferanten für Navigationssoftware. Er war ein hervorragender Manager mit überdurchschnittlichen Führungsqualitäten und kannte die Gepflogenheiten der Regierungsetage in- und auswendig. Als er mit fünfundsechzig Jahren als Millionär aus der Firma ausschied, meinte er halb im Scherz, er hätte auch Milliardär sein können, wenn er die Software nicht an den Staat, sondern an die Industrie verkauft hätte. Einmal hatte er Hood erzählt: »*Wenn es um Qualität geht, habe ich mich nie lumpen lassen, auch nicht bei den mickrigen Preisen, die von der Regierung gezahlt werden. Ich will einfach nicht, daß so ein junger Spund im Cockpit seiner Tomcat hockt und denkt: ›Dieses ganze Zeugs kommt vom billigsten Anbieter!‹*«

Offiziell waren Paul Hood und Mike Rodgers im Dienst, solange sie das Anwesen noch nicht verlassen hatten. Inoffiziell gestatteten beide sich stillschweigend, um 18.00 Uhr den Griffel hinzuwerfen, blieben aber trotzdem manchmal die ganze Nacht in ihren Büros. Direktor Bill Abram wie auch Curt Hardaway drückten bei dieser Eigenmächtigkeit beide Augen zu.

Die ganze Nacht lag Hood auf seiner Couch, die Füße auf den gepolsterten Armlehnen, und dachte über seine Familie nach. Ausgerechnet die Menschen, die ihm am nächsten und am wichtigsten waren, konnte er anscheinend nur enttäuschen, egal, wie er es auch anstellte. Vielleicht war das ja unvermeidlich; er vernachlässigte sie, weil er zugleich auch sicher sein konnte, daß seine Familie immer zu ihn stehen würde. Aber das schlechte Gewissen ließ sich eben doch nicht beiseite schieben. Witzigerweise hatte er am Vortag anscheinend genau den Menschen nach dem Mund geredet, mit denen er am allerwenigsten gemeinsam hatte: Liz Gordon und Charlie Squires. Bei der Psychologin hatte er sich lieb Kind gemacht, indem er einige Ergebnisse ihrer Arbeit in die Planungen hatte einfließen lassen, und Squires hatte er *den* Einsatz seines Lebens verschafft.

Richtig schlafen konnte Hood nicht. Zwischendurch schreckte er immer wieder auf und starrte auf die Countdown-Uhr, die quälend langsam, aber um so unerbittlicher auf den Zeitpunkt zuschritt, da das Striker-Team wieder aus seinem Einsatzgebiet evakuiert werden sollte.

Noch fünfundzwanzig Stunden und fünfzig Minuten, und die Zeit lief... Am Anfang dieser Operation hatte Hardaway die Uhr auf siebenunddreißig Stunden gestellt. Wie würde ihnen allen wohl zumute sein, wenn nacheinander alle Ziffern auf null gesprungen waren? Und vor allem: Wie würde es um die Welt bestellt sein?

Diese bange Frage war deprimierend und aufregend zugleich; auf jeden Fall war der Anblick der Countdown-Uhr immer noch erfreulicher als der Anblick, den ihm die Nachrichten auf CNN momentan boten. Radio und Fernsehen berichteten über nichts anderes mehr als über den New Yorker Anschlag und die möglichen Verbindungen zu dem Attentat auf die polnische Zeitungsredaktion. Und dann schwadronierte ja auch noch ein gewisser Eival Ekdol auf sämtlichen Kanälen über seine Verbindungen zu den Streitkräften der Ukrainischen Opposition, das waren Soldaten, die den russischen Einmarsch strikt ablehnten. Das war schon ein schlau inszenierter Coup, Hood konnte es nicht anders sagen: Am Ende schaffte es dieser gewissenlose Halunke ja vielleicht wirklich, die amerikanische Öffentlichkeit für die russisch-ukrainische Allianz einzunehmen, indem er sie mit scharfen Worten verurteilte.

Hood wurde aus seinem Grübeln gerissen, als ihn die über Helsinki gesendete Nachricht aus dem Kleinst-U-Boot erreichte, daß David George und Peggy James bei St. Petersburg mit dem Schlauchboot ausgesetzt worden waren. Fünf Minuten später teilte ein ebenfalls sehr unausgeschlafener Mike Rodgers mit, daß die Iljuschin in den russischen Luftraum eingedrungen war und in etwa zwanzig Minuten über dem Absprungpunkt ankommen sollte. Die Stanniolstreifen, die vor der russischen Küste aus der Maschine abgeworfen worden waren, hatten den Beobachtungsposten bei Nachodka zumindest so lange verwirrt, daß die 76T sich unerkannt in eine der Flugrouten hatte einreihen können; bis jetzt hatte sich niemand für sie interessiert.

Hood glaubte, sich verhört zu haben. »Die Luftabwehr hat auf die Störung überhaupt nicht reagiert?«

»Wir wollten damit ja nur die Herkunft der Maschine verschleiern«, erklärte Rodgers. »Sobald sie über Rußland ist, fällt sie ja nicht mehr aus dem Rahmen. Die Besatzung hält eine strikte Funkstille ein; auf dem Rückweg werden sie dem Posten in Nachodka melden, daß sie auf Hokkaido Ersatzteile für Scheinsender laden werden.«

»Ich kann's immer noch nicht fassen, daß wir so mir nichts' dir nichts durchgeschlüpft sind.«

»In den letzten Jahren haben die Russen ganz schön nachgelassen – die Radarposten hatten immer wesentlich längere Schichten als unsere Jungs. Wenn alles so aussieht wie immer, werden sie kaum was merken.«

»Sind Sie da ganz sicher? Könnte es nicht auch eine von diesen Fallen sein, wo die Maus 'rein, aber nicht mehr 'rauskommt?«

»Bei der Planung der Operation haben wir uns das auch gefragt. Wir haben aber keinen vernünftigen Grund gesehen, warum die Russen ein Kommandounternehmen über ihrem Territorium abspringen lassen sollten. Sie dürfen eines nicht vergessen, Paul: Das Rußland von heute ist nicht mehr die Sowjetunion, die uns früher so viel Kopfzerbrechen bereitet hat.«

»Aber von dem alten Staat ist immerhin soviel übrig geblieben, daß sie uns immer noch ganz schön in die Enge treiben können.«

»Da ist allerdings was dran«, sagte Rodgers.

Von seinem Schreibtisch aus rief Hood Bugs Benet an und berief die Abteilungsleiter zu einer Sitzung in den Bunker. Dann ging er in den Waschraum neben seinem Büro und rieb sich den Schlaf aus den Augen. Das Gespräch von vorhin ging ihm nicht aus dem Kopf. Lag Mike mit seiner Einschätzung des neuen Rußlands richtig, oder gaben sie sich alle Illusionen hin, war es nur die Euphorie über den Untergang der alten kommunistischen Sowjetunion?

War dieses Reich wirklich untergegangen? War dieser Wandel nur ein Traum, Schall und Rauch, ein relativ kurzes Intermezzo wie die wärmeren Perioden zwischen den langen Eiszeiten? Hatten die finsteren Mächte sich nur aus dem

289

Rampenlicht zurückgezogen, um sich neu zu formieren und dann um so einflußreicher wiederzukehren?

Schließlich waren für die Russen Eigeninitiative und Freiheit unter der alten Ordnung ja Fremdwörter gewesen. Seit den Tagen Iwans des Schrecklichen hatten sie immer unter der Knute von Diktatoren gestanden.

Genau genommen seit Iwan Grosny. Der Gedanke jagte ihm einen kalten Schauer über den Rücken.

Es wurde Zeit, sich in den Bunker zu begeben. Hood gelangte immer mehr zu der Einsicht, daß die Kräfte des Bösen nur auf eine neue Chance lauerten, gleichgültig, wie ihre Operation ausgehen mochte.

48

Dienstag, 14.29 Uhr, St. Petersburg

Während seines ersten Raumflugs hatte General Orlow keine Gelegenheit gefunden, mit Mascha, seiner Frau, zu sprechen; nach seiner Rückkehr fand er sie dann auch recht reserviert vor. Seit sie sich kannten, war es ja das erste Mal gewesen, daß volle drei Tage vergangen waren, ohne daß sie auch nur ein Wort miteinander gewechselt hatten.

Damals war diese Reaktion ihm als typisch weiblich vorgekommen, sie blieb ihm vollkommen unverständlich. Als es aber bei der Geburt ihres Sohnes zu ernsten Komplikationen gekommen war und sie nicht sprechen konnte, wurde ihm auf einmal klar, was für eine Erleichterung es sein konnte, einfach nur die Stimme des geliebten Menschen zu hören. Hätte sie auch nur »*Ich liebe dich*« sagen können, wären diese langen Tage, die er neben ihrem Bett verbracht hatte, für ihn viel leichter gewesen.

Seitdem hatte er nie mehr einen Tag ohne ein Gespräch mit ihr vergehen lassen; es überraschte ihn, daß sie beide selbst aus einigen wenigen Worten neuen Mut schöpfen konnten. Offiziell wußte Mascha ja über seine Aufgabe in der Eremitage nicht Bescheid und trotzdem hatte er es ihr anvertraut – die Einzelheiten überging er natürlich, und auch über Personalfragen bewahrte er Stillschweigen. Nur über seine Schwierigkeiten im Umgang mit Rosski schüttete er ihr ab und zu sein Herz aus.

Am Morgen um halb zehn hatte Orlow seine Frau angerufen und zu ihrer großen Enttäuschung erzählt, daß »die Geschäfte so gut laufen«, daß er noch nicht sagen könne, wann er Feierabend hatte. Danach war er direkt in die Zentrale gegangen; nachdem das Center nun einen halben Tag in Betrieb gewesen war, wollte er sich persönlich vom reibungslosen Ablauf der Arbeit überzeugen.

Kurz nach elf war auch Rosski eingetroffen; beide nahmen ihre inzwischen schon gewohnten Plätze in der Zentrale ein. Orlow schlenderte hinter die Reihe der Techniker an ihren Terminals, von denen jeder für einen bestimmten Teilbereich der Aufklärungsarbeit zuständig war. Rosski blickte Corporal Iwaschin über die Schulter, der die Leitungen zu Dogins Büro und den anderen Ministerien im Kreml überwachte. Rosski verfolgte die militärischen und politischen Entwicklungen noch angespannter und konzentrierter als sonst. Orlow glaubte nicht, daß die bevorstehende Ankunft zweier Agenten aus Finnland in St. Petersburg ihm allzu schwer im Magen liegen würde. Allerdings vermied er es, Rosski auf dieses Thema anzusprechen; erhellende Antworten waren von dem Colonel nach seinen bisherigen Erfahrungen kaum zu erwarten.

Um 13.30 Uhr fing das Operations Center eine Lagemeldung des Überwachungspostens bei Nachodka an die Aufklärungsabteilung des Oberkommandos der Luftwaffe auf, die besagte, daß vier Minuten lang der Radar verrückt gespielt habe, aber daß danach keine Auffälligkeiten mehr zu verzeichnen gewesen waren. Während die Luftabwehr noch die Erkennungssender sämtlicher in dem Abschnitt operierender Flugzeuge überprüfte, um sicherzustellen, daß keine fremden Maschinen in den russischen Luftraum eingedrungen waren, wußte Orlow bereits, daß die Iljuschin aus Berlin den Ausfall verursacht hatte. Nun befand sie sich also über Rußland und flog Richtung Westen – in einer knappen Stunde konnte sie den Zug erreicht haben, wenn das die Absicht der Besatzung war.

Sofort hatte der General im Funkraum angerufen und Gregorij Stenin, Titews Vertreter während der Nachmittagsschicht, gebeten, eine Verbindung zu Marschall Petrow von der Luftabwehr herzustellen. Er erfuhr, daß der Marschall gerade an einer Konferenz teilnahm.

»Es ist aber dringend.«

Rosski bat Iwaschin um dessen Kopfhörer. »Lassen Sie mich mal mein Glück versuchen.«

Über sein Telefon verfolgte Orlow, wie Rosski zu Marschall Petrow durchgestellt wurde. Die Befriedigung, die aus den Augen des Colonel sprach, war unübersehbar.

»Sir«, sagte Rosski, »ich habe hier ein Gespräch für Sie, von General Sergej Orlow aus dem Operations Center in St. Petersburg.«

»Vielen Dank, Colonel«, antwortete Petrow.

Es dauerte einen Augenblick, bevor Orlow sprechen konnte. Dafür, daß er der Chef einer Geheimdienstzentrale war, fühlte er sich auf einmal sehr unwissend… und sehr verletzlich.

Der General berichtete dem Marschall den Vorfall mit der Iljuschin. Petrow seinerseits hatte bereits zwei MiGs auf die Maschine angesetzt, die Order lautete: Zur Landung zwingen oder abschießen! Orlow legte auf. Seine Augen waren unverwandt auf Rosski gerichtet, während er bedächtig zu ihm hinüberging.

»Vielen Dank.«

Rosski zuckte mit den Schultern. »Nichts zu danken, Sir.«

»Ich habe den Marschall auf einem Empfang kennengelernt, Colonel.«

»Da haben Sie aber Glück, Sir.«

»Und Sie, kennen Sie ihn näher?«

»Nein, Sir.«

»Dann warte ich auf Ihre Erklärung, Colonel.« Orlow sprach leise, aber bestimmt.

»Ich weiß nicht, was Sie meinen, Sir.«

Jetzt war Orlow sicher, daß erst das Gespräch mit Petrow und nun mit Rosski ein abgekartetes Spiel war. Aber er würde sich nicht vor den Augen der Mitarbeiter auf eine Machtprobe einlassen, zu groß war auch die Gefahr, daß er selbst dabei den kürzeren ziehen würde.

»Na gut – gehen Sie wieder an die Arbeit, Colonel.«

»Zu Befehl, Sir.«

Orlow begab sich wieder auf seinen Posten. Langsam beschlich ihn der Verdacht, daß sogar seine Ernennung zum Leiter des Centers Teil einer größeren Verschwörung war. Als er aus den Augenwinkeln die verstohlenen Blicke von Delew, Spanskij und einigen anderen sah, ging es ihm nur noch um eine Frage: Wer war ihm gegenüber loyal, wer war möglicherweise von Anfang an auf der Seite Rosskis und seiner Hintermänner gewesen, und wer – wie beispielsweise Petrow – hatte erst im Verlauf der letzten Stunden die Seite gewechselt? Das Ausmaß der hinterhältigen Machenschaften traf ihn doch reichlich unvorbereitet, aber es schmerzte nicht halb so sehr wie die Vorstellung, daß einige Freunde ihre eigene Karriere offenbar auf seine Kosten vorantreiben wollten.

Orlow ging wieder an seinen Platz hinter dem Computer zurück, aber die Position schien nicht mehr dieselbe wie vorher zu sein. Die Machtverhältnisse hatten sich merklich zugunsten von Rosski verschoben, das konnte der General auf gar keinen Fall hinnehmen. Noch nie in seinem Leben hatte er sich vor heiklen Situationen gedrückt, er hatte nicht vor, sich geschlagen zu geben. Aber er wußte, daß ihm nicht viel Zeit blieb, um dem Colonel das Handwerk zu legen. Mit gezinkten Karten würde er allerdings nicht spielen, in dieser Hinsicht konnte er Rosski ohnehin nicht Paroli bieten. Im Grunde gab es nur eine Möglichkeit...

Orlow wurde aus seinen Gedanken gerissen, als Iwaschin dem Colonel meldete, daß Ronasch, ein Zivilfahnder der St. Petersburger Miliz, die dortige Wache angerufen hatte.

Rosski preßte die eine Muschel des Kopfhörers ans Ohr und hörte schweigend zu, was Sergeant Lisitschew von der

293

örtlichen Miliz ihm über Ronaschs Beobachtungen mitzuteilen hatte.

Rosski ging näher an das unten am Kopfhörer angesetzte Mikrofon heran. »Sergeant, sagen Sie Ronasch, er soll die beiden weiter beschatten, es sind die Leute, hinter denen wir her sind. Wenn sie in die U-Bahn einsteigen, soll er mitfahren. An den kritischen Metrostationen soll er Beamte in Zivil postieren: an der Umsteigestation beim Technologischen Institut, außerdem bei den Haltestellen am Gostiny Dwor und an der Newsky-Straße. Dort werden sie wahrscheinlich aussteigen, da werde ich ihre Leute treffen.« Sein Gegenüber hatte noch etwas hinzuzufügen. »Rot-gelb gestreifte Schals – gut, ich achte drauf.«

Rosski gab Iwaschin den Kopfhörer zurück und ging zu Orlow hinüber. Er trat dicht an ihn heran und sprach mit leiser Stimme.

»Sie haben der Zentrale und unserem Land treu gedient und nichts getan, was wir Ihnen vorzuwerfen hätten. Wenn Ihnen Ihre Pension und die Laufbahn Ihres Sohnes lieb ist, werden Sie das auch in Zukunft so halten.«

Orlow fuhr starkes Geschütz auf. »Diese Unverschämtheit habe ich zur Kenntnis genommen, Colonel, das wird in Ihrer Akte festgehalten. Haben Sie sonst noch etwas mitzuteilen?«

Fassungslos starrte Rosski ihn an.

»Gut.« Mit einer Kopfbewegung wies Orlow zur Tür. »Wenn Sie zurückkommen, werden Sie Anweisungen Folge leisten – und zwar meinen Anweisungen! Andernfalls wird Minister Dogin Sie in den Kreml bitten und Ihnen mal richtig die Leviten lesen.«

Natürlich war ihm klar, daß Rosski auf heißen Kohlen saß, weil er die Agenten rechtzeitig aufspüren wollte; für die übrigen Anwesenden sah es aber so aus, als ob der Colonel Orlows Befehlen folgen würde…

Ohne zu salutieren, wandte Rosski sich zum Ausgang und verließ im Laufschritt die Zentrale. Orlow war sich sicher, daß der Colonel bei einem Staatsstreich das Center nicht aus der Hand geben würde – und es war zweifellos ein

Staatsstreich, anders konnte er es nicht mehr nennen. Es fiel ihm schwer, sich auf seine Aufgaben zu konzentrieren, zu sehr quälte ihn die Ungewißheit, was Rosski sich wohl als nächstes einfallen lassen würde...

49

Dienstag, 21.30 Uhr, Kabarowsk

»Wir haben Gesellschaft bekommen.« Matt Mazer, ihr Pilot, gab die frohe Botschaft umgehend an Squires weiter.

Der war, drei Minuten vor dem Erreichen ihrer Absprungzone, noch einmal ins Cockpit gekommen, um sich bei der Crew für die hervorragende Arbeit zu bedanken, die sie geleistet hatte. Die Radarechos auf dem fluoreszierenden Schirm wurden aller Wahrscheinlichkeit nach von zwei MiGs ausgelöst, die sich mit einer Geschwindigkeit von etwa 1100 km pro Stunde näherten.

»Freuen Sie sich schon mal auf unsere kleine Ölspur«, sagte Mazer zu John Barylick, seinem Co-Piloten.

»Ja, Sir.« Barylick war noch nicht lange bei der Air Force; nach außen war er bemüht, Gelassenheit zu verbreiten, aber so angestrengt, wie er sein Kaugummi bearbeitete, konnte es damit nicht allzuweit her sein.

In weiser Voraussicht war die Iljuschin mit einem vergrößerten Öltank ausgestattet worden, der in zwei Kammern unterteilt war. Die eine versorgte die Maschine, aus der anderen konnte auf Knopfdruck Öl abgelassen werden. So gab es einen handfesten, nach außen erkennbaren Grund, um im Fall des Falles abdrehen zu können; so konnten sie sofort eine Notlandung vollführen, um nicht abgeschossen oder zur Landung auf einem russischen Flugplatz gezwungen zu werden. Da die Küste aber in erreichbarer Nähe war, würden sie eher versuchen, die Verfolger abzuschütteln und den russischen Luftraum schnellstmöglich zu verlassen.

So oder so war es um ihre Chancen nicht übermäßig gut bestellt, da machte Squires sich keine Illusionen.

»Was werden Sie jetzt tun, Sir?« fragte der Pilot.

»Wir springen. Ich werde meinen Leuten in der Zentrale die neue Lage erklären, und dann dürfen die sich den Kopf zerbrechen, wie sie uns wieder 'rausholen.«

Der Pilot verfolgte die beiden Leuchtpunkte auf dem Radarschirm. »In ungefähr anderthalb Minuten sind die MiGs so nah dran, daß sie Ihren Absprung bemerken werden.«

»Dann steigen wir eben sofort aus.«

»Ihr Stil gefällt mir, Sir.« Der Pilot salutierte.

Squires hetzte in die Kabine zurück. Von den beiden russischen Maschinen würde er ihnen nichts erzählen, jedenfalls noch nicht. Sein Team sollte sich ganz auf den vor ihnen liegenden Absprung konzentrieren können. Mit diesen Soldaten würde er sogar die Hölle im Sturm erobern – aber selbst eine flüchtige Ablenkung zur falschen Zeit konnte ihr Leben gefährden.

In der FBI-Akademie in Quantico hatte das Striker-Team Angriffe aus der Luft unter allen möglichen Bedingungen geübt, von Nachtabsprüngen bis zu Anflügen, bei denen die Soldaten sich einzeln von Hubschraubern abseilten und auf Kirchtürmen, Felsvorsprüngen oder gar auf dem Dach fahrender Busse landeten. Alle hatten die innere Ausgeglichenheit, den nötigen Biß und das Knowhow für ihre Aufgabe. Die gründlichen medizinischen Untersuchungen waren ja noch das wenigste, entweder war man körperlich für den Job geeignet oder eben nicht. Schwieriger war es da schon mit der psychologischen Einschätzung, für die Liz Gordon und ihre Kollegen zuständig waren; die Gretchenfrage war immer, wie die Kandidaten die Belastung eines realen Einsatzes aushalten würden – wenn eben kein solider Zaun sie auffing, sollten sie das Hausdach herunterrutschen, wenn sie wußten, daß die unwirtliche Landschaft sich eben nicht in ihrem Trainingscamp in West Virginia befand, sondern daß es sich um die nordkoreanischen Berge oder die sibirische Tundra handelte.

Nicht aus Respektlosigkeit oder mangelndem Verantwortungsgefühl behielt Squires die Neuigkeit für sich, sondern um überflüssige Irritationen so weit wie möglich von seinen Leuten fernzuhalten.

Seit einer halben Stunde standen die Soldaten nun schon in einer Reihe neben der Luke. Für den Fall, daß sie vorzeitig abspringen mußten, hatte der Navigator Squires alle fünf Minuten ihre exakte Position durchgegeben. Die letzten Vorbereitungen waren fällig: Sie überprüften gegenseitig den korrekten Sitz der Waffen und Rucksäcke; vor allem durfte die Entfaltung des Fallschirms nicht durch eine falsche Positionierung ihrer Ausrüstung behindert werden. Die Bergsteiger-Ausrüstung trugen drei der Männer in Säkken, die während des Absprungs an fünf Meter langen Seilen frei hängen würden. Als nächstes waren die ledergefütterten Schutzhelme, die Sauerstoffmasken und die Nachtsichtbrillen an der Reihe. Die Brillengläser waren so schwer, daß hinten Gegengewichte angebracht waren. Nachdem sie diese Brille während der monatelangen Ausbildung regelmäßig getragen hatten, hatte bei den meisten durch die Stärkung der Halsmuskulatur der Halsumfang um zwei Größen zugenommen. Unmittelbar vor der Öffnung der Luke schalteten sie die Sauerstoffversorgung von der Bordanlage auf die Metallzylinder um, die sie seitlich umgeschnallt hatten.

Inzwischen verbreiteten die Kabinenlampen ihr dämmeriges, blutrotes Licht, ein eisiger Wind fegte gnadenlos durch die Maschine, die starken Luftströmungen übertönten jedes andere Geräusch. Sobald sie das Zielgebiet erreicht hatten, leuchtete das grüne Absprungsignal auf. Squires stieß sich mit dem rechten Fußballen ab, so daß er mit dem Gesicht nach unten in der Frosch-Position fiel. Aus den Augenwinkeln bemerkte er Sergeant Grey über sich, der als zweiter gesprungen war; dann behielt er seinen um sein linkes Handgelenk geschnallten Höhenmesser im Auge.

In einem rasenden Tempo liefen die Ziffern durch – zehntausendfünfhundert Meter, zehntausendzweihundert, neuntausendneunhundert. Die eiskalte Luft drang durch seinen Kälteschutzanzug hindurch bis auf die Haut, nach und nach

297

peinigte sie ihn wie eine harte, kalte Faust. Während des Falls nahm er die Gleitposition ein; in neuntausend Meter Höhe zog er die silbrig glänzende Reißleine. Mit einem leichten Ruck pendelten seine Beine unter ihm.

Je tiefer er in der Dunkelheit sank, um so wärmer wurde die Luft, obwohl die Temperatur sich immer noch unter dem Gefrierpunkt bewegte. Über ihm nahmen seine Leute ihre eingeübten Positionen ein, dabei orientierten sie sich an dem Leuchtstreifen auf seinem Helm. Squires suchte unter sich nach den Orientierungspunkten, der Bahnstrecke, der Brücke, den Berggipfeln. Zu seiner Erleichterung fand er alles an der erwarteten Stelle. Am Anfang eines Einsatzes war es psychologisch am wichtigsten, daß die Truppe genau am vorgesehenen Ziel landete. Das stärkte nicht nur ihr Selbstvertrauen, sondern es zeigte auch, daß ihr Kartenmaterial auf dem neuesten Stand war – eine Sorge weniger!

Seine Nachtsichtbrille ermöglichte es Squires trotz der Dunkelheit, den Felsen ausfindig zu machen, auf dem sie aufsetzen sollten. Mit Hilfe der Steuerleinen manövrierte er sich so dicht wie möglich an die Felskante heran. Vorher hatte er mit dem Team ausgemacht, daß er ganz vorne landen würde, während die anderen hinter ihm aufsetzen sollten. Auf keinen Fall wollte er riskieren, daß einer der Soldaten über die Klippe hinausschießen und an einem Felsvorsprung hängenbleiben würde; die dann fällige Rettungsaktion würde kostbare Zeit in Anspruch nehmen, die sie anderweitig nötiger hatten. Bei einer Landung im offenen Gelände am Fuß des Felsens wäre die Gefahr, entdeckt zu werden, zu groß.

Die Böen, mit denen er kurz vor dem Aufsetzen zu kämpfen hatte, kamen vollkommen unerwartet, der Abstand zur Felsenkante betrug nur noch gut vier Meter. Squires ließ sich auf die Seite fallen, um dem Wind möglichst wenig Angriffsfläche zu bieten, klinkte sofort seinen Fallschirm aus und holte ihn ein. Als er aufgestanden war, landeten auch schon Sergeant Grey, DeVonne und die anderen. Stolz beobachtete er den präzisen Ablauf der notwendigen Schritte; nach fünf Minuten waren sämtliche Fallschirme am nächsten Baum festgebunden. DeVonne deponierte eine kleine Vorrichtung unterhalb des Bündels, die es um genau 12.18 Uhr in Brand setzen würde; bis dahin hätten sie diesen Felsen bereits verlassen. Nichts würde zurückbleiben, was den Russen gegenüber den Vereinten Nationen als Beweis für einen Einfall der Amerikaner dienen konnte.

Das Team versammelte sich um Colonel Squires. Nach den Triebwerksgeräuschen zu urteilen, die sie weit über sich hörten, war in diesem Gebiet nicht nur eine Maschine in der Luft.

»Klingt ganz so, als ob sie Besuch gekriegt hätten«, sagte Eddie Medina.

»Sie wußten es, und sie kommen damit klar«, erwiderte Squires knapp. »Honda, bauen Sie das TAC-Sat auf. Alle anderen: Fertigmachen zum Ausschwärmen!«

Während die übrigen fünf Mitglieder des Striker-Teams ihre schweren Bergsteigerseile mit Haken und Klammern am Rand des Felsens sicherten, nahm Squires Kontakt zum OP-Center auf.

»Zeit zum Aufstehen.« Mike Rodgers war dran. »Wie ist der Morgen bei euch drüben?«

»Sonnig und mild. Charlie, die MiGs sind Ihnen sicher nicht entgangen...«

»Allerdings nicht, Sir.«

»Gut, wir kümmern uns drum. Die Iljuschin wird versuchen, Hokkaido zu erreichen; zurückkommen wird sie auf keinen Fall. Im Moment überarbeiten wir gerade den ursprünglichen Plan. Seien Sie unbedingt zum vorgesehenen Zeitpunkt am Sammelplatz, wir holen Sie von dort aus der Luft ab.«

»Verstanden.«

Unausgesprochenen war zwischen Rodgers und Squires klar, daß die Truppe bei weiteren unerwarteten Problemen eine Weile untertauchen mußte; notfalls würden sie sich zu einem der Punkte durchschlagen, die auf ihren Karten für diese Eventualität markiert waren.

»Viel Glück.« Rodgers beendete das Gespräch.

Der Colonel gab den Hörer an Honda zurück. Während

der Funker das Satellitentelefon wieder zusammenpackte, sondierte Squires das Gelände. Unter dem ungewöhnlich hellen Sternenhimmel konnte man sich schon einsam und verloren vorkommen. Aus der östlich von ihrem Standpunkt sich erstreckenden Ebene lief die Bahnlinie in einer weitgeschwungenen Kurve auf sie zu, passierte zwischen den Felsen eine natürliche Engstelle und durchquerte dann das mit einzelnen Bäumen durchsetzte verschneite Buschland. Zum Süden hin waren die Berge in Sichtweite. Eine solche Stille hatte Squires noch nie zuvor erlebt; der pfeifende Wind und das Scharren der Stiefel seiner Leute auf dem lockeren Boden waren die einzigen Geräusche.

Nun stieß auch der Funker nach dem Verstauen seines Geräts zum Team. Ein letzter Blick Richtung Osten, wo bald der Zug hinter dem Horizont auftauchen mußte, und Squires gesellte sich zu den anderen, die ihre Vorbereitungen zum Abseilen nahezu abgeschlossen hatten.

50

Dienstag, 21.32 Uhr, Kabarowsk

Nikita Orlow hatte ein untrügliches Gefühl für Flugzeuge jeglicher Art. Schon seit seiner Zeit im Kosmodrom hatte er anfliegende Hubschrauber immer als erster wahrgenommen, er konnte Flugzeuge allein nach dem Klang ihrer Triebwerke unterscheiden. Seine Mutter war überzeugt, daß der Vater seine langjährige Flugerfahrung an den Sohn vererbt hatte. »Deine Gene sind mit Kerosin getränkt«, das war ihr Lieblingsvergleich. Nikita glaubte nicht daran, Flugzeuge faszinierten ihn ganz einfach, das war alles. Und dennoch hätte er nie aktiver Flieger werden und dem Nationalhelden Sergej Orlow nachstreben können. Also behielt er diesen zauberhaften Traum für sich, verständlich machen konnte er ihn ohnehin niemandem.

Vor einer Schneeverwehung verlangsamte der Zug seine Fahrt. Trotz des heulenden Windes, der die Zeltplane über dem offenen Fenster gegen die Wand schlug, hörte Nikita Orlow das Dröhnen; zweifellos waren es MiGs. Und zwar zwei Maschinen dieses Typs, die sich aus östlicher Richtung einem über ihnen fliegenden Transportflugzeug näherten. Sicher, es waren nicht die ersten Flugzeuge, die er im Lauf des Tages gehört hatte; trotzdem war irgend etwas anders als vorher.

Er steckte den Kopf aus dem Fenster und richtete das linke Ohr nach oben. Das dichte Schneetreiben versperrte ihm jede Sicht, aber der Schall drang ungehindert durch. Er lauschte angestrengt. Die MiGs begleiteten nicht etwa die Iljuschin, sie hatten zu ihr aufgeschlossen. Auf einmal hörte er, daß zuerst die 76T und dann die beiden Jets umdrehten und wieder in Richtung Osten zurückflogen.

Irgend etwas stimmte da nicht. Möglich, daß es die 76T war, vor der sein Vater ihn gewarnt hatte.

Der Lieutenant zog den Kopf wieder in den Waggon zurück; auf den Schnee, der inzwischen seine Haare und sein Gesicht bedeckte, achtete er nicht. »Holen Sie Colonel Rosski an den Apparat«, brüllte er. Corporal Fodor hatte am Tisch gesessen und seine Hände an der Laterne aufgewärmt, jetzt rannte er zu seinem Funkgerät hinüber.

Während Fodor darauf wartete, zu dem Stützpunkt auf Sachalin durchgestellt zu werden, ließ Nikita seinen Blick über die Zivilisten schweifen, die sie mitgenommen hatten, und ging in Gedanken die möglichen Erklärungen für seine Beobachtung durch. Ein Defekt an der Iljuschin? Das wäre eine plausible Begründung für die Umkehr des Transportflugzeugs, aber nicht für deren Eskortierung durch zwei Jagdmaschinen. Suchte jemand nach ihrem Zug, um die genaue Position zu ermitteln oder ihnen zur Hilfe zu kommen? Vielleicht sein Vater oder General Kosigan? Oder wer sonst konnte es sein?

»Colonel Rosski ist nicht da«, sagte Fodor.

»Dann verlangen Sie General Orlow«, antwortete der Lieutenant ungeduldig.

Einen Augenblick später reichte der Funker das Gerät weiter. »Er ist dran, Sir.«

Nikita hockte sich neben Fodor. »General?«

»Was gibt's denn, Nikki?«

»Über uns haben wir ein Transportflugzeug. Zuerst ist es nach Westen geflogen, bis zwei MiGs dazugekommen sind; inzwischen ist die Maschine auf dem Rückflug.«

»Das ist die 76T.«

»Wie lauten die Befehle?«

»Ich habe den Präsidenten um Erlaubnis gebeten, Truppen zu entsenden, die in Bira zu dir stoßen sollen. Bis jetzt steht die Zustimmung noch aus; darum heißt im Moment die Devise: alle Maßnahmen ergreifen, die zum Schutz der Ladung nötig sind.«

»Als Kriegsgerät oder Beweismittel, Sir?«

»Das ist nicht dein Problem«, sagte Orlow ungehalten. »Du hast dich nur um die Sicherheit zu kümmern!«

»Ich werde mein Bestes tun, Sir.«

In aller Eile bahnte der Lieutenant sich einen Weg durch die Fahrgäste ans Waggonende. Die fünf Männer und zwei Frauen saßen auf Matten und vertrieben sich im Schein einer Laterne die Zeit mit Kartenspielen, Lesen oder Handarbeiten. Nikita öffnete die Tür und stieg über die vereiste Kupplung hinweg. Pappiger Schnee fiel auf seine Schultern, als er die Außentür des nächsten Waggons aufdrückte.

Im Innern unterhielten sich der stämmige Sergeant Werski und einer seiner Leute, während beide am Nordfenster Wache standen. Ein weiterer Soldat war am Südfenster postiert. Alle drei nahmen Haltung an, als Lieutenant Orlow eintrat.

»Sergeant.« Nikita Orlow salutierte. »Ich brauche Beobachtungsposten auf den Waggondächern – zwei Mann auf jedem Wagen, Ablösung alle dreißig Minuten.«

»Zu Befehl, Sir.«

»Wenn Sie bei Zwischenfällen nicht mehr rechtzeitig Instruktionen einholen können, werden Sie und Ihre Männer jeden erschießen, der sich dem Zug nähert.« Nikita sah zu den Zivilisten hinüber, vier Männer und drei Frauen, die sie im letzten Bahnhof in diesen Wagen gebracht hatten. »Und daß Sie mir den Waggon keine Sekunde aus den Augen lassen, Sergeant – die Ladung muß unter allen Umständen unversehrt bleiben.«

»Natürlich, Sir.«

Beim Herausgehen fragte sich der Lieutenant besorgt, wo Colonel Rosski wohl geblieben sein mochte... und ob er es ohne seinen ausdrücklichen Befehl riskieren konnte, die Kisten seinem Vater zu übergeben.

51

Dienstag, 6.45 Uhr, Washington, D. C.

»Noch eine Meldung vom NRO.« Gerade saß Hood mit seinen Abteilungsleitern um den Konferenztisch im Bunker herum, als Bugs Benets verkleinertes Abbild auf dem Monitor erschien. »Vielen Dank, schicken Sie's 'rüber.«

Anstelle von Viens Gesicht erschien auf dem Bildschirm nach und nach eine Schwarzweißaufnahme, die mit fünfzig Zeilen pro Sekunde aufgebaut wurde.

»Paul, dieses Foto haben wir vor drei Minuten 'reinbekommen.«

Hood schwenkte den Monitor soweit herum, daß auch Rodgers das Bild sehen konnte. Zunächst zeigte es eine ganz in Weiß getauchte, unwirtlich wirkende Landschaft, dann den Zug, der etwa ein Drittel der Bildmitte einnahm. Durch den heftigen Schneefall wirkte die Aufnahme sehr unscharf, und doch waren die Schatten auf den weißen Waggondächern zu erkennen.

»Tut mir leid, daß die Bildqualität nicht so berauschend ist«, sagte Viens, »es schneit da seit Ewigkeiten. Aber wir sind uns sicher, daß die Gestalten auf den Dächern Soldaten sind. Sie haben weiße Tarnanzüge an, deswegen können Sie nur die Umrisse der Männer sehen.«

303

»Eindeutig Soldaten.« Mit zusammengebissenen Zähnen deutete Rodgers auf den Schirm. »Das sieht man schon an der Anordnung: Der letzte blickt nach vorne links, der nächste nach hinten rechts, der dritte nach vorne rechts und so weiter. Das da…« sein Finger fuhr eine dünne Linie neben einer der Gestalten entlang, »… sind Gewehre, wenn mich nicht alles täuscht.«

»So sehen wir es auch, Mike.«

»Vielen Dank, Stephen.« Hood schaltete die Verbindung zum NRO ab. Niemand brachte auch nur ein Wort heraus, das Summen der elektronischen Abschirmung erschien auf einmal bedrohlich laut. »Wissen die Russen schon, daß unsere Leute abgesprungen sind?«

»Sehr wahrscheinlich«, sagte Bob Herbert. Das Telefon auf dem Tisch summte.

»Für Sie, Bob.« Hood hatte einen Blick auf das Nummerndisplay geworfen.

Wegen der Abschirmung des Bunkers war Herbert dort nicht über das in seinem Rollstuhl integrierte Mini-Telefon zu erreichen. Er nahm den Hörer und tippte seinen persönlichen Code ein. Als er auflegte, war sein Gesicht leichenblaß geworden.

»Die Iljuschin ist auf dem Rückflug, begleitet von zwei MiGs. Sie werden Öl ablassen und versuchen, Hokkaido anzufliegen, aber nach Rußland 'rein können sie kein zweites Mal.«

Rodgers sah auf seine Armbanduhr, griff dann nach dem Telefonhörer. »Da werden wir den Moskito eben von Hokkaido aus losschicken.«

Herbert schlug mit der flachen Hand auf den Konferenztisch. »Keine gute Idee, Mike. Das wären hin und zurück 1.600 Kilometer, der Moskito schafft ohne Auftanken aber nur 1.100…«

»Das weiß ich auch! 1.136, um genau zu sein… Wir können aus dem Japanischen Meer einen Kreuzer verlegen, da ist eine Landung an Deck möglich…«

»Für einen Alleinflug des Moskito fehlt uns aber die Zustimmung des Geheimdienstausschusses«, warf Martha Mackall ein.

»Das gilt auch für einen Schußwechsel mit russischen Soldaten«, fügte Lowell Coffey hinzu. »Gegenüber dem Ausschuß war nur von einem Aufklärungseinsatz die Rede.«

»Mir geht's um meine Soldaten«, schnaubte Rodgers. »Diese aufgeblasenen Heinis von Senatoren können mir gestohlen bleiben.«

Hood versuchte, den Vermittler zu spielen. »Jetzt wollen wir doch mal sehen, ob wir die Sache nicht so regeln können, daß am Ende alle zufrieden sind – oder unzufrieden. Mike...«

»Ja, Sir?« Der General hatte sichtlich Mühe, sich zu beruhigen.

»Was machen wir mit der Truppe, wenn wir die Mission sofort abblasen?«

Rodgers holte tief Luft. »Den Moskito schicken wird auf jeden Fall 'rein – Der nächste Agent, der sie eventuell 'rausschmuggeln könnte, sitzt in Hegang, Provinz Heilungkiang, mehr als dreihundert Kilometer von ihnen entfernt; diese Weltreise kann ich ihnen unmöglich zumuten.«

»Das ist ja in China«, sagte Coffey erstaunt. »Haben wir keinen Mann in Rußland?«

»Wir hatten – aber nach dem Fall des Eisernen Vorhangs mußten unsere Leute in Wladiwostok das Land verlassen, und für die Anwerbung neuer Agenten fehlten uns einfach die Mittel.«

»Wie wär's, wenn Squires sich mit der Truppe eine Zeitlang verkriecht«, fragte Phil Katzen, »in der Gegend kann man ganz gut überleben...«

»Zum Teufel noch mal, die Russen wissen, daß sie ein Kuckucksei im Nest haben! Mit ihren Satelliten ist es für sie ein Klacks, sie aufzustöbern.« Rodgers blickte Hood an. »Paul, das beste ist, wir ziehen die Sache durch, wie vorgesehen.«

»Im Klartext: Wir legen uns mit russischen Soldaten an, und das in einer Zeit, da das Land ein einziges Pulverfaß ist; ein klitzekleines Streichholz reicht...«

»...und wenn Sie *die* Konsequenzen vermeiden wollen«, ergänzte Coffey, »müssen Sie jeden im Zug abknallen.«

»Immer noch besser, als einen Krieg zu riskieren«, hielt Rodgers dagegen, »der ganz Europa und wahrscheinlich auch China erfassen würde. Irgendwie erinnert mich diese ganze Diskussion an 1945; damals wurden ja auch Unmengen von Argumenten angeführt, warum wir die Atombombe nicht zum Schutz amerikanischer Menschenleben einsetzen sollten.«

»Aber Mike«, sagte Hood, »hier geht es ja gerade um das Leben von Amerikanern – um das Leben der Striker...«

»Jetzt halten *Sie* mir bloß keine Vorträge über *meine* Leute, Paul.« Rodgers preßte die Worte zwischen den Zähnen hervor.

Hood schwieg einen Moment. »Wie Sie wollen.«

Rodgers Hände lagen gefaltet auf der Tischplatte, seine nach unten gedrückten Daumen waren bereits rot angelaufen.

»Geht's wieder, Mike?« erkundigte Liz sich vorsichtig.

Er nickte und sah Hood an. »Entschuldigung, Paul, ich hatte wohl gerade einen Aussetzer.«

»Schon gut, wir könnten beide zur Entspannung einen Film und eine Tüte Popcorn vertragen.«

»Phantastisch!« sagte Coffey. »Wir sind alle eine große Familie ...«

Hood und Rodgers lächelten.

»Na gut«, sagte Hood, »ein Schmuddelfilm...«

»Paßt auf, gleich schnappt er ganz über – wer holt mal eben die Männer mit der weißen Jacke...«

Ann war die einzige in der Runde, die nicht kicherte. Hood klopfte auf den Tisch, um zum Thema zurückzukommen. »Was ich vorhin sagen wollte: Es gibt immer noch eine schwache Hoffnung auf eine diplomatische Lösung, und was Präsident Zhanin tun wird, steht sowieso in den Sternen. Kommen wir den Diplomaten allzusehr in die Quere, wenn wir unseren Einsatz weiterführen?«

»Egal, was die sich noch einfallen lassen«, sagte Rodgers gleichmütig, »die Kisten in diesem Zug könnten korrupten Leuten eine Menge Macht verschaffen. Selbst wenn es nicht zum Krieg kommt – die Gangster, die sich diese Ladung unter den Nagel reißen, werden ihren Einfluß um einiges erweitern. Können wir das verantworten, oder müssen wir nicht doch was dagegen tun?«

Coffey bemerkte: »Wir sind vor allem für unsere Truppe verantwortlich; und dann gibt's ja auch das eine oder andere Gesetz, an das wir uns halten sollten.«

»Sie meinen diese Vorschriften, die Ihre sauberen Freunde im Kongreß sich ausgedacht haben«, erwiderte Rodgers, »ich rede hier von moralischen Gesetzen. Ich weiß, Sie haben vor diesem Ausschuß alles getan, was getan werden mußte, aber wie sagte doch gleich Benjamin Franklin? ›Das Notwendige ist nicht immer das Richtige.‹« Rodgers blickte Hood an. »Sie kennen mich doch, Paul. Das Leben meiner Truppe ist mir wichtiger als mein eigenes, aber das Richtige zu tun, ist mir wichtiger als beides. Und den Zug aufzuhalten, ist das einzig Richtige.«

Aufmerksam folgte Hood Rodgers Worten. Zwar näherten sich der General und Coffey dem Problem von zwei verschiedenen Seiten, aber im Grunde hatten beide recht. Dummerweise lag die letzte Entscheidung bei Hood. Er haßte die schlichte Tatsache, daß er von seinem sicheren, angenehmen Platz aus über das weitere Schicksal von sieben Menschen zu entscheiden hatte, die im Moment auf einem vereisten Felsen am anderen Ende der Welt herumrutschten.

Hood gab den Code seines Assistenten Bugs Benet ein, dessen Gesicht sofort auf dem Bildschirm erschien.

»Was gibt's, Paul?«

»Versuchen Sie mal, Lieutenant Colonel Squires an sein Satellitentelefon zu bekommen. Wenn es im Augenblick nicht geht, soll er sich so bald wie möglich bei uns melden.«

»Wird gemacht.« Der Monitor wurde dunkel.

Rodgers wirkte nicht besonders glücklich. »Was haben Sie vor, Paul?«

»Charlie ist der Kommandant vor Ort, ich wüßte gern seine Meinung dazu.«

»Er ist ein militärischer Profi – was wird er Ihrer Meinung nach wohl sagen?«

»Wenn es ihm gerade paßt, werden wir das gleich wissen.«

»So geht man mit Soldaten normalerweise aber nicht um«, sagte Rodgers. »Das ist ja keine Führung mehr, sondern Management. Die Frage muß doch wohl heißen: Stehen wir hinter unserer Truppe oder nicht? Können wir die Aufgabe, die wir uns vorgenommen haben, auch erfüllen?«

»Natürlich können wir das«, sagte Paul kühl. »Aber nach Ihrem Einsatz in Nordkorea habe ich mir einmal Ihr Memorandum durchgelesen, das Sie für die Aufstellung der Sondereinsatztruppe für die Befreiung unserer Geiseln aus den Händen von Khomeinis Revolutionären Garden verfaßt hatten. Sie haben darin sehr richtig festgestellt, daß unser Team nur theoretisch, aber nicht praktisch einsatzbereit ist. Sie haben sich auch völlig zu Recht Sorgen gemacht wegen der Evakuierung der Vorhut des Sonderkommandos, das ein paar Tage vor der Befreiungsaktion nach Teheran eingeschmuggelt werden sollte. Ohne Ihre Intervention wären die Agenten nie auf die Idee gekommen, mit einer Linienmaschine der Swiss Air den internationalen Flughafen von Merabad zu verlassen. Wie sind Sie bloß auf den Gedanken gekommen?«

»Die Iraner hätten zu viel Zeit gehabt, unsere Leute aufzustöbern, wenn wir sie einzeln und nacheinander vom Unterschlupf aus 'rausgeschmuggelt hätten. Da war es zweckmäßiger, für alle ganz normale Flugtickets zu besorgen und alles auf eine Karte zu setzen.«

»Und mit wem haben Sie diesen Plan ausgeheckt?«

»Mit Ari Moreaux, der auch den Unterschlupf für uns eingerichtet hatte.«

»Also Ihr Mann vor Ort.« Hood sah, daß Bugs Abbild wieder auf dem Schirm erschien. »Was gibt's Neues, Bugs?«

»Ich habe dem Funker ein Signal 'rübergeschickt, wir werden noch ein Weilchen warten müssen.«

»Danke.« Hood blickte wieder zu Rodgers hinüber. »Das läuft hier nicht wie in Vietnam, Mike, wir werden unserem Team während eines Einsatzes auf keinen Fall die morali-

308

sche oder praktische Unterstützung entziehen. Wenn Squires weitermachen will, stehe ich voll hinter ihm; die Prügel vom Kongreß werde ich dann hinterher auch noch aushalten.«

»Genau genommen ist das aber nicht Ihre Sache«, bemerkte Rodgers ruhig.

»Natürlich haben Sie das Kommando über die Einheit, aber sobald wir die Grenzen überschreiten, die uns der Kongreß vorgegeben hat, habe ich schon ein Wörtchen mitzureden.«

Wieder meldete Bugs sich. »Lieutenant Colonel Squires würde Sie jetzt gerne sprechen, Paul.«

Hood regelte die Lautstärke hoch. »Lieutenant Colonel?«

»Ja, Sir!« Trotz der durch den Schneefall verursachten Störungen war Squires Stimme deutlich zu verstehen.

»Wie sieht's bei Ihnen momentan aus?« fragte Hood.

»Fünf unserer Leute sind fast unten. Newmeyer und ich sind kurz vor dem Abseilen.«

»Lieutenant Colonel«, sagte Rodgers, »auf den Waggondächern des Zuges sind russische Soldaten postiert, zehn oder elf haben wir entdeckt, sie sichern den Zug in alle Richtungen.«

»Wir fragen uns, ob Ihr Einsatz bei dieser veränderten Lage fortgesetzt werden sollte«, fuhr Hood fort. »Wie sehen Sie das?«

»Nun ja, Sir – ich habe mir jetzt eine ganze Weile die Landschaft angesehen…«

»Die Landschaft?«

»Genau, Sir. Es sieht machbar aus, mit Ihrer Erlaubnis würde ich die Mission gern fortsetzen.«

Hood sah, wie Rodgers Augen für den Bruchteil einer Sekunde funkelten. Es war kein Triumph, sondern Stolz.

»Denken Sie an die Vorgaben des Kongresses.«

»Den Russen krümmen wir kein Haar«, sagte Squires, »das kriegen wir hin, denke ich. Und wenn nicht, brechen wir die Sache ab und marschieren direkt zum Sammelpunkt.«

»Das klingt ja fast wie ein Plan«, sagte Hood. »Wir behalten den Zug weiter im Auge; wenn sich irgendwas tut, erfahren Sie's sofort.«

»Danke, Sir... und Ihnen auch, General Rodgers. ›Doswedanja‹, wie man hier sagt. Bis später.«

52

Dienstag, 14.52 Uhr, St. Petersburg

Peggy hielt an dem Münztelefon direkt oberhalb des Gribojedora-Kanals. Nachdem sie sich verstohlen nach allen Seiten umgeschaut hatte, steckte sie zwei Kopeken in den Schlitz. Auf Georges ratlosen Blick sagte sie nur: »Wolko. Mini-Telefon.«

Aber natürlich, der Agent. Den hatte er bei all dem Trubel vollkommen vergessen. Während der Ausbildung für die Sondereinheit hatte er auch gelernt, die jeweilige Umgebung auf unauffällige, beiläufige Weise in sich aufzunehmen, sich an Einzelheiten zu erinnern, die man sonst sofort wieder vergaß. Normalerweise schauten die Leute sich den Himmel, das Meer oder die vor ihnen liegende Skyline an. Sicher waren das prächtige, eindrucksvolle Bilder, aber die relevanten Informationen waren dort meistens nicht zu finden. Die entscheidenden Hinweise mußte man in dem engen Tal unter diesem Himmel, in der Höhle in der Nähe dieses Meeres oder in der Straße, die an diesen prachtvollen Gebäuden vorbeiführte, suchen, darauf war das Striker-Team gedrillt worden. Und das Wichtigste überhaupt waren immer wieder die Menschen. Ein Baum oder ein Briefkasten konnte einen Einsatz kaum gefährden, wohl aber jemand, der sie verfolgte.

Genau, weil George sein Augenmerk eben nicht auf den schönen Baumbestand im Park oder die belebte Hauptverkehrsstraße gerichtet hatte, war ihm nicht entgangen, daß der Mann, der auf der Parkbank sein Nickerchen gehalten hatte, nicht mehr am alten Platz war. Keine zweihundert Meter entfernt folgte er ihnen gemächlich; sein Bernhardiner, der neben ihm her trottete, japste merkwürdigerweise. Der Mann mußte wohl hergerannt sein.

Auf Russisch sagte Peggy in die Muschel: »In der Eremitage, links von Raffaels *Madonna Conestabile*, zu jeder vollen und halben Stunde jeweils eine Minute. Nach der Schließung des Museums gehen Sie zur Krasnij-Straße, Oberer Park, und lehnen sich mit dem linken Arm an einen Baum.«

Ms. James hatte den Treffpunkt und das Erkennungszeichen durchgegeben.

Sie legte auf; beide nahmen ihren Weg wieder auf.

»Wir werden verfolgt«, sagte George auf Englisch.

»Ich weiß, der bärtige Mann. Das kann uns die Sache sogar erleichtern.«

»Erleichtern?«

»Sicher. Die Russen wissen längst, daß wir hier sind; vielleicht ist auch die Geheimdienstzentrale, die Keith finden sollte, schon im Spiel. Jedenfalls, wenn dieser Mann ein Funkgerät dabei hat, können wir die Zentrale vielleicht ausfindig machen. Haben Sie Feuer?«

»Bitte?«

»Ein Streichholz? Oder ein Feuerzeug?«

»Ich bin Nichtraucher.« George kapierte nicht, worauf sie hinauswollte.

»Ich doch auch.« Peggy verlor langsam die Geduld. »Tun Sie trotzdem so, als ob Sie danach suchen würden.«

»Ah ja, Entschuldigung.« George klopfte seine Brusttaschen und Jackentaschen ab.

»Wunderbar«, sagte Peggy, »und jetzt warten Sie bitte hier auf mich.«

Fast jeder russische Soldat rauchte. Obwohl George das Kraut nicht ausstehen konnte, hatten er und seine britische Kollegin es fertiggebracht, den Rauch der starken türkischen Tabakmischung zu inhalieren, die von russischen und chinesischen Milizsoldaten bevorzugt wurde – nur für den Fall, daß es sie jemals nach Asien verschlagen würde.

Aber als Ms. James nunmehr eine Packung Zigaretten aus ihrer Brusttasche zog und damit auf den bärtigen Mann zuging, hatte George nicht die leiseste Ahnung, was sie vorhatte.

Während George (überzeugend, wie er hoffte) gelangweilt zu Boden sah, tat der Russe so, als ob darauf wartete, daß der Hund an einem Baum sein Geschäft verrichtete – dem Tier schien aber eindeutig nicht danach zu sein. Als Peggy mit der Zigarette im Mundwinkel noch etwa zehn Meter entfernt war, drehte der Mann sich um und wollte in eine andere Richtung verschwinden.

»Sir!« rief Peggy in fließendem Russisch und rannte hinter ihm her. »Haben Sie vielleicht Feuer?«

Der Russe schüttelte den Kopf und ging wortlos weiter.

Peggy holte ihn ein; mit einer blitzschnellen Bewegung packte sie die Schlinge der Hundeleine, die der Mann um sein linkes Handgelenk geschlungen hatte, am Ende und verdrehte sie so weit, daß die Durchblutung der Finger praktisch abgeschnitten wurde. Vor Schmerz stöhnte der Mann auf.

Die Agentin richtete ihren Blick auf seinen Bart, George sah sie nicken, als sie den Draht entdeckte. Sie blickte dem Mann direkt ins Gesicht und legte ihren Finger auf ihre Lippen.

Der Agent hatte verstanden.

»Vielen Dank für das Feuer.« Sie führte ihn zu George hinüber. »Ihr Hund ist einfach drollig.«

Sie plauderte unverfänglich, damit die Russen keinen Kontakt aufnehmen konnten; solange eine andere Person in der Nähe war, würden sie auch nicht erwarten, daß der Mann ihre Fragen beantwortete. Andererseits konnte Peggy das Mikrofon auch nicht einfach unschädlich machen, da die russischen Hintermänner dann Verdacht schöpfen könnten.

Abgesehen davon, daß der Schmerz dem Russen im Gesicht stand, wirkten er und Peggy wahrscheinlich wie ein Pärchen, das Hand in Hand seinen Hund ausführte. Als sie bei George angekommen waren, klopfte Peggy mit dem

Handrücken die linke Hosentasche des Russen ab, langte dann hinein und zog seine Autoschlüssel heraus. Sie hielt das Etui hoch und warf ihm einen fragenden Blick zu.

Mit immer noch schmerzverzerrter Miene wies der Mann auf eine Autoreihe am anderen Ende des Parks.

Sie sah George an; der nickte zustimmend.

»Ich hab' mich schon immer gewundert, daß gerade die großen Hunde so unheimlich brav sind«, sagte Peggy, während sie zu dritt die Straße entlanggingen und der Bernhardiner hinter ihnen herschlich. »Aber es sind doch meistens die kleinen, die einem Ärger machen.«

Sie betraten die gepflegte Grünanlage und näherten sich einer Reihe von Autos, die jenseits des Parks abgestellt waren. Der Russe führte die beiden Agenten zu einer schwarzen, zweitürigen Limousine.

Peggy ging um den Wagen herum zur Beifahrertür. Sie blickte den Mann an und pochte mit dem Fingerknöchel auf das Blech. »Ist er bissig?«

Er schüttelte den Kopf.

Brutal drehte sie an der Schlaufe, der Schmerz brachte den Mann fast um den Verstand.

»Ja, seien Sie vorsichtig!«

Sie gab ihm die Autoschlüssel, auf ein Zeichen von ihr öffnete er die Tür, zeigte dann auf das Handschuhfach. Peggy beugte sich herunter, so daß er einsteigen und mit der Rechten den Knopf des Faches betätigen konnte. Eine Drehung nach links, eine nach rechts, dann noch eine volle Umdrehung im Uhrzeigersinn, und das Fach war offen. Innen lagen ein Gasbehälter und eine Schaltuhr. Aus einer Besprechung zum Thema »Entführung von Personen des öffentlichen Lebens« wußte George, daß wohlhabende Bürger und hochrangige Offiziere und Beamte sich in ihre Wagen oftmals versteckte Sprengladungen einbauen ließen, die bei einer Entführung automatisch ausgelöst wurden. Die Russen bevorzugten dabei verschiedene Arten von Giftgas, das nach einer kurzen Zeit versprüht wurde. Der Entführte wußte sich natürlich gegen die Gefahr rechtzeitig zu schützen.

Nachdem der russische Agent die Vorrichtung entschärft

hatte, zog Peggy ihn aus dem Wagen, nahm die Schlüssel und gab sie George. Mit einer Kopfbewegung deutete sie auf den Fahrersitz. George ging um den Wagen herum, stieg ein und ließ den Motor an: inzwischen hatte Peggy sich schon zusammen mit dem Russen auf die Rückbank fallen lassen. Mit ihrer freien Hand nahm sie dem Hund die Leine ab und zog die Tür zu. Aufgeregt bellend sprang der Bernhardiner außen am Wagenfenster hoch. Peggy nahm davon keine Notiz, als sie am Walkman des Russen die Lautstärke des Mikrofons herunterregelte. »Wanzentest.«

George holte den Detektor aus seinem Rucksack und untersuchte damit das Wageninnere; auch der russische Agent wurde nicht ausgelassen. Das Gerät gab keinen Mucks von sich.

»Alles klar.«

»Gut.«

George hörte das Stimmengewirr aus dem Kopfhörer des Mannes. »Sie versuchen wohl, ihn zu erreichen. Wahrscheinlich fragen sie sich, warum sein Mikro tot ist.«

»Das wundert mich rein gar nicht, aber sie werden sich noch etwas gedulden müssen.« Peggy sah George durch den Rückspiegel an. »Wie sehen unter diesen Umständen Ihre Befehle aus?«

»Bei Enttarnung sollen wir einzeln versuchen, das Land zu verlassen – so steht's jedenfalls in der Dienstanweisung.«

»Die Sicherheit des Agenten geht über alles, unserer Vorschriften sagen dasselbe.«

»Es geht wohl mehr um die Sicherheit unserer Heimatländer; immerhin wissen wir Dinge, die die Russen liebend gern...«

»Ich weiß, ich weiß.« Peggy wirkte leicht verärgert. »Aber was würden *Sie* denn jetzt am liebsten tun?«

»Na was schon – 'rausfinden, was in der Eremitage vor sich geht.«

»Ich auch. Sehen wir doch mal, ob unserer bärtiger Freund uns da weiterhelfen kann.« Aus einer unter dem Revers verborgenen Tasche zog Peggy einen Dolch, den sie unter das linke Ohr ihres Gefangenen drückte. Sie lockerte die

Schlinge um seine Hand ein wenig und sagte auf Russisch: »Wie heißen Sie?«

Der Mann zögerte. Peggy verstärkte den Druck der messerscharfen Spitze ihres Dolchs gegen die Halsschlagader.

»Je länger Sie warten, um so mehr werde ich drücken.«

Er rang sich zu einer Antwort durch. »Ronasch.«

»Also gut, Ronasch. Wir werden dafür sorgen, daß Sie Ihren Freunden keine verschlüsselten Mitteilungen machen, also wiederholen Sie brav alles genauso, wie ich es Ihnen sage, klar?«

»Ja.«

»Wer leitet diese Operation?«

»Keine Ahnung.«

»Zieren Sie sich nicht zu lange.«

»Ein Speznas-Offizier«, sagte Ronasch, »den ich nicht kenne.«

»Also gut, Sie werden ihnen folgendes sagen: ›Hier ist Ronasch, ich möchte mit dem verantwortlichen Offizier sprechen.‹ Sobald er dran ist, geben Sie mir ihren Walkman.«

Vorsichtig nickte Ronasch, er legte keinen Wert darauf, daß sich der Dolch in seinen Hals bohrte.

Zweifelnd sah George seine britische Kollegin durch den Rückspiegel an. »Verraten Sie mir, was das werden soll, wenn's fertig ist?« fragte er sie auf Englisch.

»Es geht immer noch um die Eremitage. Notfalls finden wir eine Möglichkeit, 'reinzukommen, aber ich hab' eine bessere Idee.«

George fuhr die Limousine rückwärts aus der Parkbucht. Der Bernhardiner stand noch immer mit wedelndem Schwanz da, als der Wagen davonbrauste. Dann legte er sich ins Gras und ließ sich mit seinem schweren Körper träge auf die Seite fallen.

Mit der Arbeitswut im neuen Rußland ist es ja nicht so weit her, sinnierte George. *Selbst die Hunde wollen keine Knochenarbeit mehr leisten.*

George bog auf die Hauptverkehrsstraße ein und folgte dann dem Obwodny-Kanal Richtung Moskowski-Straße. Im Vergleich zu diesem faulen Tier konnte er vor Peggy nur den Hut ziehen, vor allem vor ihrer nüchternen, pragmatischen Art, mit der sie hier ihre Pflicht erfüllte. Es gefiel ihm zwar überhaupt nicht, daß sie ihn so unspektakulär seines Kommandos enthoben hatte, aber ihre Methoden und ihr Improvisationstalent konnte er trotzdem nur bewundern. Auch war er neugierig und ein wenig aufgeregt, wo das alles noch hinführen würde, obwohl er ja streng genommen schon bis zum Hals in Schwierigkeiten steckte – und der Pegel würde weiter steigen...

53

Dienstag, 22.07 Uhr, Kabarowsk

Da hatte die Army Colonel Squires mit diesem ganzen raffinierten High-Tech-Zauber ausgestattet, aber anständige Nachtsichtbrillen, die diesen Namen auch verdienten, waren anscheinend nirgends aufzutreiben. »Nebelbrille« wäre die weitaus treffendere Bezeichnung dieses Wunderwerks der Technik gewesen: Der Schweiß, der sich zwischen Augen und Gläsern unten sammelte, erwärmte sich, sobald man den Mund mit einem Schal gegen die schneidende Kälte schützen wollte, woraufhin die Brillengläser prompt beschlugen. Legte man Wert auf ungehinderte Sicht, mußte man eben ohne den Schal auskommen, in dem Fall froren einem die Lippen zusammen, und man verlor in der Nasenspitze jedes Gefühl.

Beim Abseilen von diesem über 30 Meter hohen Felsen war ein warmes Gesicht natürlich weniger wichtig, weshalb Squires sich für die freie Sicht entschied – sofern man bei dem dichten Schneetreiben überhaupt davon sprechen konnte. Immerhin war die Felswand selbst einigermaßen erkennbar.

Als letzte der Truppe seilten Colonel Lieutenant Squires und Terrence Newmeyer sich gemeinsam ab. Der eine begann mit dem Abstieg, bis er mit den Füßen Halt gefunden hatte, und sicherte dann den anderen, der seinerseits ein Stück weiter hinabstieg. Squires wollte nicht, daß seine Leute sich in der Dunkelheit an vereisten Felsen allein abseilten, obwohl die Bedingungen, die sie hier vorfanden, bei weitem nicht die schlimmsten waren, die er bis dahin kennengelernt hatte. Vor einiger Zeit hatte die Sayeret Giva'ati, die israelische Elite-Aufklärungeeinheit, ihn einmal eingeladen, an ihrem eine Woche dauernden »Extremtraining« teilzunehmen. Unter anderem mußten sie sich von einem vierundzwanzig Meter hohen Felsen abseilen und anschließend einen Hindernislauf absolvieren. Am Ende der Übung hingen den Soldaten ihre olivgrünen Drillichanzüge buchstäblich in Fetzen vom Leib. Das lag allerdings weniger an dem zerklüfteten Felsen, von dem sie abgestiegen waren, als an den Steinen und den arabischen Flüchen, die ihre Ausbilder ihnen von oben nachgeschleudert hatten. Im Vergleich dazu war dieser Abstieg trotz eisigen Schneetreibens und untauglicher Nachtsichtbrillen geradezu ein Freizeitvergnügen.

Als noch knappe fünfzehn Meter die beiden Männer vom Boden trennten, hörte Squires links von sich einen Schrei; fünf Meter entfernt kauerte Sondra dicht neben ihrem Kameraden und gestikulierte aufgeregt zu ihnen herüber.

»Gibt's Probleme?« Squires suchte kurz den Horizont ab – nach der Rauchfahne der Lokomotive, die eigentlich jeden Augenblick auftauchen mußte. Aber noch tat sich nichts.

»Er ist am Felsen *festgefroren*«, rief Sondra. »Er hat sich an einem Vorsprung die Hose aufgerissen. Sieht so aus, als ob der Stoff durch den Schweiß am Eis festgepappt ist.«

Squires brüllte nach unter: »Honda, stellen Sie fest, wann der Zug hier vorbeikommen wird.«

Unverzüglich baute der Funker das Satellitentelefon auf. Squires und Newmeyer schoben sich vorsichtig an Pupshaw heran. Der Lieutenant Colonel plazierte sich rechts etwas oberhalb von Pupshaw.

»Tut mir leid, Sir, anscheinend hab' ich hier 'ne ziemlich vereiste Stelle erwischt.«

Squires verinnerlichte diesen seltsamen Anblick, der Soldat schien wirklich wie eine Spinne an der Wand zu kleben.

»DeVonne«, sagte Squires, »Sie klettern ein Stück höher und suchen einen sicheren Halt. Newmeyer, wir beide versuchen, ihn mit unserem Seil zu befreien.«

Squires ergriff die Leine, die ihn mit Newmeyer verband, und schleuderte sie über Pupshaws Arme.

»Pupshaw, nehmen Sie einen Moment die linke Hand vom Felsen, damit die Leine auf ihre Hüfte fällt. Dasselbe machen Sie dann mit der rechten Hand.«

»Ja, Sir.«

Newmeyer und Squires stützten Pupshaw vorsichtshalber mit den Händen ab, während er den Felsen kurz losließ, bis das Seil heruntergeglitten war. Als er mit der rechten Hand die Prozedur wiederholt hatte, lag das Seil auf der Höhe seines Gürtels.

»Okay«, sagte Squires, »Newmeyer und ich klettern jetzt langsam 'runter, dabei legen wir unser Gewicht auf das Seil, bis das Eis abbricht. DeVonne, Sie halten ihn notfalls, sobald er frei ist.«

»Verstanden, Sir.«

In kleinen, vorsichtigen Schritten kletterten Squires und Newmeyer gleichzeitig ein Stück abwärts; die Eisschicht, die Pupshaw an den Felsen fesselte, wurde dabei immer stärker belastet. Einen Augenblick hielt sie dem Zug noch stand; die beiden Männer hängten noch mehr von ihrem Gewicht an das Seil, bis das Eis in Tausende feinster Bruchstücke zersplitterte. Noch einmal hielten alle den Atem an, als der Felsen unter Newmeyers rechtem Stiefel abbröckelte. Mit Unterstützung durch Pupshaw fand er aber sofort wieder festen Halt.

Erleichtert bedankte sich Pupshaw, gemeinsam bewältigten sie dann die letzten Meter bis zum Fuß des Felsens.

Unten hatte sich die übrige Truppe auf einen Befehl von Sergeant Grey bereits in der Nähe der Bahnstrecke versammelt. Vom Fuß des Felsens lag die Strecke knappe zehn Meter entfernt; auf der anderen Seite, etwa fünfundzwanzig Meter vor ihnen, sahen sie eine Baumgruppe, die, ihrem

Zustand nach, schon geraume Zeit vor der Russischen Revolution abgestorben sein mußte. Honda beendete sein Gespräch mit dem NRO und meldete, daß der Zug sich in diesem Augenblick dreiunddreißig Kilometer östlich von ihnen befand und sich mit einer Durchschnittsgeschwindigkeit von fünfundfünfzig Stundenkilometern auf sie zu bewegte.

»Das heißt, in einer guten halben Stunde sind sie hier.« Squires Miene verriet eine gewisse Besorgnis. »Eher, als uns lieb sein kann. Na gut… Wir werden einen dieser Bäume da drüben quer über die Schienen legen. Sergeant Grey, Sie und Newmeyer bereiten alles für die Sprengung vor.«

Sergeant Grey bestätigte den Befehl; er hatte ohnehin schon begonnen, den C-4 aus einer der Taschen seiner Kampfanzugjacke zu holen.

»DeVonne, Pupshaw, Honda – Sie erkunden den Weg zum Sammelpunkt. Irgendwelche Bauern, die uns lästig werden könnten, werden uns kaum über den Weg laufen, aber man weiß ja nie… achten Sie auch auf Wölfe.«

»Sir«, sagte Sondra, »könnte ich…«

»Nein.« Squires schnitt ihr das Wort ab. »Sergeant Grey, Newmeyer und ich, das sind genügend Leute für diese Aufgabe hier. Sie müssen unseren Rückzug decken, wenn es dazu kommt.«

»Zu Befehl, Sir.« DeVonne salutierte.

Squires wandte sich an seinen Funker, um ihm das weitere Vorgehen zu erläutern. »Sobald die Brücke in Sicht ist, verständigen Sie das Hauptquartier. Geben Sie auch durch, was wir vorhaben. Wenn von dort Meldungen hereinkommen, nehmen Sie sie entgegen; unsere Funkgeräte werden wir hier wohl nicht benutzen können.«

»Verstanden, Sir.«

DeVonne, Pupshaw und Honda bahnten sich ihren Weg durch die knöcheltiefen bis kniehohen Schneeverwehungen. Squires ging zu Sergeant Grey und Newmeyer zurück. Der Sergeant klebte bereits die ersten C-4-Streifen an einen mächtigen, neben der Strecke stehenden Baum, während Newmeyer die Zündschnur zurechtschnitt. Sie war in dreißig-Sekunden-Intervallen markiert; er hatte ein zehn Abschnitte langes Stück abgemessen.

»Nehmen Sie vier Minuten.« Squires blickte zurück. »Sonst ist der Zug am Ende schon so nahe, daß die Russen die Explosion mitkriegen.«

Newmeyer grinste. »Den zwanzig-Kilometer-Marsch haben wir alle in weniger als hundertzehn Minuten geschafft, Sir.«

»Aber nicht in meterhohem Schnee und mit voller Ausrüstung...«

»Wir sollten's trotzdem schaffen.«

»Hinterher müssen wir den Baum ja auch noch mit Schnee zuschaufeln, damit kein falscher Verdacht aufkommt. Und Grey und ich, wir haben dann noch was anderes zu erledigen.«

Der Lieutenant Colonel sondierte das vor ihm liegende Terrain. Innerhalb von fünf Minuten konnten sie den Felsvorsprung erreichen, den er in etwas mehr als zweihundertfünfzig Meter Entfernung ausgemacht hatte. Vorausgesetzt, daß die Wucht der Explosion diese Höhlung nicht einstürzen lassen würde, konnten sie dort ausreichenden Schutz finden. Grey war ein erfahrener Pionier, und die Sprengladungen waren eher bescheiden bemessen, so daß diese Gefahr zu vernachlässigen war. Danach blieb ihnen immer noch genug Zeit, daß einer von ihnen die Spuren ihres Eingriffs verwischen konnte; es mußte so aussehen, als ob der Baum von selbst umgestürzt wäre.

Grey hatte genügend C-4 am Baum angebracht und erhob sich. Squires hockte sich neben Newmeyer, als der die Zündschnur in Brand setzte.

»Bloß weg hier!« brüllte der Lieutenant Colonel.

Er half Newmeyer auf die Beine, alle drei Männer rannten in Richtung ihres provisorischen Unterstands. Als sie ankamen, dauerte es noch eine bange Minute. Ihr Atem ging immer noch schwer, als der scharfe Knall der Explosion durch die Nacht hallte, gefolgt von dem Geräusch splitternden Holzes; dumpf krachend stürzte der Stamm auf das Gleis.

54

Dienstag, 21.08 Uhr, Hokkaido

Hinter der getönten Rundumverglasung des flachen, nach hinten gezogenen Cockpits fanden zwei Mann Besatzung Platz. Drei der sechs der vor den beiden Piloten montierten flachen Farbmonitore boten ein zusammenhängendes taktisches Panorama, während ein überbreites intelligentes Display die notwendigen Flug- und Zielinformationen lieferte, die in komprimierter Form auch auf die im Visier des Pilotenhelms integrierte Anzeige übertragen wurden. Die Daten erschienen nicht auf separaten Meßinstrumenten, sondern die jeweils relevanten Werte wurden in wechselnder Folge und Kombination angezeigt, einschließlich der Meßergebnisse der außen montierten hochempfindlichen Sensoren.

Der 19,60 Meter lange, mattschwarz lackierte schlanke Rumpf des Moskito besaß eine absolut glatte Oberfläche, die zusammen mit der hochmodernen Rotortechnologie für einen nahezu geräuschlosen Flug sorgte. Der Drehmomentausgleich, der bei konventionellen Hubschraubern durch den Heckrotor erzeugt wird, wurde beim Moskito durch den Austritt von Druckluft durch kiemenartige Öffnungen im hinteren Teil des Rumpfes erreicht: eine schwenkbare Steuerdüse anstelle des Heckrotors ermöglichte die Manövrierung der Maschine. Das durch die fehlenden Antriebswellen und Getriebe ohnehin relativ geringe Leergewicht des Moskito von 4080 kg wurde durch den Verzicht auf entbehrliche Ausrüstung, einschließlich der Bewaffnung, noch weiter auf lediglich 2950 kg reduziert. Mit außen montierten Zusatztanks, die nach dem Verbrauch des Treibstoffs über dem Meer abgeworfen und später geborgen wurden, und bei einer Zuladung während des Rückflugs von bis zu 700 kg betrug die Reichweite der Maschine 1.100 Kilometer.

Der griffige Name, den die Presse und die Öffentlichkeit

für diesen Flugzeugtyp gefunden hatten, lautete »Tarnkappenmaschine« – die für das Moskito-Programm zuständigen Offiziere der Wright-Patterson Air Force Base sprachen lieber von erschwerter Ortung. Tatsache war, daß Maschinen wie die F-117A, die B-2A oder eben der Moskito sehr wohl anzupeilen waren, wenn nur genügend Radarenergie dafür eingesetzt wurde; dagegen war kaum eines der weltweit verwendeten Waffensysteme in der Lage, so ein Flugzeug ins Visier zu nehmen und abzuschießen, und das war der eigentliche Vorteil dieser neuen Gattung.

Da keines der derzeit gebräuchlichen Flugzeuge diese Bedingungen erfüllte, hatte das Pentagon 1991 das Moskito-Programm ins Leben gerufen. Nur ein Hubschrauber war in der Lage, über gebirgigem Gelände in Minimalflughöhe das Ziel anzufliegen, ein Team abzusetzen oder zu evakuieren und den Heimflug anzutreten – und nur eine »Tarnkappenmaschine« hatte eine reelle Chance, aus dem überfüllten und schärfstens überwachten russischen Luftraum heil zu entkommen.

Bei einer Geschwindigkeit von 320 Kilometern pro Stunde würde die Besatzung ihr Ziel kurz vor 0.00 Uhr Ortszeit erreichen. Wenn die für die Aufnahme der Striker bei Kabarowsk vorgesehenen acht Minuten überschritten würden, hätten sie nicht mehr genug Treibstoff in den Tanks, um wohlbehalten den Flugzeugträger zu erreichen, der für sie im Japanischen Meer kreuzen sollte. Aber nach der umfangreichen Simulation ihrer Mission auf dem Bordcomputer waren Pilot Steve Kahrs und Copilot Anthony Iovino zuversichtlich, daß der Prototyp halten würde, was er versprach. Nicht zuletzt wurde die Besatzung nach der erfolgreichen Durchführung ihres Auftrags von den Kameraden auf ihrem Stützpunkt als Helden gefeiert. Vor allem aber hätten die einstmals so stolzen russischen Streitkräfte eine weitere schwere Niederlage zu verkraften.

55

Dienstag, 15.25 Uhr, St. Petersburg

»General Orlow«, sagte Major Lewski, »ich habe ziemlich unangenehme Neuigkeiten für Sie.«

Orlow hörte die Stimme des Majors über den Kopfhörer, der in den Computer in seinem Büro eingestöpselt war. Die vor den Toren der Stadt gelegene Marinebasis war noch nicht mit Videotechnik ausgestattet, und angesichts der Haushaltskürzungen im militärischen Sektor war dies auch mehr als unwahrscheinlich.

»Was ist es denn, Major?« Orlow war abgespannt, was seiner Stimme auch anzuhören war.

»Sir, General Mawik hat mich angewiesen, das *Molot*-Team zurückzurufen.«

»Wann?«

»Gerade eben hatte ich ihn am Apparat. Sir, es tut mir leid, aber ich muß die Anordnung wohl…«

»Schon gut.« Orlow nahm einen Schluck schwarzen Kaffees aus seiner Tasse. »Bitte richten Sie Lieutenant Starik und seinen Leuten meinen Dank aus.«

»Natürlich, Sir. Sie sollten wissen, General, was immer sich zusammenbraut, Sie stehen nicht allein da – mit mir können Sie rechnen, und mit *Molot* auch.«

Orlow lächelte müde. »Vielen Dank, Major.«

»Ich kann nicht behaupten, daß ich die Ereignisse durchschaue, Sir. Hinter vorgehaltener Hand sprechen ja viele von einem bevorstehenden Staatsstreich, und daß irgendwelche Schwarzmarktbosse dahinterstecken. Ich weiß nur eines: Einmal hab' ich versucht, eine Kalinin K-4, einen echter Oldtimer, aus dem Sturzflug wieder hochzuziehen. Diese Maschine hat einen BMW-IV-Motor, kraftvoll, aber manchmal ziemlich störrisch.«

»Den Vogel kenne ich.«

»Ich weiß es noch, als wäre es gestern gewesen. Als ich die Wolken durchstoßen hatte und wie ein Stein nach unten stürzte, dachte ich bei mir: ›Dies ist ein ganz besonderes Exemplar von Oldtimer, ich habe kein Recht, bei so einer Maschine das Handtuch zu werfen, und wenn sie noch so widerspenstig ist.‹ Es war nicht nur meine Pflicht, es war mir eine Ehre. Anstatt einfach auszusteigen, habe ich sie zu Boden gerungen – das können Sie getrost wörtlich nehmen. Es war keine Kleinigkeit, aber wir haben's beide überstanden. Und dann hab' ich höchstpersönlich – so wahr ich hier sitze – diesen verdammten bayerischen Motor auseinandergenommen und wieder zusammengeflickt.«

»Und danach flog sie wieder?«

»Wie auf dem Jungfernflug, Sir.«

Diese tollkühne Jungengeschichte war ja schon herzergreifend, aber langsam reichte es doch. »Vielen Dank, Major, wenn ich mal so einen verdammten Motor zusammenflicken muß, dürfen Sie mir höchstpersönlich zeigen, wie man sowas macht.«

Orlow legte auf und leerte seine Kaffeetasse. Es war doch sehr beruhigend zu wissen, daß er nicht nur seine loyale Mitarbeiterin zur Verbündeten hatte. Und dann war da natürlich Mascha, seine Frau. Sie unterstützte ihn, wo es ging, aber genau wie der Ritter, der um der Ehre seiner Angebeteten willen den Drachen erlegte, zog er eben doch mutterseelenallein in den Kampf. Im Grunde war er total auf sich gestellt, das wurde ihm in diesem Augenblick besonders schmerzlich bewußt; nicht einmal in der trostlosen Einöde des Weltraums hatte er dieses Gefühl als derart bedrängend empfunden.

Mit Hilfe seiner Tastatur loggte er sich wieder in den Kanal ein, den die Miliz für den Kontakt zu ihren »Außendienstlern« verwendete.

»...wollen in Ruhe gelassen werden«, sagte gerade eine Frau in tadellosem Russisch.

»Sie wagen es, eine Eingreiftruppe auf mein Land loszulassen?« Rosski lachte. Offenbar sprach er gerade über sein Mini-Telefon mit einer der zu beschattenden Person; das Gespräch lief entweder über das Operations Center oder die örtliche Polizeistation.

»Wir sind keine Eingreiftruppe«, sagte die Frau.

»Wir haben beobachtet, wie Sie in Begleitung von Major Pentti Aho den Präsidentenpalast verlassen haben...«

»Er hat den Transport organisiert. Wir wollten ermitteln, wer für den Tod des britischen Geschäftsmannes verantwortlich ist.«

»Seine sterblichen Überreste sind zusammen mit dem offiziellen Untersuchungsbericht an die britische Botschaft überstellt worden.«

»Sie meinen damit wohl seine Asche. Die britische Regierung ist keineswegs davon überzeugt, daß ein Herzanfall die wirkliche Todesursache war.«

»Und wir sind nicht überzeugt, daß er ein Geschäftsmann war!« Rosski brüllte fast in die Muschel. »Sie haben noch genau neun Minuten Zeit, sich zu ergeben, oder Sie werden dasselbe erleben wie Ihr toter Freund. So einfach ist das.«

»So einfach ist es selten.« Orlow schaltete sich in das Gespräch ein.

Für einen schier endlos dauernden Moment war nur das leichte Rauschen der Leitung zu hören.

»Mit wem spreche ich?« fragte die Frau.

»Mit dem ranghöchsten Offizier in St. Petersburg.« Orlow sagte das mehr in Rosskis Richtung. »Und wer sind Sie, wenn ich fragen darf? Keine Ausreden bitte, wir wissen, wie und aus welchem Land Sie hergekommen sind.«

»Also gut – wir sind finnische Offiziere mit einem Sonderauftrag unseres Verteidigungsministers Niskanen.«

»Das stimmt einfach nicht!« Rosskis Stimme überschlug sich. »Bloß wegen einer Leiche würde Niskanen niemals so einen Aufwand betreiben!«

»Die Leute vom DI6 waren sich nicht sicher, wie sie am besten vorgehen sollten«, erläuterte die Frau, »deswegen haben sie sich mit dem CIA und unserem Verteidigungsminister abgesprochen. Sie einigten sich darauf, daß es am unverfänglichsten sei, wenn ich mit meinem Kollegen herfahre. Nach der Aufklärung des Todesfalls wollten wir versuchen, Schlichtungsgespräche in Gang zu bringen, um Vergeltungsmaßnahmen abzuwenden.«

325

»Geheimvermittler?« Rosski lachte höhnisch. »Dann hätten Sie sich Pässe besorgt, einen Direktflug gebucht und in kürzester Zeit Ihre Aufgabe erledigt. Statt dessen haben Sie sich in einem U-Boot 'reingeschlichen – Sie wollten nicht auf dem Flughafen gesehen werden. Sie lügen wie gedruckt...«

»Welche Route verläuft durch den Bottnischen Meerbusen?« fragte Orlow.

»Route Zwei«, antwortete die Frau.

»Aus wievielen Provinzen besteht Finnland?«

»Aus zwölf.«

»Das beweist überhaupt nichts!« warf Rosski wütend ein. »Sie war eben eine gelehrige Schülerin!«

»Stimmt haargenau – und zwar in Turku, wo ich aufgewachsen bin.«

»Wir können uns diese Debatte sparen. So oder so hält sie sich illegal in Rußland auf; in vier Minuten werden meine Leute sie umstellt haben.«

»Dazu müssen Sie mich erstmal finden.«

»Links von Ihnen befindet sich das Kirow-Theater, hinter Ihnen parkt ein grüner Mercedes. Bei jedem Fluchtversuch wird gezielt geschossen.«

Wieder schwiegen alle einen Augenblick. Auch wenn die Frau den Wagen nach Sendern abgesucht hatte, war Orlow sich so gut wie sicher, daß sie das Mini-Telefon im Kofferraum nicht entdeckt haben konnte. Das Gerät war während eines Einsatzes ständig in Betrieb. Obwohl es mit einem Detektor nicht ausfindig zu machen war, erlaubte es ihnen jederzeit die exakte Ermittlung der Position.

Ruhig sagte die Frau: »Wenn uns ein Haar gekrümmt wird, verschenken Sie die Gelegenheit, direkt mit Ihrem Kollegen auf der anderen Seite Kontakt aufzunehmen, Sir – ich wende mich im Moment an den kommandierenden Offizier, nicht an diesen anderen Rüpel.«

»So?« Eigentlich hätte Orlow über die Kaltschnäuzigkeit dieser Frau zutiefst empört sein müssen, aber andererseits imponierte ihm dieser Tonfall auch.

»Ich gehe davon aus, Sir, daß Sie nicht nur der ranghöchste Offizier in St. Petersburg sind, sondern daß ich mit General Sergej Orlow spreche, dem Leiter der Geheimdienstzentrale hier in der Stadt. Außerdem bin ich sicher, daß wir alle mehr davon haben, wenn Sie sich mit Ihrem Kollegen in Washington austauschen, als wenn Sie mich umbringen und meine Asche Verteidigungsminister Niskanen zukommen lassen.«

Während der vergangenen beiden Jahre hatte Orlow mit seinen Mitarbeitern bereits versucht, über ihren »Doppelgänger« in Washington, ihr Spiegelbild, Genaueres in Erfahrung zu bringen. Nach dem, was sie bis jetzt wußten, funktionierte diese Geheimdienst- und Krisenmanagementzentrale ähnlich wie ihre eigene Einrichtung. Einige ihrer in den CIA und das FBI eingeschleusten Doppelagenten waren auch auf das OP-Center in Washington angesetzt worden; offenbar war es aber ungleich schwerer, dort Informationen herauszuschmuggeln oder sich überhaupt erstmal Zutritt zu verschaffen, vielleicht, weil es noch nicht so lange in Betrieb und überschaubarer konzipiert worden war. Gleichgültig, ob die Frau einen besonders raffinierten Schachzug plante oder schlicht und einfach Angst um ihr Leben hatte, sie bot ihm genau die Gelegenheit, die er auf keinen Fall ungenutzt verstreichen lassen konnte.

»Mal sehen«, sagte Orlow. »Wie würden Sie überhaupt mit Washington Kontakt aufnehmen?«

»Stellen Sie mich zu Major Aho im Präsidentenpalast durch, er wird das weitere veranlassen.«

Der General überdachte das Angebot. Einerseits war ihm nicht wohl in seiner Haut bei dem Gedanken, mit Grenzverletzern zusammenzuarbeiten, andererseits bot sich ihm hier die Chance, mit diplomatischen Mitteln das große Blutvergießen doch noch zu verhindern. Die zweite Möglichkeit war ihm dann doch sympathischer.

»Lassen Sie den Mann frei, den Sie festhalten, und ich werde es mit Ihnen versuchen.«

»Einverstanden.« Keine Sekunde hatte die Frau mit ihrer Antwort gezögert.

»Colonel?«

»Ja, Sir?« Es verschlug Rosski fast die Stimme.

»Niemand rührt sich, außer, ich gebe dazu die Anweisung. Habe ich mich klar ausgedrückt?«

»Vollkommen klar.«

Orlow hörte undefinierbare Geräusche und gedämpfte Wortwechsel; allerdings war nicht ganz klar, ob aus dem Wagen oder aus der U-Bahn-Station »Technologisches Institut«, von der aus Rosski seine verhaßten Spitzel hatte unschädlich machen wollen. So oder so würde der Colonel keine Däumchen drehen, sondern versuchen, das Gesicht zu wahren… und alle Hebel in Bewegung setzen, damit die beiden Agenten nicht ungeschoren davonkamen.

56

Dienstag, 7.35 Uhr, Washington, D. C.

Lange schon hatte Hood begriffen, daß Krisenmanagement paradoxerweise darin bestand, das Haupt der Medusa genau in dem Augenblick abzuschlagen, die kniffeligste Situation immer dann zu meistern, wenn man dazu körperlich am wenigsten in der Lage war.

Das letzte Mal hatte Hood seinen Kopf während des Urlaubs mit seiner Familie in dem Hotelzimmer in Los Angeles auf ein richtiges Kissen gebettet. Nach mehr als vierundzwanzig Stunden saß er nun zusammen mit Mike Rodgers, Bob Herbert, Ann Farris, Lowell Coffey und Liz Gordon in seinem Büro und wartete auf die ersten Meldungen ihrer zweigeteilten Striker-Truppe, die sich aufgemacht hatte, um ein fremdes Land zu überfallen. Egal, welche Sprachregelung sie sich noch einfallen ließen – und Ann als Pressesprecherin durfte sich darüber den Kopf zerbrechen, falls bei einer Enttarnung oder Festnahme ihres Teams eine Presseerklärung fällig wurde –, genau das tat die Einheit in diesem Moment: Sie überfiel Rußland.

Auf tausend Arten vertrieben Hoods Abteilungsleiter sich die Zeit, während sie auf Neuigkeiten warteten. Er selbst hörte nur mit halbem Ohr hin, zu sehr war er damit beschäftigt, sich die Folgen ihres Tuns auszumalen. Ein verstohlener Seitenblick auf Mike Rodgers griesgrämiges Gesicht zeigte ihm, daß es seinem Stellvertreter auch nicht besser ging.

Coffey schob den Ärmel zurück und stellte seine Armbanduhr nach.

Herbert fühlte sich dadurch zumindest irritiert. »Sie können Ihre Uhr noch so oft stellen, die Zeit läuft deswegen nicht schneller.«

Liz horchte auf und schritt umgehend zu Coffeys Verteidigung. »Das ist nichts anderes, wie wenn Sie Hühnersuppe essen, Bob – schaden kann's auf keinen Fall.«

Ann wollte sich einmischen, als das Telefon summte. Hood schaltete den Lautsprecher ein.

»Mr. Hood«, sagte Bugs Benet, »ich habe hier einen Anruf für Sie, vermittelt durch Major Pentti Ahos Büro in St. Petersburg.«

»Stellen Sie's durch.« Plötzlich fühlte er sich wie an einem knallheißen Sommermorgen, an dem die Luft geradezu steht und einem das Atmen schwerfällt. »Wagen Sie einen Tip, Bob?« Hood schaltete den Lautsprecher stumm.

»Vielleicht haben sie unseren Striker-Mann dort geschnappt und zu dem Anruf gezwungen, einen anderen Grund kann ich mir nicht...«

»Kris am Apparat«', sagte Peggy.

»Vergessen Sie's – ihr Codename ist Kris, solange sie frei ist, und Kringle, sobald sie Ärger am Hals hat.«

Hood schaltete den Lautsprecher ein.

»Ja, Kris, was gibt's?«

»General Sergej Orlow würde gern mit seinem Kollegen sprechen.«

»Sind Sie bei ihm?«

»Nein, wir haben ihn über Funk ausfindig gemacht.«

Hood schaltete auf stumm und sah Herbert an. »Was passiert hier eigentlich?«

»Es scheint, als hätten Peg und George sowas wie das achte Weltwunder zustande gebracht.«

Rodgers warf ein: »Dafür werden die Striker schließlich ausgebildet, und die Dame hat ja auch eine ganze Menge auf dem Kasten.«

Hood schaltete den Lautsprecher ein. »Kris, sein Kollege spielt mit.«

Eine kräftige Stimme sagte in einem Englisch mit starkem Akzent: »Und mit wem habe ich die Ehre?«

»Hier ist Paul Hood.« Aus den Augenwinkeln bemerkte Hood, daß seine Abteilungsleiter allesamt auf der Vorderkante ihrer Stühle herumrutschten.

»Mr. Hood, es ist mir ein Vergnügen.«

»General Orlow, zusammen mit meinen Mitarbeitern verfolge ich Ihre Laufbahn jetzt schon seit vielen Jahren, Sie können sicher sein, daß Sie hier viele Bewunderer haben.«

»Ich bedanke mich.«

»Sagen Sie, haben Sie die Möglichkeit zur Bildübertragung?«

»Allerdings, über den Sontik-6-Satelliten.«

Hood blickte kurz zu Herbert hinüber. »Können wir uns da irgendwie einklinken?«

Der Aufklärungschef blickte drein, als hätte ihn jemand mit einem Gartenschlauch kalt angespritzt. »Da sieht er ja den Bunker, das kann nicht Ihr Ernst sein.«

»Ist es aber, Bob.«

Mit einem Fluch auf den Lippen rief Herbert über sein Mini-Telefon in seinem Büro an; dabei drehte er seinen Rollstuhl zur Seite und beugte sich über den Hörer, so daß Orlow nicht mithören konnte.

Inzwischen sagte Hood: »General, es wäre gut, wenn wir uns während des Gesprächs sehen könnten. Wenn es sich einrichten läßt, hätten Sie etwas dagegen?«

»Absolut nicht. Die Regierungen unserer beiden Länder würde ohnehin der Schlag treffen, wenn sie wüßten, was wir hier gerade tun.«

»Ehrlich gesagt, so ganz wohl ist mir auch nicht. Das ist nicht direkt die normale Vorgehensweise.«

»Da haben Sie recht – aber es sind auch keine normalen Umstände.«

»Wie wahr.«

Herbert drehte sich wieder zu den anderen. »Technisch geht's.« Beschwörend sah er Hood an. »Aber um Gottes Willen, Paul…«

»Danke. General Orlow…«

»Ich habe es gehört, der Ton ist hier bei uns ausgezeichnet.«

»Was glaubt der, wie unserer ist?« murmelte Herbert. »Ein Sonderangebot vom CIA?«

»Bitten Sie Ihren Mann, auf Kanal vierundzwanzig zu gehen«, sagte Orlow, »da ist er zweifellos mit einer Funküberwachungsstation verbunden, Modell CB7, neueste Bauart.«

Hood grinste Herbert an, doch dem war nicht nach solchen Liebenswürdigkeiten.

»Und fragen Sie ihn doch«, maulte Herbert, »ob die Kosmonauten immer noch auf die Busreifen pinkeln, bevor sie zur Abschußrampe gefahren werden.«

»Ja, das tun wir immer noch«, sagte Orlow gutmütig, so daß Hood sich entschloß, seinen strafenden Blick Richtung Herbert wieder abzumildern. »Juri Gagarin hatte damit begonnen, nachdem er zu viel Tee getrunken hatte«, fuhr Orlow fort. »Auch Kosmonautinnen halten sich da keineswegs zurück. Überhaupt denke ich, daß wir in Sachen Gleichberechtigung Ihrem Land schon immer eine Nasenlänge voraus waren.«

Ann und Liz blickten gleichzeitig zu Herbert hinüber. Der fühlte sich auf einmal gar nicht mehr wohl, als er die Anweisung an die Satellitenzentrale weitergab.

Nach zwei Minuten war die Verbindung da, und das Gesicht des Generals erschien auf dem Schirm: die dickumrandeten Brillengläser, die kräftigen Backenknochen, die dunkle Gesichtsfarbe, die hohe faltenfreie Stirn. Als er in diese braunen Augen voller Intelligenz blickte, Augen, die den Planeten Erde aus einer Perspektive erlebt hatten, die nur wenigen Menschen vergönnt war, hatte Hood das untrügliche Gefühl, daß er ihnen trauen konnte.

»Nun, da sind wir also.« Orlow lächelte warmherzig. »Nochmals vielen Dank.«

»Ich habe Ihnen zu danken«, erwiderte Hood.

»Lassen Sie uns bitte offen sprechen – wir machen uns beide Sorgen um diesen Zug mit seiner Ladung. Sie um Ihre Sondereinheit, die die Fracht abfangen und vielleicht zerstören soll, ich um die Wachen, die ich auf dem Zug postiert habe, um Ihre Leute aufzuhalten. Wissen Sie, was sich in den Kisten befindet?«

»Erzählen Sie's uns doch.« Hood hatte nichts dagegen, es aus erster Hand zu erfahren.

»Der Zug transportiert Devisen, mit denen in Osteuropa Beamte bestochen und regierungsfeindliche Aktivitäten finanziert werden sollen.«

»Wann?«

Herbert hielt einen Finger an seine Lippen. Hood schaltete den Lautsprecher aus.

»Lassen Sie sich bloß nicht von ihm einreden, daß er auf unserer Seite ist! Wenn er wollte, könnte er den Zug aufhalten; in seiner Position hat man einfach die passenden Freunde.«

»Nicht unbedingt, Bob«. Rodgers widersprach. »Im Moment weiß doch wirklich keiner, was im Kreml eigentlich los ist.«

Hood schaltete den Lautsprecher wieder an. »Was schlagen Sie also vor, General?«

»Leider kann ich die Ladung nicht beschlagnahmen, dazu fehlen mir die nötigen Leute.«

»Aber Sie sind doch ein General mit Kommandobefugnis.«

»Mein eigenes Büro und meine Telefonleitung mußte ich auf Wanzen untersuchen lassen – ich komme mir vor wie Leonidas, der in Thermopylen von Ephialtes betrogen wurde. Meine Position hier ist mehr als wacklig.«

Rodgers lächelte versonnen. »Das hat mir jetzt gefallen«, flüsterte er.

»Ich komme zwar nicht an diese Ladung heran, aber sie darf trotzdem nicht ihr Ziel erreichen. Und Sie dürfen den Zug nicht angreifen.«

»General«, sagte Hood ernst, »das ist kein Vorschlag, das ist ein Gordischer Knoten.«

»Wie bitte?«

»Eine Rätselaufgabe, die kaum zu lösen ist. Wie sollen wir das alles unter einen Hut bringen?«

»Mit einer friedlichen Begegnung unserer Truppen in Sibirien.«

Rodgers fuhr sich mit einem Finger quer die Kehle entlang. Widerwillig schaltete Hood wieder auf stumm.

»Seien Sie bloß vorsichtig, Paul«, warnte Rodgers, »Sie können unsere Leute da draußen nicht ohne Verteidigung den Russen praktisch ausliefern.«

»Erst recht nicht, da Orlows Sohn das Kommando über den Zug hat«, ergänzte Herbert, »dem soll natürlich nichts passieren. Auf jeden Fall könnten die Russen unsere Leute ohne weiteres abknallen, ob die nun bewaffnet sind oder nicht, und die UNO wird ihnen auch noch hundertprozentig recht geben.«

Mit einer energischen Handbewegung brachte er seine Mitarbeiter zum Schweigen und ging wieder auf Leitung. »Wie lauten Ihre Vorschläge, General?«

»Ich werde den verantwortlichen Offizier im Zug anweisen, die Wachen von den Dächern zu holen und Ihrer Einheit Zugang zu gewähren.«

»Aber Ihr Sohn ist doch der verantwortliche Offizier.«

»Ja, schon... Aber das spielt dabei keine Rolle, immerhin ist dies eine Angelegenheit von internationaler Bedeutung.«

»Und wenn Sie nun einfach den Zug umkehren ließen?«

»Dann gerät die Fracht wieder in die Hände der Leute, die sie auf den Weg gebracht haben; sie würden einen anderen Transportweg finden.«

»Ich verstehe.« Hood dachte einen Augenblick nach. »General, Ihr Vorschlag setzt meine Einheit einem erheblichen Risiko aus. Sie wollen also, daß meine Leute sich dem Zug offen nähern, ohne irgendeine Deckung vor Ihren Soldaten.«

»Genauso ist es, Mr. Hood.«

»Tun Sie's nicht«, flüsterte Rodgers.

»Und was würden Sie von meinen Leuten erwarten, sobald sie einmal am Zug sind?« fragte Hood.

»Lassen Sie sie so viel von der Ladung mitnehmen und außer Landes schaffen, wie sie tragen können. Sie könnten so beweisen, daß nicht die freigewählte russische Regierung hinter den Ereignissen steckt, sondern ein einflußreicher, korrupter kleiner Zirkel.«

»Etwa Minister Dogin?«

»Dazu kann ich leider nichts sagen.«

»Warum nicht?«

Orlow seufzte. »Vielleicht ziehe ich ja doch den kürzeren – ich muß auch an meine Frau denken.«

Hood sah zu Rodgers hinüber. Der schien seine ablehnende Haltung Orlow gegenüber in keiner Weise revidiert zu haben. Hood konnte es ihm nicht einmal besonders verübeln, schließlich verlangte der russische General viel, und als einzige Gegenleistung hatte er sein Ehrenwort zu bieten.

»Wie lange werden Sie für den Funkspruch an Ihren Sohn brauchen?« Hood durfte auch nicht außer acht lassen, daß der Zeitplan für die Evakuierung des Teams unbedingt einzuhalten war.

»Vier oder fünf Minuten«, erwiderte Orlow.

Hood warf einen Blick auf die an der Wand angebrachte Computeruhr: In ungefähr sieben Minuten würde der Zug auf ihre Einheit treffen.

»Länger darf es auf keinen Fall dauern, unsere Operation hat schon begonnen…«

»Verstanden. Bitte halten Sie die Leitung offen, ich melde mich so bald wie möglich wieder bei Ihnen.«

»Machen wir.« Hood schaltete den Lautsprecher aus.

»Paul, egal, was unsere Leute da draußen sich vorgenommen haben, wahrscheinlich ist es schon über die Bühne gegangen«, bemerkte Rodgers, »ob sie nun das Gleis 'rausreißen oder die Lok aus dem Hinterhalt unter Beschuß nehmen wollten. Je nachdem, wie das Satellitentelefon steht, können wir sie vielleicht nicht mal stoppen.«

»Das hatte ich mir schon fast gedacht, aber Charlie ist auch nicht der dümmste. Wenn die Russen anhalten und mit einer weißen Fahne aussteigen, wird er sich anhören, was sie ihm mitzuteilen haben, vor allem, wenn wir ihnen vorher sagen, *was* sie mitteilen sollen.«

»Wie können Sie diesen Wodkasäufern nur so blind vertrauen...« sagte Herbert bitter. »Lenin putschte gegen Derenski, Stalin gegen Trotzki, Jelzin gegen Gorbatschow, Dogin gegen Zhanin. Und wer putscht gegen Dogin? Dreimal dürfen Sie raten: Orlow, wer sonst! Wenn die sich schon gegenseitig das Messer in den Rücken rammen, was werden die erst mit uns anstellen.«

Lowell Coffey sagte: »Angesichts der Möglichkeit einer bewaffneten Auseinandersetzung...«

»...und angesichts von Orlows heroischer Natur«, fiel Liz ein, »auf die er wohl den allergrößten Wert legt...«

»Eben«, schloß Coffey, »also, wenn man das alles bedenkt, meine ich, wir sollten das Risiko eingehen.«

»Aber auch nur, weil Sie beide Ihren Allerwertesten nicht selber hinhalten müssen«, wetterte Herbert. »Heldensagen beruhen nicht immer auf Tatsachen, wie Ann mir sicher bestätigen wird, und eine bewaffnete Auseinandersetzung ist mir tausendmal lieber als ein Massaker.«

Rodgers nickte. »Wie sagte 1831 schon Lord Macaulay? ›Mäßigung im Felde zeugt von Schwachsinn.‹«

»Der Tod im Felde ist schlimmer«, sagte Liz sarkastisch.

»Jetzt warten wir doch erstmal ab, was Orlow zustandebringt.« Gedankenverloren betrachtete Hood die kleinen grünen Ziffern der Computeruhr, die unerbittlich liefen. Was der russische General auch immer erreichen würde, in Sekundenschnelle würde Hood eine Entscheidung treffen müssen, die das Schicksal von Menschen und Nationen besiegeln konnte... und er verließ sich dabei einzig auf den Eindruck, den das Abbild eines Mannes auf einem Computermonitor ihm vermittelt hatte.

Dienstag, 20.45 Uhr, Kabarowsk

Corporal Fodor teilte General Orlow über Funk mit, daß sein Sohn sich auf dem Führerstand der Lokomotive befinde, um die Strecke zu beobachten; es werde wohl einige Minuten dauern, bis er ihn sprechen könne.

»Die Zeit habe ich aber nicht«, fauchte Orlow. »Sagen Sie ihm, er soll den Zug sofort anhalten und zum Funkgerät kommen.«

»Ja, Sir.«

Fodor rannte an die vordere Stirnwand des sanft schaukelnden Waggons, nahm den Hörer der Sprechanlage ab und betätigte den Summer. Nach fast einer Minute tönte Nikita Orlows Stimme aus der Muschel.

»Was ist denn los?«

»Sir, der General ist am Apparat. Wir sollen den Zug sofort anhalten, und er würde Sie gern sprechen.«

»Man versteht hier sein eigenes Wort nicht – wiederholen Sie!«

Fodor brüllte in die Muschel: »*Der General hat uns angewiesen, den Zug sofort anzuhalten und...*«

Fodor unterbrach, als er einen Aufschrei hörte, der von der Tür herkam und nicht über die Sprechanlage. Im gleichen Moment wurde der Corporal gegen die Stirnwand geschleudert, die Bremsen quietschten, die Kupplungen ächzten, hart prallte der Waggon gegen den Tender. Fodor ließ den Hörer fallen, um die Satellitenschüssel an ihrem Platz zu halten. Zwar hatte einer der Soldaten genug Geistesgegenwart besessen, die Antenne selbst vor dem Sturz auf den Wagenboden zu bewahren, aber das Empfangsgerät war seitlich eingedellt, und eines der beiden Koaxialkabel war aus seiner Buchse auf der Rückseite der Schüssel herausgerissen worden. Sie konnten noch von Glück reden, daß die Laterne nicht umgefallen war. Nachdem der Zug zum Stehen gekommen war und die Soldaten und die Zivilisten sich inmitten der umgestürzten Kisten gegenseitig auf die Beine halfen, kam der Corporal endlich dazu, sich um ihr Satellitentelefon zu kümmern. Das herausgerissene Kabel selbst war nicht beschädigt. Fodor zog seine Handschuhe aus und machte sich unverzüglich an die Reparatur.

Der lange Kessel vor dem Führerstand der Lokomotive erschwerte die Streckenbeobachtung erheblich. Nikita Orlow hatte sich aus einem der beiden seitlichen Fenster gelehnt, als er durch den dichten Schneefall hindurch den quer über dem Gleis liegenden Baumstamm erkannte. »Sofort anhalten!« hatte er noch zum Lokführer hinübergerufen, aber als der junge Mann nicht schnell genug reagierte, hatte er selbst die Bremse gezogen.

Die drei Männer auf dem Führerstand wurden unsanft zu Boden gerissen. Sobald der Zug stand, hörte Nikita Orlow weiter hinten ein aufgeregtes Stimmengewirr. Schnell war er wieder auf den Beinen. Obwohl seine linke Hüfte an der Stelle, wo er aufgeprallt war, sich taub anfühlte, riß er die Taschenlampe aus ihrer Halterung an der Wand, war mit einem Satz am Fenster und suchte mit dem breiten Lichtkegel den Schnee ab. Vom Dach des ersten Waggons war einer der Soldaten heruntergeschleudert worden; noch etwas benommen stakste er jetzt wieder zum Zug zurück.

»Sind die Knochen noch alle heil?«

»Ich denke schon, Sir. Brauchen Sie uns da vorn?«

»Nein! Gehen Sie wieder auf Ihren Posten!«

Nachlässig salutierte der Soldat mit seiner eingeschneiten behandschuhten Rechten, zwei kräftige Hände zogen ihn auf das Waggondach.

Nachdem der Junior Lieutenant dem Lokführer und dem Heizer eingeschärft hatte, von beiden Fenstern aus die Umgebung im Auge zu behalten, kletterte er selbst auf den Tender. Der Wind hatte abgeflaut; der Schnee fiel jetzt senkrecht zu Boden. Die plötzliche Ruhe hatte etwas Befremdliches, sie erinnerte ihn an die bleierne Stille unmittelbar nach einem Autounfall. Die Kohle knirschte unter den Sohlen seiner Stiefel, er wirbelte Schnee und Kohlenstaub auf, als er hastig über den Tender nach hinten stolperte. Schweratmend sprang er auf die Kupplung des ersten Waggons und suchte im Schein der Taschenlampe den Türknauf.

»Gehen Sie mit sechs Mann nach vorn zum Gleis«, krächzte er dem stämmigen Sergeant Werski entgegen. »Ein Baumstamm versperrt die Strecke, er muß *sofort* dort weg. Drei Mann stehen Wache, die anderen drei räumen den Stamm beiseite.«

»Sofort, Sir.«

»Achten Sie vor allem auf mögliche Verstecke von Heckenschützen, vielleicht haben sie Nachtsichtgeräte.«

»Verstanden, Sir.«

Der junge Offizier wandte sich an Fodor. »Wie weit sind Sie mit dem Funkgerät?«

»Ein paar Minuten wird's noch dauern.« Fodor kauerte neben der Lampe.

»Beeilen Sie sich!« Nikita Orlow verbreitete eine weiße Wolke um sich. »Was hat der General sonst noch gesagt?«

»Nur, daß wir den Zug anhalten und Verbindung aufnehmen sollen, mehr nicht.«

»Zum Kotzen – alles zum Kotzen…«

Mit Lampen ausgerüstet machten sich Sergeant Werski und seine Männer auf den Weg nach vorn, während Nikita Orlow die Zivilisten die Kisten wieder aufstapeln ließ. Aus dem Nachbarwaggon stolperte ein Soldat herein, der einen leicht verwirrten Eindruck machte; Nikita schickte ihn zurück, um die Ladung zu sichern und darauf zu achten, daß seine Kameraden aufmerksam die Gegend beobachteten.

»Die Männer im Dienstwagen sollen ihre Beobachtungsposten wieder einnehmen – wir müssen auch mit einem Angriff von hinten rechnen.«

Breitbeinig stand der Lieutenant in der Mitte des Waggons, ungeduldig wippte er hin und her. Er versuchte, die Lage mit den Augen des Feindes zu sehen.

Der Baum konnte von selbst auf das Gleis gestürzt oder absichtlich dort plaziert worden sein. Im letzteren Fall war der Hinterhalt gescheitert, denn hätten sie den Stamm noch ein Stück mitgeschleift, wären sie neben einem Felsen liegengeblieben – das war genau die Stelle, von der aus die Angreifer seine Wachposten auf den Waggondächern ohne eigenes Risiko einen nach dem anderen abknallen hätten können. Wo sie jetzt standen, einige Hundert Meter vor diesem Punkt, hätten sie nur einen oder zwei seiner Leute erwischt, bevor das Feuer erwidert worden wäre. Auch gab es keine Möglichkeit, sich dem Zug zu nähern, ohne entdeckt und erschossen zu werden.

Was konnten sie also vorhaben?

Sein Vater hatte von ihm verlangt, den Zug anzuhalten. Wußte er etwas von dem Baumstamm? Oder hatte er etwas anderes in Erfahrung gebracht, vielleicht sogar über einen Anschlag, der weiter vorn geplant war?

»Na, wird's bald?« fuhr Nikita Orlow Sergeant Fodor an.

»Bin gleich so weit, Sir.« Trotz der elenden Kälte perlten Schweißtropfen von der Stirn des Sergeants.

Nikitas barscher Umgangston spiegelte seine wachsende Hilflosigkeit wider, die bedrohliche Atmosphäre war immer stärker spürbar. Das lag nicht nur an der Einsamkeit dieser gottverlassenen Gegend und der unwirklichen Dämpfung aller Geräusche, es war das beklemmende Gefühl, daß, gleichgültig, ob er der Jäger oder der Gejagte war, der Feind in unmittelbarer Nähe sein mußte.

58

Dienstag, 15.50 Uhr, St. Petersburg

»Fast glaub' ich, die haben uns einfach vergessen.«

George fand diesen Gedanken höchst amüsant, während er auf dem Weg zur Eremitage souverän die vielen Biegungen nahm, die nach der Überquerung der Moika vor ihnen lagen. Den Ehernen Reiter ließ er links liegen, bog dann rechts auf die Gogoljastraße ein und steuerte zielstrebig auf den Schloßplatz zu.

Sobald Hood und Orlow sich per Satellit verständigen konnten und auch sonst niemand an ihnen Interesse zu haben schien, hatte Peggy das Funkgerät abgeschaltet. Ihren unfreiwilligen Fahrgast hatten sie etwas bleich, aber wohlbehalten abgesetzt und sich dann entschieden, ihre ursprüngliche Mission fortzuführen: vor dem Museum konnten sie aussteigen, sich unter die Leute mischen und vorher noch ein wenig verschnaufen.

»Ich mein', irgendwie ist das schon unverschämt, oder? Wir fahren ein paar tausend Kilometer in diesem feuchten Blechkasten, ziehen die Sache durch, und kein Mensch ruft mal bei uns an und sagt: ›Ganz nebenbei, Jungs – gute Arbeit.‹«

»Sind Sie hergekommen, damit Ihnen jemand auf die Schulter klopft?« erkundigte sich Peggy.

»Nicht direkt, aber nett wär's trotzdem.«

»Keine Sorge, ich wette, bevor wir hier 'raus sind, werden Sie noch heilfroh sein, wenn Sie keiner kennt.«

Als die weißen, in der Spätnachmittagssonne bernsteinfarben schimmernden Säulen der Eremitage in einiger Entfernung auftauchten, bemerkte George die Arbeiterversammlung, die Captain Rydman ihnen angekündigt hatte.

Er schüttelte den Kopf. »Also wirklich, wer hätte das gedacht?«

Peggy sagte: »Die letzte Demonstration fand hier wahrscheinlich statt, als die Eremitage noch Winterpalast hieß und die schießwütigen Garden Nikolaus des Zweiten die Arbeiter niedergemetzelt haben.«

»Ich kann's kaum glauben, aber es soll tatsächlich Leute geben, die gern mal wieder mit dem eisernen Besen kehren würden.«

»Genau deswegen verzichte ich auch gern auf Dankesreden. Die Angst hält uns wach, nicht ein Klaps auf den Hintern. Wachsamkeit zahlt sich auch so aus, das war Keiths Devise.«

Leicht befremdet warf George durch den Rückspiegel einen Blick auf seine britische Kollegin. Weder der Klang ihrer Stimme noch ihre Augen verrieten, ob sie ihrem getöteten Liebhaber nachtrauerte; vielleicht gehörte sie ja zu den Menschen, die nicht in der Öffentlichkeit oder überhaupt nicht weinten. Wie würde sie wohl reagieren, wenn sie das Gebäude erreichten, in dessen unmittelbarer Nähe Keith umgekommen war.

Mindestens dreitausend Menschen waren über das Schachbrettmuster des ausgedehnten Schloßplatzes verteilt, die erwartungsvoll auf die vor dem Bogengang des Generalstabsgebäudes aufgebaute Rednertribüne schauten. Den Verkehr leitete die Polizei um den Platz herum; Peggy schlug vor, den Wagen etwas abseits des Trubels stehenzulassen. George parkte gegenüber von einem Straßencafé, dessen braune Sonnenschirme jeder für eine andere Bier- oder Weinsorte warben.

»Die fliegenden Händler glänzen durch Abwesenheit«, knurrte George mißbilligend, während sie gemeinsam das Treiben beobachteten.

»Lohnt sich einfach nicht.« Peggy bemerkte, daß einer der Polizisten ein Auge auf sie geworfen hatte.

Jetzt sah auch George ihn. »Sie werden wohl die Autonummer überprüfen.«

»Sie werden sich auch wundern, daß wir uns hier immer noch herumtreiben, schließlich haben wir offiziell unseren Auftrag ja erledigt.«

»Glauben Sie nicht auch, daß unser Freund Ronasch schon längst unsere Personenbeschreibung weitergegeben hat? Ganz St. Petersburg weiß sicher inzwischen Bescheid.«

»Ganz so schlimm wird's nicht sein – aber wenn wir als Touristen ausreisen wollen, müssen wir auf jeden Fall diese Uniformen loswerden.« Peggy sah auf ihre Uhr. »In einer Stunde und zehn Minuten ist unser Treffen mit Wolko fällig. Ich schlage vor, wir gehen ins Museum. Wenn wir aufgehalten werden, erzähle ich ihnen, daß wir aus der Admiralität kommen, die liegt ja gleich nebenan; wir sollen die Menge beobachten, um Übergriffe zu verhindern. Im Museum selbst sind wir ein junges Liebespaar; und dann gehen wir auf kürzestem Weg zu dem Raffael.«

»Endlich mal 'ne Rolle, die mir liegt.« Die beiden Agenten schlenderten auf den Platz zu.

»Erwarten Sie mal nicht allzu viel! Drinnen werden wir einen kleinen Krach inszenieren, damit ich einen Grund habe, mit Wolko ein Gespräch anzuknüpfen.«

George grinste. »*Die* Rolle liegt mir auch, wozu bin ich denn schließlich verheiratet?« Er grinste bis über beide Ohren. »Striker unter sich«, flüsterte er mehr zu sich selbst, »gefällt mir, hat was Ironisches.«

Peggy erwiderte sein Lächeln nicht, als sie an der Menschenmenge vorbeigingen; George war sich nicht einmal sicher, ob Sie ihn überhaupt gehört hatte. Sie schaute in alle Richtungen, auf die Demonstranten, auf die Skulpturengruppe über dem Bogengang des Generalstabsgebäudes, auf den Boden – aber sie vermied jeden Blick in Richtung der Eremitage und des nahen Flusses, wo Keith Fields-Hutton umgekommen war. Er glaubte sogar Tränen in ihren Augen zu entdecken, ihr Gang erschien ihm auf einmal schwerer als jemals zuvor.

Er selbst dagegen war glücklich, endlich der Person etwas näher zu sein, mit der er ja immerhin schon den größten Teil des Tages ganz gut verbracht hatte.

59

Dienstag, 22.51 Uhr, Kabarowsk

Während ihrer Ausbildung lernten Speznas-Soldaten, ihre wichtigste Waffe, den Spaten, für viele Dinge einzusetzen.

Beispielsweise wurden sie nur mit ihrem Spaten in der Hand mit einem bissigen Hund in einem Raum eingeschlossen. Oder sie mußten damit Bäume umhacken. Sie mußten auch in gefrorenem Boden einen Graben ausheben, in dem sie liegend Platz fanden, über den dann Panzer rollten; wessen Graben nicht tief genug geraten war, wurde zu Tode gequetscht.

Mit Liz Gordons Hilfe hatte sich Lieutenant Colonel Squires die ganze Palette der bei den Speznas üblichen Fertigkeiten und Praktiken eingehend angesehen; am meisten interessierte ihn dabei, wie diese Elitesoldaten ihre bemerkenswerte Ausdauer und Vielseitigkeit erlangten. Alles konnte er allerdings nicht auf amerikanische Verhältnisse ummünzen. Die regelmäßige Verabreichung von Schlägen zur Abhärtung der Soldaten etwa wäre im Pentagon mit Sicherheit auf wenig Gegenliebe gestoßen, wenn gewisse Kommandeure gegen diese Neuerung auch absolut nichts einzuwenden gehabt hätten. Zahlreiche Methoden konnte er jedoch problemlos übernehmen – seine beiden Lieblingstricks waren das Hervorzaubern einer perfekten Tarnung innerhalb kürzester Zeit und das Umfunktionieren der unmöglichsten Orte zu einem Versteck.

Als er erfahren hatte, daß auf den Waggondächern des Zuges Wachen postiert worden waren, war ihm sofort klar, daß die Soldaten ihr Augenmerk hauptsächlich auf die Baumwipfel, Felsen und Schneeverwehungen entlang der Strecke richten würden; von der Lokomotive aus würden die vor dem Zug verlaufenden Schienen ständig auf Sprengstoff oder massive Hindernisse untersucht werden. Und dennoch mußte er es schaffen, unter den Zug zu gelangen. Der beste Ausgangspunkt hierfür war zweifellos der Raum zwischen den beiden Schienen.

Die Reichweite des Frontscheinwerfers der Lokomotive war äußerst begrenzt, die Lichtstärke ebenfalls, und die Soldaten würden sich ohnehin auf die Schienen selbst konzentrieren. Also hackte er mit seinem kleinen Beil zwei der alten, morschen Schwellen durch, grub einen flachen Graben in den Bahnkörper, legte sich rücklings hinein und ließ Grey ihn mitsamt seinem Beutel voll C-4 bis auf eine armdicke Atemöffnung mit Schnee zuschaufeln. Nachdem sich der Sergeant Newmeyer ganz in der Nähe genauso eingebuddelt hatte, ging er in einiger Entfernung von der Strecke hinter einer Felsgruppe in Deckung. Sobald Squires und Newmeyer den Zug attackieren und der Feuerzauber losgehen würde, sollte Grey sein Ziel, die Lokomotive, erstürmen.

Schließlich hatten dumpfe Vibrationen Squires den herannahenden Zug angekündigt. Er war die Ruhe selbst; er hatte so tief gegraben, daß nicht einmal der Schienenräumer, den die Lokomotive eventuell besaß, den Schnee beiseiteschieben würde, den Grey über ihm aufgehäuft hatte. Er konnte nur hoffen, daß der Lokführer den Baum nicht zu früh und nicht zu spät entdeckte. Bei einer Kollision wären Schäden am Zug unvermeidbar, und außerdem würde der Stamm durch die Räder über ihn geschleift. Umbetten brauchten sie ihn dann jedenfalls nicht mehr, wie er gegenüber Grey leicht zynisch angemerkt hatte.

Der schlimmste Fall trat nicht ein. Nachdem der Zug zum Stehen gekommen war und Squires oberhalb seiner Augen eine kleine Öffnung in den Schnee gebohrt hatte, sah er, daß genau über ihm der Tender lag. Geschickter wäre es allerdings gewesen, wenn der Waggon dahinter über ihm angehalten hätte.

Egal, die Tarnung hat jedenfalls funktioniert. So lautlos wie möglich schob er den Schnee beiseite. Fast erschien es ihm wie ein Paradebeispiel für ausgleichende Gerechtigkeit, daß diese russischen Soldaten jetzt mit ihren eigenen Methoden geschlagen wurden – schließlich war ja Rasputin von den Zaristen und der Zar wiederum von den Revolutionären ermordet worden.

Kaum hatte Squires den letzten Rest Schnee über sich beiseitegeschoben, da hörte er auch schon die ersten aufgeregten Rufe. Trotz des Kälteschutzanzugs, der praktisch jeden Zentimeter seines Körpers umschloß, fror er erbärmlich. Dieses ekelhafte Gefühl wurde durch die undurchdringliche Dunkelheit, die ihn umgab, für ihn noch unerträglicher.

Auf einmal stapften schwere Stiefel knirschend durch die feuchten Schneemassen, begleitet von dem flackernden Licht mehrerer Fackeln. Der glutrote Schein spiegelte sich im Schnee wider und tauchte die Unterseite des Zuges in einen unheimlichen Schimmer.

Mit dem Rucksack auf dem Bauch kroch Squires rückwärts aus dem Graben und den Bahnkörper entlang in Richtung des ersten Waggons. Als er rechts von sich Soldaten

wahrnahm, hielt er einen Moment an und löste den Siche-
rungsriemen des Pistolenhalfters, das er an der rechten Hüfte trug. Natürlich wollte Squires internationale Verwicklungen möglichst vermeiden, aber lieber würde er in den
Zeitungen von seinen Verbrechen und Missetaten lesen, als
daß andere aus den Medien von seinem Tod in den frostigen
Weiten Sibiriens erführen.

Obwohl Squires mit den Schultern Berge von Schnee hinter sich auftürmte, über die er sich rückwärts hinwegschie-
ben mußte, kam er relativ schnell voran; er erreichte die
Kupplung zwischen dem Tender und dem ersten Waggon in
dem Moment, da die russischen Soldaten bei dem umgestürzten Baum angekommen waren. Er öffnete den Rucksack, zog den Sprengstoff heraus und drückte ihn behutsam
von unten gegen das Metall des Wagenbodens, von dem
feuchter, rostiger Eisenstaub wie Schnee herabrieselte. Sobald die Masse sicher befestigt war, holte er den knapp zehn
Zentimeter breiten Zeitzünder hervor; mit einer energischen
Bewegung seines Handballens schob er die beiden Pole in
den Sprengstoff. Dann drückte er den linken der beiden
oberhalb der numerischen Tastatur befindlichen Knöpfe, mit
dem der Mechanismus aktiviert wurde. Über die Tastatur
gab er die Countdown-Zeit ein – 60:00:00. Eine Stunde mußte genügen. Mit dem rechten oberen Knopf bestätigte er die
Eingabe der Zeit, mit nochmaligem Drücken beider Tasten
setzte er den Zeitzünder in Gang.

Squires stemmte seine Füße gegen den festgebackenen
Schnee und schob sich bis zur Mitte des ersten Waggons.
Rechts über sich hörte er polternde Geräusche, die durch
den unsanften Bremsvorgang verrutschten Kisten wurden
wohl gerade wieder an ihren alten Platz geschafft. Er kroch
noch ein kleines Stück zurück, um direkt unterhalb der Ge-
räuschquelle eine zweite, etwas größere Sprengladung samt
Zünder anzubringen und einzustellen. Die dritte Ladung
war für den zweiten Waggon reserviert.

Nachdem Squires fertig war, gestattete er sich erleichtert
aufatmend eine kleine Verschnaufpause. Dann blickte er unter dem Zug hindurch nach vorn: Die Männer würden nicht

mehr lange brauchen, bis sie den Baum vom Gleis gezogen hatten – er mußte sich beeilen.

Vorsichtig stellte Squires den Rucksack rechts neben sich, kroch nach links unter dem Waggon hervor und drehte sich auf den Bauch; der durch die Fackeln verursachte Schatten des Zuges bot ihm ein gewisses Maß an Deckung. Durch einen Blick auf das beleuchtete Ziffernblatt seiner Armbanduhr stellte er zufrieden fest, daß die ganze Aktion außerordentlich zügig über die Bühne gegangen war. Wenn er die Gelegenheit gehabt hätte, sie auf der Air Base zu üben, wäre hier im praktischen Einsatz zehn oder zwanzig Prozent mehr Zeit dabei draufgegangen. Er hatte keine Ahnung, woran es lag, aber es war eine schlichte Tatsache.

Forschend blickte er in Richtung des ersten Waggons; als die Luft rein zu sein schien, schob er sich auf den Ellbogen zu einer Schneeverwehung in der Nähe des Tenders und begann, den Schnee beiseitezuräumen. Das war für Newmeyer das Signal, sich aus seinem eisigen Versteck freizuschaufeln. Er zitterte am ganzen Körper; um sich nicht durch klappernde Zähne zu verraten, hatte er sich die ganze Zeit seine Sturmhaube verbissen. Als Newmeyer schließlich neben ihm auf dem Bauch lag und seine 9mm-Beretta in sein Halfter schob, klopfte Squires ihm aufmunternd auf die Schulter.

Newmeyer kannte seine Instruktionen. Squires kroch zum zweiten Waggon zurück und nahm dort seine vorgesehene Position ein.

Dies war ausnahmsweise einmal eine Aktion, die er gern vorher geübt hätte. Sicher, ein Soldat der Speznas konnte vielleicht auch nach vierundzwanzig Stunden ohne Schlaf noch seine Pflicht erfüllen, die Soldaten der israelischen Spezialeinheiten der Luftwaffe konnten zweifellos auf dem Rücken eines laufenden Kamels landen, und einmal hatte er sogar mit eigenen Augen gesehen, wie ein Offizier der Königlichen Garde des Oman einen Mann tötete, indem er ihm mit einer Hutnadel die Kehle durchstach. Wenn es aber um das ebenso notwendige Improvisationstalent ging, konnten all diese Eliteeinheiten dem Striker-Team nicht das Wasser reichen – deswegen harmonierte die Truppe ja auch so ideal mit dem Auftrag des OP-Centers, Krisen schon im Vorfeld einzudämmen.

Squires hängte die Sprengkapsel an seinen Gürtel und streifte seine Gasmaske über. Dann holte er eine Blendgranate und eine M54-Tränengasdose aus dem Materialbeutel. Den Auslösering der Granate zog er über seinen rechten, den des Gasbehälters über seinen linken Daumen. Mit einem kurzen Blick vergewisserte er sich, daß Newmeyer sich ebenso ausgerüstet hatte. Langsam erhoben beide Männer sich und standen nun an der rechten Fensterreihe der ersten beiden Waggons.

60

Dienstag, 7.53 Uhr, Washington, D. C.

»Wo bleibt er denn?«

Herbert sprach genau die Worte aus, die Hood gerade gedacht hatte.

Seit einigen Minuten hätte man im Büro des Direktors eine Stecknadel fallen hören können, so still war es geworden. Hood hatte sich das Gespräch mit Orlow noch einmal durch den Kopf gehen lassen, er hoffte, daß er dem General nichts anvertraut hatte, was gegen ihre Truppe in Rußland verwendet werden konnte; immerhin kannte Orlow bereits den augenblicklichen Standort ihrer beiden Teams. Hood war auch weiterhin überzeugt, daß ihre Unterredung zur Entschärfung der Krise nur beitragen konnte. Wenn Orlow sich hätte profilieren wollen, wäre ihm das in seiner Position in der russischen Gesellschaft schon lange vorher möglich gewesen; Hood hoffte inständig, daß der General ebenso ein Humanist wie ein Patriot war.

Allerdings hatte sein Sohn das Kommando über den Zug – das konnte im Zweifelsfall schwerer wiegen als alle noch so edlen Absichten.

Alle Anwesenden zuckten zusammen, als das Telefon auf dem Schreibtisch summte. Hood drückte die Lautsprechertaste und hob ab.

»Funkspruch von Honda«, sagte Bugs Benet.

»Her damit«, antwortete Hood, »bitte schicken Sie uns auch die Einsatzkarte auf den Schirm. Sollte General Orlow sich melden, unterbrechen Sie uns sofort.«

Während Hood sprach, schob er das Telefon an den Rand des Schreibtisches auf Mike Rodgers zu, der die freundschaftliche Geste genoß.

Honda benutzte für die Meldung die gesicherte Leitung, seine Stimme war erstaunlich klar und deutlich zu verstehen.

»Hier das Striker-Team mit der Lagemeldung, wie befohlen.«

»Hier General Rodgers. Was haben Sie für uns, Honda?«

»Sir, die Zielbrücke ist in Sicht, der Schneefall läßt allmählich nach. Drei Mann befinden sich bei Koordinaten 0518-828 zur Sicherung der Rückzugsroute, drei Mann sind beim Zug, Koordinaten 6987-572. Der Lieutenant Colonel hat vor, am Zug C-4 anzubringen, alle Fahrgäste mit Blendgranaten und Tränengas aus dem Zug zu treiben, ihn zu übernehmen und ihn ein Stück weiter hinten zu sprengen. Er befürchtet, daß sonst Kesseltrümmer jemanden gefährden könnten. Er wird am Sammelpunkt zu uns stoßen, sobald das Ziel neutralisiert ist.«

Hood überprüfte die Koordinaten auf seinem Bildschirm: Die Entfernungen erschienen gerade noch akzeptabel.

»Hören Sie, haben Sie irgendwelche Hinweise, daß die Russen ihre Alarmbereitschaft aufgehoben haben?«

»Sir, von hier aus können wir sie überhaupt nicht sehen. Wir haben nur gehört, daß der Lieutenant Colonel einen Baum sprengte, um ihn über das Gleis zu legen, daß der Zug näherkam, bremste und anhielt. Gesehen haben wir rein gar nichts.«

»Schon ein Schußwechsel?«

»Nein, Sir.«

»Können Sie das zweite Team verständigen, falls neue Instruktionen nötig sind?«

»Dazu müßten wir zu ihnen zurückmarschieren, über Funk werden sie nicht antworten. Sir, ich muß wieder zu den anderen aufschließen, aber ich werde versuchen, Sie über neue Entwicklungen auf dem laufenden zu halten.«

Rodgers bedankte sich und wünschte ihm viel Glück. Inzwischen bat Hood seinen Assistenten über die zweite Leitung, ihm aktuelle Satellitenfotos vom Einsatzgebiet an seinen Drucker zu übermitteln, sobald sie vom NRO eingetroffen waren. Rodgers und Herbert warteten hinter Hoods Schreibtisch direkt neben dem Gerät auf den Ausdruck.

Und dann war Orlow wieder auf dem Bildschirm, er wirkte noch besorgter als vorher schon. Verstohlen winkte Hood Liz heran. Sie stellte sich so neben ihn, daß sie Orlows Gesicht beobachten konnte, selbst aber nicht von der Kamera erfaßt wurde.

»Bitte entschuldigen Sie die Verzögerung«, sagte Orlow, »ich habe über Funk angeordnet, den Zug unverzüglich anzuhalten und meinen Sohn an den Apparat zu holen. Danach war die Leitung plötzlich tot, ich weiß wirklich nicht, wie das passieren konnte.«

»Inzwischen habe ich erfahren, daß meine Leute das Gleis durch einen Baum blockiert haben, aber von einer Kollision gehe ich eigentlich nicht aus.«

»Dann ist mein Befehl ja vielleicht doch noch rechtzeitig gekommen.«

General Orlow blickte auf einen Punkt unterhalb des Bildausschnitts.

»Gerade meldet sich Nikita – meine Herren, bitte gedulden Sie sich etwas.«

Der Schirm wurde dunkel. Hood sah Liz an. »Was halten Sie von ihm?«

»Klarer Blick, Stimme etwas zurückgenommen, Schultern nach vorn gezogen. Sieht aus wie jemand, der die Wahrheit sagt und mit den Konsequenzen nicht besonders glücklich ist.«

»Das war auch mein Eindruck.« Jetzt huschte doch ein kleines Lächeln über Hoods Züge. »Vielen Dank, Liz.«

Liz erwiderte das Lächeln. »Absolut nichts zu danken.«

Und dann begann der Drucker seine Arbeit. Als sich die erste Aufnahme aus dem Ausgabeschacht schob, hefteten Rodgers und Herbert ihren Blick ebenso angespannt auf Hood, wie es zuvor Orlow getan hatte.

61

Dienstag, 22.54 Uhr, Kabarowsk

Die durch die Kälte praktisch gefühllosen Fingerspitzen Corporal Fodors behinderten die Reparatur des Verbindungskabels ganz erheblich. Um den Draht verdrillen und in die Buchse einführen zu können, hatte er mit seinem Taschenmesser vorher die Ummantelung des Kabels ein Stück weit entfernen müssen. Zwei der Zivilisten, die ihm bei der Arbeit zusahen, kannten sich, zumindest verbal, beim Strippenziehen natürlich besser aus, was Fodors Laune nicht gerade auffrischte.

Schließlich konnte der Corporal das instandgesetzte Gerät doch seinem Lieutenant übergeben, der schon ungeduldig darauf gewartet hatte.

»Nikita.« General Orlows Stimme klang aus dem Lautsprecher. »Ich hoffe, du bist wohlauf.«

»Ja, General. Im Augenblick müssen wir gerade einen Baum von den Schienen räumen.«

»Hört damit sofort auf.«

»Bitte?«

»Du sollst diesen Befehl zurücknehmen. Mit den Amerikanern wird es keine Gefechte geben, ist das klar?«

Ein eisiger Wind fegte durch das Fenster herein und strich über Nikita Orlows Rücken, aber das war nicht der Grund, warum ihn auf einmal fröstelte. »General, Sie können unmöglich von mir verlangen, daß ich mich ergebe...«

»Das wird auch nicht nötig sein, aber ich erwarte, daß

350

meine Befehle befolgt werden. Habe ich mich klar ausgedrückt?«

»Vollkommen.« Nikita brachte das Wort kaum heraus.

»Ich habe Kontakt mit dem amerikanischen Kommandeur. Laß' das Funkgerät eingeschaltet, weitere Instruktionen...«

Den Rest bekam Nikita Orlow nicht mehr mit. Dumpf schlug ein kleines Etwas auf dem Holzfußboden des Waggons auf. Der junge Offizier wirbelte herum und sah die Granate direkt auf sich zurollen, mit ohrenbetäubendem Lärm und einem wahren Blitzgewitter detonierte sie einen Moment später. Die Leute fingen an, durcheinander zu schreien. Nach dem zweiten Aufprall folgte das Geräusch ausströmenden Gases.

Mit gezogener Pistole bahnte Nikita sich den Weg zur vorderen Tür. Bei aller Wut mußte er sich eingestehen, daß dies schon ein schlauer Coup war: Zuerst die Blendgranate, damit die Leute die Augen schließen mußten, dann das Tränengas, damit sie sie auch geschlossen hielten – so vermieden seine Gegner bleibende Sehschäden, die sonst durch das Gas auf so engem Raum unweigerlich aufgetreten wären.

Also keine irreparablen Schäden, die man bei der UNO zur Sprache bringen könnte, dachte der Lieutenant wutschnaubend.

Nikita vermutete, daß die Amerikaner seine Soldaten ausräuchern und gefangennehmen wollten, um sich dann mit dem Geld aus dem Staub zu machen. Zweifellos hatten die Angreifer in der Umgebung des Zuges schon ihre Positionen eingenommen, da hatte es wohl keinen Zweck mehr, seine eigenen Soldaten ausschwärmen zu lassen. Aber die Amis würden ihn nicht kriegen, und das Geld auch nicht. Mit der Linken tastete er sich mühsam vor; er verfluchte seinen Vater für dessen naive Annahme, daß die Amerikaner auf einmal ihr Vertrauen verdienten... und daß sie, und nicht General Kosigan, die Interessen Rußlands auf ihre Fahnen geschrieben hatten.

Kurz vor der Tür rief Nikita: »Sergeant Werski, gehen Sie in Stellung!«

»Ja, Sir!«

351

Als er ins Freie trat und die Tränengasschwaden hinter sich gelassen hatte, konnte er endlich die Augen öffnen. Werskis Männer lagen bäuchlings im Schnee, bereit, jedes feindliche Feuer umgehend zu erwidern. Zusammen mit einem weiteren Soldaten führte Corporal Fodor die orientierungslosen Zivilisten aus dem Zug.

Nikita trat einige Schritte von dem Waggon zurück und rief einen der Wachposten auf dem Dach, der den Zug auf der anderen Seite sicherte, zu sich. »Tschisa, können Sie irgendwas erkennen?«

»Nein, Sir.«

»Aber das kann einfach nicht sein! Die Granaten kamen doch von Ihrer Seite!«

»Tut mir leid, Sir, wir hatten keine Feindberührung.«

Das war ein Ding der Unmöglichkeit. Diese Granaten waren von Hand hereingeschleudert und nicht von einem Werfer abgefeuert worden; jemand mußte also in unmittelbarer Nähe des Zuges gewesen sein. Erst jetzt dachte er an die Fußspuren, die zu finden sein mußten.

Nikita zog mit seinem warmen Atem eine Spur durch die eisige Nacht, als er durch den hohen Schnee nach vorn zur Lokomotive stapfte, um das Areal auf der anderen Seite des Zuges etwas genauer in Augenschein zu nehmen.

62

Dienstag, 22.56 Uhr, Kabarowsk

Sergeant Chick Grey kauerte hinter einem Felsen von der Größe des alten T-Bird, den sein Vater vor der Schrottpresse hatte retten können. Zwar konnte er aus seiner Position nicht sehen, wie Squires und Newmeyer ihre Granaten in die Waggons schleuderten; als aber innerhalb von Sekundenbruchteilen die Nacht zum Tag wurde, war es für den ehemaligen begnadeten Schulsportler so, als hätte einer der beiden die Startpistole abgefeuert. Vorher hatte er schon einen vorsichtigen Blick auf die Lokomotive riskiert, nun kam er hinter dem Felsen hervor und schlich, so schnell es der tiefe Schnee zuließ, auf die Lok zu. Unterwegs sah er, wie die beiden Kameraden sich durch die Fenster in je einen der Waggons hangelten. Die Schüsse aus ihren Berettas, die Grey befürchtet hatte, blieben aus. Dafür quoll aus der hinteren Tür des zweiten Waggons eine dichte Rauchwolke; aus den Augenwinkeln bekam er mit, daß Newmeyer sich über die Kupplung zu dem Dienstwagen beugte. Sekunden später war er abgehängt; aus dem Oberlichtaufbau feuerte ziellos der Soldat, der in diesem Waggon Wache schob.

Sergeant Grey war auf einmal maßlos stolz auf Squires perfekte Inszenierung; sollte tatsächlich niemand verletzt werden, würde diese Operation zweifellos in die Militärgeschichte eingehen.

So dämlich kann doch wirklich keiner sein! schimpfte er innerlich und schlug nach links und rechts Haken, um es den russischen Soldaten nicht unnötig leicht zu machen. Gerade hatte er das Schicksal sträflich herausgefordert, denn der heikelste Teil des Einsatzes lag ja noch vor ihm – so eine Dummheit mußte man einfach beim Namen nennen.

Als Grey sich dem Zug bis auf wenige Meter genähert hatte, bemerkte er einen schwachen, flackernden Schatten, der sich auf der gegenüberliegenden Seite auf die Lokomotive zubewegte; offenbar würde dieser Jemand gleich die Lok umrunden. Kurz entschlossen sprang der Sergeant auf das oberhalb des Laufrades senkrecht am Führerstand verlaufende Dampfrohr zu, packte es, schwang seine Beine seitlich durch das Fenster hindurch, ließ das Rohr los und landete in geduckter Stellung auf der Bodenplatte.

Der Lokführer war vollkommen perplex. Grey ballte die linke Hand zur Faust und versetzte dem Mann einen harten Schlag unter die Nase. Mit dem linken Fuß schlug er ihm dann die Beine unter dem Körper weg, so daß er mit einem Stöhnen zu Boden ging.

Der Lokführer sollte möglichst nicht das Bewußtsein verlieren, sondern nur eingeschüchtert werden, für den Fall, daß Grey es nicht allein schaffte, den Zug in Bewegung zu setzen; normalerweise waren Bremse und Regler allerdings kinderleicht zu bedienen. Grey riß die Bremse nach oben in die *Aus*-Position und zog dann den vertikal angebrachten Reglerhebel zu sich heran. Der Zug ruckte an.

»Raus!« brüllte Grey den Lokführer an.

Der blutjunge russische Soldat bemühte sich vergeblich, seine Beine wieder unter seinen Körper zu bugsieren; schließlich hockte er sich auf die Knie.

Wild gestikulierte Sergeant Grey in Richtung des Fensters. »*Dah – doswedanja!*« Seine Russischkenntnisse reichten kaum für ein *Okay, bis dann*.

Der Mann zögerte, griff dann urplötzlich nach der Beretta, die der Sergeant in seinem Halfter an der linken Hüfte trug. Grey stieß seinen linken Ellbogen hart an die Schläfe des Russen, der recht unsanft in der Ecke des Führerstandes landete, wie ein Boxer nach einem Aufwärtshaken seines Gegners.

»Du Schwein!« Wie einen Mehlsack warf Grey sich den Mann über die Schulter und beförderte ihn rücklings in die nächste Schneeverwehung. Aus dem Fenster gelehnt sah er, daß einige russische Soldaten dem Zug nachrannten, um ihn vielleicht doch noch aufzuhalten. Aber das Feuer aus den beiden Waggons zwang sie zum Rückzug. Mit fast voll aufgedrehtem Regler raste der Striker-Expreß in die stockdunkle Nacht hinein.

Als der Zug sich in Bewegung setzte, hatte Nikita Orlow gerade den Schienenräumer erreicht. Geistesgegenwärtig zog er sich am Geländer der Leiter die drei Stufen bis zu der kleinen Plattform hoch. Eng am Kessel kauernd umklammerte er seine AKR-Maschinenpistole und mußte mit zunehmender Wut mitansehen, wie sein Kamerad Maximitsch rücksichtslos aus dem Fenster des Führerstands gestoßen wurde und die Amerikaner seine Leute durch ihren Beschuß wie gemeine Banditen hinter Bäume und Felsen in Deckung trieben.

Das sind also die Kerle, bei denen mein Vater sich einschmei-

cheln wollte! dachte Nikita in ohnmächtiger Wut. Inzwischen hatten die letzten Reste des Tränengases sich aus den Waggons verzogen, und der Zug gewann an Fahrt.

Geduckt nahm Nikita seine MP in die linke Hand und stieg von der Plattform auf den Steg oberhalb des Druckluftbehälters; der schmale Trittrost verlief über dem Dampfrohr den ganzen Kessel entlang. Mit der einen Hand hielt der Lieutenant sich am Handlauf fest, mit der anderen hielt er die MP auf das Führerhaus gerichtet.

Auf der Höhe des Dampfdomes war er noch zweieinhalb Meter vom Führerstand entfernt, als der nichtsahnende amerikanische Offizier aus dem Fenster schaute.

63

Dienstag, 16.02 Uhr, Moskau

Innenminister Dogin fühlte sich ausgezeichnet. Eigentlich sogar phantastisch.

Zum ersten Mal an diesem Tag hatte er Gelegenheit, sich in seinem Büro ein wenig zurückzulehnen und sich auf seinen bevorstehenden Triumph zu freuen. Ohne irgendwelche Zwischenfälle marschierten General Kosigans Truppen in die Ukraine ein; es gab sogar Berichte, nach denen Ukrainer und dort lebende Russen beim Vorbeimarsch der Einheiten Seite an Seite sowjetische Fahnen geschwenkt hatten.

Im Moment wurden gerade polnische Truppen an die Grenze zur Ukraine verlegt, die NATO und die Vereinigten Staaten schafften ihrerseits Einheiten aus Großbritannien nach Deutschland und dort stationierte Truppenteile an die polnische Grenze; außerdem hatten wiederholt NATO-Flugzeuge Warschau überflogen, wohl um in aller Deutlichkeit die Einsatzbereitschaft zu demonstrieren. Fremde Bodentruppen waren allerdings bis dahin nicht nach Polen eingedrungen, und daran würde sich auch nichts ändern. Rußland hatte auf der ganzen Welt Agenten verteilt, die nur darauf warteten, das berühmte Streichholz ins Pulverfaß zu werfen. Lieber würden die USA zähneknirschend zusehen, wie Rußland seinen Einflußbereich wieder auf die früheren Grenzen ausdehnte, als daß sie in ungezählten Rebellionen und Invasionen von Lateinamerika bis zum Mittleren Osten den Weltpolizisten spielen und dabei wieder einmal das Leben ihrer Soldaten riskieren müßten. Gerade in diesem Augenblick erläuterte Dogins Gesandter in Washington, der stellvertretende Missionschef Sawitzki, im dortigen Außenministerium hinter verschlossenen Türen die Ziele der russischen Politik. Zhanins neuer Botschafter hatte seinen Antrittsbesuch bei Außenminister Lincoln bereits hinter sich. Mit diesem zweiten Gespräch hatten die Vereinigten Staaten im Grunde inoffiziell anerkannt, daß es in Rußland inzwischen eine weitere, funktionsfähige Regierung gab, die man nicht mehr ignorieren konnte. Da konnte die *Grosny* sich den Angriff auf eine ganze Stadt direkt sparen.

Dogins neue politischen Freunde hatten beschlossen, sich wegen ihrer finanziellen Entschädigung noch eine Weile in Geduld zu üben, und so durfte Präsident Zhanin mit wachsender Beunruhigung zur Kenntnis nehmen, daß der Austausch von Informationen und die Weitergabe von Befehlen durch ihn auf einmal nur noch stark verzögert ablief oder gleich ganz blockiert war, wodurch er nicht mehr rechtzeitig und präzise genug auf die Entwicklung reagieren konnte. Sein Vorgehen, so überlegte sich Dogin stolz, war doch um vieles effektiver als seinerzeit der gescheiterte Putsch gegen Michail Gorbatschow: Man mußte den Präsidenten überhaupt nicht hinter Kanonen und Soldaten einsperren, es reichte vollauf, ihn von dem lebensnotwendigen Informationsfluß abzuschneiden, um ihn handlungsunfähig zu machen.

Selbstgefällig kicherte der Innenminister; eigentlich war dieser Idiot ja schon jetzt komplett erledigt. Oder sollte er etwa seinen Wählern in einer Fernsehansprache mitteilen, daß er keinen blassen Schimmer hatte, was in seiner eigenen Regierung eigentlich vorging – und daß er dringend einen heißen Tip brauchte?

356

Die einzige Befürchtung des Ministers, daß Schowitsch wegen der unerwarteten Verzögerung der Geduldsfaden reißen könnte, hatte sich bis dahin auch nicht bewahrheitet. Ganz ohne Zweifel war er bereits mit einem seiner gefälschten Ausweise außer Landes gegangen und versuchte dort, wie Patton während des Zweiten Weltkriegs, durch häufige Ortswechsel seine Feinde und Rivalen an der Nase herumzuführen. Aber es war Dogin auch herzlich gleichgültig, wo dieser Schowitsch sich herumtrieb; je weniger er mit diesem Erzhalunken zu tun hatte, um so besser.

Bis jetzt, so resümierte er, *ist nur eine Enttäuschung zu verzeichnen: Sergej Orlow.* Um ihrem dahinsiechenden Vaterland wieder auf die Beine zu helfen, blieben dem Minister und seinen Verbündeten eben nichts anderes übrig, als gewisse Gesetze großzügig zu umgehen. Sicher kam es nicht ganz unerwartet, daß ein Mann wie der General mit seinen traditionellen Werten sich mit ihren unorthodoxen Methoden nicht recht anfreunden konnte, aber daß er gegenüber Colonel Rosski seinen höheren Dienstgrad ausspielen würde, überraschte den Minister doch etwas. Damit, so konstatierte Dogin gelassen, hatte Orlow praktisch selbst den Ast abgesägt, auf dem er saß; ungestraft würde niemand, auch ein Held der Sowjetunion nicht, aus den russischen Reihen ausbrechen.

Und doch empfand Dogin ein gewisses Mitgefühl für Orlow; immerhin hatte der General ja durchaus seine Pflicht erfüllt, hatte seine Integrität und seinen tadellosen Ruf in die Waagschale geworfen, um widerspenstige Politiker für die Finanzierung der Geheimdienstzentrale zu erwärmen. Ohne weiteres hätte er seinen Posten behalten können, wenn er nur nicht zu den Abtrünnigen gestoßen wäre.

Der Minister betrachtete die Sammlung alter Landkarten an den Wänden seines Büros, fasziniert stellte er sich vor, daneben eine neue und doch altbekannte Karte aufzufangen: ein Abbild der wiedererstandenen Sowjetunion.

Mit einem Blick auf seine Armbanduhr stellte Dogin fest, daß der Zug mit den Devisen die Schlechtwetterzone eigentlich hinter sich gelassen und Kabarowsk erreicht haben mußte. Er nahm den Hörer seines Telefons ab und bat seinen Mitarbeiter, eine Verbindung zu General Orlow herzustellen. Sobald er die Bestätigung für die Ankunft des Zuges hatte, wollte er ein Flugzeug nach Birobidschan, der Hauptstadt der jüdisch besiedelten Region an der Bira, schicken. Die Landepiste der Dalselmasch-Mähmaschinenfabrik war für eine mittelgroße Militärmaschine lang genug.

Der Mann, den er nun ans Telefon bekam, war nicht mehr der vorsichtig-mißtrauische, aber gelassene Offizier, wie er ihn aus früheren Gesprächen kannte; auf einmal war Orlow außergewöhnlich aggressiv.

»Ihr Plan ist ganz schön in die Hose gegangen.« Der General sparte sich jede Diplomatie.

Dogin glaubte, sich verhört zu haben. »Welcher Plan? Ist mit dem Zug irgendwas passiert?«

»Das können Sie laut sagen. Während wir hier ein Schwätzchen halten, sind amerikanische Elitesoldaten gerade zum Angriff übergegangen.«

Der Innenminister war fassungslos. »Für die Sicherheit des Zuges waren *Sie* verantwortlich, oder genauer gesagt, Ihr Sohn!«

»Ich bin sicher, Nikita tut alles, was in seiner Macht steht, um die Ladung zu verteidigen. Die Amerikaner sind da eindeutig im Nachteil, sie wollen unseren Leuten kein Haar krümmen.«

»Sie wären von allen guten Geistern verlassen, wenn sie das riskieren würden. Und wo steckt Rosski?«

»Ist auf Spitzeljagd. Aber die Agenten sind ihm entkommen, die beiden haben den Mann festgesetzt, der sich an ihre Fersen geheftet hatte. Über sein Funkgerät haben sie für mich eine Verbindung zur amerikanischen Aufklärungszentrale in Washington organisiert, daher weiß ich auch über ihre Pläne Bescheid. Wir haben versucht, das Schlimmste zu verhüten.«

»Erzählen Sie mir jetzt bloß nichts von Ihren Fehlschlägen – bringen Sie mir Rosski an die Strippe, und dann sind Sie Ihres Kommandos enthoben!«

»Dafür ist der Präsident zuständig, das wissen Sie genausogut wie ich.«

»Wenn Sie das Feld nicht freiwillig räumen, General Orlow, werden wir eben ein bißchen nachhelfen.«

»Und wie sollen Rosski und seine Braunhemden 'reinkommen? Das Center wird ab sofort natürlich abgeriegelt.«

»Dann werden sie sich Zutritt verschaffen!«

»Vielleicht, aber nicht so rechtzeitig, daß Ihr Zug... oder Ihre Sache noch eine Chance hat.«

»General!« Dogins Stimme überschlug sich. »Sie wissen nicht, was Sie da tun. Um Gottes Willen, denken Sie doch mal an Ihre Frau und Ihren Sohn!«

»Beide sind mir das Liebste – aber im Moment muß ich an unser Land denken. Nur schade, daß ich so allein auf weiter Flur stehe. Auf Wiedersehen, Herr Minister.«

Wie betäubt saß Dogin an seinem Schreibtisch, die Hand um den Hörer geklammert. Da war er kurz vor seinem ersehnten Ziel, nur um jetzt von Orlow so schändlich hintergangen zu werden?

Wutschnaubend knallte er den Hörer auf die Gabel und ließ sich mit General Dhaka von der Luftwaffe verbinden. Die Amerikaner konnten nur mit einem Flugzeug ins Land eingedrungen sein, zweifellos wollten sie es auf demselben Weg auch wieder verlassen, schnell und klammheimlich. Diesen Plan würde er ihnen gründlich durchkreuzen. Und wenn seiner Fracht irgend etwas zustieß, durften die Vereinigten Staaten jeden einzelnen Dollar ersetzen – oder sie würden ihre Soldaten in Zinksärgen zurückbekommen.

64

Dienstag, 23.10 Uhr, Kabarowsk

Die letzten Tränengasschwaden schwebten zur Decke hinauf und von dort durch die Fenster und Türen ins Freie. Squires Augen- und Mundschutz schien schon beinahe ein Teil seiner selbst geworden zu sein, mißtrauisch lauschte er unablässig auf mögliche Gefahren. Schließlich ging er zu den im hinteren Teil des Waggons wahllos aufgestapelten und verstreut liegenden Kisten hinüber und hob mit seinem Messer einen Deckel um einige Zentimeter an.

Es war Geld – viel Geld. Den einfachen Leuten abgepreßt, war es dazu bestimmt, denselben Menschen noch mehr Leid aufzuerlegen.

Diesmal seid ihr schief gewickelt. Squires sah auf die Uhr. *In einer guten halben Stunde wird daraus Konfetti.* Sie würden die Fahrt weitere zwanzig Minuten fortsetzen, bis die Russen keine Chance mehr hätten, den Zug noch einzuholen. Und dann, während ihres Marsches zum Sammelpunkt an der Brücke, würden, wie in Sodom und Gomorrha, diese beiden Eisenbahnwagen mitsamt ihrer zweifelhaften Fracht in einer himmelhohen Feuersäule den Weg alles Irdischen gehen. Wahrscheinlich fühlte er in diesem Augenblick dieselbe stolze Befriedigung in sich aufsteigen wie rechtschaffene Amerikaner von Thomas Jefferson bis Rosa Parks, die üblen, verworfenen Machenschaften die Stirn geboten hatten.

Squires ging auf die hintere Tür zu, um im zweiten Waggon nach Newmeyer zu schauen. Da fuhr sein Kopf entsetzt herum, von vorn drang Gewehrfeuer zu ihm herüber.

Von der Lok? Was hatte das zu bedeuten? Nun, da sie ihr Ziel fast erreicht hatten, würde Grey doch nicht unnötig in der Gegend herumballern.

Nervös rief Squires nach Newmeyer, dann rannte er zur Vordertür. Draußen fand er sich in einer undurchdringlichen schwarzen Qualmwolke wieder, die durch den zerrenden Fahrtwind vom Schornstein heruntergetrieben wurde. Vorsichtig tastete er sich am Tender entlang.

Die Zeit hatte nur für einen kurzen Feuerstoß gereicht, aber die Schulter des Amerikaners war zurückgezuckt, und das Blut hatte sich tiefrot über den weißen Tarnanzug ergossen.

Hastig schlich Nikita seitlich an der Lokomotive entlang. Der Rest des Zuges verschwand hinter einer Wand aus schwarzem Qualm und glitzernden Schneeflocken, die der Fahrtwind vor sich her trieb. Als er den Führerstand erreicht hatte, senkte er seine Waffe und drückte sich am Dampfrohr vorbei bis zum Fenster. Er spähte hinein.

Der Führerstand war leer.

Seine Augen tasteten jeden Winkel ab, aber trotz des flackernden orangefarbenen Kesselfeuers war niemand zu erkennen.

Schemenhaft tauchte eine Stirn auf dem Dach über ihm auf, im nächsten Moment hatte er den Lauf einer Beretta vor sich.

Bevor Nikita durch das Fenster in den Führerstand hechtete, erwischte ihn noch eine Kugel von hinten in seinem rechten Oberschenkel; der Amerikaner nahm diese Seite des Zuges unter Beschuß.

Mit schmerzverzerrtem Gesicht preßte der russische Offizier seine linke Hand auf das verletzte Bein, der Blutfleck auf der Rückseite seines rechten Hosenbeins vergrößerte sich rasch, sein Bein fühlte sich an, als wäre es in einen Schraubstock gespannt. Nikita machte sich bittere Vorwürfe, er hätte damit rechnen müssen, daß der Amerikaner durch das Fenster aufs Dach klettern würde.

Wie sollte er sich nur aus dieser verzweifelten Lage retten?

Mühsam stand er auf, verlagerte sein Gewicht so weit wie möglich auf das linke Bein und humpelte auf den Regler zu. Mit diesem verdammten Ding würde er den Zug zum Stehen bringen und seinen Männern wertvolle Zeit verschaffen, um zu ihm zu stoßen.

Abwechselnd behielt er die beiden Fenster im Auge, als er mit der Waffe im Anschlag den Führerstand durchquerte. Um den Zug wieder in Bewegung zu setzen, mußte der Amerikaner sich wieder hereinwagen, er konnte nur durch eines der Fenster kommen.

Und dann war da erneut dieser nur allzu vertraute dumpfe Knall, von einer Sekunde auf die andere wurde der Führerstand in grellweißes Licht getaucht.

»Nein!« Nikita mußte die Augen schließen, entsetzt taumelte er gegen die Rückwand. Der Höllenlärm, den die Blendgranate verursachte, wurde durch die Metallwände des engen Führerhauses noch um ein Vielfaches verstärkt; da half es auch nichts, die Hände auf die Ohren zu pressen. Er konnte nicht einmal blind um sich feuern, da er Querschläger fürchten mußte.

Das durfte nicht das Ende sein. Der Lieutenant stolperte nach vorn und versuchte, mit seinem linken Bein den Regler zurückzuschieben, aber er war unfähig, sich auf seinem verletzten rechten Bein zu halten. Stöhnend ließ er sich auf die Knie fallen und legte die rechte Hand auf den Regler. Obwohl die Explosionen ihm fast das Trommelfell zerrissen hatte, schaffte er es, den Hebel ein Stück zu sich heranzuziehen – doch eine harte Stiefelsohle schob ihn wieder nach vorn. Vergeblich bemühte sich Nikita, den Stiefel zu packen, seine Hände griffen ins Leere. Er fuchtelte mit seiner Waffe nach allen Seiten, um vielleicht so sein Ziel ausfindig zu machen.

»Greif mich doch an – feiger Hund!«

Auf einmal wich das unerträglich grelle Licht wieder der Dunkelheit, die Explosionen waren vorüber. Jetzt hörte Nikita nur noch das laute Rauschen in seinen Ohren und sein Herz, das bis zum Hals hinauf pochte.

Langsam gewöhnten sich die Augen wieder an die schwarze Nacht. In einer der Ecken entdeckte der Lieutenant eine zusammengesunkene Gestalt. Das Blut war in der Kälte erstarrt, doch die Wunde kam ihm bekannt vor: seine Salve hatte mehrere Löcher in die Jacke gerissen, aber nur eine Kugel hatte den Mann außerhalb der schußsicheren Weste getroffen.

Er hob seine MP und zielte oberhalb der Nachtsichtbrille auf die Stirn des Mannes.

»Nicht!« Die Stimme zu seiner Linken sagte es auf Englisch.

Nikita wandte sich zur Seite und sah eine Beretta, die von außerhalb des Fensters auf ihn gerichtet war. Draußen stand ein hochgewachsener, kräftiger Mann, der genauso gekleidet war wie der Verwundete.

Es mußte mit dem Teufel zugehen, wenn diese Verbrecher mit ihm umspringen konnten, wie sie wollten. Nikita schwang seine Waffe nach links; wenn er schon selbst nicht mehr lange zu leben hatte, würde er den anderen auf jeden Fall ins Reich der Toten mitnehmen. Da bewegte sich die zusammengesunkene Gestalt in der Ecke erneut, die Beine schnellten vor und umklammerten Nikitas Körper, zerrten ihn zu Boden und hielten ihn dort, bis der andere Mann hereingekommen war und ihn entwaffnen konnte. Erschöpft versuchte Nikita noch, sich zu wehren, aber der Schmerz in seinem Bein übermannte ihn schließlich. Der zweite Mann kniete auf seiner Brust, während er mit dem Stiefel den Regler wieder nach vorn stieß, bis der Zug seine alte Geschwindigkeit wieder erreicht hatte. Der Eindringling ließ erst von ihm ab, als er mit seinem Abseilgurt den Knöchel von Nikitas unverletztem Bein an einen Handgriff unterhalb des Fensters gebunden hatte. Zum zweiten Mal an diesem Abend packte den russischen Offizier die Scham: eine Flucht oder Befreiung war so völlig ausgeschlossen.

Auf dem Dach haben die beiden ihren Plan wahrscheinlich ausgeheckt, dachte er bitter. *Und ich bin ihnen in die Falle gegangen wie ein blutiger Anfänger.*

»Tut uns aufrichtig leid, Lieutenant«, sagte der Soldat auf Englisch, bevor er sich erhob und seine Nachtsichtbrille hochschob.

Lautstark machte sich draußen ein dritter Mann bemerkbar; nach der Aufforderung durch die anderen schwang er sich durch das Fenster ins Innere.

Im Schein des Kesselfeuers versorgte der Neuankömmling die Wunde seines Kameraden, während der andere – offenbar der Kommandeur – sich herunterbeugte, um sich Nikitas Verletzung anzusehen. Der Russe nutzte die Gelegenheit und griff mit dem linken Arm nach dem Regler. Der Kommandeur packte ihn hart am Handgelenk. Mit dem freien Fuß versuchte Nikita noch, nach ihm zu treten, aber der Schmerz unterband jeden weiteren Ausfall; keuchend gab er es erst einmal auf.

»Für die Schmerzen gibt's keine Medaille«, bemerkte der Mann.

Der Kommandeur schnallte eine leere Seiltasche von seinem Schienbein, schnitt mit einem kleinen Messer den Riemen ab und band das blutüberströmte Bein damit oberhalb der Verletzung ab. Mit einem anderen Riemen fesselte er die Hände des Russen hinter dessen Rücken an einen in die Bodenplatte des Führerstands eingelassenen Eisenhaken.

»Wenn wir den Zug in ein paar Minuten verlassen, nehmen wir Sie mit und sorgen dafür, daß Ihre Wunde richtig versorgt wird.«

Nikita Orlow hatte nicht die geringste Ahnung, was der Mann sagte, und es interessierte ihn auch nicht. Diese drei Männer waren ganz einfach seine Feinde; er würde eine Möglichkeit finden, sie aufzuhalten, was immer sie auch vorhatten.

Unbemerkt begann er, mit seinem Daumennagel den gläsernen Zierstein von dem Regimentsring abzuschaben, der für solche Einsätze konzipiert war. Nachdem er den Stein genügend tief abgekratzt hatte, sprang eine anderthalb Zentimeter lange Klinge aus dem Inneren heraus. Da niemand auf seine Hände achtete, konnte er unbehelligt an dem Lederriemen sägen.

65

Dienstag, 16.27 Uhr, St. Petersburg

Nachdem Peggy und George die Menschenmenge auf dem Schloßplatz hinter sich gelassen hatten, suchten sie im Museum die Toiletten auf, um dort in die mitgebrachte westliche Kleidung zu schlüpften, die in Rußland unter jungen Leuten gerade Mode war: Jeans, durchgeknöpfte Hemden und Nikes. Ihre Uniformen legten sie zusammen und verstauten sie in ihren Rucksäcken. Hand in Hand stiegen sie dann die weitläufige Staatsrats-Treppe zur ersten Etage der Großen Eremitage hinauf, wo die umfangreiche Sammlung westeuropäischer Kunst untergebracht war.

Eines der Prunkstücke der Sammlung, die von Raffael 1502 geschaffene *Madonna Conestabile*, wurde nach der mittelitalienischen Stadt benannt, die das Gemälde jahrhundertelang beherbergt hatte. Das runde Bild hat einen Durchmesser von knapp achtzehn Zentimetern und ist in einen reichverzierten Goldrahmen eingefaßt; es zeigt die Madonna in einem blauen Gewand, wie sie vor einer Hügellandschaft das Jesuskind in ihren Armen wiegt.

Wolko mußte jeden Augenblick auftauchen, nachdem Peggy und George am vereinbarten Treffpunkt ankamen. Die Agentin gab vor, sich völlig in die Kunstwerke zu vertiefen, während sie in Wahrheit den Raffael im Auge behielt; George hatte vorher nicht einmal ein Foto von Wolko gesehen. Beim Betrachten der Gemälde hielt er Peggys Hand. Da es nicht die Hand seiner Frau war, ließ ein gewisses Schuldgefühl sich nicht ganz vermeiden – und doch genoß er die Wärme ihrer Finger an seiner Handfläche, die zarte Berührung seiner Haut durch ihre Fingerspitzen. Dieses Gefühl elektrisierte ihn noch mehr, wenn er daran dachte, wie grausam diese Hände auch werden konnten, wenn es die Situation erforderte.

Genau um 16.29 Uhr verkrampfte sich Peggys Hand; die beiden Agenten schlenderten aber weiter von Bild zu Bild. Unauffällig sah George zu dem Raffael hinüber. Ein etwa 1,85m großer Mann kam langsam aus einer Ecke des Raums auf das Gemälde zu. Er trug eine weitgeschnittene weiße Hose, braune Schuhe und eine blaue Windjacke, unter der sich der füllige Bauch deutlich abzeichnete. Peggy verstärkte den Druck ihrer Hand, als der Russe den Raum durchquerte und sich von rechts und nicht von links dem Gemälde näherte.

Auf ein Zeichen von Peggy wandte George sich von der *Madonna* ab, gemeinsam schlenderten sie zur Tür. Während sie ihn fest an sich zog, wanderten ihre Augen forschend durch den Raum; allzu gezielte Blicke vermied sie, um keine Aufmerksamkeit auf sich zu ziehen. Die Besucher gingen umher oder waren in die Betrachtung der Bilder versunken – abgesehen von dem schmächtigen Mann in einer frischgebügelten braunen Hose. Sein rundes Gesicht wirkte hier seltsam fehl am Platz, wie ein dunkler Schatten inmitten all dieser aufgeweckten, interessierten Mienen...

Peggy hielt vor Raffaels *Heiliger Familie*. Als wollte sie George auf ein Detail aufmerksam machen, deutete sie von dem bartlosen Joseph zu der Jungfrau.

»Wolko wird anscheinend beschattet – von einem Mann in einer braunen Hose«, flüsterte Peggy.

»Ich hab' nur eine Frau gesehen«, erwiderte George.

»Wo?«

»Sie ist im Nebenraum, da, wo der Michelangelo hängt. Sie blättert in ihrem Kunstführer, mit dem Gesicht zu diesem Raum.«

Peggy tat so, als müßte sie niesen, und konnte sich so unauffällig von dem Gemälde abwenden. Tatsächlich stand nebenan eine Frau, die scheinbar in ihren Führer vertieft war; nach ihrer Kopfhaltung zu schließen, beobachtete sie Wolko aber aus den Augenwinkeln.

»Gar nicht so dumm«, bemerkte Peggy, »sie haben beide Ausgänge unter Kontrolle. Aber das heißt noch lange nicht, daß sie uns erkannt haben.«

»Vielleicht haben sie Wolko genau deswegen vorgeschickt. Sie benutzen ihn als Köder, und das hat er uns vorhin zu verstehen gegeben.«

Nach einer Minute sah Wolko auf seine Armbanduhr und entfernte sich langsam von dem Gemälde. Der schmächtige Mann tat so, als bemerkte er Wolko nicht, als der sich ihm näherte. Die Frau im Nebenraum wandte sich nur scheinbar ab; so wie sie nun stand, konnte sie immer noch hereinspähen.

»Warum starrt sie bloß immer noch herüber?« fragte sich Peggy laut, als sie zusammen mit George zum nächsten Bild weiterging.

»Vielleicht hat unser Freund Ronasch ihr unsere Beschreibung durchgegeben.«

»Schon möglich. Wir sollten uns trennen und sehen, was dann passiert.«

»Das ist doch verrückt. Die Leute, die auf uns aufpassen sollen...«

»Wir werden auf uns selbst aufpassen müssen«, unterbrach ihn Peggy. »Sie klemmen sich beim Rausgehen hinter Wolko, ich mich hinter die Frau im Nebenraum; wir treffen uns im Erdgeschoß am Haupteingang. Wenn Ihnen oder mir etwas zustößt, verläßt der andere das Museum. Einverstanden?«

»Kommt nicht in Frage.«

Peggy schlug eine beliebige Seite ihres Museumsführers auf. »Jetzt überlegen Sie doch mal – jemand *muß* einfach das Museum verlassen und weitergeben, was hier vor sich geht; wir müssen die Beschreibung dieser Leute durchgeben und ihnen einen Strich durch die Rechnung machen. Geht das in Ihren Kopf nicht 'rein?«

Das ist eben der Unterschied zwischen einem Striker und einem Agenten, dachte George. *Der eine ist Teamarbeit gewöhnt, der andere ein einsamer Wolf.* Ausnahmsweise hatte aber der einsame Wolf nicht ganz unrecht.

Laut sagte er: »Na gut, in Ordnung.«

Peggy sah von ihrem Führer auf und wies mit dem Finger zu dem Raum hin, in dem der Michelangelo hing. George nickte; nach einem Blick auf seine Uhr tätschelte er flüchtig ihre Wange.

»Viel Glück.« Er brach in die Richtung auf, in der Wolko verschwunden war.

Als George sich dem schmächtigen Mann näherte, fühlte er sich auf eigentümliche Weise von ihm angezogen; betont wandte er seinen Blick ab. In der Sixtinischen Kapelle, einer Galerie nach dem gleichnamigen Vorbild im Vatikan, suchte er unter den zahllosen Besuchern nach Wolko. Auf den schmächtigen Mann achtete er nicht mehr, als er an den großartigen Wandgemälden von Unterberger vorbeikam. Und von Wolko keine Spur...

»*Adnu minutu, pasalusta*«, sagte jemand hinter ihm. »Einen Augenblick, bitte.«

Sprungbereit drehte George sich um, als der schmächtige Mann auf ihn zuging. »Bitte« war das einzige, was er verstanden hatte; mit dem winkendem Zeigefinger wollte der Mann ihn wohl zu sich bitten. Er konnte sich allerdings nicht vorstellen, wohin das Gespräch führen sollte.

George hatte gerade sein verbindlichstes Lächeln aufgesetzt, als Wolko hinter dem Mann herbeieilte. Er hatte seine Windjacke ausgezogen, weshalb George ihn auch nicht mehr gesehen hatte. Mit einer einzigen raschen Bewegung spannte er die Jacke zwischen seinen Händen, wickelte sie um den Hals des schmächtigen Mannes und versuchte, ihn zu erdrosseln; dabei sah er George an.

»Zum Teufel mit dir, Pogodin!« Von der Anstrengung war Wolko inzwischen dunkelrot angelaufen.

Von der Eingangshalle stürmten zwei Aufsichtsbeamte nach oben und auf Wolko zu, über Funk forderten sie Verstärkung an.

»Verschwinden Sie!« Mit blutunterlaufenen Augen sah Wolko George an.

Der Striker wich zurück und bewegte sich auf den Eingang zur Westeuropäischen Abteilung zu. Hektisch sah er sich nach Peggy um, aber sie und die andere Frau waren wie vom Erdboden verschwunden. Pogodin hatte inzwischen aus der Innentasche seiner Jacke eine kleine Pistole gezogen. Bevor George eingreifen konnte, hatte er die Waffe bereits über seine Schulter nach hinten gerissen und abgedrückt.

Der eine Schuß reichte. Wolko sank auf die Knie, dann auf den Rücken, die Blutlache seitlich von ihm vergrößerte sich zusehends. Schaudernd wandte George sich ab. Er widerstand dem Drang, nach Peggy zu suchen, um sich zu vergewissern, daß sie wohlauf war, und rannte in das prächtige Treppenhaus und von dort nach unten ins Erdgeschoß.

Bei seiner hektischen Flucht entging George ein weiteres Augenpaar, das ihn aus seinem Versteck hinter einem Gewölbebogen am Südende der Galerie die ganze Zeit beobachtet hatte – in jahrelangem Speznas-Training geschärfte Raubtier-Augen…

66

Dienstag, 23.47 Uhr, Kabarowsk

Wie ein kaum wahrnehmbarer Schemen huschte die Maschine dahin, gegen den schwarzen Nachthimmel oder die ins Dunkel getauchte Erdoberfläche waren nicht einmal ihre Konturen genau auszumachen.

Die mattschwarz lackierten Rotoren und der fugenlose, überall abgerundete Rumpf des Moskito reflektierte einfallendes Licht nur zu einem sehr geringen Prozentsatz, die Spezialbeschichtung sorgte für eine erheblich erschwerte Radarortung. Die Triebwerke waren geräuscharm, und die gepanzerten Sitze der zweiköpfigen Besatzung einschließlich ihrer Schultergurte und Helme waren zur Tarnung ebenfalls mattschwarz gehalten.

Unbemerkt konnte der Hubschrauber die Beton-, Holzoder Steingebäude von Städten und Dörfern überfliegen. Mit Hilfe der Radaranzeigen und auf Farbmonitore überspielten topographischen Karten und unter Einbeziehung des computergestützten Autopiloten konnte die Besatzung auf unvorhergesehene Ereignisse unmittelbar reagieren, um etwa eine Fremdmaschine weiträumig zu umfliegen, die sie sonst orten würde, oder um Berggipfeln auszuweichen, die über ihre Standardflughöhe von zwölfhundert Meter hinausragten.

Auf einem britischen Schiff im Polarmeer wurde eine Funkmeldung von Moskau nach Bira aufgefangen, nach der Flugzeuge in Richtung des Zuges aufgestiegen waren. Die mit dem Bordcomputer sofort durchgeführten Berechnungen zeigten Copilot Iovino, daß die Maschinen den Zug erst erreichen würden, wenn der Moskito schon längst wieder auf dem Rückflug war. Vorausgesetzt, die Russen erwischten nicht noch einen anständigen Rückenwind und der Hubschrauber hatte nicht mit Gegenwind zu kämpfen, sollten sie eigentlich unerkannt entkommen.

Jedenfalls, wenn keine Verzögerung ihren Zeitplan

durcheinanderbringen würde. In dem Fall sollte er die Mission abbrechen und Kurs auf das Japanische Meer nehmen. Die Evakuierung des Sondereinsatzkommandos war nun einmal keine Frage ihres Pflichtbewußtseins, sondern der Kapazität ihres Treibstofftanks.

»Steigflug«, sagte Copilot Iovino.

Kahrs warf einen Blick auf den Kartenmonitor. Die dreidimensionalen Bilder, die sich auf dem 30-Zentimeter-Schirm ständig bewegten und verschoben, waren aus Satellitenaufnahmen kartographiert und durch die Computer des Pentagon in Einzelaufnahmen zerlegt worden. Bis hinunter zu größeren Ästen zeigte der Schirm alles, was unter ihnen vorbeihuschte.

In Minimalflughöhe glitt der Hubschrauber über eine flache Bergkuppe, um in ein unmittelbar anschließendes Tal einzutauchen. Auf dem Bildschirm erschien die Bahnstrecke.

»Gehe auf Sichtflug!« sagte der Pilot.

Kahrs blickte von seinen Anzeigen auf und spähte durch das Infrarot-Nachtsichtgerät. Etwa anderthalb Kilometer vor ihnen entdeckte er im Schnee ein Feuer, an dem einige Leute sich offenbar aufzuwärmen versuchten. Das konnten eigentlich nur die Russen sein, die ihr Team aus dem Zug geworfen hatte.

Mit einem Knopfdruck setzte er das Peilgerät in Betrieb. Alle Mitglieder der Truppe hatten einen Ortungssender bei sich, der in ihre Stiefelabsätze integriert war. Schließlich erschienen die Dauerimpulse auf einem der Kartenmonitore, drei in einem bestimmten Gebiet, weitere drei in einiger Entfernung davon.

Erneut spähte Kahr durch das Nachtsichtgerät. Hinter einer Bergkette, die er weiter hinten ausmachte, entdeckte er Rauchwolken, die in den Himmel aufstiegen; die drei georteten Signale kamen von dort.

»Ich hab' den Zug!«

Über eine Tastatur gab sein Copilot die Koordinaten ein und blickte dann gespannt auf die Computerkarten. »Der Sammelpunkt liegt 2,4 Kilometer nordwestlich unserer aktuellen Position. Das Team muß sich aufgeteilt haben.«

»Wie liegen wir in der Zeit?«

»Dreiundfünfzig Sekunden vor Plan.«

Kahrs leitete den Sinkflug ein und zog den Moskito in eine Kurve Richtung Nordwesten. Die Maschine reagierte wie eines der kleinen Segelflugzeuge aus Balsaholz, mit denen er sich als Kind die Zeit vertrieben hatte: Die nahezu geräuschlos arbeitenden Rotoren verstärkten noch den Eindruck eleganter Schwerelosigkeit.

Der Pilot überflog die erste von drei fast parallel verlaufenden Schluchten, fing den Hubschrauber auf einer Höhe von hundertfünfzig Metern ab und schwenkte dann nach Norden ein.

»Brücke in Sicht.« Kahrs sah die verrostete Eisenkonstruktion, die sich über die drei Schluchten spannte. »Ziel in Sicht«, fügte er hinzu, sobald er die drei Gestalten an dem einen Ende der Brücke ausgemacht hatte.

»Kontakt in sechsundvierzig, fünfundvierzig, vierundvierzig Sekunden.« Iovino hatte die aktuellen Koordinaten eingegeben.

»Ich sehe nur drei der sechs Leute.« Diese Beobachtung beunruhigte Kahrs etwas. »Countdown ein!«

»Roger«, antwortete der Copilot.

Während der Pilot auf das Ziel zuhielt, überwachte Iovino die Countdown-Uhr auf seinem Schirm. Sieben Sekunden vor dem Kontakt glitt auf seinen Knopfdruck hin die hintere Luke innerhalb einer Sekunde nach vorn in ihre Halterung. Fünf Sekunden vor dem Kontakt bremste der Pilot die Maschine ab, und der Copilot fuhr einen Schwenkarm aus, von dem aus in den nächsten vier Sekunden eine siebeneinhalb Meter lange schwarze Leiter ausgerollt wurde. Bis auf acht Meter näherte der Moskito sich dem Boden.

Iovino sprach sofort Ishi Honda an, der als erster an Bord geklettert war.

»Wo sind die anderen geblieben?«

»Noch im Zug.« Honda half Sondra in die enge Kabine hinauf.

»Und was haben sie noch vor?«

»Sie wollen den Zug verlassen und zu uns stoßen.« Gemeinsam streckten Honda und Sondra Pupshaw ihre Hände entgegen.

Fragend blickte Iovino Kahrs an; der gab ihm zu verstehen, daß er alles mitbekommen hatte.

»Bringt es uns was, wenn wir sie dahinten aufgabeln?« fragte Kahrs.

Noch bevor Pupshaw an Bord war, ließ der Copilot den Bordcomputer ausrechnen, ob der Treibstoffverbrauch geringer wäre, wenn sie die andere Hälfte der Einheit direkt am Zug aufnehmen oder über dem Boden schwebend hier auf sie warten würden. Natürlich war schlecht vorauszusehen, wie lange die Männer noch im Zug aufgehalten würden, aber Iovino ging notgedrungen davon aus, daß sie bei Ankunft der Maschine schon bereitstehen würden.

»Es ist geschickter, wenn wir hinfliegen.« Der Copilot betätigte nacheinander zwei Knöpfe, wodurch die Leiter eingeholt und die Luke geschlossen wurde. Beide wurden durch von der Batterie versorgte Elektromotoren angetrieben. Durch das Einholen verringerte sich der Luftwiderstand während des Fluges und damit der Treibstoffverbrauch. Dagegen hätte sich keine Ersparnis ergeben, wenn sie Leiter und Luke ausgefahren gelassen hätten.

»Dann wollen wir sie mal einsammeln.« Kahrs hielt die Maschine auf acht Meter, schwenkte butterzart nach Südosten und flog dem Zug entgegen.

67

Dienstag, 8.49 Uhr, Washington, D. C.

»Sagen Sie mal, Paul, was für eine Nacht-und-Nebel-Aktion leisten ihre Leute sich da oben eigentlich?«

Paul Hood hatte auf seinem Bildschirm das aufgeschwemmte Gesicht von Larry Rachlin vor sich. Die schon etwas gelichtete graue Haarpracht war pedantisch zur Seite gekämmt, die hellbraunen Augen blitzten vor Wut hinter der goldgeränderten Brille hervor. Die erkaltete Zigarre im Mundwinkel des CIA-Direktors wippte beim Sprechen auf und ab.

»Ich habe nicht die geringste Ahnung, wovon Sie sprechen.« Hood sandte einen beschwörenden Blick nach der am unteren Bildrand blinkenden Uhr – in wenigen Minuten wäre das Striker-Team in Sicherheit, und wieder zwei Stunden später hätte man den Moskito auf einem Flugzeugträger den neugierigen Blicken der Öffentlichkeit entzogen und damit die letzten Beweise für den »Einmarsch« beseitigt.

Rachlin nahm die Zigarre aus dem Mund und stach damit in Richtung der Kamera. »Deswegen haben Sie ja den Job gekriegt und nicht Mike Rodgers, weil Sie dasselbe Pokerface haben wie Clark Gable in *Vom Winde verweht*: ›Wer, ich? Aber Larry, ich werde doch keine verdeckte Operation vom Zaun brechen.‹ Also, Paul, es war ja sehr nobel von Stephen Viens zu behaupten, daß einer seiner Satelliten gerade den Geist aufgegeben hatte, aber dummerweise haben die Chinesen uns ein paar *ihrer* Aufnahmen überlassen, und was muß ich da sehen? Eine Einheit, die auf den Zug losstürmt. Die chinesische Führung hat mir deswegen Löcher in den Bauch gefragt, nur war *ich* eben *wirklich* ahnungslos, im Gegensatz zu Ihnen! Und was diese Iljuschin betrifft: Zufällig weiß ich, daß das Pentagon ein Exemplar besitzt, und die Chinesen haben so was ähnliches geortet – wenn also kein anderes Land so einen Flieger hat, müssen Sie diesen Abenteuerurlaub ausgeheckt haben.«

So beiläufig wie möglich sagte Hood: »Ich bin genauso aus allen Wolken gefallen wie Sie, Larry. Sie wissen doch, ich war in Urlaub.«

»Ja, das weiß ich. Und ich weiß auch, daß Sie verdächtig schnell wieder zu Hause waren.«

»Ich hatte total vergessen, daß ich Los Angeles auf den Tod nicht ausstehen kann.«

»Klar, das wird's sein. Wer kann L.A. schon leiden, aber trotzdem fahren alle andauernd hin.«

»Wahrscheinlich wegen der gut ausgeschilderten Auto-
bahnen.«

»Na gut, was halten Sie davon, wenn ich mal den Präsidenten frage, was da eigentlich los ist?« Rachlin bugsierte
seine Zigarre wieder in den Mund. »Er wird sicher bestens
informiert sein, oder?«

»Da bin ich leicht überfragt. Geben Sie mir ein paar Minuten, damit ich mit Mike und Bob reden kann, ich melde mich
dann wieder bei Ihnen.«

»Natürlich, Paul, aber Sie sollten eins nicht vergessen: Sie
sind neu hier in Washington. Ich war schon im Pentagon
und beim FBI, bevor ich zum CIA gekommen bin. In dieser
Stadt geht's leider nicht himmlisch, sondern eher teuflisch
zu. Wenn Sie glauben, Sie dürfen irgendwen einfach mal so
am Schwanz ziehen, dann schmoren Sie über kurz oder lang
im Fegefeuer oder werden vom Oberteufel höchstpersönlich
aufgespießt. Ist die Botschaft soweit angekommen?«

»Absolut, und ich weiß Ihre Fürsorge auch zu schätzen,
Larry. Aber wie gesagt, ich melde mich nachher wieder bei
Ihnen.«

»Tun Sie das.« Mit der sich verjüngenden Spitze seiner
Zigarre hieb der CIA-Direktor auf die Aus-Taste.

Hood sah zu Mike Rodgers hinüber. Alle anderen hatten
sich wieder in ihre Abteilungen begeben, um sich ihren aktuellen Aufgaben zu widmen, so daß nur noch der Direktor
und sein Stellvertreter auf Nachrichten von dem Moskito
warteten.

»Tut mir leid, daß Sie sich das alles anhören mußten«,
sagte Hood leicht zerknirscht.

»Nur keine Panik.« Mit verschränkten Armen und zusammengekniffenen Augen saß Rodgers in einem Sessel.
»Außerdem glaube ich kaum, daß Sie sich wegen Larry besonders große Sorgen machen müssen – wir haben ein paar
nette Schnappschüsse von ihm, darum muß er sich auch wie
ein Gockel aufplustern; allzu viel steckt bei ihm nicht dahinter.«

»Was denn für Schnappschüsse?«

»Von ihm in einem Boot, und zwar mit drei Damen, die

374

allesamt nicht mit ihm verheiratet sind. Der Präsident hat ihn ja nur auf Greg Kidds Posten gesetzt, weil Larry seinerseits über Mitschnitte angehörter Telefonate verfügt, die beweisen, daß die Schwester des Präsidenten bei einer japanischen Firma illegal Wahlkampfgelder beschaffen wollte.«

»Die Dame ist schon ein hartgesottenes Exemplar.« Hood grinste leicht anzüglich. »Der Präsident wäre besser gefahren, wenn er sie auf den Chefsessel des CIA gehievt hätte und nicht Larry; sie würde jedenfalls dem Feind hinterherspionieren und nicht uns.«

»Wie Larry eben gesagt hat, wir sitzen hier wirklich in der Hölle, und zwar auf den besten Plätzen: jedem seinen Intimfeind.«

Das Telefon klingelte. Hood legte das Gespräch auf den Lautsprecher.

»Ja, bitte?«

»Eine Meldung von unserem Team in Rußland«, sagte Bugs.

Mit einem Satz war Rodgers hinter Hoods Schreibtisch.

»Honda zur Berichterstattung.« Die Stimme war glasklar zu hören, im Hintergrund herrschte eine paradiesische Stille.

»Hier General Rodgers, Honda.«

»Sir, Pups, Sondra und ich sind an Bord der Evakuierungsmaschine...«

Rodgers vergaß fast zu atmen.

»...die anderen drei sind noch im Zug, wir wissen auch nicht, warum sie noch nicht fertig sind.«

Rodgers Anspannung ließ etwas nach. »Irgendwelche Anzeichen von Widerstand?«

»Soweit wir feststellen konnten, nein. Von hier aus sehen wir Bewegungen im Führerstand der Lok. Ich lasse die Leitung offen, Kontakt in neununddreißig Sekunden.«

Rodgers stützte seine zu Fäusten geballten Hände auf Hoods Schreibtisch. Hoods Hände lagen gefaltet neben dem Telefon, er nutzte die kurze Verschnaufpause, um beim lieben Gott ein gutes Wort für ihre Leute einzulegen.

Hood sah Rodgers an, ihre Blicke trafen sich. Der Direktor registrierte die Mischung aus Stolz und Besorgnis in diesen Augen, er begriff auf einmal, wie stark die Verbindung zwischen diesen Männern sein mußte, stärker als in einer Liebesbeziehung, vertrauter als in einer Ehe. Hood beneidete ihn darum, selbst jetzt, da dem General genau das schwere Sorgen zu schaffen machten.

Aber das ist es ja Gerade, dachte Hood, diese Ängste festigten diese Verbindung noch weiter.

Und dann war Honda wieder in der Leitung. In seiner Stimme schwang auf einmal eine Schärfe, die vorher nicht dagewesen war.

68

Dienstag, 16.54 Uhr, St. Petersburg

Peggy James hätte von dem Haupteingang der Eremitage nicht weiter entfernt sein können, wenn sie noch in Helsinki gewesen wäre. Das war zumindest ihr Eindruck, während sie auf die angrenzende, weiter südlich im Museum gelegene Galerie zueilte, in der Gemälde der Schule von Bologna ausgestellt waren.

Es war Peggy nicht entgangen, daß die Frau sie verfolgte; wahrscheinlich konnte sie auch weitere Agenten zur Beschattung mobilisieren, die dann ihrer Zentrale Bericht erstatten würden, vielleicht sogar der Einrichtung in der Eremitage, die mit oder ohne Billigung Orlows den Betrieb aufgenommen hatte.

Peggy hielt vor einem Tintoretto an, um zu sehen, wie ihre Verfolgerin reagieren würde. Sie beobachtete sie konzentriert, als ob es um einen Fingerabdruck unter einem Vergrößerungsglas ginge.

Die Frau stand jetzt vor einem Gemälde von Veronese. Sie gab sich keine Mühe, ihre Absichten zu verbergen: Ganz offensichtlich wollte sie Peggy wissen lassen, daß sie beobachtet wurde. Vielleicht hoffte sie auch auf eine Kurzschlußreaktion.

Angestrengt dachte Peggy nach. In Gedanken spielte sie eine Reihe von Möglichkeiten durch, nur um sie gleich wieder zu verwerfen, von der »Beschlagnahme« eines der Gemälde als Garantie für freien Abzug bis zum Legen eines Feuers. Gegenangriffe dieser Art riefen unvermeidlich weitere Sicherheitskräfte auf den Plan und erschwerten die Flucht unnötig. Sie überlegte sich sogar, in das Fernsehstudio einzudringen und sich dort General Orlow zu ergeben. Aber diese Idee taugte auch nicht besonders viel, denn selbst wenn Orlow einem Agentenaustausch nicht abgeneigt wäre, könnte er ihre Sicherheit kaum garantieren. Im übrigen besagte Lektion eins der Ausbildung eines Undercover-Agenten, daß man nie eine Käfigtür von innen abschließen und dann den Schlüssel hinauswerfen durfte – und dieses Kellergeschoß war mehr als nur ein Käfig, es war ein Sarg nach der Beerdigung.

Aber trotzdem war Peggy natürlich klar, daß man sie nicht mehr lange unbehelligt herumlaufen lassen würde; nun, da sie und George enttarnt worden waren, würden zuerst die Ausgänge für sie verschlossen bleiben, dann die Korridore und schließlich auch die einzelnen Galerien. Und dann säße sie im Käfig. Doch für Peggy kam es überhaupt nicht in Frage, daß die Russen Zeitpunkt und Ort der Konfrontation bestimmten.

Sie mußte ihre Gegner so lange an der Nase herumführen, bis sie eine Gelegenheit gefunden hatte, das Museum zu verlassen; mindestens aber mußte sie die Aufmerksamkeit von George ablenken. Am besten, sie fing gleich mit der Kunstkennerin an, die ihr auf den Fersen war.

Peggy fragte sich, was wohl passieren mochte, wenn sie sich der Frau auf eine Weise anbieten würde, daß die Russin einfach zuschnappen mußte – bevor Verstärkung anrücken und sie in Empfang nehmen konnte.

Brüsk wandte Peggy sich von dem Tintoretto ab und ging fast im Laufschritt auf die Staatsrats-Treppe zu.

Die Frau folgte ihr weiter, ließ sich nicht abschütteln.

Hastig trat Peggy aus der Galerie heraus und befand sich in dem prachtvollen Treppenhaus mit seinen edlen Marmorwänden und den zwei Reihen von je zehn Säulen, die die erste Etage schmückten. Die britische Agentin bahnte sich ihren Weg durch die wenigen Besucher, die so spät am Nachmittag hier noch anzutreffen waren, und bewegte sich die Stufen hinunter auf das Erdgeschoß zu.

Auf halber Höhe glitt sie aus und stürzte zu Boden.

69

Dienstag, 23.55 Uhr, Kabarowsk

Zwei Minuten bevor Squires den Zug eigentlich hatte anhalten wollen, meldete sich der russische Offizier. *»Cigaryet?«*

Die drei Männer des Striker-Teams hatten im Führerstand der Lokomotive gestanden und ihre Ausrüstung in Ordnung gebracht; nun blickte Squires zu ihrem Gefangenen hinab.

»Wir sind Nichtraucher, in unserer Armee hat sich einiges geändert. Haben Sie selbst welche?«

Nikita Orlow verstand die Worte nicht. *»Cigaryet?«* Mit seinem Kinn deutete er nach links auf seine Jacke.

Als der Zug in eine weite Kurve einschwenkte, hatte Squires sich aus dem Fenster gebeugt, um die Waggons hinter ihnen zu inspizieren. Jetzt setzte er seine Nachtsichtbrille ab. »Newmeyer, sehen Sie doch mal, ob Sie dem Herrn weiterhelfen können.«

Der Striker hatte sich von dem verwundeten Sergeant Grey abgewandt und sich über den Russen gebeugt, um aus der Innentasche seiner Jacke einen abgewetzten Tabaksbeutel zu ziehen, der mit einem breiten Gummiband verschlossen war. Unter dem Band steckte ein Feuerzeug aus Metall, auf dem kyrillische Initialen und ein Portrait Stalins eingraviert waren.

»Muß ein Erbstück sein.« Flüchtig hatte Newmeyer im rötlichen Schein des Kesselfeuers die Gravur betrachtet, be-

378

vor er den Tabaksbeutel geöffnet, eine der fertig gerollten Zigaretten herausgenommen und sie dem Russen zwischen die Lippen geschoben hatte. Der hatte sich von Newmeyer Feuer geben lassen und genüßlich den Rauch eingesogen.

Newmeyer hatte dann das Feuerzeug wieder verschlossen und unter das Gummiband geklemmt.

Durch beide Nasenlöcher blies ihr Gefangener den Rauch aus.

Newmeyer hatte sich tiefer hinabgebeugt, um den Tabaksbeutel wieder an seinen alten Platz zu stecken. Urplötzlich schnellte Nikita aus der Hüfte vor und stieß seine Stirn gegen den Kopf des Strikers.

Mit einem Stöhnen fiel Newmeyer nach hinten, der Tabak glitt ihm aus der Hand. Blitzschnell packte der russische Offizier den Beutel; mit einer energischen Bewegung seines Handballens stopfte er ihn mitsamt dem Feuerzeug zwischen die Zahnräder des Reglers. Bevor Newmeyer ihn davon abhalten konnte, stieß er den eisernen Hebel von dem Amerikaner weg.

Der Zug hatte zusehends beschleunigt. Unter den Zahnrädern wurden der Beutel und das Feuerzeug, das Geschenk seines Vaters, regelrecht zermalmt; Lederstreifen und Metallfetzen verbogen die Zähne, verkeilten sie heillos ineinander und blockierten sie schließlich völlig.

Squires stieß einen Fluch aus, als Newmeyer zurückzuckte und sich seine schmerzende Hand hielt. Er hatte versucht, den Hebel in die andere Richtung zu ziehen, doch der Regler ließ sich nicht einen Millimeter verschieben.

Zuerst hatte Squires den Russen angestarrt, in dessen abwesendem Blick nicht die geringste Spur von Triumph zu entdecken gewesen war, und danach Newmeyer, der sich noch nicht einmal seinen Kopf hielt, obwohl sich dort ein ziemlich häßlicher Bluterguß abzuzeichnen begann. Statt dessen kniete er wieder auf ihrem Gefangenen, sein Blick war ein einziger Selbstvorwurf. »Es tut mir wirklich leid, Sir«, war das einzige, was er herausgebracht hatte.

Himmel, Arsch und Zwirn, hatte Squires grimmig gedacht, *dieser dreimal verfluchte Russe hat ja eigentlich nur das getan, was wir vorher auch gemacht haben und zwar gar nicht mal so schlecht.*

Der Zug war jetzt außer Kontrolle geraten, ließ immer noch beschleunigend die weite Kurve hinter sich und raste geradewegs auf die Brücke zu. Die Zeit reichte nicht mehr, um noch vor Erreichen der Schlucht Grey und den russischen Offizier aufzusammeln und sich mit einem beherzten Sprung aus dem Zug in Sicherheit zu bringen. Und in zwei Minuten wären von der Lokomotive nur noch rauchende Trümmer übrig.

Squires sprang wieder ans Fenster und spähte angestrengt auf die vor ihnen liegende Strecke. Am Horizont entdeckte er etwas, das im grünlichen Schimmer seiner Nachtsichtbrille wie ein Heuschreckenschwarm aussah – es konnte nur die Maschine sein, mit der sie hier herausgeholt werden sollten. Allerdings war ihm ein Hubschrauber dieses Typs noch nie unter die Augen gekommen; die glatte, überall abgerundete Oberfläche und die matte Farbe verrieten ihm aber, daß es sich um eine Tarnkappenmaschine handeln mußte. Er fühlte sich geschmeichelt. Nicht einmal ein Muammar El Gaddafi war den erstmaligen Einsatz dieser Flugzeuge wert gewesen, wenn die Besatzungen auch in Alarmbereitschaft versetzt worden waren, als Reagan und Weinberger 1986 dessen »Todeslinie« vor der libyschen Küste überschritten und dem Diktator eine empfindliche Schlappe zugefügt hatten.

Im Tiefflug kam der Hubschrauber schnell näher. Der Schneefall hatte gänzlich aufgehört, die Sicht war ausgezeichnet, so daß der Pilot wohl sehr bald begreifen würde, daß sie den Zug nicht mehr anhalten konnten. Hoffentlich blieb noch ausreichend Zeit, um die Truppe auf eine andere Weise an Bord zu nehmen.

»Newmeyer«, sagte Squires, »helfen Sie Grey aufs Dach, wir verschwinden von hier.«

Immer noch geknickt bestätigte der Striker den Befehl. Er ließ den weiter abwesend vor sich hinstarrenden Russen liegen und lud sich vorsichtig Sergeant Grey auf die Schulter. Obwohl der Unteroffizier kaum noch etwas wahrnahm, tat er sein Bestes, um das Gleichgewicht zu halten. Behutsam stand Newmeyer auf und beobachtete wachsamer als vorher, wie Squires den Russen auf den Bauch drehte. »Gehen Sie schon mal vor.« Squires machte ein Kopfbewegung zur Tür. »Ich komme zurecht.«

Widerwillig stieß Newmeyer die Tür auf, zog sich auf die Unterkante des Fensters hoch und manövrierte Grey sachte auf das ebene Dach des Führerstands.

Inzwischen hielt Squires den Russen an dessen Haaren fest, langte mit der anderen Hand hinter sich und löste den Abseilgurt von dem in der Bodenplatte eingelassenen Haken. Er fesselte damit die Hände des Offiziers hinter dem Rücken, ließ ihn aufstehen und führte ihn zur Tür.

70

Dienstag, 16.56 Uhr, St. Petersburg

Als Walja die britische Spionin stolpern sah, dachte sie sofort, daß ihr Gegenüber bewaffnet sein mußte, und war drauf und dran, in Deckung zu gehen. Doch dann stürzte die Agentin die Treppe hinunter, und Walja rannte hinter ihr her. Erstaunlicherweise ließen sich Verletzte oder Sterbende oftmals besonders leicht heikle Informationen entlocken, da meistens ihre Selbstbeherrschung geschwächt oder ihr Bewußtsein bereits getrübt war.

Besucher, die sich gerade nichtsahnend auf der Treppe befanden, sprangen erschrocken zur Seite, blieben aber Zuschauer, als die Frau die etwa zwanzig Stufen hinunterschlitterte, ohne sich jedoch den Kopf dabei zu verletzen. Am Fuß der Treppe vollführte sie noch einen fast drollig wirkenden Purzelbaum über ihre eine Schulter, bevor sie auf der Seite liegenblieb. Zusammengekauert stöhnte sie vor Schmerz, kraftlos bewegte sie ihre Beine. Aus der Menschenmenge, die sich rasch um sie herum gebildet hatte, bat je-

381

mand eine Aufsicht um Hilfe; zwei andere knieten neben ihr, von denen der eine seine Jacke ausgezogen und ihr unter den Kopf geschoben hatte.

»Nicht anfassen!« schrie Walja. »Weg da!«

Die Russin war am Treppenabsatz angelangt und zerrte nun eine kleinkalibrige Pistole aus dem Halfter, das sie um ihren Knöchel geschnallt hatte.

»Nach dieser Frau wird gefahndet, überlassen Sie die Angelegenheit bitte uns.«

Die russischen Besucher des Museums wichen augenblicklich zurück, für die Ausländer unter ihnen, die kein Russisch verstanden, war die Waffe ein überzeugendes Argument.

Fieberhaft beugte Walja sich über Peggy, forschend blickte sie ihr ins Gesicht.

Als einige der Umstehenden keine Anstalten machten, sich zu entfernen, verlor Walja die Beherrschung. »Haben Sie nicht gehört? Weg hier! Ich sag's nicht nochmal!«

Murrend trollten sich die letzten Gaffer, und die Russin konnte sich endlich ihrer britischen Gegenspielerin zuwenden. Peggys Augen waren geschlossen, der rechte Arm lag in Brusthöhe unter ihr, mit der Hand dicht unterhalb des Kinns; der linke Arm lag schlaff neben ihrem Körper.

Ohne auf innere oder äußere Verletzungen Rücksicht zu nehmen, hielt Walja ihr ihre Pistole unter das Kinn und wälzte sie auf den Rücken.

Peggy wimmerte, ihr Mund öffnete sich leicht; dann entspannte sie sich wieder.

»Der Sturz muß ziemlich unangenehm gewesen sein«, sagte Walja auf Englisch. »Können Sie mich verstehen?«

Peggy nickte schwach, die Bewegung schien ihr einige Mühe zu bereiten.

»Ihr Briten fallt aber auch wie Herbstlaub. Zuerst habe ich diesen Comic-Verleger samt Konsorten ausgeschaltet, und jetzt sind Sie dran.« Walja drückte die Pistolenmündung an die nachgiebige Haut unterhalb von Peggys Kehle. »Ich werde dafür sorgen, daß Sie ins nächste Krankenhaus gebracht werden – aber erst nachdem wir uns unterhalten haben.«

Peggys Lippen bewegten sich. »Be… bevor…«

»Oh nein!« Ein boshaftes Grinsen huschte über Waljas Züge. »Danach. Zuerst werden Sie mir einiges über Ihre Operation verraten. Fangen wir in Helsinki an: Wie hieß der…«

Peggys Bewegung kam so rasch und unerwartet, daß die Russin keine Chance mehr hatte, sich zu wehren. Blitzartig hob sie die zur Faust geballte rechte Hand, die vorher unter ihrem Kinn gelegen hatte, und in der auf einmal der kleine Dolch aus der Tasche am Jackenaufschlag steckte. Peggy rammte das Messer in die Vertiefung oberhalb von Waljas Schlüsselbein und riß es in Richtung des Kehlkopfes. Gleichzeitig schob sie mit dem linken Ellbogen den anderen Arm ihrer Widersacherin zu Boden, für den Fall, daß sich ein Schuß aus Waljas Waffe lösen würde.

Der Schuß blieb aus. Die Pistole entglitt der Frau, verzweifelt rang sie mit beiden Händen nach Peggys Faust, um den Dolch aus der klaffenden Wunde zu ziehen – vergeblich.

Höhnisch lachte die britische Agentin. »Was ich eben sagen wollte: Bevor Sie sich die Mühe machen, mich ins Krankenhaus zu verfrachten, hätten Sie erstmal 'rausfinden müssen, ob es wirklich ein Unfall war!« Sie stieß das Messer noch tiefer; röchelnd sackte die Russin auf die Seite. »Der Agent, den Sie abgeschlachtet haben, war *mein* Herbstblatt! Jetzt kriegen Sie die Quittung.«

»Keine Bewegung!« rief jemand auf Russisch vom oberen Treppenabsatz aus.

Überrascht blickte Peggy um sich, bis sie den hageren, asketisch wirkenden Mann in der Uniform eines Colonels der Speznas entdeckte, der ihr entschlossen eine schallgedämpfte P-6 entgegenstreckte. Hinter ihm stand, immer noch nach Luft schnappend und seine schmerzende Kehle reibend, der Mann, auf den Wolko losgegangen war.

»Ich werde jetzt unter Ihrer Bekannten hervorkriechen«, versetzte Peggy auf Russisch. Sie drehte sich auf die Seite, um sich der Frau zu entledigen. Waljas Augen waren geschlossen, ihr Gesicht wachsweiß, ihr Leben rann auf dem Marmorfußboden dahin.

Mit vorgehaltener Waffe ging der Colonel bedächtig die Stufen hinunter. Peggy ließ Walja auf den Boden fallen und erhob sich mit dem Rücken zur Treppe.

»Aber schön die Hände hoch!« Wenn der Offizier Bedauern über den Tod seiner Agentin empfand, war es seiner Stimme jedenfalls nicht anzumerken.

»Ich weiß doch, was sich gehört.« Peggy drehte sich langsam um und fing an, die Hände zu heben.

Als sie mit halberhobenen Händen dem Colonel gegenüberstand, blitzte auf einmal der Lauf von Waljas kleinkalibriger Pistole auf, die sie beim Aufstehen unbemerkt an sich genommen hatte. Die Bahn zwischen ihr und Rosski war frei. Beinahe wie bei einem Duell machte der Colonel keine Anstalten, in Deckung zu gehen; beinhart erwiderte er aus seiner Position sieben Treppenstufen über ihr die Salve.

Peggy reagierte blitzschnell: Ihre wenigen Schüsse waren noch nicht verhallt, da ließ sie sich auch schon fallen und rollte nach links über den Marmorboden, bis das Geländer sie unsanft abfing.

Es dauerte nur ein paar Sekunden, und der Spuk war vorüber. Zurück blieb der stechende Geruch des Schußwechsels, der sich allmählich nach oben verzog – und der dunkelrote Fleck auf der Vorderseite von Colonel Rosskis Uniform, der unaufhaltsam größer wurde.

Das Gesicht des Offiziers wirkte unverändert wie aus Stein gemeißelt, nicht umsonst hatte man ihm während der Ausbildung beigebracht, Schmerzen klaglos zu ertragen. Doch schließlich erfaßte ein Zittern seinen immer noch ausgestreckten Arm; zuerst polterte die P-6, dann der Besitzer der Waffe selbst die Stufen hinab. Mit ausgebreiteten Armen und dem Gesicht nach unten landete Colonel Rosski am Fuß der Treppe direkt neben Walja.

Peggy richtete ihre Pistole auf Pogodin, der sich auf dem oberen Treppenabsatz hinter dem Geländersockel verkrochen hatte. Nachdem sie mit ansehen mußte, wie er Wolko ermordet hatte, verdiente er den Tod. Er schien ihre Rachegedanken zu erraten, oder er las die gnadenlose Entschlossenheit in ihren Augen; auf jeden Fall verließ er fluchtartig das Treppenhaus, um in die Galerie zurückzurennen. In einiger Entfernung hörte Peggy den Nachhall hastiger Schritte, ob von Aufsichtsbeamten, verschreckten Touristen oder gar von streitlustigen Demonstranten, konnte sie nicht feststellen. So aufrichtig sie Wolkos Mörder auch den Tod wünschte, sie hatte leider nicht die Zeit, ihn zu verfolgen und zu stellen.

Peggy steckte die Pistole in ihr Hemd und rannte die Treppe hinunter. »Hilfe!« schrie sie dabei auf Russisch. »Der Mörder ist da oben! Ein Verrückter!«

Während die Wachmänner an ihr vorbei stürmten, rannte sie, immer noch schreiend, durch den Haupteingang. Draußen atmete sie erleichtert auf, zumal sie dort in der Menge der Demonstranten, die sich inzwischen in der Eingangshalle und vor dem Museum drängelten, relativ sicher untertauchen konnte. Den streikenden Arbeitern spukte die bange Frage im Kopf herum, ob der Amokläufer am Ende einer von ihnen war – oder ein Regierungsspitzel, der ihre Sache in ein schlechtes Licht rücken sollte...

71

Dienstag, 8.57 Uhr, Washington, D. C.

»Sie klettern auf's Dach der Lok!« Hondas sonniges Gemüt schien auf Urlaub zu sein, aus seinen Worten klang für Rodgers wachsendes Entsetzen. »Das Ding geht ja los wie ein Torpedo – außer Kontrolle, würde ich sagen.«

»Abspringen können sie nicht?« fragte Rodgers.

»Leider negativ, Sir. Gerade erreicht der Zug die Brücke, und wenn sie aussteigen wollten – es geht mindestens hundert Meter tief 'runter in die Schlucht. Jetzt erkenne ich Grey – Mist! Entschuldigung, Sir. Newmeyer hat ihn eben aufs Dach des Führerstands gelegt und steigt jetzt selbst hoch. Grey bewegt sich, ist aber wahrscheinlich verletzt.«

385

»Ist es schlimm?« Langsam begann Hondas Hektik, auf Rodgers abzufärben.

»Das kann ich von hier aus nicht erkennen, Sir. Wir sind zu tief, und er liegt ausgestreckt auf dem Dach. Jetzt sehe ich – ich weiß nicht, wer es ist, eventuell ein russischer Soldat; auf jeden Fall ist er verwundet, jede Menge Blut an seinem Bein.«

»Und was treibt dieser Russe da?«

»Nicht allzu viel. Lieutenant Colonel Squires hält ihn an den Haaren fest und übergibt ihn an Newmeyer. Der versucht, dem Russen unter die Arme zu greifen, fällt ihm wohl schwer. Moment mal, Sir…«

Im Hintergrund hörte Rodgers ein Stimmengewirr, Honda schwieg einige Augenblicke. Was verhandelt wurde, bekam der General nicht mit.

Dann drang Sondras Stimme kurz durch. »Dann werfen wir eben einen Teil unserer Kleidung oder ein paar Waffen über Bord, irgendwie werden wir das Gewicht schon ausgleichen.«

Offenbar äußerte der Pilot seine Bedenken darüber, daß Squires den Russen mitnehmen wollte. Unter Rodgers Unterhemd begann der Schweiß den Rücken herunterzuperlen.

Über Funk wandte Honda sich wieder an den General. »Sir, der Pilot beschwert sich, daß er achtzig Kilo mehr an Bord nehmen soll, und daß zu viel Zeit dabei draufgehen wird. Wenn er sich weigert, wird er wohl Ärger mit uns bekommen.«

»Hören Sie, im Moment hat der Pilot die Verantwortung für die Mission, und er muß auch an seinen Copiloten denken, verstanden?«

»Verstanden, Sir.«

Das waren die klarsten Worte, die Rodgers bis dahin hatte aussprechen müssen: anerkennend drückte Hood ihm seinen Arm.

»Der Russe ist jetzt auf dem Dach«, fuhr Honda fort, »er sieht wirklich wie tote Masse aus.«

»Aber er ist nicht tot, oder?«

»Nein, Sir, er bewegt seine Hände und seinen Kopf.«

Wieder herrschte Stille am anderen Ende der Leitung. Rodgers und Hood sahen einander an; angesichts dieser nervenaufreibenden Lage waren Schuldzuweisungen aufgrund früherer Differenzen einfach fehl am Platz.

»Jetzt sehe ich den Lieutenant Colonel«, sagte Honda. »Er lehnt aus dem Fenster, zeigt auf den Russen, dann in den Führerstand; zieht seinen Finger quer über seine Kehle.«

»Die Lok läßt sich nicht mehr steuern – meint er das?«

»Das glauben wir auch. Einen Moment, Sir, wir werden den Zug überfliegen. Und dann glaube ich… ja, genau, Sir.«

»Was ist los?«

Hondas Stimme überschlug sich fast vor Erregung. »Sir, eben sagt der Pilot, wir sollen die Leiter ausfahren. Wir haben achtzig Sekunden, um unsere Jungs einzusammeln.«

Rodgers atmete tief durch. Wie gebannt starrte er auf die Computeruhr, deren Ziffern unerbittlich weiterliefen…

72

Dienstag, 23.57 Uhr, Kabarowsk

Der Moskito war über sie hinweggefegt wie eine Gewitterwolke im Zeitraffer, dunkel, mächtig und überraschend leise. Fasziniert verfolgte Squires, wie der Hubschrauber über die Lokomotive und den Tender hinwegschoß, dann um 180 Grad drehte und sich zentimeterweise an sie heranschob.

Die Leiter fiel aus der Halterung und straffte sich in Sekundenschnelle. Sondra kletterte ein Stück herunter und streckte ihren einen Arm aus, während sie mit der anderen Hand eine Sprosse über sich umklammerte.

»Worauf wartet ihr?«

»Newmeyer!« Nur mit Mühe konnte Squires das Dröhnen des Triebwerks übertönen. »Lassen Sie den Russen, wo er ist, und helfen Sie Grey hoch. Und danach gehen Sie.«

Widerspruchslos befolgte der Striker den Befehl. Wie in anderen Sondereinsatzkommandos galt auch bei ihrem Team die Maxime, in einer kritischen Situation Anweisungen unmittelbar und ohne Murren auszuführen, wenn sie ihnen auch noch so sehr gegen den Strich gingen. Später würde Newmeyer die gesamte Rettungsaktion noch lange im Kopf herumwälzen und aus unterschiedlichen Perspektiven neu aufrollen, im Schlaf, während des Trainings oder in Gesprächen mit Liz Gordon, ihrer Psychologin. In diesem Moment jedoch fügte er sich dem Befehl seines Vorgesetzten.

Newmeyer setzte den russischen Offizier ab und lud sich Grey wieder vorsichtig auf die Schultern. Sobald er aufrecht stand, plazierte der Pilot seine Maschine direkt über Newmeyers Kopf und kam so tief herunter, daß das untere Ende der Leiter auf Kniehöhe hing.

Grey stellte seinen Fuß auf die zweite Sprosse und begann den Aufstieg. Weiter oben nahmen Sondra und Pupshaw ihn in Empfang und zogen ihn mit vereinten Kräften durch die Luke in die Kabine. Während Pupshaw dem Sergeant hereinhalf, streckte Sondra ihre Hand schon nach Newmeyer aus; ihre Augen blieben aber die ganze Zeit unverwandt auf Lieutenant Colonel Squires geheftet.

»Dreißig Sekunden!« rief Copilot Iovino in Richtung der offenen Luke.

»Sir!« Sondra gab die Meldung an Squires weiter, als der sich anschickte, den Russen auf seine Schulter zu befördern. »Eine halbe Minute bis zum Abflug.«

»Fünfundzwanzig!«

Squires ließ die Haare des Offiziers los und hob ihn auf seine Schulter. Gegen die Unterkante des Fensters gestützt versuchte er, auf die Beine zu kommen. Nikita widersetzte sich, wollte zurück in den Führerstand.

»Zwanzig!«

»Scheißkerl!« Squires erwischte den Mantel nur noch von hinten, als der Russe im Inneren des Führerstands schwer aufschlug und dort den Handgriff neben dem Fenster fest umklammerte.

»Fünfzehn!«

Sondras Gesicht war leichenblaß geworden, ihre Stimme zitterte. »Lieutenant Colonel – fünfzehn Sekunden!«

Von seinem Platz vor dem Fenster machte Squires dem Pilot Zeichen, mehr von der Seite anzufliegen.

Der Moskito vollführte einen kleinen Schlenker nach Osten und sank einige Zentimeter, so daß die unterste Sprosse für Squires erreichbar war. Auf einen Wink von ihm senkte der Pilot den Moskito nochmals etwas ab.

»Zehn Sekunden!«

Der Leutnant Colonel ließ den Mantel los, hielt sich mit der linken Hand an einem Vorsprung der Lokomotive fest, um dann mit der Rechten seine Beretta aus dem Halfter zu ziehen. Er zielte auf den Arm des Russen und drückte ab.

Aufheulend ließ Nikita Orlow den Griff los und stürzte nach hinten.

Mit einem beherzten Sprung setzte Squires hinterher.

»Oh nein!« Entsetzt eilte Sondra die Leiter hinunter, Newmeyer folgte dicht hinter ihr.

»Fünf Sekunden!« Jetzt lagen auch bei ihrem Copiloten die Nerven bloß.

»Noch nicht!« schrie Sondra nach oben.

Die Leiter baumelte unmittelbar neben dem Fenster des Führerstands. Keuchend und zugleich fluchend schob Squires den bewegungslosen Russen durch die Fensteröffnung; zusammen erwischten Sondra und Newmeyer ihn an seinem Mantel und zerrten ihn heraus.

Nervös trommelte der Pilot auf einem der Bildschirme herum, während Pupshaw den russischen Offizier von dem weiter unten an der Leiter hängenden Newmeyer übernahm.

Squires stand jetzt wieder vor dem Fenster des Führerstands. Sobald Sondra ihre Hände frei hatte, wollte sie ihn die Leiter hochziehen. Er griff nach oben…

Der erste Waggon explodierte, der zweite einen Sekundenbruchteil danach. Durch die gewaltige Erschütterung wurde die Lokomotive mehrmals wie ein Spielzeug hochgeschleudert. Der Tender zerrte an der Kupplung, bäumte sich

389

auf, geriet heftig ins Schlingern. Ein wahrer Kohleregen ging über der Schlucht nieder. Als der Tender sich endgültig losriß, war die Lokomotive bereits aus den Schienen gesprungen.

»Lieutenant Colonel!« Mit weitaufgerissenen Augen mußte Sondra mitansehen, wie Squires in den Führerstand zurückgeschleudert wurde. Fluchend zog der Pilot den Moskito steil hoch, um keine Beschädigung durch die in alle Himmelsrichtungen auseinanderstiebenden Trümmer zu riskieren. »Captain, warten Sie noch!«

Der Pilot brachte die Maschine auf Nordkurs und setzte den Steigflug fort, um die Gefahrenzone möglichst schnell hinter sich zu lassen.

»Kommen Sie endlich 'rein!« krächzte Newmeyer mit letzter Kraft.

In Sondras Augen spiegelten sich die beiden rasenden roten Feuerbälle, vor denen die Lokomotive weiter funkensprühend die Schienen entlangschrammte.

»Er ist noch drin!« sagte Sondra tonlos. »Wir können ihn doch nicht einfach zurücklassen…«

Zuerst knirschend, dann krachend brach die durch die Wucht der beiden Explosionen bereits beschädigte Brücke unter der führerlosen Lokomotive und dem Tender zusammen wie ein Kartenhaus. Der Einsturz erschien in seinem Zeitlupentempo seltsam unwirklich; erst als der Lokomotivkessel auseinanderflog, schien das grauenhafte Geschehen wieder in seiner normalen Geschwindigkeit abzulaufen. Die nach oben, unten und nach allen Seiten auseinanderfliegenden Metallfetzen wurden durch die Explosion in ein unheimliches glutrotes Licht getaucht. Und dann stürzte der in Flammen stehende Zug mitsamt den losgerissenen Schienen und aufgesplitterten Eisenträgern einem Fackelmeer gleich in die tiefe Schlucht hinab.

Mit zunehmender Entfernung des Moskitos vom Ort der Katastrophe schrumpften die Flammen zu immer kleineren züngelnden Lichtpunkten zusammen.

»Oh nein.« Apathisch wiederholte Sondra diese Worte, bis starke Hände sie von oben an den Schultern faßten.

390

»Wir müssen die Leiter einholen«, schrie der Copilot von seinem Platz im Cockpit aus.

Mitfühlend blickte Newmeyer zu Sondra hinab. »Kommen Sie 'rauf.« Es war fast unmöglich, den heulenden Wind zu übertönen. »Bitte!«

Gestützt von Newmeyer und Pupshaw kletterte Sondra endlich in die Kabine, so daß Honda die Leiter einziehen und die Luke schließen konnte.

Mit unverhüllter Mordlust in seinem Blick holte Pupshaw seinen Erste-Hilfe-Koffer und versorgte zuerst Sergeant Grey, um danach zu dem russischen Offizier hinüberzugehen. Die unerträgliche Stille in der Maschine wurde nur von dem schmerzerfüllten Wimmern des Russen durchbrochen.

»Ich hatte ihn praktisch schon an der Hand«, sagte Sondra schließlich bitter. »Ein paar Sekunden noch, mehr hätte ich nicht gebraucht...«

»Die hat der Pilot Ihnen ja auch gegeben«, sagte Newmeyer. »Es war die Explosion.«

»Nein, es ist meine Schuld.«

»Jetzt quälen Sie sich doch nicht so, Sie hätten rein gar nichts tun können.«

Wütend schlug sie mit der geballten Faust gegen die Bordwand. »Ich hätte den Mistkerl eiskalt abknallen sollen! Mit dem Fluggewicht hätten wir dann keine Probleme gehabt...«

Sie warf dem Russen einen haßerfüllten Blick zu. »Wenn's nach mir ginge, könnten wir auch jetzt noch Gewicht sparen.« Entsetzt erkannte sie die Unmenschlichkeit ihrer eigenen Worte »Oh Gott, *warum*?« Sie wandte sich ab.

Neben ihr hatte Newmeyer den Kopf in einen Ärmel seiner Jacke vergraben und schluchzte hemmungslos. Pupshaw kümmerte sich um die Verletzungen des Russen so rücksichtsvoll, wie seine hart auf die Probe gestellte Nächstenliebe es gerade noch zuließ.

Dienstag, 9.10 Uhr, Washington, D. C.

Ishi Honda sprach so langsam und schwerfällig, daß es Rodgers schon am Anfang der Meldung in der Seele weh tat.

»Newmeyer und Sergeant Grey konnten wir aus dem Zug retten.« Der Funker räusperte sich. »... außerdem einen russischen Offizier. Das gilt leider nicht für... für Lieutenant Colonel Squires. Er ist...«

Honda brach ab; Rodgers hörte, daß er schlucken mußte. »Er ist im Zug zurückgeblieben, der wie vorgesehen zerstört wurde. Unser Einsatz ist damit erfolgreich abgeschlossen.«

Rodgers brachte keinen Ton heraus, auch sonst war er zu keiner Regung fähig. Obwohl er als altgedienter Soldat natürlich nur zu genau wußte, wie schnell und gnadenlos der Tod auf dem Schlachtfeld zuschlagen konnte, erschütterte ihn diese Nachricht doch zutiefst.

Hood sprang ein. »Wie geht es Sergeant Grey?«

»Er hat einen Schulterschuß abgekriegt, Sir.«

»Und der Russe?«

»Ein Treffer im Oberschenkel und ein Streifschuß am Arm. Wegen unseres Treibstoffmangels können wir ihn nicht unterwegs absetzen, wir werden ihn bis Hokkaido an Bord behalten müssen.«

»Verstanden, alles weitere klären wir mit der russischen Botschaft.«

»Honda«, sagte Rodgers mit Tränen in den Augen, »richten Sie Ihren Leuten aus, daß ich Unmögliches gefordert habe, und daß sie es hervorragend gemeistert haben. Sagen Sie ihnen das bitte.«

»Natürlich, Sir«, erwiderte Honda. »Vielen Dank, Sir, ich geb's weiter. Ende und aus.«

Hood schaltete den Lautsprecher ab und sah Rodgers an. »Kann ich irgendwie helfen, Mike?«

Der General seufzte tief. »Können Sie den lieben Gott

nicht fragen, ob er statt mit Charlie auch mit mir vorliebnehmen würde?«

Wortlos legte Hood seine Hand auf Rodgers Arm. Der General schien es nicht einmal zu bemerken.

»Schließlich hatte er Familie – und ich?«

»Sie tragen Verantwortung«, entgegnete Hood sanft, aber bestimmt. »Sie dürfen sich jetzt nicht hängen lassen, damit sie seiner Frau und seinem Sohn die schlimme Nachricht überbringen können! Sie müssen den beiden über den Berg helfen.«

Wieder seufzte Rodgers. »Sie haben ja recht…«

»Ich werde Liz telefonisch verständigen, sie wird sicher auch eine große Hilfe sein; sie muß sich sowieso um unser Team kümmern.«

»Unser Team…« Rodgers fühlte, daß der Kloß im Hals wieder wuchs. »Das muß ich auch noch klären… Wenn es morgen wieder losgeht, braucht die Einheit einen neuen Kommandeur.«

»Beauftragen Sie mit der Auswahl doch Major Shooter.«

Energisch schüttelte Rodgers den Kopf und stand auf. »Nein, Sir, das ist meine Sache. Wir werden uns noch heute nachmittag über die Besetzung unterhalten.«

Hood nickte. »Einverstanden.«

Bob Herbert rollte in den Raum und brachte seinen Rollstuhl vor den beiden Männern zum Stehen. Er strahlte bis über beide Ohren. »Gerade eben hatte ich das Pentagon an der Strippe, sie haben den Funkverkehr der russischen Maschinen abgehört, die das Zielgebiet überflogen haben. Ihre Landsleute im Schnee und den schrottreifen Zug haben sie entdeckt, aber unser Moskito ist ihnen komplett entgangen.« Er klatschte in die Hände. »Also, von wegen ›schwer anzupeilen‹!«

Rodgers sah ihn an. Als ihre Blicke sich trafen, gefror Herberts gute Laune.

»Wir haben Charlie verloren«, sagte der General düster.

Herberts Mundwinkel zuckten. »Das kann nicht sein…« Geschockt schloß er die Augen, er wurde leichenblaß. »Ausgerechnet Charlie.«

»Bob«, sagte Hood, »wir brauchen Ihre Unterstützung, um uns mit den Russen zu einigen. Einer ihrer Offiziere ist an Bord der Moskito; wir würden ihn gern irgendwie von Bord...«

»Sagen Sie mal, sind Sie restlos übergeschnappt?« Außer sich vor Empörung rollte Herbert auf Hood zu. »Darf ich diesen Mist vielleicht erstmal einigermaßen verdauen?«

»Nein, dürfen Sie nicht«, sagte Rodgers bestimmt. »Paul hat vollkommen recht, wir haben die Sache noch lange nicht hinter uns. Lowell muß den Kongreß über die Entwicklung informieren, Martha darf gegenüber den Russen ihren ganzen Charme ausspielen, der Präsident will wissen, was da eigentlich los ist, und für die Presse ist Ann zuständig – und diese Geier haben den Braten garantiert schon gerochen. Trauern können wir immer noch, im Moment haben wir alle Wichtigeres zu tun.«

Herbert blickte von Rodgers zu Hood, er hatte sichtlich Mühe, nicht in Wut auszubrechen. »Schon klar.« Er drehte seinen Rollstuhl zur Tür. »Die Regierungsmaschinerie muß natürlich am Laufen gehalten werden, mit Blut als Schmiermittel. Um mich hat sich ja auch keiner gekümmert, als ich bei dem Anschlag fast draufgegangen bin, warum sollten wir's bei Charlie anders machen?«

»Weil er so das Gefühl gehabt hätte, daß es nicht ganz umsonst war«, brüllte Rodgers Herbert hinterher. »Wir werden Charlie Squires nicht vergessen, das verspreche ich Ihnen.«

Herbert hielt an, sein Kopf sank vornüber. »Ja, ich weiß«, sagte er, ohne sich umzudrehen. »Es tut nur halt so verdammt weh, können Sie sich das nicht vorstellen?«

»Doch.« Die Tränen schossen Rodgers ins Gesicht. »Sogar sehr gut.«

74

Dienstag, 16.15 Uhr, Moskau

Fünf Minuten nachdem das Pentagon die Meldung der russischen Jets an ihren Stützpunkt abgefangen hatte, erhielt Innenminister Dogin einen Anruf aus dem Büro von Luftwaffengeneral Dhaka.

»Herr Minister«, sagte der Anrufer, »hier spricht Generalmajor Dragun. Die Abfangjäger, die Sie angefordert hatten, haben keine Anzeichen für das Eindringen einer Fremdmaschine gefunden, nur die Soldaten und die Zivilisten aus dem Zug sind gesichtet worden.«

»Dann muß die Einheit sich immer noch in dem Gebiet aufhalten.«

Darauf ging Dragun nicht ein. »Darüber hinaus läßt der General ausrichten, daß der Zug, den Sie in Wladiwostok requiriert hatten, östlich von Kabarowsk auf dem Grund der Obernaja-Schlucht aufgefunden worden ist.«

»Und in welchem Zustand?« Dieser verdammte Orlow mitsamt seinen Leuten! Der Minister kannte die Antwort...

»Der Zug wurde restlos zerstört.«

Dogins Mund öffnete sich lautlos, als ob jemand ihm einen Schlag versetzt hätte: er brauchte einige Zeit, bis er sich wieder soweit gefangen hatte, daß er das Gespräch fortführen konnte. »Geben Sie mir General Dhaka«, krächzte er.

»Unglücklicherweise nimmt General Dhaka gerade an einer Sitzung mit Präsident Zhanins Beratern teil, die noch einige Zeit dauern wird. Kann ich ihm eine Mitteilung hinterlassen, Herr Minister?«

Schwerfällig schüttelte Dogin den Kopf. »Nein, Herr Generalmajor, keine Mitteilung.«

»Ist recht. Einen schönen Nachmittag noch, Sir.«

Mit der Handkante hämmerte Dogin auf die Gabel des Telefons.

Das war's dann wohl – und zwar endgültig. Seine Pläne und Träume von der neuen Sowjetunion – vorbei. Schowitsch wäre sicher auch am Ende, sobald er von dem Verlust seiner Devisen erfahren würde.

Der Innenminister hob die Hand. Als er den Wählton hörte, rief er seinen Mitarbeiter an und bat ihn um eine Verbindung mit Sergej Orlow.

Ob Orlow ihn auch schneiden würde? Vielleicht *war* die alte Sowjetunion ja wiedererstanden, nur eben nicht ganz so, wie er sie sich vorgestellt hatte.

Orlow war sofort am Apparat. »Ich wollte Sie gerade anrufen, Herr Minister. Im Museum gab's einen Schußwechsel! Colonel Rosski befindet sich in einem kritischen Zustand, und eine seiner Agentinnen, Walja Saparow, wurde dabei getötet.«

»Weiß man schon, wer der Täter war?«

»Eine Spionin, die über Helsinki eingeschleust wurde. Sie konnte in einer Menge streikender Arbeiter untertauchen, die Miliz fahndet nach ihr.« Orlow zögerte. »Wissen Sie schon über den Zug Bescheid, Herr Minister?«

»Ja, allerdings. Sagen Sie mal, Sergej, haben Sie Nachricht von Ihrem Sohn?«

Orlows sachlicher Tonfall war zweifellos ein Überbleibsel aus seinen Kosmonauten-Tagen. »Es gab keine Funkverbindung mehr mit der Einheit aus dem Zug. Allerdings habe ich von einem Überfall gehört – aber von Nikita weiß ich nichts Definitives.«

»Ihm wird schon nichts passiert sein«, sagte Dogin aufmunternd. »Es gab da einiges Blutvergießen, fast wie in Stalingrad; aber ein paar Leute überleben sowas immer.«

»Das will ich doch hoffen.«

Dogin holte tief Luft, die Hand, die den Hörer hielt, zitterte. »Anscheinend bin ich auch unter denen, die es erwischt hat. Ich, General Kosigan, vielleicht noch General Mawik – eben alle, die sich nicht hinter der Front verschanzt haben. Die Frage ist nur noch, wer uns zuerst am Wickel haben wird, die Regierung, Schowitsch oder die Kolumbianer, die ihm das Geld verschafft haben.«

»Gehen Sie doch zu Zhanin, er gibt Ihnen sicher Rückendeckung.«

»Gegen Schowitsch?« Der Minister lachte verbittert. »In einem Land, in dem hundert US-Dollar genügen, um einen Mörder anzuheuern? Nein, Sergej, in dieser Schlucht liegt nicht nur der Zug, sondern auch mein Schicksal begraben. Aber es ist schon komisch: Im Grunde stand dieser Gangster für alles, was ich gehaßt habe wie die Pest.«

»Aber warum haben Sie sich dann überhaupt mit Schowitsch eingelassen? Warum mußten so viele Menschen dafür büßen?«

»Ich weiß es nicht«, erwiderte Dogin müde, »Herrgott, ich weiß es wirklich nicht. General Kosigan hat mir eingeredet, daß wir später schon mit ihm fertig werden könnten, und ich hätte es auch allzugern geglaubt – aber im Grunde wußte ich es von Anfang an besser.« Sein Blick wanderte über seine Sammlung alter Karten. »Ich habe es mir so glühend gewünscht – dabei wollte ich einfach nur zurückholen, was wir verloren haben… die Zeiten, als die Sowjetunion das Ruder fest in der Hand hielt und die anderen Nationen uns um unsere wissenschaftlichen und kulturellen Errungenschaften und unsere militärische Überlegenheit noch beneidet haben. Aber die Methoden waren wohl die falschen, das sehe ich jetzt klarer als vorher.«

»Es hätte nicht lange funktioniert, diese neue Sowjetunion wäre über kurz oder lang auch wieder auseinandergebrochen. Als ich vor einem Monat wieder mal den Weltraumbahnhof in Kasachstan besucht habe, war ich entsetzt: Auf den Treppen die Hinterlassenschaften der Vögel, die Plastikabdeckungen der Antriebsstufen staubbedeckt… Natürlich habe ich in dem Moment die alten Zeiten wieder herbeigewünscht, die Ära Gagarins, als wir zur Eroberung des Alls aufgebrochen waren. Aber alles hat einen Anfang und ein Ende, Herr Minister, das müssen wir wohl oder übel so akzeptieren, wie es nun mal ist.«

»Vielleicht haben Sie ja recht, aber der Kampf gegen das Unausweichliche liegt uns doch allen im Blut. Wenn jemand im Sterben liegt, fragen Sie auch nicht, ob die Behandlung zu teuer oder zu gefährlich ist, Sie tun einfach, was Sie tun müssen. Erst nach dem Tod des Patienten regt sich die Vernunft, und man sieht, daß man von vornherein überhaupt keine Chance gehabt hat.« Dogin lächelte. »Trotzdem, Sergej – eine Zeitlang dachte ich wirklich, es könnte klappen, das muß ich zugeben.«

»Dummerweise kamen dann die Amerikaner...«

»Nein, nicht *die* Amerikaner. Es war nur einer, und zwar dieser FBI-Agent, der in Tokio auf unsere Maschine geschossen hat, so daß wir das Geld auf anderem Weg weiterbefördern mußten. Eigentlich ist es ein Witz, Sergej: Eine einzelne Seele hat geschafft, was die Mächtigen nicht geschafft haben, nämlich die Welt zu verändern.«

Der Atem des Ministers ging nun ruhiger. Als er nach rechts langte und die oberste Schreibtischschublade herauszog, hatte er auf merkwürdige Art seinen inneren Frieden gefunden.

»Ich hoffe, daß Sie Ihren Posten im Center behalten werden, Sergej, unser Land braucht Leute wie Sie. Und wenn Sie Ihren Sohn wiedersehen – haben Sie Nachsicht mit ihm. Wir wollten zurückerobern, was wir einmal besessen haben... und er wollte zum ersten Mal mit dabei sein, es nicht immer nur aus den Geschichtsbüchern lesen. Über die Methoden kann man vielleicht streiten, aber wegen meines Traums schäme ich mich nicht.«

Dogin legte auf, mit festem Blick betrachtete er die Karte der Sowjetunion in den Grenzen von 1945. Er wandte seine Augen nicht ab, während er den Lauf der Makarow an seine Schläfe setzte und den Abzug spannte.

75

Dienstag, 16.22 Uhr, St. Petersburg

General Orlow fand es absonderlich, daß die drei Männer, die bei den Ereignissen des Tages eine Schlüsselrolle gespielt hatten, nämlich Dogin, Paul Hood und er selbst, dies alles vom Schreibtisch aus getan hatten; tatsächlich hatte keiner von ihnen seit dem Ausbruch der Krise das Tageslicht erblickt.

Teufel aus der Unterwelt, das sind wir... und regeln Männerangelegenheiten...

Was Orlow jetzt noch zu erledigen hatte, konnte er im Moment nicht tun. Um Nachrichten über seinen Sohn und dessen Einheit zu bekommen hatte er bereits im Büro von General Dhaka angerufen; jetzt konnte er wirklich nur Däumchen drehen und ein wenig nachdenken.

Der General ließ sich in seinen Sessel zurückfallen, die Arme ruhten auf den Lehnen, die Hände hingen vorne schlaff herunter. Erst jetzt überfielen ihn die beängstigenden Gedanken, vor denen er sich angesichts der Tragödie der vergangenen Stunden schon eine ganze Weile gefürchtet hatte: Orlow hatte keine andere Wahl gehabt, als gegen seine eigenen Landsleute anzutreten, obwohl sie alle auf ihre Art Rußland durchaus treu verbunden gewesen waren.

Abwesend warf er einen Blick auf seine Armbanduhr, nur um die Zeit sofort wieder zu vergessen. Warum hatte immer noch niemand angerufen? Sicher hatten die Piloten feststellen können, wieviele Soldaten dort unten beisammen waren.

Das Summen des Telefons jagte ihm einen gehörigen Schrecken ein, wie das Zischen einer angriffsbereiten Schlange; aber immerhin brachte es ihn auch in die Wirklichkeit zurück. Noch vor dem Ende des ersten Tons hatte er abgehoben.

»Ja, bitte?« Selten hatte er seinen Herzschlag so überdeutlich gefühlt.

»Sir, ein Videogespräch für Sie«, sagte seine Sekretärin.

»Stellen Sie's durch.« Orlows Mund war wie ausgetrocknet, ungeduldig wartete er darauf, daß Paul Hoods Gesicht auf dem Schirm erschien. Der Amerikaner brauchte eine Weile, bis ihm klar war, daß er auch wirklich Orlow vor sich hatte.

»General – Ihrem Sohn geht es gut.«

Eine zentnerschwere Last schien von Orlow abzufallen,

erleichtert lächelte er Hood an. »Ich weiß gar nicht, wie ich Ihnen danken soll...«

»Er ist an Bord der Maschine, die unser Team evakuiert hat; wir sorgen dafür, daß er sobald wie möglich zurückkehren kann. Wegen seiner leichten Verletzungen am Arm und am Bein kann es noch ein, zwei Tage dauern.«

»Aber es geht ihm gut – keine Lebensgefahr?«

»Wir tun alles Nötige für ihn.«

Orlow entspannte sich etwas. Aber irgend etwas in den Augen des Amerikaners, ein unklarer Unterton in seiner Stimme, ließ ihn aufhorchen; auf gute Nachrichten folgten manchmal ja auch schlechte...

»Kann ich sonst noch etwas für Sie tun?« fragte Orlow.

»Ja, durchaus, Sie wissen noch nicht alles.«

Unbehaglich stützte der General seine Ellbogen auf die Schreibtischplatte.

»Ihr Sohn hat sich mit Händen und Füßen gegen seine Evakuierung gewehrt. Vielleicht hatte für ihn der Kapitän mit dem sinkenden Schiff unterzugehen, oder es war gegen seine Offiziersehre, von einer Feindmaschine aufgenommen zu werden. Jedenfalls hat er durch seinen Widerstand den Tod des Kommandeurs verursacht.«

»Das tut mir aufrichtig leid – wenn ich irgendwie...«

»General.« Hood unterbrach Orlow. »Es geht hier nicht um Schuldzuweisungen, und es liegt mir fern, irgendwelche Ansprüche geltend zu machen; unsere Diplomaten werden sich um die Rückführung seiner sterblichen Überreste kümmern. Aber mein Stellvertreter hier im Center stand dem Teamchef sehr nahe, er wäre Ihnen dankbar, wenn Sie Ihrem Sohn etwas ausrichten könnten.«

»Aber natürlich.«

»In der russischen Sage ›Sadko‹ erklärt der Herrscher des Meeres dem Helden, daß jeder Krieger Menschenleben auslöschen kann, daß aber ein wirklich großer Held alles daran setzt, sie zu schonen. Helfen Sie Ihrem Sohn, ein wirklich großer Held zu werden.«

»Leider bin ich immer kläglich gescheitert, wenn ich meinem Sohn etwas beibringen wollte. Aber eines verspreche ich Ihnen: Aus der Saat, die heute gepflanzt worden ist, werden wirkliche Helden hervorgehen.«

Noch einmal bedankte Orlow sich bei Hood. Nach dem Ende des Gesprächs gönnte er sich einen Moment der Stille. Für den namenlosen Unbekannten empfand er den allergrößten Respekt, hatte der Mann doch für seine Aufgabe sein Leben gegeben und in Kauf genommen, das seiner Frau in einen Scherbenhaufen zu verwandeln.

Schließlich stand er auf, nahm seinen Hut vom Haken und verließ das Büro. Abgesehen von der allmählich sich verlaufenden Menge demonstrierender Arbeiter endete der Tag nach außen genau so, wie er begonnen hatte. Verblüfft wurde er gewahr, daß vor genau vierundzwanzig Stunden der Startschuß zu der Kraftprobe mit Rosski gefallen war.

Vor vierundzwanzig Stunden hätte der Welt beinahe ein grundlegender Umschwung bevorgestanden.

Und es war schon wieder vierundzwanzig Stunden her, daß er seine Frau zum letzten Mal umarmt hatte.

76

Dienstag, 22.00 Uhr, St. Petersburg

Das Verlassen der Eremitage war für Peggy kinderleicht.

Als auf der Treppe geschossen wurde, verbreitete sich unter den streikenden Arbeitern das Gerücht, daß die Armee anrücken und die Versammlung auflösen werde. Daraufhin begann die Menge sehr schnell, sich zu zerstreuen; ebenso schnell versammelten sich die Arbeiter aber wieder, als die Polizei an ihnen vorbei ins Museum stürmte und die Wortführer erkannten, daß die Schießerei mit ihnen überhaupt nichts zu tun hatte. Das war für die Arbeiter geradezu ein Signal, ins Museum einzufallen, den jetzt unbewachten Haupteingang zu blockieren, drinnen ziellos herumzustolpern und eine Panik bei den Touristen auszulösen, die gerade die Eremitage verlassen wollten. Die danach alarmierten Wachen gingen mit Schlagstöcken hart gegen die Arbeiter vor, um sie herauszutreiben und die Kunstwerke zu schützen.

Peggy verließ das Gebäude als panische Touristin.

In der hereinbrechenden Dunkelheit machte sie sich auf den Weg zur Metrostation Newski-Straße. Um diese Zeit war die Station hoffnungslos mit Pendlern überfüllt, aber da die Züge alle zwei Minuten fuhren, bezahlte sie ihre fünf Kopeken und konnte schon bald einsteigen. Die kurze U-Bahn-Fahrt führte sie direkt zum Finnischen Bahnhof. Die Züge, die von dort abgingen, erreichten die finnische Grenze nach Zwischenstops in Rasliw, Repino und Wiborg.

Auf einer Holzbank im Wartesaal saß bereits George und las eine englischsprachige Zeitung, die Plastiktüte mit Andenken neben sich. Nachdem Peggy am Fahrkartenschalter ihr Visum und ihren Ausweis gezeigt und das Ticket nach Helsinki gelöst hatte, beobachtete sie den Striker noch eine Weile. Nach jeder Minute sah er von der Zeitung auf, um sich suchend umzublicken und sich dann wieder seiner Lektüre zu widmen.

Einmal sah er etwas länger auf als gewöhnlich, nicht eindeutig in ihre Richtung, aber zweifellos war sie in seinem Blickfeld. Dann verließ er die Holzbank mitsamt seiner Zeitung, den Ansichtskarten und den Souvenirs. Das war das vereinbarte Zeichen, daß er sie entdeckt hatte und seine Suche einstellen würde. Sobald sie ihn aus dem Augen verloren hatte, ging sie zu dem Kiosk und kaufte ihrerseits englischsprachige und russische Zeitungen und Zeitschriften und setzte sich auf eine der Bänke, um sich die Zeit bis zur mitternächtlichen Abfahrt des Zuges zu vertreiben.

Die Sicherheitskontrollen im Finnischen Bahnhof waren nicht strenger als sonst auch; offenbar fühlten die Milizsoldaten sich durch die Ereignisse in Moskau und der Ukraine mehr als ausgelastet. Nachdem Peggy an der Schranke ihre Papiere vorgezeigt hatte, konnte sie unbehelligt den Zug besteigen.

Die mit einer hellen Innenbeleuchtung ausgestatteten

Waggons waren ziemlich modern, die schmalen, aber weichen Sitze aus Plüschimitat sollten den etwas schlichteren Gemütern unter den Reisenden wohl einen Hauch weltmännischer Eleganz vorgaukeln. Obwohl Peggy weder die Atmosphäre ihres Abteils noch des mit grellen roten und gelben Samtstoffen aufstaffierten Salonwagens ausstehen konnte, ließ sie sich ihr ästhetisches Mißfallen ebensowenig anmerken wie die Anstrengungen der vergangenen Stunden. Erst als sie in der wie in einem Verkehrsflugzeug eingerichteten Toilette ihre Kleidung und ihre Haut auf Blutflecken von dem Kampf mit der Russin untersuchte, wich die Anspannung ein wenig von ihr.

Sie stützte sich mit den Händen auf das Waschbecken, schloß ihre Augen und flüsterte kaum hörbar: »Als ich herkam, habe ich nicht an Rache gedacht, aber ich habe sie bekommen, und es ist gut so.« Ein Lächeln huschte über ihr Gesicht. »Wenn für's nächste Leben so etwas wie gute Führung zählt, mein Schatz, verspreche ich dir, daß ich alles tun werde, damit ich am Ende auch dahin komme, wo du sicher jetzt schon bist. Und richte Wolko meinen Dank aus; er hat einen Ehrenplatz direkt neben dem lieben Gott verdient, nach dem, was er für uns getan hat.«

Obwohl Peggy und George sich während der Fahrt mehrmals über den Weg liefen, sagten sie nie mehr als »Verzeihung«, wenn sie sich im Gang eines der Waggons begegneten. Zwar hatten sie St. Petersburg ohne Schwierigkeiten verlassen können, aber selbstverständlich mußten sie im Zug mit Spitzeln rechnen, die keine allzugenaue Personenbeschreibung von ihnen besaßen und deshalb ein wachsames Auge auf Paare wie auch auf Einzelreisende werfen würden. Peggy verbrachte daher so viel Zeit wie möglich im Salonwagen bei einer Gruppe russischer Soldaten, beteiligte sich ab und zu am Gespräch, um den Eindruck zu vermitteln, daß sie dazu gehörte, und ließ ein Stück weit sogar die Avancen eines der Soldaten zu – woher konnte sie wissen, ob sie nicht doch noch einen Schutzengel brauchte? Als der Zug kurz vor Sonnenaufgang die finnische Grenze erreichte, gab Peggy ihm eine falsche Telefonnummer und Adresse.

Die Beamten verließen sich bei Peggy auf ihre mündliche Zollerklärung, während das Handgepäck der Russen einer eingehenden Kontrolle unterzogen wurde.

Mit dem Gefühl grenzenloser Erleichterung marschierten Peggy James und David George Seite an Seite aus dem Empfangsgebäude. Genießerisch blinzelte die britische Agentin in die Sonne, die gerade ihre ersten, noch zaghaften Strahlen über die nur allmählich erwachende Stadt sandte.

»Was, zum Teufel, ist eigentlich im Museum passiert?« fragte George.

Peggy lächelte. »Ach ja, das wissen Sie ja noch gar nicht.«

»Nein, woher auch. Die ganze Zeit mußte ich an die eine Szene aus *Die Kanonen von Navarone* denken, wo die Agentin gerade den Löffel abgibt.«

»Ich habe auf der Treppe einen kleinen Sturz inszeniert. Als die Frau mich verfolgte und mir gefährlich wurde, mußte ich sie aus dem Verkehr ziehen. Mit ihrer Pistole habe ich mich dann gegen einen Speznas-Offizier gewehrt, der wohl dachte, er könnte mir selbst noch mit ein paar Kugeln im Bauch auf den Pelz rücken – ein fataler Irrtum! Danach ging es in der Halle drunter und drüber, so daß ich leicht entwischen konnte.«

»Ihr Leben wird garantiert nie verfilmt werden«, sagte George bewundernd, »das nimmt Ihnen so schnell keiner ab.«

»Im Leben passiert immer mehr als in diesen Filmen – deswegen brauchen sie ja auch solche Riesenleinwände dafür.«

Eine Weile unterhielten die beiden sich über ihre weiteren Pläne. George hatte beschlossen, den nächsterreichbaren Flug zu buchen. Peggy wußte noch nicht recht, wie oder wann sie Helsinki den Rücken kehren würde; im Augenblick war sie glücklich, sich ein bißchen die Beine zu vertreten, die wärmenden Sonnenstrahlen auf ihrem Gesicht zu spüren und vor allem einen großen Bogen um alles zu machen, was sie an die drangvolle Enge von Kleinst-U-Booten, Auto-Rücksitzen oder überfüllten Zügen erinnerte.

Vor dem Finnischen Nationaltheater blieben sie stehen und sahen sich an.

»Ich gebe zu, daß ich mich geirrt habe.« Peggy lächelte warmherzig. »Ich hätte nicht gedacht, daß Sie durchhalten.«

»Danke.« George erwiderte ihr Lächeln. »Das Kompliment tut gut, vor allem von jemand mit Ihrer Erfahrung und in Ihrem reifen Alter.«

Es juckte Peggy in den Fingern, George noch einmal auf dieselbe Art flachzulegen, wie sie es bei ihrem ersten Zusammentreffen getan hatte. Statt dessen streckte sie ihm ihre Hand entgegen.

»Das Gesicht eines Engels und die Seele eines Lausbuben – keine schlechte Mischung, steht Ihnen prächtig. Ich würde mich freuen, wenn wir uns wiedersehen würden.«

»Danke, gleichfalls.«

Bevor sie ging, drehte sie sich noch einmal um. »Wenn Sie ihn treffen, ich meine, den Knaben, der mich am Anfang nur widerwillig mitgehen ließ, bestellen Sie ihm ein Dankeschön von mir.«

»Sie meinen den Teamchef?«

»Nein, ich meine Mike. Er hat mir die Chance gegeben, mir ein bißchen von dem zurückzuholen, was ich schon verloren hatte.«

»Ich sag's ihm«, versprach George.

Und dann schlenderte Peggy die menschenleere Straße entlang, der gleißenden Sonne entgegen.

77

Freitag, 8.00 Uhr, Washington, D. C.

Der feuchte Nebel, der nach dem nächtlichen Regenguß über dem Rollfeld der Dover Air Force Base in Delaware hing, paßte zu der trüben Stimmung der Menschen, die sich dort neben der tadellos aufgeputzten Ehrengarde versammelt hatten und die Ankunft der C-141 erwarteten. Der Schmerz über den Verlust, der Paul Hood, Mike Rodgers,

Melissa Squires und Billy, ihren Sohn, verband, drang erst jetzt richtig in ihr Bewußtsein.

Als die Limousine, in der sie dem Leichenwagen gefolgt waren, auf dem Flugplatz eintraf, dachte Rodgers zuerst, daß er dem kleinen Billy eine seelische Stütze sein und deshalb Stärke demonstrieren müßte. Aber diese Erwartung war nicht nur abwegig, sondern schlicht und einfach unerfüllbar. Während die Ladeluke heruntergelassen und der flaggengeschmückte Sarg herausgerollt wurde, fühlte der General die Tränen mit aller Macht in sich aufsteigen, in diesem Augenblick wurde er selbst zu einem kleinen Jungen, der verzweifelt nach Trost sucht und feststellen muß, wie mutterseelenallein er in dieser traurigen Welt ist. Rodgers nahm Haltung an, obwohl das laute Schluchzen von Lieutenant Colonel Squires Witwe und ihrem Jungen zu seiner Linken ihm doch sehr zu Herzen ging. Erleichtert bemerkte er, daß Hood hinter die beiden getreten war und tröstend seine Hände auf ihre Schultern gelegt hatte, um ihnen zumindest das Gefühl zu vermitteln, daß sie mit ihrer tiefen Trauer nicht allein dastanden.

Wie ich diesen Mann unterschätzt habe, dachte Rodgers.

Nachdem die Ehrengarde den Salut abgefeuert hatte und der Sarg für die Überführung nach Arlington in den Leichenwagen geschoben worden war, wandte sich der für seine fünf Jahre recht hagere Billy plötzlich an Rodgers.

»Glauben Sie, mein Daddy hatte Angst, als er in dem Zug war?« fragte er mit seiner hellen, klaren Knabenstimme.

Vor Überraschung brachte Rodgers kein Wort heraus, als der Junge mit großen, fragenden Augen zu ihm aufschaute; Hood mußte für ihn einspringen.

»Dein Dad war wie ein Polizist oder ein Feuerwehrmann: Angst vor dem Verbrecher oder dem Feuer haben sie alle, aber sie wollen den anderen Leuten helfen, und darum holen sie hier eine Menge Mut 'raus.« Hood tippte mit dem Finger an Billys Jackenaufschlag auf die Stelle, wo das Herz saß.

»Und wie machen sie das?« fragte Billy schluchzend, aber neugierig geworden.

»Genau weiß ich das auch nicht... wahrscheinlich so, wie ein Held es eben tut.«

»Dann war mein Daddy also ein Held?« Der Kleine schien an diesem Gedanken zunehmend Gefallen zu finden.

»Ein ganz großer«, bestätigte Hood, »ein richtiger Superheld.«

»Noch größer als Sie, General Rodgers?«

»Viel, viel größer«, erwiderte der General.

Melissa legte den Arm um die Schulter ihres Sohnes; trotz ihrer Trauer schaffte sie es, Hood ein dankbares Lächeln zu widmen, bevor sie Billy sanft in die Limousine schob.

Während Melissa einstieg, sah Rodgers Hood an.

»Ich kenne...« Der General mußte schlucken. »Ich kenne die bedeutendsten Ansprachen und Werke der Weltliteratur, aber nichts hat mich jemals so bewegt wie das, was Sie eben zu dem Jungen gesagt haben. Ich bin stolz, Sie zu kennen, Paul – aber vor allem bin ich stolz darauf, daß ich Ihr Stellvertreter sein darf.«

Rodgers salutierte vor Hood und stieg in die Limousine. Da seine Aufmerksamkeit dem kleinen Jungen im Wagen galt, entging ihm, daß Hood verstohlen eine Träne aus dem Gesicht wischte, bevor er selbst einstieg.

78

Am Dienstag darauf, 11.30 Uhr, St. Petersburg

Nach dem ausgedehnten Spaziergang in dem Park in der Nähe der Newski-Straße trennten Paul Hood und seine Familie sich – Sharon sah mit den Kindern einigen Schülern beim Fußballspielen zu, während Hood sich zu einem kleingewachsenen Mann in einer ledernen Fliegerjacke gesellte, der auf einer Parkbank saß und die Vögel mit Brotkrumen fütterte.

»Es ist doch merkwürdig«, sagte der Mann in fließendem

Englisch, »daß diese Geschöpfe des Himmels auf die Erde angewiesen sind, um Nahrung zu suchen, Nester zu bauen und ihre Nachkommen großzuziehen.« Respektvoll schwang er seine Hand durch die Luft. »Man sollte doch annehmen, daß da oben ein Plätzchen für sie reserviert ist.«

Hood schmunzelte. »Von da oben sehen sie das Erdenleben aus einer völlig anderen Perspektive. Und ich meine, das ist eine ganze Menge.« Er sah seinen Gesprächspartner an. »Finden Sie nicht auch, General Orlow?«

Bedächtig kaute der ehemalige Kosmonaut auf seiner Unterlippe und nickte. »Das kann man wohl sagen… und wie geht es Ihnen inzwischen, mein Freund?«

»Ausgezeichnet, General.«

Mit einer halben Brotscheibe deutete Orlow quer durch den Park. »Wie ich sehe, haben Sie Ihre Familie mitgebracht.«

»Naja, eigentlich schulde ich ihnen noch die zweite Urlaubshälfte; da dachte ich mir, dies wäre der richtige Ort dafür.«

Orlow nickte. »St. Petersburg ist einfach unvergleichlich; selbst als es noch Leningrad hieß, war es das Schmuckstück der Sowjetunion.«

Hoods Lächeln verbreiterte sich. »Ich bin froh, daß Sie diesem Treffen zugestimmt haben, das macht meinen Aufenthalt hier noch wertvoller.«

Verlegen zerkleinerte Orlow die letzte Scheibe, er streute die Brotkrumen aus und klopfte sich die Hände ab. »Die vergangene Woche werden wir wohl so bald nicht vergessen: Zuerst haben wir einen Staatsstreich und einen Krieg verhindert, und dann mußte jeder von uns an einer Beerdigung teilnehmen – Sie haben einen Freund verloren, ich einen Feind, aber beide sind zu früh gestorben.«

Einen Moment wandte Hood sich ab, zu frisch waren die Wunden noch, die Squires Tod in seiner Seele hinterlassen hatte. »Auf jeden Fall ist Ihr Sohn wohlauf«, sagte er schließlich »wenigstens ein Lichtblick bei dieser traurigen Geschichte. Vielleicht hat ja doch alles seinen Sinn gehabt.«

»Das hoffe ich auch. Mein Sohn erholt sich bei uns zuhause von seinen Verletzungen, da haben wir ein paar Wochen, um uns mal richtig auszusprechen. Ich denke, nach der Verwundung seines Speznas-Ausbilders und dem Kriegsgerichtsverfahren gegen General Kosigan und General Mawik wird er in Zukunft nicht mehr alles vom Tisch wischen, was ich ihm zu sagen habe. Vielleicht sieht er ja endlich ein, wie wenig Mut es erfordert, mit Vandalen an einem Strang zu ziehen.« Orlow griff in seine Jackentasche. »Ich hege noch eine Hoffnung…« Feierlich überreichte er Hood ein dünnes, abgegriffenes Buch, in dessen Ledereinband Goldbuchstaben geprägt waren.

»Was ist das?«

»›Sadko‹, die alte Sage. Es ist noch eine alte Ausgabe – für Ihren Stellvertreter. Für die Soldaten hier in St. Petersburg habe ich neue Exemplare bestellt. Ich habe es selbst gelesen und fand es sehr aufregend. Es ist schon merkwürdig, daß uns ausgerechnet ein Amerikaner erzählen muß, was unsere eigene Kultur alles zu bieten hat.«

»Wie gesagt, es ist alles eine Frage der Perspektive – mal ist es gut, ein Vogel zu sein, mal geht's einem auf der Erde besser.«

»Sicher. Ich habe aus der Sache jedenfalls eine Menge gelernt. Ich weiß nicht, wie Sie es sehen, aber als ich meinen Posten übernommen habe, dachte ich, ich würde die ganze Zeit nur Aufklärungsarbeit für andere leisten. Jetzt sehe ich ein, daß wir auch dafür sorgen müssen, daß diese Erkenntnisse nicht in die falschen Hände geraten. Sobald mein Sohn wieder gesund ist, werde ich ihn in eine Sondereinheit versetzen, die Schowitsch, diesen Verbrecher, jagen und aufspüren wird. Hoffentlich werden unsere beiden Einrichtungen dafür eine angemessene Form der Zusammenarbeit finden.«

»Es wird uns eine Ehre sein, General.«

Orlow warf einen Blick auf seine Uhr. »A propos, ich bin ja mit meiner Frau und meinem Sohn zum Mittagessen verabredet. Seit meiner Raumfahrerzeit sind wir nicht mehr gemeinsam ausgegangen, ich freue mich riesig darauf.«

Beide Männer erhoben sich.

»Bleiben Sie mit Ihren Erwartungen nur auf dem Boden der Tatsachen, General«, sagte Hood. »Nikita, Zhanin, Sie und ich – wir sind alle nur Menschen, nicht mehr und nicht weniger.«

Orlow ergriff Hoods Hand und schüttelte sie herzlich.

»Meine Erwartungen werden immer ziemlich hoch bleiben.« Mit dem Kopf deutete er nach oben, dann blickte er an Hood vorbei und lächelte abwesend. »Unabhängig davon was Sie denken, Ihren Kindern kann ein bißchen Himmelstürmerei auf keinen Fall schaden; Sie werden sich wundern, was auf einmal alles möglich wird.«

Versonnen schaute Hood Orlow noch eine Weile nach, dann wurde es Zeit, sich um Alexander und Harleigh zu kümmern. Doch Sharon war allein. Seine Kinder hatten sich abgesetzt... und spielten Fußball mit den russischen Jugendlichen.

»Am Ende hat er recht«, murmelte Hood vor sich hin.

Nach einem letzten Blick in Orlows Richtung steckte Hood seine Hände in die Hosentaschen und ging mit leichtem Schritt und erleichtertem Herzen zu seiner Frau hinüber.

John Le Carré

Perfekt konstruierte Spionagethriller, spannend und mit äußerster Präzision erzählt. »Der Meister des Agentenromans«
DIE ZEIT

Eine Art Held
01/6565

Der wachsame Träumer
01/6679

Dame, König, As, Spion
01/6785

Agent in eigner Sache
01/7720

Ein blendender Spion
01/7762

Schatten von gestern
01/7921

Ein Mord erster Klasse
01/8052

Der Spion, der aus der Kälte kam
01/8121

Eine kleine Stadt in Deutschland
01/8155

Das Rußland-Haus
01/8240

Die Libelle
01/8351

Endstation
01/8416

Der heimliche Gefährte
01/8614

SMILEY
Dame, König, As, Spion/
Agent in eigener Sache
Zwei George-Smiley-Romane in einem Band
01/8870

Ein guter Soldat
01/9703

Der Nacht-Manager
01/9437

Heyne-Taschenbücher

Marc Olden

Cool, rasant und unglaublich spannend – Marc Olden ist ein Meister des Fernost-Thrillers.

Giri
01/6806

Dai-Sho
01/6864

Gaijin
01/6957

Oni
01/7776

TE
01/7997

Do-Jo
01/8099

Dan tranh
01/8459

Wilhelm Heyne Verlag
München

Alistair Mac Lean

Todesmutige Männer unterwegs in gefährlicher Mission - die erfolgreichen Romane des weltberühmten Thrillerautors garantieren Action und Spannung von der ersten bis zur letzten Seite.

Die Überlebenden der Kerry Dancer
01/504

Jenseits der Grenze
01/576

Angst ist der Schlüssel
01/642

Eisstation Zebra
01/685

Der Satanskäfer
01/5034

Souvenirs
01/5148

Tödliche Fiesta
01/5192

Dem Sieger eine Handvoll Erde
01/5245

Die Insel
01/5280

Golden Gate
01/54545

Circus
01/5535

Meerhexe
01/5657

Fluß des Grauens
01/6515

Partisanen
01/6592

Die Erpressung
01/6731

Einsame See
01/6772

Das Geheimnis der San Andreas
01/6916

Tobendes Meer
01/7690

Der Santorin-Schock
01/7754

Die Kanonen von Navarone
01/7983

Geheimkommando Zenica
011/8406

Nevada Paß
01/8732

Agenten sterben einsam
01/8828

Eisstation Zebra
01/9013

Alistair MacLean / John Denis
Höllenflug der Airforce 1
01/6332

Wilhelm Heyne Verlag
München

Martin Cruz Smith

Gorki Park
Großdruck-Ausgabe
21/17

Außerdem erschienen:

Polar Stern
01/8872

Das Labyrinth
01/9424

Das Ritual
01/9765

Totentanz
01/9921

»Martin Cruz Smith
gelang mit
GORKI PARK
ein Bestseller –
zu Recht.«
Der Spiegel

Arkadi Renko –
»Ein liebenswerter
Einzelgänger…
unbeirrbar, verbissen,
eben ein Held.«
Die Welt

01/9587

Heyne-Taschenbücher

HEYNE BÜCHER **Das Thriller-Quartett**

01/9095

01/8822

01/9114

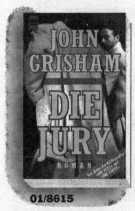

01/8615

JOHN GRISHAM

Heyne-Taschenbücher

Tom Clancy

»Tom Clancy hat eine natürliche erzählerische Begabung und einen außergewöhnlichen Sinn für unwiderstehliche, fesselnde Geschichten«

The New York Times

Tom Clancy/Steve Pieczenik
Tom Clancys Op-Center
01/9718

Tom Clancy/Steve Pieczenik
Tom Clancys Op-Center
Spiegelbild
01/1003

im Hardcover:

Tom Clancy
Atom-U-Boot
Reise ins Innere eines Nuclear Warship
40/303

01/9863

Heyne-Taschenbücher